Nach dreißig Jahren in L.A. will Detective Peter Decker die Zeit bis zum Ruhestand etwas ruhiger angehen lassen. Aus diesem Grund ziehen er und seine Frau Rina Lazarus nach Greenbury in der Nähe von New York. Bis auf ein paar Führerscheinkontrollen bei betrunkenen Studenten passiert in dem kleinen College-Städtchen kaum etwas – und Decker langweilt sich. Als aus einer Familiengruft wertvolle Artefakte entwendet und durch Fälschungen ersetzt werden, beginnt Decker voller Elan zu ermitteln und stößt im Umfeld der Kunstakademie auf einen Kunstfälscherring – dann wird die Leiche einer verdächtigen Studentin aufgefunden …

FAYE KELLERMAN war Zahnärztin, bevor sie als Schriftstellerin mit ihren Kriminalromanen international und auch in Deutschland riesige Erfolge feierte. Sie lebt zusammen mit ihren Kindern und ihrem Mann, dem Psychologen und Bestsellerautor Jonathan Kellerman, in Los Angeles.

FAYE KELLERMAN

WOHIN DIE GIER DICH TREIBT

EIN DECKER/LAZARUS-KRIMI

Aus dem Amerikanischen
von Frauke Brodd

btb

Die amerikanische Originalausgabe erschien 2014 unter dem Titel
Murder 101 bei William Morrow, New York.

FSC® www.fsc.org
MIX
Papier aus verantwortungsvollen Quellen
FSC® C014496

Verlagsgruppe Random House FSC® N001967

1. Auflage
Deutsche Erstveröffentlichung April 2016

Umschlaggestaltung: semper smile, München
Umschlagmotiv: © Giulio Musardo/Arcangel Images
Satz: Uhl + Massopust, Aalen
Druck und Bindung: GGP Media GmbH, Pößneck
MP · Herstellung: sc
Printed in Germany
ISBN 978-3-442-71328-8

www.btb-verlag.de
www.facebook.com/btbverlag
Besuchen Sie unseren LiteraturBlog www.transatlantik.de!

Für Jonathan

Und für Lila, Oscar, Eva und Judah

1

Als er die fertige Arbeit noch einmal überprüfte und gegen eine nackte Glühbirne hielt, wurde er von dem leuchtenden Farbspektrum in allen Schattierungen des Regenbogens geblendet. Das opalisierende Glas war eine hübsche Sache, aber erst die mundgeblasenen klaren Einschübe in Smaragdgrün, Rubinrot und Saphirblau machten das Stück zu einem echten Knaller, da durch sie sensationelle Lichtstrahlen auf seine Wände und Möbel fielen.

Das Buntglas war erstklassig: die Ausführung der Arbeit … eher nicht. Die Lötnähte zwischen den Scherben sahen schlampig aus, und das bisschen Malerei auf dem Glas lag nur leicht über dem Durchschnittsniveau eines Volkshochschulkurses. Doch an seinem momentanen düsteren und nasskalten Ort würde sowieso niemandem der Unterschied zwischen dem Original und seinem trügerischen Platzhalter auffallen. Die dämlichen Wärter stellten gar kein Problem dar. Und deshalb sollte der Austausch der reinste Spaziergang werden, denn er konnte die Arbeit in einer Aktentasche verstecken. Sogar sein Werkzeugkoffer war größer und sperriger. Er hatte es schon mal geschafft. Und er würde es wieder hinkriegen.

Manchmal fragte er sich wirklich, warum er sich noch mit diesem Kleinkram abgab. Vielleicht nur, um sein Hirn wach zu halten, denn dieses kleine Ränkespiel war nichts im Vergleich zu seinen Zukunftsplänen. Doch um eine so große Sache durchzuziehen, brauchte man Zeit. Ihm sollte es recht sein. Er würde geduldig abwarten.

Die Glocken läuteten zwei Uhr in der Nacht: Es ging los. Zuerst schminkte er sich mit einem Make-up-Schwämmchen das Gesicht dunkelbraun. Dann rief er Angeline auf einem Wegwerfhandy an und befahl ihr, draußen auf ihn zu warten, er wäre in fünf Minuten da. Sorgfältig wickelte er die Arbeit in Luftpolsterfolie ein und schob sie in seine Aktentasche aus Leder. Sein Werkzeugkoffer war bereits im Auto.

Er sah noch mal auf die Uhr. Dann zog er die schwarzen Handschuhe über und bedeckte seinen Kopf und sein Gesicht mit einer schwarzen Skimaske. Danach wickelte er sich den schwarzen Schal um den Hals: eine gute Tarnung, aber bei der Kälte absolut notwendig. Ein letzter prüfender Blick in den Spiegel – alles sah perfekt aus. Er war nur mehr ein tiefschwarzer Schatten, der durch die Nacht schwebte.

Hüte dich vor deinen Wünschen.

Nach drei Jahrzehnten Polizeiarbeit als Detective Lieutenant in Los Angeles hatte Peter Decker geplant, es ab sechzig ruhiger angehen zu lassen, irgendwas zwischen Vollpensionierung und der Achtzig-Stunden-Woche aus seinem früheren Leben. Er wusste, dass er mit seinem wachen Verstand und seinem Hang zur Ruhelosigkeit noch nicht bereit war, die Uniform schon ganz an den Nagel zu hängen. In seiner Fantasie bot eine ideale Anstellung geregelte Arbeitszeiten mit freien Abenden und Wochenenden.

Die gute Nachricht lautete, dass er jetzt einen überschaubaren Schreibtischjob hatte mit Einsätzen, bei denen er zu älteren Mitbürgern mit Schmerzen in der Brust, vermissten Haustieren und zur Überprüfung betrunkener Teenager nach

Samstagnacht-Saufgelagen gerufen wurde. In die Nähe richtiger Verbrechen war er in den letzten sechs Monaten höchstens mal durch die Anrufe wegen einer Einbruchsserie gekommen, bei der die Diebe Elektronisches stibitzt hatten – Handys, Laptops und Tablets. Keiner dieser Diebstähle war verwunderlich, denn Greenbury war eine Stadt, in der es ab September von Studenten nur so wimmelte, die sie dann im Juni wieder entließ.

Die Five Colleges of Upstate New York war ein Konsortium liberaler geisteswissenschaftlicher Hochschulen, jede mit einer eigenen Ausrichtung. Ein College hatte sich auf Mathematik und Naturwissenschaften spezialisiert, ein anderes auf Betriebswirtschaft und Ökonomie. Ein drittes war ein reines Mädchen-College, und das vierte legte den Schwerpunkt auf bildende Künste, Theater und Sprachen. Das fünfte College – Duxbury – galt als Eliteakademie, gegründet 1859, ein paar Jahre vor dem Amerikanischen Bürgerkrieg. Die weitläufigen Campusse mit ihren Gebäuden aus Ziegel- und Backstein verteilten sich auf hunderten Quadratmetern einer dicht und üppig bewachsenen Landschaft aus Parkanlagen, natürlichen Wasserquellen und lichtem Wald. Das Ganze bildete eine Welt für sich, mit einer eigenen Polizei, wodurch Deckers Wirken als Polizist noch eingeschränkter war.

Zwischen den Einheimischen und den Studenten kam es selten zu Zwischenfällen, da in Greenbury Rentner und Familien aus der arbeitenden Mittelschicht lebten. Ihnen gehörten die meisten unabhängigen Geschäfte und Restaurants, die die Wirtschaft der Stadt ankurbelten. Die Studenten kamen meist aus stinkvornehmen Familien und wussten sich ganz gut zu benehmen, auch wenn sie gerne die Nächte durchfeierten.

Der alte Teil von Greenbury war eine typische Collegestadt, dessen Straßen man nach Harvard, Yale und Princeton benannt hatte. In den Straßen befanden sich haufenweise Franchise-Geschäfte: Outsider Sportswear, Yogurtville, Rentaday-Autovermietung, Quikburger. Es gab ein Triplex-Kino, ein halbes Dutzend billige Klamottenläden, mehrere Nagelstudios, Fahrradverleihe, einen Bioladen und unendlich viele Bars und Restaurants. Jede angesagte Essensrichtung war vorhanden, sogar ein koscheres Café mit Take-away-Service, das Rina nahezu täglich aufsuchte.

Decker dachte an seine Frau.

Wenn jemand Eingewöhnungsprobleme haben würde, davon war Decker ausgegangen, dann Rina. Doch in Wahrheit hatte sie sich viel schneller zurechtgefunden als er. Sie stürzte sich in die Arbeit bei der örtlichen Hillel, die für alle fünf Colleges zuständig war, und bot an, für interessierte Studenten bei sich zu Hause freitagabends ein Essen auszurichten. Als zu viele Studenten ihr Interesse bekundeten, wurden die Abendessen in einen Speisesaal in der Hillel verlegt. Das Essen wurde von den Studenten zubereitet, aber Rina war fast jeden Donnerstag und Freitag da und packte beim Kochen und Backen mit an. Weil das ihre freie Zeit immer noch nicht ausfüllte, erklärte sie sich bereit, ehrenamtlich als Thora-Lehrerin zu arbeiten, wenn die Hillel ihr einen Raum zur Verfügung stellen würde. Sie machte einen Aushang mit einer Einschreibeliste und rechnete mit höchstens fünf Kindern.

Es kamen sieben.

Die Sache sprach sich herum, und einen Monat später waren es achtzehn Kinder. Daraufhin fragte man sie, ob sie Lust hätte, einen Einführungskurs in Hebräisch zu unterrichten. Sie sagte zu. Meistens hatte sie abends mehr vor als er. Decker gab es nur ungern zu, aber er langweilte sich. Schlimm genug, dass seine Tage quälend ereignislos waren, aber dann bat ihn der Captain, Mike Radar, auch noch, mit dem *Bengel* als Partner loszuziehen. Daraufhin wurden seine Tage noch länger und noch quälender.

Tyler McAdams, sechsundzwanzig Jahre alt und Harvard-Absolvent, war knapp eins achtzig groß und keine siebzig Kilo schwer. Er hatte haselnussbraune Augen und dunkelbraune, teuer frisierte Haare. Zu seinen adlergleichen Gesichtszügen gehörte eine römische Nase. Er war nicht schmächtig, aber auch nicht muskulös. Er sah aus wie das, was er war – ein Ivy-League-Bengel aus einer wohlhabenden Familie. Er trug teure Kleidung, einen Mantel aus Kaschmir, und die goldenen Uhren an seinem Handgelenk wechselten täglich.

Innerhalb kürzester Zeit war es McAdams gelungen, jeden auf dem Revier mit seiner endlosen Meckerei, er sei schlauer, attraktiver und besser ausgebildet als alle anderen in seiner nächsten Umgebung, vor den Kopf zu stoßen. In seiner Nörgelei lag ein Körnchen Wahrheit – er war schlau und sah gut aus –, aber das ständige Gejaule minderte seine erkennbaren Vorzüge umgehend. McAdams behauptete, er hätte den Job ursprünglich nur aus Neugier auf die Polizeiarbeit angetreten, obwohl er ja an der Harvard Law School angenommen worden sei. Er hatte trotzdem beschlossen, den Studienbeginn um ein paar Jahre zu verschieben, denn er ging davon aus, dass die Arbeit ihm einen Vorsprung vor all den anderen Strebern und Idioten verschaffte.

So lautete zumindest die offizielle Version.

Decker hakte nicht nach, denn es interessierte ihn kein bisschen.

McAdams' Anstellung war purer Nepotismus. Sein Vater war einer der Hauptgeldgeber des Duxbury College. Der Dekan hatte einen Gefallen beim Bürgermeister, Logan Brettly, eingefordert, der wiederum im Gegenzug einen Gefallen bei Radar abrief. McAdams brachte keinerlei Erfahrung im Polizeivollzugsdienst mit, aber die brauchte er auch nicht, denn es passierte nicht viel, wofür man ein tiefschürfendes Know-how besitzen müsste.

Also war Decker damit einverstanden, den Bengel mit auf seine Runde zu nehmen, und hörte ihm beim Meckern und Jammern zu. Diesmal beschwerte er sich über ihren nächsten Einsatz auf der Liste: eine ältere Dame mit Schmerzen in der Brust. Die Feuerwehr absolvierte gerade ihre monatliche Pflichtübung, deshalb war der Anruf bei der Polizei gelandet. Ein Streifenwagen hätte das erledigen können, aber Decker meldete sich freiwillig. Er erwähnte den Anruf McAdams gegenüber nicht, aber als er aus der Tür ging, sprang der Bengel auf und schnappte sich seinen Schickimicki-Mantel, um ihn zu begleiten. Das machte er jedes Mal. Vielleicht lag es daran, dass Decker ihm kommentarlos zuhörte.

Lucy Jamison war sechsundachtzig, eine blasse und schmächtige Witwe. Als Decker ihr vorschlug, sie ins Krankenhaus zu fahren, zögerte sie, denn es ging ihr bereits besser. Decker brachte ihr ein Glas Wasser und sorgte dafür, dass sie es ganz austrank. Der Winter war trügerisch, und alte Leute dehydrierten leicht, weil es drinnen und draußen trocken war.

Die alte Dame erzählte aus ihrem Leben als junges Mädchen in Michigan. Sie zeigte Decker und Tyler Fotos ihrer Kinder, ihrer Enkel und Urenkel. Decker senkte die Heizung von knapp siebenundzwanzig auf dreiundzwanzig Grad. Irgendwann meinte sie, alles sei wieder in Ordnung, und Decker gab ihr seine Visitenkarte. Sie brachte die beiden zur Haustür und winkte ihnen hinterher, als sie über den knirschenden Schnee unter ihren Stiefeln zurück zum Auto gingen.

Unterwegs zum Revier drehte Decker die Heizung im Auto auf, Adams rieb sich die Hände vor der warmen Lüftung. Der Bengel trug einen Mantel und Handschuhe, aber nichts auf dem Kopf. Was nicht hieß, dass er unbedingt einen Hut brauchte. Die Temperatur lag knapp über null, es war sonnig, und der Himmel war blau. Durch die Stadt zog der Geruch nach Pinien und brennendem Holz. Weiß bedeckte Hügel lagen wie Wellen in der Ferne. Zum Hudson war es nicht sehr weit, doch zwischen hier und der nächsten Küste lagen zig Kilometer, und daran musste Decker sich erst noch gewöhnen.

»Wie halten Sie das seit dreißig Jahren aus, alter Herr?«

Decker hasste es, wenn der Bengel ihn »alter Herr« nannte. Er war nicht mehr jung, aber auch nicht reif fürs Schlachthaus. Immerhin hatte er noch dichtes graues Haar, einen ansehnlichen Bart mit Überbleibseln seiner einst roten Haare und einen wachen und scharfsinnigen Verstand. Anstatt also die rhetorische Frage zu beantworten, sagte er: »Das waren diese Woche die dritten Schmerzen in der Brust. Sie müssen endlich Ihr Herz-Lungen-Wiederbelebungstraining absolvieren.«

»Ganz sicher berühren meine Lippen nicht die dieser alten Spinatwachtel. Sie hatte Mundgeruch.«

»Azeton«, erwiderte Decker, »von einer schlecht eingestellten Diabetes.«

»Völlig egal«, moserte McAdams, »und außerdem würden sowieso Sie die Wiederbelebung übernehmen, wenn wir beide vor Ort wären.«

»Darum geht's nicht. Sie sollten diese Qualifikation einfach haben. Jeder erwartet von einem Polizisten, dass er eine Mund-zu-Mund-Beatmung beherrscht, genauso, wie jeder davon ausgeht, dass ein Polizist mit einer Waffe umgehen kann.«

»Wir tragen keine Waffen.«

»Wir tragen keine, aber wir haben welche, falls wir sie brauchen. Sie wissen doch, wie man schießt … oder hat man Ihnen das auch durchgehen lassen?«

»Wenn Sie mich ausstechen wollen, haben Sie eh schon verloren.«

»Klar, Sie haben den Vorteil der Jugend und eine bessere Erziehung auf Ihrer Seite. Ich habe die Erfahrung. Das sind ein paar Pluspunkte.«

»Niemand verwendet heute noch den Begriff ›Pluspunkte‹, und außerdem gibt's keinen Grund, abfällige Bemerkungen zu machen, bloß weil ich hier draußen mit Ihnen im Schützengraben unterwegs bin.«

»Schützengraben?«

»Hören Sie einfach auf, mich Ihren Rang spüren zu lassen, okay? Ich komme Ihnen immer zuvor.« McAdams blickte aus dem Fenster. »Ich will Sie nicht runterputzen, Decker, aber sollte ich tatsächlich *verrückt* genug sein, hier meine Karriere zu absolvieren, dann wäre ich wahrscheinlich in … sagen wir, vier oder fünf Jahren ein hohes Tier bei der Polizeibehörde in New York.«

»Glauben Sie?«

»Ich weiß es. Es geht nicht um Erfahrung oder darum, Prüfungen zu bestehen und sich Sporen zu verdienen. Man muss nur checken, wie das System funktioniert, und darin bin ich Weltmeister. Ich lerne genau das, was ich brauche, um den Job zu erledigen. Mir den Kopf mit überflüssigem Wissen vollzustopfen, finde ich ineffizient. Zum Beispiel die Kenntnis von Wiederbelebungsmaßnahmen. Wir werden irgendwohin gerufen, und ich weiß, dass Sie die Sache übernehmen. Sie oder Roiters oder Mann oder Milkweed …«

»Nickweed.«

»Von mir aus. Wenn wir einen Anruf bekommen und eine Mund-zu-Mund-Beatmung ansteht, bin ich nicht der richtige Ansprechpartner. Warum sollte ich also meine Zeit damit verschwenden, etwas zu lernen, das ich niemals brauchen werde?«

»Weil es durchaus passieren kann, dass keiner von uns in der Nähe ist, und dann stehen Sie da wie ein Vollidiot. Wäre ich Ihr Vorgesetzter, würde ich Sie glatt zwingen.«

»Sind Sie aber nicht. Und da ich Sie nicht um Ihre Meinung gebeten habe, schlage ich vor, Sie sparen sich Ihre Spucke. Muss ich Sie daran erinnern, dass einem Typen in Ihrem Alter nicht mehr viel davon übrig bleibt?«

Decker verbiss sich ein Grinsen. Er ärgerte den Bengel mit voller Absicht und genoss jede Minute. »Bei Ihnen brennen leicht die Sicherungen durch. Daran sollten Sie ebenfalls arbeiten.«

»Erinnern Sie mich noch mal daran, warum ich freiwillig mit Ihnen auf Tour gehen wollte.«

»Lassen Sie mich raten«, Decker schmunzelte, »ich glaube, Sie gehören zu den Kerlen, die darauf hoffen, etwas von meiner enorm vielseitigen Erfahrung in der Polizeiarbeit mitzubekommen. Ich glaube, Sie stellen sich vor, dass ich Ihnen vielleicht irgendwas wahnsinnig Originelles oder Faszinierendes erzählen werde, und dann können Sie daraus einen Roman basteln. Oder noch besser, ein Drehbuch. Ich kann Sie mir gut in Hollywood vorstellen. Sie passen da bestens rein.«

»Jetzt sind Sie ganz schön herablassend, aber das geht klar. Echt hart, bei jemandem, der so jung ist wie ich, Juniorpartner und intellektuell unterlegen zu sein.«

»Nä, daran bin ich gewöhnt. Sie kennen meine Kinder nicht.«

»Aber Sie arbeiten nicht mit Ihren Kindern zusammen.«

»Stimmt. Und ich arbeite auch nicht mit Ihnen zusammen, McAdams. Wir fahren bloß zusammen im Auto herum, und besonders geistreich unterhalten wir uns auch nicht.«

»Wenn Sie über Proust reden wollen, bin ich dabei.«

»Klar, erzählen Sie mir was über Proust. Ich mag Madeleines, meine Frau backt sie manchmal.«

»Er war ein Langweiler, und ich hasse Philosophie. Ist mir zu mathematisch, da lag noch nie meine Stärke. Ich hatte zwar 720 Punkte im SAT-Test, aber das ist in Harvard Durchschnitt.« Als Decker nichts erwiderte, rutschte der Bengel auf dem Sitz herum und fragte schließlich: »Was war denn Ihr Lieblingsfall?«

»Fehlanzeige, Harvard. Sie müssen schon Ihre eigenen Erfahrungen für Ihren Film benutzen, obwohl … der liebe Gott stehe uns beiden bei, sollten wir je einen echten Fall abkriegen. Keinen gewöhnlichen Totschlag, sondern einen richtigen Mord mit unbekanntem Täter.«

»Mord oder Totschlag? Ist das nicht alles dasselbe?«

»Nein. Haben Sie überhaupt die geringste Ahnung, wie man eine Ermittlung führt?«

»Nur aus dem Fernsehen … läuft das denn so viel anders?«

»Sie reißen Witze, oder?« Als McAdams still wurde, bekam Decker ein geringfügig schlechtes Gewissen. Warum spielte er das eigentlich durch? Der Bengel schwieg zum Glück den Rest ihrer Tour über und schmollte weiter, bis er um fünf Feierabend machte.

Wäre er nicht so ein Fatzke, hätte Decker eventuell sogar Mitleid mit ihm. Der Bengel passte nicht zu seinen Kollegen; tatsächlich passte er nirgendwohin. Er war kein Student mehr, aber im Vergleich zu den übrigen Bewohnern Greenburys war er trotzdem zu jung. Was für ein soziales Leben bot sich ihm denn schon? Wäre er ernsthaft an der Arbeit eines Polizisten interessiert, hätte Decker ihn zum Abendessen eingeladen. Aber Decker arbeitete nicht als ehrenamtlicher Sozialhelfer. Man erntet, was man sät. Punkt. Aus. Ende.

Das Leben in einer Kleinstadt hatte seine Vorteile, vor allem, wenn man eine Immobilie in Los Angeles zu verkaufen hatte und in Greenbury etwas suchte. Rina und er waren mit einem hübschen finanziellen Polster von dannen gezogen. Ihr neues Haus in der Minnow Lane war um 1900 erbaut worden, mit einem erstaunlich flachen Dach, drei Schlafzimmern, zweieinhalb Bädern und einem Kamin zur Unterstützung der launischen Zentralheizung. Das schlagende Argument für den Kauf waren die Umbauarbeiten des Vorbesitzers. Er hatte die Decke geöffnet und die Balken sichtbar gemacht. Es sah nicht nur toll aus, sondern erlaubte Decker mit seinen eins fünfundneunzig, sich im Haus zu bewegen, ohne sich ständig den Kopf an Türrahmen zu stoßen. Im Moment war der Garten braun und tot, aber sie hatten das Haus im Herbst gekauft, als das Laub feuerrot und das Klima frisch und angenehm gewesen war. Der hiesige Frühling würde sich wie ein echter Frühling anfühlen, nicht so wie der in Los Angeles, mit Nebel und Smog.

Zum Haus gehörte nur eine Garage, in der Decker seinen Porsche parkte, während Rinas alter Volvo in der Einfahrt stand. Decker enteiste jeden Morgen Rinas Windschutzscheibe und fuhr ihren Wagen auf die Straße, damit er freie Bahn hatte. Das war das Mindeste, was er tun konnte, nachdem er sie hierherverschleppt hatte, um seinem Traum nachzujagen.

Der Hauptvorteil ihres neuen Wohnortes lag darin, dass ihre vier biologischen Kinder – zwei von ihr, eins von ihm, ein gemeinsames – und ihr Pflegesohn Gabe Whitman, der als klassischer Konzertpianist meistens auf Tournee war, jetzt mit dem Auto leicht erreichbar waren. Zwei der fünf waren verheiratet, also gehörten zu der bunten Mischung noch Ehepartner und Enkelkinder. Deckers Tochter Cindy, die in Los

Angeles in der Abteilung für schweren Autodiebstahl gearbeitet hatte, ging nun in Philadelphia auf Streife. Aber es war nur noch eine Frage der Zeit, bis sie wieder zum Detective befördert werden würde.

Im Haus war es warm, und der in der Luft schwebende Duft nach Essen ließ gleich Deckers Laune steigen. Rina werkelte in der engen, aber modernisierten Küche, ihre Haare aus Glaubensgründen unter einer Strickmütze zusammengebunden. Sie trug einen dünnen blauen Baumwollpullover und einen knielangen Jeansrock und rührte in einer Suppe für das morgige Schabbes-Abendessen herum. Sie benutzte einen großen Topf, was Gäste bedeutete.

»Wie viele erwarten wir?« Decker gab ihr einen Kuss auf die Wange.

Rina erwiderte seine Begrüßung mit einem Kuss auf den Mund. »Sechs bis acht. Aber beim Mittagessen sind wir allein, also gräm dich nicht.«

»Ich habe gerne Gesellschaft.«

»Lügner. Zumindest bist du kein Spielverderber. Zieh dich um, wir essen in ungefähr zehn Minuten.«

Decker setzte sich auf einen Stuhl an der Frühstückstheke. »Ich unterhalte mich lieber mit dir. Zur Abwechslung mal in angenehmer Gesellschaft.«

»Der Bengel geht dir immer noch auf die Nerven.«

»Er geht allen auf die Nerven.«

»Warum lädst du ihn nicht morgen zum Abend …«

»Nein.«

»Beschreite den rechten Weg, Peter.«

»Ich beschreite überhaupt gar keinen Weg. Er ist ein fieser, herablassender Typ. Schlimm genug, dass ich mich bei der Arbeit mit ihm abgeben muss. Warum sollte ich mir von ihm das Wochenende ruinieren lassen, oder noch schlimmer, ihn auf dich hetzen? Er wird mich letztlich bloß damit hänseln, wie gläubig, engstirnig und provinziell ich bin.«

»Oder er lernt dich von einer anderen Seite kennen.«

»Wenn ich ihn einlade, würde es ihn nur in seinem Wahn bestärken, er sei mein Vorgesetzter.«

»Der Junge mag ja ein Rotzlöffel sein, aber ich garantiere dir, dass er sehr wohl weiß, wer der echte Polizist ist. Wahrscheinlich fühlt er sich wie ein Hochstapler.«

»Er ist ein Hochstapler.«

»Gib ihm eine Chance.«

»Von mir wird er keine Einladung annehmen.«

»Vielleicht von mir.« Rina griff nach dem Telefon. »Hast du seine Handynummer?«

Nachdem Decker ihr die Nummer gegeben hatte, tippte sie die Ziffern ein und wartete. »Hallo, ich suche Tyler McAdams.«

»Sie haben mein Handy angerufen, dann werde ich das wohl sein. Und wer sind Sie?«

Decker bekam seine Antwort mit und konnte sich ein unhörbares *Ich hab's dir gesagt* nicht verkneifen.

Rina redete unbekümmert weiter. »Hier spricht Rina Decker. Mein Mann und ich würden Sie gerne morgen Abend zum Essen einladen.« Die Leitung blieb lange still. Sie fuhr fort. »Ich weiß nicht, ob Peter es Ihnen gesagt hat, aber wir sind praktizierende Juden. Morgen haben wir sechs bis acht Studenten von den Colleges zu Gast, und vielleicht interessiert es die jungen Leute, was man so tut nach dem Abschluss, auch wenn es nur ein vorübergehender Job ist.«

McAdams rang sich endlich ein »Äh, vielen Dank« ab.

»Sehr gerne. Wenn es Ihnen ungelegen kommt, können wir es auch auf ein andermal verschieben. Freitagabends haben wir normalerweise immer Gäste, also bleibt die Einladung bestehen. Aber ich würde Sie wirklich gerne kennenlernen. Ich überprüfe alle Partner meines Mannes.«

»Nein, tust du nicht«, flüsterte Decker.

Sie gab ihm einen spielerischen Klaps. »Bitte sagen Sie zu.«

»Klar … super. Um wie viel Uhr?«

Decker verzog schmerzhaft das Gesicht. Rina drohte ihm mit dem Finger. »Halb sieben. Es ist recht ungezwungen. Und ich bin eine großartige Köchin.«

»Klingt nach einer Win-win-Situation, weil ich sehr gerne esse. Danke für die Einladung.«

»Keine Ursache. Wir freuen uns auf Sie. Wiedersehen.« Sie legte auf. »Erledigt.«

»Es reicht, dass er bei der Arbeit wie eine Klette an mir hängt, aber wenn er erst mal in den Genuss deiner Kochkünste gekommen ist, werde ich ihn überhaupt nicht mehr los.«

Rina nahm die Kasserolle aus dem Ofen. »Es haben sich schon viele an deinen Erfolg drangehängt, und es hat dir nie geschadet. Du hast ein breites Kreuz. An einem Jüngelchen mehr wirst du dich nicht verheben.«

2

Der Bengel war pünktlich, was völlig in Ordnung gewesen wäre, außer dass die Studenten grundsätzlich das akademische Viertel zu spät kamen. Rina begrüßte ihn an der Tür und ließ ihren Charme spielen, während Decker es vorzog zu schmollen. Es schien eine Ewigkeit zu dauern, bis die übrigen Gäste eintrafen. Die Gruppe – vier Jungs und zwei Mädchen – brachte Blumen und Wein mit, woraufhin der mit leeren Händen gekommene McAdams peinlich berührt dastand.

»Machen Sie sich deshalb keine Sorgen«, sagte Decker.

»Ich mache mir keine *Sorgen*, aber ich bin nicht gerne der Trottel.«

»Wenn sich das so einfach mit einer Flasche Wein beheben ließe.« Decker grinste und legte dem Bengel einen Arm um die Schultern, als er ihn zum Tisch führte. »Kommen Sie, Harvard, entspannen Sie sich.« Alle wurden einander vorgestellt. Dann flüsterte Decker ihm zu: »Wir müssen jetzt einige Segenssprüche machen. Der erste gilt einem Becher Wein …«

»Ich weiß, was ein Kiddusch ist«, unterbrach McAdams ihn. »Selbst in der Ivy League gab es ein oder zwei Juden. Ich hatte mal eine jüdische Freundin.«

»Was ist passiert?«

»Sie ist nicht mehr meine Freundin, das ist passiert.«

»Sie hat Sie abserviert.« Als McAdams ihm einen wütenden

Blick zuwarf, sagte Decker: »So was kommt vor.« Dann ging er zu seinem Platz am Kopfende des Tisches.

»Tyler«, Rina übernahm das Ruder, »setzen Sie sich doch zwischen Adam und Jennifer. Beide interessieren sich für Jura, und wie ich weiß, wurden Sie an der Harvard Law School angenommen.«

»Adam und McAdams, das klingt schon nach einer Anwaltskanzlei.«

Rina lächelte. »In der Tat.« Sie platzierte die übrigen Studenten, und dann sprach Decker den Kiddusch. Früher einmal war er über die hebräische Aussprache gestolpert, aber nach fünfundzwanzig Jahren des Zusammenspiels ihrer Kultur und seiner Erbanlagen konnte er den Segensspruch fließend aufsagen. Nachdem alle von dem Wein getrunken hatten, wuschen sie sich die Hände und sprachen eine weitere Segnung, und dann schloss Decker mit dem Hamozi-Segen über dem Brot.

Endlich konnte das Essen so richtig beginnen: Suppe, Salat, Rippchen, Linsen mit rotem Pfeffer und Zwiebeln, grüne Bohnen mit Haselnüssen und zum Nachtisch ein Streuselkuchen mit gemischten Beeren. Es war genug, um die Reißverschlüsse und Hosenknöpfe an jeder Taille zum Platzen zu bringen. Die Studenten und Rina diskutierten angeregt den wöchentlichen Thora-Abschnitt, den Paraschat Haschawua. Die jungen Leute waren aufgeweckt und von ihren Meinungen überzeugt. McAdams dagegen blieb schweigsam. Wie viele der weltlichen Oberschicht-Kids seiner Generation war er vermutlich nicht bibelfest. Aber er war höflich und antwortete, wenn man ihn etwas fragte.

Gegen neun ging die Einladung ihrem Ende zu, und genau da klingelte Deckers Festnetztelefon. Rina und er tauschten Blicke aus. Deckers Vater war vor einem Jahr gestorben, doch seine Mutter, bereits Mitte neunzig, lebte noch. Rinas Eltern waren ebenfalls so alt. Deshalb gab ihnen jeder Anruf am Schabbes einen Grund zur Beunruhigung. Decker hob abwartend den Finger und ging zum Apparat, auf dessen Display die Nummer angezeigt wurde. »Der Anruf kommt von hier.«

»Gott sei Dank.« Rina war erleichtert. »Wahrscheinlich ein automatischer Werbeanruf.«

Der AB schaltete sich ein. Es war Mike Radar, und Decker nahm das Gespräch an. »Hier ist Decker. Was gibt's, Captain?« Er hörte aufmerksam zu. »Wann? … Okay … alles klar.« Er blickte auf die Uhr. »Weiß er, wann das Vorhängeschloss aufgebrochen wurde? Na gut, ich sehe mir die Sache an. Ist das weit von mir zu Hause weg? … Nein, ich kümmere mich darum. Erklären Sie mir einfach, wie ich da zu Fuß hinkomme … Nein, es macht mir nichts aus, anderthalb Kilometer sind kein Problem. Mike … nein, wirklich, Sie bleiben, wo Sie sind. Ich habe gerade gefühlt eine halbe Kuh verdrückt, und ein bisschen körperliche Betätigung würde mir guttun. Wenn es keine größere Sache ist, melde ich mich Sonntag bei Ihnen.«

Decker legte auf. »Es gab einen Einbruch auf dem Friedhof, und der Wärter ist ziemlich erschüttert. Die anderen beiden Detectives sind übers Wochenende beim Eisfischen in Kanada, daher dachte der Captain, ob es mir wohl nichts ausmachen würde, mich darum zu kümmern.«

Rina tat entrüstet. »Willst du damit sagen, deine Kollegen haben dich nicht eingeladen, sie zu begleiten?«

Decker grinste. »Ehrlich gesagt hatte ich die Wahl, aber ich habe abgelehnt. Vielleicht beim nächsten Mal.«

»Ich wäre mitgefahren«, sagte McAdams, »aber mich hat niemand gefragt.«

»Wahrscheinlich dachten sie, dass Ihr blaues Blut die Kälte

nicht erträgt.« Decker seufzte innerlich. Er musste das Angebot nett und freundlich formulieren. »Kommen Sie doch jetzt mit.«

»Natürlich komme ich mit.«

»Sie nehmen das Auto. Ich treffe Sie dort in circa einer halben Stunde.«

»Ich begleite Sie zu Fuß, alter Herr.«

»Harvard, es ist wirklich kalt da draußen. Ich gehe aus religiösen Gründen zu Fuß. Kein Grund, dass Sie leiden.«

»Ich lasse nicht zu, dass Sie der Macho sind und ich das Weichei.«

»Wie Sie wollen. Ich suche nur schnell ein paar Sachen zusammen, und dann ziehen wir los.«

»Ich hole Ihre Jacke, Tyler«, sagte Rina.

»Danke.« McAdams rammte beide Hände in seine Hosentaschen. Sein Blick schoss wie ein Bündel Pfeile hin und her, und er drehte klitzekleine Kreise. Als Rina ihm seine Jacke brachte, mummelte er sich ein und rang sich ein Lächeln ab. »Danke für das Essen. Es war köstlich.«

»Gern geschehen.«

»Möchten Sie ein paar Hand- und Fußwärmer?«, fragte Decker. »Ich nehme welche mit, völlig sinnlos, sich Frostbeulen zu holen.«

»Ja, danke.«

Decker winkte Rina zum Abschied zu, dann waren sie unterwegs. Die Nacht war mondlos, und tausende von Sternen sprenkelten den dunklen Himmel wie Salzkörner auf schwarzem Samt. Ohne die Wolkendecke war die Temperatur auf minus zehn Grad gefallen. Kein Wind … nur kalte Luft und der Hauch ihres warmen Atems, der durch die Dunkelheit waberte.

»Danke für die Einladung«, sagte McAdams.

»Keine Ursache. Es war die Idee meiner Frau.«

»Ja, das habe ich mir fast gedacht. Sie ist eine gute Köchin. Und sie ist wunderbar … als Mensch, meine ich.«

»Sie ist in allen Belangen wunderbar. Ich hatte ziemliches Glück.«

»Sie haben eine große Familie«, fuhr McAdams fort, »beim Durchzählen der Gesichter auf den Fotos kam ich auf sieben.«

»Fünf Kinder, zwei Ehefrauen, Zwillings-Enkelsöhne und eine Enkeltochter.«

»Wahnsinn.« Er dachte kurz nach. »Ich nehme an, der schwarze Typ ist ein Schwiegersohn? Oder Sie waren schon mal verheiratet.«

»Ich war schon mal verheiratet, aber nicht mit Kobys Mutter. Er ist der Mann meiner ältesten Tochter Cindy, die als Polizistin in Philadelphia arbeitet. Koby studiert dort Medizin. Sie haben Zwillinge, zwei Jungs. Die anderen beiden weißen Jungs sind meine Stiefsöhne. Die Mädchen sind meine biologischen Kinder, und der Jüngste ist unser Pflegesohn, der vier Jahre bei uns gelebt hat. Er ist klassischer Pianist und hat gerade die Juilliard School abgeschlossen.«

»Beeindruckend. Was machen die anderen Kinder?«

»Sam und seine Frau sind beide Ärzte. Sie haben eine Tochter, Lily, und leben in Brooklyn. Jacob – der aussieht wie Rina – hat gerade seinen Doktor gemacht, in Politikwissenschaften. Er ist noch dabei …«, Decker lachte, »… er ist noch dabei, sich selbst zu finden. Meine andere Tochter Hannah sitzt an ihrer Abschlussarbeit an der Ferkauf School of Psychology in New York.«

»Die ist nicht schlecht … aber auch nicht super.«

»Ja, ihr Harvard-Leute glaubt, dass es nur eine einzige Uni auf der Welt gibt.«

»Nein, Princeton oder Yale akzeptieren wir auch. Das war's dann schon.«

Decker lächelte. »Was ist mit Ihnen, McAdams?«

»Wie meinen Sie das?«

»Eltern, Brüder, Schwestern, Geburtsort? Dafür, dass Sie die ganze Zeit quasseln, wenn wir unterwegs sind, weiß ich rein gar nichts über Sie.«

»Da gibt es auch nicht viel zu erzählen. Ich bin in der City aufgewachsen, und damit meine ich Manhattan. Meine Eltern ließen sich scheiden, als ich zehn war, und beide waren wieder verheiratet, bis ich vierzehn war. Ein paar Halbgeschwister, ein paar Stiefgeschwister, alle jünger und keiner so schlau wie ich. Ich habe kaum was mit ihnen zu tun.«

Über seine Familie zu reden, bereitete ihm offensichtlich Mühe, also hakte Decker nicht weiter nach. Die nächsten zehn Minuten gingen sie schweigend nebeneinander her, bis der Friedhof vor ihnen auftauchte. Das war noch so etwas Typisches für Kleinstädte: Die Friedhöfe sprangen einen direkt an und befanden sich nicht wie in Los Angeles irgendwo im Niemandsland neben einem Freeway. Dieser hier bestand aus mehreren breiten Wegen, gesäumt von hohen Grabsteinen und einem abgesonderten, durch ein Tor verschlossenen Areal für die Mausoleen – dem Tod geweihte Bauten mit geriffelten Säulen. Da der Captain einen Einbruch erwähnt hatte, musste es um eine der Gruften gehen.

»Wollen Sie frische Hand- oder Fußwärmer? Meine Füße sind Eisklumpen.«

»Ja, gerne.«

Nachdem Decker ihm eine neue Fuhre Wärmer gegeben hatte, ließ auch er selbst ein paar in Hälften gebrochene Stücke in seine eigenen Schneestiefel plumpsen. »Ah … das tut gut. Mir ist nicht wirklich kalt – nach so viel Fleisch kann einem nicht kalt sein –, aber meine Hände und Füße werden langsam taub.«

»Warum wollten Sie dann unbedingt laufen? Bestimmt gibt es eine religiöse Ausnahmeerlaubnis, für berufliche Zwecke das Auto zu nehmen.«

»Ja, und es wäre wahrscheinlich schlauer gewesen. Was soll ich sagen, McAdams? Ich fürchte, ohne Harvard-Abschluss ist man wohl einfach gehandikapt.«

Der Wärter könnte mit seinem langen Gesicht und dem klapprigen Körper und den eingesunkenen, für Tageslicht absolut unbrauchbaren Augen glatt als Doppelgänger Ichabod Cranes aus Washington Irvings Erzählung durchgehen. Decker rechnete jeden Augenblick damit, dem kopflosen Reiter zu begegnen. Der Wärter hieß Isaiah Pellman, und seine Familie lebte seit zweihundert Jahren in Greenbury. Das sagte er ihnen gleich bei seiner Vorstellung und wollte damit wohl seinen untadeligen Charakter belegen. In Greenbury gab es jede Menge redselige Menschen und ebenso viele Sonderlinge. Exzentriker findet man auf der ganzen Welt, aber in kleineren Städten fielen sie mehr auf.

Sie unterhielten sich mit Pellman zwischen den Grabsteinen. »Die Bergman-Gruft überprüfe ich jedes Mal, deshalb war ich wirklich überrascht, als es passierte.«

Decker zückte sein Notizbuch. »Als was passierte?«

»Mein Schlüssel passte nicht mehr, das passierte.«

»Okay … also war das Schloss nicht aufgebrochen?«

»Es war aufgebrochen, aber gegen ein anderes Schloss ausgetauscht worden.«

»Ihre Schlüssel passten sonst immer?«

»Ja, Sir, immer.«

»Und Sie sind sich sicher, dass das Schloss nicht einfach nur eingefroren war?«

»Ganz sicher. Als Erstes habe ich es aufgewärmt und geölt.

Der Schlüssel passte ins Loch, ließ sich aber nicht drehen. Vor vier Tagen funktionierte alles noch perfekt. Vor ein paar Stunden habe ich die Familie angerufen und ihnen die Sachlage erklärt. Sie meinten, ich solle das Schloss aufbrechen und nachsehen, ob drinnen alles in Ordnung ist. Aber ich habe ihnen gesagt, dass ich die Polizei rufen werde. Und das habe ich getan. Und jetzt sind Sie auf dem Laufenden.«

»Wem gehört die Gruft? Den Bergmans?«

»Ja-ha. Sie liegen alle da drin – Moses und Ruth und ihre drei Kinder, Leon, Helen und Harold, gemeinsam mit ihren Ehepartnern – Gladys, Earl und Mary. Ich habe es immer mit Ken Sobel zu tun. Er ist der Enkel von Helen Bergman, die Earl geheiratet hat und dadurch eine Sobel wurde. Kens älterer Cousin, Jack Sobel, wurde hier vor etwa sechs Monaten beigesetzt, mit dreiundsiebzig.«

In Dorfgeschichte kannte der Mann sich aus. »Wie alt ist die Gruft?«

»Sie wurde 1895 erbaut.«

»Und die Familie besuchte die Gruft ungefähr vor sechs Monaten anlässlich einer Beerdigung?«

»Ja-ha. Ken Sobel schaute im Herbst noch mal vorbei. Ken ist Ende sechzig. Er kommt viermal im Jahr hierher, man kann die Uhr danach stellen. Und er versichert sich jedes Mal, dass das Schloss in Ordnung ist.«

»Also hat er einen Schlüssel.«

»Ja, andere auch, aber sie tauchen hier nicht auf.«

»Könnte Ken das Schloss ausgetauscht haben?«

»Nein, Sir, das habe ich ihn gefragt, als mein Schlüssel nicht funktionierte. Er verneinte es. Und er ist derjenige, der dafür zuständig ist.«

»Befinden sich wertvolle Dinge in der Gruft?«

»Nein, außer die Leichen wurden mit Schmuck bestattet.«

»Im Judentum ist es Sitte, die Leichen ohne materielle Wertgegenstände beizusetzen«, sagte Decker.

»Sehen Sie!«, rief Pellman.

»Jawohl«, entgegnete Decker, obwohl er sich nicht sicher war, was Pellman damit gemeint hatte. »Ist so etwas schon einmal vorgekommen? Dass Ihr Schlüssel nicht funktioniert?«

»Nein, Sir, nicht auf meiner Runde.«

Während der Unterhaltung hatte McAdams die ganze Zeit ungeduldig mit dem Fuß gewackelt. »Warum gehen wir nicht einfach hinein«, sagte er schließlich, »und schauen nach? Wenn alles gut aussieht, können wir wieder nach Hause.« Er sah Pellman an. »Na ja, Sie nicht, aber ich werde nicht dafür bezahlt, mir den Arsch abzufrieren.«

Decker ärgerte sich nicht nur über die Grobheit des Bengels, sondern auch über die Unterbrechung des Gesprächs. Er trug immer erst so viele Informationen wie möglich zusammen, bevor er einen Tatort betrat … falls es sich denn hier um einen Tatort handelte. »Mr. Pellman, möchten Sie mir noch etwas erzählen, bevor wir uns umsehen?«

»Nein.« Der Mann war perplex. »Sollte ich Ihnen noch was erzählen?«

»Das war keine Fangfrage«, sagte McAdams, »ein Nein tut's auch.«

»Lassen Sie sich Zeit, Mr. Pellman«, sagte Decker.

»Nein, nichts.«

»Okay, vielen Dank.« Decker klappte sein Notizbuch zu. »Haben Sie einen Bolzenschneider?«

»Ja-ha.« Er scharrte mit den Füßen und bewegte sich nicht vom Fleck.

»Könnten Sie ihn für mich holen?«

»Klar, aber ich weiß nicht, ob er stark genug ist, um das Schloss zu knacken.«

»Das lässt sich nur auf eine Art herausfinden.«

»Da haben Sie wohl recht«, gab Pellman zu und machte sich langsam auf den Weg zu einer Hütte, die ungefähr zweihundert Meter entfernt war.

»Komischer Kauz, aber hier sind ja alle irgendwie sonderbar.«

Decker sah den Bengel direkt an. »Unterbrechen Sie mich nicht, wenn ich jemanden befrage. Das macht mich irre.«

»Ich wollte die Sache nur beschleunigen.«

»Tyler, wahrscheinlich geht es hier um nichts, deshalb ist es nicht schlimm. Aber wenn Sie mal die Gelegenheit haben sollten, in einem echten Kriminalfall zu ermitteln, können Sie die Sache auch nicht einfach beschleunigen. Sie werden dann Dinge übersehen. Sie müssen Ihr Tempo drosseln.«

Bevor McAdams etwas entgegen konnte, kam Pellman mit dem Bolzenschneider zurück und reichte ihn Decker. »Wollen Sie die Gruft und das Schloss sehen?«

»Das wäre sehr hilfreich.«

Pellman geleitete sie im Schneckentempo zur Bergman-Gruft, einem beeindruckenden Steingewölbe mit einer Kuppel als Dach. In jeder der Außenwände befand sich ein Bleiglasfenster, durch das Tageslicht ins Innere fallen konnte. Fünf Steinstufen führten hinunter zu einer mit einem Vorhängeschloss gesicherten, massiven Tür. Aus den Tiefen stiegen keine schlechten Gerüche auf, aber es war so kalt, dass alles tiefgefroren war. Decker betrachtete erst den Bolzenschneider und dann den dünnen Bügel des Vorhängeschlosses, das auch Teenager für ihren Spind in der Schule benutzen würden. Mit wenig Muskelkraft sollte es ihm gelingen, den U-förmigen Bügel sauber durchzutrennen.

»Darf ich Ihren Schlüssel noch mal ausprobieren?«, fragte Decker.

»Klar.«

Decker steckte den Schlüssel der Marke Schlage ins Schloss und konnte ihn einen Millimeter nach rechts und nach links drehen. Das Innenleben schien nicht gefroren zu sein, der Schlüssel gehörte nur einfach nicht zum Schloss. Er gab ihn Pellman zurück. Dann reichte er den Bolzenschneider an McAdams weiter. »Auf geht's, Harvard.«

»Ich?«

»Ja, versuchen Sie's.«

McAdams warf ihm einen scharfen Blick zu, tat aber wie ihm geheißen und setzte den Bolzenschneider an. »Okay.« Er atmete tief ein. »Okay.« Er drückte fest zu, und der Bügel rutschte zwischen den Greifern weg. McAdams fluchte.

»Wenn Sie es bis drei nicht geschafft haben, mache ich es selbst«, sagte Decker.

»Immer mit der Ruhe, alter Herr. Ich schaff das, ich schaff das.«

Der dritte Versuch vollbrachte das Wunder. Der Bengel setzte seine ganze Kraft ein, die Schneiden glitten durch den Bügel, das Schloss ging zu Bruch. Als McAdams in die Gruft gehen wollte, hielt Decker ihn zurück.

»Wie war's, wenn wir das Schloss vom Boden aufheben und in eine Beweistüte verfrachten? Vielleicht handelt es hier doch um einen Tatort, und möglicherweise befinden sich Fingerabdrücke auf dem Schloss. Und wie der glückliche Zufall es so will, habe ich ein paar von diesen Papiertüten in meiner Tasche.« Decker reichte ihm eine kleinere. »Oder, Boss, wäre es Ihnen lieber, dass ich es aufhebe?«

McAdams fluchte noch mal, bückte sich aber und hob es mit seinen behandschuhten Händen auf.

»Verfrachten Sie es in die Tüte«, sagte Decker, »schreiben Sie Ihren Namen drauf sowie Datum, Uhrzeit und Ort.«

McAdams folgte den Anweisungen, dann reichte er Decker die Tüte. »Nur weil Ihre Frau mich bekocht hat.«

»Und zwar gut.« Decker holte eine Taschenlampe und eine Lupe aus seiner Tasche. Er linste durch das Vergrößerungsglas, um die Tür zu untersuchen. »Keine Spuren eines Brecheisens.« Er stieß die Tür auf und ließ seinen Blick durch das Innere schweifen, in dem sich mehrere liegende Grabsteine aus Marmor befanden, aber keine Leichen, die nicht wenigstens zwei Meter unter der Erde lagen. Decker zählte die Grabsteine. Momentan beherbergte die Gruft zehn Gräber, mit ausreichend Platz für weitere Neuzugänge. Decker reichte McAdams eine zweite Taschenlampe. »Nur für den Fall, dass Sie keine eigene dabeihaben. Die können Sie behalten.« Er wandte sich an Pellman. »Dürfte ich mir Ihre Lampe ausleihen? Sie ist heller als meine.«

»Darauf können Sie wetten.« Der Wärter händigte ihm die mit vielen Batterien bestückte Lampe aus.

»Danke.« Decker ging über die Schwelle. Im Inneren der Gruft war es nicht so kalt, wie er gedacht hatte. Dicke Wände hielten das Sonnenlicht und die Hitze ab, aber eben auch extreme Kälte. Decker sah sich um.

Der Raum war so groß wie sein momentanes Wohnzimmer, knapp zwanzig Quadratmeter, und wunderschön verziert. An der Decke befanden sich goldene Ornamente, und mit Edelsteinen besetzte Banner aus schillernden Glaskacheln waren in die Wand eingelassen. Jeder Grabstein war mit seinem Bewohner beschriftet – Name, geliebter Ehemann, Vater, Großvater, geliebte Ehefrau, Mutter, Großmutter, Geburtstag, Todestag. Nichts Ungewöhnliches, abgesehen davon, dass die Grabsteine der Matriarchin und des Patriarchen ebenfalls mit einem Buntglasmosaik verziert waren – zwei unterschiedliche pastorale Szenen, hergestellt aus winzigen Glassteinen.

Er ging in die Hocke, um sich die Kunstwerke genauer anzusehen. McAdams kniete sich neben ihm hin. »Hier ist es egal«, flüsterte Decker, »aber fürs Protokoll: Knien Sie sich nicht hin. Sie zerstören damit potentielle Spuren. Denken Sie an so wenig Bodenkontakt wie möglich.«

Auch McAdams ging in die Hocke. »Ich bin nicht nur ein Eisblock, jetzt kriege ich sogar noch Muskelkater.«

Decker ignorierte ihn. »Hübsche Glasarbeit, oder?«

»Ganz okay … genauer gesagt, mehr als das. Die Ausführung ist sehr gut.«

»Jemand hat für diese Grabsteine Geld hingelegt.« Decker stand auf und ließ den Lichtstrahl Zentimeter für Zentimeter über die Wände gleiten, bis er bei den Fenstern angekommen war. Sie befanden sich drei Meter über dem Boden. Unter der Kuppel, direkt vor den vier Fenstern, hingen mit Blei eingefasste Bilder aus Buntglas, die Decker beim Betreten der Gruft zuerst nicht bemerkt hatte, da es finster gewesen war. Jetzt beleuchtete er jedes Fensterbild mit der Lampe und ließ den Strahl circa eine Minute darauf ruhen, bevor er zum nächsten überging. Mit ziemlicher Sicherheit erstrahlten sie im Tageslicht wunderschön.

»Das sind die vier Jahreszeiten.« Decker wandte sich an McAdams. »Hier der Winter, hier der Frühling, das da ist der Sommer und das der Herbst.« Er drehte sich zu Pellman um. »Hingen diese Buntglasbilder schon immer in der Gruft?«

»Seit ich hier bin, und wahrscheinlich bereits davor.«

Decker wandte sich wieder an den Bengel. »Was denken Sie?«

McAdams beleuchtete mit seiner Lampe eins nach dem anderen. »Meine Mutter besitzt ein paar Tiffany-Lampen. Ich behaupte nicht, dass das hier Tiffany ist, aber es sieht qualitativ hochwertig aus.«

»Ganz Ihrer Meinung«, pflichtete Decker ihm bei.

»Sie wissen schon, dass die Firma Buntglasfenster für religiöse Zwecke angefertigt hat.«

»Fahren Sie fort.«

»Das Tiffany-Studio hat viele Devotionalien für Kirchen und Synagogen hergestellt, mehr nicht. Kennen Sie sich in Manhattan aus?«

»Nicht besonders gut.«

»Auf der Fifth Avenue gibt es eine berühmte Synagoge mit einer echten Tiffany-Arbeit. Die portugiesische Synagoge an der West Side hat ebenfalls eine.«

»Muss ich mich bei Ihrer jüdischen Freundin bedanken?«

»Sie sind ein Meisterdetektiv, alter Herr. Das Studio stellte außerdem auch Fenster für die Mausoleen reicher Leute her. Es würde mich also nicht überraschen, wenn die Fensterbilder echt wären.«

»Können Sie beurteilen, ob die hier von Tiffany sind?«

»Nicht aus dieser Entfernung. Man könnte nach einer Signatur suchen, aber die lässt sich fälschen. So etwas kommt andauernd vor. Ob es echt ist, erkennt man in der Hauptsache an der Qualität.«

Decker wandte sich an Pellman. »Haben Sie eine Leiter?«

»Nicht hier, aber ich kann Ihnen eine holen.«

»Das wäre sehr hilfreich.«

»Bin gleich wieder da.«

Nachdem er gegangen war, sagte McAdams. »Warum bloß wollen Sie da hochklettern? Ist Ihnen so langweilig in Ihrem Job?«

»Harvard, es hilft immer, etwas aus der Nähe zu betrachten. Ich übernehme das Klettern, Sie halten einfach nur die Leiter fest.« Die beiden warteten schweigend, und McAdams wirkte beunruhigt. »Alles klar bei Ihnen?«, fragte Decker.

»Bisschen unheimlich hier drin.«

»Ja, Friedhöfe sind gruselig.« Decker überlegte. »Dieser Ort allerdings nicht. Jemand hat sich Zeit genommen, ihn prächtig zu gestalten.«

Pellman kehrte mit der Leiter zurück. »Bitte schön.«

Decker tauschte die starke, aber unhandliche Taschenlampe gegen seine eigene kleinere ein und begann, zu den Fenstern nach oben zu klettern. »Leute, richtet eure Lampen auf das Fenster, okay? Ich möchte es genauer untersuchen.«

Die beiden Männer leuchteten das »Herbst«-Buntglasbild aus. Es war circa fünfunddreißig mal fünfzig Zentimeter groß und hing an zwei Ketten, die in der Decke befestigt waren.

»Gibt es eine Signatur?«, rief McAdams.

»Nach welcher Art Signatur soll ich denn suchen?«

»Tiffany Studio … etwas in der Richtung.«

Decker befand sich jetzt auf Augenhöhe mit dem Kunstwerk. Er richtete seinen Lichtstrahl auf das Buntglas, und auch wenn er kein Experte war, sah die Arbeit ziemlich gut aus. Er brauchte zwei Sekunden, um die Signatur zu entdecken: *Tiffany Studio, New York.*

»Halten Sie es für echt?«, fragte McAdams von unten.

»Keine Ahnung.«

»An einem der Colleges muss es doch jemanden geben, der die Authentizität beglaubigen kann.«

»Guter Gedanke.« Decker fuhr damit fort, das Kunstwerk genauer in Augenschein zu nehmen: jede Glasscherbe, jeden Metallfaden, der das Glas an seinem Platz hielt. Das Metall inklusive Rahmen hatte einen dunklen Bronzefarbton, durch den ein grünlicher Schimmer flimmerte. Aus Antiquitätensendungen im Fernsehen wusste er, dass die Patina – die Art und Weise, wie Metall über die Jahre alterte – wichtig für die Einschätzung der Echtheit war, und seiner Ansicht nach befand sich zwischen den Metallarbeiten im Glas und am Rahmen ausreichend davon. Auch auf den Ketten, an denen das Fensterbild aufgehängt war.

An allen Gliedern befand sich ebenfalls ausreichend Patina – nur an den Aufhängern nicht, die an den Rahmen gelötet waren, und am Verbindungshaken zur Kette. Diese beiden waren dunkler als der Rahmen und sahen im Vergleich zu den anderen Metallstücken kontrastarm aus. Decker bemerkte ein abstehendes Stück Metall, das er für einen Splitter hielt, doch als er es berührte, fiel dunkle Farbe ab und landete auf seinem Handrücken. Vorsichtig stieg er die Leiter hinunter und klappte sie zusammen. »Mit Erlaubnis der Familie würde ich gerne einen Kunstexperten hierherbitten, um alle vier Fenster zu begutachten.«

»Warum?«, fragte McAdams. »Was haben Sie entdeckt?«

»Ich bin mir nicht sicher. Ich möchte, dass sich jemand alles genauer ansieht.«

Pellman scharrte mit den Füßen. »Ich kann die Familie schon anrufen«, räumte er ein, »aber vielleicht klingt es besser, wenn der Anruf von der Polizei kommt.«

»Ich übernehme das gerne und teile ihnen meine Vermutungen mit.« Selbst im düsteren Licht der Gruft konnte Decker erkennen, dass Pellman erleichtert war. Der Wärter gab Decker Ken Sobels Telefonnummer. »Haben Sie eine Möglichkeit, die Tür wieder zu sichern?«

»Nein, nicht dabei.«

»Ich gehe nicht davon aus, dass es hier einen Eisenwarenladen gibt, der mitten in der Nacht geöffnet ist?«

»Rufen Sie einfach Glenn Dutch an. Ich bin sicher, er hat was zu Hause. Wenn nicht, schließt er seinen Laden für Sie auf.«

»Dutch's Eisenwaren ist auf der Gable Street«, sagte McAdams.

»Haben Sie seine Telefonnummer?«, fragte Decker Pellman.

»Nicht dabei, aber Roy hat sie vielleicht. Roy ist ein Freund von Glenn, und ich habe Roys Nummer.«

»Könnten Sie dann Roy um Glenns Telefonnummer bitten? Das wäre sehr hilfreich.«

»Klar kann ich das.« Er ging die Kontaktliste auf seinem Handy durch. »Hab sie wohl zu Hause … die Nummer von Roy. Ich rufe meine Frau an, die mir Roys Nummer gibt, der Ihnen Glenns Nummer gibt.« Pellman ging ein paar Schritte zur Seite, um den Anruf zu erledigen.

»Möchten Sie mir mitteilen, was Sie entdeckt haben«, fragte McAdams, »oder muss ich erst ein Fragespiel gewinnen?«

»Ich habe Farbe gefunden«, sagte Decker.

»Farbe?«

»Von einem der an den Rahmen gelöteten Aufhänger ist Farbe abgeblättert. Die Lötstellen wurden übermalt, damit sie alt auszusehen. Und wenn ich es mir recht überlege, hat derjenige, der die Aufhänger an den Rahmen gelötet hat, ziemlich schlampig gearbeitet. Allerdings könnte es sich ja auch um eine Reparatur aus jüngster Zeit handeln. Es entspricht halt nur nicht dem Originalwerk.«

»Wie sah das Glas aus? Und damit meine ich die einzelnen Stücke?«, fragte McAdams.

»Das Glas ist wunderschön … wirklich schillernd.«

»Konnten Sie Risse entdecken?«

Decker sah ihn aufmerksam an. »Interessante Frage. Mir ist tatsächlich aufgefallen, dass das Glas in ziemlich gutem Zustand ist. Warum?«

»Vielleicht trifft das auf Fensterbilder nicht zu, aber meine Mom sagte immer, ihre Lampen seien schon älter. Man findet praktisch keine Stücke in makellosem Zustand – ohne Risse –, die nicht gefälscht sind.«

»Gut zu wissen«, sagte Decker. »Andererseits sitzen die Fensterbilder seit über hundert Jahren unberührt an Ort und Stelle.« Er überlegte. »Dagegen spricht, dass die Glasarbeiten in einer nicht temperierten Umgebung hängen. Angesichts der Wetterunterschiede sollte man meinen, dass es zu Rissen kommt. Dagegen spricht wiederum, dass ich nur eins der Fensterbilder unter die Lupe genommen habe, vielleicht befinden sich in den anderen Risse im Glas.«

»So machen Sie das also. Sie reden einfach so lange mit sich selbst, bis Sie einen Treffer landen.«

»Ganz genau, ich rede mit mir selbst, wenn sonst niemand da ist. Als Leiter der Mordkommission habe ich mit meinen anderen Detectives gesprochen. Wir haben uns gegenseitig Bälle zugespielt, und wir lagen öfter richtig als falsch.«

»Nur zu Ihrer Info, ich stehe hier direkt neben Ihnen und friere mir den Arsch ab. Sie könnten mir ein paar beschissene Bälle zuspielen.«

»McAdams, seit sechs Monaten tue ich nichts anderes, und alles, was ich dafür bekommen habe, ist Herumgemeckere. Soll mir recht sein. Ich weiß, dass ich ein hervorragender Polizist bin. Wenn Sie etwas lernen möchten, freue ich mich, mein Wissen mit Ihnen zu teilen. Und wenn es etwas gibt, was Sie wissen und ich nicht, dann ist das auch kein Problem für mich. Ein guter Detective fängt an als guter Zuhörer.«

3

Nachdem die Gruft dank des Eisenwarenladens von Glenn Dutch wieder mit einem Vorhängeschloss gesichert war, verließen sie den Ort gegen halb zwölf Uhr nachts. Es war zu spät für Anrufe, aber wenn es Deckers Familiengrab gewesen wäre, hätte er sofort informiert werden wollen. Er reichte McAdams einen Notizzettel. »Das ist Ken Sobels Nummer – er scheint sich um die Gruft zu kümmern. Geben Sie sich die Ehre.«

»Ich?«

»Sie sind mein Vorgesetzter.«

»Dann beauftrage ich Sie hiermit, den Anruf zu tätigen.«

»Ich bin im Schabbes. Würden Sie mir den Gefallen tun?«

»Es ist spät.«

»Ich weiß, aber ich denke trotzdem, wir sollten ihn anrufen.«

»Warum?«

»Weil es die angemessene Vorgehensweise ist. Pellman hat ihm bereits mitgeteilt, dass etwas mit dem Schloss nicht stimmt. Wahrscheinlich wartet er darauf, von ihm zu hören.« Eine Pause. »Hören Sie, falls Sie sich damit nicht wohlfühlen ...«

»Machen Sie sich nicht lächerlich.« McAdams kramte sein Handy aus der Tasche. »Ich ruf an.«

Aber er rief nicht an. »Als Erstes sagen Sie, wer Sie sind«, schlug Decker vor.

»Ich weiß, wie man das macht, okay?« Decker schwieg dazu, und McAdams starrte sein Handy an. »Wie viel soll ich ihm sagen? Was, wenn er die Fensterbilder höchstpersönlich abgehängt hat? So würden wir ihn warnen, dass wir misstrauisch geworden sind.«

»Halten wir uns einfach an das, was wir wissen, okay?«

»Wir wissen aber nichts mit Sicherheit, weshalb rufen wir ihn dann überhaupt an?«

»Wir rufen ihn an, um ihn darüber zu informieren, dass alles so weit in Ordnung ist, dass wir aber der Vollständigkeit halber die Fensterbilder lieber begutachten lassen würden. Sagen Sie ihm zuerst, dass alles normal aussieht. Dann loben Sie die Glasarbeiten, dann fragen Sie ihn, ob das echte Tiffanys sind …«

»Ich hab's kapiert!« McAdams drückte Decker abrupt das Handy in die Hand. »Offensichtlich haben Sie eine Art Drehbuch im Kopf. Also schießen Sie selber los, und zwar schnell. Mir ist kalt … mehr als kalt. Ich bin ganz taub.«

»Ich übernehme den Anruf, aber würden Sie die Nummer vielleicht für mich eintippen?«

»Ich glaube nicht, dass ich meine Finger bewegen kann.«

»Na gut.«

»Das war ein Witz, alter Herr.«

»Und stellen Sie es laut, dann muss ich das Gespräch nicht wiederholen«, wies Decker ihn an. McAdams schmollte – sein Stolz war verletzt –, aber er tat wie ihm geheißen. Decker wartete auf das Rufzeichen. Gemeinsam machten sie sich auf den Weg nach Hause in einer jetzt definitiv polaren Kälte. Er hatte die Angewohnheit, sich beim Telefonieren zu bewegen. Wenigstens war es diesmal tatsächlich sinnvoll.

Nachdem jemand das Gespräch angenommen hatte, sagte er: »Hier spricht Peter Decker von der Polizei Greenbury. Bitte entschuldigen Sie den späten Anruf, aber ich hätte gerne Ken Sobel gesprochen.«

Die Stimme am anderen Ende der Leitung klang hellwach. »Am Apparat. Warum hat das so lange gedauert? Was geht da vor sich?«

»Sir, wir haben das Schloss zur Gruft aufgebrochen. Soweit ich das beurteilen kann, sieht alles gut aus.«

»Puh! Na fein. Die Vorstellung, jemand wäre in die Gruft eingebrochen und hätte dort Unfug angerichtet, ist wirklich makaber. Warum hat denn Isaiah Pellmans Schlüssel nicht gepasst?«

»Das wissen wir nicht. Könnte jemand anderes aus der Familie das Schloss ausgetauscht haben?«

»Ich bin eigentlich der Einzige, der sich die Mühe macht, zur Gruft zu fahren … außer für das Begräbnis vor sechs Monaten. Und bei meinem Besuch vor vier Monaten war alles in Ordnung.«

»Wer außer Ihnen besitzt noch einen Schlüssel?«

»Meine Schwester … einige meiner Cousins.«

»Mr. Pellman hat das Schloss vor vier Tagen überprüft, und da funktionierte es. Wenn also jemand das Schloss ausgetauscht hat, müsste das in den letzten Tagen passiert sein.«

»Ich versichere Ihnen, dass keiner meiner Verwandten in den letzten Tagen vor Ort war.«

»Gut. Falls es Ihnen nichts ausmacht, hätte ich noch ein oder zwei Fragen.«

»Bitte.«

»Im Inneren der Gruft befinden sich vier wunderschöne Buntglasbilder. Die Motive erinnern an die vier Jahreszeiten. Ich habe mir sogar eine Leiter besorgt, um das Herbst-Motiv genauer zu betrachten, und dabei eine Tiffany-Signatur entdeckt. Handelt es sich um echte Tiffanys?«

Am anderen Ende der Verbindung wurde es einen Moment lang still. »Warum fragen Sie?«

»Ich bin von Natur aus misstrauisch. Bei meiner ersten Unterhaltung mit Isaiah Pellman klang es so, als wäre das Originalschloss absichtlich aufgebrochen worden. Und dann sah ich diese Fensterbilder. Wenn es echte Tiffany-Arbeiten sind, lohnt sich der Diebstahl.«

»Aber Sie sagten doch, alles sei in Ordnung?«

»Ist es auch.«

»Jetzt bin ich verwirrt.«

»Sind die Glasbilder von Tiffany?«

»Ja, und sie stellen die vier Jahreszeiten dar. Meine Großmutter hatte sie zur Jahrhundertwende in Auftrag gegeben.«

»Es wäre eine gute Idee, jemanden herzuschicken, um ihre Authentizität zu bezeugen. Mein Partner machte den Vorschlag, dass jemand von den Colleges dies übernehmen könnte, Ihr Einverständnis vorausgesetzt.«

»Das ist lächerlich. Natürlich sind alle vier echt!«

»Ich bin mir sicher, dass sie es einmal waren.«

»Wie bitte?« Eine lange Pause. »Sie glauben, jemand ist dort eingedrungen und hat die Fensterbilder gegen Fälschungen ausgetauscht?«

»Mr. Sobel, ich bin ganz bestimmt kein Kunstexperte, aber ich bin auf einer Leiter nach oben geklettert, um mir eins aus der Nähe anzusehen. So habe ich die Tiffany-Signatur entdeckt. Ich habe nur das Herbst-Motiv untersucht, Sir, also kann ich zu den anderen drei nichts sagen. Und bei diesem Glasbild hat jemand die an den Metallrahmen gelöteten Aufhänger, an denen die Kette befestigt ist, übermalt. Die Aufhänger wurden dunkelbraun übertüncht, um zur Patina zu passen. Die Farbe ist auf meine Hand abgeblättert. Haben Sie an diesem Fensterbild eine Reparatur ausführen lassen?«

»Nein! Und die Idee, Tiffany würde etwas übermalen, um es wie echte Patina aussehen zu lassen, ist absurd! Denn wenn sie das täten, wäre es nicht alt. Darüber hinaus werden die Glasteile durch Kupferbänder an ihrem Platz gehalten, nicht Blei. Das war eine sehr teure Methode zur Herstellung von Buntglaskunst. Tiffany hat sie erfunden, soweit ich weiß. Im Neuzustand hätte das Material geglänzt.«

»Erzählen Sie ihm von dem makellosen Glas«, flüsterte McAdams Decker zu.

Decker nickte. »Hinzu kommt, dass das Buntglas in makellosem Zustand ist. Mein Partner meint, es sei bei echten Tiffany-Kunstwerken eher üblich, dass man einen oder zwei Risse vorfindet.«

»Ich glaub's nicht, verdammt noch mal!«, fluchte Sobel. Decker hörte eine weibliche Stimme im Hintergrund, mit der Sobel gedämpft redete. »Jemand hat sich vielleicht unsere Tiffany-Glasbilder unter den Nagel gerissen … ja, in der Gruft!« Zu Decker sagte er: »Sind Sie sich ganz sicher?«

»Überhaupt nicht. Es ist Ihre Entscheidung, wie wir jetzt weitermachen.«

Sobel murmelte immer noch fluchend vor sich hin. »Ich komme mit jemandem vorbei … Aber morgen geht nicht. Ist die Gruft wieder verschlossen?«

»Ja, wir haben ein neues Vorhängeschloss angebracht.«

»Ich werde nachfragen, ob mein Gutachter – besser bekannt als mein Schwiegersohn – mich am Sonntag begleitet. Sein Laden ist dann geschlossen, also kann er mir den Gefallen umsonst machen. Na ja, nicht ganz umsonst. Ich habe ein Vermögen in seiner Galerie gelassen … dachte mir, es kommt meinen Enkeln zugute. Passt Ihnen der Sonntag?«

»Sonntag wäre gut. Ich gebe Ihnen meine Telefonnummer und die meines Partners.« Danach fuhr Decker fort: »Rufen

Sie ruhig einen von uns an. In der Zwischenzeit kümmere ich mich darum, dass die Wärter die Gruft während ihres Dienstes überprüfen.«

»Wie lautet noch mal Ihr Name?«

»Peter Decker.«

»Sind Sie neu? Ich kenne Sie nicht.«

»Ich bin vor sechs Wochen auf das Revier gewechselt. Davor war ich beim LAPD.«

»LAPD.« Eine Pause. »Haben Sie schon mal in einem Kunstfall ermittelt? Oder soll ich einen Experten auf dem Gebiet vorbeischicken?«

»Zum Zeitpunkt meines Weggangs aus Los Angeles war ich Lieutenant und verantwortlich für ein Dezernat mit Detectives, daher kenne ich mich in jeder Art von Verbrechen aus, die man sich vorstellen kann, Kunstraub und Fälschungen mit inbegriffen. Aber Sie dürfen gerne einen eigenen Ermittler dazunehmen, solange wir uns austauschen. Ich habe keine Berührungsängste, vor allem nicht bei einem so fachbezogenen Fall. Leben Sie in Manhattan?«

»Ja.«

»Da gibt es sicher eine Menge Spezialisten für Ihr Gebiet. Was halten Sie davon, wenn wir einen Schritt nach dem anderen machen?«

»Ich denke, das wäre sinnvoll. Was war Ihr Fachgebiet?«

»Als Lieutenant habe ich meine Detectives hauptsächlich überwacht und selbst nur in sehr wichtigen und verwirrenden Fällen ermittelt. Vor meiner Beförderung war ich zwanzig Jahre lang bei der Mordkommission.«

»Mordkommission! Hoffentlich haben wir dafür keine Verwendung!«

Decker lächelte. »Das hoffe ich auch.«

Sobel bedankte sich für den Anruf und beendete das Gespräch. Decker gab McAdams sein Handy zurück. Den Rest des Weges über schwiegen sie. Als sie beim Haus ankamen, sagte Decker: »Das war jetzt wirklich kein Spaß, aber dass Sie mich in der Kälte begleitet haben, fand ich professionell.«

»Ja, klar, erzählen Sie das mal meinen erfrorenen Füßen … und meinen eiskalten Ohren. Wenn ich Frostbeulen bekomme, plädiere ich auf Berufsunfähigkeit.«

Decker beäugte ihn. »Mal ehrlich, McAdams, die Polizei ist eine paramilitärische Organisation. Regel Nummer eins: Niemand will Ihr Gemecker hören, also schlucken Sie's runter. Keine Garantie, dass man Sie lieber mögen wird, aber wenn Sie nicht reden, gehen Sie den Leuten wenigstens nicht auf die Nerven. Möchten Sie am Sonntag dabei sein? Falls Sie etwas anderes vorhaben, komme ich auch alleine klar. Wahrscheinlich sogar besser. Ich überlasse die Entscheidung Ihnen.«

»Ich mache mit. Um wie viel Uhr?«

»Hat er mir nicht gesagt.«

»Also müssen wir Däumchen drehend neben dem Telefon sitzen?«

»Erinnern Sie sich daran, was ich Ihnen vor fünf Sekunden übers Runterschlucken gesagt habe?«

McAdams seufzte, dann sagte er: »Glauben Sie, die Fensterbilder wurden gestohlen?«

»Aha … eine auf den Fall bezogene Frage. Gut. Ich glaube, die Möglichkeit besteht eindeutig.«

»Wir haben es mit einem Kunstraub zu tun … und wenn Pellman sagt, sein Schlüssel hat vor ein paar Tagen noch gepasst, handelt es sich um einen Kunstraub in jüngster Zeit.«

Decker warf beide Hände in die Luft. »Wow!«

McAdams lächelte. »Bis Sonntag. Danken Sie noch mal Ihrer Frau.«

»Was ich jetzt sage, sollte eigentlich selbstverständlich sein, aber davon gehe ich nie aus. Also: Sie reden mit niemandem darüber. Sie sollten niemals über die Arbeit reden. Basta.«

»Kein Problem, alter Herr, ich habe sowieso niemandem zum Reden.«

Es schien eine Ewigkeit her zu sein, dass Rina wach blieb, um auf ihn zu warten. Tatsächlich lag es erst ein paar Monate zurück, dass Peter aus dem Staatsdienst ausgeschieden war und sie nach Greenbury gezogen waren. Sie fand den Umzug gut, hatte aber den Verdacht, dass Decker weniger begeistert war. Er redete nicht darüber, und sie hatte nicht nachgefragt, aber vielleicht würde eine Kostprobe seines alten Lebens die Eingewöhnung erleichtern.

Als er zur Tür hereinkam, sah Peter verfroren aus, aber überhaupt nicht müde. Seine Nase und die Wangen leuchteten knallrot. Rina erhob sich von der Couch und bereitete in der Küche mit heißem Wasser aus dem Samowar, den sie immer vor dem Schabbes anschaltete, zwei Tassen Tee zu. Er hängte seine Jacke und den Schal auf, zog seine Handschuhe aus und verstaute den Hut. »Mann, tut gut, aus der Kälte herauszukommen.«

Rina stellte den heißen Tee auf einem Couchtisch ab. Sie trug einen luftigen Schlafanzug. Der Heizkörper sonderte heiße Wölkchen ab. »Endlich verstehe ich Saunas. Man schwitzt, dann friert man, und dann fühlt sich die Hitze nicht mehr so heiß an.« Sie fächerte sich Luft zu. »Ich bin bereit für ein Zeltlager im Garten. Ich sterbe. Das könnte natürlich am M-Wort liegen.«

»Mach ein Fenster auf.«

»Hab ich schon, aber dann wird mir kalt. Den Krieg gegen die Hormone kann man nicht gewinnen.«

Decker nahm einen Schluck vom Tee. »Du siehst so jung aus wie an dem Tag, als wir uns das erste Mal begegnet sind.«

»Und du bist ein Schmeichler. Und du hast ein Glitzern in den Augen. Oder sind das Eiskristalle? Also, Liebling, worum ging's?«

»Nichts Besonderes, aber wenigstens spannender als die Rettung einer Katze aus einem Baum.«

»Möchtest du darüber reden?«

»Ich habe den Bengel gerade ermahnt, mit niemandem über diesen Fall zu reden.«

»Ich bin deine Ehefrau. Ich genieße verfassungsrechtliche Privilegien.«

Decker lächelte. »Es war wirklich nichts Besonderes, möglicherweise ein Kunstraub von Tiffany-Fensterbildern. Es sind noch alle Bilder da, aber wir wissen nicht, ob es sich dabei um die Originale handelt. Könnten Fälschungen sein. Der Eigentümer kommt am Sonntag mit einem Experten her, um sie zu begutachten.«

»Ich vermute mal, die nächste Frage lautet, wer so etwas stehlen würde? Und wer überhaupt von den Fensterbildern wusste?«

»Könntest du nicht anstelle des Bengels mein Partner werden?«

»Wie schlägt er sich?«

»Unerträglich wie immer.« Decker trank noch einen Schluck Tee. »Aber heute Abend habe ich einen Funken Neugier wahrgenommen.«

»Ah … vielleicht musste er mal richtige Polizeiarbeit kennenlernen. Er war immerhin in Harvard.«

»Sein Verstand ist nicht das Problem. Was er braucht, ist eine Persönlichkeits-Transplantation.«

»Mir kam er hier höflich genug vor. Egal, es tut gut, dich mal wieder griesgrämig zu sehen. Das bedeutet, dass du glücklich bist. Weißt du etwas über Tiffany?«

»Nicht viel. Und du?«

»Ich glaube, er hatte ein Studio upstate. Ich glaube aber auch, dass es aufgelöst wurde.« Decker schwieg. »Was ist?«

»Ich glaube, es gibt in Orlando ein Museum … wie heißt es noch? Siehst du, genau deshalb sollten wir am Schabbes nicht über die Arbeit reden. Jetzt darf ich es nicht im Internet suchen, und das macht mich wahnsinnig.«

»Ein Tiffany-Museum?«

»Es gibt dort einen Haufen Tiffany-Fenster. Ich war mal da, bei einem Besuch meines Onkels, vor Jahren … es ist ein Museum der amerikanischen Künste … irgendwann fällt es mir wieder ein.« Decker trank seinen Tee aus. »Ist der Buntglas-Tiffany derselbe Mensch wie der mit den Tiffany-Läden?«

»Ich glaube, es waren Vater und Sohn. Der Sohn ist der mit dem Buntglas.«

»Louis Comfort Tiffany.«

»Ja, stimmt. Alle Achtung.«

»Also ist der Typ mit dem Schmuck der Vater?«

»Ja, und soweit ich weiß, ging Tiffany als Juwelier schon lange in einen Konzern über.«

»Ich prüfe das, sobald der Schabbes vorbei ist.« Decker rückte näher an seine Frau heran. »Und jetzt lass uns einfach nur genießen, dass wir beide hier zusammen sind.«

»Oho, ich mag's, wenn du polizeilich ermittelst. Das weckt den Romantiker in dir.«

Decker wurde stutzig. »War ich etwa ein romantischer Drückeberger?«

»Peter, du bist immer ein Romantiker, aber seit wir hier sind, kam es mir oft so vor, als wüsstest du nichts mit dir anzufangen.«

Er holte tief Luft. »Es war eine Umstellung. Manchmal ist mir ein bisschen langweilig. Das scheint mir nach den Jahren beim LAPD nur normal zu sein. Und ich will nicht zurück. Ich denke, ich vermisse einfach die Hektik eines richtigen Falls. Diesen ersten Schub Adrenalin. Und selbst wenn dieses Kunstding hier wahrscheinlich nichts ist, hat es mir einen Ruck gegeben. Mir geht es gut. Das alles ist Teil eines Gewöhnungsprozesses, vermute ich mal. Dass man älter wird … alt wird.«

»Du bist nicht alt.«

»Das sieht der Bengel ganz anders. Er nennt mich alter Herr.«

»Du bist nicht alt.« Rina gab ihm einen Kuss. »Außerdem gibt es alt …« Noch ein Kuss. »Und altehrwürdig.«

4

Der Friedhof mit seinen Grabsteinen, in denen Namen wie Whitestone, Potter, MacDoogal und Hawthorne gemeißelt waren, wirkte im Tageslicht idyllisch und weit weniger Unheil verkündend. Das Bergman-Mausoleum hob sich von seiner Nachbarschaft ab wie eine reiche, aufgetakelte Witwe, aber da es schon sehr lange dort stand, bildete sein Aussehen wohl mittlerweile einen Teil der Kulisse. Decker fand es kühl, nicht mehr eisig, es war frisch, jedoch nicht ungemütlich. Die Sonne dümpelte in einem dunkelblauen Meer.

Der Mann, der aus dem Mercedes stieg, war Ende sechzig und hatte weiße Haare, bewegte sich aber schwungvoll. Er war über eins achtzig groß, vom Skifahren gebräunt, mit milchigen blauen Augen und einem dominanten Kinn. Er trug einen Pullover mit Zopfmuster und Jeans, dazu Slipper ohne Socken. In seinem Schlepptau befand sich ein jüngerer, kleinerer Mann mit braunen Augen und lockigen braunen Haaren. Er trug einen schwarzen Anzug mit weißem Hemd und einer roten Fliege. Seine Füße steckten in schwarzen Socken und gleichfarbigen Oxford-Schuhen.

»Ken Sobel.« Er deutete auf den jüngeren Mann. »Das ist Maxwell Stewart, Besitzer der berühmten Galerie Stewart und Harrison. Wenn Sie mit ihm verhandeln, setzen Sie lieber Ihr Pokerface auf. Dieser Mann ist ein Haifisch.«

»Nennen Sie mich Max.« Er war circa vierzig Jahre alt. »Und hören Sie nicht auf Ken. Mache ich auch nicht.«

»Peter Decker. Danke, dass Sie hergekommen sind.«

»Sind Sie ein normaler Polizist oder ein Detective oder …«

»Ich bin das, was das Dezernat gerade braucht. Das hier ist mein Partner, Detective Tyler McAdams.«

Allgemeines Händeschütteln. Dann wandte Sobel sich an Isaiah Pellman, der versuchte, in einem nicht vorhandenen Schatten unsichtbar zu werden. »Was zum Teufel ist hier passiert, Isaiah?«

»Genau, wie ich es Ihnen gesagt habe, Sir. Der Schlüssel passte nicht.«

»Wann hast du ihn das letzte Mal ausprobiert?«, fragte Sobel.

»Letzten Dienstag. Da hat er funktioniert.«

»Und was ist dazwischen passiert?«

»Weiß ich nicht, Sir.«

»Gestatten Sie«, sagte Decker, »dass ich Ihnen eine Zusammenfassung gebe ab dem Augenblick, als McAdams und ich dazugestoßen sind und warum ich Sie gebeten habe herzukommen.«

»Ich weiß, warum Sie mich hergebeten haben. Das haben Sie mir bereits am Telefon gesagt.«

»Lass den Mann doch ausreden«, mischte Stewart sich ein.

»Fassen Sie sich kurz«, sagte Sobel, »ich habe heute Abend eine Verpflichtung, und die Fahrt dauert drei Stunden.«

»Ken, es ist zehn Uhr morgens.«

»Du weißt, wie grausam der Verkehr manchmal ist.«

Decker fasste die Ereignisse von Freitagabend kurz zusammen, während McAdams ungeduldig auf und ab wippte und sich sichtlich überflüssig vorkam. Zum Schluss wandte Decker sich an McAdams. »Möchten Sie dem etwas hinzufügen?«

»Kein bisschen.«

Decker drehte sich zu Pellman um. »Wir brauchen die Leiter noch einmal. Mr. Stewart wird sich die Bilder aus der Nähe ansehen müssen.«

»Sie erwarten, dass ich eine Leiter hochklettere?«, fragte Stewart entgeistert.

»Das ist nicht besonders schwer, Max. Schön einen Fuß über den nächsten setzen.«

»Ich trage Schuhe mit Ledersohlen.« Er sah seinen Schwiegervater an. »Falls ich mir ein Bein breche, erklärst du Natalie, warum.«

»Ich fange dich auf.«

»Ich würde die Bilder für Sie abnehmen«, sagte Decker, »aber ich möchte nichts vermasseln.«

»Ist schon in Ordnung.« Max war sichtlich verärgert. »Wenn ich von der Kletterei gewusst hätte, hätte ich Turnschuhe angezogen. Ich glaube allerdings, der alte Herr sieht mich gerne schwitzen.«

»Das kenne ich«, murmelte McAdams.

»Harvard, das reicht«, sagte Decker.

»Sie waren in Harvard?«, fragte Stewart.

»Mein Abschluss ist zwei Jahre her.«

»Welches Haus?«

»Cabot. Und Sie?«

»Lowell.«

Die beiden warfen mit Namen um sich, obwohl ein Dutzend Lebensjahre zwischen ihnen lagen. Wenn McAdams überhaupt zu etwas gut war, dann um Beziehungen zu der Ivy-League-Elite mit ihren Zweitwohnsitzen entlang des Hudson aufzubauen. Aber das machte ihn bei der normal arbeitenden Bevölkerung auch nicht beliebter.

Pellman kehrte mit der Leiter und seiner Taschenlampe zurück. Er ging die fünf Stufen zur Gruft nach unten und sperrte das neue Schloss auf. Alle drängelten sich in den Raum. Decker schaltete Pellmans Taschenlampe an, obwohl viel Sonnenlicht durch die Fenster fiel und das Buntglas der Fensterbilder hell schillerte.

Stewart blickte nach oben. »Könnten Sie den Lichtstrahl auf dieses hier richten?«

Decker beleuchtete das Herbst-Motiv.

»Da kann ich bereits sagen, dass es eine Fälschung ist. Gutes Glas, schlampige Arbeit.«

Sobel fluchte vor sich hin. »Bist du dir sicher?«

»Ja.«

»Woran erkennst du das?«

»Ken, woher weißt du, wann es Zeit ist, Aktien loszuwerden? Damit verdiene ich mein Geld.«

Ken winkte mürrisch ab und begann, auf und ab zu gehen. »Verdammt, wie konnte das passieren?«

»Was ist mit den anderen?«, fragte McAdams Stewart. »Was glauben Sie?«

Sobel fiel plötzlich wieder ein, dass noch drei weitere Fensterbilder begutachtet werden mussten. »Genau, Max, was ist mit den anderen?«

»Könnte ich die Taschenlampe haben?«, fragte Stewart.

»Natürlich.« Decker reichte sie ihm.

Der Kunsthändler studierte jedes Bild eingehend und meinte anschließend: »Okay, in meinen Augen handelt es sich beim Sommer ebenfalls um eine Fälschung. Die anderen beiden … ich werde sie mir wohl von der Leiter aus näher ansehen müssen.«

Sobel fluchte wieder vor sich hin, während Decker und McAdams die Leiter so nah wie möglich am Fenster mit der Winter-Szenerie gegen die Wand lehnten. Stewart schüttelte den Kopf, dann erklomm er die Stufen. Als er auf Augenhöhe mit dem Fensterbild war, nahm Decker zwei Stufen und reichte ihm die Taschenlampe. Stewart untersuchte die Arbeit lange. »Das hier ist echt.«

»Danke dem lieben Gott auch für kleine Gefälligkeiten«, brummelte Sobel.

Vorsichtig machte Max sich auf den Weg nach unten und wiederholte die Prozedur beim Frühlings-Motiv. »Echt.« Er kam nach unten und klopfte sich den Staub von der Hose. »Zwei so, zwei so, Ken.«

»Verdammt noch mal! Was zum Teufel fängt jemand mit zwei Bildern aus einer Viererserie an?«

»Ich schätze, die Fensterbilder sind auch einzeln sehr wertvoll«, sagte Decker.

»Natürlich«, bestätigte Max, »aber als Set schnellt der Wert exponentiell in die Höhe.«

»Sie sollten die echten Arbeiten aus der Gruft entfernen und sie an einem sichereren Ort lagern.«

»Genau das dachte ich auch«, sagte Stewart.

»Wie kompliziert ist es, sie abzuhängen?«

»Normalerweise nicht sehr. Die Ketten werden einfach nur in die Metallschlaufen am Rahmen eingehängt, aber es sieht so aus, als wären die Glieder um die Aufhänger herum zusammengepresst worden, was nicht dem ursprünglichen Design entspricht. Es wäre hilfreich, zwei Leute hier oben zu haben. Einer löst das Fensterbild, und der andere hält die Werkzeuge.«

Sobel fluchte immer noch leise vor sich hin, daher wandte McAdams sich an Pellman. »Haben Sie noch eine Leiter?«

»Da muss ich erst nachsehen.« Er kam mit einer kürzeren Leiter zurück: »Das ist alles, was ich habe.«

»Die reicht aus«, sagte Decker und drehte sich zu Stewart um. »Sollen wir?«

Sie brauchten weniger als eine Stunde, um alle vier Fensterbilder abzuhängen, und eine weitere, um die Ketten und die Deckenbefestigungen zu entfernen. Um Punkt zwölf waren die beiden Originale zusammen mit den Ketten in Luftpolsterfolie verpackt und in Decken gehüllt worden und lagen auf der Rückbank des Mercedes. Die beiden Fälschungen würden als Beweisstücke in einem Verbrechen aufgelistet werden. Sobel klimperte mit seinen Schlüsseln, als er sich zu Decker umdrehte. »Und jetzt?«

»Ich brauche die Namen aller, die einen Schlüssel zur Gruft besitzen und über die Existenz der Fensterbilder Bescheid wissen.«

»Das wird eine lange Liste«, sagte Sobel, »eine sehr, sehr lange Liste.«

Stewart beugte sich zu McAdams vor und flüsterte ihm etwas ins Ohr. Als McAdams grinste, sagte Sobel: »Würden Sie mir mitteilen, was daran auch nur im Entferntesten lustig ist?«

»Nichts, Ken, wir sind nur zwei Harvard-Jungs, die blöde Witze reißen.«

»Okay, dann reißt eure Witze ein andermal, okay?« Sobel war gereizt. »Ich weiß überhaupt nicht, wo ich anfangen soll.«

»Beginnen Sie mit Ihren Verwandten«, schlug Decker vor. »Hat jemand von ihnen finanzielle Probleme?«

»Da wäre meine Schwägerin«, sagte Stewart.

»Lass den Quatsch, Max«, fuhr Sobel ihn an. »Sie hat keine finanziellen Probleme.«

»Mein Schwager ist ein prima Typ. Warum er Melanie geheiratet hat, ist dem Rest der Familie schleierhaft. Na ja, ich weiß schon, warum er sie geheiratet hat. Sie ist schön. Aber eben auch widerlich und kaufsüchtig. Und sieh mich nicht so an, Ken. Die Polizei wird ihre Fragen ohnehin stellen, stimmt doch, oder?«

»Stimmt genau«, sagte McAdams.

Sobel war jetzt wütend. »Ich versichere Ihnen, dass niemand aus unserer Verwandtschaft die Fensterbilder gestohlen hat.«

»Sie haben vermutlich recht, Mr. Sobel«, sagte Decker. »Aber irgendwo muss ich anfangen. Und wer unschuldig ist, hat bestimmt nichts dagegen, mit mir zu reden.«

»Genau, reden Sie mit Melanie, reden Sie, mit wem Sie wollen, mir egal.« Sobel wandte sich an seinen Schwiegersohn. »Du glaubst doch nicht ernsthaft, dass Melanie die Fensterbilder gestohlen hat.«

Stewart legte einen Arm um seinen Schwiegervater. »Ehrlicherweise nicht. Das wäre selbst für sie zu tief gesunken.«

»Stellen Sie uns eine Liste zusammen, und ab da übernehmen wir«, sagte Decker. »Was ist mit den hier Ansässigen? Weiß jemand aus Greenbury von den Bildern?«

»Nur Pellman und der andere Wärter.«

»Wir bewahren die Schlüssel der Mausoleen in einer Schließkassette auf, Mr. Sobel.«

»Das heißt nicht, dass keiner von euch ihn benutzt hat.« Als der Friedhofswärter kreidebleich wurde, schob Sobel nach: »Ich beschuldige dich nicht, Isaiah. Ich spreche nur laut aus, was die Polizei denkt.«

McAdams schnippte mit den Fingern. »Vielleicht jemand von den Colleges? Wusste ein Kunstprofessor Bescheid, noch aus der Zeit Ihrer Eltern? Littleton gibt es hier schon eine ganze Weile, und zu Zeiten meines Vaters war es bekannt für seine vielen Experten für regionale Maler und das Kunsthandwerk der Gegend. Das Studio von Tiffany lag nicht so weit entfernt.«

Der Junge besaß Verstand. »Das ist ein guter Gedanke«, sagte Decker.

»Ich hatte nie etwas mit den Colleges zu schaffen«, widersprach Sobel.

»Wir finden es heraus«, sagte Decker. »Wüssten Sie es, wenn die Fensterbilder irgendwann einmal an ein Museum ausgeliehen wurden oder in einem Buch über Tiffany enthalten sind?«

»Oder in einem anderen Katalog über Glaskunst?«, fügte McAdams hinzu.

»Keine Ahnung«, brummelte Sobel. »Sie können sich nicht vorstellen, wie niederschmetternd das alles für mich ist.«

Stewart legte einen Arm um die Schultern seines Schwiegervaters. »Die gute Nachricht ist, dass die Fensterbilder nicht zerstört wurden, Ken. Jemand hat sie gestohlen, der sie haben wollte, weil er weiß, was sie wert sind. Und die Fenster können in keinem seriösen Auktionshaus angeboten werden, weil der Herkunftsnachweis fehlt. Wenn der Dieb sie also verkaufen will, muss er es auf dem Schwarzmarkt tun. Wir werden sie finden. Wenn nicht, bist du ja versichert.«

»Ich schere mich nicht um die Versicherung. Ich will die Kunstwerke.« Der Mann brach fast in Tränen aus. »Sie sind das Vermächtnis meiner Großeltern. Meine Großmutter hat sie bei den Tiffany-Studios in Auftrag gegeben.«

»Ich weiß.« Max gab ihm einen Kuss auf die Wange. »Wenigstens haben wir zwei von ihnen geborgen. Und sollten wir Faksimiles der beiden anderen benötigen, dann habe ich Künstler an der Hand, die genauso talentiert sind wie die in den Tiffany-Studios. Wobei es wirklich fast jeder besser machen könnte als diesen Dreck hier.«

Sobel nickte. »Danke, dass du mich begleitest, Max.«

»Ich bitte dich, Ken. Du weißt, ich wäre beleidigt gewesen, wenn du einen anderen darum gebeten hättest.« Stewart sah Decker und McAdams an. »Wir schreiben Ihnen diese Liste auf. Bestimmt denken wir nicht an jeden, aber wenn uns noch Namen einfallen, schicken wir sie Ihnen.«

»Danke«, sagte Decker. »Und es ist egal, wie lang sie wird. Eine lange Liste ist kein so großes Problem wie gar keine Liste.«

Sobel nickte und stieg auf der Fahrerseite ein. Stewart nahm auf der Rückbank Platz, die Arme geschickt um seine Fracht aus Glas gelegt. Sie brausten in einer Abgaswolke davon, herausgeputzt für die lange Fahrt zurück in die Zivilisation.

»Ich bring die Leitern weg«, sagte Pellman.

»Ja, gut«, sagte Decker, »und danke für Ihre Unterstützung.«

»Glauben Sie, Mr. Sobel verdächtigt mich?«

»Nein, er ist nur verärgert.« Decker klopfte dem Wärter auf die Schulter. »Wir sprechen uns dann später noch mal.«

Die beiden Männer gingen zum Wagen. McAdams steckte den Schlüssel in die Zündung, startete den Motor und fuhr zurück zum Revier, das keine fünf Minuten entfernt war. »Und was jetzt? Garantiert hüpfen in Ihrem prädementen Gehirn jede Menge Gedanken auf und ab.«

»Ein paar. Und ich würde gerne hören, was Sie über die Sache denken.«

»Alter vor Schönheit.«

»Die Übung läuft folgendermaßen ab: Wir tauschen unsere Ideen aus. Ich sage etwas, dann sagen Sie etwas. Es gibt kein Richtig oder Falsch. Deshalb ist es völlig in Ordnung, etwas Dummes zu sagen.«

»Das war noch nie mein Problem, alter Herr.«

Decker musste grinsen. »Kein Dieb würde das ganze Theater auf sich nehmen, um die Fensterbilder selbst zu behalten. Er hat einen Hehler, oder er wurde von irgendwem im Namen eines Käufers beauftragt. Gibt es einen Käufer, will der aber alle vier haben, bevor er Geld berappt. Ich bin mir sicher, dass unser Dieb wiederkommen und versuchen wird, die anderen beiden Bilder zu stehlen. Das bedeutet Überwachung.«

»Damit meinen Sie Überwachungskameras an der Tür der Gruft?«

»Nein, damit meine ich einen Typen, der in einem Versteck wartet, dass der Dieb zurückkommt, und ihn dann verhaftet.«

»Das Gelände ist offen. Wo können wir da ein Auto parken, ohne dass es auffällt?«

»Er wird nachts kommen, und das verschafft uns ein bisschen Deckung.«

»Wir sollen hier also die ganze Nacht herumsitzen, *jede* Nacht, bis wir einen Dieb gefangen haben, der vielleicht auftaucht, vielleicht aber auch nicht, und der dann einen Blick auf das einsame Auto werfen und schnellstens verduften wird?«

Der Bengel hatte ja recht. »Vielleicht schaffen wir es mit einer Kamera, die mit einem Überwachungswagen verbunden ist. Außerdem wohne ich nur anderthalb Kilometer weit weg. Ich könnte es fast von zu Hause aus übernehmen.«

»Und wie lautet Ihr Vorschlag, wo wir die nötige Technik im ländlichen kleinen Greenbury finden?«

»Sie sind der Techniker von uns beiden. Sagen Sie's mir.«

McAdams runzelte nachdenklich die Stirn. »Wahrscheinlich können wir eine Kamera an einem strategischen Ort anbringen und sie mit einem Laptop oder Tablet oder Smartphone verlinken. Mit Eagle Eye oder einer ähnlichen App.«

»Mir soll's recht sein. Wir könnten die Überwachung des Laptops nachts zwischen uns fünf Detectives aufteilen.«

»Glauben Sie denn wirklich daran, dass der Dieb zur Gruft zurückkehrt, obwohl er weiß, dass die Polizei hinter ihm her ist?«

»Wie sollte er wissen, dass wir hinter ihm her sind?«

»Was, wenn der Dieb den ganzen Rummel von heute mitbekommen hat?«

»Ist Ihnen jemand aufgefallen, der herumschnüffelt?«

»Nein, eigentlich nicht, aber ich habe auch nicht darauf geachtet. Und Ihnen?«

»Ich habe mich mehrmals umgeschaut und niemanden bemerkt, der uns beobachtet.«

»Vielleicht hat uns niemand von der Straße aus beobachtet, aber ich wette, dass ein paar Nachbarn hinter ihren Vorhängen alles gesehen haben.«

»Ja, da liegen Sie wohl richtig. Und das bringt mich auf einen anderen Gedanken. Wenn wir anfangen, die Einheimischen zu befragen, kriegt die Presse das irgendwann mit. Genau wie alle anderen, auch der Dieb, wenn er von hier ist. Das ist eine sehr kleine Kleinstadt.«

»Also wiederhole ich mich: Und was jetzt?«

»Die Überwachung nicht durchzuziehen, wäre fahrlässig. Am besten legen wir los, bevor der Fall öffentlich wird. Würden Sie mir dabei helfen, die Kamera anzubringen?«

»Wer bezahlt das alles?«

»Ich frage Mike. Es ist gut, so eine Ausrüstung griffbereit zu haben.«

»Und wenn Mike Nein sagt?«

»Dann bezahle ich es. Diese Sachen sind selbst für einen alten Rentner wie mich erschwinglich. Ich würde nicht widersprechen, wenn irgend so ein reiches Bürschchen mit goldenen Armbanduhren einspringen will.«

Gegen seinen Willen musste McAdams grinsen. »Das lässt sich vielleicht einrichten.« Er fuhr auf den Parkplatz des Reviers. »Also gut. Horrido. Und was mache ich, während Sie da draußen Listen mit Verdächtigen aufstellen und sie zweimal checken? Soll ich üben, wie ich Jelly Beans aus der Nase pruste?«

»Können Sie das wirklich?«

McAdams verdrehte die Augen.

»Wodurch würden Sie sich als nützlich erweisen, McAdams?«

»Diesen Job hier kündigen und etwas tun, mit dem ich Kapital aus meinen zahlreichen Talenten schlage?«

»Zählt das Jurastudium auch dazu?«

Er dachte nach. »Irgendwann.«

»Wie wär's, wenn Sie alte Kriminalfälle mit Friedhofsdiebstahl heraussuchen? Wenn in der Nähe nichts auftaucht, ziehen Sie weitere Kreise um Greenbury. Hier in der Gegend gibt's jede Menge ausgefallene Mausoleen. Ich bin sicher, das ist schon mal vorgekommen.«

McAdams seufzte. »Na gut.«

»Ist das zu anstrengend für Sie, Harvard?«

»Ich find's einfach nur dämlich.«

»Warum?«

»Weil wir beide davon ausgehen, dass es ein professioneller Diebstahl war, vor allem deshalb, weil die Originale durch Fälschungen ersetzt wurden. Die Wahrscheinlichkeit, die gestohlenen Fenster wiederzufinden, ist sehr gering. Also wäre es ganz schön viel Aufwand für wenig oder gar kein Resultat.«

Decker schüttelte den Kopf. »Mann, Sie haben wirklich den falschen Job gewählt. Was zum Teufel haben Sie sich bei Ihrer Verpflichtung gedacht?«

McAdams dachte ernsthaft über die Frage nach. »Meine Hauptmotivation, diesen Job anzunehmen, bestand darin, meinem Vater mit seinen Erwartungen ans Bein zu pinkeln. Er ist extrem scharf darauf, dass ich in Harvard Jura studiere.

Das Ganze ein paar Jahre zu verschleppen, macht ihn nervös, was mich wiederum glücklich macht.«

»Also gut, dann so.« Decker legte dem Bengel eine Hand auf die Schulter. »Ich komme hier wunderbar allein klar. Falls Sie hier nur rumpupsen wollen, soll's mir recht sein. Das muss niemand erfahren. Es liegt an Ihnen, Tyler: Was – wenn überhaupt – wollen Sie machen?«

»Ich weiß, dass ich mich wie ein Arschloch verhalte.« McAdams rieb sich die Stirn. »Ich bin ein Arschloch. Ich bin nicht gerne ein Arschloch, aber ich weiß nicht, wie man kein Arschloch ist. Schätze mal, Arschloch zu sein, ist immer noch besser, als sich verarschen zu lassen. Obwohl ich vermutlich auch verarscht werde.« Er sah zu Decker auf. »Es sind eben nicht alle mit einem einnehmenden Wesen gesegnet.«

»Wissen Sie, mit wie vielen anders gearteten und schwierigen Personen ich jahrzehntelang zusammenarbeiten musste?« Als McAdams nichts erwiderte, fuhr Decker fort. »Ja, Sie sind gelegentlich unausstehlich, aber nichts, was ich nicht schon mal erlebt hätte. Außerdem sind mir die Personen egal. Mir geht es darum, meine Arbeit zu erledigen, und ich muss meine Zeit einteilen. Sind Sie dabei oder nicht?«

»Wenn es Ihnen was nützt, werde ich Kunstdiebstähle im Internet nachforschen.«

»Es würde mir Zeit einsparen, ja, und es würde mir nützen. Und wenn Sie schon mal am Computer sitzen, finden Sie alles über Tiffany heraus, vor allem über diese Fensterbilder. Ob sie jemals in einem Katalog erwähnt oder für eine Wanderausstellung an ein Museum ausgeliehen wurden.«

»Ich weiß nicht, ob ich das alles nur mit einem Laptop rauskriege.«

»Man nennt das Recherche. Haben Sie am College denn nie eine Arbeit schreiben müssen?«

»Ich hatte die gesamte Widener-Bibliothek zu meiner Verfügung.«

»Keine zwei Kilometer von hier haben wir fünf Colleges mit einem sehr guten Ruf. Ich weiß, dass es dort Bibliotheken gibt.«

»Sie wissen aber schon, dass sich das rumsprechen wird, wenn ich anfange, über Tiffany und Grabplünderungen nachzuforschen.«

»Nein, da mache ich mir keine Sorgen. Sie gelten als Einheimischer, und die dort fühlen sich als Akademiker. Die beiden Welten werden niemals zueinanderfinden.«

5

Blass und außer Atem zwang er sich dazu, gelassen über den Flur zu gehen und an ihrer Tür anzuklopfen, statt dagegen zu hämmern. Kaum dass Angeline geöffnet hatte, reichte ihr ein Blick auf ihn, da fragte sie, was denn los sei. Er betrat ihr Zimmer und schloss leise die Tür. Dann begann er, auf und ab zu gehen, was schwierig war in ihrer Ein-Zimmer-Wohnung.

»*Was ist los*?«, wiederholte sie. »Sag schon!«

In ihrer Stimme lag Panik. Er schaffte es, den Satz hervorzubringen. »Sie sind uns auf der Spur. Sie wissen über deine Fälschungen Bescheid.«

Angeline bekam Herzrasen. »*Meine* Fälschungen? *Unsere* Fälschungen, würde ich sagen.«

»Ist doch egal.«

»Ist nicht egal. Wir sind Partner.« Sie rieb sich die Stirn. »Lieber Himmel, bist du sicher?«

»Ja.« Noch mehr Schritte auf und ab. »Das verdammte Schloss. Ich wusste, dass es zu kalt war für den Ausflug. Ich wusste, dass das Metall einfrieren und der Schlüssel abbrechen könnte.«

»Warum bist du dann losgezogen?«

»Ich dachte, in der Kälte würde sonst niemand unterwegs sein, und ich könnte in Ruhe arbeiten.« Er schlug sich eine Faust gegen den Kopf. »Scheiße! Das war nur blöd! Reine

Energieverschwendung. Dieser Zeitaufwand und das Risiko für so ein Nichts. Geschieht mir recht, weil ich zu gierig bin!«

Ja, er war gierig, aber zuerst mal musste sie ihn beruhigen. Er redete lauter und lauter. Sie legte einen Finger auf seine Lippen und senkte die Stimme. »Jetzt ist es ungefähr ein Uhr mittags. Komm, wir setzen uns hin, vielleicht fällt uns was ein.«

»Das war's! Mehr geht nicht. Ich kann das Risiko nicht länger eingehen. Nicht, wenn so eine große Sache auf dem Spiel steht.«

Angeline versuchte, seine Hand zu nehmen, aber er zog sie weg. »Setz dich hin, und wir reden.«

Schließlich ließ er sich auf ihren Futon fallen. Sie nahm neben ihm Platz, legte eine Hand auf sein Knie und hoffte, er würde sich dadurch ein bisschen entspannen. »Und du bist sicher, dass sie über uns Bescheid wissen?«

»*Ganz sicher.*«

»Hat dein Kunde dir das gesagt?«

»Nein, er weiß Gott sei Dank noch nichts davon. Ich habe sie aber vor einer Stunde auf dem Friedhof am Bergman-Mausoleum gesehen. Der Vollidiot von Wärter hat mit Ken Sobel und seinem Sohn oder Schwiegersohn geredet. Das sieht nicht gut aus, Angeline, wir müssen aufhören.«

Wohl doch kein so riesiger Vollidiot. »Wenn du das Schloss austauschst und der Wärter seine Arbeit macht, war es wahrscheinlich, dass es entdeckt wird.«

»Ich wollte es doch wieder gegen das Original austauschen. Es hat einfach ein bisschen gedauert, bis ich das abgebrochene Stück herausgefriemelt hatte. Ich konnte es ja schlecht zu einem Schmied bringen.«

»Stimmt.« Angeline atmete tief durch. »Wenn du sagst, sie sind uns auf der Spur … meinst du dann *uns* … oder die *Fälschungen*?«

Er sah sie an. »Die Familie weiß über die Fälschungen Bescheid… Ob sie von uns wissen, kann ich nicht definitiv sagen.« Er dachte kurz nach. »Wenn sie tatsächlich von uns wüssten, würden wir jetzt nicht hier sitzen und reden.«

»Na also.« Angeline war beruhigt.

»Sie können mich mit den Fälschungen in Verbindung bringen, wenn sie meinen Kunden kennen. Aber ich wüsste nicht, wie das gehen sollte. Nicht mal du kennst ihn. Außer…«

»Was?« Das machte er andauernd: Erst beruhigte er sie, um sie gleich wieder zu erschrecken. »Außer was?«

»Du hast noch das Buntglas, das für die Fälschungen verwendet wurde. Also… müssen wir es loswerden.«

»Stimmt.« Sie lächelte. »Du denkst klarer als ich.«

»Und wir sollten uns gleich darum kümmern.«

»Okay. Am besten holst du dir ein Bier aus dem Kühlschrank und machst eine Verschnaufpause, während ich die Reste zusammenpacke. Du überlegst dir, wo wir das Zeug verstecken können, bis sich die Wogen geglättet haben.«

»Ich werde es nicht verstecken. Ich schmeiße es auf dem Weg nach Norden weg.«

»Kommt nicht in Frage. Das Glas hat eine super Qualität, und ich habe hier noch Material im Wert von über tausend Dollar herumliegen. Die schmeiße ich nicht weg.«

»Angeline, es ist nicht besonders klug, das Glas zu behalten.«

»Ruh dich einfach aus.« Sie erhob sich und sah auf ihn herab. Schlank, geheimnisvoll, sinnlich, brillant, ein bisschen böser Bube, ein bisschen gemein und ein guter Fick. »Denk dir eine glaubhafte Geschichte aus, damit ich nicht völlig bescheuert klinge, falls die Polizei bei mir aufkreuzt.«

»Warum sollte sie das tun?«

»Weil sie wahrscheinlich mit jedem in Littleton reden werden – mit mir, meinen Freunden, meinen Professoren. Wir sind ein Kunst-College, schon mal davon gehört?«

»Die Polizei legt sich nicht mit den Colleges an. Denen gehört doch die ganze Stadt.«

Da hatte er recht. Wann immer irgendein Scheiß der Studenten nach Greenbury überschwappte, riefen die Colleges die Polizei an und putzten die Sauerei wieder weg, nur damit Mommy und Daddy nichts erfuhren. »Ist wohl so, aber wir sollten sicherheitshalber einen Plan haben.«

Seine Laune war immerhin nicht mehr so panisch wie vor ein paar Minuten. Als sie begann, das Glas einzupacken, stand er auf und holte sich aus dem Minikühlschrank ein Bier. »Wenn du meinst, es besteht die Möglichkeit, dass die Polizei mit dir redet und herausfindet, dass du schon lange mit Buntglas arbeitest, dann besorgen wir dir komplett neues Glas. Wenn sie dich dann um ein Stück Glas bitten, kannst du es ihnen problemlos geben.«

»Genial!« Sie kam zu ihm und schlang ihre Arme um seinen Nacken. »Jetzt arbeitet dein Verstand.«

Er löste sich sanft aus ihrer Umarmung. »Ich suche bei den Müllcontainern nach leeren Kartons.«

Es dauerte nur ein paar Minuten, bis er zwei leere Kartons gefunden hatte. Da in dem Apartmenthaus viele Studenten wohnten, lagen an den Containern immer entsorgte Kartons der Collegekids herum, die sich nutzloses Zeug bestellt hatten. Sie nahm ihm die Kartons ab und begann mit der mühseligen Arbeit, das Glas Stück für Stück einzeln einzupacken.

Er sah ihr dabei zu, nippte an seinem Bier und dachte daran, dass sein Kunde ihm deutlich zu verstehen gegeben hatte, er würde erst bezahlen, wenn er alle *vier* Motive hätte … was natürlich keine Option mehr war. Angelines künstlerische Fähigkeit reichte vollkommen aus, solange die Fenster dreieinhalb Meter über dem Boden hingen. Für ein geschultes Auge dagegen war sie nicht gut genug. Er würde einen Weg finden müssen, an die Originale zu gelangen – jetzt unmöglich –, oder einen Kunsthandwerker finden, der gut genug war, einen Dealer davon zu überzeugen, dass es sich um Originale handelte. Wenn er jedoch einen beachtenswerten Künstler mit den Arbeiten beauftragen würde, müsste er garantiert für alle vier Motive bezahlen, denn jeder seriöse Mensch in der Buntglas-Szene würde ihn fragen, warum er nur zwei der vier Jahreszeiten wollte. Das alles wäre langwierig und am Ende wahrscheinlich fruchtlos. Wenn dieser große Job den Bach runterging, würden alle anderen sich bloß noch wie Taschengeld anfühlen. Er musste unbedingt dranbleiben und ausharren. Dann fragte er sich, ob er seinen Kontaktmann über die Planänderung informieren sollte.

Als sie endlich mit der Packerei fertig war, erhob sie sich und klopfte sich die Jeans ab. »Du kannst die Kartons zum Auto bringen, aber sei vorsichtig, sie sind zerbrechlich und schwer.«

Er schnappte sich die Kartons, und sie folgte ihm nach draußen und sah ihm dabei zu, wie er das schönste Glas, mit dem sie je gearbeitet hatte, verstaute. Es brach ihr das Herz, und ihr schossen Tränen in die Augen.

Er klappte den Kofferraum zu und drehte sich zu ihr um. »Sei nicht traurig, meine Schöne.« Er küsste sie auf die Lippen. »Alles wird gut.«

»Ich bin nur sauer.« Sie sprach leise. »Es hat mir wirklich Spaß gemacht, diese Fenster zu kopieren. Ich war wirklich gut.«

Hatte das Wort wahnhaft *irgendeine Bedeutung?* »Ich verstecke das Glas an einem sicheren Ort. Selbst dir werde ich nicht sagen, wo. Wenn du von der Polizei befragt wirst, kannst du ganz ehrlich im Dunkeln tappen. Sobald es ruhiger ist, bekommst du dein Glas zurück. Im Juni machst du sowieso deinen Abschluss. Dann verschwindest du aus dem Loch hier, und niemand wird etwas bemerkt haben.«

»Ich habe dieses Kleinstadtleben so satt und kann's kaum erwarten, endlich wieder in einer richtigen Stadt zu wohnen.« Angeline küsste ihn leidenschaftlich. »Ich möchte mit dir zusammen sein.«

»Ich möchte auch mit dir zusammen sein, aber wir müssen Geduld haben.« Als sie wieder in ihrem Apartment waren, flüsterte er. »Weißt du, ich bin genauso angreifbar wie du, Angeline. Ich habe immer noch die zwei Originalfenster.«

Sie traf der Schlag. »Wirklich? Ich dachte, du hättest sie schon verkauft.«

»Der Kunde wollte mich nicht in Raten bezahlen. Die Wahrheit ist, ich glaube, er hat einen Käufer in Übersee, der nur für alle vier Fensterbilder bezahlt. Daher wollte er nicht dafür haften, bis wir ihm alle vier übergeben haben.«

»Wo sind sie?«

»Das musst du nicht wissen, Angeline, vor allem jetzt nicht.«

Ihr war klar, dass er verschiedene Verstecke in petto hatte, weil er ihr Schlüssel gegeben hatte – sicherheitshalber. Einen der Lagerräume hatte sie sogar für ihn angemietet. Soweit sie wusste, stand er leer. Vielleicht aber auch nicht.

Das musst du nicht wissen.

»Okay, du hast ja recht«, sagte sie.

Er küsste sie noch mal. »Du weißt doch, dass du mein Mädchen bist.«

»Das hoffe ich wirklich.« Sie machte sich los und setzte sich auf den Futon. Die Zahnräder in ihrem Gehirn begannen sich zu drehen. Sie hatte fast das ganze Geld, das er ihr gegeben hatte, für ihren letzten Handtaschenkauf ausgegeben. »Können wir die beiden Fenster nicht einfach verkaufen?«

»Im Moment können wir gar nichts tun.«

»Das weiß ich, aber vielleicht später.«

»Lass uns nicht vorschnell handeln. Im Moment sitzen wir in der Patsche. Zuerst müssen wir aus diesem Mist rauskommen, dann geht's weiter. In der Zwischenzeit halten wir einfach die Klappe und leugnen alles.«

»Aber lassen sich die Bilder denn gar nicht irgendwie verwerten? Entweder bezahlt dein Kunde jetzt schon dafür, oder wir verscherbeln sie, wann es uns passt.«

Er starrte sie wütend an. »Bist du mit Absicht so dickköpfig? Wir können die Tiffanys nicht anrühren. Sie sind gestohlen, Angeline! Die Polizei weiß, dass sie gestohlen wurden! Hab Geduld, und sobald wir klarer sehen, wird sich eine Lösung zeigen.«

Sie nickte. »Du hast ja recht. Die Fenster bleiben, wo sie sind. Ich denke halt nur, irgendwann sollten wir mit der Sache auch mal Geld machen.«

»Ganz genau.« Er spürte, wie seine Lust auf sie wieder in Schwung kam. »Ich mache das schon eine Weile, Baby. Lange bevor du in Erscheinung getreten bist.«

»Trari, trara.«

Er lächelte sie an. »Möchtest du ficken, bevor ich gehe?«

Ein Fick stand eigentlich nicht auf ihrer Liste. Sie musste noch eine Arbeit fürs College fertig machen, und sie würde später am Tag ein paar Freunde treffen und sich bei Morse McKinley zudröhnen: die besten Partys, die nettesten Wohnheimaufseher und der lockerste Umgang mit Alkohol. Sie sah auf die Uhr und fand, sie hätte noch genug Zeit, einen Quickie einzuschieben. Also zuckte sie mit den Achseln, setzte sich auf ihre Doppelbettmatratze und begann sich auszuziehen.

Innerhalb von vierundzwanzig Stunden lag Ken Sobels vorläufige Liste im Faxgerät des Reviers. Da die meisten Mitglieder der Bergman-Sobel-Familie in Manhattan lebten, bereitete Decker einen Ausflug mit Übernachtung in der Stadt vor. Das bedeutete nicht nur, sich auf die dreistündige Fahrt einzustellen, sondern auch ein paar Geschenke einzupacken, da Rina und er die Kinder besuchen würden.

Rinas ältester Sohn Sam, seine Frau Rachel und ihre kleine Tochter wohnten in einer winzigen Zwei-Zimmer-Mietwohnung in Brooklyn. Sie hätten sich eine größere Wohnung leisten können, aber die jungen Leute wollten sparen, um sich eine Immobilie zu kaufen, sobald sie mit ihren Facharztausbildungen fertig waren. Jacob, Rinas zweiter Sohn, war von Baltimore nach Williamsburg gezogen, wo er, mittlerweile Mitte dreißig, genauso gut mit den Chassidim als auch mit den Hipstern zurechtkam. Er und seine Collegefreunde hatten sich eine bescheidene Drei-Zimmer-Wohnung gemietet, die eher eine Partyzentrale war. Hannah, Peters und Rinas leibliche Tochter, wohnte nur ein paar Straßen entfernt von Sam und teilte sich ein Apartment mit drei Mitbewohnern. Deckers älteste Tochter Cindy und ihr Mann Koby lebten in Philadelphia. Sie hatten keinen Platz für Übernachtungsgäste, außer sie hatten Lust, sich das Kinderzimmer mit den Zwillingen zu teilen und auf Luftmatratzen auf dem Boden zu schlafen.

Die komfortlosen Zeiten lagen längst hinter ihm, doch Peter war bereit, in einem Hotel in Queens abzusteigen oder einem anderen Distrikt, der günstiger als Manhattan war. Aber sie hatten Glück mit ihrer Besuchswoche. Ihr Stiefsohn Gabriel Whitman besaß eine großzügig geschnittene Drei-Zimmer-Wohnung, die er vom Geld seines Vaters gekauft hatte, was so ziemlich das Einzige war, was sein Vater ihm zu bieten hatte, außer den guten Genen. Die Wohnung hatte ein riesiges Wohnzimmer mit einem Piano, zwei Badezimmer und einen Kühlschrank, der tatsächlich in einer Küche stand. Sie befand sich zwei Blocks weg von der Juilliard School, gleich am Columbus Circle. Im Moment war er auf Konzertreise, daher freute er sich sehr, den Deckers seine Bude zur Verfügung zu stellen. Sie war nicht nur ruhig und groß, sondern aufgrund von Gabes zwanghaftem Verhalten auch noch sauberer als die meisten Fünf-Sterne-Hotels.

Nachdem Kofferraum und Rückbank mit Gepäck und Taschen vollgepackt waren, machten sich Decker und Rina um vier Uhr morgens in tiefster Dunkelheit auf den Weg und hofften so, Manhattans Verkehr zu umgehen. Rina hatte eine Kühlbox mit Obst, Käse und Plundergebäck dabei, dazu zwei Thermoskannen mit Kaffee. Als die Autoheizung bullerte, war es Rina warm genug, um Handschuhe, Hut und ihre unförmige Jacke auszuziehen.

Sie sah, wie der Schweiß Peters Stirn hinunterlief. »Möchtest du, dass ich dir bei deiner Jacke helfe?«

»Nein, ich wollte schon immer mal eine tragbare Sauna haben.«

»Ein schlichtes ›Danke, Liebling, das wäre wirklich nett von dir‹ reicht völlig.« Sie half ihm, zog seine Arme aus der Jacke und warf seinen Parka auf die Rückbank. »Kaffee?«

»Verbrenne ich mir den Mund beim Fahren, wenn ich davon trinke?«

»Ich teste ihn.« Sie goss Kaffee in einen Styroporbecher. »Irgendwo zwischen lauwarm und heiß.«

»Gib her.«

Sie reichte ihm den Becher und schob eine von Gabes CDs in den Player. »Wenn du müde wirst, löse ich dich gerne ab. Du musst ja später noch arbeiten. Ich nicht.«

»Mir geht's gut. Ich fahre gerne.«

»Schön.« Fünf Minuten vergingen, ohne dass ein Wort gesagt wurde. Schließlich schob Rina ihren Sitz nach hinten und schloss die Augen. Gerade als sie am Einnicken war, hörte sie, wie Peter etwas zu ihr sagte. »Bitte?«

»Entschuldige, schlaf weiter.«

»Ich würde mich lieber unterhalten, statt zu schlafen, aber ich weiß ja, dass du die Zeit im Auto zum Nachdenken nutzt.«

»Gibt nicht viel zum Nachdenken. Ich muss nur einen Haufen Leute befragen.«

»Möchtest du mit mir darüber reden?«

»Warum nicht? Du bist ja unfreiwillig mein Publikum.« Decker berichtete, was er bisher wusste. Als er fertig war, sagte Rina: »Interessant. Verdächtigst du jemanden aus der Familie?«

»Kann ich nicht sagen, bis ich sie alle gesprochen habe. Aber die erweiterte Familie ist sehr groß, und dann gibt es noch die Schwiegertochter, die zu viel Geld ausgibt. Das Verbrechen war ausgeklügelt. Wir müssen nur herausfinden, was dahintersteckt.«

»Kann ich dir irgendwie helfen?«

»Nein, genieß einfach deine Kinder und Enkelkinder.«

Decker verstummte, und Rina tat es ihm gleich.

»Der Experte, den Ken Sobel angeschleppt hat – übrigens sein Schwiegersohn –, besitzt eine Galerie für Glaskunst in Manhattan. Ich habe mir die Internetseite angesehen. In dem Laden gibt's mehr Tiffany-Lampen als in den meisten Museen.«

»Glaubst du, er hat die Fenster gestohlen und benutzt die Galerie für die Hehlerei?«

»Vielleicht, aber die Galerie besitzt Stücke, die viel wertvoller sind als die Fensterbilder. Und sie ist seit fünfzig Jahren im

Besitz derselben zwei Familien – Harrison and Stewart, zwei Schwager.«

»Es gibt immer Raum für mehr Profit.«

»Wohl wahr, und deshalb würde ich gerne Max Stewart außerhalb des Dunstkreises seines Schwiegervaters befragen. Vor allem da er es war, der die verschwenderische Schwägerin erwähnt hat. Außerdem kennt er den Markt für Tiffany-Stücke.«

»Klingt sehr durchdacht.«

»Wenn ich nun meine Frau mitbringe«, überlegte Decker, »würde es meinen Besuch weniger nach Verhör wirken lassen und mehr wie eine Suche nach der Wahrheit.«

Rina war verblüfft, versuchte aber, sich nichts anmerken zu lassen. »Natürlich komme ich mit, wenn du möchtest.«

»Die Wahrheit lautet, dass mir nicht dasselbe Personal zur Verfügung steht wie in Los Angeles. Es gibt nur McAdams und mich, und von polizeilichen Ermittlungen hat er wenig Ahnung. Du schon.«

»Ist das so?«

»Ich habe dich seit Jahren mit meinen Sachen belämmert. Du hast mir viel mehr geholfen, als dir wahrscheinlich bewusst ist.«

Rina lächelte herzlich. »Ich fühle mich geehrt.« Sie versetzte ihm einen Knuff in die Schulter. »Wo fangen wir an?«

Decker grinste. »Habe ich da gerade etwas entfesselt?«

»Hast du.«

»Hör mal, ich möchte nicht, dass du etwas *tust*. Sieh dich einfach nur um, während ich mit ihm rede. Und … falls er Angestellte hat, die in der Stimmung sind, dich herumzuführen, kannst du sie vielleicht ein bisschen abklopfen.«

»Kein Problem.«

»Ich meine aber nicht, dass du *Fragen* stellen sollst …«

»Peter, ich kenne den Unterschied zwischen neugierig sein und polizeilich ermitteln. Du machst Letzteres, und ich bin Ersteres. Ich begleite dich einfach. Das schadet niemandem.«

»Möglicherweise hast du sogar Spaß. Die Galerie verkauft auch Schmuck, zweifellos außerhalb meines Budgets.«

Sie freute sich immer noch über das Kompliment, das Peter ihr gemacht hatte. »Ich brauche keine Diamanten. Ich brauche gar nichts. Ich bin völlig zufrieden mit dem, was ich habe.«

»Ich würde dir gerne mehr Geschenke machen.«

»Blumen sind immer in Mode.«

»Wie wär's mit Orchideen?«

»Orchideen sind hübsch.«

Decker seufzte. »Eines Tages kommen die Orchideen vielleicht zusammen mit einer Reise nach Hawaii.«

»Vielleicht«, sagte Rina, »bis dahin können wir zwei ja auch ganz alleine einen Hula-Hoop tanzen.«

6

In Williamsburg wimmelte es immer noch von schwarzen Hüten, doch mittlerweile war die Gegend aufgeteilt zwischen den Chassidim mit ihren Borsalinos und pelzverbrämten Schtreimels sowie den Hipstern, die Fedoras, Melonen, Schiebermützen oder Pork-Pie-Hüte trugen. Beide Gruppen bevorzugten Vollbärte, und selbst ihre Kleidung unterschied sich nicht besonders stark. Es gab Synagogen, koschere Supermärkte und religiöse Buch- und Modeläden. Aber die Nachbarschaft gab auch mit ihren hippen Bars und Restaurants an. Sogar die koschere Truppe mischte mit, da die lokalen Anbieter exotischere Dinge wie Ochsenschwanz und gegrilltes Hühnerherz anboten.

Sammy Lazarus und seine Frau Rachel wohnten ein paar Straßen weg vom Getümmel in einem winzigen Apartment, zusammen mit ihrer sechzehn Monate alten Tochter Lily. Sie war Rinas erstes richtiges Enkelkind und die erste Enkeltochter der Deckers. Das kleine Mädchen hatte einen Wust blonder Locken auf dem Kopf, strahlend blaue Augen und ein sonniges Gemüt. Kaum hatten sie das Wohnzimmer betreten, rannte Lily im Kreis umher, klatschte in die Hände und sang aus vollem Hals: »La, la, Oma, Opa, Oma, Opa, la, la, la, Omaopa, lalala.«

So eine Begrüßung hatte Decker nicht mehr erlebt seit: Tja,

seine Erinnerung reichte nicht weit genug zurück. Aber es war schön, so freudig erwartet zu werden. Rachel hieß sie mit ihrem breiten, strahlenden Lächeln willkommen. Über ihrer Kleidung trug sie eine Schürze mit einem Schmetterlingsmuster, die voller Mehl war, und ihre blonden Locken waren zu einem »zerzausten« Dutt zusammengebunden. Sie nahm beide herzlich in den Arm. »Hier ist ja jemand völlig aus dem Häuschen.« Die Kleine lief Amok. »Darf ich euch etwas anbieten?«

»Nein, danke.« Rina gab Rachel einen Kuss auf die Wange, dann versuchte sie, Lily einzufangen. »Hallo, du Süße. Bekommt die Oma einen Kuss?«

Die Kleine blieb abrupt stehen, reckte sich nach oben und schmatzte einen feuchten Kuss auf Rinas Mund. Rina nahm sie auf den Arm und übersäte ihre Backen mit lauter Küsschen. »Wen hat die Oma lieb?«

»Lily.« Es hörte sich an wie »Wiwi«. Sie streckte ihre Arme nach Decker aus. »Opa.«

Decker übernahm sie von Rina und warf sie in die Luft, bis das Kind einen Lachkrampf bekam. Als sich seine Arme anfühlten, als würden sie gleich abfallen, stellte Decker das Kind auf den Boden. »Wie wär's mit einer Pause, Miss El?« Aber sie rannte schon wieder im Kreis herum.

»Es war zu kalt, um in den Park zu gehen. Ich glaube, ihr fällt die Decke ein bisschen auf den Kopf. Vielleicht schaffen wir es ja heute rauszukommen.«

»Ich nehme sie mit, wenn du viel zu tun hast«, bot Rina an.

»Das wäre toll, wenn es dir nichts ausmacht.« Rachel hatte sich die Zeit genommen, einen kleinen Snack auf ihrem Esstisch bereitzustellen. Sie bemerkte, wie Decker hinschielte. »Nur ein paar Knabbereien, falls ihr beiden hungrig seid.«

»Danke, Liebes, mir reicht eine Tasse Kaffee.« Rina sah auf

die Uhr. Es war kurz nach neun und noch zu früh, um raus in die Kälte zu gehen. Lily hatte ihre Box mit Holzklötzen angeschleppt, was bedeutete, dass vor dem Park neues Terrain erobert werden musste. Rina ließ sich auf dem Boden nieder, öffnete den Deckel und kippte den Inhalt aus. »Ich baue einen Turm, und du schmeißt ihn um, okay?«

Das kleine Mädchen antwortete mit einem Satz, der so ähnlich klang wie »schmeiß ihn um«. Decker machte Kaffee für Rina und für sich. Dann nahm er ein Miniplunderstück mit Schokolade und steckte es sich komplett in den Mund. Er wandte sich an Rachel. »Wie läuft's im Krankenhaus?«

»Noch ein Jahr.« Sie zögerte. »Ich liebe meinen Beruf, aber manchmal ist es schwer, die vielen kranken Kinder zu sehen, vor allem seit ich Lily habe.« Ihr schossen Tränen in die Augen, und sie blinzelte sie hastig weg. »Was macht dein neuer Job?«

»Ich schiebe eher eine ruhige Kugel, aber es ist besser als der Vollruhestand.«

»Vermisst du das LAPD?«

»Nicht, wenn ich nur drei Stunden von den Menschen entfernt wohne, die ich liebe. Umzuziehen war eine großartige Entscheidung.« Er hoffte, er hatte überzeugend geklungen. Die Wahrheit dahinter? Es war schwer, sich neu zu orientieren. »Heute bin ich eigentlich wegen der Arbeit hier. Nichts Wichtiges, deshalb haben wir beschlossen, Arbeit und Vergnügen zu vermischen.«

»Das ist super, wir freuen uns immer sehr, euch zu sehen. Was für einen Job musst du hier erledigen?«

»Vor allem rede ich mit ein paar Leuten. Tatsächlich soll ich um zehn in Manhattan sein. Wie lange, meinst du, brauche ich bis zum Columbus Circle?«

»Ungefähr eine halbe Stunde«, sagte Rachel. »Worum geht es denn in dem Fall, wenn ich fragen darf?«

»Einen Kunstraub.«

»Das klingt faszinierend.«

»Das Faszinierendste, was ich seit sechs Monaten zu erledigen hatte.« Er sah zu Rina und Lily. Rachel riet.

»Ich weiß nicht, wer von beiden mehr Spaß hat.«

»Ich tippe auf Rina.«

»Es ist so schön, dass ihr beiden jetzt an der Ostküste lebt. Sammy ist überglücklich.« Wieder kamen Rachel die Tränen. »Und heute Abend gehen wir alle zusammen in ein Restaurant?«

»So lautet der Plan.«

»Wir sind zu zehnt, stimmt's?«

»Gabe ist verreist, und seine Freundin arbeitet, deshalb sind wir wohl zu acht.«

»Stimmt ja, ihr übernachtet bei Gabe. Können wir zu euch ziehen?« Rachel lächelte. »Nicht ganz ernst gemeint … nur ein bisschen. Manchmal ist unsere Wohnung wirklich sehr klein. Ich reserviere uns einen Tisch. Wie lange bleibt ihr beiden in der Stadt?«

»Nur eine Nacht. Morgen geht's weiter nach Philadelphia.«

»Grüßt Cindy und Koby ganz herzlich von mir. Wahnsinn, die Zwillinge müssten ja schon vier sein, oder?«

»Fast vier und endlich aus den Windeln, was wirklich ein Fortschritt ist. Sie sind so groß und schwer, dass Cindy fast keine Wegwerfwindeln mehr für sie gefunden hat.«

»Vielleicht können wir ja nächstes Mal alle zusammen hinfahren.«

»Das wär toll«, sagte Decker, »wobei ich nicht sicher bin, ob ich die geballte Energie in einem Raum verkraften würde.«

Rina meldete sich vom Fußboden. »Das behauptet ein Mann, der ein paar hundert Mordfälle ertragen hat?«

»Meine Fälle brachten eine andere Form von Energie mit

sich. Außerdem hat mir auch noch keins meiner Mordopfer einen Kuss auf den Mund verpasst.« Er angelte nach seinem Autoschlüssel in der Hosentasche. »Ich hole dich in zwei, drei Stunden wieder ab?«

»Das sollte passen. Lily wird dann sowieso ihren Mittagsschlaf machen.« Rina sah Rachel an und wartete auf eine Bestätigung.

Die junge Frau zuckte mit den Achseln. »In einer perfekten Welt wäre die Antwort wohl ein Ja.«

Er brauchte eine halbe Stunde bis zum Apartmenthaus und weitere fünfzehn Minuten, um einen Parkplatz zu finden. Die Lücke, die Decker irgendwann ergatterte, lag acht Blocks weg von Ken Sobels Adresse und zwang ihn dazu, rückwärts in eine Schneewehe zu fahren, die auf seiner hinteren Stoßstange zusammenfiel. Sein Blut musste sich bereits verdickt haben. Es war kalt, aber nicht so kalt wie weiter nördlich. Er brauchte noch nicht mal Handschuhe. Decker hatte sich in Greenbury an das Geräusch des frischen, unter seinen Schuhen knirschenden Schnees gewöhnt, in dem man nur langsam vorankam, der aber blütenweiß war. Die Bürgersteige in Manhattan dagegen waren mit einer dünnen salzigen Matschschicht überzogen, die oft rutschig war. Der Himmel war taubengrau, und obwohl er nicht bedrohlich aussah, gab es nirgends auch nur ein winziges bisschen Sonne.

Melanie und Rick Sobel residierten in einem Wohnkomplex zwischen Broadway und Amsterdam Avenue. Die Lobby war klein und spartanisch ausgestattet, mit einem schwarzen Boden aus Granit und getäfelten Wänden aus Mahagoniholz. Ein Doorman ließ ihn eintreten. Ein weiterer uniformierter Mann, der hinter einem Tresen saß, rief bei den Sobels an. Nachdem er die Besuchserlaubnis erteilt bekommen hatte, fuhr Decker mit dem Fahrstuhl in den 24. Stock des vierzigstöckigen Gebäudes.

Vom Lift aus betrat er direkt einen Vorraum mit zwei Türen. Die zur linken Seite war verschlossen, aber die auf seiner rechten stand weit offen. Er klopfte trotzdem, und eine weibliche Stimme bat ihn hereinzukommen. Er schloss die Tür hinter sich und wartete in der Eingangshalle. Von seiner Warte aus konnte er in einen weißen Raum spähen, der wohl das Wohnzimmer darstellte. Jenseits der Fensterfront, die vom Boden bis zur Decke reichte, befanden sich nur Dächer und der Central Park, der im Winter wie eine Patchworkdecke aus Weiß- und Brauntönen dalag. An sonnigen Tagen würde der Raum von Sonnenlicht und Wärme durchflutet sein. Leider war es draußen bleiern, und die Kälte hatte sich bereits durch die Fenster im Raum verteilt.

Melanie zeigte sich eine Minute später, bekleidet mit einem ärmellosen weißen Top und einem kurzen weißen Rock. Sie streckte Decker zur Begrüßung die Hand entgegen, dann rieb sie sich die Arme. »Hier drinnen ist es eiskalt.«

»Ein bisschen kühl vielleicht.«

»Ich habe mich im hinteren Teil der Wohnung verkrochen, wo es kochend heiß ist. Man kann hier überhaupt keine Temperaturen regeln. Die Heizung bewirkt nichts im Wohnzimmer, dafür wird das Arbeitszimmer zum Dampfbad. Ich habe mich schon x-mal beschwert, aber ich glaube, in Wohnungen aus der Zeit vor dem Krieg ist das eben so. Sie hatten einfach keine Klimaanlagen zum Heizen oder Kühlen, je nach Klima. Am besten gehen wir ins Arbeitszimmer. Ich kann ja ein Fenster aufmachen, wenn es zu heiß wird.« Sie drehte sich um, und Decker folgte ihr.

Der Raum war prachtvoll mit Paneelen aus Walnussholz getäfelt, dazu geschnitzte Balken und Kranzprofile. In den

Bücherregalen stand allerdings mehr Krimskrams herum als Literatur: jede Menge gerahmte Fotos und Modellautos exotischer Marken – Ferraris, Maseratis, Bugattis, Porsches, Mercedes, ein Delahaye, ein Voisin, ein Pierce Arrow und ein Dutzend anderer Modelle, die er nicht erkannte. Möbliert war das Zimmer mit schweren Holzmöbeln, die Polster waren aus Leder. Und es war, wie schon angekündigt, sehr warm. Innerhalb weniger Minuten tupfte Decker sich den Schweiß von der Stirn. Er zog seinen Parka aus.

»Darf ich Ihnen das abnehmen?« Ohne eine Antwort abzuwarten, rief Melanie nach einer Katrina. Das uniformierte Dienstmädchen betrat das Zimmer, nahm Deckers Jacke entgegen und verschwand wieder. Dann riss Melanie ein Fenster auf, und Decker hieß den Schwall kalte Luft willkommen. Sie bot ihm einen Platz auf dem Sofa an, und beide setzten sich.

»Ist Ihnen warm oder kalt?«

Decker nickte. »So ist es angenehm, danke.«

»Dann sind Sie der Erste. Niemand fühlt sich hier wohl. Ich würde die Temperatur liebend gerne selbst regulieren, aber Rick musste dieses Vorkriegsapartment unbedingt haben. Ich gebe zu, dass der Wiederverkaufswert im Allgemeinen besser ist – außer man wohnt 15, Central Park West oder so was in der Größenordnung –, aber mal ehrlich, wie viele drückend heiße Nächte muss ich denn noch ertragen, nur damit ich mit einer Wohnung angeben kann?«

Sie bückte sich, um etwas, das es nicht gab, vom Boden aufzuheben, und stellte dabei ihr Dekolleté zur Schau. Sie trug Sandalen. Die Gesichtshaut war straff über ausgeprägte Wangenknochen, eine breite Stirn und ein starkes Kinn gezogen. Sie hatte künstliche Lippen, die aufgeblasen waren wie Würstchen. Dabei sah ihre Haut fast ledern aus, wahrscheinlich von vielen Stunden auf der Sonnenbank.

»Mir ist nicht klar, wie ich Ihnen behilflich sein könnte. Ich weiß noch nicht einmal, warum Sie hier sind. Doch, ich weiß, warum Sie hier sind. Max hat Sie mir auf den Hals gehetzt, stimmt's?«

»Ihr Stiefvater gab mir eine Liste mit Personen, die von den Tiffany-Bildern wussten. Sie stehen auf dieser Liste.«

»Bin ich die Erste, mit der Sie reden?«

»Die Dritte.«

»Wer waren die beiden vor mir?«

»Max und Ken.«

»Und ich wiederhole mich: Max hat Sie mir auf den Hals gehetzt, oder? Er kann mich nicht leiden. Beruht auf Gegenseitigkeit.«

»Was mögen Sie nicht an Max?«

»Abgesehen von seiner Arroganz, seiner Protzigkeit und seinen Schikanen ist er in Ordnung.«

Decker zückte ein Notizbuch. Am liebsten hätte er sich nach hinten in die Couch plumpsen lassen, doch stattdessen entschied er sich, professionell zu sein, blieb gefährlich nah an der Sofakante sitzen und fühlte sich so ausbalanciert wie ein Gemälde von Cézanne. Ulkig, dass er jetzt schon in Kunstmetaphern dachte. »Es geht um Folgendes, Mrs. Sobel.«

»Bitte nennen Sie mich Melanie. Mrs. Sobel ist meine Schwiegermutter.«

»Also gut, Melanie, ich erkläre Ihnen, warum wir wie vorgehen. Detectives arbeiten sich von innen nach außen …«

»Ja, ja, es ist immer der Ehemann, der die Ehefrau abmurkst.«

»Ich rede nicht von Schuld, obwohl da etwas dran ist. Ich dachte mir, dass diejenigen, die dem Opfer des Verbrechens am nächsten stehen, in der Regel auch am meisten wissen. Ich habe bei Ken angefangen, und jetzt rede ich mit seinen Kindern.«

»Aber es gibt zig Leute, die über die Fenster Bescheid wissen. Mein Schwiegervater hat zwei Brüder. Mein Mann hat Cousins. Warum fangen Sie bei Ken an?«

»Zuerst einmal steht Ihre gesamte Familie auf meiner Liste. Ich habe mit Ken angefangen, weil er mein erster Kontakt war. Und er scheint mir der Kopf der Familie zu sein.« Decker wartete ab, ob sie darauf reagierte. Als sie nichts sagte, fuhr er fort. »Ich arbeite mich der Reihe nach vor. Ihr Mann arbeitet, und Sie waren so freundlich, um zehn Uhr morgens mit mir zu sprechen. Deshalb bin ich hier.«

Sie warf die Arme in die Luft. »Ich habe nichts zu verbergen. Fragen Sie nur.«

»Ich werde Ihnen erst ein paar naheliegende Fragen stellen, also haben Sie bitte Geduld mit mir. Wussten Sie, dass in der Gruft echte Tiffany-Arbeiten hingen?«

»Natürlich. Jeder in der Familie weiß das. Und wahrscheinlich eine Menge Leute, die nicht zur Familie gehören. Ken ist nicht gerade ein Muster an Diskretion. Und wenn Sie nach jemandem suchen, den Sie in die Mangel nehmen können, dann schlage ich vor, Sie reden noch mal mit Max. Das ist doch gewissermaßen genau die eine Sache, die er will und nicht haben kann. Ich traue ihm das glatt zu.«

Decker bemühte sich, keine Miene zu verziehen. »Wirklich?« Sie reagierte nicht. »Ich war online und habe mir das Inventar der Galerie Stewart und Harrison angesehen. Es gibt dort sehr viel wertvollere Dinge als die Fenster.« Sie reagierte immer noch nicht. »Hat Max irgendwelche Laster, von denen ich wissen sollte?«

»Wenn für Sie Gier ein Laster ist, dann ja. Bei Max geht es immer darum, mehr und mehr und noch mehr zu haben. Ausgerechnet er beschuldigt mich, verschwenderisch zu sein.«

»Ist er ein Geldverschwender?« Keine Antwort. »Hat er Schulden?«

Melanie wurde rot. »Davon weiß ich nichts. Natürlich hat er diesen ganzen Schmuck, aber glauben Sie etwa, seine Frau darf jemals was davon tragen ... na ja, vielleicht trägt sie ihn, aber ganz sicher *gehört* er ihr nicht. Ich nehme an, sie darf ihn sich *ausleihen*, wenn sie ihn will.« Sie sah Decker an. »Der Punkt ist, dass alles, was Max und seine Familie besitzen, in diesem Laden steckt. Ihm und meiner Schwägerin gehört ein Mini-, Mini-, Mini-Duplex, in dem sie noch nicht mal eine Mücke bewirten könnten. Also ehrlich, er sollte einfach ein paar Lampen verkaufen und sich was Gescheites suchen. Keine Wohnung, in der man von der Küche aus in den Luftschacht glotzt. Verstehen Sie, worauf ich hinauswill?«

»Nicht ganz.« Decker erwiderte ihren Blick. »Vielleicht sollten Sie es mir erklären.«

»Die Galerie gehört dem Vater von Max und seinem Onkel Joe. Max ist bloß ein besserer Verkäufer. Ich glaube, das verhagelt ihm ganz schön die Laune.«

»Ihm gehört rein gar nichts aus der Galerie? Möchten Sie mir das sagen?«

»Ich weiß nicht, was ihm gehört und was nicht. Ich sage nur, dass er immer mehr will.«

»Sie glauben also, dass vielleicht er die Fenster gestohlen hat, damit er sie weiterverkaufen kann und so Profit für sich herausschlägt?«

»Das sage ich nicht.«

»Was sagen Sie denn dann?«

»Ich weiß nicht, was ich sage. Sie drehen mir das Wort im Mund um.«

»Das ist nicht meine Absicht, Melanie. Glauben Sie, Max war an dem Diebstahl beteiligt?«

Sie wurde knallrot. »Nicht wirklich.« Sie richtete sich auf. »Aber falls er behauptet, ich sei daran beteiligt, dann ist er verrückt.«

»Warum sollte er das glauben?«

»Hören Sie auf, ich weiß, was er Ihnen erzählt hat.«

»Was hat er mir denn erzählt?«, gab Decker die Frage zurück.

»Mal sehen, ob ich es so formulieren kann, dass es richtig klingt.« Sie stand auf und begann, hin und her zu gehen. »Ken ist ein toller Typ, aber knauserig, ein Charakterzug, den er meinem Mann vererbt hat. Ich kaufe niemals Dinge, die wir uns nicht leisten können, aber wenn ich sie mir leisten kann, dann sehe ich nicht ein, warum ich sie nicht kaufen sollte. Wozu sonst arbeitet man eine Million Stunden in der Woche und verdient dieses ganze Geld – um es einfach nur in Aktien und Anleihen verrotten zu lassen? Mir ist bewusst, dass Ricks Geschäfte so funktionieren, aber er hat eine Familie, und warum sollten unsere Kinder ohne Geld auskommen, wo wir eindeutig genug davon haben.«

Sie blieb stehen.

»Egal, das alles tut nichts zur Sache. Ich weiß nichts über den Diebstahl. Und es ist nicht so, dass er mir keine Ruhe lässt. Um Ihnen die Wahrheit zu sagen: Tiffany entspricht nicht meinem Stil. Ich stehe auf geradlinig und modern. Dieser Raum hier ist mein Kompromiss mit Rick. Mal ehrlich, wo sollte ich die Glasbilder aufhängen? Wobei ich sie nicht gerade offen zur Schau stellen würde, wenn ich sie denn gestohlen hätte. Das wäre ziemlich dumm.«

Decker nickte.

»Noch etwas? Ich habe einen Termin für meine Nägel.«

»Fällt Ihnen jemand aus der Familie mit Geldproblemen ein?«

»Nein … das geht mich auch nichts an. Ich wünschte nur, die würden ihre Nasen ebenso aus meinen Angelegenheiten raushalten.«

»Hat ein Mitglied der Familie Suchtprobleme – Drogen, Spielsucht, Sex, schlecht laufende Geschäfte? Oder schlechte Geschäftsabschlüsse?«

»Kens erweiterte Familie ist riesig: jede Menge Cousins ersten und zweiten Grades. Garantiert gibt es da ein paar mit Problemen. Wer hat die nicht in seiner Familie?«

»Spontan fällt Ihnen nichts ein?«

Sie dachte angestrengt nach. »Nein … nicht wirklich. Aber Rick und ich *versuchen*, nur unsere eigenen Angelegenheiten zu sehen. Wir haben beide viel zu viel zu tun, um uns um andere Leute Sorgen zu machen. Wenn die anderen kein Leben haben, ist das nicht mein Problem. Sind wir jetzt fast fertig?«

»Nur noch ein paar Routinefragen, die ich jedem auf der Liste stelle. Wann waren Sie zum letzten Mal in Greenbury?«

»Letzten Sommer, zu der Beerdigung von Kens Cousin. Wir sind am selben Tag wieder abgereist. Wir waren mit den anderen zusammen.«

»Seitdem waren Sie also weder in Greenbury noch in der Gruft?«

»Nein. Ich habe Besseres zu tun, als mich zu einer moderigen Gruft mitten im Niemandsland zu schleppen.«

»Wer außer Max würde Ihrer Meinung nach die Fensterbilder noch stehlen wollen?«

Sie sah ihn entgeistert an. »Ich habe nicht gesagt, dass Max sie gestohlen hat.«

»Wer hat es Ihrer Meinung nach getan?«

»Woher soll ich das wissen?«

»Ich sage nicht, dass Sie es wissen. Ich frage Sie nach Ihrer Meinung.«

Sie stand auf und widmete sich ihren Nägeln, die vollendet geformt und lackiert waren. Dann zuckte sie mit den Achseln. »Keine Ahnung. Ich weiß nur, dass ich es nicht war.«

Zwei Nachrichten auf der Mailbox, drei SMS und fünf verpasste Anrufe: alles von McAdams. Entweder vermisste der Bengel ihn, oder er besaß Informationen. Decker rief ihn auf dem Handy an. Harvard war sauer.

»Warum verpassen Sie mir eine Aufgabe und sagen mir, ich soll Sie anrufen, wenn Sie dann nicht an Ihr Handy gehen?«

»Ich war mitten in einem Gespräch. Was haben Sie für mich?«

»Da ich Ihr Vorgesetzter bin: Was haben Sie für *mich*?«

Decker grinste. Er berichtete von der Befragung.

»Die Frau klingt wie eine Irre«, sagte McAdams.

»Sie ist speziell.«

»Wir sollten uns ihre Finanzen ansehen.«

»Super Idee, außer dass wir keine juristische Grundlage haben, um die Genehmigung dafür zu bekommen. Jetzt sind Sie dran.«

»Tja, offenbar haben Grabräubereien und Diebstähle auf Friedhöfen eine lange Tradition. Ich bin auf ganz schön viele Fälle gestoßen. Normalerweise werden die Gegenstände für den Privatgebrauch geklaut, Urnen, Pflanzschalen, Dekoration der Grabsteine und Statuen. Die Diebe leben meistens in der Nähe der Gräber und werden gefasst, wenn sie die Sachen in ihrem Garten oder Haus aufstellen. Dann gibt es die praktisch veranlagten Diebe, die eher Rasenmäher und Unkrautstecher oder Schaufeln für ihre eigene Grundausstattung als Gärtner mitgehen lassen.«

»Okay. Wie sieht's mit wertvollen Gegenständen aus?«

»Ich weiß nicht, ob das unseren Fall betrifft, da es schon

eine Weile her ist, aber ich erzähl's Ihnen trotzdem. Ein sehr bekannter Kunsthändler, Alastair Duncan, wurde dabei erwischt, als er ein gestohlenes Tiffany-Fenster nach Japan verkaufen wollte. Es wurde von einem Friedhof hier in der Gegend entwendet, von einem Mann namens Anthony Casamassima, der dort als Wärter gearbeitet hat.«

»Wo ist das passiert?«

»Salem Fields Cemetery, New York. Ein gewaltiger Friedhof auf der Grenze zwischen Brooklyn und Queens. Und es gibt dort zahlreiche jüdische Mausoleen, weil viele der Familien der Emanu-El-Gemeinde in Manhattan angehörten, die auf diesem Friedhof Plätze für ihre Mitglieder erstanden.«

»Wo finde ich den?«

»Fifth Avenue, ungefähr Höhe der Sechziger-Straßen. Die Synagoge ist öffentlich zugänglich, und was ich im Internet sehen konnte, verdammt kunstvoll verziert. Vielleicht wollen Sie sich das ja anschauen. Im Metropolitan Museum hängen auch ein paar gigantische Tiffany-Fenster, falls Sie ein Gefühl für diese Art von Kunst bekommen wollen. Gleich neben dem Tempel von Dendur.«

»Dem was?«

»Der Rekonstruktion eines ägyptischen Tempels, erbaut von ein paar römischen Statthaltern. Ist ein bisschen sehr touristisch, aber ganz schön.«

»Solange ich hier bin, werde ich versuchen hinzugehen. Was wurde aus dem Händler, Duncan?«

»Siebenundzwanzig Monate Gefängnis und zweihundertzwanzigtausend Dollar Entschädigung. Ich weiß nicht, wie lange er tatsächlich saß und wie viel er von der Strafe bezahlen musste, aber er gilt immer noch als Koryphäe für Art déco. Meiner Einschätzung nach ist es höchst unwahrscheinlich, dass Duncan etwas mit unserem klitzekleinen Raub zu tun hat.«

»Sagen Sie das bloß nicht Ken Sobel. Wann fand jener Raub statt?«

»In den Neunzigern. Duncan wurde 2012 verurteilt, glaube ich.«

»Und was wurde aus diesem Casamassima-Typen?«

»Scheint es gern bequem zu haben. Wie ich bereits sagte, der Friedhof lag in seiner Nachbarschaft. Ich glaube nicht, dass er quer durch den Staat reist, um was zu klauen. Und noch unwahrscheinlicher ist, dass er sich die Mühe macht, die Originalfenster gegen Fälschungen auszutauschen. Außerdem richten sich alle Blicke auf die beiden, da der Fall gelöst wurde und sie in der Öffentlichkeit standen.«

»Manchmal legt man schlechte Angewohnheiten nur schwer ab. Wie wurde der Fall denn gelöst?«

»Die Einzelheiten der Ermittlung kenne ich nicht, aber ich weiß, dass ein FBI-Informant als angeworbener Dieb auftrat. Friedhofsdiebstähle sind sehr häufig. Und wenn Sie sich intensiver mit jetzigen Kunstdiebstählen beschäftigen wollen, haben Sie die Qual der Wahl: fast alles Gegenstände aus Museen und Privathäusern. Sie lassen unseren Einbruch in der Gruft in Ausmaß und Bedeutung erheblich schrumpfen.«

»Nennen Sie mir ein Beispiel.«

»Da brauche ich meine Notizen.« Papierrascheln. »Okay, los geht's. Der berühmteste Kunstraub hier in der Gegend sind Gemälde aus dem Isabella Stewart Gardner Museum in Boston.«

»Der, wo sie noch die leeren Bilderrahmen an der Wand hängen ließen?«

»Ich bin beeindruckt, alter Herr. Woher wissen Sie das?«

»Man nennt das ›Zeitung lesen‹. Ich erinnere mich an die Meldung zu meiner Zeit beim LAPD. Wann genau war der Gardner-Diebstahl?«

»Ebenfalls in den Neunzigern. Die Diebe gaben sich als Polizisten aus, fesselten die Aufseher und spazierten mit Kunst im Wert einiger hundert Millionen aus dem Haus: ein Manet, ein Vermeer, verschiedene Arbeiten von Degas und das einzige bekannte Seestück von Rembrandt. Ich sehe keine Verbindung zu unserem Fall.«

»Ganz Ihrer Meinung. Noch irgendwas, das entfernt ähnlich klingt … ein Raub an einem ungewöhnlichen Ort?«

»Ich habe einen einzigen gefunden, der tatsächlich stärker aus dem Rahmen fällt. Und er ist noch nicht aufgeklärt. Liegt aber auch schon lange zurück.«

»Lassen Sie mich hören.«

»Warten Sie … okay … los geht's. Er fand vor fünfundzwanzig Jahren in Marylebone, Rhode Island statt, ungefähr eine Stunde von Greenbury entfernt. Vier Mosaiken wurden aus der Ikonografie von St. Stephen's gestohlen, einer russisch-orthodoxen Kirche. Die Mosaike wurden in Anlehnung an die der Kirche San Vitale in Ravenna, Italien, hergestellt. Wüssten Sie gerne etwas über Ravenna in Italien?«

»Zuerst wüsste ich gerne, was eine Ikonografie ist.«

»Oh, selbstverständlich … Sie wissen, dass die meisten Kirchen wie ein Kreuz ausgelegt sind.«

»Ja, Querschiff, Hauptschiff und Apsis … ich löse gerne Kreuzworträtsel.«

»Gut. An der Wand des Querschiffes – also der Wand, die das kürzere Ende des Kreuzes darstellt – bis zu dem Bereich im Hauptschiff, in dem die Priester die Messe halten, befinden sich oft Abbildungen von Heiligen, von der Madonna oder von Jesus. Es kann sich um Statuen, Goldarbeiten, Basreliefs oder Ölgemälde handeln, und in diesem Fall waren es Mosaiken. Möchten Sie jetzt etwas über Ravenna erfahren?«

»Klar.«

»Einen Moment… Ungefähr 400 nach Christus bestand das Römische Reich im Wesentlichen aus zwei Teilen – ein westliches Rom, das von den Ostgoten belagert war, und ein östliches Rom, das immer noch seine Gebiete in Osteuropa und dem Morgenland besaß. Zusammen mit seinem General Belisarius gewann Justinian nach 500 weite Teile des Römischen Reichs zurück und vereinte es. Aber Justinian war auch ein religiöser Autokrat, und das führte zu einem Schisma mit dem Papst in Rom. Justinian löste den Streit, indem er die Hauptstadt des Weströmischen Reichs nach Ravenna verlegte. Die Stadt stand eher unter Venedigs Einfluss – damals ein Stadtstaat –, nicht so sehr unter römischem. Venedig wiederum war stärker vom byzantinischen Christentum als vom römischen Christentum geprägt, da Venedigs Handel hauptsächlich über die Adria nach Griechenland und in die Türkei ging. In Ravenna, im Inneren der Kirche San Vitale, befinden sich diese unglaublichen Mosaiken im byzantinischen Stil, geprägt von den Meisterwerken in der Hagia Sophia in Istanbul, die Justinian wiedererrichten ließ. Die Mosaikarbeiten in Ravenna wurden von Justinian und seiner mitregierenden Frau Theodora in Auftrag gegeben. Ihre Gesichter befinden sich im Zentrum der Mosaiken, und sie ist fast genauso in den Vordergrund gerückt wie er. Und – zum Schluss angemerkt – keiner der römischen Herrscher lebte jemals in Ravenna, als es Hauptstadt war. Der Grund, warum ich so weit aushole, ist folgender: Eine Vielzahl der Jugendstilkunst wurde von den unglaublichen Mosaiken aus dieser Zeit beeinflusst. Daher ist es nicht ungewöhnlich, dass Mosaikkünstler in der griechisch-orthodoxen oder russisch-orthodoxen Kirche um 1900 ihre Arbeiten mit Ravenna oder der Hagia Sophia im Kopf konzipierten und dem Ganzen nur ihre eigene Jugendstil-Handschrift verpassten. Die Mosaiken aus St. Stephen's stammen von einem russischen Künstler namens Nikola Petroshkovich, der an allen Stätten der Romanovs Restaurationsarbeiten durchführte – in Schloss Peterhof, am Katharinenpalast und der Eremitage. Er wanderte 1910 nach New York aus, als er sah, in welche Richtung der Wind der Unzufriedenen wehte. Die Ikonografie in St. Stephen's gilt als Paradebeispiel eines Jugendstil-Mosaiks, ausgearbeitet im byzantinischen Stil. Und sein Raub bereitete der Kirche viel Kummer.«

Eine lange Pause.

»Ich bin fertig, außer Sie wollen noch etwas Geschichte über Justinian und Theodora hören«, sagte McAdams.

»Nein, das reicht mir fürs Erste. Ich denke nur nach …« Schweigen. »Wir interessieren uns für diesen Fall, weil … er geografisch passt und es sich um einen Einbruch mit Diebstahl an einem ungewöhnlichen Ort – eine Kirche und einen Friedhof – handelt, und nicht um ein Museum oder das Privathaus eines Kunstsammlers.«

»Und in beiden Fällen geht es um Jugendstil-Kunst.«

»Richtig … gute Arbeit, McAdams. Und der Kirchen-Fall wurde nie aufgeklärt?«

»Im Internet habe ich es jedenfalls nicht gefunden. Ich grabe noch ein bisschen tiefer. Was halten Sie davon?«

»Es könnte jemand aus der Gegend sein, der für gestohlene Kunstwerke bezahlt. Aber wenn die beiden Fälle zusammengehören, ist es jemand, der bereits seit Jahren aus persönlichem Interesse sammelt. Wir reden hier nicht über Museumsdiebstähle, wir reden hier von Raub, der unter dem Radarschirm stattfand. Jemand, der mit zwanzig anfing, weitermachte bis vierzig und jetzt zwischen fünfzig und siebzig ist.«

»Und immer noch dabei.«

»Jemand mit einer Leidenschaft für Champagner und einem Portemonnaie für Bier. Ein Kunstgeschichtler, ein Kurator oder ein Professor.« Decker überlegte. »Vielleicht ein Kunstgeschichtsprof am Littleton, das ist ja ein Kunst-College. Aber zuerst muss ich die Familie ausschließen. Und das wird eine Weile dauern.«

»Nehmen Sie sich alle Zeit der Welt. Hier passiert gar nichts.«

»McAdams, könnten Sie herausfinden, wer in dem Fall ermittelt hat? Wenn die ein paar Verdächtige aus der Gegend im Visier hatten, kriegen wir vielleicht eine Richtung für unsere Reise vorgegeben.«

»Na ja, egal, welche Richtung sie eingeschlagen haben, es war die falsche, denn der Fall wurde nicht gelöst. Außerdem habe ich im Internet nichts über die ermittelnden Beamten gefunden.«

»Deshalb müssen Sie auf dem Revier in Marylebone anrufen und sich die Namen geben lassen. Dann rufe ich die Oldies an und quetsche Informationen aus ihnen raus. Ich eigne mich besser für die Kontaktaufnahme als Sie.«

»Garantiert. Ihnen ist schon klar, dass die Typen über achtzig sind, falls sie noch leben.«

»Haben Sie nie davon gehört, McAdams? Achtzig ist das neue sechzig.«

7

Nach der Sicherheitsschleuse betraten Decker und Rina die Galerie mit komplett verspiegelten Wänden, vor denen Schaukästen mit Schmuck, Perlen und Kunstobjekten standen. Eine zaundürre Blondine in den Vierzigern studierte das Angebot, wobei ihr Gesicht und ihre Augen keinerlei Regung angesichts der vorgelegten Stücke zeigten. Decker vermutete, dass es schon etwas Gewaltiges brauchte, um mit dem Klotz an ihrem Finger konkurrieren zu können. Als er ihr Gesicht betrachtete, fiel ihm der Unterschied zwischen West- und Ostküste auf. Los Angeles hatte natürlich auch jede Menge »Sieh mich an«-Frauen, aber denen schienen ihre Diamanten zu gefallen. Diese Park-Avenue-Prinzessinnen dagegen genossen ihr eigenes Desinteresse.

Auf dem schwarzen samtbezogenen Tablett lagen die Klunker einer ganzen Mine, verarbeitet zu Ohrringen, Armbändern und Halsketten. Maxwell Stewart blickte auf und nickte Decker zu. Er trug einen schwarzen Anzug, ein weißes Hemd und eine Fliege im Schottenkaro. Als die Frau etwas sagte, hörte er genau zu und holte ein weiteres Schmuckstück hervor, das beträchtlich funkelte. Er wirkte professionell, aber nicht kriecherisch. Kurz darauf drückte er einen Knopf. Eine andere vierzigjährige Frau in einem smaragdgrünen Kleid und Perlen kam von hinten. Sie hatte lockiges rotes Haar und ein breites strahlendes Lächeln.

»Würden Sie mich kurz entschuldigen, Dawn?«, sagte Maxwell. »Ich habe einen Termin, den ich zwar verschieben kann, aber ich fürchte, Detective Decker hat es eilig.«

»Detective?« Auf Dawns Gesicht zeigte sich so etwas wie eine Regung: ein Funken Neugier. »Was ist los?«

»Nichts Wichtiges.« Er lächelte Decker zu. »Nichts für ungut.«

»Kein Problem.«

Dawn musterte Decker und ignorierte Rina dabei völlig.

»Jill kennt das Inventar besser als ich. Sie wird Ihnen helfen, Ihren Wunsch zu erfüllen.« Er hob eine Klappe in der Arbeitsfläche an und kam auf Decker und Rina zu. »Willkommen in der Galerie.« Sein Blick lag auf Rina. »Maxwell Stewart.«

»Rina Decker.« Sie reichte ihm die Hand. »Wir warten, bis Sie mit Ihrer Kundin fertig sind.« Ihr Mund verformte sich zu einem freundlichen Lächeln. »Wir sehen uns sehr gerne um.«

»Sprich nur für dich, Lone Ranger«, brummelte Decker.

»Sie können hier ganz schön in Schwierigkeiten kommen«, sagte Max.

»Gott sei Dank zieht mein Portemonnaie Grenzen.«

»Unsinn. Wir haben für jeden etwas.«

»Mal schauen, ob ich schwach werde«, sagte Rina. »Am besten stöbere ich, und Sie beide unterhalten sich. Ich habe hier genug zu tun.«

»Viel Spaß. Aber ich fühle mich gezwungen, Ihnen mitzuteilen, dass sich unsere besten Stücke unten befinden.«

»Verstecken Sie dort die Tiffany-Lampen, die ich im Internet gesehen habe?«, fragte Decker.

»Ich verstecke gar nichts«, widersprach Max. »Das hier ist kein Museum. Alles steht zum Verkauf. So bezahle ich meine Hypothek. Darf ich Sie beide herumführen?«

Decker sah Rina an, die meinte: »Natürlich, wenn es Ihnen nichts ausmacht?«

»Wir kaufen aber nichts«, sagte Decker.

»Nicht sofort. Es gibt ja immer noch die Lottozahlen«, sagte Rina.

»Genau.« Max war schon auf dem Weg zur Treppe. »Und wenn Sie auf eine Goldader stoßen, erinnern Sie sich bitte an mich.« Er schaltete das Licht ein, und die moderne technische Welt machte Platz für das elegante Leben vergangener Tage.

Dutzende und Aberdutzende Tiffany-Lampen in allen Formen, Mustern und Größen, manche mit einer eher geometrischen Auslegung, die meisten aber mit einem Schwerpunkt auf Natürlichem. Die Schirme stellten – nicht nur – Libellen, Lilien, Narzissen, Pfingstrosen, Hartriegel, Kirschblüten, Geißblatt, Zitronenblätter und die anmutigen Blau- und Lilaschattierungen der kletternden Glyzinie dar, sie gehörten zu der begehrtesten Lampenschirmart, erklärte Max. Das wallende Glas war in satte Farbtöne getaucht und mit höchster Präzision verarbeitet, sodass das Endergebnis Tiefe und Glanz besaß. Jede Lampe für sich war spektakulär: Der Anblick versetzte einen in Staunen.

Die Lampen standen auf von Meistern des Jugendstils entworfenen Tischplatten: die frei schwebenden unverkennbaren Arbeiten von Louis Majorelle, zusammen mit den präzisen Intarsien von Émile Gallé. Schränke und Schaukästen enthielten Schreibtisch-Accessoires von Tiffany in allen erdenklichen Mustern. Originalposter von Alfons Mucha, auf denen Mädchen mit wehendem Haar und wallenden Kleidern abgebildet waren, zierten die Wände. Mitten zwischen der Kunst hing ein Poster von einem Gemälde von Gustav Klimt – was seltsam wirkte, da es Massenware war.

»Eins meiner Lieblingsbilder«, sagte Max. »Und wenn ich das Original nicht haben kann …«

Während Decker sich Max' Vortrag über Tiffany anhörte, betrachtete Rina das Poster des österreichischen Meisters mit dem *Kuss* genauer. Inmitten der Wirbel, Rechtecke und dem strahlenden Ausbruch an Farbe und Gold befand sich das sehr erotische Gemälde eines Mannes, der das schöne Gesicht einer Frau mit einem leidenschaftlichen Kuss auf die Wange bedeckte. Sie sah es sich so lange an, bis sie ihren Mann hörte.

»Weilst du noch unter uns, Liebling?«

Rina stellte sich neben ihn. »Entschuldige.«

»Das Original des *Kusses* hängt in Wien. Aber wenn Sie sich eins von Klimts Meisterwerken genauer ansehen möchten, so besitzt die Neue Galerie auf der Fifth das Originalporträt von Adele Bloch-Bauer. Falls Sie es noch nicht gesehen haben, sollten Sie das unbedingt nachholen.«

»Ich kenne es«, sagte Rina. »Ich vergaß nur, wie sehr Klimt einen gefangen nimmt. Man muss sich einfach fragen, wie ein Verstand arbeitet, der so etwas Schönes … Traumhaftes hervorgebracht hat.«

»Er war stark von antiker Kunst beeinflusst, vor allem von den byzantinischen Mosaiken in Ravenna«, erläuterte Max.

Wenn das kein perfektes Timing war. Decker hob die Augenbrauen. »Die Kirche San Vitale. Die Mosaiken von Justinian und Theodora.« Und während Rina und Max ihn anstarrten, fuhr er fort: »Man stelle sich das mal vor: Sie gaben diese ganzen Kunstwerke für eine Hauptstadt in Auftrag, in der sie niemals gelebt haben.«

»Waren Sie in Ravenna?«, fragte Max.

»Nein, aber es steht auf meiner Liste der Dinge, die ich unbedingt noch erledigen will.«

»Seit wann das?«, fragte Rina. »Wo liegt Ravenna? In Griechenland?«

»Italien«, korrigierte Decker sie. »Ravenna war mal die Hauptstadt des Weströmischen Reiches.«

»Jetzt gibst du aber richtig an«, sagte Rina.

Decker grinste. »Beeindruckt?«

»Mit der Kirche San Vitale hast du mich erwischt.« Rina widmete sich Max. »Danke, dass Sie mir Ihre unglaublichen Stücke gezeigt haben. Ich glaube, ich gehe jetzt wieder nach oben und sehe mir die Klunker an. Ich werde Ihre Kundin nicht stören, versprochen.«

»Dawn?« Max winkte ab. »Sie ist eine dieser Frauen, die reich ist, aber kein Bargeld zur Verfügung hat. Wir arbeiten seit Jahren zusammen. Sie kauft bei mir ein Schmuckstück privat ein und verkauft es mir wieder über die Firma, um damit ein neues Stück zu finanzieren … das sie wiederum privat bezahlt. Es ist eine glückliche Übereinkunft. Ich verdiene Geld, und sie sieht so aus, als hätte sie eine umfangreiche Schmucksammlung. Ihre Freunde denken, sie schwimmt in Diamanten, weil sie dasselbe Schmuckstück nie zweimal trägt.«

Nachdem Rina sie verlassen hatte, grinste Max Decker an. »Also, woher konnten Sie dieses Kaninchen aus dem Hut zaubern? Oder sind Sie heimlich Kunsthistoriker?«

»Wir Detectives sind ein einfallsreiches Völkchen.« Decker ging zu einem grünen Zweiersofa von Majorelle. »Darf ich mich hinsetzen oder …?«

»Die Möbel sind nicht einfach nur schön, sondern auch Gebrauchsgegenstände. Bitte, setzen Sie sich.«

»Danke.« Vorsichtig deponierte er sein Hinterteil auf das Polster. Max nahm gegenüber Platz. »Ich habe mit Ihrer Schwägerin gesprochen«, sagte Decker.

»Sie kann mich nicht leiden, stimmt's?«

Decker zuckte unbestimmt mit den Achseln. »Nach Hunderten solcher Gespräche bekommt man ein Gefühl dafür, wenn jemand lügt. Sie lügt nicht. Sie hat nichts mit dem Diebstahl zu tun.«

»Ich glaube Ihnen. Hat Sie mich verdächtigt?«

»Nicht ernsthaft.« Decker zückte ein Notizbuch. »Wenn Sie es nicht waren, genauso wenig wie Ihre Schwägerin, dann helfen Sie mir mit der Liste weiter.« Er reichte sie Max, der sie ein paar Minuten lang studierte.

»Es tut mir wirklich leid, Detective«, sagte er schließlich, »aber mir springt niemand ins Auge.«

»Kein Taugenichts mit einer Suchtproblematik?«

»Oh, ich verstehe, was Sie meinen.« Er deutete auf einen Namen. »Rubin und Anne Sobel. Rubin ist ein Cousin ersten oder zweiten Grades von Ken. Ihre beiden Kinder hatten als Teenager ein Drogenproblem. Soweit ich weiß, hat Campbell sich bald gefangen.«

»Ist Campbell ein Junge oder ein Mädchen?«

»Sie ist zwanzig. Ich glaube, sie studiert am Hampshire College. Ihr älterer Bruder, Livingston, ging in den Entziehungsheimen ein und aus. Ich weiß nicht, ob er überhaupt hier in der Gegend wohnt. Aber nur weil er ein Drogenproblem hatte, macht ihn das ja noch nicht zum Dieb.«

»Natürlich nicht. Ging er aufs College?«

»Hat es nach einem Jahr geschmissen.«

»Wo war er?«

»Äh … Brown, glaube ich.«

»Also ist er an sich ein kluges Kerlchen?«

»Ja, er ist sehr klug. Ich sehe ihn eher als einen von den Occupy-Wall-Street-Jungs, nicht als Dieb. Ehrlich gesagt, Detective, würde es mich überraschen, wenn es jemand aus der Familie war.«

»Na ja, ich glaube nicht, dass ich es mit Amateuren zu tun

habe«, sagte Decker. »Amateure hätten alle vier Glasfenster auf einmal gestohlen und sich nicht die Mühe gemacht, Fälschungen anfertigen zu lassen. Aber wenn es ein richtiger Profi war, wäre der Raub nicht so stückweise erfolgt. Daher suche ich nach etwas genau dazwischen, und dadurch wird es schwierig herauszufinden, was wirklich vor sich geht.«

»Irgendeine Idee?«, fragte Max.

»Dasselbe wollte ich Sie auch gerade fragen. Versetzen Sie sich in meine Lage. Worauf sollte ich mich konzentrieren?«

Max dachte eine Weile nach. »Also …«, fing er schließlich an, »der Dieb hat eindeutig versucht, das Verbrechen mit diesen armseligen Fälschungen zu vertuschen. Er oder sie wollten vermeiden, dass jemand etwas bemerkt.«

»Hinter der Vertuschung steckt viel Arbeit. Warum macht sich jemand diese Mühe? Welchen Vorteil bringt die ganze Anstrengung?«

»Zum einen hat dadurch der Dieb Zeit, um die Glasbilder an den Höchstbietenden zu verkaufen«, sagte Max. »Zum anderen könnte ein Auktionshaus die Bilder kaufen, wenn der Diebstahl nicht gemeldet wird, was dem Dieb mehr Möglichkeiten verschafft.«

Decker begann, sich Notizen zu machen. »Das ergibt Sinn. Nach wem würden Sie Ausschau halten, wenn Sie ich wären?«

»Normalerweise machen sich die Händler, die mit gestohlener Ware herumpfuschen, nicht selbst die Hände schmutzig. Der Händler hätte jemanden angeheuert.«

»Sie glauben also, es war ein Händler?«

»Möglich wär's.«

»Gibt es in der Familie einen Kunsthändler?«

»Außer mir?« Als Decker lächelte, sagte Max: »Gefällt mir die Richtung, die unser Gespräch nimmt?«

»Ich rede mit Ihnen darüber. Ich bin offen und ehrlich.«

»Wir sind die einzigen Galeristen in der Familie. Und da ich die Bilder nicht gestohlen habe, weiß ich wirklich nicht, wer hier das Heft in der Hand hat.«

»Gut, lassen wir das einen Moment beiseite. Wenn der Kerl jemanden angeheuert hat, wer könnte das sein?«

»Offensichtlich jemand, der Glasbilder anfertigt. Oder vielleicht hat er jemanden angeheuert, der wiederum jemanden angeheuert hat, der Glasbilder anfertigt.«

»Um ein bisschen Abstand zwischen sich und den Diebstahl zu bringen.«

»Genau. Aus den Bildern schließe ich, dass es ein Hobbykünstler oder ein Kunststudent war.«

Decker nickte. Es könnte sehr gut ein Kunststudent sein, der dringend Geld brauchte. »Wissen Sie, wo Glaskunst gelehrt wird?«

»An allen Kunstschulen, würde ich meinen. Was ist mit Littleton von den Five Colleges? Das liegt in Ihrem eigenen Hinterhof.«

»Ich hab's auf meiner Liste. Aber wie Sie so treffend formuliert haben, suche ich möglicherweise auch nach einem Händler. Wenn Sie mir eine Liste mit Kunsthändlern geben könnten, die … sagen wir … fragwürdige Moralvorstellungen haben … oder vielleicht haben Sie Gerüchte gehört?«

»Man hört andauernd Gerüchte. Wir sind ein korrupter Geschäftszweig.«

Decker lachte. »Jede Art von Hilfe Ihrerseits ist willkommen. In der Zwischenzeit muss ich ja noch die Liste der Familienmitglieder abarbeiten.«

»Obwohl Sie nicht glauben, dass es jemand von ihnen war?«

»Ich muss unvoreingenommen bleiben. Vielleicht hat sich ein Familienmitglied mit einem Händler zusammengetan, um an schnelles Geld zu kommen.«

»Das kann ich mir nicht vorstellen. Selbst bei Melanie nicht. Zu solch einer vorausschauenden Planung ist sie nicht fähig. Außerdem verdient ihr Mann ein Vermögen.«

»Was macht er?«

»Hedgefonds, die im letzten Jahr sehr gut liefen. Ich sollte es wissen, denn ich habe Geld bei ihm angelegt. Und ich weiß, dass Rick einen Riesenbonus kassiert hat.«

»Gut… dann lassen wir die Familie mal einen Moment lang außer Acht. Ich möchte auf Kunstdiebstähle zurückkommen. Ist das für Sie ein Problem – Leute, die in Ihre Galerie einbrechen?«

»Bis jetzt noch nicht, Gott sei Dank. Meine Sicherheitsvorkehrungen sind exzellent.«

»Was ist mit Raubüberfällen in anderen Galerien in der Gegend?«

»Sie meinen Mark Lugo?«

»Wer ist das?«

»Er hat einen Fernand Léger aus der Galerie des Carlyle-Hotels gestohlen. War nicht das erste Mal. In San Francisco hat er einen Picasso geklaut.«

»Er war ein Händler, der die Stücke aus Profitgier verkauft hat?«

»Nein, er war ein Sommelier. Er hat die Bilder in seinem Apartment in New Jersey aufbewahrt.«

»Ein Sommelier?«

»Ja, und ich wette, er hatte auch noch eine umfangreiche Weinsammlung. Er fällt mir ein, weil es erst kürzlich passiert ist, aber so etwas kommt sicher dutzendfach vor. Sie können diese Galeriediebstähle vermutlich im Internet nachsehen.«

»Gehen wir zurück zu unserem Fall. Was ist mit Friedhofs- oder Grabraub?«

»Klar, es gibt Leute, die stehlen andauernd etwas auf Friedhöfen. Der berühmteste Fall, den ich kenne, ist der von Alastair Duncan. Wurde dafür verurteilt, ein zweihundert Kilo schweres Tiffany-Glasfenster gestohlen und an einen japanischen Sammler verkauft zu haben, für über zweihunderttausend Dollar. Er hatte sich mit jemandem aus Queens zusammengetan.«

»Anthony Casamassima. Salem Fields Cemetery. Er behauptete, er würde verrottende Kunstschätze in sehr schlechtem Zustand quasi erlösen. Der Fall wurde mit Hilfe eines verdeckt ermittelnden FBI-Agenten aufgeklärt.«

Max starrte ihn erneut an. »Ich sehe, Sie haben Ihre Hausaufgaben gemacht.«

»Man muss nur auf die Maus klicken, Max. Mein Partner hat außerdem noch einen sehr alten Kunstraub aus einer russisch-orthodoxen Kirche in Marylebone, Rhode Island, ausgegraben. Der mich ein bisschen stärker interessiert, weil er immer noch nicht gelöst ist und der Dieb Gegenstände aus der Jugendstil-Epoche entwendet hat. Wissen Sie zufällig etwas darüber?«

»Die Petroshkovich-Ikonen. Das war vor meiner Zeit, aber ich erinnere mich tatsächlich daran, dass mein Vater davon erzählt hat. Ein Riesending.« Pause. »Und das war ein Profi, garantiert.«

»Woraus schließen Sie das?«

»Weil die Diebe nur die Petroshkoviche mitnahmen, sonst nichts. Es gab dort Kunst, die viel auffälliger war. Sie wussten genau, was sie wollten.«

»Genau wie die Diebe, die wussten, dass die Glasbilder Ihres Schwiegervaters echte Tiffanys sind.«

»Ich stelle den Wert von Tiffany-Arbeiten nicht in Frage, weiß Gott nicht, denn so verdiene ich die Butter aufs Brot. Aber die Petroshkovich-Ikonen sind sehr viel mehr wert, weil sie seltener sind. Wann fand der Raub statt? Das muss dreißig Jahre her sein.«

»Ja, der Fall ist alt und ungelöst, doch er liegt offen da. Und das macht ihn so interessant.« Decker klappte sein Notizbuch zu und stand auf. »Aber ich brauche gar nichts, das offen daliegt, Max. Ich vertraue auf meine Fähigkeiten. Alles, was ich brauche, ist eine einzige Zehe in der Tür.«

8

Nach dem Galeriebesuch spazierten Decker und Rina Handschuh in Handschuh die Fifth Avenue hinunter und schlängelten sich durch die Menschenmenge aus Einkaufslustigen, Vorstands- und Mittelbau-Angestellten in Anzügen sowie Touristen, denen die Kälte nichts ausmachte, wenn sie so in den Genuss der günstigen Hotelangebote im Winter kamen. Hier um die Ecke gab es ein paar koschere Lokale, und da es fast halb eins war, hatte niemand etwas gegen ein Mittagessen einzuwenden. Sie schnappten sich einen der letzten Tische eines Restaurants mit hauptsächlich Fleisch auf der Speisekarte in Midtown. Bald wäre nichts mehr frei gewesen. Die Bedienung arbeitete langsam, aber das verschaffte Decker die Gelegenheit, per Telefon weitere Gesprächstermine mit Mitgliedern der Sobel-Familie zu bestätigen.

Vierzig Minuten später servierte der Kellner ihnen zwei winzige Hamburger zu Höchstpreisen. Trotzdem fühlte es sich gut an, mal aus der Kleinstadt herauszukommen. Decker konnte förmlich spüren, wie sein Puls zum Leben erwachte. »Schmeckt dir dein Essen?«

»Es ist lecker … wäre perfekt als Vorspeise.«

»Da liegt der Haken.«

Rina lächelte. »Als ich mal Sammy besucht habe, bin ich mit einem alten Freund etwas essen gegangen, während

Sammy noch zu tun hatte. Ich habe einen Nizza-Salat bestellt und brauchte eine Lupe, um ihn zu finden.«

»Genau, und eine Pinzette, um ihn zu essen.« Decker suchte nach einer Lösung, den Hamburger in mehr als zwei Bissen aufzuteilen. »Danke, dass du mitgekommen bist.«

»Gern geschehen. Ich habe aber nichts Anstößiges über Max oder sonst jemanden herausgefunden.«

»Was hast du denn dann herausgefunden?«

»Die Galerie besteht seit Jahren. Ich habe gefragt, ob sie Max gehört, und Jill meinte, er arbeitet dort Seite an Seite mit seinem Vater, Keith, den ich kennengelernt habe.«

»Netter Typ?«

»Er rannte gerade aus dem Laden, als ich vorgestellt wurde. Schien in Ordnung zu sein. Außerdem gibt es noch eine Cousine, die hauptsächlich den Schmuckeinkauf betreut. Sie heißt Katy Mendel. Jill sagt, sie sei sehr nett.«

»Irgendwelche Konflikte zwischen den Angehörigen? Aber wahrscheinlich hast du nicht danach gefragt.«

»Nein, habe ich nicht.« Rina spießte eine Essiggurke auf, die größer als der gesamte Hamburger war. »Jill hat nichts von schlechter Stimmung anklingen lassen. Sie arbeitet seit fünfzehn Jahren dort. Hältst du Max immer noch für einen Verdächtigen?«

»Ich kann ihn mir nicht als Dieb von vier kleinen Tiffany-Glasbildern vorstellen, der dabei seinen Ruf ruiniert und ein Verbrechen begeht, wo er doch dieses ausufernde Inventar hat, um sich daraus zu bedienen. Und er könnte wahrscheinlich für eine gewisse Zeit die Bilanzen fälschen, ohne dass es jemand spitzkriegt. Im Augenblick steht er also unten auf meiner Liste.«

»Wie sieht dein Plan für heute aus?«, fragte Rina.

»Ich arbeite die Liste der Familienmitglieder ab und der Leute, die von den Glasbildern wussten, und warte, was dabei herauskommt. Wie hieß noch mal die Schmuckdame? Katy und dann?«

»Mendel.«

»Danke.« Decker notierte sich den Namen. »Tyler hat mir erzählt, dass Friedhofsdiebstähle gar nicht so selten sind. Meistens handelt es sich bei den Schuldigen um die Wärter und Leute, die in der Nähe wohnen.«

»Was lassen sie mitgehen, wenn sie nicht gerade Tiffanys klauen?«

»Pflanzgefäße, Urnen, Statuen, architektonische Zierelemente, Rasenmäher, Schaufeln, sogar Grabsteine.«

»Also lebt dein Dieb vielleicht ganz in unserer Nähe.«

»Wer immer das getan hat, hat Zeit und Geld in den Austausch der Glasbilder investiert, damit niemand etwas bemerkt. Vermutlich hatte er bereits vor dem ersten Diebstahl einen Käufer in Aussicht.« Decker starrte auf seinen leeren Teller. Seine Hand ging schnurstracks zum Brotkorb.

Rina stoppte ihn. »Möchtest du dir noch einen Hamburger teilen?«

»Nicht zu diesem Preis. Zumal wir morgen die ganze Familie zum Essen einladen. Ich hätte bei unserer Heimreise gerne ein bisschen Restgeld auf dem Konto.«

»Einen Hamburger können wir uns noch leisten.« Ohne zu fragen, winkte Rina den Kellner heran und bestellte einen weiteren. Sie strahlte ihn an. »Sagen Sie doch bitte der Küche, sie möge etwas großzügiger mit dem Rindfleisch sein. Sie verköstigen hier keine Supermodels, oder?«

Decker lachte, als der Kellner verärgert von dannen zog. »Bevor wir Manhattan verlassen, würde ich gerne ins Metropolitan Museum. Dort hängen Glasfenster von Tiffany, die ich mir ansehen möchte. Und dann gibt es noch einen Ort… Emanu-El? Sagt dir das was?«

»Natürlich. Der Tempel. Warte.« Sie spielte mit seinem Handy herum. »Den Tempel gibt es seit Mitte des neunzehnten Jahrhunderts, seine Anhänger folgen dem Reformjudentum. Wurde von deutschen Juden gegründet. Eine Wiederbelebung des maurischen Baustils … ah, da gibt es ein Tiffany-Fenster. Deshalb willst du da hin.«

»Ich muss es nicht unbedingt sehen, aber wenn ich schon mal hier bin, dachte ich mir, ich sollte mich weiterbilden. Kommst du mit?«

»Sehr gerne.« Sie verstaute sein Handy wieder in seiner Jacke. »Wirst du mir jetzt endlich erzählen, wie du so plötzlich zu einem Experten für byzantinische Mosaiken geworden bist?«

Decker grinste. »McAdams hat mir ungefähr eine Viertelstunde vor unserem Besuch der Galerie eine Geschichtsstunde erteilt.«

»Warum?«

»Es ging um einen Kunstraub, der dreißig Jahre zurückliegt. Vier Mosaiken aus einer russisch-orthodoxen Kirche in Rhode Island, von einem Künstler namens Nikolai Petroshkovich. Die gestohlenen Stücke waren im Stil der Mosaiken in Ravenna gehalten. Der Moment hätte nicht besser passen können.«

»Dein Vortrag klang beiläufig, war aber sehr beeindruckend. Was hat ein alter Kunstraub mit deinem Fall zu tun?«

»Vermutlich gar nichts. Ich hatte McAdams nur gebeten, alle wichtigen Kunstdiebstähle in unserer Gegend abzuklären, und ich werde ihn nicht für seine Sorgfalt bestrafen.«

»Ausnahmsweise mal.«

»Genau, ausnahmsweise mal. Meistens sitzt er ja nur seine Zeit ab. Warum er bei der Polizei in Greenbury angefangen hat, ist mir immer noch ein Rätsel. Er scheint alles an seinem Leben dort zu hassen.«

»Ich bin mir sicher, dass es da eine Vorgeschichte gibt.«

»Willst du meine Meinung hören? Ich glaube, er schreibt heimlich ein Drehbuch, und deshalb ist er zum erstbesten Revier gegangen, das ihn sicher anstellt. Für mich verkörpert der Typ Hollywood im Reinformat.«

»Ganz bestimmt wird eines Tages alles ans Licht kommen.«

Nach einer Pause sagte Decker: »Ich würde gerne mit den Detectives reden, die an dem Rhode-Island-Fall dran waren. Mal hören, welche Schritte sie unternommen haben, um das Diebesgut aufzuspüren. Hoffentlich wohnen sie noch in der Gegend.«

»Vielleicht sollten wir unseren Aufenthalt um einen Tag verlängern, damit du ein bisschen mehr Zeit hast.«

»Du meinst, mehr Zeit mit Lily.«

»Und auch mehr Zeit mit den Zwillingen. Daran ist nichts verkehrt.« Der dritte Burger kam. Rina schob ihn ihrem Ehemann unter die Nase. »Nimm den ganzen. Ich bin satt.«

»Satt? Nett bist du.«

»Ehrlich, ich bin zufrieden.« Sie ergriff seine Hand. »Peter, wir sind in den Osten gezogen, um näher bei unseren Kindern zu sein. Und du bist aus der Großstadt weg, um nicht mehr so gehetzt zu werden. Wir können jetzt schlendern, statt zu rennen. Es ist so schön, dass wir zusammen ins Museum und in den Emanu-El gehen. Versuch bitte, nicht in deinen LAPD-Arbeitsmodus zu verfallen, nur weil du endlich einen richtigen Fall hast. Außerdem kann Tyler die Zügel für dich übernehmen.«

Decker schnappte sich den Minihamburger und schaffte es, ihn nicht mit einem Bissen zu verschlingen. »Du hast recht. Ich habe hier genug zu tun, und ein zusätzlicher Tag wäre völlig okay. Ich werde Mike anrufen. Es ist bestimmt kein Problem.«

»Danke.«

»Gerne«, sagte Decker. »Aber eins sage ich dir, liebe Gattin. Wenn auch nur eine Katze im Baum nicht überlebt, weil Tyler zu faul ist, lade ich die Schuld dafür auf deinen Schultern ab.«

Nachdem er sich von Rina verabschiedet hatte, ließ Decker sich auf einer Parkbank nieder und erledigte einige Anrufe. Die Temperatur war auf über null gestiegen, ohne Wind: fast schon Frühling verglichen mit der Eiseskälte und dem bleiernen Himmel in Greenbury. Die frische Luft im Gesicht weckte ihn aus seiner üblichen Nachmittagsmüdigkeit.

Sein Ziel war es, das Spielfeld zu verkleinern, indem er möglichst viele Namen der Sobel-Familie von seiner Liste strich. Zuerst waren die entfernten Verwandten dran, die behaupteten, das Familiengrab in Greenbury gar nicht zu kennen. Als Nächstes redete er mit denen, die von der Existenz des Mausoleums wussten, aber noch nie einen Fuß in das Städtchen gesetzt hatten. Ihre Aussagen wurden durch einen kurzen Anruf bei Ken Sobel überprüft. Dann rief er Katy Mendel an – die Schmuckeinkäuferin für Max Stewart. Sie schien ebenfalls grundanständig zu sein. Seine Hinweise schwanden mit jedem durchgestrichenen Namen.

Er saß bereits über eine Stunde auf der Bank, und langsam kroch die Kälte in ihn hinein. Er ging zurück zum Auto, drehte die Heizung voll auf und telefonierte von seinem vierrädrigen Büro aus weiter, wobei er das Hupen und die flehenden Blicke der Parkplatz suchenden Autofahrer ignorierte.

Die interessanteste Gruppe war die mit den nahen Familienmitgliedern: diejenigen, die letzten Sommer an der Beerdigung teilgenommen hatten und über die teuren Glasbilder der Gruft Bescheid wussten. Oberflächlich betrachtet wirkten sie alle ungeeignet als Kandidaten für ein kriminelles Unterfangen in Eigenregie. Die meisten von ihnen schienen mit den Insignien des Reichtums ausgestattet zu sein: gute Jobs, beständige Ehen und schicke Adressen. Bei den Gesprächen wirkten sie abgestoßen von dem Diebstahl und sogar entzürnt darüber, dass er sie mit den Augen eines Polizisten betrachtete.

Zwischen den Anrufen und Gesprächen mit der Familie waren der Museums- und der Synagogenbesuch mit Rina genau das Richtige. Das Museum war bis sechs Uhr geöffnet, der Tempel am morgigen Tag zwischen zehn und vier Uhr, und man benötigte keine Anmeldung. Dann würde es weitergehen nach Philadelphia zu Cindy, Koby und den Kindern.

Erst gegen sechs Uhr machte sich Decker auf den Rückweg nach Brooklyn zu dem Abendessen mit seiner Familie. Er war am Verhungern, daher hoffte er, dass man in dem von Rachel und Sammy ausgesuchten Restaurant große Portionen servierte. Die Minihamburger waren längst verdaut und hatten ein unangenehmes Loch in seinem Magen hinterlassen. Während der Fahrt dachte er wieder über den Raub nach und fragte sich, ob McAdams seit ihrem letzten Gespräch etwas Neues ausgegraben hatte.

Als er in Brooklyn ankam, war er müde und schlecht gelaunt, aber das Lächeln seiner Enkelin heiterte ihn auf. Schon bald schrumpfte die Wohnung, je größer die Gruppe wurde. Es war wunderbar, alle wiederzusehen, und noch vor dem Essen gab es jede Menge Umarmungen, Küsse und viel Gelächter. Endlich waren alle beisammen, und Rachel hatte dem Babysitter die letzten Anweisungen erteilt. Deckers Kinder gingen voran, hinaus in den kalten Abend, und brachten sich gegenseitig auf den neuesten Stand. Sie unterhielten sich über Filme, Musik und Fernsehserien, von denen Decker nie gehört hatte.

»Kapierst du, worüber die sich unterhalten?«, fragte er Rina.

»Ungefähr. Du weißt ja, dass auch wir Netflix haben. Da kriegt man jede Menge Serien im Stream. Das heißt, man kann sie sich in einem Rutsch ansehen.«

»Ich weiß, was Streaming bedeutet, Mrs. Klapphandy.«

»Ich bin mit meinem vollkommen zufrieden. Ich mache ja nur Anrufe und schreibe SMS. Warum sollte ich mir ein neues besorgen, vor allem in einer Kleinstadt, in der wir keine App brauchen, um zu wissen, wo sich die einzige Tankstelle befindet oder das einzige Kino im Umkreis von fünfzig Kilometern.«

Decker spürte das Vibrieren seines Smartphones, aber ohne nachzusehen, ließ er den Anruf auf die Mailbox umspringen. Er sah seinen Kindern dabei zu, wie sie miteinander Witze rissen. »Irgendwas haben wir richtig gemacht. Sie scheinen sich alle zu vertragen.« Wieder vibrierte sein Handy. Er holte es aus der Manteltasche und checkte die Vorwahl. »Das Revier. Wahrscheinlich McAdams. Besser, ich melde mich.«

»Warum rufen sie so spät am Abend an?«

»Ja, das ist ungut.« Er verlangsamte seine Schritte. »Geh du weiter mit den Kids. Ich treffe euch im Restaurant.«

»Weißt du, wo es liegt?«

»Eigentlich habe ich keine Ahnung.« Er eierte so lange herum, dass der Anruf wieder auf der Mailbox landete. Er überlegte, ob er zurückrufen sollte oder nicht. »Egal, worum's geht, ich denke, das kann warten, bis ich etwas gegessen habe.«

»Du verhältst dich ja tatsächlich anders als früher.«

»Ja, das ist der Unterschied zwischen dem Hauptverantwortlichen und einem Tagelöhner. Abgesehen davon, wie sollte ich ihnen helfen? Ich bin drei Stunden weit weg.« Sie waren fast am Eingang des Restaurants angelangt, als das Handy zum dritten Mal vibrierte.

»Muss wohl wichtig sein«, meinte Rina.

»Das fürchte ich auch. Bleib bei der Familie, ich komme in ein paar Minuten nach.« Er drückte auf den grünen Knopf. »Hey, Harvard, was haben Sie für mich in petto?«

»Hier ist nicht McAdams, Pete, sondern Mike.«

Decker hatte den Captain um einen weiteren Tag in Manhattan gebeten und deshalb auf einen Rückruf gewartet. Aber nicht um acht Uhr abends. Und nicht in diesem Ton: rein geschäftsmäßig.

»Wie schnell können Sie in Greenbury sein?«, fragte Mike.

»Wie schnell brauchen Sie mich?«

»Vor zehn Minuten.«

»Um was geht's?«

»Mord. Den ersten richtigen in zwanzig Jahren, und es ist ein scheußlicher. Sie sollten sich dadurch gleich wieder wie zu Hause fühlen.«

Decker ging zu Sammys Wohnung zurück und holte das Auto. Er bestand darauf, dass Rina in Brooklyn blieb und am nächsten Tag Cindy, Koby und die Kinder besuchte. Sie wären enttäuscht, wenn niemand käme, und er sei sehr wahrscheinlich für die nächsten vierundzwanzig Stunden ziemlich beschäftigt.

Die Fahrt nach Greenbury schaffte er in zwei Stunden und fünfzehn Minuten.

Mittlerweile war er ausgehungert, obwohl er das Knurren kaum mehr wahrnahm, als er vor dem Wohnhaus hielt. Sein Puls begann zu rasen. Der »Tatort« war ein einziges Durcheinander; es wimmelte von Leuten, die dort nichts zu suchen hatten. Nichts war mit Bändern abgesperrt, deshalb trampelten alle in dem Komplex herum und zerstörten so mögliche Schuhabdrücke, Reifenspuren und sonstiges Beweismaterial.

Die Nachbarn standen scharenweise vor der Tür. Das

Greenbury-Revier war klein, und meistens wechselten die Frauen und Männer sich ab mit Streifendienst und Schreibtischarbeit, daher hatte Decker bereits nach kurzer Zeit sämtliche Namen des Reviers parat gehabt. Stacy Steven, dick eingepackt gegen die klirrende Kälte, bewachte den Eingang des Hauses. Sie war noch sehr jung und wirkte erleichtert, als sie Decker sah. »Der Captain ist drinnen. Wohnung 14.«

»Ist außer Ihnen noch jemand hier?«

»Ja, jeder aus dem Revier. Mike hat mich hier postiert und mir aufgetragen, niemanden rein- oder rauszulassen.«

»Wann wurde er gemeldet? Der Mord?«

»Das weiß ich nicht. Mike hat uns vor zwei Stunden alle herbeordert.« Sie hüpfte auf und ab und rieb sich die Hände.

»Sie stehen seit zwei Stunden hier?« Als sie nickte, sagte Decker: »Mal sehen, ob wir eine Wachablösung hinkriegen. Eigentlich müssten ja ein paar Leute die Nachbarn verscheuchen und das Absperrband befestigen.« Keine Antwort. »Ihr habt doch Absperrband, oder?«

»Ehrlich gesagt weiß ich das nicht.« Sie dachte kurz nach. »Irgendwo gibt es diese Verkehrskegel.«

»Das sollte reichen. Bleiben Sie hier, Stacy, ich bin in einer Viertelstunde zurück, mit Unterstützung.« Eilig machte er sich auf den Weg ins Apartment, dessen Wohnzimmer von Polizisten wimmelte. Die Fenster standen weit offen und ließen die kalte Nachtluft hinein.

Kevin Butterfield, seit zehn Jahren beim Greenbury-Revier, kam auf ihn zu. »Die Leiche liegt im Schlafzimmer. Jung und weiblich, vermutlich eine Studentin an einem der Colleges.«

»Gilt das hier als Campus-Wohnheim?«

»Es liegt ein bisschen weit entfernt vom Hauptcampus, aber die Colleges haben sich in den letzten zehn Jahren stark ausgedehnt, daher kann ich das nicht sagen.«

»Ist jemand von der Campus-Polizei anwesend?«

»Vielleicht hat Mike jemanden hergerufen.«

»Ich habe keins ihrer Autos draußen gesehen. War jemand aus dem Büro der Gerichtsmedizin hier?«

»Mike sollte das wissen.« Er deutete in Richtung einer geöffneten Tür. »Da spielt die Musik.« Kevin schüttelte den Kopf. »Das muss ja ein verdammt beschissener Einstand sein für Sie.«

»Vielleicht liegt's an mir, Kevin. Ich bringe Sonnenschein und gute Laune mit, egal, wohin ich gehe.«

»Angeline Moreau, zweiundzwanzig, Studentin am Littleton College.« Mike fuhr sich mit beiden Händen durchs Haar und sah Decker an. »Zumindest sagt das der Studentenausweis, den wir auf ihrem Schreibtisch gefunden haben. Eine endgültige Identifizierung wird schwierig, da ihr Gesicht deformiert ist. Wir brauchen ein Zahnschema oder DNA.«

Decker sah sich um, während der Captain mit ihm redete. Es war ein Bild der Verwüstung. »Habt ihr eine Handtasche oder ein Handy gefunden?«

»Nein … und wir haben danach gesucht. Da denkt man sofort an einen Raubüberfall, außer dass Bargeld und Schmuck in ihrem Schreibtisch noch da sind. Vielleicht wollte er gerade alles durchwühlen, als sie nach Hause kam und ihn überraschte, und dann war die Hölle los. Er nahm ihr Handy und ihre Handtasche und machte die Biege.«

Decker nickte. »Wissen Sie, ob die Leiche bewegt wurde?«

»Ich war dabei, als der Hauswart die Tür geöffnet hat, und ich bin nicht weggegangen, außer um zu pissen. Glauben Sie mir, niemand hat sie angerührt. Da es ein Mord ist, wollte ich auf einen Coroner aus der Stadt mit Erfahrung in Mordfällen warten, und nicht einen hiesigen Arzt nehmen, der den Totenschein ausstellt.«

»Gute Idee.« Deckers Blick blieb an den Wänden hängen: überall Blutspritzer. Die Bettwäsche war zerrissen, und Möbel waren umgeworfen – hier hatte ein Kampf stattgefunden. »Hat jemand mit der Befragung der Nachbarn begonnen, ob sie etwas gehört oder gesehen haben?«

»Ich habe Jack und Carol darauf angesetzt.«

»Und?«

»Bis jetzt noch nichts.«

»Mike, das hier ist eine Kampfzone. Es gab jede Menge dumpfe Schläge und laute Geräusche. In dieser Stadt gibt es viele neugierige Nachbarn. Jemand muss durch seine Jalousien gelinst haben.«

»Das Problem ist, dass die Wohnung hauptsächlich an Studenten vermietet wird, auch wenn sie nicht auf dem Campus liegt. Es ist ein lautes Viertel – ständig Partys mit Musik.«

Decker hatte immer noch Zweifel, aber er behielt sie für sich. Er wusste nicht, wie der Captain reagieren würde, wenn er ihn herausforderte. »Ein riesiges Durcheinander. Haben wir Kriminaltechniker mit forensischem Wissen?«

»Wir arbeiten daran.« Mike war beunruhigt. »Ich möchte dem Mädchen Gerechtigkeit widerfahren lassen, Pete. Niemand will das hier vermasseln.«

»Wir wollen alle dasselbe.« Decker starrte auf diesen Haufen, der einmal ein Mensch gewesen war. Sie befand sich bereits in einem Zustand weit fortgeschrittener Verwesung. »Wer hat Sie benachrichtigt? Hat sich jemand über den Geruch beschwert?«

»Genau.«

»Wer hat das Fenster aufgemacht?«

»Ich. Hier drinnen herrschten fast vierzig Grad, als ich ankam.«

»Okay.« Decker dachte nach. »Jemand hat die Heizung

hochgedreht, damit der Körper schneller verwest. Haben Sie sich zufällig die exakte Temperatur gemerkt, bevor Sie das Fenster geöffnet haben? Wenn man den Verwesungszustand und die Temperatur berücksichtigt, bekommen wir vielleicht eine Idee davon, wann sie umgebracht wurde.«

Mike sah gequält aus. »Nein, habe ich nicht. Das meinte ich mit Vermasseln. Darf ich offen zu Ihnen sein?«

»Immer.«

»Ich kann in einem Mord ermitteln. Ben kann in einem Mord ermitteln. Kevin kann in einem Mord ermitteln. Aber das hat seit Jahren keiner von uns mehr gemacht. Ich überlege, Verstärkung anzufordern.«

»Ihre Entscheidung.«

»Aber dann denke ich, dass das hier meine Stadt ist. Ich will keine Supermänner, die uns überrollen und mir sagen, wie ich mit meinen Leuten umgehen soll. Andererseits kommen Sie gerade frisch aus dem Schützengraben. Falls Sie bereit sind für eine Führungsrolle, sollten wir es meines Erachtens versuchen. Was meinen Sie?«

»Wenn es das LAPD wäre, kein Problem. Ich könnte die ganze Sache allein abwickeln. Aber ich bin neu hier … Die Nachbarn kennen mich nicht gut … und wir sind nicht gerade spitzenmäßig ausgerüstet, was die Technik betrifft.« Decker zuckte mit den Achseln. »Geben Sie mir vierundzwanzig bis achtundvierzig Stunden, um mich heranzutasten, und dann gebe ich Ihnen Bescheid.«

»In Ordnung.«

»Momentan brauchen wir dringend einen Polizeifotografen.«

»Jenny hat jeden Zentimeter der Leiche, den wir sehen konnten, abfotografiert. Ich sagte ja bereits, wir haben sie nicht bewegt.«

»Stellt einfach sicher, dass wir alles doppelt und dreifach haben und aus jedem Blickwinkel. Es wird uns am Ende helfen. Mike, wie lange dauert es Ihrer Meinung nach, bis jemand von der Gerichtsmedizin hier ist?«

»Keine Ahnung. Wir sind im Staat New York, also sollten die zuständig sein, aber wir liegen näher an Boston. Ich habe in beiden Städten angerufen. Mal sehen, wer aufkreuzt. Und ich habe auch das CSI und die Forensik benachrichtigt. Wenn Ihnen noch etwas einfällt, bin ich ganz Ohr. Möchten Sie, dass ich die Fenster schließe?«

»Nein, lassen Sie sie offen. Es wird die Fäulnis verlangsamen.« Decker überlegte kurz. »Sie war Studentin am Littleton – das ist das Kunstcollege, oder?«

»Ja, Kunst, Theater und Schauspiel. Sie denken über eine Verbindung zu dem Friedhofsraub nach?«

»Jemand hat die falschen Glasfenster angefertigt. Selbst falls sie nichts mit dem Diebstahl zu tun hatte, müssen wir ein Team losschicken, das ihre Freunde, Lehrer … und ihre Kommilitonen befragt. Um herauszufinden, wer Angeline Moreau war.«

Mike zog eine Augenbraue hoch. »Das wird schwierig werden, Pete. Nicht dass ich meinen Angestellten nicht vertraue. Ich finde, wir haben hier einen Haufen toller Männer und Frauen. Und wenn es um einen Mord im Rahmen einer Barschlägerei oder häuslicher Gewalt oder meinetwegen auch um einen Raubüberfall geht, dann hätte ich ein gutes Gefühl dabei, jeden meiner Leute darauf anzusetzen. Doch der Umgang mit den Colleges ist heikel und daher problematisch. Wir brauchen einen Routinier. Ich weiß, dass Sie nicht an zwei Orten gleichzeitig sein können, aber ich kann die Techniker überwachen, sobald sie hier sind. Ich rede auch mit dem Coroner. Vielleicht sollten Sie diese Befragungen durchführen.«

»Kein Problem. Geben Sie mir nur ein paar Minuten zum Nachdenken. Haben Sie ein Tablet?«

»Nicht dabei, aber ich nehme an, dass ich das Geld dafür freigeben kann.«

»Ich dachte an was Einfaches: einen Laptop oder irgendwas, worauf ich schreiben kann.«

Mike grinste und reichte ihm seinen Block und einen Stift. Decker nahm beides und hockte sich neben den Leichnam.

Angeline Moreau war voll bekleidet und war nicht in einer aufreizenden Position abgelegt worden: Sie trug ihre Hose geschlossen, und obwohl ihr Oberteil nach oben geschoben war, konnte Decker sehen, dass der BH eingehakt war. Nichts wies auf einen sexuellen Übergriff hin, aber das Vergewaltigungsprüfset würde so oder so angefordert werden. Manchmal befehlen die Mörder ihren Opfern, sich wieder anzuziehen. Oder sie hatte gerade einvernehmlichen Sex gehabt, was auch eine Spur wäre.

Da die Fenster im Winter fest geschlossen gewesen waren, gab es keine Insekten. Keine Fliegen, keine Maden und keine Möglichkeit, den Todeszeitpunkt anhand der Viecher zu bestimmen. Das Fleisch war nicht durch äußere Faktoren aufgefressen worden, aber die Körpergase hatten das Innere explodieren lassen. Ihr Gesicht, von dem sich die Haut ablöste, war aufgedunsen und hatte die Farbe einer Aubergine. Die Augäpfel waren tief in die Höhlen eingesunken. Aufgrund der Schwellung war es schwierig, Strangulierungsstreifen oder Blutergüsse ausfindig zu machen. Selbst so etwas wie Messerstiche schließen sich mit der Schwellung. Aber er entdeckte getrocknetes Blut, das aus der Nase und einer geplatzten Lippe gelaufen war. Als er noch genauer hinsah, fielen ihm dunkle Male auf, bei denen es sich um Blutergüsse handeln könnte.

»Scheint, als wäre sie fest ins Gesicht geschlagen worden.«

Decker erhob sich. Er riss ein paar leere Seiten aus dem Block und begann zu schreiben. »Es ist Ihr Revier und Ihr Anruf. Aber ich würde Folgendes vorschlagen.«

»Bitte.«

»Zuerst: Stacy friert sich zu Tode da draußen. Tauschen Sie die Schichten alle zwei Stunden, damit niemand Frostbeulen bekommt. Zweitens: das Gebiet absperren. Wenn Sie kein Absperrband haben, soll jemand die Verkehrskegel holen, und wir befestigen an ihnen ein Seil. Wir müssen das, was noch übrig ist, erhalten. Drittens: Ziehen Sie alle bis auf ein paar Ihrer Auserwählten aus der Wohnung ab. Schicken Sie alle anderen zu Fuß los und tragen Sie ihnen auf, mit jedem einzelnen Nachbarn innerhalb der umliegenden Blocks zu reden. Wenn hier hauptsächlich Studenten wohnen, werden sich die jungen Leute kaum Greenbury verbunden fühlen. Daher laufen wir vielleicht gegen eine Mauer des Schweigens. Hier liegt aber ein totes Mädchen, und wir müssen Druck machen. Ich sage nicht, dass wir uns den Kids gegenüber rücksichtslos verhalten sollen, doch eins haben sie unbedingt zu kapieren: Wir werden nicht lockerlassen. Wenn sie also etwas wissen, sagen sie es besser gleich. Niemand will sich blöd fühlen. Zu guter Letzt …«

Er seufzte und schüttelte den Kopf.

»Wir müssen es der Familie melden. Das ist unerlässlich, und vielleicht weist uns das Gespräch mit ihren Verwandten einen Weg in die richtige Richtung.«

Mike nickte. »Sicher hat das College den Namen ihrer Eltern.«

»Ich weiß, dass kein Handy gefunden wurde. Gab es denn Rechnungen in ihrem Schreibtisch?«

Mike ging zu einer Schreibtischschublade und zog sie mit einer behandschuhten Hand auf. Darin befand sich ein riesiger Stapel Papierkram. »Bedienen Sie sich.«

Decker zog sich auch Handschuhe über und nahm den Stapel heraus. Er fand, wonach er suchte, und hielt es hoch. »Ihre Handyrechnung des vergangenen Monats…« Er überflog die Liste. »Wissen Sie was, ich gehe am besten aufs Revier und fange an, ein paar dieser Nummern anzurufen. Dabei könnte ich Unterstützung gebrauchen.« Er sah sich um. »Äh, wo steckt eigentlich McAdams?«

»Er sah ganz grün um die Nase aus, da habe ich ihn nach Hause geschickt.«

»Er ist *nach Hause* gegangen?« Decker merkte, wie er richtig wütend wurde. »Was zum Teufel stimmt nicht mit ihm?«

»Pete, er kam nicht auf den üblichen Wegen zu uns. Der Bürgermeister hat ihn bei uns geparkt, um dem Vater einen Gefallen zu tun. Er hat sich nicht um diese Scheiße hier beworben, und ehrlich gesagt will ich nicht unter Beschuss der Stadtbosse geraten. Ich habe ihm erlaubt, nach Hause zu gehen.«

»Sie sind viel zu nett.«

»Wenn Sie ihn brauchen, pfeife ich ihn zurück.«

»Ich brauche ihn nicht, aber er muss hier sein. Ich rufe ihn an.«

Decker holte sein Handy aus der Tasche. »Denn wenn ich seinen nutzlosen Hintern nicht in fünfzehn Minuten auf dem Revier sehe, wird er sich um viel mehr Sorgen machen müssen als um ein Gratismittagessen.«

9

Während Decker auf McAdams Erscheinen wartete, lud er die Bilder von Jennys Fotoapparat auf den Computer des Reviers. Sie hatte gründlich gearbeitet und Dutzende Bilder aus verschiedensten Perspektiven aufgenommen. Decker hatte so die Möglichkeit, den Leichnam ohne Ablenkung und Lärm richtig zu inspizieren, da kaum jemand außer ihm da war. Dann ging er die Telefonnummern durch. Er pickte ein paar mit auswärtigen Vorwahlnummern heraus, die häufig angerufen worden waren.

Die erste dieser Nummern landete bei einer männlichen Stimme: *Hinterlassen Sie Ihren Namen und Ihre Nummer, und ich rufe Sie zurück, falls mir danach ist.*

Offensichtlich nicht ihre Eltern. Nach dem Piepton sagte Decker: »Hier spricht Detective Peter Decker von der Greenbury-Polizei. Rufen Sie mich so schnell wie möglich zurück.«

Die nächste auswärtige Nummer sprang auch sofort auf die Mailbox um, aber diese Frau hatte eine weiche Stimme und klang älter. Decker versuchte, freundlich zu klingen. »Hier spricht Peter Decker von der Polizei in Greenbury. Vielleicht könnte mich jemand so schnell wie möglich zurückrufen. Das wäre sehr nett. Vielen Dank.«

Er legte auf und dachte über den Fall nach. Er musste vor Mike den Hut ziehen. Der Captain war kein Platzhirsch. Er strebte eine schnelle Lösung an: um dem Opfer gerecht zu werden, um die Stadt zu besänftigen und um gute Arbeit abzuliefern.

Decker nahm den Hörer wieder in die Hand und wollte gerade den dritten Anruf tätigen, als McAdams ins Revier marschierte. Die beiden musterten sich. Tyler setzte sich an seinen Schreibtisch und sagte nichts, während er mit irgendwelchen Zetteln herumspielte und ein Gesicht wie ein begossener Pudel zog. Der Bengel war nicht viel älter als Hannah, und irgendetwas an Tylers Miene brachte den Vater in ihm zum Vorschein. Er legte auf und bemühte sich um einen neutralen Gesichtsausdruck. »Sind Sie okay?«

McAdams sah auf und senkte den Blick sofort wieder. »Ja, klar. Was brauchen Sie?«

Decker verschränkte die Arme und sah ihn so lange an, bis der Bengel aufblickte. »Tyler, das erste Mal ist immer das schlimmste. Fast jedem wird ein bisschen schlecht, wenn er solche Leichen sieht. Daran ist nichts verkehrt oder peinlich. Aber sollte das in Zukunft noch einmal passieren – was unwahrscheinlich ist –, dann machen Sie Folgendes: Sie schnappen sich die nächstbeste Tüte und halten sie über Mund und Nase, um Ihre Atmung zu verlangsamen. Manchmal hilft das. Wenn nicht, und Sie müssen sich übergeben, dann tun Sie das bitte in die Tüte, nicht in die Toilette, weil sich dort möglicherweise kriminaltechnisch relevante Beweise befinden und Sie sicher nichts verunreinigen möchten. Danach waschen Sie sich das Gesicht mit kaltem Wasser und kommen zurück und erfüllen Ihre Aufgaben. Niemand wird irgendwas dazu sagen, da wir das alle schon erlebt haben. In Ordnung?«

»Ja … ja, Sie haben recht. Entschuldigung.«

»Kein Problem. Jetzt zücken Sie Ihren Notizblock, und ich bringe Sie auf den neuesten Stand. Lassen Sie mich zuerst alles berichten, bevor Sie Ihre Fragen stellen.«

Decker rekapitulierte seine Unterhaltung mit Captain Mike Radar. Der Bengel schwieg, machte sich aber Notizen. »Ich habe die Telefonrechnung des Opfers. Momentan gehe ich die Liste durch und versuche, die Nummer ihrer Eltern herauszufinden, um sie zu benachrichtigen. Das ist eine miese Aufgabe, selbst für jemanden mit viel Erfahrung, daher übernehme ich das.«

Er schob die Telefonrechnung von seinem Schreibtisch hinüber auf den von McAdams.

»Das ist die Rechnung des letzten Monats, sie ist also veraltet, aber im Augenblick ist das alles, was wir haben. Ich hätte gerne, dass Sie die Nummern durchgehen und herauskriegen, welche zu wem gehört. Wenn Sie ihre Eltern finden, übergeben Sie mir den Anruf. Sobald ich sie informiert habe, fahren wir ins College und beginnen mit der Befragung von Freunden und Bekannten. So bekommen wir ein Gefühl dafür, wer sie ist …«

»Tut mir leid, dass ich abgehauen bin, Decker. Das war sehr unprofessionell.«

»Schnee von gestern, Tyler. Am besten machen wir jetzt einfach weiter, weil wir viel zu tun haben …« Sein Handy klingelte. Decker sah auf das Display. »Das sind vielleicht die Eltern. Warten Sie kurz.« Er drückte die grüne Taste. »Polizeirevier Greenbury.«

»Ich möchte mit Peter Decker sprechen.«

Es war eine Frauenstimme. »Am Apparat. Mit wem spreche ich, bitte?«

»Hier ist Karen Bronson. Was ist passiert?«

»Sind Sie verwandt mit Angeline Moreau, Ma'am?«

»Ich bin ihre Mutter. Steckt Angeline in Schwierigkeiten?«

Die zu erwartende Panik. »Es gibt keine leichte Art, Ihnen dies mitzuteilen, Ma'am. In ihrer Wohnung kam es zu einem Vorfall. Es tut mir sehr leid, aber Angeline ist verstorben.«

Der Jammerschrei setzte noch in derselben Sekunde ein. Übers Telefon hörte Decker eine männliche Stimme, die fragte, was los sei. Die Frauenstimme schrie: »Angeline ist tot!« Es gab lautes Geschrei und noch mehr Stimmen und schließlich Schluchzen. Egal, wie oft Decker diese Anrufe machte, es wurde nicht leichter. Jedes Mal bekam er Magenschmerzen.

Dann kam der Mann ans Telefon. »Wer ist denn da?«

»Detective Peter Decker von der Polizei in Greenbury. Ihr Verlust tut mir aufrichtig leid.«

»Sind Sie sich ganz sicher, dass es Angeline ist?«

Decker zögerte. »Sir, ich werde Ihnen alles sagen, was ich weiß, aber es wäre besser, dies persönlich zu tun. Mit wem spreche ich?«

»Jim Bronson. Ich bin Angelines Stiefvater. Sie haben meine Frage nicht beantwortet.«

»Wir konnten sie aufgrund des Zustands des Leichnams noch nicht endgültig identifizieren. Womöglich müssen wir einen DNA-Abgleich durchführen. Ich kann das in vierundzwanzig Stunden bewerkstelligen, wenn Sie mir ihre Zahn- oder Haarbürste bringen.«

»Also könnte es sein, dass sie es *nicht* ist?«

Die zu erwartende Hoffnung. »Ja, es könnte sein. Aber wir unternehmen alle weiteren Schritte, als wäre es Angeline. Weil wir sie in ihrem Apartment mit ihrem Ausweis gefunden haben. Es tut mir wirklich leid, aber ich muss dringend mit Ihnen reden, und es wäre hilfreich, dies persönlich zu tun. Wo sind Sie? Die Vorwahl sieht aus wie eine Nummer aus Florida.«

»Ja, wir machen uns auf den Weg, sobald ich aufgelegt habe. Guter Gott, können Sie mir nicht irgendwas sagen?« Er senkte die Stimme. »Mord?«

Die Wehklage im Hintergrund war wieder lauter geworden. »Erst der Coroner gibt dazu rechtskräftig Auskunft … aber es sieht nach einem Mord aus. Die Details besprechen wir, wenn wir uns sehen. Ich weiß, dass die Situation sehr schwierig ist, aber hat Angeline Ihnen gegenüber jemals angedeutet, dass sie hier oben irgendwelche Probleme hatte?«

»Angeline ist eine Einser-Studentin.«

»Ich denke eher an persönliche Probleme. War sie von einem Studenten genervt oder von einem Lehrer?«

»Das kann ich mir nicht vorstellen, aber momentan fühle ich mich wie im Nebel.«

»Ich weiß, dass die Situation schwierig ist. Könnten Sie bitte trotzdem Ihre Frau fragen? Alles, was Sie uns in diesem frühen Stadium der Ermittlungen sagen können, hilft uns vielleicht weiter.«

»Gott … warten Sie.« Decker hörte ein Gespräch mit gedämpften Stimmen und wie eine Frau »Nein, nein, nein!« schrie. Jim kam wieder ans Telefon. »Ihr fällt niemand ein.«

»Hatte Angeline einen Freund?«

»Äh … äh … wie hieß der noch, verdammt? Karen, wie hieß der Junge, mit dem Angeline ausging?« Eine Frauenstimme, dann kam er zurück. »Sie *war* mit Lance Terry befreundet. Die Beziehung hielt mehrere Jahre, aber sie haben sich vor einer Weile getrennt.«

»Wissen Sie, wer sich von wem getrennt hat?«

»Moment.« Es dauerte einen Augenblick. »Karen sagt, Angeline hätte sich von ihm getrennt. Angeblich gab's danach keine Probleme.«

»Studiert Lance Terry auch am Littleton College?«

»An irgendeinem der Colleges.«

»Okay … was ist mit Freundinnen?«

»Moment.« Eine Pause. »Meine Frau sagt, ihre beiden engsten Freundinnen heißen Julia Kramer und Emily Hall. Ich fasse es nicht …« Er hatte einen Kloß im Hals. »Ich muss jetzt auflegen. Kann ich Sie unter dieser Nummer hier erreichen?«

»Ja, das ist mein Handy. Bitte rufen Sie mich rund um die Uhr an, wenn Ihnen noch etwas einfällt, und auch, wenn Sie nur reden wollen.«

»Wir werden eine Weile brauchen, um so weit in den Norden zu kommen … Gott, ich hab keine Ahnung, ob es um diese Nachtzeit überhaupt noch Flüge gibt. Ich muss die Fluglinien anrufen. Wenn wir mit dem Auto fahren, wären wir nicht vor morgen Abend da.«

»Kein Problem. Rufen Sie mich einfach an, sobald Sie eingetroffen sind. Und wenn Sie das Auto nehmen, fahren Sie bitte vorsichtig. Kümmern Sie sich nicht darum, wie lange es dauert. Ich bleibe hier.« Decker beendete das Gespräch bedächtig. »Ich habe ein paar Namen für Sie, McAdams: Julia Kramer, Emily Hall, Lance Terry. Zwei Freundinnen und ein Exfreund.«

McAdams schob die Liste zurück auf Deckers Schreibtisch. Drei Nummern waren umkringelt. »Die 917 gehört zu einer männlichen Stimme … kein Name in der Mailbox-Ansage. Die 314 gehört einem Mädchen namens Emily und die 310 zu einer Julia. Nicht besonders viele Anrufe, aber dafür umso mehr SMS. Niemand quatscht heutzutage noch am Telefon. Wahrscheinlich klappt's besser, wenn ich SMS schreibe, falls Sie mit den beiden reden möchten.«

»Tun Sie das. Und dann verschwinden wir von hier.«

McAdams sah ihn an. »Wohin?«

»Zum Littleton College, um uns mit Angelines Freunden zu unterhalten.« Decker betrachtete Tylers verblüfften Gesichtsausdruck. »Ich rede. Sie machen sich Notizen und hören zu. Ich möchte Sie dabeihaben, weil jemand, der jünger ist, die Kids vielleicht dazu bringt, ein bisschen mehr zu erzählen.«

»Also bin ich so was wie Ihre Sekretärin?« Als Decker ihn wütend anstarrte, lief McAdams rot an. »So hab ich das nicht gemeint. Tut mir leid. Darf ich für die Notizen mein iPad benutzen?«

»Solange Sie sich davon nicht ablenken lassen und anfangen, Babys mit Schnurrbart anzuglotzen, die Tango tanzen.«

»Gibt's das wirklich auf YouTube?«

Decker verdrehte die Augen. »Abmarsch, Harvard. Mal sehen, was in Angelines Leben alles so los war. Denn momentan haben wir, was ihren Tod angeht, nicht den Hauch einer Ahnung.«

Draußen in der eisigen nächtlichen Kälte begannen die beiden ihren langsamen Marsch zu den Colleges durch knöcheltiefe Schneeverwehungen. Die akademische Welt lag ungefähr anderthalb Kilometer weit entfernt, aber da es bereits spät war, kroch ihnen die feuchte Luft in die Knochen und ließ ihre Muskeln steif werden.

McAdams' Handy piepte. »Eine SMS von Julia Kramer. Sie will wissen, was los ist.«

»Sagen Sie ihr, dass wir unterwegs sind. Fragen Sie sie, wo wir uns treffen sollen.«

»Das beantwortet ihre Frage nicht.«

»Und indem wir ihre Frage nicht beantworten, sagen wir doch eine Menge, oder?«

»Wohl wahr.« McAdams schrieb eine SMS zurück. Schweigend gingen sie circa eine Minute weiter, bis sein Handy wieder piepte. Er las die SMS laut vor: »*Kommen Sie in mein Wohnhaus. Maple Hall, 4D. Was ist los?*«

»Sagen Sie ihr, dass wir gleich eintreffen. Geben Sie ihr keinen Hinweis. Ich will ihr Gesicht sehen, wenn wir da sind und die Nachricht überbringen.« Decker zog seinen Schal enger und rieb sich die Hände. »Tyler, fragen Sie sie, ob sie eine Mitbewohnerin hat. Könnte sein, dass wir Privatsphäre haben wollen.«

»Klar.« Die Finger des Bengels flogen über die Pop-up-Tastatur seines Smartphones. Eine Minute später las er wieder etwas vor: »*Angeline Moreau. Warum?*… Also gut, was soll ich zurückschreiben?«

»Sagen Sie ihr, dass wir in zehn Minuten da sind.«

»Erledigt.«

»Sieht so aus«, meinte Decker, »als hätte Angeline noch einen offiziellen Schlafplatz im Wohnheim. Das Apartment läuft offiziell auf ihren Namen. Bezahlt sie ihre Off-Campus-Wohnung selbst, oder übernimmt jemand freundlicherweise die Rechnung?«

»Sollte ich das als eine Frage notieren?«

Decker grinste. »Ich habe laut nachgedacht, aber Sie können das ruhig notieren. Und notieren Sie schon mal Folgendes: Wussten ihre Eltern, dass sie nicht mehr auf dem Campus wohnt? Wahrscheinlich nicht. Würden sie sonst dem College Geld für Unterkunft und Verpflegung überweisen? Und wenn Angeline die meiste Zeit abseits vom Campus verbrachte, erklärt das auch, warum Julia, ihre Zimmergenossin, nicht beunruhigt war, als sie nach dem Wochenende nicht wieder aufgetaucht ist.«

»Es ist erst Montagabend«, widersprach McAdams, »vielleicht hatte Angeline montags keine Kurse, außerdem steht sie kurz vor dem Abschluss. Vielleicht fährt sie übers Wochenende weg. Vielleicht hat sie einen Typen, der sie begleitet.«

»Mit Typen meinen Sie einen Freund?«

»Ja-ha.«

»Das führt uns zur nächsten Frage: Wenn Lance Terry weg vom Fenster ist, hat sie einen neuen Freund?«

»Ich weiß noch nicht, zu wem die männliche Stimme gehört. Ist er der Neue?«

»Möglich. Mike, Kevin und Ben durchkämmen gerade ihre Wohnung und den gesamten Komplex nach jeder kleinsten Information. Aber vielleicht gibt es in ihrem Zimmer im Wohnheim auch irgendetwas, das uns weiterhilft.« Decker hielt ein Päckchen in die Höhe. »Daher die Handschuhe und Beweistüten. Fassen Sie nichts ohne Latex an den Fingern an.«

»Brauchen Sie keinen Durchsuchungsbeschluss für ihr Zimmer?«

»Erstens ist sie tot, und das verändert alles. Zweitens ist das Wohnheim College-Eigentum. Wenn ich einen brauche, wird mir unter diesen Umständen sicher jemand die Erlaubnis erteilen.«

»Weiß das College denn schon über den Mord Bescheid?«

»Mike hat jemanden dort kontaktiert. Und zumindest weiß das College, dass es in seinem eigenen Interesse ist, mit dieser Angelegenheit schön hinterm Berg zu halten.«

»Halten wir es hinterm Berg?«

»Kommt darauf an, wie stark Littleton kooperiert.«

»Werden Sie ihnen drohen, die Sache an die große Glocke zu hängen, falls sie nicht kooperieren?« Pause. »Und falls Sie so weit gehen, wäre das nicht Erpressung?«

»Wowowow«, sagte Decker, »Erpressung, mal abgesehen davon, dass sie gegen das Gesetz verstößt, ist ein sehr schwerwiegendes Wort.« Er grinste vor sich hin. »Ich nenne es eher ein … Druckmittel.«

Die fünf Upstate-Colleges wurden auch nicht alle an einem Tag erbaut. Duxbury, das älteste und elitärste, ursprünglich gegründet nur für männliche Studenten, wurde vor fünfzig Jahren zum gemischten College. Es erinnerte am ehesten an den Prototyp einer Ostküsten-Universität: eindrucksvolle Kalksteingebäude, eine prachtvolle Ziegel- und Naturstein-Bibliothek mit Buntglasfenstern, und natürlich mit dem Stadion, in dem die Footballmannschaften der fünf Colleges gegeneinander spielten. Es beanspruchte die größte Fläche an Grund und Boden und ließ die anderen vier wie Stiefgeschwister aussehen. Clarion – das Frauen-College – wurde vierzig Jahre nach Duxbury gebaut. Morse McKinley wurde während des Nachkriegsbooms in den späten 1940er Jahren errichtet, als ein Gebäude nichts außer Ziegel, Beton und geraden Linien benötigte, um modern zu sein. Mittlerweile wirkte es nur noch wie das einfallslose Piktogramm eines Apartmenthauses. Kneed Loft war das kleinste der Colleges und hatte den Spitznamen Nerd Loft abbekommen, weil es sich auf Mathe, Naturwissenschaften und Ingenieurwesen spezialisiert hatte. Es war eher ein Bunker als ein Gebäude, aber das hinderte das College nicht daran, brillante Studenten hervorzubringen, von denen die meisten auf Graduate Schools gingen oder in Labors der Regierung landeten.

Das letzte der fünf Colleges war Littleton, berühmt für seine künstlerisch angehauchten Profs, seine leicht weggetretenen Studenten und seinen eindeutigen Lehrplan für sozialen Aktivismus. Es galt als das einzige College mit Studenten beiderlei Geschlechts, die *sich Gedanken machten*. Es bildete sich etwas darauf ein, anders zu sein. Die Studenten dort pflegten ihre spürbare Verachtung für Morse McKinley und seine gierigen Wall-Street-Absichten. Sie waren viel cooler als die roboterhaften Langweiler von Kneeds Loft und natürlich viel weniger angeberisch als die Snobs in Duxbury. Clarion wurde in diesen Vergleichen erst gar nicht berücksichtigt.

Vor zehn Jahren gab es in Littleton eine höchst erfolgreiche Kampagne, um das College komplett umzubauen und grün zu machen: von Solarenergie für den Antrieb der Generatoren bis hin zu Bioessen in der Cafeteria. Jetzt kam es einem mit seinen vielen Gärten – im Winter alle tot – und seinen vier Gewächshäusern, die die Cafeteria liebend gerne mit Tomaten und Zucchini für seine veganen Vorspeisen versorgten, fast wie eine Landwirtschaftsschule vor. Die vier Hauptgebäude des Colleges hatten Patchworkdächer aus Stroh gepaart mit Solarpaneelen, die oft vom Schnee befreit werden mussten.

Die Wohnheime waren aus recycelten Ziegelsteinen, unauffällige Schachteln, austauschbar und nach Bäumen benannt. Die Eingangstür zu Maple Hall war verschlossen. McAdams wollte gerade eine SMS an Julia schreiben, dass sie vor der Tür standen, da kam eine Studentin angerannt, zog ihre Karte durch das Lesegerät, und alle drei betraten die Eingangshalle. Sie verschwand gleich auf der Treppe und ließ sie im Stich.

Die Halle glich einem Schweinestall mit überquellenden Mülleimern und querbeet verteilten Jacken, Kapuzenpullis, Stiefeln und anderen Bekleidungsstücken. Die Luft war unglaublich muffig, abgestanden und widerlich, dazu herrschte ein unangenehmes, lautes Stimmengewirr. Wer hier studieren oder schlafen konnte, war ein Sonderfall.

McAdams zog seinen Mantel aus und wischte sich mit dem Handrücken die Stirn ab. »Das erinnert mich an was, und zwar nichts Gutes. Und Dad wundert sich, warum ich mich nicht darum reiße, das alles noch mal zu tun.« Er wandte sich Decker zu. »Waren Sie auf dem College?«

»Natürlich nicht – wie Sie ja sehr genau wissen, sind Bullen prinzipiell Vollpfosten.«

»So hab ich das nicht gemeint, Herrgott!«

Decker grinste, zog seinen Parka aus und begann, die Treppe nach oben zum vierten Stock zu gehen. »Zu Ihrer Information, ich bin Rechtsanwalt, zugelassen in Kalifornien, mit allem Drum und Dran. Und ich habe jeden einzelnen Moment davon gehasst.«

»Das kann ich gut verstehen. Das Gesetz ist ein Arschloch, genauso wie seine Anwälte.«

»Warum wollen Sie dann Jura studieren?«

»Gute Frage, Decker. An welcher Law School waren Sie?«

»Irgend so ein banaler Laden in Los Angeles. Ich bin da abends hin und habe tagsüber beim LAPD gearbeitet.«

»Und wo waren Sie dann auf dem College … fürs Grundstudium?«

»Ich war nie auf dem College. Ich war mit meiner Ausbildung an der Polizeiakademie fertig, und ich vermute mal, das reichte meiner Uni – das und die volle Ausbildungsgebühr.«

»Sie sind direkt von der Highschool auf die Polizeiakademie des LAPD gegangen?«

»Nein, eine Zeitlang habe ich bei der Polizei in Gainesville gearbeitet. Ich bin in Florida geboren. Und nein, ich bin nicht gleich von der Highschool auf die Polizeiakademie gegangen. Es gab da eine Verzögerung namens Vietnamkrieg. Onkel Sam kam zuerst dran.«

»Oh … stimmt.« Pause. »Waren Sie … da drüben?«

»Natürlich.« Decker lachte freudlos auf. »Man ließ uns nicht die Wahl, Tyler.« Im dritten Stock blieb er kurz stehen. »Ich wurde eingezogen und ging zur Infanterie. Bei meiner ersten Mission sah ich einen Jungen ungefähr zwanzig Schritte vor mir auf eine Mine treten und in die Luft fliegen.« Er wischte sich über die Stirn. Mann, war das heiß. »Willkommen im Dschungel.«

McAdams verstummte. »Ich mag es nicht, wenn Leute in

meinem Leben herumschnüffeln«, sagte er schließlich, »und da sollte ich wohl besser auch nicht in Ihrem bohren.«

»Mir egal. Neugier ist für einen Polizisten eine gute Eigenschaft.«

»Darf ich also fragen, was passiert ist?«

»Ich habe überlebt. Das ist passiert.« Decker zuckte mit den Achseln. »Ein bisschen mehr ist schon passiert. Ich erzähle Ihnen, wie ich überlebt habe, und dann wechseln wir das Thema.«

»Sie müssen es mir nicht erzählen.«

»Kumpel, es ist kein Geheimnis. Innerhalb kurzer Zeit habe ich, genau wie Sie, herausgefunden, wie das System funktioniert. Ich wusste, ich würde als Toter enden, wenn ich an der Front blieb. Ein eins fünfundneunzig großer Mann eignet sich nicht für einen Guerilla-Krieg. Also bat ich darum, wegen meines Größennachteils in den Sanitätsdienst versetzt zu werden. Die Bitte war nicht unbegründet. Außerdem war ich auf der Highschool Rettungssanitäter gewesen, daher hatte ich etwas Erfahrung. Ich wusste, es gab wenig Aussicht auf Erfolg, aber wer nicht wagt und so weiter. Drei Wochen später – mittlerweise sah ich ständig abgerissene Körperteile – wurde ich versetzt. Der Sanitätsdienst war nicht einfach und die Einheit nicht sicher. Wir wurden in Helikoptern herumgeflogen und jedes Mal beschossen. Und ja, wir wurden getroffen und mussten ein paarmal notlanden. Wir sind sogar abgestürzt, aber es gibt Abstürze und *Abstürze*. Ich hatte Glück.«

»So kann man das wohl auch nennen.«

»Man kann es *nur* so nennen. Glück. Und ich sage Ihnen, dass es besser war, als durch den Dreck zu kriechen und auf Vietcong zu schießen. Weil ich etwas Lohnenswertes tun konnte. Ich habe viel Schreckliches gesehen, aber auch dabei geholfen, viele Leben zu retten. Zurück dann im Zivilleben landete ich auf der Akademie, weil es mir wie das Beste für mich vorkam. Ich kann ganz gut mit Kommandostrukturen. Ich bin nicht der Nervtöter-Typ, McAdams. Ich bin nicht der Klugscheißer oder der Überläufer, und ich mag keine skrupellosen Polizisten auf Kriegspfad, weil sie für uns restliche Tagelöhner alles versauen. Ich habe meine Fälle mit Muskelschmalz bearbeitet. Ich habe bis zum Umfallen gearbeitet, und meistens habe ich sie gelöst. Ob ich ungelöste Fälle habe, die mich auffressen? Worauf Sie wetten können. Aber vielleicht blickt irgendwann ein frisches Augenpaar in diese Akten. Und wenn man mich dann anruft, um an Informationen zu kommen, werde ich gerne helfen. Alles, was ich möchte, ist Gerechtigkeit für die Opfer. Kein Ego, nur Lösungen. Was uns zu der allerwichtigsten Frage bringt: Sind Sie mit dabei oder nicht? Weil ich 110 Prozent von Ihnen einfordern werde.«

McAdams nickte. »Was immer Sie brauchen. Und ich will versuchen, meine widerwärtige Seite in Schach zu halten.«

»Sie wird sich von Zeit zu Zeit melden, aber das geht in Ordnung. Solange Sie zuverlässig sind.«

»Darin bin ich gut.«

»Sehr schön. Jetzt suchen wir Julia in 4D und sehen zu, ob wir nicht für Angeline Moreau Gerechtigkeit kriegen. Zum Strafverteidiger war ich vielleicht nicht besonders geeignet, aber als Anwalt der Toten bin ich spitze.«

10

Die Tür stand halb offen, ohne Rücksicht auf die persönliche Sicherheit. Decker klopfte an, und eine weibliche Stimme bat sie herein. Die junge Frau war eins achtzig groß und wog angesichts ihrer mageren Arme sicher nur knapp fünfzig Kilo. Lange blonde Haare, glänzende blaue Augen, eine kleine Stupsnase, dicker roter Lippenstift. Sie trug ein ärmelloses Top und Segelshorts und Schlappen. Eine dürftige Bekleidung für ein Treffen mit der Polizei, aber in ihrem Zimmer war es heiß. Sie streckte eine Hand aus. »Julia Kramer. Sie sind dann wohl die Typen von der Polizei.«

Ja, wir sind die Typen von der Polizei. Decker schüttelte ihre Hand. »Ich bin Detective Decker, und das hier ist Detective McAdams. Danke, dass Sie so kurzfristig Zeit für uns haben.« Er drehte sich zu McAdams um, dessen Mund leicht offen stand. Julia lächelte; offensichtlich war sie an männliche Aufmerksamkeit gewöhnt. Sie ließ sich auf ihr Bett plumpsen und machte es sich im Schneidersitz bequem.

»Setzen Sie sich, wenn Sie wollen.«

»Danke, aber ich stehe gerne.« Decker sah sich in dem Zimmer um. Die Einrichtung bestand aus zwei Betten mit hohem Gestell, um Platz darunter zu schaffen, zwei Schreibtischen, zwei Stühlen und zwei Schränken. »Eigentlich bin ich hier, um über Angeline Moreau zu reden.«

»Warum?« Sie kniff ihre blauen Augen zusammen. »Was hat sie verbrochen?«

»Wieso glauben Sie, sie könnte etwas verbrochen haben? War sie schon mal in Schwierigkeiten?«

»Nicht wirklich. Also, nicht in ernsthaften Schwierigkeiten. Also, wir hatten da diese pedantische Wohnheimaufseherin. Jetzt nicht mehr, Gott sei Dank. Wir hatten unsere Zimmerkarten vergessen und, ja, es war schon spät. Aber *so what*? Also, das ist hier doch eine Kunstschule, oder? Und sie regt sich total auf, weil wir ein bisschen beschwipst sind. Okay, damals waren wir noch minderjährig. Jetzt nicht mehr, Gott sei Dank. Aber ehrlich, als ob die Schule sich um so was kümmern würde?«

Decker zog einen der beiden Stühle zu sich heran und setzte sich neben das Bett, und zwar so, dass sie genug Luft zum Atmen hatte, aber auch nicht viel mehr. »Kümmert sich die Schule denn um so was?«

»Solange es in einem roten Plastikbecher bleibt, kennt das jeder. Aber ich schätze mal, Sie sind nicht hier, um über zwei Mädchen zu quatschen, die sich volllaufen lassen, stimmt's?«

»Stimmt.«

»Also was ist dann los mit Angeline?« Sie hielt plötzlich den Atem an. »Geht's ihr gut?«

»Lassen Sie mich Ihre Frage mit einer Gegenfrage beantworten.« Decker zückte einen Notizblock. »Wann haben Sie sie zum letzten Mal gesehen?«

»O mein Gott! Sie wird *vermisst*?« Sie schlug sich beide Hände vor den Mund. »Was ist *passiert*?«

»Das versuchen wir herauszufinden. Im Moment bemühen wir uns um ein Bewegungsprofil von ihr. Wann haben Sie sie zum letzten Mal gesehen, Julia?«

»O mein Gott! Ich kann nicht glauben, dass ich tatsächlich

über so was rede!« Ihre Stimme war nicht mehr als ein Flüstern. »Nicht am Freitag … am Donnerstag letzte Woche vielleicht?«

»Morgens, abends?«

»Morgens, glaube ich. Könnte aber auch Mittwoch gewesen sein.« Sie sah Decker an. »Sie wohnt hier kaum noch.«

»Warum?«

»Sie hat sich was gemietet … näher an der Stadt.«

»Sie wissen also von ihrer Wohnung?«

»Na klar. Wir sind eng befreundet … oder waren eng befreundet.« Tränen sammelten sich in ihren Augen. »Haben Sie ihre Wohnung gecheckt?«

»Wir sind gerade dabei.«

Ihr Blick wanderte von Deckers Gesicht zu McAdams und wieder zurück zu Decker. »Haben Sie ihr Handy angerufen?«

»Man landet direkt auf der Mailbox.« Der Teil war wahr. »Warum sind Sie nicht mehr eng befreundet mit ihr?«

Die junge Frau senkte den Blick. »Wir hatten keinen Streit oder so. Wir haben uns einfach nur auseinandergelebt.«

»Ich weiß von Lance Terry. Was passierte zwischen den beiden?«

»Das war vor über einem Jahr.« Julia seufzte. »Sie hat Schluss gemacht. Lance war total durcheinander, aber er ist drüber hinweg. Er hat eine neue Freundin.«

»Und … trifft Angeline sich auch mit jemandem?«

»Ich bin mir nicht sicher. Wir haben quasi aufgehört, miteinander zu reden. Es kam schleichend. Ist schon okay so. Jeder hat sein eigenes Leben.« Jetzt liefen die Tränen über ihr Gesicht.

»Sie wissen also nicht, ob sie einen neuen Freund hat. Denn falls Sie seinen Namen wissen, brauche ich den. Die Zeit spielt eine Rolle.«

»Sie …« Julia unterbrach sich selbst.

»Was?« Decker signalisierte McAdams, er solle sich hinsetzen, und widmete sich wieder ganz und gar Julia. »Sagen Sie es mir, Liebes, wir sind für jede Unterstützung dankbar.«

»Ehrlich, ich weiß nichts von einem neuen Freund, aber ich sage Ihnen, was ich weiß.« Sie kaute auf ihrer Lippe herum. »Angeline hat kein Geld im Hintergrund … wie viele hier. Also, das sieht man am Littleton nicht so krass wie am Morse McKinley, weil wir ein soziales Gewissen haben.«

Pause.

»Plötzlich schleppte sie sündhaft teure Designerhandtaschen an. Solche, die man hier noch nicht mal kriegt. Man muss nach New York oder Boston fahren, um Celine oder Nancy Rodriguez oder Chanel zu kaufen.«

»Wie teuer ist sündhaft teuer?«

»Über tausend Dollar im Einzelhandel. Und nicht nur das, auch ihre Stiefel. Also, ich hab nicht gezielt das Label gesucht oder so, aber wenn sie die Beine übereinandergeschlagen hat, habe ich die rote Sohle gesehen.«

»Christian Louboutin«, sagte Decker.

»Ja … genau. Sie hatte nicht unbedingt teure Klamotten an, meistens Jeans und Pulli, wie der Rest auf dem Campus. Aber ihre Accessoires waren megateuer. Irgendwann habe ich sie danach gefragt. Sie lächelte und zwinkerte mir zu, und das war's. Mehr hat sie nicht gesagt. Also … jemand musste ja die Miete für ihr Apartment bezahlen. Ich weiß, dass sie nicht so viel Geld hat.«

»Glauben Sie, sie könnte etwas Illegales getan haben, um an Geld zu kommen?«

»Anschaffen gehen?«

»Ich dachte eher an Drogen, aber glauben Sie, dass sie anschaffen ging?«

»*Nein*. Wie denn das? Die Jungs hier kriegen es umsonst, und in Greenbury wimmelt es nicht gerade von Sugardaddys.«

»Also, was ist mit Drogen?«

»Niemals. Shit... äh, Zeug verkaufen bringt nicht so viel Geld. Die meisten kriegen es umsonst auf den Partys. Außerdem stand Angeline mehr auf Alkohol als auf Pot. Sie hat sich aber nicht oft volllaufen lassen. Sie ist wie wir alle hier.« Sie wischte sich eine Träne ab. »Ich bin gerade total durcheinander.«

»Ich weiß. Aber wir brauchen so viele Informationen, wie Sie uns nur geben können. Hat sie vielleicht einen reichen Freund gefunden?«

»Wenn, dann weiß ich nichts davon.«

»In Ordnung, Julia, wissen Sie, ob Angeline mit irgendjemandem Probleme hatte?«

Sie schüttelte den Kopf.

»Denken Sie nach. Einen Jungen? Ein Mädchen? Eine Wohnheimaufseherin oder sogar ein Professor?«

»Keine Stalker, falls Sie das meinen.«

»Gab es jemand *Speziellen*, über den sie sich bei Ihnen beschwert hat?«

»Sie hat sich über Leute beschwert, klar. In der Hauptsache ging's darum, dass alle hier blöd sind. Angeline war ein intellektueller Snob. Sie wäre lieber auf die Brown University gegangen, aber Littleton hat ihr fast ein Vollstipendium angeboten.«

»Also fühlte sie sich ein bisschen fehl am Platz?«

»Ach, nicht wirklich. Wir hatten Spaß. Ich glaube, dass sie Anfang des Jahres eine echte Überheblichkeitsgrippe bekam, weil sie bald ihren Abschluss machen würde. Sie zog sich einfach nur zurück.«

»Was ist ihr Hauptfach?«

»Kunstgeschichte. Littleton hat sich auf Kunstwissenschaften spezialisiert.«

»Saß sie an einer Abschlussarbeit?«, fragte McAdams.

»Ja, klar.«

»Kennen Sie das genaue Thema?«

»Asiens Export von Stoffdesign im achtzehnten Jahrhundert und sein Einfluss auf den Jugendstil. Warum fragen Sie?«

Decker schwieg, aber die beiden Männer tauschten Blicke aus. McAdams vergrub die Hände in seinen Taschen und sah sich um. »Ich sehe hier kaum Lehrbücher.«

»Versuchen Sie es in ihrer Wohnung. Wie ich schon sagte, sie war selten hier.«

»Ich kenne das Leben in so einem Heim ziemlich gut. Ich habe erst vor ein paar Jahren meinen Abschluss gemacht. Wo hat Angeline gelernt, bevor sie ihre eigene Wohnung hatte?«

»Sie meinen, in welcher Bibliothek?«

»Ja, ich denke, das meine ich.«

»Die Rayfield ist unsere große Forschungsbibliothek, aber sie ist kleiner als Huntington.«

»Huntington gehört zu Duxbury?«

»Ja.«

»Hat sie da gelernt?«

»Wahrscheinlich.«

Es gab eine Pause. Decker wartete darauf, dass Tyler mit seinen Fragen fertig war. Es tat gut zu sehen, wie der Bengel Eigeninitiative ergriff. Als er stumm blieb, sagte Decker: »Wissen Sie, ob Angeline Glasbilder anfertigte?«

Julia dachte nach, dann schüttelte sie den Kopf. »Nicht dass ich wüsste.«

McAdams spielte mit seinem Smartphone herum. »Äh … in Littleton ist es ein Wahlfach.«

»Ich … ich kenne nicht jeden Kurs an der Uni … mag sein.«

Decker ließ es ihr durchgehen. »Julia, mir fehlen Angelines jüngste Handyprotokolle, ich habe nur eine ältere Telefonrechnung. Könnten Sie uns helfen, die Nummern zuzuordnen?«

»Ich kann's versuchen.«

McAdams holte die Rechnung aus der Tasche und reichte sie ihr. Julia sah ihn dabei an und lächelte. Der Bengel versuchte, das Lächeln zu erwidern, aber es wurde eher eine Grimasse daraus.

»Hm ... das bin ich, logisch. Und das ist Emily ... Emily Hall. Das hier ist Lance ... hm, ich wusste gar nicht, dass sie noch Kontakt haben. Das ist unser Pizzaservice. Das ist der China-Take-away. Das ist unser Nagelstudio ... sieht so aus, als wäre sie da ohne mich hingegangen, na toll.« Sie seufzte. »Ich muss kleinkariert wirken.«

»Sie waren gekränkt«, sagte Decker.

»Ich war sehr gekränkt. Sie hat mich aussortiert, und ich wusste nicht mal, warum. Und das Schlimmste war, dass sie nicht darüber reden wollte.« Sie blickte zu Boden. »Wie lange wird sie schon vermisst?«

»Das versuchen wir gerade herauszufinden. Können Sie mir sagen, wann Sie zum letzten Mal mit ihr *gesprochen* haben?«

»Vermutlich, als ich sie das letzte Mal gesehen habe.« Sie blickte auf. »Nachdem sie mit Lance Schluss gemacht hatte, hat sie sich verändert ... wir haben uns nicht mehr oft getroffen.«

»Mit wem sollten wir noch über Angeline sprechen?«

»Vielleicht mit Emily Hall, obwohl ich enger mit ihr befreundet war als Emily ... ich möchte nicht eifersüchtig klingen, aber so war's eben. Als Emily sich bei mir über Angelines Abgang beklagt hat, habe ich sie verteidigt. Ich nehme an, Sie könnten auch mit Lance reden, wenn die beiden offenbar noch Kontakt haben.« Sie dachte einen Moment nach. »Vielleicht taucht sie ja einfach wieder auf.«

»Hat sie sich oft lange Wochenenden gegönnt?«

»Manchmal. War sie heute in ihrem Kurs?«

»Nein, war sie nicht«, sagte Decker. »Hatte sie heute ein Seminar?«

»Ich kenne ihren Stundenplan nicht mehr.« Sie schüttelte den Kopf. »Wer hat sie denn als vermisst gemeldet? Müssen ihre Eltern gewesen sein. Haben Sie mit ihren Eltern gesprochen?«

»Ja.«

»Das ist alles einfach furchtbar! Glauben Sie, sie ist weggelaufen, oder …«

»Haben Sie eine Wasserflasche?«, fragte Decker.

»In meinem Minikühlschrank.«

Decker fand die Flasche, machte sie auf und reichte sie Julia. »Es gibt keine leichte Art, es Ihnen mitzuteilen, Julia.« Er setzte sich neben sie. »Angeline wurde tot in ihrer Wohnung gefunden.«

»O mein Gott!« Sie brach sofort in Tränen aus. »O Gott! Mir wird schlecht … o Gott, o Gott!«

McAdams sprang auf. »Trinken Sie, Julia.«

»Ich kann nicht … mir ist komisch … richtig schwindlig.«

»Halten Sie den Kopf zwischen die Knie«, wies Decker sie an, »atmen Sie langsamer.«

Aber der Rat kam zu spät. Ihre Augen flatterten und rollten zur Seite. Sie fiel nach hinten auf die Matratze und ließ gleichzeitig die Flasche auf McAdams' Füße fallen, das Wasser landete in seinem Stiefel. Der Bengel sprang zur Seite. »Scheiße.«

»Na ja«, amüsierte sich Decker, »sieht aus, als hätten Sie endlich mal nasse Füße bekommen.«

»Wie geistreich Sie sein können.«

»Übrigens, Harvard, Sie haben kluge Fragen gestellt. Weiter so.« Decker befeuchtete mit dem restlichen Wasser aus der Flasche ein Tuch und legte es auf Julias Stirn. Die junge Frau rührte sich und atmete tief aus. »Alles in Ordnung, Julia. Alles in Ordnung.«

Sie versuchte, sich aufzusetzen, fiel aber wieder auf den Rücken.

»Langsam.« Er half ihr, sich aufzusetzen. »Ist Ihnen noch schwindlig?« Sie zuckte mit den Achseln. »Nehmen Sie sich ein paar Minuten Zeit, normal zu atmen.«

»Warum haben …« Sie weinte. »Sie hätten es mir *gleich* sagen müssen.«

»Es tut mir leid, ich musste erst mit Ihnen reden. Möchten Sie etwas Wasser?«

Sie nickte, dann stürzte sie das Wasser hinunter und wischte sich die Stirn ab. Ihr Gesicht war blass, und sie bewegte die Lippen, als wollte sie sprechen, aber ihre Kehle ließ keine Worte heraus.

»Angelines Eltern wissen es bereits«, sagte Decker. »Sie kommen her, aus Florida.«

»O mein Gott!« Die Tränen wollten nicht aufhören zu laufen. »Die armen Leute!«

»Außer ihren Eltern und der Polizei sind Sie die erste Person, mit der wir geredet haben. Wir müssen noch Emily und Lance befragen, bevor sie es von jemand anderem erfahren. Wohnen sie auch in Maple Hall?«

»Emily ist oben … 8C.«

»Und Lance?«

»Elm Hall. Die Nummer weiß ich nicht.«

»Das finde ich heraus. Julia, es ist wichtig, dass Sie es für sich behalten, bis wir die Gelegenheit hatten, unsere Befragungen durchzuführen.«

»Weiß es … die Uni schon?«

»Ja. Bevor wir gehen, würden wir uns gerne noch hier umschauen.«

»Wegen ihrer Sachen? Klar … glaube ich. Ist das legal?«

»Sie ist tot, Julia. Die ersten Stunden sind entscheidend.«

»Klar, schauen Sie sich um.«

Die beiden Detectives begannen mit der Durchsuchung: Angelines Schreibtisch, Schrank, Bett, Privatleben. Sofort fiel Decker auf, dass die junge Frau aus dem Wohnheim praktisch ausgezogen war. Hier war nichts mehr von Interesse, nicht einmal Arbeiten aus dem Studium. Er lächelte Julia an, deren Gesicht wieder etwas Farbe bekommen hatte, aber immer noch wie scheintot wirkte. McAdams überprüfte gerade die Taschen aller Klamotten in Angelines Schrank.

»Und?«, fragte Decker.

»Ein Kamm, alte Lippenstifte, Schreiber, zerdrückte Bonbons, Kleingeld.«

»Irgendwelche Zettel?«

»Kassenbelege, Kreditkartenbelege und ein paar Zettel mit Notizen … meistens To-do-Listen. Ich tüte alles ein.«

Decker widmete seine Aufmerksamkeit wieder Julia. »Gibt's etwas, das sie gerne vor neugierigen Augen verborgen hätte? Was ist mit einem Tagebuch?«

»Keine Ahnung.«

Decker reichte ihr seine Visitenkarte, und McAdams tat es ihm gleich. »Sollte Ihnen noch etwas einfallen, melden Sie sich bitte jederzeit.«

Sie nickte. »Reden Sie jetzt mit Emily?«

»Ja, wenn sie da ist.«

»Können Sie ihr danach sagen, sie soll mir eine SMS schicken oder mich anrufen? Ich weiß nicht, aber ich will heute Nacht nicht allein sein.«

»Einsam, traurig? Oder sind Sie besorgt um Ihre Sicherheit?«

Sie senkte den Blick. »Müsste ich mir darum Sorgen machen?«

»Um ehrlich zu sein, ich weiß es nicht«, gab Decker zu. »Machen Sie sich denn wegen einer bestimmten Person Sorgen, Julia? Jagt Ihnen jemand da draußen Angst ein?«

»Nicht wirklich.« Sie klang nicht sehr überzeugend.

»Was geht Ihnen durch den Kopf?«, fragte Decker. »Wer bereitet Ihnen Sorgen?«

»Niemand Bestimmtes ... wirklich.«

»Aber Jungs betrinken sich und benehmen sich dann daneben, oder?«, sagte McAdams.

»Genau.«

»Glauben Sie, dass Angeline so etwas zugestoßen sein könnte?«

Sie zuckte hilflos mit den Achseln.

»In den nächsten paar Stunden werden wir mit sehr vielen Leuten sprechen«, sagte Decker. »Wie schon erwähnt, falls Ihnen jemand nicht ganz geheuer ist, rufen Sie mich an.«

Sie atmete hörbar aus. »Versprochen, ich rufe Sie an.«

»Wenn ich mit Emily durch bin, komme ich noch mal bei Ihnen vorbei, um zu sehen, ob alles in Ordnung ist«, sagte Decker. »Bis dahin wäre es wie immer eine gute Idee, die Zimmertür abzuschließen.«

11

Das Gespräch mit Emily brachte nichts Neues, nur eine frische Ladung Tränen von einer weiteren verletzlichen jungen Frau. Vielleicht wäre ein männlicher Blick auf die Situation erhellend. Während sie zu Elm Hall hinüberwechselten, Lance Terrys Wohnheim, sagte McAdams: »Sieht so aus, als hätte Angeline das Interesse am College verloren. Typisch für Studenten im Abschlussjahr.«

Decker antwortete nicht, da er mit seinen eigenen Gedanken beschäftigt war. Die Männer gingen schweigend nebeneinander her.

»Sind Sie irgendwie angepisst von mir?«

»Nein, auch von sonst niemandem. Wie kommen Sie darauf?«

»Sie antworten mir nicht, und die Leute sind ständig angepisst von mir.«

»Ich denke bloß nach.« Eine Pause. »Sogar hirntote Polizisten tun das ab und zu.«

»Führen wir jetzt tatsächlich dieses Gespräch – *mal wieder*?« Als Decker erneut nichts sagte, holte der Bengel tief Luft. »Hören Sie, ich weiß, ich bin ein arrogantes Arschloch … mit einem schwachen Magen. Aber ich bin nicht blöd. Ich habe Ihnen doch versprochen, dass ich voll und ganz dabei bin. Wenn Sie also die Güte hätten, Ihre Gedanken mit mir zu teilen, lasse ich mich vielleicht dazu herab, ein oder zwei Ideen beizusteuern.«

»Sie haben tatsächlich Ideen. Dann sagen Sie mir, was Sie denken, und ich kann Sie in der Luft zerreißen.«

McAdams grinste. »Wie alle anderen.«

»In unserem Geschäft nennt man das eine Diskussion. Sie zuerst … bitte.«

»Da Sie mich so nett gebeten haben …« McAdams sammelte seine Gedanken. »Ich glaube nicht, dass das Verbrechen irgendwas mit dem College an sich zu tun hat. Angeline war psychisch längst weg … kurz vor dem Abschluss. Und wenn man die Designerschuhe und -taschen dazuzählt, nehme ich stark an, dass jemand ihr Geld gegeben haben muss, oder?«

»Vermutlich.«

Der Bengel wurde richtig munter. »Ich glaube, sie hat nebenbei viel Geld verdient, illegal. Da den beiden, Emily und Julia, unsere Anschaffen/Drogen-Theorie nicht gefallen hat und da Angeline kurz vor dem Abschluss in Kunstgeschichte stand und da Glaskunst am Littleton unterrichtet wird, ist es nicht abwegig, dass Angeline etwas mit den Fälschungen und den Friedhofsdiebstählen zu tun hatte. Und das wiederum hängt möglicherweise mit dem Grund für ihre Geldvorräte und ihren Mord zusammen.«

»Machen Sie weiter.«

»Ich gehe davon aus, dass wir im nächsten Schritt herausfinden, ob sie einen Kurs in Glaskunst belegt hat.«

»Und falls dem nicht so war?«

»Na ja, das schließt noch nicht aus, dass sie wusste, wie man Glasbilder herstellt.«

»Sie denken ja richtig nach, Harvard. Wenn sie versucht hat, Tiffany zu fälschen, glauben Sie, sie war gut genug, es in einem einzigen Kurs zu lernen?«

»Nein, das ist ein sehr guter Einwand. Haben wir in ihrer Wohnung einen Hinweis darauf gefunden, dass sie mit Glaskunst zu tun hatte?«

»Nichts Konkretes, aber die Jungs sind noch dran. Wenn sie sich an den Fälschungen versucht hat, hatte sie sich wohl vorher bereits eine Weile mit Glasbildern beschäftigt. Und möglicherweise wusste Angeline, dass die Polizei die Fälschungen entdeckt hat, nach dem ganzen Auflauf am Friedhof. Vielleicht hat sie ihre gesamte Ausrüstung weggeschmissen, in dem Glauben, dass sie alles leugnen kann, sollte die Polizei aufkreuzen.«

»Okay. Wenn sie also schon eine Zeitlang mit Glaskunst zu tun hatte, dann wette ich, dass ihre Eltern von ihrem Hobby wissen. Wir sollten sie danach fragen.«

»Das werden wir erst machen, wenn der richtige Zeitpunkt dafür da ist. Ich kann nicht mit Anschuldigungen beginnen, sonst verschließen sie sich, und davon hat niemand etwas, Harvard.« Schweigend gingen sie ein paar Meter weiter. »Angeline hatte ein Stipendium, oder?«

»Ja.«

»Und was braucht man, um ein Stipendium zu bekommen, außer guten Noten und guten Testergebnissen? Das sind nur die Grundvoraussetzungen für diese Eliteunis. Ich meine, was unternimmt man, um alle zu beeindrucken?«

»Abgesehen von den Aufsätzen?«, fragte McAdams.

»Ja«, sagte Decker, »man hat die guten Noten geschafft, man hat die guten Testergebnisse eingefahren, und man hat einen amüsanten Aufsatz geschrieben. Man bewirbt sich an einem liberalen College mit Schwerpunkt Künste. Was würden Sie tun, um das Verwaltungskomitee davon zu überzeugen, dass Sie einmalig sind?«

»Keinen Schimmer. Vielleicht eigenen Käse aus einer seltenen Sorte Yakmilch zusammenrühren?«

Decker lachte. »Wie wäre es damit: Als mein Stiefsohn sich in Harvard bewarb, hat er ihnen ein paar CDs geschickt, auf denen er Klavier spielt. Angeline bewarb sich an einer Kunsthochschule. Bestimmt hat sie eine Art Portfolio hingeschickt. Wir sollten uns ihre Bewerbung zeigen lassen. Mal sehen, ob sie Glasbilder erwähnt.«

»Gut.« McAdams nickte. »Ich überprüfe das mit der Verwaltung, sobald morgen früh jemand da ist. Außer Sie wollen es selbst erledigen.«

»Machen Sie das, Tyler.« Eine Pause. »Vielleicht nur ... mit ein bisschen Fingerspitzengefühl, okay? Jeder Polizist geht anders vor. Aber die meisten meiner Fliegen habe ich mit Honig anstatt mit Essig gefangen. Und selbst wenn ich Essig verwende, dann tue ich das sehr sparsam.«

McAdams rollte mit den Augen. »Ich weiß, dass man sich nicht wie ein Arschloch benehmen soll, wenn man Informationen aus jemandem herausquetschen will.«

»Genau das meine ich, Tyler. Sie quetschen sie nicht heraus, Sie *bitten* darum ... Könnten Sie mir *bitte* weiterhelfen. Versuchen Sie es mal mit entwaffnender Höflichkeit. Das Gespräch sollte nicht konfliktbeladen sein, wenn Sie versuchen, einen Psycho zu einem Geständnis zu bewegen. Wenn Sie mit dem Finger darauf zeigen, dass Ihr Verdächtiger sich gerade alles selbst vermasselt hat, dürfen Sie vielleicht entschieden und selbstbewusst auftreten, aber erfahrene Polizisten reden dann in einem beiläufigen Ton.«

»Ich hab's kapiert, okay?«

»Gut.« Decker breitete die Arme aus. »Sie haben's kapiert. Ende der Diskussion.«

Tyler rieb sich die Augen. »Es war eine lange Nacht. Und es sieht so aus, als würde sie noch länger werden.«

»Wenn Sie ins Bett gehen wollen, übernehme ich ab hier.«

»Das war kein Wink mit dem Zaunpfahl. Zum letzten Mal, ich bin dabei, auf Dauer, okay?«

»Sie haben recht. Ich höre damit auf, Sie den Rest der Nacht zu piesacken.«

Der Bengel blieb stehen und drehte sich zu Decker um. »Ich sage ja nur, dass Sie mal versuchen … wenigstens *versuchen* könnten, mir was zuzutrauen. Ich hab mein ganzes Leben mit der Oberschicht Manhattans verbracht. Ich weiß, wie man klaglos das Maul hält und anderen in den Arsch kriecht. Ich hab nur beschlossen, dass ich das nicht mehr will.«

Als die beiden das Elm-Hall-Wohnhaus erreichten, blieb Decker vor der gesicherten Tür stehen. »Sprechen Sie morgen mit der Verwaltung. Wenn Sie eine Frage haben, rufen Sie mich an. Bei Lance Terry übernehme ich das Reden. Klinken Sie sich ein, wenn Ihnen danach ist. Ihre Ideen bringen es ziemlich auf den Punkt.«

»Danke.« Der Bengel wollte noch etwas sagen, tat es aber doch nicht. »Gehen wir.«

Decker legte ihm eine Hand auf die Schulter. »Der Anblick wird Ihnen schon noch eine Weile zu schaffen machen …«

»Nicht der Anblick, sondern der Geruch … Gott, ich kriege ihn einfach nicht aus der Nase. In Wahrheit ist mir immer noch ein bisschen … mulmig.«

»Am Anfang bei der Mordkommission hatte ich immer Wick VapoRub dabei, weil es hilft, den Geruch abzuschwächen. Später habe ich damit aufgehört, denn es legt ein sehr wichtiges Sinnesorgan lahm. Manchmal ist es besser, Verwesung zu riechen als gar nichts. Aber ich weiß, wovon Sie reden. Es dauert eine Weile, bis der Gestank wieder aus den Riechnerven verschwindet. Bis heute kann ich nach einem Besuch in der Leichenhalle ein paar Tage lang kein Fleisch mehr essen.«

»Ist schon okay. Ich komme klar damit.« Er biss sich auf die Lippe. »Ich weiß, Sie halten mich für ein Weichei.«

»Nein, tue ich nicht. Sie wollen nur immer alles erklären.« Decker grinste. »Wie Ihre gesamte Weichei-Generation.«

McAdams lachte laut los. »Das sehen Sie ganz richtig, alter Herr.« Nach einer Pause fuhr er fort: »Wurde Ihr Stiefsohn eigentlich in Harvard angenommen?«

»Ja, wurde er, aber er endete auf der Juilliard. Er wäre überall reingekommen. Er ist außergewöhnlich, aber das ist es nicht, was ihn zu einem wunderbaren Jungen macht.« Decker zeigte auf seine Brust. »Er hat Herz.«

»Ja, ich weiß, ich bin nicht bekannt für meinen warmen und plüschigen Herzmuskel, und falls Sie jemals meinen Vater kennenlernen, werden Sie wissen, was ich meine. Gene sind Gene.«

Der Lärm umschloss sie wie eine Mauer von allen Seiten. Als Decker an der Zimmertür klopfte, hörte er gar nichts, bis irgendwann jemand schrie: »Verpiss dich!«

»Das ist das Codewort für ›Ich ficke gerade, also verpiss dich‹«, klärte McAdams ihn auf.

»Sogar ein alter Sack wie ich wäre darauf gekommen.« Er klopfte fester an. »Polizei! Öffnen Sie die Tür, Terry!«

»Herrgott noch mal!« Stampfen. Dann flog die Tür auf. Der Typ dahinter trug nichts außer Boxershorts. »Wer zum Teufel sind Sie?«

Er war groß und kräftig: ein Footballspieler, aber eher Quarterback oder Runningback als Abwehr. Seine Haare waren fast raspelkurz geschnitten. Er hatte dunkle Augen, eine breite Stirn und ein ausladendes Kinn. Decker zeigte ihm seine Dienstmarke und streifte ihn, als er das Zimmer betrat. McAdams folgte ihm. Das Mädchen im Bett hatte sich die Decke bis unters Kinn gezogen.

»Sie können hier nicht einfach ohne Durchsuchungsbeschluss reinplatzen!«, beschwerte sich der Typ.

»Wissen Sie das aus dem Fernsehen?« Keine Antwort. Decker sah einen Haufen weiblicher Klamotten auf dem Fußboden liegen. Er nahm sie hoch und legte sie aufs Bett. »Ziehen Sie sich unter der Decke an.« Dann wandte er sich an den jungen Mann. »Ich muss Ihnen ein paar Fragen stellen, Lance, und zwar jetzt gleich. Es ist etwas passiert.«

»Was soll denn los sein?«, fragte der Typ und klang dabei etwas ruhiger.

»Ich bin Detective Decker, und das ist Detective McAdams. Wir sind von der Polizei in Greenbury …«

»*Greenbury?*«

»Ja, vom Revier in Greenbury. Wir sind nicht vom College, Sie brauchen also Ihre Joints nicht im Klo runterzuspülen. Aber wir würden Ihnen gerne ein paar Fragen über Ihre Freundin stellen, Angeline Mor…«

»Sie meinen wohl meine Exfreundin.«

»Stimmt. Ihre Exfreundin.« Decker zückte einen Notizblock. »Julia Kramer sagte mir, dass Sie darüber hinweg sind. Liegt das an der jungen Dame hier?«

Unter der Decke piepste eine Stimme ein »Ja« hervor. Wie ein Schmetterling aus seinem Kokon tauchte sie auf. Sie war winzig klein, hatte dunkle Haare und dunkle Augen. Mit einem Satz war sie aus dem Bett gesprungen und reichte Decker mit einem festen Händedruck die Hand. »Lucy Ramon. Was hat Angeline angestellt?«

»Sie kennen Sie?«, fragte Decker.

»Das ist ein kleines College, mit einem noch kleineren Abschlussjahrgang.«

»Also wie jetzt?«, mischte Terry sich ein. »Ist ihr was zugestoßen?«

Decker nickte. »Leider, ja. Sie wurde ermordet.«

Lucy schnappte nach Luft. Terry wurde aschfahl. Er machte ein paar Schritte nach hinten und stolperte, schaffte es gerade bis zu einem Stuhl und hielt sich an der Lehne fest, setzte sich aber nicht hin. »Das ist …« Er schüttelte den Kopf. »Das war der Kerl, mit dem sie sich getroffen hat, oder? Ermitteln Sie gegen diesen Freak?«

»Was wissen Sie über den Freak?«

»Nicht viel … überhaupt nicht viel.«

»Hat der Freak einen Namen?«

»John Irgendwas.«

»Ich bitte Sie. Sie kennen seinen Nachnamen.«

»Ich kann gerade nicht klar denken.«

»Tja, wenn Sie meinen, dass er es war, dann brauche ich mehr als nur ein John.«

»Wenn Sie mal kurz aufhören, fällt's mir wieder ein. Darf ich mir was anziehen?«

»Von uns aus, ja«, sagte McAdams. »Ich bin sicher, Sie können gleichzeitig reden und sich etwas überziehen.«

»Warum«, fragte Decker, »halten Sie John für einen Freak, und warum glauben Sie, dass er es war?«

»Na ja … wer sonst?«

»Was hat Ihnen Angeline über ihn erzählt?«

»Kann ich gehen?«, fragte Lucy.

»Noch nicht«, antwortete Decker. »Das hier ist eine Mordermittlung. Wären Sie beide damit einverstanden, uns aufs Revier zu begleiten und dort weiterzureden? Wir müssen ja nicht das ganze Wohnheim neugierig machen.«

»Natürlich komme ich mit«, sagte Terry. »Es ist schrecklich!«

Lucy kaute auf ihrem Daumen herum. »Ich kannte sie kaum.«

»Aber ich bin sicher, Sie möchten uns gerne helfen.« Decker musterte ihr Gesicht. »Oder?«

»Ich hab bald Zwischenprüfung.«

»Das Semester läuft doch erst seit zwei Wochen«, erwiderte McAdams.

»Na gut!« Sie rollte mit den Augen.

»Lassen Sie das«, schimpfte Decker mit ihr. »Angeline wurde ermordet, und zwar auf brutale Art und Weise. Das ist nicht witzig.«

Das Mädchen wurde blass, und Tränen schossen ihm in die Augen. »Entschuldigung.«

»Kein Problem. Vielen Dank für Ihre Unterstützung.« Decker wandte sich an McAdams. »Rufen Sie Captain Radar an und sagen Sie ihm, dass wir ein paar Leute gefunden haben, die Angeline kannten und bereit sind, uns zu helfen. Ich besorge einen Wagen. Könnten Sie bis dahin Ms. Ramon in ihr Zimmer begleiten? Sie wird einen Mantel brauchen.«

McAdams holte sein Handy aus der Tasche und tippte Radars Nummer ein. »Wo wohnen Sie, Lucy?«

»Ich gehe aufs Morse McKinley, ungefähr zehn Minuten zu Fuß, an Kneed Loft vorbei.« Sie weinte wieder. »Bringen wir's hinter uns.« Sie stapfte aus der Tür. McAdams musste einen Satz machen, um ihr hinterherzukommen.

Decker drehte sich zu Terry um, der jetzt eingesunken auf dem Stuhl saß. Unter den vielen Muskeln schien er fast in sich zusammenzufallen. »Sie und Angeline waren eine Weile ein Paar.«

»Zwei Jahre.« Er zog sich ein langärmeliges T-Shirt und eine Jeans an, dazu Uggs. »Die Trennung war einvernehmlich.«

Da war sich Decker nicht so sicher. »Was ist passiert?«

»Unterschiedliche Interessen.« Sein Blick schien weit weg zu sein. »Wir haben uns auseinandergelebt.«

»Wie war sie? Angeline.«

Er sah Decker fest an. »Wie soll man einen Menschen in ein paar Sätzen zusammenfassen?«

»Erzählen Sie mir, warum Sie sie mochten.«

»Sie war sehr sexy… sie liebte Sex. Sie war wild… haben fast alles mindestens ein Mal ausprobiert.« Pause. »Sie war wirklich schlau… lustig… manchmal ein bisschen zu sarkastisch. Mit ein paar gezielten Worten konnte sie richtig zuschlagen.«

Deckers Handy begann zu piepen. Er las die SMS. »Unser Wagen wird gleich hier sein. Wir sollten unten warten.«

Terry sah auf die Uhr. »Wie lange wird das Ihrer Meinung nach dauern?«

»Keine Ahnung. Nehmen Sie einen Mantel mit. Es ist kalt draußen.«

Decker trennte die jungen Leute und entschied sich, das Mädchen zuerst zu befragen, damit der Junge warten musste und dadurch verunsichert wurde. Nervöse Menschen kamen leichter ins Reden. Er trug Tyler auf, sich umfangreiche Notizen zu machen, dann öffnete er die Tür zu einem der beiden Befragungszimmer des Reviers. Außer den Gefängniszellen gab es keinen anderen Ort für eine ungestörte Unterhaltung.

»Haben Sie heißes Wasser?«, fragte sie. »Hier drinnen ist es eiskalt.«

»Ich kümmere mich drum«, sagte McAdams.

Der Bengel lernte dazu. »Ich weiß, es ist spät«, sagte Decker, »und ich werde versuchen, mich zu beeilen. Was wussten Sie über Angeline Moreau?«

Sie zuckte mit den Achseln. »Wie ich schon sagte, ich kannte sie kaum.«

»Bestimmt hat Lance Ihnen von ihr erzählt.«

Sie versuchte, die Arme zu verschränken, was komisch aussah, da sie noch ihren unförmigen Mantel trug. »Wenn Sie wissen wollen, was Lance über sie dachte, dann fragen Sie ihn.«

»Im Augenblick frage ich aber Sie.« Decker zog seinen Stuhl näher zu ihr hin. »Hier geht es nur um Fakten, Lucy. Ich versuche nicht, irgendwen in eine Ecke zu drängen. Und was immer Sie von Angeline hielten, niemand verdient es, auf diese Art und Weise ausgelöscht zu werden. Helfen Sie mir.«

Sie bekam wieder feuchte Augen. »Ehrlich gesagt, sie war total eingebildet. Überheblich… hatte zu allem eine pseudokünstlerische Meinung. Ich weiß nicht, wie Lance es so lange mit ihr ausgehalten hat. Er ist eher… schlicht.«

»Warum, glauben Sie, hat er sie gemocht?«

»Wahrscheinlich hatten sie geilen Sex.« Sie zuckte mit den Schultern. »Ist das nicht immer der Grund, warum Jungs was mit gestörten Mädchen anfangen?«

McAdams brachte eine Tasse heißes Wasser und zwei Kaffee für Decker und ihn selbst. »Ich wusste nicht, wie Sie ihn trinken, deshalb habe ich ein bisschen Zucker und Milch reingetan.«

»Danke, das passt.« Decker nahm einen Schluck. Er hatte sich noch nicht an diese wässrige Plörre gewöhnt. Er bevorzugte ihn so stark, dass der Löffel stehen blieb, ohne alles. »Tyler, wir unterhielten uns gerade über Lance.« Sein Blick ruhte wieder auf Lucy, »Was meinen Sie damit, wenn Sie Lance als ›schlicht‹ bezeichnen?«

»Na ja…« Sie nippte an dem heißen Wasser, das sie ein bisschen aufzutauen schien. Sie zog ihren Mantel aus. »Lance spielt Football für Littleton… das ist ungefähr so, als wäre man der Gehilfe des Caddys von Tiger Woods. Unsere Sportteams nehmen an keinen Wettkämpfen teil, außer im Tennis und vielleicht noch Wasserpolo. Das Footballteam spielt nur gegen andere Kunstcolleges in der Gegend und gegen sich selbst.«

»Ist Lance durch ein Footballstipendium hier?«

»Nein, seine Familie hat Geld.«

»Woher stammt sie?«, fragte McAdams.

»Manhattan, Upper West Side.«

»Groton?«

»Horace Mann. Ich war auf der Groton. Sie auch?«

»Phillips Exeter«, antwortete McAdams. »Worin macht Lance seinen Abschluss?«

»Darstellende Kunst, Schauspielerei. So haben wir uns kennengelernt.«

»Sie sind Schauspielerin?«, fragte Decker.

»Schauspiel*er*.«

»Natürlich.« Decker lächelte. »Haben Sie Angeline auch dort kennengelernt?«

»Nein, sie ist im Abschlussjahrgang in Kunstgeschichte. Ich mache Wirtschaft. Warum sonst wäre ich auf dem Morse McKinley. Aber ich finde, dass Marketing und Schauspielerei sich oft überschneiden. Egal, Lance brachte Angeline oft zu den Theaterfeiern mit. Wahrscheinlich haben wir uns dort getroffen, obwohl ich's nicht mehr genau weiß.«

»Was war Angelines Lieblingsdroge?«, fragte McAdams.

»Sie stand auf Whisky, auf Bourbon. Jack Daniel's. Ich trinke keinen Alkohol … zu viele Kalorien.«

»Was hat Ihnen Lance noch von Angeline erzählt?«, hakte Decker nach.

»Nur dass sie verrückt war. Er hat sich nicht weiter darüber ausgelassen.« Sie fing wieder an, auf dem Daumen herumzukauen. »Ich weiß, dass sie noch Kontakt hatten. Jedes Mal, wenn sie anrief, drehte er sich um und redete leiser, als ob ich mithören würde. Irgendwann hab ich zu ihm gesagt: ›Wenn du eine Freundin willst, benimm dich nicht wie ein Idiot. Schmeiß sie einfach aus deinem Leben!‹«

»Hat er das getan?«

Sie holte tief Luft. »Ich glaube nicht.«

»Telefonsex?«, fragte McAdams.

»Wenn jemand deshalb anrief, dann sie. Laut Lance haben sie früher die ganze Zeit nur gevögelt.« Sie verdrehte die Augen. »Herrgott, während ich so über ihn rede, weiß ich selbst nicht mehr, warum ich mit ihm zusammengeblieben bin.« Sie zuckte mit den Achseln. »Schätze, es bedeutet mir nicht besonders viel. Mal ehrlich, es ist eine College-Affäre. Und er lädt mich in der Stadt in schicke Restaurants ein.« Sie blickte auf die Uhr. »Halb drei Uhr morgens. Ich brauch etwas Schlaf.«

»Nur noch ein paar Fragen«, sagte Decker. »Lance erwähnte einen anderen Typen. Einen John, den er als Freak bezeichnete. Was wissen Sie darüber?«

»Nichts.«

»Ich bitte Sie, Lance muss über ihn geredet haben, als er sauer auf Angeline war.«

»Er sagte nur, sie sei jetzt mit einem Freak zusammen.«

»Woher wusste er das?«

»Keinen Schimmer. Ich hab seinen Schimpftiraden kaum zugehört.«

»Hat er den Freak noch anders genannt als John?«

»Nein.«

»Wusste er, wo der Freak wohnt?«

»Woher soll ich das wissen.« Pause. »Vielleicht ist das totaler Quatsch, aber ich hatte das Gefühl, dass der Freak nicht auf einem der Colleges war.«

»Warum?«

»Weil Lance sich immer wieder total darüber aufgeregt hat, wie alt der ist. Um die dreißig, hat Lance mal angedeutet.«

»Und er hat nie erwähnt, wo der Freak wohnt?« Als sie nichts sagte, fuhr Decker fort: »Jetzt ist nicht der Zeitpunkt, um Informationen zurückzuhalten, Lucy. Angeline wurde ermordet, und ich muss dringend mit diesem Typen reden.«

»Ich weiß nicht, wo er herkommt, und das ist die gottverdammte Wahrheit.« Pause. »Ich weiß nicht, ob das wichtig ist oder nicht, aber es blieb bei mir hängen, weil ich's komisch fand, also sag ich's Ihnen. Vor ein paar Monaten fragte mich Lance, ob ich Lust hätte, ihn für ein Samstagabenddinner in Manhattan zu treffen. Es war die freie Woche für die Prüfungsvorbereitungen, deshalb hatte ich keine Kurse mehr. Ich dachte mir, warum nicht, und fragte, was er denn in der City erledigen wolle. Er sagte, er müsse sich vormittags um ein paar Familienangelegenheiten kümmern, und wenn ich auf eigene Faust herkommen könne, würde er mich nachts zurückfahren. Ich war einverstanden und telefonierte herum, um eine Tour nach Manhattan zu organisieren. In letzter Minute, kurz vor meiner Abfahrt, rief er wieder an und sagte: Planänderung. Er sei in Boston, und ob ich da hinkommen könne? Ich war stinksauer, aber er bot mir an, mir einen Fahrer zu besorgen, der mich nach Boston bringt, und er würde mich nach Hause fahren.«

»Das war nett von ihm«, sagte Decker, »und ein bisschen extravagant.«

»Stimmt. Aber wir sind näher an Boston als an Manhattan, deshalb habe ich mir nicht viel dabei gedacht.«

»Haben sie ihn getroffen?«

»Ja, wir gingen zu einem Spanier. Das Essen war wirklich klasse, und wir hatten einen tollen Abend. Aber er kippte die Sangria-Krüge wie Wasser hinunter.«

»Was ging Ihnen da durch den Kopf?«

»Na ja, ich machte mir Sorgen, weil er ja noch fahren sollte. Aber das Essen dauerte ziemlich lange, und als wir fertig waren, kam er mir nüchtern genug vor.«

Nüchtern genug. Super. »Wissen Sie, warum er in Boston und nicht in New York war?«, fragte Decker.

»Ich habe ihn danach gefragt, und er meinte, er hätte ein Vorsprechen am Theater gehabt, wovon er mir nichts sagen wollte … weil das kein Glück bringt. Das klang logisch. Viele Schauspieler machen ein Gewese um ihre Vorsprechtermine, weil so viel Konkurrenz herrscht. Und weil er so viel trank, dachte ich mir, dass es schlecht gelaufen war. Also ließ ich das Thema fallen.«

»Hat er Familie in Boston?«

»Keine Ahnung.«

»Freunde?«

»Wahrscheinlich. Die Stadt ist ein einziges College.«

»Warum waren Sie dann skeptisch?«, fragte Decker.

»Nicht direkt skeptisch, mehr so was wie …«

»Voller Zweifel?«, schlug McAdams vor. »Argwöhnisch? Erschien es Ihnen wirr? Fragwürdig? Dubios? Zynisch? Komme ich der Sache näher?«

Sie lächelte. »Ich dachte einfach, dass wohl mehr an der Geschichte dran sei als ein Vorsprechtermin.«

»Angeline war oft am Wochenende weg«, sagte Decker. »Meinen Sie, er könnte ihr gefolgt sein?«

»Möglich.«

»Weil es schon mal vorgekommen war?«

»Nicht wie ein Stalker … das will ich damit nicht sagen. Eher aus Neugier, vermute ich.« Sie rieb sich die Arme. »Darf ich jetzt nach Hause?«

»Ja«, sagte Decker und sah McAdams an. »Nehmen Sie

den freien Streifenwagen und fahren Sie sie bitte zurück.« Er reichte Lucy seine Visitenkarte. »Wenn Ihnen noch etwas einfällt, das uns weiterhelfen könnte, melden Sie sich bitte.«

»Klar.« Sie stand auf und lächelte McAdams an. »Auf welchem College waren Sie?«

»Harvard.«

»Dachte ich mir. Sie sehen aus wie ein Purpurroter.« Sie lächelte immer noch, als sie ihren Mantel anzog. »Warum arbeiten Sie bei der Polizei? Wollen Sie das ultimative Drehbuch schreiben?«

»Ja.« McAdams hielt ihr die Tür auf. »So was in der Art.«

12

Lance war im Befragungsraum eingeschlafen. In der Großstadt bedeutete ein Wegdämmern normalerweise, dass es sich um einen Psychopathen handelte. Aber in diesem Fall war es drei Uhr morgens, Lance hatte viel gefeiert und war einfach von der Erschöpfung übermannt worden. Decker hatte noch die Energie für gut sechs Stunden Arbeit, aber McAdams machte schlapp. Vielleicht würde ein bisschen Planung ihrer Strategie ihn aufwecken. Sie beobachteten Terry durch einen Einwegspiegel.

»Hat Lucy auf dem Rückweg noch etwas gesagt?«, fragte Decker.

»Über Terry? Nein.«

»Hat sie geflirtet?«

»Jupp.«

»Sie ist niedlich.«

»Nicht mein Typ.«

Decker zuckte mit den Schultern. »Glauben Sie, sie ist Terrys Typ?«

»Wie meinen Sie das?«

»Ist sie eine Ablenkung von Angeline, oder mag er sie wirklich?«

»Er mag sie genug, um sie zu vögeln. College-Jungs sind nicht gerade bekannt für ihr differenziertes Handeln.«

»Womit wir beim Thema wären: Glauben Sie, Terry hat sie noch flachgelegt?«

»Angeline?« Tyler nickte. »Wenn sie ihn rangelassen hat, garantiert.«

»War er deshalb in Boston? Für ein Stelldichein mit ihr?«

»Für ihn ist es einleuchtender, einfach in ihre Wohnung zu kommen.«

»Was, wenn Angeline mit dem Typen zusammengewohnt hat?«

»Dem Freak? Wenn er überhaupt existiert, war er nicht die ganze Zeit da. Sie hätten locker einen Quickie einschieben können.« McAdams zuckte die Achseln. »Außerdem scheint mir der Weg nach Boston ganz schön weit zu sein für einen nostalgischen Fick mit der Ex.«

»Was halten Sie von Lucys Stalking-Theorie?«

»Stalking kommt mir wahrscheinlicher vor als drei Stunden Fahrt für Telefonsex.«

»Warum?«

»Weil er, wenn der Sex alles war, was er wollte, sicher einen Weg gefunden hätte, ihn näher an seinem Zuhause zu kriegen.« Er sah Decker an. »Wenn Angeline ihn abserviert hat, hat er noch eine ganze Weile über sie nachgedacht. Für wen hat sie mich fallen lassen? Wer ist dieser Scheißkerl? Aber irgendwann hat er sie vergessen. So funktionieren College-Jungs nun mal.«

»Dann überlegen wir mal, ob wir ihn verdächtigen. Angeline wurde vor kurzem ermordet, deshalb muss er für uns seine Schritte vom Wochenende genau nachvollziehen. Wenn wir ihn ausschließen können, konzentrieren wir uns auf den anderen Kerl, auch bekannt als der Freak.«

»Was immer Sie meinen, Boss.« McAdams holte sein iPad aus der Tasche und meinte: »Das klang jetzt sarkastisch. War nicht meine Absicht. Ich weiß, die Sache ist eine ernste Angelegenheit. Und ich weiß, ich hatte keine Ahnung. Ich ordne mich Ihrem überragenden Wissen unter.«

»Eher meiner Erfahrung. Aber man kann es lernen, Tyler. Nur, Sie müssen es lernen wollen.«

»Ich bin ja hier, oder etwa nicht?«

»Das ist ein guter Anfang.«

»Dieses Wochenende, dieses Wochenende …« Terry hatte Konzentrationsschwierigkeiten, selbst mit einer doppelten Ladung Koffein intus. »Äh, von Freitag an?«

»Ja, erzählen Sie mir, was Sie am Freitag gemacht haben.«

»Ich war in der Uni.«

»Und am Freitagabend?«

»Ich hab sie nicht umgebracht. Ich hab sie geliebt.«

»Das glaube ich Ihnen. Es sind Routinefragen. Freitagabend, Lance.«

»Äh, Freitagnacht …« Er schlug sich mit der flachen Hand gegen die Stirn. »Freitagnacht hatte ich ein Spiel. Wir haben gewonnen.«

»Gratuliere. Was haben Sie nach dem Spiel gemacht?«

»Gefeiert. Morse McKinley … da laufen die meisten Partys.« Er räusperte sich. »Es ist so: Morse McKinley und Littleton bilden so was wie eine Front gegen Clarion, Duxbury und Kneed Loft. Also, unsere Zugangskarten öffnen die Gymnastikräume in Morse McKinley, aber nicht in Duxbury. Die meiste Zeit benutzen die Studenten am Morse McKinley die Anlagen von Littleton, weil wir kleiner sind.«

»Ein Konsortium in einem Konsortium«, sagte McAdams.

»Ja … so was. Wir können immer noch Kurse an jedem der Colleges belegen, aber wir dürfen mehr Kurse am Morse McKinley nehmen als an den anderen Colleges. Wir müssen eine gewisse Anzahl Kurse am Littleton nehmen, außer wir machen einen Abschluss mit fünf Kursen, denn dann darf man in seinem Hauptfach an allen Colleges Kurse wählen. Angeline gehörte nicht dazu, aber sie nahm eine Menge Kurse in Duxbury, weil es das angesehenste der Colleges ist. Sie fand, es passte am besten zu ihr.«

»Kehren wir zu Freitagnacht zurück, nach dem Spiel«, sagte Decker.

»Ich sagte Ihnen doch, dass ich auf einer Party war. Mit zig anderen, die mich gesehen haben.«

»Und was haben Sie nach der Party gemacht?«

»Bin zurück in mein Wohnheim und eingepennt.«

»Um wie viel Uhr war das?«

»Gegen … vier.«

»Sind Sie alleine zurückgegangen oder mit Freunden?«

»Allein. Ich war ziemlich besoffen und brauchte dringend Schlaf.«

»Haben Sie Ihre Zugangskarte durch das Lesegerät gezogen, um ins Haus zu kommen?«

»Klar, natürlich.«

»Also gibt es wohl eine Aufzeichnung davon.«

»Ja, Sie haben recht. Überprüfen Sie's.«

»Das werde ich. Wann sind Sie am nächsten Morgen aufgewacht?«

»Spät … zwölf, halb eins. Ich bin runter zum Mittagessen … das muss so gegen eins gewesen sein. Danach bin ich zurück in mein Zimmer und hab geduscht. Von drei bis sechs hatten wir ein Schauspielseminar. Danach war ich ein paar Stunden im Fitnessraum … dann bin ich zum Abendessen in die Mensa …«

Decker und McAdams warteten weiter ab.

Terry rieb sich die Augen. »Darf ich mal was auf meinem iPhone checken?«

»Klar.«

Terry holte sein iPhone aus der Tasche, dann sagte er: »Ah ja ... noch eine Party, diesmal am Kneed Loft. Ich war mit Lucy da. Wir haben uns beide zugeschüttet und sind danach zu mir ... sie blieb die Nacht über da. Sonntagmorgen waren wir zum Brunch in Greenbury, im Health and Hearth. Ich kann den Laden nicht ausstehen, aber sie liebt ihn.« Er konsultierte weiter seinen Kalender. »Dann habe ich wieder Sport gemacht ... um vier hatte ich eine Verabredung im Writing Center.«

»Sind Sie hin?«

»Na klar. Liz war mein Tutor. Wir haben an meiner Arbeit über die Indianer im Südwesten gearbeitet. Der Pueblo-Aufstand von 1680 und die Rückeroberung des Landes durch Spanien unter Diego de Vargas Zapata y Luján Ponce de León y Contreras.« Er grinste. »Mein Hirn funktioniert noch.«

»Wie schön für Sie«, sagte Decker. »Was haben Sie dann getan?«

»Ich war essen in der Mensa. Danach war ich vermutlich die ganze Zeit in meinem Zimmer. Meine Tür stand offen. Sie ist immer offen, außer ich bin mit meiner Frau beschäftigt. Die Leute kommen und gehen. Lucy tauchte gegen zehn auf. Sie verschwand um zwölf, dann bin ich ins Bett.«

»Wir sind jetzt bei Montag.«

»Ich hatte Kurse, danach praktischen Unterricht. Dann habe ich geduscht und ein bisschen gearbeitet. Lucy kam vorbei, und wir sind auf eine Party gegangen, Palm Hall am Littleton. Lucy ist noch mit zu mir und ...« Er grinste zum dritten Mal. »Jetzt sind wir up to date.«

»Ich benötige Telefonnummern«, sagte Decker, »wir werden das alles prüfen.«

»Nur zu«, sagte Terry, »ich bin darüber hinweg. Angeline

und ich waren seit einem Jahr nicht mehr zusammen. Wie ich schon sagte, ich hab's hinter mir gelassen.«

»Aber Sie hatten noch Kontakt.«

»Ein paar SMS hier und da.«

»Sie haben auch mit ihr telefoniert.«

»Wenn sie mich anrief, habe ich nicht aufgelegt.«

»Haben Sie sie jemals angerufen?«

»Nicht, nachdem ich herausgefunden hatte, dass sie einen Neuen hat.«

»Ja, den Freak. John Irgendwas … erinnern Sie sich jetzt an seinen Nachnamen? Es gibt hier jede Menge Johns.«

»Ich hab nachgedacht. Leather … Letter … so was in der Art.«

»Denken Sie weiter, dann fällt es Ihnen sicher wieder ein. In der Zwischenzeit erzählen Sie mir von ihm.«

»Eingebildeter Künstlertyp.«

»Sie haben mit ihm geredet?«

»Na ja … nein.« Lance seufzte und nahm einen Schluck Kaffee. »Nein, er sieht einfach total eingebildet aus. Sehr, sehr dünn. Als würde er sich von Luft ernähren. Er hat einen mickrigen Bart und einen langen geflochtenen Zopf bis zum Arsch. Er trägt Schwarz – inklusive eines schwarzen Huts.«

»Hipster trifft auf Hippie«, sagte McAdams.

»Genau. Konnte sich wohl nicht entscheiden. Und er ist alt … zu alt für sie, finde ich. Vielleicht zwei- oder dreiunddreißig. Er hat genau diese Art von Fresse, in die man nur reinschlagen will. Selbstgefälliger Klugscheißer. Ich kapier überhaupt nicht, was sie an dem findet … fand. Ich hab sie danach gefragt … als sie mich anrief. Was zum Teufel findest du an dem?«

»Was hat sie geantwortet?«, wollte Decker wissen.

»Sie hat nur gelacht … als könnte ich das nicht verstehen. Zicke!«

»Sie klingen sehr wütend.«

»Ich bin wütend, weil sie verarscht wurde.«

»Vielleicht war er ja insgeheim ein Prinz?«

»Klar … und wohnt in einer beschissenen Zwei-Zimmer-Hütte in Summer Village außerhalb von Boston. Die Einheimischen nennen es Slummer Village.«

»Sie wissen also, wo er wohnt«, stellte Decker fest.

Terry lief dunkelrot an. »Äh … sie hat's mir erzählt, Angeline. Ich sagte, er sieht alt aus für einen College-Studenten, und da meinte sie, er wäre kein Student, sondern irgendein Dozent oder Postdoc oder so was.«

»Die Tufts University ist in Medford, ganz in der Nähe von Summer Village«, warf McAdams dazwischen.

»Stimmt«, entgegnete Terry. »Angeline sagte ja, dass er an der Tufts ist.«

»Welches Spezialgebiet hat er?«

»Ich hab nicht gefragt, und sie hat's mir nicht gesagt. So oft haben wir nach der Trennung nicht miteinander gesprochen.« Terry holte tief Luft. »Es ist nicht politisch korrekt, so was laut zu sagen, aber er sah schwul aus. Ich begreif ums Verrecken nicht, was sie an ihm fand.«

»Könnten die beiden noch was anderes am Laufen gehabt haben?«

Terry war verwirrt. »Wie meinen Sie das?«

»Julia Kramer sagte mir, dass Angeline ungefähr zum Zeitpunkt Ihrer Trennung damit angefangen hat, teure Handtaschen herumzuschleppen. Könnten die beiden etwas Illegales zusammen ausgeheckt haben?«

Lance war erst stoisch, dann sprachlos. »Sie meinen, die hatten gar keinen Sex?«

»Das weiß ich nicht, und es ist möglich, dass sie Sex hatten und etwas Illegales durchgezogen haben. Wir schließen nichts aus. Und wenn Sie sagen, er sei ein Postdoc-Student, hat sie das Geld vermutlich nicht von ihm bekommen.«

»Ich weiß nicht, wo sie das Geld herhatte«, sagte Terry. »Ich… ich war raus aus ihrem Leben.« Er wandte sich an McAdams. »Sind Sie aus Massachusetts?«

»Ich bin dort zur Schule gegangen.«

»Tufts?«

»Ja«, log McAdams.

»Kannten Sie ihn?«

»Es gibt dort viele Johns, Lance«, sagte McAdams. »Ein Nachname wäre echt hilfreich.«

Terry verstummte, genau wie McAdams. »Haben Sie den mysteriösen John jemals aufgesucht, Lance?«, setzte Decker das Gespräch fort.

»Nein… warum sollte ich?«

»Sie wussten, dass er in Summer Village wohnt. Und ich weiß, dass Sie in der Gegend waren, als Sie zu dem Vorsprechtermin der Boston Repertory Company gefahren sind. Vielleicht haben Sie ja einen kleinen Ausflug gemacht.«

Terry lief wieder rot an… diesmal vor Wut. »Lucy hat Ihnen von dem Vorsprechen erzählt?«

»Ja. Ich behaupte ja nicht, dass Sie Angeline gestalkt haben…«

»Ich hab niemanden gestalkt! Ich hatte ein Vorsprechen, und es lief nicht gut. Um Dampf abzulassen, bin ich zu seiner Wohnung gefahren. Diese Bruchbude hat mir viel Spaß gemacht. Schadenfreude! Jesses! Kann ich jetzt gehen?«

Decker nahm sich einen Stuhl und zog ihn ganz nahe an Terry heran. »Lance, Sie zählen nicht zu den Verdächtigen…«

»Oh, besten Dank.«

»Sie sind hier, um uns dabei zu helfen, einen Mörder zu fangen, okay? Wenn es also einen anderen Kerl in ihrem

Leben gab, möchte ich alles über ihn wissen … angefangen bei seinem Nachnamen … den Sie genau kennen. Also sagen Sie ihn mir.«

Terry schloss die Augen. »Latham. John Latham.«

McAdams surfte schon auf seinem iPad. »Es gibt einen John Latham, Bühnenschauspieler in England, der ist fünfzig.«

»Der Kerl war keine fünfzig.«

»Dann gibt es einen John Jeffrey Latham, der den Windsor Prize gewonnen hat: Proletkult und sowjetischer Realismus in der sozialistischen Kunst. Eine politische Analyse.«

»Ach du heilige Scheiße!«, rief Lance.

»Hier ist ein Bild.« McAdams zeigte es Lance. »Ist er das?«

Lance starrte das Bild an. »Ja, das ist er. Kennen Sie ihn?«

»Nö.«

»Was steht in dem Artikel über ihn?«

»Nicht viel … es geht hauptsächlich um den Windsor Prize. Der wird alle vier Jahre an Kandidaten verliehen, die Außerordentliches auf dem Gebiet der Künste und der Politik geleistet haben …« McAdams sah auf. »Ich weiß, dass Tufts bekannt ist für die Fletcher Graduate School of International Affairs. Ich wette, er hat entweder gerade seinen Abschluss gemacht, oder er ist Dozent – so was in der Art.«

»Er ist ein Arschloch, mehr nicht«, sagte Terry.

»Lance, wissen Sie noch etwas über Latham?«, bohrte Decker nach. »Wenn ja, sagen Sie es mir jetzt.«

»Nur dass er und Angeline gerne zum Thai gingen.« Er ließ den Kopf hängen. »Okay, ja, ich bin ihnen einmal gefolgt, am Anfang. Dann ging das mit Lucy los, und ich hab das Interesse verloren.«

»Haben Sie eine Idee, woher Angeline Geld für teure Handtaschen gehabt haben könnte?«

»Nein.« Das kam mit Nachdruck. »Und es ist wirklich ironisch. Wenn sie auf so schöne Dinge stand – die hätte ich ihr doch sofort gekauft.«

»Sie waren zwei Jahre zusammen und haben ihr nie etwas Schönes gekauft?«

»Ich hab sie ausgeführt – edle Restaurants, Konzerte, Sportevents. Ich bin mit ihr zu Spielen von den Jets und einmal zu den Knicks gegangen. Wir haben uns ein paar tolle Wochenenden gemacht. Aber … gekauft hab ich ihr nie viel, mal ein T-Shirt, Bücher, CD's, Filme … nichts so Teures wie Designerhandtaschen.«

»Warum denn nicht, wenn Sie sie so sehr geliebt haben?«

»Na ja … erst einmal … sie hat nie darum gebeten.«

13

Der Morgen dämmerte bereits, als Lance Terry das Revier verließ. Decker bot an, ihn zurückzufahren, aber der junge Mann zog es vor zu laufen; er wolle den Kopf freikriegen. Decker setzte gerade eine frische Kanne Kaffee auf, als sein Handy klingelte. Er drückte den grünen Knopf. »Hey.«

»Hey«, erwiderte Rina. Dann folgte eine peinliche Pause. »Wie in alten Zeiten.«

»Tut mir leid. Ich weiß, damit hast du nicht gerechnet.«

»Mir geht es gut, Liebling. Du klingst müde.«

»Ein bisschen.«

»Aber du bist auch aufgedreht.«

»Ein bisschen.« Decker lächelte, obwohl Rina es gar nicht sehen konnte. »Bist du gestern zurück in die Stadt gefahren?«

»Ohne dich nicht. Ich habe auf der Couch der Kinder im nicht existierenden Wohnzimmer geschlafen, aber es war ganz okay. Ich bin mit Lily aufgewacht, die ein Glas Milch vor Sonnenaufgang zu genießen schien. Im Moment sehen wir uns Elmo an. Nachher gehen wir in den Park, gegen elf wacht sie aus ihrem Vormittagsschlaf auf.«

»Da hast du ja alle Hände voll zu tun.«

»Ja. Am späten Nachmittag fahre ich mit dem Zug nach Philadelphia. Die Kinder führen mich in ein vegetarisches indisches Restaurant aus, es heißt Spice and Chai. Ich esse ein paar Samosas für dich mit.«

»Ich sehe schon, meine Abwesenheit hat keine Lücken in eure Pläne geschlagen – wie immer.«

Rina ignorierte sein Selbstmitleid. »Gestern Abend habe ich mit Cindy telefoniert. Natürlich ist sie enttäuscht. Aber ich vertrete uns beide. Mittwochnachmittag sollte ich zurück sein. Ich grüße sie alle lieb von dir.«

»Ganz die alten Zeiten«, sagte Decker. »Und daran ist nichts gut.«

»Peter, wann gab es in Greenbury zum letzten Mal einen Mord?«

»Ohne bekannten Täter? Vielleicht vor zwanzig Jahren.«

»Also wirst du dasselbe noch mal in zwanzig Jahren machen müssen. Damit kann ich leben. Sie haben großes Glück, dass du jetzt ihrem Revier angehörst. Weiß Mike irgendetwas über das Prozedere?«

»Er ist ein kluger Kopf, aber er hatte so was schon lange nicht mehr zu erledigen.«

»Wie gehen die Ermittlungen voran?«

»Schritt für Schritt.« Decker wählte seine Worte mit Vorsicht. »Rina, ich schätze unsere Entscheidung, in den Osten zu ziehen, immer noch. Ich schätze es, in einer sauberen Umgebung zu leben, ich schätze es, in der Nähe der Kinder zu wohnen, und die Kälte macht mir nichts aus. Ich hoffe, dieser Mord ist eine schräge, einmalige Sache, und dass ich es bald wieder mit gestohlenen iPads und der Rettung von Katzen auf Bäumen zu tun haben werde. Ich brauche den Kick eines Falls nicht, um glücklich zu sein.«

»Aber das, was du gerade tust, fühlt sich gut an, oder?«

»Vermutlich dauert es ein bisschen, bis man sich umgewöhnt hat.«

»Dieser Fall bedeutet nichts anderes, als einem Süchtigen Crack zu geben.«

Decker lachte. »Ich falle wieder in meine alten Gewohnheiten zurück. Kein Schlaf und zu viel Kaffee.«

»Wenigstens rauchst du nicht mehr. Wie macht sich der Bengel? Ist er denn überhaupt mit von der Partie?«

»Besser, als ich dachte ... nachdem wir ein paar Hürden genommen haben.«

»Das habe ich gehört«, rief McAdams.

Decker schirmte das Mikro des Handys ab. »Wir reden gerade über die olympischen Sommerspiele. Hürdenlauf ist meine Lieblingsdisziplin.« Er kehrte zum Telefonat zurück. »Grüß Cindy, Koby und die Jungs von mir. Sag ihnen, ich verspreche, sie bald zu besuchen.«

»Möchtest du wirklich, dass ich dein Versprechen so weiterreiche?«

»Ja, du hast recht.« Decker klang plötzlich melancholisch. »Vielleicht gibst du ihnen einen Kuss von mir, und wir belassen es dabei.«

»Ich habe ein Bewegungsprofil für Lance Terry erstellt, damit wir seine Alibis abgleichen können.« Decker schob die Liste über den Schreibtisch McAdams zu. »Machen Sie ein paar Kopien davon. Die Sache sollte nicht allzu viel Zeit in Anspruch nehmen.«

»Soll ich zuerst die Alibis überprüfen oder mit der Verwaltung reden, sobald jemand da ist?«

»Vielleicht keins von beiden. Vielleicht können die anderen das übernehmen.«

»Trauen Sie mir immer noch nicht?«

»Eventuell brauche ich Sie für etwas anderes.«

»Und das wäre?«

Decker reichte ihm eine Telefonnummer auf einem Fitzelchen Papier. »Das ist die einzige Nummer, die ich für einen John Jeffrey Latham in der Umgebung Bostons herausfinden konnte. Rufen Sie ihn an.«

»Klar.« McAdams tat wie ihm geheißen. »Anrufbeantworter. Soll ich eine Nachricht hinterlassen?«

»Geben Sie her.« Decker wartete auf den Piepton. »Hier spricht Peter Decker von der Polizei in Greenbury. Würden Sie mich bitte möglichst schnell zurückrufen? Es ist wichtig.« Er hinterließ seine Handynummer, die Nummer des Reviers, dann beendete er den Anruf. »Es ist sieben Uhr morgens. Wo könnte er ohne sein Handy jetzt sein?«

»Schlafend im Bett.«

»Euch jungen Leuten aus der Generation Datenautobahn klebt doch das Handy regelrecht an den Händen. Der Anruf hätte ihn aufwecken sollen. Versuchen Sie es in fünf Minuten noch mal. Hinterlassen Sie Ihre Handynummer. Dann hat er zwei Nummern, die er nicht anrufen wird.«

Exakt fünf Minuten später wählte McAdams wieder die Nummer und hinterließ seine eigene auf der Sprachbox. Decker kritzelte seine Gedanken auf einen Zettel. »Könnte ich Angelines Telefonrechnung des vergangenen Monats kurz haben?«

»Klar.« McAdams schubste sie quer über den Tisch.

Decker ging die Liste durch, dann gab er sie McAdams zurück. »Sehen Sie irgendwo Lathams Nummer?«

»Äh … nein.«

»Sehen Sie irgendeine Nummer mit der Vorwahl 617?«

»Nein.«

»Wie lauten die anderen Vorwahlen aus Massachusetts?«

»Wenn mein Gedächtnis noch funktioniert, was ich nicht versprechen kann, da ich seit fast vierundzwanzig Stunden auf den Beinen bin, sind das die 857 und die 781 … äh, warum sehe ich nicht einfach nach?«

»Vorher sagen Sie mir eins: Worauf will ich gerade hinaus?«

»Dass Angeline niemanden in der Gegend von Boston angerufen hat.«

»Und das bedeutet?«

»Entweder ist Latham oder Boston eine Sackgasse, oder sie hatte ein zweites Handy.«

»Und warum wäre es sinnvoll für sie, ein zweites Handy zu besitzen?«

»Wenn sie in etwas Illegales verwickelt war, würde sie darüber keine Unterlagen haben wollen.«

»Was ist also unser nächster Schritt?«

»Ihre Wohnung nach Hinweisen auf ein zweites Handy zu durchsuchen. Aber für etwas Illegales hätte sie ein Wegwerfhandy benutzt.«

»Und das bedeutet?«

»Wir werden weder eine Telefonrechnung noch eine Telefonnummer finden.«

»Was ist also unser nächster Schritt?«

McAdams lehnte sich in seinem Stuhl zurück. »Sie muss das Wegwerfhandy irgendwo gekauft haben. Wir müssen die Telefonläden der Umgebung abklappern.«

»Tyler, Sie haben sich Ihren Harvard-Abschluss redlich verdient.«

»Was ist mit meinen zweihunderttausend Dollar Studiengebühr?«

Bevor Decker darauf antworten konnte, kam Mike Radar durch die Tür. Ganz offensichtlich war es schon ziemlich lange her, dass der Captain die Nacht durchgearbeitet hatte. Die Müdigkeit war in sein Gesicht eingebrannt und die Sorge in seine Augen. »Was gibt's Neues?«

»Wir machen kleine Fortschritte«, berichtete Decker. »War ein Coroner bei Ihnen?«

»Ein CI aus Boston. Der exakte Todeszeitpunkt ist wegen der Verwesung der Leiche schwer zu bestimmen. Vergessen Sie nicht, dass es sehr heiß im Zimmer war. Seiner Einschätzung nach starb Angeline wahrscheinlich irgendwann in der Nacht vom Sonntag. Am Hals hat sie Würgemale – ebenso Male an den Füßen und Handgelenken. Erdrosseln ist am wahrscheinlichsten, Genaueres wissen wir erst nach der Autopsie. Die Ärztin konnte in ihrem Gesicht keine Petechien entdecken, weil es zu stark aufgedunsen ist.«

»Weiß man, ob das Zungenbein gebrochen ist?«

»Nein, aber der CI meinte, es gäbe Verbrennungen durch Zigaretten auf ihrem Körper. Die Ärztin konnte nicht sagen, ob sie ihr vor oder nach dem Todeseintritt zugefügt worden sind. Ihr Name ist Bonnie McFee.« Radar reichte Decker eine Visitenkarte. »Falls Sie persönlich mit ihr sprechen wollen.«

»Was ist ein CI?«, fragte McAdams.

»Ein Ermittler aus dem Büro des Coroners«, erklärte Decker. »Normalerweise sind es Laien mit medizinischer Erfahrung, zum Beispiel Notärzte oder Krankenschwestern. In Großstädten zieht man sie hinzu, damit sie sich um die Leiche kümmern und sie zu jemandem bringen, der die Qualifikation für eine Autopsie hat. Die Polizei darf keine Leiche anrühren, bevor sie nicht von jemandem aus dem Büro des Coroners begutachtet wurde.« Dann wandte er sich an Radar: »Was ist mit den Forensikern?«

»Die Leute vom Boston Crime Laboratory kamen vor einer Stunde an. Ben und Kevin halten die Stellung. Reden Sie ruhig, mit wem Sie wollen.«

Deckers Handy vibrierte. Er las die SMS auf dem Bildschirm. »Angelines Eltern, sie sind seit gestern Nacht in einem

Motel im Süden Marylands. Sie werden gegen elf Uhr hier sein.« Er dachte einen Moment nach. »Geben Sie mir eine Minute, um ihnen zu antworten.« Nachdem Decker die SMS abgeschickt hatte, wandte er sich wieder an Radar: »Wurde die Leiche schon transportiert?«

»Ja. Sie haben sie mit nach Boston genommen. Und angesichts der Mordrate dort wird sie wohl erst mal ein paar Tage in der Leichenhalle liegen. Jetzt sind Sie an der Reihe. Erzählen Sie mir, was passiert ist.«

Decker gab ihm einen möglichst detaillierten Bericht, so gut er sich erinnern konnte. Der Captain verdaute die Informationen. »Lance Terry hat sie also gestalkt?«

»Ich bin mir nicht sicher, ob es Stalking war oder eher so etwas wie Langeweile. Als Nächstes gleichen wir Lances Bewegungsprofil ab. Wenn er dort überall war, hat er praktisch für das gesamte Wochenende ein Alibi.«

»Dann ist er raus aus der Sache, sobald wir sein Alibi überprüft haben.«

»Mehr oder weniger. Kann Kevin das machen? Ich erkläre ihm alles.«

»Gibt es einen besonderen Grund, warum Sie das nicht selbst übernehmen?«

»Ich möchte John Latham aufspüren. Ich habe ihn nicht erreicht, und das hinterlässt ein ungutes Gefühl.«

»Wir haben ihn zweimal angerufen«, sagte McAdams, »einmal hat Decker eine Nachricht hinterlassen, und dann habe ich noch mal nachgehakt. Er geht nicht an sein Handy.«

Decker sah auf die Uhr. »Mit dem Auto braucht man von hier nach Boston ungefähr zwei Stunden?«

»Eher zweieinhalb bei dem Verkehr.«

»Und mit dem Zug?«, fragte Decker.

»Da müssen Sie nach Islewhite fahren.«

Deckers Verstand lief auf Hochtouren. »Mal sehen, ob ich …« Er wählte die Nummer, die zu der letzten SMS gehörte. Eine Frau nahm den Anruf entgegen. »Hi, hier spricht Peter Decker von der Polizei in Greenbury.«

»Hier ist Karen Bronson, Detective. Es tut mir leid, dass wir so spät dran sind … letzte Nacht mussten wir einfach eine Pause machen … die Fahrt war zu lang, und wir waren beide so erschöpft.«

»Nein, nein, nein, Sie haben genau das Richtige getan.« Decker räusperte sich. »Sie planen also, gegen elf hier zu sein?«

»Wahrscheinlich eher gegen zwölf … halb eins. Wir kommen erst spät los.«

»Okay.«

»Ist das ein Problem?«

»Nein, überhaupt nicht. Wir haben mit ein paar von Angelines Freunden gesprochen, und jetzt habe ich ein paar Fragen an Sie. Dürfte ich Sie Ihnen stellen?«

Ein Seufzer. »Fangen Sie an.« Pause. »Natürlich.«

»Sagt Ihnen der Name John Latham etwas?« Schweigen. »Klingelt es da bei Ihnen?«

Pause. »Ich kenne den Namen nicht … warten Sie, ich frage Jim.« Gedämpfte Stimmen, dann war sie wieder am Telefon. »Keiner von uns beiden kennt ihn. Wer ist das?«

»Ich weiß es noch nicht genau. Er tauchte in Verbindung mit Angeline auf. Ich habe mich gefragt, ob sie ihn Ihnen gegenüber erwähnt hat.«

»Nein. Ist er denn wichtig?«

»Jeder, der mit Angeline in Verbindung gebracht wird, ist wichtig. Ich glaube, er lebt in einer Vorstadt von Boston. Unternahm Ihre Tochter Wochenendausflüge nach Boston?«

»Ich habe keine Ahnung. Sie hielt Kontakt zu uns, aber sie

redete selten über ihr Privatleben, und ich … ich habe nicht nachgebohrt. Wahrscheinlich hätte ich das tun sollen.«

Decker hörte den Schmerz in ihrer Stimme. »Sie war erwachsen. Sie hätten sie sowieso von nichts abhalten können.« Keine Antwort. »Also, wenn er wichtig wird, gebe ich Ihnen Bescheid. Noch ein paar Fragen. Julia Kramer hat mir erzählt, dass Angeline Stoffdesign des achtzehnten Jahrhunderts studiert hat. Sie hat ihre Abschlussarbeit darüber geschrieben.«

»Das stimmt. Stoffe sind ihre erste Liebe. In der Highschool hat sie viele Stoffe ganz allein entworfen. Sie bemalte sie mit der Hand. Sie brachte sich selbst Batiken und Laserprints bei. Sie experimentierte mit allen möglichen Materialien.«

»Hat sie sich deshalb das Littleton College ausgesucht?«

»Ja, natürlich. Die haben eine wunderbare Kunstfakultät. Und sie hat ein tolles Stipendium bekommen. Sie verdiente jeden Penny, den sie ihr gegeben haben. Sie ist wirklich einmalig, sie ist …« Sie schluchzte. »Sie war sehr, sehr talentiert.«

»Ich würde gerne mehr darüber erfahren. Das hilft mir, ein Gespür für sie zu bekommen. Hatte sie sich auf Stoffdesign spezialisiert? Oder lagen ihre Talente noch woanders: Zeichnen, Malen …«

»Selbstverständlich konnte sie zeichnen und malen. Aber sie war begeistert von … wie hat sie sich immer ausgedrückt? Es gefiel ihr, aus Kunsthandwerk Kunst zu erschaffen. Wie mit ihren Stoffentwürfen. Sie nannte sie tragbare Kunst.«

»Welche anderen Arbeiten mochte sie noch?«

»Ich glaube nicht, dass es je ein Kunsthandwerk gab, das sie nicht mochte. Weben, Makramee, Papiermaché, Glasbilder, Töpferei, Glasbläserei …«

»Glasbilder?«

»Ja, darin war sie spitze. Sie war vierzehn, als sie damit anfing. Ich fand es nicht so gut, dass sie mit Messern und Glasscherben herumhantierte, aber sie war sehr vorsichtig. Ich glaube, sie hat sich nur ein paarmal geschnitten.«

»Das ist ein ungewöhnliches Hobby.«

»Für Angeline galt: je ungewöhnlicher, desto besser.«

»Wissen Sie, warum sie mit Glasbildern angefangen hat?«

»Wie ich bereits sagte, sie mochte alles, was mit Kunst zu tun hatte und ungewöhnlich war. Sie wurde von einer Dame namens Clara Driscoll beeinflusst, die in den Louis Comfort Tiffany Studios gearbeitet hatte – der Typ mit den Lampen. Sie erzählte mir, dass diese Frau die besten Entwürfe realisiert hat, und nicht etwa Tiffany, auch wenn er seinen Namen draufgeklatscht hat. Das gefiel ihr, als Künstlerin und Frau. Warum fragen Sie nach ihrer Kunst?«

»Wir versuchen nur, ein Gefühl für Ihre Tochter zu entwickeln. Es könnte auf lange Sicht von Bedeutung sein.«

»Was auch immer ich tun kann, um zu helfen.« Ihre Stimme brach. »Stellen Sie Ihre Fragen, Detective.«

»Mrs. Bronson …«, setzte Decker an.

»Karen, bitte.«

»Also dann, Karen. Ich würde diese Sache nicht ansprechen, wenn ich nicht der Meinung wäre, es sei wichtig, also bitte ich Sie bereits im Voraus um Verzeihung.«

»Was …« Ihre Stimme klang gequält. »War sie schwanger?«

»Hat sie das Ihnen gegenüber angedeutet?«

»Nein … Sie reden nur so anders … war sie schwanger?«

»Das weiß ich nicht, ehrlich. Ich habe den Bericht noch nicht bekommen.«

Ihre Stimme wurde sehr leise. »Wie ist sie gestorben?«

»Ich weiß nichts Endgültiges, bis ich den Bericht gesehen habe.«

»Haben Sie eine Idee?«

»Nichts, worüber ich am Telefon reden möchte. Ich habe

aber noch eine andere Frage an Sie. Bitte nehmen Sie es nicht persönlich. Vor ihrer Ermordung hat Angeline einige teure Designerhandtaschen und -schuhe erworben. Wissen Sie zufällig etwas darüber?«

»Nein.« Langes Schweigen. »Wie teuer?«

»Taschen für mindestens tausend Dollar pro Stück und exklusive Designerstiefel.«

»O mein Gott … ich … nein, darüber weiß ich nichts.«

»Das war alles, was ich wissen wollte. Wir werden der Sache auf den Grund gehen.«

»Sie konnte sich das nicht leisten … vielleicht hat Lance Terry ihr Geschenke gemacht. Da ist Geld im Hintergrund.«

»Wir haben ihn befragt, aber er war es nicht. Er sagte mir, sie hätten sich schon vor über einem Jahr getrennt.«

»Ja, aber ich dachte, sie wären Freunde geblieben.«

Das bestätigte das, was Emily und Julia über Lance und seine Telefonsexanrufe gesagt hatten. »Haben Sie eine Idee, wie sie sich diese Sachen hatte leisten können?«

»Keine Ahnung. So viel Geld besaß sie nicht. Hatte sie … hatte sie einen älteren Mann, der diese Sachen bezahlt hat? Dieser Latham?«

»Der Latham, den ich überprüfe, ist Mitte dreißig und scheint zu arm zu sein, um für so teure Accessoires Geld übrig zu haben. Ich bin noch nicht einmal sicher, in welcher Beziehung er zu Ihrer Tochter steht. Er geht nicht an sein Handy, daher würde ich ihn gerne aufsuchen.«

»Gibt es damit ein Problem?«

»Latham lebt außerhalb von Boston, ungefähr zwei Stunden mit dem Auto ab Greenbury, bei normalem Verkehr. Dann wäre ich möglicherweise nicht wieder zurück, bis Sie hier ankommen. Möchten Sie, dass ich auf Sie warte? Ich könnte in der Zwischenzeit auch andere Dinge erledigen.«

»Wie wichtig ist dieser Latham?«

»Ich habe das Gefühl, dass er sehr wichtig ist. Dazu kommt, dass ich einiges in Boston erledigen muss. Wir sind zu klein, um die Laborüberprüfungen zu bewerkstelligen. Der Captain wollte, dass alles korrekt abläuft, deshalb hat Boston ein Team hergeschickt.«

Sie räusperte sich, dann sagte sie: »Wo ist … der Leichnam?«

»In Boston.«

Lange sagte niemand etwas. »Sollten wir uns dann nicht besser in Boston treffen? Immerhin sind Sie sich ja nicht ganz sicher, dass sie es ist, oder?«

»Karen, wir können die Identifizierung auch mit einem Wattestäbchen in Ihrem Mund ausführen.«

»Aber ich möchte mich verabschieden!« Sie klang wütend. »Ich muss mich verabschieden!«

»Karen, bitte geben Sie mir ein paar Tage Zeit. Dann können Sie sie in aller Form beerdigen.«

Ihre Stimme war kaum mehr als ein Flüstern. »Sie wollen nicht, dass ich die Leiche sehe.«

»Es ist nicht notwendig, Sie diesem Schmerz auszusetzen. Ich werde am späten Nachmittag zurückkehren. Wir erstellen ein DNA-Profil. Und ich erzähle Ihnen alles, was ich weiß.« Wieder kam es zu einem langen Schweigen. »Karen, sind Sie noch da?«

»Fahren Sie nach Boston, Detective. Lassen Sie sich von uns nicht davon abhalten, Ihre Arbeit zu tun.«

»Ich versuche, möglichst schnell wieder hier zu sein.«

»Wir warten auf Sie. Wir warten so lange, wie es nötig ist. So lange, wie Sie für die Rückfahrt brauchen, und so lange, wie es dauert, Antworten zu bekommen.«

14

McAdams trank Kaffee aus einem Pappbecher, während er aus dem Seitenfenster starrte. Decker saß am Steuer. Die Temperatur lag immer noch unter null, aber der Himmel war blau. Es war angenehm zu fahren, auch wenn ihnen die trockene warme Luft der Heizung ins Gesicht blies.

»Gibt's einen besonderen Grund, wieso Sie mich dabeihaben wollen?«, fragte der Bengel.

»Was denken Sie?«

»Jedes Mal beantworten Sie meine Fragen mit einer Gegenfrage.«

»Eine wirksame Methode, um Leute zum Reden zu bringen. Also, weshalb habe ich Sie gebeten mitzukommen?«

»Mir gehen da mehrere Möglichkeiten durch den Kopf.« Er zählte sie an den Fingern ab. »Ich halte Sie wach, damit Sie nicht am Steuer einschlafen, ich kann Sie nach Hause fahren, falls Sie zu müde sind, Sie wollen mich in Ihrer Nähe haben, damit ich während Ihrer Abwesenheit keinen Scheiß baue, oder vielleicht – ganz *vielleicht* – bin ich sogar nützlich für die Ermittlungen, und Sie schätzen meine Einfälle.«

»Sie haben es erfasst, Harvard.«

»Geben Sie's zu, alter Herr, ich wachse Ihnen ans Herz.«

»Mea culpa.«

»Ja, ich bin so was wie der norwegische Lutefisk: nur für

Kenner.« McAdams steckte den Becher in den Halter und rieb sich die Hände. »Laut der Mutter hatte Angeline mit Glaskunst zu tun. Also ist sie eine starke Kandidatin für die Tiffany-Fälschungen. Der Diebstahl und ihre Ermordung müssen zusammenhängen.«

»Vielleicht.«

»Sind Sie jetzt einfach nur zugeknöpft, oder ist das ein ernst gemeintes ›vielleicht‹?«

»Ich glaube Folgendes: Der Diebstahl selbst hat sie nicht in Schwierigkeiten gebracht ... sondern dass Sie und ich den Diebstahl bemerkt haben. Jemand wollte sie zum Schweigen bringen. Aber begeht dieser Jemand wegen ein paar Tiffany-Fenstern einen Mord? Ich habe da so meine Zweifel. Wir haben es hier mit etwas Größerem zu tun ... nichts für ungut, Tiffany ... oder Clara Driscoll.«

»Wer ist das denn?«

»Karen Bronson erzählte mir, dass Angeline Glaskunst mochte, weil es Clara Driscoll war, die viele Entwürfe anfertigte. Sie arbeitete für Tiffany.«

»Warten Sie, ich seh mal nach.« McAdams zückte sein iPhone. »Dauert vielleicht einen Augenblick, ich glaube, wir sind in einem Funkloch.« Er blickte zu Decker. »Was das Handy betrifft. In meinem Hirn ist eher Funkstille ... nach dreißig Stunden ohne Schlaf? Wie können Sie da noch denken, geschweige denn die Augen aufhalten?«

»Dafür habe ich ja Sie mitgenommen, Harvard.«

»Aha, ich bin also ein überqualifizierter Wecker. Los geht's, Wikipedia in Hochform.« McAdams verstummte, solange er las. »Clara Driscoll«, fuhr er fort, »war tatsächlich Chefdesignerin bei Tiffany, zwanzig Jahre lang. Sie wählte die Farben und das Glas aus und entwarf ein paar der berühmtesten Lampen. Vor ihr waren die Entwürfe eher symmetrisch und statisch. Ihr erster Entwurf war die Narzisse, aber sie ist auch berühmt für die Glyzinie, die Libelle und die Pfingstrose. Ihre Arbeit wurde gewürdigt, als die New York Historical Society ihr 2006 eine Ausstellung mit dem Titel ›Tiffany in neuem Licht‹ widmete.«

»Angeline war damals ungefähr vierzehn«, sagte Decker. »Zu dieser Zeit begann sie sich laut ihrer Mutter für Glaskunst zu interessieren. Vielleicht war sie in der Ausstellung oder hat etwas darüber gelesen.«

»Wie sollte Angeline in Florida von der Ausstellung gehört haben?«, wunderte sich McAdams.

»Es gibt dort ein Museum mit vielen Stücken von Tiffany. Mir fällt bloß der Name nicht ein.«

»Das Morse Museum of American Art.«

»Ja, genau!« Decker sah ihn an. »Haben Sie das gerade nachgeschaut?«

»Ich war da. Mein Großvater hatte ein Haus in Bal Harbour.«

»Ich habe Sie auch wegen Ihres guten Gedächtnisses gerne in meiner Nähe.« Decker grinste. »Jedenfalls hat Karen Bronson mir erzählt, dass Angeline diese Clara Driscoll mochte, weil sie Angelines Vorstellungen einer talentierten, starken Frau in der Kunstwelt entsprach.«

»Leuchtet ein. Collegegirls quasseln die ganze Zeit davon, stark und unabhängig zu sein. Herrgott, das ist so eine Selbstüberschätzung. Sie sollten einfach aufhören, bloß rumzuzicken, und was *tun*.«

»Wie ich sehe, ist Geduld nicht gerade Ihre starke Seite.«

»Da haben Sie recht.« McAdams kicherte freudlos. »Die meisten meiner Kommilitonen in Harvard waren zum ersten Mal von zu Hause weg. Aber es gab auch solche wie mich: Internat seit der ersten Klasse, mit abwesenden Eltern. Zugegebenermaßen waren wir privilegiert, was Ausbildung, Geld und Beziehungen betrifft. Jawohl, wir waren verwöhnt, und zwar jenseits von Gut und Böse. Aber wir waren unabhängig. Die Anfänger dagegen … Mann, die hingen immer noch an der Nabelschnur. Sie hatten überhaupt keine Vorstellung davon, wie total abhängig sie von Mommy und Daddy waren. Mein Gott, was habe ich sie beneidet.«

Decker schwieg.

»Lassen Sie sich nicht ablenken«, sagte McAdams schnell. »Reden Sie weiter.«

»Schenken Sie mir noch einen Kaffee ein. Halbvoll, damit ich mir nicht die Finger verbrenne.«

»Ja, Sir.«

»Sie dürfen mich Peter nennen.«

»Ich bevorzuge alter Herr.«

»Bin ich wirklich wie Ihr alter Herr?«

McAdams zuckte mit den Schultern. »Ja und nein. Er ist ein Scheißkerl, und zwar im schlechtesten Sinne.« Er reichte Decker den Kaffee. »Sie sind ein Scheißkerl, aber auf eine nette Art.«

»Sie wissen wirklich mit Worten umzugehen. Können wir uns jetzt wieder dem Fall widmen?«

»Liebend gerne.«

»Glauben Sie, mit der Tatsache, dass Clara Driscoll die Entwürfe tätigte und Tiffany seinen Namen darunterklatschte, hat Angeline ihr Gewissen beruhigt, während sie an den Fälschungen arbeitete?«

»Hoppla!« McAdams dachte nach. »Sie tat also Tiffany das an, was er mit Driscoll gemacht hatte. Das gefällt mir. Es hilft uns zwar nicht zu verstehen, warum sie ermordet wurde, aber dem Ganzen liegt ein *lex talionis* inne. Das bedeutet …«

»Auge um Auge, ich weiß.«

»Ah, klar, Sie waren ja Anwalt. Welches Fachgebiet noch mal?«

»Nachlassverwaltung und Erbrecht.« Als McAdams losprustete, sagte Decker: »Schon gut. Auge um Auge heißt nicht, Rache zu nehmen. Eigentlich ist es Deliktsrecht.«

»Wie kommen Sie darauf?«

»Weil es in dem Absatz der Bibel steht, wo es um Besitzrecht geht. Verletzen Sie zum Beispiel das Auge eines Menschen fahrlässig, dann entschädigen Sie das Opfer mit der Summe, die dem entspricht, was er mit dem Auge verdient hätte, im Vergleich zu dem, was er verdient, weil ihm ein Auge fehlt. Die Gerichte machen das die ganze Zeit, man nennt es wirtschaftliche Forensik.«

»Weiß ich. Dank Daddy war ich während des Colleges als Praktikant in ein paar führenden Anwaltskanzleien in New York.« Er nahm sein iPhone wieder zur Hand. »Wo genau steht das in der Bibel?«

»Auge um Auge?«

»Ja.«

»Exodus … in dem hebräischen Leseabschnitt, dem Mischpatim, falls das weiterhilft.«

»Exodus, das 2. Buch Moses … Kapitel 21, Absatz 22 bis 25 …« Er las. »Da steht aber nichts von einer finanziellen Entschädigung.«

»Nehmen Sie die Raschi-Kommentare. Im elften Jahrhundert war er ein großer …«

»Ich weiß, wer Raschi ist. Ich war in Mäßigung und Extremismus – Twerskys Kurs –, obwohl er zu meiner Zeit bereits tot war. Aber alle nennen ihn immer noch Twerskys Kurs. Die Frage ist doch, warum ich einem Kommentar glauben soll? Ich halt mich lieber einfach an den Originaltext.«

»Das Rechtswesen basiert auf Auslegung. Nichts hat einen

Nominalwert. Und in der Vorgeschichte des Bibelabschnitts geht es eher um Schadensersatz als um Kapitalverbrechen.«

»Sie sind ja wirklich ein Spitzenbibelgelehrter.«

»Sind nur Grundkenntnisse, Tyler, aber wenn Sie beeindruckt sind, soll's mir recht sein.«

McAdams las immer noch den Bibeltext. »In dem Abschnitt werden Schadensersatz und Kapitalverbrechen sehr vermischt.«

»Die Traditionalisten folgen dem Rabbinerrecht, weil die Weisen die jüdischen Gesetze besser auslegen können als Laien.«

»Man braucht einen geschulten Verstand«, sagte McAdams.

»Genau.«

Der Bengel grinste. »Oder einen gestandenen Verschulten.«

Decker stöhnte.

»Kommen Sie, der Witz ist nicht schlecht«, protestierte McAdams verschnupft, »der ist eben … Harvard.«

Der ländliche Nordosten war weiß und karg, wodurch die Gegend einen minimalistischen Touch erhielt. Der städtische Nordosten war grau und deprimierend. Ruß vermischt mit Schnee hieß Matsch, und den alten Fabriken und zerfallenden Lagerhallen aus Ziegeln fehlte jegliche Art von Schönheit. Die einzige Rettung waren Sonnenschein und klarer Himmel, wobei sie nur dazu dienten, die Zersiedelung hervorzuheben. Laut Navi war Decker bloß noch knapp zwei Kilometer von Lathams Adresse entfernt. »Sind wir hier in der Nähe der Universität?«, fragte er.

»Ich nehme an, Sie meinen Tufts. Kilometermäßig ist es nicht weit weg, sozioökonomisch schon. Wenn Latham illegal unterwegs war, dann warf das Geschäft nicht gerade viel ab.«

»Oder aber er wählte dieses Umfeld aus, weil unbedeutende kriminelle Handlungen hier niemanden interessieren.«

»Gut möglich.«

»Oder Latham ist ein armer Student, knapp bei Kasse. Oder er ist einfach geizig.« Decker parkte vor dem Wohnhaus und würgte den Motor ab. »Hoffentlich finden wir etwas über den Kerl heraus.« Er öffnete das Handschuhfach und griff nach seiner Waffe.

»Ich glaube nicht, dass Sie die am helllichten Tag benötigen«, sagte McAdams.

Decker legte sein Holster an. »Ich lasse keine geladene Beretta im Auto liegen.«

»Warum haben Sie das Ding überhaupt mitgebracht? Haben Sie die etwa in Greenbury routinemäßig dabei?«

»Nein, da brauche ich sie nicht. Aber hier wissen wir nicht, auf was wir stoßen, daher irre ich mich lieber, indem ich übervorsichtig bin.« Decker öffnete die Tür. »Los geht's.«

Gemeinsam gingen sie in das Wohnhaus – ein alter Kasten aus Ziegeln und Stuckarbeiten. In einer perfekten Welt wäre die Vordertür aus Sicherheitsgründen abgesperrt. Aber das Schließband war defekt, also schlüpften sie durch die Tür, gingen ein paar Stockwerke hoch und einen Flur entlang, bis sie Lathams Wohnung gefunden hatten. Decker klopfte an der Tür. Nach ein paar Minuten vergeblichen Hämmerns gab er auf.

»Und jetzt?«, fragte McAdams.

»Wir hinterlassen eine Visitenkarte, dann fahren wir zur Leichenhalle. Vielleicht haben sie schon mit Angelines Autopsie begonnen. Ich hätte gerne eine Blutprobe für die DNA. Mal schauen, ob wir eine Übereinstimmung mit ihrer Zahnbürste kriegen. Alles besser als eine Identifizierung des Leichnams. Kein Elternteil sollte seinen Sohn oder seine Tochter in diesem Zustand ansehen müssen.«

»Brauchen Sie nicht beide Elternteile für einen Abgleich?«

»Das Labor kann einen Abgleich der Mitochondrien erstellen. Da sie keine Schwester hatte, reicht das für eine Identifizierung.« Decker steckte eine seiner Visitenkarten in den Türrahmen. Als er gerade gehen wollte, kam eine Nachbarin aus ihrer Wohnung. Sie wohnte zwei Türen weiter und trug einen Hausmantel. Sie war dunkelhäutig und hatte graue Haare: Mitte sechzig bis Anfang siebzig.

»Endlich!«

»Entschuldigung?« Decker blieb stehen.

»Sie sind von der Polizei, oder?«

»Ja.«

»Na, Sie haben ganz schön lange gebraucht.«

Decker strich seinen Bart glatt. Dann zückte er seinen Notizblock. »Wann haben Sie angerufen?«

»Gestern Abend gegen zehn. Ich hab's nicht mehr ausgehalten.«

»Sagen Sie mir noch mal, weshalb. Mir hat man nur gesagt, ich solle hierherkommen und mit dem Mann in dieser Wohnung reden … ich glaube, er heißt John Latham.«

»John, seinen Nachnamen kenne ich nicht. Er war nicht sehr freundlich.«

»Okay«, sagte Decker, »und Sie sind …?«

»Inez Camero.«

»Wie lange wohnen Sie schon in diesem Haus?«

»Seit zehn Jahren.«

»Wie lange war John hier?«

»Weniger als ein Jahr. Unfreundlich, aber immerhin ruhig … bis gestern Abend. Die Musik war so laut, mein anderes Ohr wurde fast taub. Sie hätten es wahrscheinlich noch in Cambridge hören können.«

»Die Musik lief den ganzen Abend?«

»Gegen halb zehn ging's los. Das weiß ich, weil meine Lieblingssendung im Fernsehen kam. Ich hatte Tee und meine Biscotti vorbereitet, um einen schönen ruhigen Abend zu verbringen, aber neeeeeiiiin… In der Werbepause gegen zehn rief ich schließlich die Polizei. Als nichts passierte, bin ich sogar selbst rübergegangen und habe gegen die Tür gehämmert. Das muss so gegen halb elf gewesen sein, gleich nach der Sendung. Leslie Avila hat mich gesehen. Sie wollte gerade dasselbe tun. Irgendwann hat der Scheißkerl die Musik dann leiser gedreht.«

»Rücksichtslose Nachbarn sind ein ernstes Problem«, sagte Decker.

»Das richtige Problem ist ein desinteressiertes Polizeirevier. Wofür seid ihr gut, wenn ich die Sache selbst in die Hand nehmen muss, weil ihr erst am nächsten Morgen auftaucht?«

Decker nickte. »Ich verstehe Ihren Ärger.«

»Na klar.« Inez starrte ihn jetzt wütend an. »Entschuldigen Sie die Störung. Ich bin sicher, Sie haben was Wichtiges vor, zum Beispiel zu überlegen, wo Sie Ihre Donuts besorgen.« Nach ihrer letzten spitzen Bemerkung marschierte Inez zurück in ihre Wohnung und knallte die Tür hinter sich zu.

»Sie war nicht sehr höflich«, sagte McAdams.

»Sie ist frustriert.« Nachdenklich spielte Decker mit seiner Zunge an der Innenseite der Backe herum. Er ging in die Hocke und schnüffelte am Türschlitz. Während er dort unten war, sah er die Ecke einer dünnen Visitenkarte. Geschickt zog er sie hervor und las: »Officer James Marx.«

»Die Polizei war doch da.«

»Anscheinend.« Decker erhob sich und drehte die Karte um. »Keine Uhrzeit notiert. Vielleicht hatte die Musik schon wieder aufgehört, als Marx da war.« Er reichte sie McAdams. »Rufen Sie ihn an und finden Sie heraus, wann er hier war.«

»Jetzt?«

»Ja, jetzt.« Decker kaute auf seiner Unterlippe herum. »Jemand war gestern Abend in Lathams Wohnung, denn jemand hat die Musik ausgemacht. Aber die Karte liegt heute noch unter der Tür.«

»Vielleicht hat er sie nicht gesehen, als er die Wohnung verließ … Äh, hallo, Officer Marx bitte?«

»Stellen Sie sich immer zuerst vor, Tyler.«

»Stimmt.«

Decker ging wieder in die Hocke und schnüffelte erneut am Türschlitz.

»Würden Sie ihm bitte ausrichten, umgehend Detective Tyler McAdams von der Greenbury-Polizei anzurufen. Wir sind in der Gegend und ermitteln in einem Verbrechen, das weiter südlich von hier passiert ist. Ich gebe Ihnen meine Handynummer.«

Decker stand auf. »Ich rieche eindeutig etwas.«

»Was denn?« Tyler verstaute sein Handy in der Tasche. »Verwesung?«

»Eher metallisch – wie Blut.«

McAdams wollte sich gerade hinknien, als Decker ihn am Kragen hochzog, bevor seine Hände und Füße den Boden erreichten. »Wenn hier ein Mörder war, ist alles auf dem Fußboden Beweismaterial …«

»Ich weiß. Nicht hinknien, sondern hocken. Meine Quadrizeps lassen etwas zu wünschen übrig.«

Decker deutete auf den Boden. »Los, nehmen Sie eine Prise.«

Der Bengel beugte sich weit hinunter. »Ja, es riecht hier tatsächlich ein bisschen merkwürdig. Können Sie mir hochhelfen?«

»Sie machen *Witze*!«

McAdams holte tief Luft und schaffte es allein, sich wieder aufzurichten. »Wenn ich einen Krampf kriege, gibt's dann einen Freifahrtschein?« Als Decker nicht darauf einging, sagte er: »Ich versuche ja nur, ein bisschen Humor in die Grabesstimmung zu bringen … das soll keine Anspielung sein.«

Aber Decker war in Gedanken versunken. »Es gab einen Anruf wegen ungewöhnlich lauter Musik, die möglicherweise dazu diente, kriminelle Handlungen zu überdecken. Die Karte des Polizisten wurde nicht aufgehoben. Und ich habe den Eindruck, ich rieche Blut.« Er sah zu Tyler. »Ich würde sagen, wir haben hinreichende Verdachtsmomente.«

»Hinreichenden Verdacht wofür? Gehen Sie da jetzt rein?«

»Ich werd's versuchen.« Decker holte eine Kreditkarte aus seinem Portemonnaie und schob sie zwischen Schloss und Türrahmen.

»Und falls der Typ noch da ist?«

Das Schloss sprang auf. Decker nahm seine Waffe in Anschlag. »Das ist das ABC der Polizeiarbeit, McAdams. Bleiben Sie, wo Sie sind, und sichern Sie meinen Arsch.« Der Bengel war aschfahl geworden. »Sie fallen mir jetzt aber nicht in Ohnmacht, oder?«

»Nein, nein, mir geht's gut.« Ein gezwungenes Lächeln. »Ich hab keine Waffe dabei, alter Herr.«

»Sie haben die beste Waffe der Welt dabei, McAdams: Ihre Stimmbänder. Wenn Sie was Verdächtiges sehen, schreien Sie einfach los.«

Decker zog einen Latexhandschuh über seine linke Hand; die rechte blieb ungeschützt und umklammerte fest den Griff der Waffe. Er stieß die Tür mit dem Lauf auf. Beim Betreten der Wohnung wurde seine Nase massiv von schlechten Nachrichten unter Beschuss genommen, und er sah die Anzeichen eines frischen Kampfes, vergleichbar mit dem aus Angelines Wohnung.

Umgeworfene Möbel, die Sachen überall verstreut. Er konnte keine Stereoanlage entdecken, dafür gab es einen Fernseher und eine iPad-Ladestation. Der Fernseher war ausgeschaltet und kalt, die Ladestation leer. Es war schwierig weiterzugehen, ohne Spuren zu verwischen, eingeschlossen der Blutstropfen auf dem Boden und auf einem Teppich. Klare Kreise und Ovale – Blutspuren nach einer Verletzung, keine Spritzer aus einer Arterie. Auf Zehenspitzen durchquerte er den Raum und ging in die Küche.

Dort herrschte ebenfalls Chaos – umgeschmissene Kanister, zerbrochenes Glas, Besteck auf dem Boden. Noch mehr Blutstropfen, aber keine Spritzer, was hieß, dass es keinen massiven Blutverlust gegeben hatte. Zwei Weingläser standen in der Spüle; eine offene Flasche Pinot befand sich auf dem Tresen und war wundersamerweise heil geblieben. Ein leerer Messerblock, sein Inhalt auf dem Boden verteilt. Er konnte nicht sagen, ob eins fehlte, aber herumliegende Messer waren nie ein gutes Omen. Er verließ die Küche wieder auf Zehenspitzen und trippelte den schmalen Flur entlang. Die Badezimmertür stand offen. Weitere Blutstropfen auf dem Boden, blutige Handtücher im Waschbecken und in der Badewanne. Der Geruch wurde stärker und stärker, es roch nicht mehr nur nach Metall, sondern faulig – entsorgte Fäkalien, Verwesung. Als er die Tür zum Schlafzimmer öffnete, hatte er die Quelle des Gestanks entdeckt.

Der nackte Körper auf dem Bett: unzählige Stichwunden, die oft nicht nur ein Zeichen für Wut waren, sondern für persönliche Betroffenheit. Diesmal war der Zorn offenkundig, denn Penis und Hoden des Mannes waren abgetrennt und auf seinem Bauch drapiert worden. Zusätzlich zu den Stichwunden und der Genitalverstümmelung hatte man ihm die Kehle durchgeschnitten.

»Decker?«, rief McAdams. »Alles in Ordnung?«

»Rühren Sie sich nicht von der Stelle, McAdams. Bleiben Sie, wo Sie sind.«

»Bei Ihnen alles okay?«

»Ja, mir geht's gut. Warten Sie einfach.« Decker trippelte aus dem Schlafzimmer und sah den Bengel im Flur stehen. »Ich nehme an, Sie haben nichts berührt und aufgepasst, wo Sie hintreten. Im Wohnzimmer befinden sich Beweise in Form von Blutspuren.«

»Ich hab's gesehen. Und ja, ich hab aufgepasst, wo ich hintrete.« Der Bengel schluckte. »Sie waren lange weg. Da hab ich einen Blick riskiert und das Blut gesehen. Ich wurde nervös … dass Sie in einen Hinterhalt geraten. Vermutlich hätte ich dann was gehört. Tut mir leid, dass ich Sie gestört hab.«

»Ist nicht nötig. Ich sagte, Sie sollen meinen Arsch sichern, und genau das haben Sie gemacht. Manchmal verliere ich das Zeitgefühl.«

»Ich gehe zurück und warte draußen.«

»Ich komme mit.« Im Gemeinschaftsflur zog Decker die Wohnungstür leicht an den Pfosten heran, passte aber auf, dass sie nicht zufiel. Er verstaute die Waffe wieder im Holster.

»James Marx hat zurückgerufen«, sagte McAdams. »Er war um 22 Uhr 42 hier.«

»Nachdem Inez Camero die Sache selbst in die Hand genommen hatte. Wahrscheinlich haben die beiden den Mörder nur um ein paar Minuten verpasst.« Decker griff nach seinem Handy.

»*Mörder*?« McAdams wurde schwummrig, aber er hielt das Gleichgewicht. »Latham ist tot?«

»Ich habe einen geschändeten männlichen Leichnam gefunden.« Decker wählte den Notruf und hielt das Handy ans Ohr. »Wenn das Latham ist, möge Gott seiner Seele gnädig sein.«

15

Bis Decker und McAdams bei den Polizisten aus Summer Village ihre Aussagen zu Protokoll gegeben hatten, war es drei Uhr nachmittags. Decker hatte seit über sechsunddreißig Stunden nicht geschlafen, und er konnte genau spüren, wie sein Gehirn langsam die Arbeit einstellte. Doch Angelines Eltern wegen musste er sich unbedingt zusammenreißen, und er versuchte, seine zerstreuten Gedanken auf zwei furchtbare Morde zu konzentrieren. Das Revier in Summer Village war kleiner und weniger bürokratisch als das in Boston, aber groß genug, um Mittel zur Verfügung zu haben sowie richtige Detectives. Das bot Vorteile. Die Erklärung, warum Decker und McAdams vor Ort waren und sich unberechtigt Zugang zur Wohnung verschafft hatten, nahm viel Zeit in Anspruch. Nach den notwendigen Fragen waren die Detectives so gnädig, sie nicht wegzuschicken, während Summer Village den Coroner und das Team der Kriminaltechniker dazuholte.

Die Wohnung war nicht nur Schauplatz eines Kampfes, sondern komplett durchwühlt worden. Keine Inszenierung, zumindest nicht in Deckers Augen. Der Mörder schien nach etwas gesucht zu haben. Niemand fand Lathams Handy, Laptop oder Tablet. Es gab keine Tiffany-Bilder in einem Schrank oder unter dem Bett versteckt. Aber die sorgfältige Suche brachte einen Ring mit nicht gekennzeichneten Schlüsseln zum Vorschein. Decker wurde gestattet, sich Kopien bei einem Schlüsseldienst in der Nähe anfertigen zu lassen. Vielleicht war der Schlüssel zu Angelines Wohnung dabei und wurde so zum Verbindungsglied zwischen den beiden Fällen. Er gab den Polizisten aus Summer Village die Originale zurück. Decker fragte, ob er in ein oder zwei Tagen zurückkommen dürfe, um in der Gegend nach einer Lagerhalle zu suchen. Der leitende Ermittler blieb vage und meinte, sie würden sich melden. Das reichte Decker, denn er war viel zu müde und unter Zeitdruck, um sich noch heute darum zu kümmern. Er musste zurück nach Greenbury und zu Angelines Eltern.

Summer Village würde mit Lathams Identifizierung beschäftigt sein. Auch wenn der Körper verstümmelt worden war, konnte man das Gesicht immer noch mit dem Bild vergleichen, das McAdams im Internet gefunden hatte. Ein Riesenunterschied zu Angeline, bei der Zeit und Hitze und Gase alles verformt hatten, was hieß, dass sie wahrscheinlich zuerst ermordet worden war.

Deckers Bauch war jenseits von leer. Er hatte hämmernde Kopfschmerzen, und er wusste, wenn er seinem Körper nicht bald mehr als nur Koffein zur Verfügung stellte, würde er schlappmachen. »Ich brauche einen Happen.«

»Sie können nach diesem … grässlichen Anblick was essen?«

»Überleben, Tyler. Ich muss tanken und Kalorien einwerfen.« Keiner von beiden sagte etwas, bis sie nach knapp zwei Kilometern zu einer Tankstelle mit einem Stop-'N'-Go kamen. »Sie tanken, ich hole was zu essen. Möchten Sie auch etwas?«

»Vermutlich sollte ich. Bringen Sie mir irgendwas mit. Ich hab noch nicht mal mehr die Kraft, um unfreundlich zu sein.«

Decke ging in den Minimarkt und besorgte eine Packung mit sechs Zwiebel-Bagels, Tubenkäse, zwei Packungen Orangensaft, zwei Päckchen mit in Honig gerösteten Erdnüssen, zwei Energieriegel und zwei große Becher Kaffee. Sie aßen auf dem Parkplatz und redeten so wenig wie möglich. Zehn Minuten später steckte Decker mit einem halbvollen Bauch den Schlüssel in die Zündung und kroch durch die kleinen Straßen, bis sie zum Highway kamen.

McAdams fing als Erster wieder ein Gespräch an. »Macht Ihnen das Fahren wirklich nichts aus?«

»Nein, ich bin wach. Danke der Nachfrage. Schlafen Sie ruhig, Harvard. Sie haben es sich verdient.«

Aber McAdams starrte weiter auf die Straße. Das Licht der Sonne wurde greller, als sie vor dem Winterhimmel langsam unterging. »Das war … heftig.«

»Grauenvoll, sogar für jemanden mit Erfahrung. War wohl nicht Teil Ihrer Arbeitsplatzbeschreibung in Greenbury, oder?«

»Was glauben Sie denn?« McAdams nippte an seinem Kaffee. »Ich hab gar nicht so sehr auf die Leiche gestarrt. Im Gegenteil, ich hab den Profis zugesehen … und dabei versucht, gleichzeitig den Inhalt meines Magens zu behalten und ein paar Sachen zu lernen.«

»Gut gemacht.«

»Nichts davon ist wirklich zu mir durchgesickert – der Schock und die Müdigkeit haben dafür gesorgt.« Sein Blick blieb nach vorne gerichtet, während er sprach. Seine Stimme schien von irgendwo weit weg und tief in seinem Inneren zu kommen. »Ich weiß, die Tiffany-Glasbilder sind wertvoll, aber bestimmt nicht so wertvoll, dass es das Abschlachten zweier Menschen rechtfertigt.«

»Ist das ein moralisches Urteil, oder reden Sie über das Motiv für die Verbrechen?«

»Das Motiv.« Er war immer noch sichtlich durcheinander.

»Die Glasbilder können einfach nicht das Motiv für so was Abscheuliches sein, oder?«

»Ich habe schon gesehen, wie Menschen für ein Päckchen Zigaretten abgeschlachtet wurden«, sagte Decker. »Aber ich weiß, was Sie meinen, und ich sehe das genauso. In diesen Fällen geht es nicht um die Fenster. Wir können bisher nur feststellen, dass wir zwei schlimme Mordfälle haben und dass die beiden Morde wahrscheinlich in einem Zusammenhang stehen. Nächste Frage: Gibt es auch einen Zusammenhang zwischen den beiden Morden und dem Tiffany-Diebstahl? Wissen wir im Moment, außer den Morden und dem Diebstahl, noch etwas?«

»Außer dass ich erschöpft bin und mir schlecht ist?«

»War der Bagel nicht gut?«

»Ich hab zu schnell gegessen. Ich esse immer zu schnell. Was wir außer den Morden und dem Diebstahl noch wissen?« Er zuckte mit den Schultern. »Da bin ich überfragt.«

»Beide Morde sind Übertötungen.«

»Ja, das würde ich auch sagen.«

»In beiden Fällen gab es nicht nur einen Kampf, sondern beide Wohnungen sahen aus, als hätte man sie sorgfältig durchsucht.«

»Die Tiffany-Glasbilder?«

»Möglich. Aber wie Sie schon sagten: Schlachtet man seine Opfer wegen gestohlener Tiffany-Glasbilder ab?« Schweigen. »Fangen wir mal an, unsere Ideen auszuspucken.«

»Sie zuerst.«

»Wir haben zwei Opfer, von denen wir annehmen, dass sie in etwas Illegales verwickelt waren, weil Angeline plötzlich zu Geld kam. Sie begann, Designerrequisiten herumzuschleppen, und zwar erst, nachdem sie John Latham kennengelernt hatte.«

»Stimmt.«

»Wir haben außerdem den Verdacht, dass sie etwas mit den Fälschungen der beiden ausgetauschten Tiffany-Glasbilder zu tun haben könnte. Angeline war geübt in Glaskunst und mochte Tiffany.«

»Stimmt ebenfalls.«

»Und die Fälschungen könnten im Zusammenhang mit den Morden stehen.«

»Korrekt.«

»Tyler, wenn wir glauben, dass die Fälschungen sogar einer der Gründe für die Morde sind, dann müssen wir überprüfen, wer durch die Fälschungen zu Schaden kam.«

»Die Sobel-Familie. Aber ich kann mir nicht vorstellen, dass jemand aus dieser Familie so etwas Extremes tut. *Das* ergibt keinen Sinn.«

»Dem stimme ich zu. Der Diebstahl per se ist nicht der Grund für die Morde. Wie ich vorhin meinte, war es wahrscheinlich die *Entdeckung* des Diebstahls, die Angeline und Latham gefährdet hat.«

»Weil sie noch in andere Diebstähle verwickelt sind, beauftragt von einer unbekannten Person. Was bedeutet, dass diese anderen Raubzüge jetzt möglicherweise ans Licht kommen.«

»Ganz genau. Irgendwelche Vorschläge?«

»Lassen Sie mich kurz nachdenken.« McAdams tippte mit dem Finger auf die Ablage vor ihm.

»Es gibt keine falsche oder richtige Antwort. Sagen Sie einfach, was Ihnen durch den Kopf schießt.«

McAdams trommelte weiter auf die Ablage ein. »Ich hab mir die Kunstdiebstähle angesehen. Und nichts Neues in unserer Gegend entdeckt. Wenn jemand gestohlene Kunst verkauft hat, dann glaube ich, dass er oder sie ein Profi und bereits seit geraumer Zeit aktiv ist. Er – oder sie – wurde einfach nur noch nicht erwischt.«

Decker nickte. »Und Sie kennen das Register für entwendete Kunst, oder?«

»Ja, von meinem Vater. Es ist eine Internetseite für Raubkunst. Bevor Museen, Auktionshäuser und Galerien irgendein Werk ankaufen, überprüft der Einkäufer das fragliche Stück, um sicherzugehen, dass es nicht gestohlen wurde.« McAdams begann, die Erdnüsse zu verdrücken. »Vielleicht sollte ich im Register nach Fällen suchen. Ich behaupte nicht, dass unser mutmaßlicher Käufer ...« Er unterbrach sich selbst. »Mutmaßlicher? Ist das das richtige Wort? Diese Person ist vielleicht völlig fiktiv?«

»Mutmaßlich geht in Ordnung, Harvard.«

»Okay. Ich behaupte also nicht, dass unser mutmaßlicher Käufer gestohlener Kunstwerke dieselbe Person ist, die den Coup im Isabella Stewart Gardner Museum arrangiert hat. Aber vielleicht hat er oder sie kleinere Diebstähle angeleiert. Wie den der Ikonen von Nikolai Petroshkovich.«

»Das sehe ich auch so. Haben Sie die Namen der damaligen Ermittlungsbeamten herausgefunden?«

»Ich ... äh.« Er seufzte. »Ich hielt das für eine Sackgasse und hab mich nicht darum gekümmert. Ich weiß, ich weiß. Ich sollte aufhören, eigenständig zu denken. Mein erster Impuls auf Befehle ist, sie nicht zu befolgen. Ich hab's versaut. Entschuldigung.«

»Holen Sie's einfach nach.«

»Ich würde Marylebone ja jetzt gleich anrufen, aber ich hab keinen Empfang.«

»Erledigen Sie's, sobald wir zurück sind. So können Sie sich gleich Notizen machen, falls man Ihnen etwas mitteilt. Dann gehen Sie nach Hause und schlafen sich aus.«

»Wozu? Ich werde eh nur Alpträume haben.«

»Glauben Sie mir, Sie werden schlafen. Und ja, ich halte es für eine gute Idee, Kunstdiebstähle in der Gegend näher zu untersuchen. Wenn Latham und Moreau Sachen geklaut haben, waren sie wahrscheinlich Kleinkriminelle, die möglicherweise auf einen großen Fisch gestoßen sind.«

»Klingt plausibel.«

»Wir arbeiten ab jetzt mit der wahrscheinlichen These, dass die Diebstähle mit den Morden zusammenhängen und dass die Raubzüge vielleicht im Auftrag einer dritten Person durchgeführt wurden, die das Sagen hat. Diese Theorie kann sich jederzeit ändern. Verbinden Sie sich nicht zu eng mit ihr.«

»Immer unvoreingenommen bleiben.«

»Unbedingt«, erwiderte Decker. »Mit dieser Theorie im Hinterkopf glauben wir beide, dass mehr hinter den Morden steckt als nur der Diebstahl der Tiffany-Glasbilder. Wir vermuten, dass Angeline die Fälschungen angefertigt hat. Sie war auf einigen Gebieten künstlerisch begabt. Vielleicht hat sie noch weitere Fälschungen hergestellt.«

»Wie zum Beispiel Fälschungen echter Kunst?«, fragte McAdams. »Wahrscheinlich ist sie dafür nicht gut genug.«

»Ja, wahrscheinlich. Also hat sie vielleicht etwas gemacht, was leichter zu kopieren ist: antike Landkarten oder alte Drucke mit Natur- oder Tiermotiven.«

»Sie könnte keinen Audubon fälschen, das steht fest«, sagte McAdams. »Er war ein Meister der Aquarellmalerei.«

»Aber sie hätte Gelegenheit zum Stehlen … alte Drucke und Karten aus Büchern, indem sie sie mit der Rasierklinge aus der Bindung trennt.«

»Noch mal, keinen Audubon. Hatten Sie je ein Exemplar seines Buches in der Hand? Ich glaube, die Druckplatten sind sechzig mal ein Meter zwanzig groß.«

»Also gut, keinen Audubon. Vielleicht einen nicht ganz so teuren oder berühmten Künstler.«

»Möglich.«

»Oder«, fuhr Decker fort, »sie ließ einfach Sachen mitgehen: seltene Manuskripte oder Bücher. Nachdem Sie sich ausgeruht haben, möchte ich, dass Sie die Bibliotheken der fünf Colleges überprüfen. Mal sehen, ob ein paar ihrer alten Atlanten beschädigt wurden oder ob ein kostbares Buch fehlt.«

»Ich sollte anfangen, mir eine Liste zu machen.« Er nahm sein Tablet in die Hand. »Namen der damaligen Ermittlungsbeamten herausfinden im Diebstahlfall Nikolai Petroshkovich, mit den Bibliothekaren der fünf Colleges reden und herausfinden, ob seltene Papiere verschwunden sind, antiquarische Nachschlagewerke auf das Fehlen von Landkarten oder Drucken überprüfen … um was haben Sie mich sonst noch gebeten? Ich bin gerade ein bisschen neben der Spur.«

»Weiten Sie Ihre Suche auf kleinere Diebstähle in der näheren Umgebung aus.«

»Das war's.«

»Jetzt zur großen Frage: Wie bringen wir die Morde mit dem Tiffany-Diebstahl in Verbindung? Plappern Sie los mit dem, was Ihnen als Erstes einfällt, Tyler.«

»Ich bin kein guter Plapperer, Decker, sondern eher der Typ für wohl platzierte geistreiche Bemerkungen.«

Decker seufzte und sagte nichts dazu.

»Ja, schon klar, Klappe halten und Frage beantworten. Okay. Ich würde sagen, dass Sie, da Sie sich Kopien der Schlüssel aus Lathams Wohnung besorgt haben, als Nächstes beherzt versuchen werden, einige Lagerhallen zu öffnen, in der schwachen Hoffnung, dort die gestohlenen Tiffany-Glasbilder oder andere Kunstwerke zu entdecken.«

»Ja, das ist eine Piste. Aber da müsste schon das Revier

Summer Village mit einer Rechnung für eine bestimmte Lagerfirma um die Ecke kommen, sonst bestehen kaum Erfolgsaussichten. Gehen wir noch mal zurück auf Anfang. Wenn wir eine Verbindung vermuten – zwischen den Morden und dem Diebstahl – wie haben Angeline und Latham eigentlich von den Tiffany-Glasbildern erfahren?«

»Vielleicht sind sie professionelle Grabräuber und haben aus purem Glück die Glasbilder gefunden?«

»Sind diese Bilder oder irgendwelche anderen Gegenstände auf einem Friedhof es wert, dafür zwei Menschen abzuschlachten?«

»Ist irgendwas auf einem Friedhof es wert, zwei Menschen abzuschlachten?« Der Bengel dachte einen Moment nach. »Vielleicht schon. Denken Sie nur an König Tut.«

Decker konnte nicht anders und musste lachen. »Wie wär's, wenn wir uns auf amerikanische Friedhöfe beschränken?«

McAdams grinste. »Nein, es ist unwahrscheinlich, dass Angeline und Latham wegen irgendwelcher Dinge getötet wurden, die sie von einem Friedhof in der Umgebung stibitzt haben.«

»Im Moment arbeiten wir mit der Theorie, dass jemand sie beauftragt hat, in der Gruft zu stehlen. Aber woher wusste diese Person von den Glasbildern?«

»Das ist wirklich eine sehr gute Frage«, meinte McAdams. »Weil sie laut meinen Erkundigungen nie in irgendeinem Kunstbuch standen oder für eine Museumsausstellung verliehen wurden.«

»Haben die Zeitungen aus der Gegend sie mal erwähnt?«

»Ich habe den *Greenbury Tattler* von 1970 bis heute überprüft und nichts gefunden. Ich gehe aber noch weiter zurück, wenn Sie das möchten.«

»Ockhams Rasiermesser, kennen Sie ja bestimmt«, entgegnete Decker. »Wie erfährt man am einfachsten von den Bildern?«

»Jemand, der sie kennt, quatscht darüber.«

»Und wer wusste von ihrer Existenz?«

»Das wird jetzt echt sokratisch. Gute Vorbereitung auf das Jurastudium.«

»Ich bin kurz davor, Sie aus dem Auto zu schmeißen.«

Der Bengel grinste. »Wer wusste von den Glasbildern? Äh, die Friedhofswärter, vielleicht ein paar Einheimische und natürlich die Familie.«

»Bingo. Entweder hat ein Familienmitglied den Diebstahl beauftragt, oder jemand aus der Familie hat sich vor der falschen Person verquasselt. Wir müssen zurück nach New York.«

»Wann?«

»Vielleicht morgen, vielleicht übermorgen. Ich werde meiner Frau sagen, sie soll dableiben und die Kinder ein bisschen länger genießen.« Pause. »Die Morde haben uns gerade die Munition gegeben, um der Familie sehr ernste Fragen zu stellen.«

»Sie verwenden andauernd die erste Person Plural. Trottet meine nervige Wenigkeit Ihnen hinterher?«

»Nein, McAdams, Sie trotten nicht mir hinterher. Sie erfüllen Ihre Pflichten als vereidigter Polizist der Greenbury Polizei.«

»Ganz im Vertrauen, ich hab nie einen Eid geschworen.«

»Sie können sich Notizen auf dem iPad machen.«

»Kann ich.«

»Haben Sie eine Schlafmöglichkeit?«

McAdams lachte laut los. »Mehrere, über die ganze East Side verteilt, falls es Sie interessiert.«

»Genau deshalb nehme ich Sie mit in den Big Apple. Ihre

schrecklich vornehme Erziehung und Ihre Oberschicht-Kontakte werden sehr praktisch sein. Außer Sie verspüren gegenüber Ihren East-Side-Kumpeln irgendwelche Loyalitäten.«

»Nichts dergleichen.« Als Decker lachte, schob er nach: »Ungehobelt, aber wahr.«

»Dann könnte ich Ihre Insiderperspektive wirklich gebrauchen.«

»Wie man mit denen redet, weiß ich nun wirklich.«

»Tyler, Sie müssen nur tun, was ich sage«, meinte Decker grinsend, »das Reden überlassen Sie besser mir.«

16

Um sechzehn Uhr dreiundfünfzig und noch einen guten Kilometer vom Revier entfernt sagte Decker: »Ruhen Sie sich aus, McAdams. Wenn alles wie geplant abläuft, würde ich gerne morgen früh um sieben nach Manhattan aufbrechen. Dann sind wir gegen zehn in der Stadt.«

»Gehen Sie nach Hause?«, fragte McAdams.

»Noch nicht. Ich muss mit Angelines Eltern sprechen und die neuesten Ergebnisse der Kriminaltechnik erfahren.«

»Wie lange wird das dauern?«

»Das hängt wohl davon ab, was die Eltern sagen und ob die Kriminaltechniker etwas Bedeutendes herausgefunden haben.«

»Setzen Sie mich an den Colleges ab, dann fange ich damit an, in den alten Büchern zu wühlen.«

»Sind Sie nicht müde?«

»Ich bin jenseits von müde und kurz vor dem Delirium. Wahrscheinlich sehe ich gar nichts mehr, aber ich will verdammt sein, wenn ich vor Ihnen nach Hause gehe.«

»Das hier ist kein Wettkampf.«

»Für mich ist alles ein Wettkampf. Wie wär's, wenn wir uns zum Abendessen treffen, sobald Sie fertig sind, und unsere Notizen austauschen?«

Decker warf dem Bengel einen prüfenden Blick zu. »Ich

weiß nicht, McAdams, ich habe das Gefühl, Sie planen irgendwas.«

»Weil ich versuche, pflichtbewusst zu sein?« Der Bengel war eingeschnappt. »Egal, was ich tue, ist doch alles immer verkehrt.«

»Sie haben recht. Ich sollte Ihnen zu Ihrer Arbeitseinstellung gratulieren. Also schön, dann treffen wir uns zum Abendessen. Es könnte spät werden. Um wie viel Uhr schließen die Bibliotheken?«

»College-Bibliotheken machen sehr, sehr spät zu.«

»Das ist gut«, sagte Decker. »Ich bin wahrscheinlich auch erst sehr, sehr spät fertig.«

»Aber die meisten Restaurants sind sehr, sehr spät nicht mehr geöffnet«, warf Tyler ein.

»Und die Bars? Die sind sehr, sehr spät noch auf, und es gibt dort etwas zu essen.«

»Da ist es vielleicht ein bisschen laut, um sich zu unterhalten. Und meistens stinkt's.« McAdams dachte nach. »Ich werde alt.«

»Und Sie nennen mich alter Herr?«

»Ironie in der Ironie.«

»Wissen Sie was, Tyler, als ich viel jünger war, fühlte ich mich viel älter. Jetzt, wo ich wirklich älter bin und in Rente … na ja, halb in Rente … fühle ich mich wieder jung. Ich glaube, das liegt daran, dass ich nichts mehr beweisen muss.«

»Schön für Sie.«

»Ich höre da einen gewissen Sarkasmus durch.«

»Keinen Sarkasmus … Neid. Ich verbiege mich seit meiner Geburt. Die richtige Schule, die richtige Uni, die richtigen Freunde, die richtige Adresse, die richtigen Klamotten, Beziehungen, der richtige Haufen Scheiße in die richtige vergoldete Kloschüssel. Sie können mich hier rauslassen.«

Decker hielt vor dem Verwaltungstrakt von Duxbury, einem imposanten Gebäude aus Sandstein. Es waren ziemlich viele Studenten unterwegs; in Gruppen und dick vermummt trotteten sie durch den Schnee. Der Himmel war dunkel und klar und das Campusgelände mit reinem Weiß bedeckt, wie tiefgefroren. Auf den Wegen war der Matsch tagsüber zu Wasser geworden, doch als die Temperaturen fielen, wurde daraus wieder eine schwarze Eisschicht. Trotz des Schneeschippens, des Salzens und des Wegräumens hatte es die Notaufnahme in diesem Winter mit vielen Ausrutschern und Stürzen zu tun. Stollenschuhe wären jetzt von Nutzen.

»Ich glaube, wir könnten beide eine erholsame Nacht vertragen«, sagte Decker.

»Ich glaube, ich könnte ein bisschen Sinn in meinem sinnlosen Leben gebrauchen. Und ich glaube nicht, dass ich den an der Harvard Law School finde.« Er stieg aus und knallte die Tür zu.

Decker atmete tief durch, dann rief er Rina an und brachte sie auf den neuesten Stand.

»Ihr habt es jetzt mit zwei Morden zu tun?«

»Ja.«

»Das ist ja furchtbar. Die armen Opfer.« Sie dachte nach. »Du Armer.«

»Mir geht es gut. Ich besuche also wieder Manhattan. Es wäre sinnvoll, wenn du bleibst, wo du bist.«

»Bevor ich mich schlagen lasse, gerne. Es passt sogar prima. Cindy hat morgen frei, und wir wollen nach King of Prussia fahren. Dann müssen wir uns nicht hetzen.«

Decker wurde ein bisschen neidisch. »Viel Spaß.«

»Brauchst du noch etwas?«

»Nein … ich bin nur ein bisschen sauer, dass ich immer alles zu verpassen scheine.«

»Wir gehen in das dortige Shopping-Paradies, Peter. Eine sehr, sehr große Shopping Mall. Und ich höre dich noch sagen, dass Einkaufszentren deine Version von Hölle sind.«

»Im Moment habe ich es mit der echten Hölle zu tun«, sagte Decker. »King of Prussia wurde gerade zum Fegefeuer degradiert.«

Auf dem Revier war viel los. Kaum war Decker durch die Tür getreten, kam Ben Roiters hinter seinem Schreibtisch vor und begrüßte ihn. »Mike will dich sehen.«

»Wo sind Angeline Moreaus Eltern?«

»Im College, sie reden dort mit jemandem aus der Verwaltung. Da der Mord außerhalb des Campus' passiert ist, reagiert das College ausweichend.«

»Es hat möglicherweise überhaupt nichts mit dem College zu tun. Wir müssen abwarten.«

»Ich glaube, die Eltern wollten nach dem Treffen essen gehen, aber ich bin sicher, sie möchten noch mit dir reden.«

»Könntest du sie für mich anrufen? Sag ihnen, dass ich wieder da bin und mich gerne mit ihnen treffe, wann immer es ihnen passt.«

»Kein Problem.«

»Danke.« Decker ging in Mike Radars Büro und schloss die Tür. Die Höhle des Captains war winzig: ein Schreibtisch, ein Aktenschrank, zwei Stühle und viele Bilder und Plaketten an der Wand.

Mike deutete auf einen der Stühle. »Haben Sie das Büro des Coroners gebeten, uns Identitätsmerkmale für Angeline Moreau zu schicken?«

»Ja, an Ihre E-Mail-Adresse, falls ich irgendwo feststecke.«

»Bis jetzt haben sie zwei Tattoos geschickt. Je stärker die Gase entweichen, desto mehr Merkmale werden sichtbar. Ich habe sie Ihnen weitergeleitet: eine Art blühende Ranke auf der Schulter und eine Blume im unteren Rückenbereich. Ich glaube, man nennt das Arschgeweih, obwohl ich das Wort den Eltern gegenüber nicht erwähnen würde.«

»Wohl kaum. Könnte ich die Tattoos mal eben sehen?«

»Natürlich.« Radar klimperte auf seiner Tastatur herum. »Hier.« Er drehte den Bildschirm zu Decker. Eine Glyzinie rankte sich über Angelines Schulter, und eine Pfingstrose ruhte auf der Stelle, an der sich Wirbelsäule und Poritze trafen. Es war auffallend, dass sie die gleichen Blumen gewählt hatte wie Clara Driscoll in ihren Tiffany-Lampen.

»Würden Sie sie mir ausdrucken?«

»Sie wollen sie den Eltern zeigen?«

»Das ist leichter, als ihnen die Leiche zuzumuten. Ich habe sie auch gebeten, ihre Zahnbürste mitzubringen, für den Fall, dass Sie eine sichere DNA-Abklärung möchten, aber das hier könnte reichen.«

»Gut.« Radar reichte ihm einen Latexhandschuh und ein Plastiksäckchen. »Das hier fand die Spurensicherung im Staubsauger. Vorsicht, es ist scharf.«

Decker zog den Handschuh über, öffnete das Säckchen und warf einen Blick hinein. Er hielt es ans Licht, dann holte er mit spitzen Fingern winzige bunte Splitter heraus. »Buntglas.«

»Angeline war ein fleißiges Mädchen. Wo sind die Fälschungen aus dem Mausoleum? Bei der Familie?«

»Nein, nein. Ich habe sie in Luftpolsterfolie verpackt und im Fundbüro zwischengelagert – der einzige Ort, den man abschließen kann. Wir sollten wirklich bald einen offiziellen Beweismittelraum bekommen.«

»Und ein richtiges Polizeirevier werden.«

Decker lächelte. »Mal sehen, ob die Splitter zu den Fälschungen passen.«

»Wir brauchen ein Großstadtlabor mit guter Ausrüstung für so etwas Komplexes. Boston wird es wohl übernehmen, da Angelines Ermordung sehr wahrscheinlich im Zusammenhang steht mit der von Latham.«

»Fand sie auf Bostoner Zuständigkeitsgebiet statt?«

»Nein, Summer Village, aber sie nutzen Boston, wenn sie etwas Spezielles brauchen. Erzählen Sie mir von der Latham-Sache.« Nachdem Decker eine kurze Zusammenfassung abgeliefert hatte, meinte Radar: »Was für ein barbarischer Mord.«

»Ja, richtig schlimm. Ich würde gerne noch mal in die Wohnung gehen, sobald ich Zeit habe, und selbst ein bisschen herumschnüffeln, aber Latham ist nicht mein Fall. Die Polizisten aus Summer Village schienen nette Jungs zu sein und bereitwillig mit uns zusammenzuarbeiten. Ich würde auch gerne noch mal nach New York fahren und die erweiterte Sobel-Familie befragen.«

»Warum?«

»Weil ich glaube, dass Angeline Moreau auf diesem Weg von den Tiffany-Glasbildern erfahren hat.«

»Jemand aus der Familie steckt hinter dem Diebstahl?«

»Oder hat zu offen geredet. Es gab Mitglieder, mit denen ich noch nicht gesprochen habe, da ich wegen des Mordfalls plötzlich zurückgekommen bin.«

»Ja, genau. Wie gefällt es Ihnen, diese Ermittlung zu leiten? Fühlen Sie sich wohl dabei?«

»Im Augenblick ist es in Ordnung.«

»Also gut, dann behalten Sie die Leitung. Wenn es zu viel wird oder zu kompliziert – was der Fall sein könnte mit Lathams Ermordung – melden Sie sich bei mir.«

»Ich halte Sie auf dem Laufenden.«

»Wie macht sich der Junge?«

»McAdams? Überraschend motiviert. Ich sagte ihm, er soll

nach Hause gehen und schlafen, aber er bestand darauf, weitere Nachforschungen anzustellen. Ich würde ihn gerne mit nach New York nehmen.«

»Warum?«

»Er hat dort einen Heimvorteil und Beziehungen.«

»Kann man wohl so sagen.«

»Möchten Sie mich ins Bild setzen?«

»Sein Vater, Jack McAdams, arbeitet im internationalen Bankgeschäft. Seine Mutter, Alberta, ist augenblicklich verheiratet mit einem anderen Banker in derselben Liga. Aber der Großvater ist der mit dem echten Vermögen. Er finanzierte viele Hightech-Unternehmen, als die Branche noch in den Kinderschuhen steckte. Er starb vor sechs Jahren, und Tylers Vater hat den Großteil des Vermögens eingesackt. Jack war übrigens als Undergraduate in Duxbury.«

»Nicht in Harvard?«

»Erst zum Studium. Jack ist nicht nur der Hauptgeldgeber für Duxbury, sondern sitzt auch im Verwaltungsrat. Er hat das neue Freizeitzentrum der Stadt bauen lassen. Eigentlich hat es schon vier Jahre auf dem Buckel, aber wir nennen es immer noch ›das neue‹. Er war außerdem federführend beim Bau des neuen Theaters und bei der Umgestaltung des Schwimmbads. So hat er sich beim Bürgermeister beliebt gemacht.«

»Verstehe.«

»Sie kommen also mit dem Jungen zurecht? Sehr gut. Er ist ein Treuhandfonds-Baby, wissen Sie. Also vermute ich mal, man muss es ihm hoch anrechnen, dass er versucht, richtig zu arbeiten, obwohl ich das Gefühl nicht loswerde, dass er noch was im Schilde führt.«

»Geht mir genauso«, sagte Decker. »Wie sieht Ihr Tipp aus?«

»Tja. Warum sollte so ein reicher Bengel in einem Kleinstadt-Polizeirevier arbeiten wollen?«

»Wahrscheinlich ist das der einzige Platz, an dem er ohne ein Fitzelchen Erfahrung unterkommt.«

»Ja, da liegen Sie richtig. Ich habe ihm einen sechswöchigen Crashkurs verpasst. Er hat schnell gelernt, kluges Kerlchen, aber nur schwer zu ertragen. Ich verstehe ihn nicht. Warum studiert er nicht einfach Jura, ruht sich auf seinem Hintern aus und verprasst Daddys Knete? Der hat noch was vor.«

»Vielleicht möchte er ein Pulitzer-Preis-würdiges Exposé schreiben.«

»Hier bei uns? Wir sind langweilig. Kein Skandal in fünfzig Jahren.«

»Vielleicht ist er auf ein Drehbuch mit Wahrheitsgehalt aus.«

»Ja, das könnte passen.« Radar reichte Decker die ausgedruckten Tattoofotos. »Also gut, fahren Sie nach New York, vielleicht können Sie dort etwas bewirken. Falls Sie Tylers Vater kennenlernen, gehen Sie behutsam vor.«

»Tyler verabscheut ihn übrigens.«

»Niemand kann ihn leiden. Jack ist ein richtiger *Schmock*. Eines Tages kriegt er eine Kugel in den Rücken, und niemand wird sich wundern.«

Unter anderen Umständen wäre Karen Bronson vielleicht keine Schönheit, aber eine fit aussehende Frau mit guter Figur, leichter Sonnenbräune und einem glatten braunen, gut geschnittenen Bob. Sie war rank und schlank und hatte ein langes Gesicht mit schmalen Lippen und geröteten Augen mit dicken Ringen darunter. Genau wie Decker hatte sie viele Stunden nicht geschlafen. Ihr Ehemann war ebenfalls ein sportlicher Typ – groß und schlank mit breiten Schultern. Beide schienen ungefähr Anfang fünfzig zu sein. Ihre Kleidung hatten sie strikt nach Bequemlichkeit ausgewählt: Jogginghose und Sweatshirt. Decker betrat den engen Befragungsraum mit einem Becher Kaffee in der einen und den Ausdrucken in der anderen Hand.

»Darf ich Ihre Becher nachfüllen?« Beide schüttelten den Kopf. »Peter Decker.« Sie reichten sich die Hände, und er setzte sich ihnen gegenüber. Der quadratische Raum war wirklich klein und erzwang eine gewisse Intimität. »Ihr schrecklicher Verlust tut mir aufrichtig leid. Es ist mein Fall, und ich werde alles tun, um herauszufinden, wie das passieren konnte und wer dafür verantwortlich ist.«

Jim wollte etwas loswerden. »Nehmen Sie es nicht persönlich, Detective, aber das hier ist eine Kleinstadt. Ich meine …« Er hob beide Hände. »Haben Sie das schon mal gemacht?«

»Vor der Anstellung hier war ich Lieutenant beim Los Angeles Police Department und habe dort Hunderte von Mordfällen bearbeitet. Ich verspreche Ihnen, alles zu unternehmen, was in meiner Macht steht. Und ich möchte unbedingt mit Ihnen in Kontakt bleiben. Sie können mich wirklich jederzeit anrufen.«

»Dann ist das hier so was wie ein Job neben der Rente oder …«

»Genau.«

»Wann haben Sie Los Angeles verlassen?«

Karen mischte sich ein. Sie klang heiser. »Jim, diese Fragen können wir doch später klären.«

»Ich will nur sichergehen, dass er kompetent ist.« Jim musterte Decker. »Wir überlegen, ob wir einen Privatdetektiv beauftragen … falls wir keine Ergebnisse sehen.«

»Natürlich, wenn Sie das möchten. Ich würde mich auch mit ihm absprechen.«

»Und Sie sind sich sicher, dass es Angeline ist?«

Decker spannte die Kiefermuskeln an. »Ist sie tätowiert?«

»O Gott!« Karen stiegen Tränen in die Augen. »Ja.«

»Wir haben hier einige Bilder.« Er schob sie über den Tisch. Karen schnappte nach Luft, dann brach sie schluchzend zusammen. Jim hielt sie an den Schultern fest und schob die Seiten grob zu Decker zurück.

»Es tut mir leid.« Als niemand etwas sagte, fuhr er fort: »Ich muss Ihnen ein paar Fragen stellen. Möglicherweise unangenehme. Ich entschuldige mich dafür.«

»Was haben Sie über diesen John herausgefunden?«, unterbrach ihn Jim. »Ist er wichtig?«

»John Latham. Sind Sie sicher, dass Sie den Namen vorher noch nie gehört haben?«

»Nein, niemals. Wer ist das?«

»Ich weiß praktisch nichts über ihn.« Decker holte tief Luft. »Als wir zu seiner Wohnung kamen, war er bereits ermordet worden. Deshalb ging er nicht an sein Handy.«

»O mein Gott!« Jim nahm Karen noch fester in den Arm, während sie weiterschluchzte. »Was zum Teufel geschieht hier?«

»Steckte … steckte Angeline jemals zuvor in Schwierigkeiten?«

»Verdammt, was soll das denn heißen?«

»Ich sagte bereits, dass die Fragen unangenehm sein könnten. Ich muss sie trotzdem stellen. Hat sie jemals geklaut, nur als Beispiel?«

»*Geklaut*?«

»Ja«, sagte Karen.

»*Ja*?«, wiederholte Jim ungläubig.

»Es ist Jahre her. Sie war damals elf oder zwölf – während der Scheidung. Sie machte eine schwere Zeit durch. Seit diesem Vorfall nichts mehr … eigentlich waren es zwei … zwei Vorfälle. Aber ich flehte die Besitzerin des Geschäfts an, mich bezahlen zu lassen und Angeline nicht anzuzeigen, und sie war so nett. Zwei Anzeigen hätte Jugendgefängnis bedeutet.« Karen wischte sich über die Augen. »In welchen Schlamassel ist sie da bloß geraten?«

»Noch weiß ich nichts mit Sicherheit.« Decker zückte seinen Notizblock. »Ich erzähle Ihnen erst mal, was ich weiß. Am vergangenen Freitag wurde in eines der Mausoleen auf dem örtlichen Friedhof eingebrochen. Dabei wurden einige Gegenstände entwendet.«

»Was für Gegenstände?«

»Wertvolle Buntglasfenster. Nicht alle. Zwei der Originalfenster sind noch vorhanden. Aber die anderen beiden wurden gefälscht. Die Spurensicherung hat in der Wohnung Ihrer Tochter Glassplitter gefunden ...«

»Ja, danach wollte ich Sie gerade fragen«, sagte Karen. »Als Sie ihre Wohnung erwähnten, dachte ich, Sie meinen ihr Zimmer im Wohnheim. Aber der Dekan sagte uns, dass es außerhalb des Campus passiert ist ... dass die Universität eigentlich überhaupt nicht dafür verantwortlich ist.«

»Immer schön den Kelch weiterreichen«, erregte sich Jim. »Die verdammten Wiesel!«

»Jim ...«

»Du weißt, dass das stimmt. Alle kümmern sich nur um ihren eigenen Arsch. Die haben die Hose voll, dass wir sie verklagen. Aber ich sage Ihnen etwas: Irgendjemanden werden wir verklagen. Irgendjemand ist am Tod meiner Tochter schuld.«

»Wen interessiert denn das Geld!«, fauchte Karen ihn an.

»Ich sage nur, dass jemand die Verantwortung übernehmen muss!«

»Dafür bin ich da«, ging Decker dazwischen. »Ich bin im Moment der Verantwortliche der Ermittlungen. Wenn Sie also jemanden anschreien wollen, dann nehmen Sie mich.«

»Warum sollte ich Sie anschreien? Sie versuchen, uns zu helfen.«

»Genau«, sagte Decker. »Sie wussten also nichts von einer Wohnung außerhalb des Campus'?«

»Keinen Schimmer«, sagte Jim. »Wir haben auch nicht dafür bezahlt, das steht fest.«

»Gut. Noch mal zurück zu der Wohnung. Wir haben dort Glassplitter gefunden. Wir sind auch im Besitz der gefälschten Fenster. Als Nächstes werden wir überprüfen, ob das Glas aus der Wohnung zu dem Glas in den Fälschungen passt.«

»Selbst wenn es passt, heißt das nicht, dass Angeline die Fälschungen angefertigt hat«, widersprach Jim. »Dutzende von Leuten könnten dieses Glas besitzen …«

»Jim, bitte hör doch zu, was der Mann zu sagen hat, ja?« Karen wischte wieder über ihre Augen. »Sie glauben, dass sie die Fenster gefälscht hat.«

»Ich muss es in Erwägung ziehen, ja.«

»Und sie wurde wegen dieser Fälschungen *umgebracht*?« Karens Augen ließen frischen Tränen freien Lauf.

»Vielleicht.«

»Wie wertvoll sind die Fenster?«, fragte Jim. »Sind sie unbezahlbar oder so was?«

»Teuer, aber sicher nicht unbezahlbar.«

»Wie viel? Mehrere Tausend?«

»Vermutlich.«

»Und weil sie teure Designertaschen trug, glauben Sie, dass sie noch andere Dinge gefälscht hat und so an das Geld gekommen ist«, stellte Karen fest.

»Ja, das glaube ich.« Decker dachte nach. »Könnte es andere illegale Handlungen geben, in die sie einmal verwickelt war?«

»Was denn zum Beispiel?«

»Drogen vielleicht?«

»Nein … nicht Angeline«, beharrte Karen. »Ja, ich halte es für … möglich … dass sie Kunst kopiert, aber Drogen, nein.«

»Warum halten Sie es für möglich, dass sie Kunstwerke kopiert, Mrs. Bronson?«

»Karen.«

»Ja, gerne, Karen. Erklären Sie mir, warum Sie so etwas sagen.«

Die Frau seufzte. »Angeline war wirklich in jeder Hinsicht eine typische College-Studentin: idealistisch und ein bisschen … radikal. Sie redete oft über Kunst und fand, sie sollte für die Massen zugänglich sein. In Museen und öffentlichen Plätzen, nicht eingebunkert in großen Anwesen. Ihre Absichten waren immer gemeinnützig … wie man Hauptwerke wieder zurückholt aus privaten Orten an öffentliche Orte. Also … vielleicht hat sie sich verrannt und sah sich als eine moderne Version von Robin Hood.«

Die Reichen bestehlen und Designerhandtaschen kaufen. Laut sagte Decker: »Gibt es sonst noch etwas, was Sie mir sagen möchten?«

»Nein.« Karen wischte sich die Augen trocken. »Und ich sage nicht, dass sie etwas Illegales getan hat. Ich versuche nur, Ihnen Hintergrundinformationen über mein Baby zu geben.«

»Das weiß ich zu schätzen.«

»Was ist mit diesem Latham? Wie passt der ins Bild?«

»Daran arbeiten wir gerade. Es ist nicht mein Fall – der Mord passierte in Summer Village, einem Vorort von Boston –, daher kann ich keine Antworten verlangen. Aber wenn ich etwas herausfinde, lasse ich es Sie sofort wissen.«

»Er ist also kein Student an einer Uni hier?«

»Ich habe noch nicht alle Studenten auf der Liste überprüft, aber ich glaube es auch nicht. Er ist älter. Er lebt zwei Stunden von hier. Vielleicht hat er etwas mit der Tufts-Universität zu tun, aber auch da bin ich mir nicht sicher. Kann ich jetzt irgendetwas für Sie tun?«

»Wann dürfen wir sie mit nach Hause nehmen?«, fragte Jim.

»Ich frage in Boston nach. Sobald ich etwas weiß, melde ich mich.«

»Ab wann dürfen wir ... ihre Sachen ...?« Karen ließ den Kopf sinken und verstummte.

»Ich frage die Spurensicherung und melde mich auch deswegen so schnell wie möglich bei Ihnen«, versprach Decker. »Wissen Sie, wo Sie heute Nacht bleiben? Ich kann Ihnen helfen, etwas zu organisieren, wenn Sie möchten.«

»Nicht nötig, wir ... wir sind für zwei Nächte im Greenburg College Inn.«

»Und Sie haben meine Nummer?«, fragte Decker nach.

»Ja«, sagte Jim.

»Rufen Sie mich an, wenn Sie etwas brauchen.«

»Wir brauchen gerade eine Menge Dinge«, schnauzte Jim ihn an. »Und nichts davon können Sie oder sonst jemand uns geben.«

17

Der Kennedy's Pub war einer der College-Treffs, in dem etwas mehr los war, denn es hatte den Ruf einer Bar mit billigen Drinks und annehmbarem Essen. Wie der Bengel vorhergesagt hatte, war es heiß, stickig, laut mit einem unangenehmen Dunst, vor allem um zehn Uhr abends. Sie entdeckten einen Ecktisch weiter weg von der übergroßen und überfüllten Bar. Auf der Tanzfläche vollzogen die Studenten dicht an dicht die unterschiedlichsten Zuckungen, und es dauerte eine Weile, bis ein Kellner in Sichtweite kam. Irgendwann wurde McAdams ungeduldig, stand auf, und nur einen Augenblick später nahm ein mürrischer Student ihre Bestellung auf: Rohkost und ein Grolsch für Decker, einen Manhattan und Miniburger mit Lammfleisch für den Bengel.

»Ich mag Bourbon«, sagte er. »Eins der wenigen Dinge, die mein Vater und ich gemeinsam haben.« Er trommelte mit den Fingern. »Das, und dass wir beide vom Geld meines Großvaters leben. Dieser Typ war wirklich ein echter Visionär. Nicht gerade großväterlich im Umgang. Ich glaube, ich hab ihm mal im Vorbeigehen zugewinkt, da war ich fünf. Die McAdams sind sehr warmherzige Menschen.«

Decker nickte. »Wenn er schon nicht warmherzig war, dann wenigstens großzügig.«

»Man nimmt, was man kriegen kann. Der alte Herr war

dreimal verheiratet, mit diversen Freundinnen dazwischen. Viele Scheidungen und viele Alimente, aber er hatte ja genug für alle.« Der Kellner brachte ihre Getränke und stellte sie plump ab. McAdams nippte an dem farbintensiven Bourbon. »Seine dritte Frau, Nina, die mochte ich. Um genau zu sein, ich wohne bei ihr in der Stadt.«

»Wie alt ist sie?«

»Zweiundsiebzig. Mein Großvater wäre jetzt … sechs- oder siebenundachtzig. Er starb vor sechs Jahren, und damals hab ich einen kleinen Teil unseres Erbes gekriegt. Ich weiß, dass meine anderen Geschwister auch etwas abbekamen, aber seine dritte Frau hat mir erzählt, dass mir als dem ältesten und altklügsten der Löwenanteil zustehen soll, wahrscheinlich so viel, wie mein Vater erbt.«

»O Mann.«

»Ja, o Mann, das hat unsere eh schon explosive Beziehung noch näher an den Abgrund der totalen Zerstörung gebracht.«

Decker fiel auf, dass McAdams seinen Bourbon gekippt hatte, und bestellte ihm einen neuen. »Sie sind ein kluger Kopf. Sie werden eine Lösung finden.«

»Vielleicht in hundert Jahren.« McAdams holte sein iPad aus der Tasche. »Ich hab die Namen der Detectives, die im Petroshkovich-Raub ermittelt haben: Douglas Arrenz und Allan Sugar. Beide sind noch am Leben.«

»Warten Sie.« Decker zückte seinen Notizblock. »Könnten Sie mir die Namen buchstabieren?«

Tyler gab sie ihm durch. »Marylebone hat ein kleines Revier, ungefähr so groß wie Greenbury. Der Fall war ein Riesending und stand monatelang in den Schlagzeilen. Das Revier zog sogar mehrere Experten für Kunstraub hinzu, aber der Fall wurde nicht abgeschlossen.«

»Irgendwelche Theorien über den Verbleib der Ikonen?«

»Ich hab einen zurückblickenden Artikel von vor zehn Jahren über den Raub gefunden. Als die Ikonen entwendet wurden, gab es den Eisernen Vorhang noch. Jetzt, wo Russland einfacher zu erreichen ist, lautet die Hypothese, dass sie an einen Oligarchen verkauft wurden, der damit die Wände seiner Datscha schmückt. Petroshkovich ist in Russland bekannter als bei uns. Ohne jeden Zweifel konnte man von der frischgebackenen Bourgeoisie hohe Preise für die Ikonen fordern. Ich glaube kaum, dass sie mit einem Diebstahl von zwei kleinen Tiffany-Glasbildern in Verbindung stehen, aber das ist Ihre Entscheidung.«

»Ich bin sicher, Sie haben recht, McAdams. Trotzdem sollten wir uns mit den Detectives treffen, falls sie auf unserem Weg liegen und mit uns reden wollen. Vielleicht sind sie ja auf ein paar Schwarzmarkthändler gestoßen.«

»Klar.« Der Kellner brachte eine neue Ladung Alkohol vorbei sowie das Essen. McAdams nahm sein Glas in die Hand. »Der hier macht mich garantiert platt. Als bräuchte ich dabei noch Unterstützung. Ich hab einen sehr lauten Wecker. Sie wollen immer noch um sieben losfahren?«

»Jupp. Und, was Neues herausgefunden heute Abend?«

»Nur, dass die Bibliotheken sehr, sehr spät noch geöffnet sind, nicht aber die Auskunftstheke mit der Aufsicht. Die größte – in Duxbury – schließt um acht. Es gibt allein in dieser Bibliothek Hunderte von Büchern mit antiken Stichen und Landkarten. Ich hab sieben davon durchgeblättert, und sie sahen alle sauber aus. Dann bin ich in die Rayfield am Littleton umgezogen – deren Auskunft schließt um neun. Fünf Bücher durchgeblättert, alle sauber. Dieser Auftrag wird Stunden in Anspruch nehmen.«

»Gott liegt im Detail.« Decker kaute auf einem Selleriestick herum. »Sie sollten Jura studieren, Tyler. Sie werden zwar auch überarbeitet sein, aber wenigstens gut dafür bezahlt.«

»Und das aus dem Munde eines Mannes, der seinen Titel hinter sich gelassen hat.«

»Ich bin aus der Arbeiterschicht. Sie nicht. Sie kennen das Gehalt eines durchschnittlich viel arbeitenden Detectives. Sie haben Geld im Hintergrund. Warum wollen Sie sich dem ganzen Neid eines Reviers aussetzen?«

»Sind Sie neidisch?«

»In meinen jüngeren Jahren wäre ich's vielleicht gewesen.«

»Und jetzt?«

»Jetzt brauche ich nichts mehr von niemandem. Sie scheinen ein guter Junge zu sein, Harvard. Als Cop werden Sie immer ein Außenseiter sein. Warum tun Sie sich das an?« Weil McAdams nichts dazu sagte, wechselte Decker das Thema: »Am besten erzähle ich Ihnen, was ich heute Abend herausgefunden habe.« Er fasste das Gespräch zusammen, während der Bengel auf seinem iPad mitschrieb.

»Bunte Glassplitter«, sagte er anschließend. »Dann hat Angeline die Kopien angefertigt.«

»Sieht so aus.«

»Nicht weiter überraschend, wenn man an die Ladendiebstähle denkt. Einmal ein Dieb …«

»Ihre Mom wusste über zwei Vorfälle Bescheid. Ich wette, es gab noch mehr, von denen sie keine Ahnung hat. Also, ja, sie scheint eine passende Kandidatin für die Fälschungen zu sein. Folgende Fragen stellen sich jetzt: Hat sie noch andere Dinge als Buntglaskunst gefälscht, und wer ist der Drahtzieher?«

»Latham?«

»So wie er wohnte, sehe ich ihn als Mittelsmann. Vielleicht ein Vermittler mit Beziehungen in die exklusive Welt des Kunstsammelns.«

»Warum denken Sie, dass er solche Beziehungen hat?«

»Der Windsor Prize… Kunst, Kultur und Politik. Er ist ein besserer Kandidat für Beziehungen als Angeline Moreau. Finden Sie alles über den Windsor Prize heraus, okay?«

»Wird erledigt.« McAdams notierte es sich auf dem iPad. »Und wir fahren immer noch nach New York?«

»Ja, denn ich interessiere mich immer noch für die Sobel-Familie und Max Stewart. Er handelt mit Kunst, ergo hat er Beziehungen. Ich behaupte nicht, dass er Dreck am Stecken hat, aber er muss noch mal befragt werden. Bei unserem ersten Gespräch hielt er sich sehr bedeckt. Als Sie am Friedhof dabei waren, schien er entspannter zu sein, als würden Sie beide über einen Insiderwitz lachen.«

McAdams zuckte mit den Schultern.

»Das Gleiche ist mir bei den Befragungen von Angelines Freunden aufgefallen. Dass die in Ihnen einen Verbündeten sehen.«

»Dann täuschen die sich.«

»Ich kann in Menschen lesen wie in einem Buch, Harvard. Sie sind jung, und Sie sind in Gegenwart von Geld auf eine Art locker, die mir abgeht. Sie sind der richtige Begleiter, wenn ich an den Wohnungstüren der Park Avenue klopfe.«

»Freut mich. Obwohl ich nur eine Requisite bin.«

Decker lächelte. »Seit gestern Abend schlagen Sie sich gut. Keine Klagen.«

»Bleiben Sie am Ball, und ich gebe Ihnen Gründe genug.« Als Decker dazu schwieg, sagte McAdams: »Ich möchte, dass Sie etwas wissen. Diese Welt der Reichen, das bin ich nicht… auch wenn ich nicht weiß, wer ich genau bin.«

»Offen gestanden interessieren mich Ihre existentiellen Probleme nicht. Zwei Menschen wurden ermordet. Ich muss meinen Job machen. Dabei können Sie mich unterstützen.«

»Von mir aus.« Er trank sein Glas aus. »Ach übrigens, ich

find's okay, in der Park Avenue oder bei der Greenbury-Polizei ein Außenseiter zu sein. Beliebtheit wird völlig überschätzt.«

Nach einem Dutzend Anrufe hatte Decker herausgefunden, dass Douglas Arrenz in Florida seine Rente genoss. Aber Allan Sugar wohnte draußen auf Long Island und war damit einverstanden, sie jederzeit nach zehn Uhr morgens zu empfangen. Das bedeutete, dass er ihr erster Stopp auf der Fahrt war. Die Geschäftsviertel in der Nähe der Strände waren hergerichtet wie idyllische Ortschaften: niedliche kleine Läden und Cafés, hintereinander aufgereiht. Der Himmel war grau, und auf den Bürgersteigen war kaum jemand unterwegs, abgesehen von ein paar Hartgesottenen, die sich den Schneeverwehungen entgegenstellten.

Protzige Villen.

Da die Ferienzeit vorbei war, wirkten die Herrenhäuser, die Decker durch die Eisentore sehen konnte, dicht verrammelt für den Winter. Er fragte sich, wie ein pensionierter Polizeibeamter sich diesen Zipfel Paradies leisten konnte. Die Adresse klärte ihn auf. Sugar wohnte in einem Anbau, der aussah wie das Kutscherhaus des eigentlichen Anwesens. Er war aus Ziegeln erbaut worden, einstöckig, mit schwarzen Umrandungen der alten Sprossenfenster. Decker parkte in der ungeräumten Einfahrt, und der Schnee knirschte unter seinen Reifen. Der Kamin sonderte nach Pinienholz duftende Rauchschwaden ab, und hinter dem Haus konnte man ein bisschen vom Ozean sehen.

»Scheint, als würde das Revier in Rhode Island gut zahlen«, meinte McAdams.

»Was schätzen Sie, wie viel ist das Haus wert?«

»Na ja …« Er überlegte kurz. »Es ist klein … vielleicht hundertachtzig Quadratmeter. Und es liegt in der falschen Ecke der Hamptons. Allerdings an der Küste. Um die drei, vier Millionen.«

»Wow.« Decker war sprachlos. »Das sind eine Menge Nullen.«

»Das Haus meines Großvaters ist nicht sehr viel größer, dafür aber das Grundstück, und es liegt in Southampton, was den Preis nach oben treibt. Außerdem hat es einen tollen Zugang zum Strand.«

»Gehört Ihnen das auch?«

»Ich hab keine Ahnung. Ich weiß nur, dass es in einem auf dreißig Jahre festgelegten Treuhandfonds liegt, zum Nutzen und Wohl aller Enkelkinder. Ich hab also noch vierundzwanzig Jahre lang Zugang. Danach?« Er zuckte mit den Schultern. »Wer weiß?«

»Irgendjemand weiß es.«

»Das stimmt, aber in diese Frage bin ich nicht eingeweiht. Ich benutze es nur selten im Sommer. Die Hamptons sind dann wie Theater. Mir gefällt es besser um diese Jahreszeit. Die Trostlosigkeit hat so eine gewisse Gelassenheit.«

»Es beruhigt, das verstehe ich.« Decker zog seine Jacke und Handschuhe an, setzte seinen Hut auf und stieg aus dem Auto. Der Bengel folgte ihm, und beide traten in ziemlich tiefe Schneeverwehungen. Der Januar entpuppte sich entlang der gesamten Ostküste als besonders kalt.

»Wenn Sie das Haus meines Großvaters mal nutzen wollen, sagen Sie mir Bescheid«, meinte McAdams. »Ich schiebe Sie dazwischen.«

»Das ist sehr großzügig von Ihnen, Harvard.«

»Teile deinen Reichtum.«

Sie kämpften sich zu einer schwarz gestrichenen, mit Holz vertäfelten Tür durch, die keinen Klopfer hatte. Eine Klingel war auch nirgends zu sehen.

Da wollte jemand seine Ruhe haben.

Decker klopfte so fest er konnte mit einer behandschuhten Faust an. Hinter der Wand machte sich eine ältere Stimme bemerkbar: »Ich hab's gehört, ich hab's gehört.« Einen Augenblick später ging die Tür auf, und ein Schwall heiße Luft traf sie mitten ins Gesicht. »Detective Sugar?«

»Ja, ja, kommen Sie herein.« Er ließ die Tür offen, drehte ihnen den Rücken zu und schlurfte durch den Windfang ins Wohnzimmer. Die beiden Männer folgten ihm. »Hoffe, Sie haben gut hergefunden«, sagte Sugar. »Die Hausnummern sind verwirrend.«

»Kein Problem.« Decker trat seine Stiefel sorgfältig auf der Fußmatte ab und trocknete sie mit einem bereitliegenden Handtuch. McAdams machte es genauso. »Tolles Haus.«

»Dank einer Jungfern-Tante, die es mir vor fünfzig Jahren vermacht hat. Da war die Gegend noch nicht so schickimicki, und das Dach leckte wie ein Sieb. Fast hätte ich's verkauft, als meine Frau starb. Gott sei Dank hab ich's nicht getan. Die Blaublüter von nebenan sind hinter mir her, dass ich es ihnen zu einem lächerlichen Preis verkaufe. Möchten Sie einen Tee?«

»Das wäre super. Danke, dass Sie uns empfangen.«

»Ja, ja.« Sugar war ungefähr einen Meter siebzig groß, mit krummen Schultern, weißem Haar, trüben blauen Augen und einem knochigen Körper. Er trug einen dicken Zopfmusterpulli und eine Hose aus Wollstoff. Socken mit Schottenmuster wärmten die Füße, die in Slippern steckten. »Setzen Sie sich, wo Sie möchten.«

Decker wählte ein mit einem grün-rot karierten Stoff bezogenes Sofa, das zu zwei mit grün-roten Karos bezogenen Stühlen passte. McAdams nahm einen der Stühle. Ein Couchtisch und verschiedene Ablagetischchen aus Spanplatten waren ursprünglich mal in einem dunklen Espressobraun gestrichen gewesen. Mit den Jahren – oder besser Jahrzehnten – hatten sie abgesplitterte Ecken, Kratzer und Dellen abbekommen, durch die das hellere Sperrholz durchschimmerte. Der Holzboden sah nach Pinienholz aus und wurde teilweise von einem Teppich bedeckt, der deutliche Gebrauchsspuren zeigte. Aus der Heizung strömte Wärme, und in dem Flachbildfernseher – Sugars Zugeständnis an den Fortschritt – lief eine Art Spielshow.

Als Sugar aus der Küche zurückkam, stellte er das Tablett auf dem Tisch im Wohnzimmer ab. Er schaltete den Fernseher aus und drehte die Heizung herunter. Dann schenkte er sich eine Tasse Tee ein. »Trinken Sie Ihren Tee, wie Sie mögen. Ich bin kein Kellner.«

Decker goss heißes Wasser in zwei Becher – für McAdams und sich selbst. Nachdem er sich und McAdams vorgestellt hatte, sagte er: »Wie lange waren Sie beim Revier in Marylebone, Detective Sugar?«

»Allan, bitte, und ich war dreißig Jahre dabei. Wünschte, ich hätte zugleich mit Ihnen angefangen, mit AFIS, CODIS und dem ganzen anderen Zauberkram. Sie müssen ja gar nicht mehr arbeiten. Einfach nur die Fingerabdrücke oder die DNA reinschieben, und die Maschine spuckt die Antwort aus.«

»Es ist wirklich ein Segen«, pflichtete Decker ihm bei.

»Wir hatten nur das NCIC; J. Edgar hat es 1967 ins Leben gerufen. Wahrscheinlich um die Roten auszuspionieren, aber er mischte ein paar Kriminelle unter die Akten, damit es einen sauberen Anstrich hatte. Nichts davon war mit einem Computer verbunden. Alles musste per Hand gemacht werden. Es dauerte ewig, die Anträge auszufüllen, und noch länger, bis sie bearbeitet wurden.«

Sugar setzte sich.

»Sie interessieren sich also für die verschwundenen Petroshkovich-Ikonen. Sie und ganz Rhode Island. Und die russisch-orthodoxe Kirche – St. Stephen's. Dieser Raub wurde international zu einem Cause célèbre. Habe ich das richtig ausgesprochen?«

»Ich glaube schon.«

»Nachdem ich gescheitert war, zogen sie alle möglichen Experten hinzu.« Er setzte das letzte Wort mit den Fingern in Gänsefüßchen. »Bezahlten verdammt viel Geld dafür und waren anschließend kein bisschen klüger, was da verdammt noch mal passiert war.«

»Was glauben denn Sie? Was ist damals passiert?«, fragte Decker.

»Douglas und ich zogen mehrere Möglichkeiten in Erwägung. Sie kennen Douglas?«

»Detective Arrenz. Er war Ihr Partner bei diesem Fall.«

»Jupp. Pensioniert, lebt in Florida. Nichts für mich. Ich schwitze nicht gerne.« Er schlürfte seinen Tee. »Dieser Raub war der sauberste Job, den ich je erlebt habe. Zuerst dachten wir an Vandalismus. Damals beschränkte sich die Jugendkriminalität auf Auto- und Bagatelldiebstähle oder Graffiti von betrunkenen, bekifften oder vollgekoksten Jungs und Mädels. Heute ist das schlimmer. Diese ganzen Designerdrogen …«

»Über welche Zeit reden wir?«, fragte Decker nach. »Die Achtziger?«

»Ja, die späten Achtziger. Douglas und ich spielten mit der Idee, dass es ein Haufen Penner oder Punks waren. Wir überprüften die altbekannten Störenfriede und kamen kein bisschen weiter. Selbst der übelste Schurke der Stadt bestritt, die Kirche zu beklauen. Nachdem wir herausgefunden hatten, wie wertvoll die Ikonen waren, schwärmten wir in andere Richtungen aus. Wir redeten mit den Profis und mussten leider erfahren, dass Kirchen leichte Ziele für Diebe sind. Die meiste Zeit stehen sie leer, und es befinden sich wertvolle Gegenstände dort. Manche Diebe hatten sich regelrecht auf Kirchen und Synagogen spezialisiert. Der gewöhnliche Einbrecher begnügt sich damit, silberne Kerzenleuchter und silberne Kelche zu stehlen. Die etwas anspruchsvolleren Diebe konzentrieren sich auf die Kunstgegenstände in den heiligen Hallen Gottes. Dieses Diebesgut ist, wie Sie sich vielleicht denken können, sehr viel schwerer zu Geld zu machen. Man braucht einen spezialisierten Händler.«

»Auf dem Schwarzmarkt?«

»Natürlich. Die Sache ist die: Die meisten Schwarzmarkthändler sind oder waren seriöse Händler, die in die Unterwelt eingetaucht sind.«

»Hatten Sie Namen?«

»Jede Menge, aber keiner davon brachte uns weiter.«

»Haben Sie die Namen immer noch? Vielleicht führen sie uns in die richtige Richtung.«

»Sie haben uns wirklich nichts gebracht, aber Sie dürfen es gerne ein weiteres Mal damit versuchen. Stehen alle in den Akten. Ich habe eine Kopie für Sie; Sie müssen also nicht nach der Akte fragen. Die Händler sind mittlerweile ergraut, senil, im Gefängnis oder tot. Aber tun Sie ruhig, was Sie nicht lassen können.«

Decker trank noch einen Schluck Tee. Da Sugar die Heizung heruntergedreht hatte, war die Raumtemperatur jetzt angenehmer. »Nachdem der Petroshkovich-Raub ein Cause célèbre wurde und sich die russisch-orthodoxe Kirche einmischte, nehme ich an, dass Sie zufälligen Vandalismus ausgeschlossen haben.«

»Im Endeffekt haben wir uns alle darauf geeinigt, dass es ein Profi getan hat, der es nach einem Amateur aussehen ließ.

War nicht das erste Mal, dass Ikonen entwendet wurden, und es wird auch nicht das letzte Mal gewesen sein.«

»Was denn für weitere Fälle gestohlener Ikonen?«, fragte Decker verwundert. »Ich hätte nicht gedacht, dass so etwas besonders oft vorkommt.«

»Nicht hier in den USA. Aber in der alten Sowjetunion wurde religiöse Kunst – das Opium der Massen und das ganze Tamtam – geringgeschätzt, dort gab es das öfter, als Sie glauben. Selbst berühmte Kunstwerke, wenn sie denn in einem religiösen Kontext standen, wurden verunglimpft. Gott sei Dank kamen die Roten nie bis nach Italien, sonst hätten wir vermutlich keine Sixtinische Kapelle mehr.«

Decker grinste. »Bei Michelangelo hätten sie vielleicht eine Ausnahme gemacht.«

»Sie würden sich wundern. Denken Sie daran, was die mit der Isaakskathedrale angestellt haben.«

»Sankt Isaak in Sankt Petersburg?«

McAdams tippte sofort auf seinem iPad herum. »Haben Sie ein Passwort, damit ich ins Internet gehen kann?«

Sugar verdrehte die Augen. »Ich glaube, es lautet *Admin*. Benutze dieses verdammte Ding nie, außer wenn die Enkelkinder zu Besuch sind. Ich krieg sie nicht her, wenn sie ihren Technikkram nicht benutzen können.«

»Ja, hat geklappt.« McAdams bedankte sich lächelnd.

»Was ist mit der Isaakskathedrale passiert?«, fragte Decker.

»Alte Geschichte«, wiegelte Sugar ab. »Nach den jahrelangen Versuchen, die Petroshkovich-Ikonen aufzutreiben, begann ich mich für religiöse Kunst der russisch-orthodoxen Kirche zu interessieren. Meine erste Amtshandlung nach der Pensionierung war eine Russlandreise mit meiner Frau. Es half mir nicht, in Sachen Petroshkovich weiterzukommen, aber ich fühlte mich besser damit, dass selbst so große Städte wie Sankt Petersburg ihre gestohlene Kunst nicht gänzlich ersetzen konnten.«

McAdams las laut aus seinen Suchergebnissen vor. »Die Isaakskathedrale wurde Mitte des achtzehnten Jahrhunderts nach Entwürfen von Montferrand erbaut … ein Franzose, der bei Napoleons Architekt und Zeichner Charles Percier studiert hat. Die Kathedrale wurde zu Ehren des heiligen Isaak von Dalmatien erbaut. Die Kunstwerke im Innenraum stammen ursprünglich von Karl Brüllow. Kälte und Feuchtigkeit setzten den Original-Ölgemälden bald zu, und so ließ Montferrand sie als Mosaiken nachbilden.«

»Sie sind wirklich spektakulär, diese Mosaiken«, schwärmte Sugar. »Ihre Qualität, aber auch die Anzahl. Sie sollten einen einschüchtern, und genau das tun sie.«

»Wissen Sie was, ich glaube, ich war schon mal da … in dieser Kirche.« McAdams sah die beiden Männer an. »Doch, ganz sicher.«

»Sie waren in Sankt Petersburg?« Decker erwiderte den Blick.

»Ja, mit elf oder zwölf. Ich war im Internat, daher machte meine Mutter es sich jeden Sommer zur Aufgabe, mich quer durch Europa von einer Kirche zur nächsten kulturellen Erfahrung zu schleppen. Über die Jahre muss ich wohl über hundert Kirchen besucht haben. Sie sehen irgendwann alle gleich aus, vor allem wenn man eine nach der anderen betritt. In dem Alter wollte ich eigentlich nur die Spiele der Yankees sehen. Ich war sauer … ich Blödmann.« McAdams kicherte. »Egal, korrigieren Sie mich, falls ich mich irre, aber die Isaakskathedrale ist das höchste Gebäude in Sankt Petersburg.«

»Stimmt. Deshalb war sie im Zweiten Weltkrieg auch so nützlich«, verkündete Sugar. »Sankt Petersburg wurde schlimm bombardiert. Die ganzen berühmten Orte, die heute von den

Touristen besucht werden, sind Nachbauten, einschließlich der Eremitage.«

»Die Eremitage?«, fragte Decker. »Sie meinen das Kunstmuseum?«

»Ja, genau. Es war ursprünglich ein Palast.«

»Es wurde bombardiert?«

»Bis auf die Grundmauern. Es gibt dort Fotos, wie die Ruine aussah. Ein schwacher Abklatsch des früheren Ruhms, bis die russischen Künstler es wieder aufbauten.«

»Was geschah mit den Kunstwerken im Gebäude? Sagen Sie mir nicht, die wurden ebenfalls zerstört?«

»Nein, die Russkis wussten, dass sie in Schwierigkeiten waren. Sie verstauten alles im Keller der Isaakskathedrale, die die Nazis nicht komplett zerbombten. Da die Isaakskathedrale das höchste Gebäude der Stadt war, benutzte die Luftwaffe es als Navigationshilfe für ihre Messerschmitts. Es ist eines der wenigen Gebäude, das intakt blieb, abgesehen von ein paar Querschlägern.«

McAdams war immer noch in die Lektüre vertieft. »Ich finde nichts darüber, dass die Isaakskathedrale als Kunstlager genutzt wurde … oder dass die Nazis sie als Navigationshilfe einsetzten«, meinte McAdams. »Hier steht nur, dass die Kuppel übermalt wurde, zur Vermeidung feindlicher Flugerkennung.«

»Junger Mann, Sie verpassen die wichtigsten Teile der Geschichte, weil Sie wahrscheinlich die verkürzte Fassung einer Enzyklopädie vor sich haben. Wenn Sie wirklich was über Geschichte wissen wollen, müssen Sie schon was mit mehr Tiefgang lesen. Oder wie ein Faulpelz noch mal als Erwachsener nach Sankt Petersburg fahren und einem der sehr gut informierten Führer zuhören.«

»Was hat Sankt Isaak mit den Petroshkovich-Ikonen zu tun?«, kehrte Decker zum Thema zurück.

»Nichts, soweit ich weiß«, sagte Sugar ungerührt. »Ich fand es nur interessant, weil der Kathedrale Ikonen fehlen, die nie gefunden wurden.«

»Auch welche von Petroshkovich?«

»Nein, diese Arbeiten sind in einer früheren Periode angefertigt worden.«

»Also gut«, sagte Decker, »und Sie glauben auch nicht, dass es einen Zusammenhang gibt?«

»Wüsste nicht, wie. Die Diebstähle liegen Jahre auseinander.«

»Irgendeine Idee, wer für die Diebstähle in der Isaakskathedrale verantwortlich ein könnte?«, fragte Decker weiter.

»Keinen Schimmer. Als die Roten an die Macht kamen, wurde die Kirche in ein Museum für wissenschaftlichen Atheismus umgewandelt. Sie wurde geplündert und verfiel. Während des Krieges hat man dort Kartoffelsäcke gelagert. Wenn man die Kirche heute sieht, wird einem klar, wie haarsträubend das ist. Die Renovierung begann in den Fünfzigern unter Chruschtschow. Die Mosaiken waren schwarz verkrustet, aber ansonsten gut erhalten. Ein Glück, dass aus den ursprünglichen Ölgemälden Fliesenkunst geworden war. Ansonsten wären sie wohl auch verkauft oder gestohlen worden.«

Decker wandte sich an McAdams. »Haben Sie irgendwas über die gestohlenen Ikonen in Sankt Isaak aufgetan?«

»Es gibt Bilder von dem alten Bestand«, las McAdams sich selbst vor. »Und die Deutschen haben während des Krieges ausgiebig Kirchen geplündert.«

»Es ist ein Wunder, dass zwischen den Roten und dem Krieg irgendeine religiöse Institution überlebt hat«, merkte Sugar an.

»Also keine Verbindung zwischen diesen Plünderungen und dem Petroshkovich-Raub.«

»Nichts«, bestätigte Sugar. »Ich habe auch gar nicht versucht, eine Verbindung zu finden: andere Stadt, anderes Land, anderer Zeitraum. Ich erzähle es Ihnen nur als abschreckendes Beispiel. Wenn eine Großstadt wie Sankt Petersburg seine eigenen hoch geschätzten Kunstwerke nicht wiederfinden kann, dann wissen Sie jetzt, welches Problem Sie hier anpacken.«

»Hier geht es um mehr als Kunstraub. Wir haben einen Doppelmord.«

»Ein Grund mehr, warum ich glaube, dass Sie es mit etwas Größerem als Sie selbst zu tun haben. Aber mir ist bewusst, dass Sie es trotzdem versuchen müssen. Viel Glück.«

Sugar stellte seine Teetasse auf einem der verschrammten Beistelltische ab, dann schlurfte er zu einem Geschirrschrank und öffnete das unterste Fach. Er zog eine Kiste heraus und hob sie hoch, wobei seine Beine unter dem Gewicht nachgaben. Schnell eilte Decker ihm zu Hilfe. »Für diese Akte mussten viele Bäume sterben. Werden Sie jede Seite davon lesen?«

»Vielleicht sogar zweimal«, erwiderte Decker.

»Sagen Sie mir, wenn Sie was finden, das ich womöglich übersehen habe. Ich werde Sie auf jede erdenkliche Weise unterstützen. Mein Verstand arbeitet nicht mehr so gut wie früher, aber dieser Fall hat sich in meine grauen Zellen eingebrannt. Einer von denen, die davongekommen sind.«

»Wir haben alle solche Fälle.«

»Ja, aber für mich und die Petroshkovich-Ikonen läuft die Zeit ab. Ich bin froh, den Umhang jemandem überzuwerfen, der jünger und cleverer ist als ich.«

»Jünger, das mag sein«, sagte Decker, »ob cleverer, wird sich zeigen.«

18

Als er die Tür zu der Wohnung an der West Side öffnete, hörte Decker eine zarte weibliche Stimme Hallo rufen.

McAdams und er traten ein. Decker hielt eine Tüte und eine Thermoskanne Kaffee in der Hand. Tyler ließ die Kiste mit den Petroshkovich-Akten auf den Boden fallen. Yasmine Nourmand saß an einem kleinen runden Tisch, der mit so vielen Dokumenten übersät war, dass das Holz unter dem Weiß verschwand. Sie sah sie aus ihren großen braunen Augen an und schob ihr schwarzes Haar nach hinten. »Oh, Lieutenant. Entschuldigen Sie, Gabe meinte, Sie seien wieder abgefahren.«

»Sie müssen sich nicht entschuldigen. Ich war tatsächlich schon weg, aber leider müssen wir noch ein paar Dinge mehr in der Stadt erledigen. Wohnst du hier, Liebes? Wir kommen auch woanders unter.«

»O nein, sicher nicht! Ich kann in die Bibliothek gehen.«

Es folgte eine peinliche Pause.

»Gabe hat mir gesagt, dass Sie vielleicht immer mal wieder reinschneien«, sagte Yasmine. Sie stand auf und streckte sich – ihre ganzen ein Meter achtundfünfzig mit den fünfundvierzig Kilo. »Manchmal lerne ich hier. Es ist ein bisschen ruhiger.« Sie schaffte es, ein verkrampftes Lächeln auf ihr Gesicht zu bringen, und reichte McAdams die Hand. »Yasmine Nourmand. Ich bin Gabes Freundin.« Eine Pause. »Wissen Sie, wer Gabe ist?«

McAdams hob den Daumen in Deckers Richtung. »Sein Pflegesohn.« Er schüttelte ihre Hand. »An welcher Uni sind Sie?«

»Barnard. Und Sie?«

»Fertig.«

»Sie Glücklicher.«

»Kommt auf den Tag an.«

Noch ein verkrampftes Lächeln. »Ich suche nur schnell meine Sachen zusammen …«

»Du kannst doch im Schlafzimmer lernen, wenn du möchtest«, hielt Decker sie auf. »Du störst uns nicht. Wenn überhaupt, stören wir dich mit unserem Gequatsche.«

»Wenn Sie das Schlafzimmer nicht brauchen, würde ich wirklich lieber hier lernen. Ich komme schlecht klar mit dem Leben im Wohnheim. Ich bin ein bisschen klaustrophobisch.«

McAdams sah sich in dem makellosen modernen Apartment um: glänzendes dunkles Parkett, eine schnittige weiße Couch, ein einfacher Eichentisch, vier Stühle aus Plexiglas mit weißen Polstern und Lehnen aus Leder, ein Stutzflügel von Steinway. Gutes Licht aus zwei großen Fenstern. »Das hier ist definitiv besser als jedes Wohnheim.«

»Kommt Mrs. Decker auch her?«

»Ich treffe sie heute Abend.«

»Okay, grüßen Sie sie von mir.«

»Möchtest du mit uns zu Abend essen?«

Ein echtes Lächeln. »Das wäre toll.« Eine Pause. »Ich steh auch nicht so auf das Mensaessen. Könnte aber spät werden, ich hab noch einen Laborkurs. Ginge um acht noch?«

»Acht ist perfekt. Ich lasse Rina ein Restaurant aussuchen und für uns reservieren.« Er wandte sich an McAdams. »Sie sind herzlich eingeladen, Harvard, aber ich vermute mal, Sie haben schon Pläne.«

»Sie vermuten falsch.«

»Dann kommen Sie doch mit.«

»Danke.«

»Darf ich meine Mitbewohnerin mitbringen?«, fragte Yasmine. »Ich bezahle für sie und so. Ihre Eltern waren wirklich sehr nett zu mir. Sie leben auf Long Island.«

»Natürlich, und du musst nicht bezahlen, Liebes.«

»Wenn das so ist, darf ich meine Großmutter mitbringen?«, fragte McAdams. »Ich bezahle auch für sie und so.«

Yasmine wurde knallrot. »Benehmen Sie sich, Tyler«, ermahnte Decker ihn.

»Ich mein's ernst. Sie hat echtes Interesse an meiner Arbeit gezeigt, und sie möchte Sie gerne kennenlernen. Und ich weiß, sie übernimmt immer die Rech…«

»Harvard…«

»Ich mein ja nur.«

»Meine Kinder kommen vielleicht auch.«

»Nina hat immer Lust auf nette Gesellschaft. Das wird eine richtige Party. Wahrscheinlich die erste seit zwei Jahren für mich.«

»Das kannst du laut sagen«, sagte Yasmine.

»Eine verwandte Seele.«

Sie begann, ihre Bücher und Unterlagen zusammenzusuchen. »Jeder, den ich kenne, hasst Partys, aber alle gehen hin. Mal ehrlich, wozu das Ganze?«

»Ich geh davon aus, dass du nichts trinkst.«

Decker musste lachen. »Weißt du, wann Gabe wieder da ist?«

»In zwei Wochen, falls sein Agent die Tournee nicht verlängert.«

»Muss schwer sein, dass er so weit weg ist.«

»Eigentlich, Lieutenant, komme ich gut damit klar. Ich bin kein Naturtalent, was das Studium angeht. Ich muss wirklich bergeweise lernen für meine Noten, und Gabe …« Sie zog eine Grimasse. »Ich liebe ihn über alles, aber er beansprucht viel von meiner Zeit, wenn er da ist.« Noch eine Grimasse. »Sagen Sie ihm nicht, dass ich das gesagt hab.«

»Es bleibt unser Geheimnis.«

Yasmine stopfte ihre Unterlagen in einen Rucksack. »Bis später.« Sie verschwand durch eine Tür.

»Sie erinnert mich an eine Grille … so klein und knochig und zirpend, mit diesen großen Augen.«

»Sie hat einen persischen Hintergrund und kommt aus einer sehr behütenden Familie. Eins muss man ihr lassen: Sie erfüllt sich einen Traum mit ihrem Leben in der Stadt, mit Gabe.«

»Immer dieser Liebeswahn.« Tyler hob die Kiste mit den Akten hoch und stellte sie auf den Tisch. »Wie lautet Ihr Plan, Sir?«

»Irgendwann filze ich die Akten noch mal gründlich, aber jetzt suchen wir nur nach den Namen der Kunsthändler, die Sugar und Arrenz befragt haben. Die möchte ich kurz mit Maxwell Stewart besprechen. Ob er oder sein Vater sie kennen.«

»Wann treffen wir uns mit Stewart?«

Decker sah auf die Uhr. Es war halb eins. »Ich würde gerne um halb vier in der Galerie aufkreuzen.«

»Haben Sie keinen Termin vereinbart?«

»Nein.«

»Woher wissen Sie, dass er da sein wird?«

»Irgendjemand wird da sein. Ich gehe davon aus, dass diese Person es schaffen wird, ihn anzurufen.«

»Kein Grund, sarkastisch zu werden.«

»Glashaus … Steine … werfen.«

»Ha, ha und ha.« McAdams öffnete die Kiste, in der zehn vollgestopfte Aktenordner lagen. »Was ist, wenn wir hier Stewarts Namen finden?«

Decker lächelte ihn schmallippig an. »Dann sollte mein Gespräch mit Maxwell dadurch nur noch interessanter werden.«

Um halb vier nachmittags verschwand die Sonne hinter den Wolkenkratzern und warf lange Schatten über die Avenues. Eisig schlugen ihnen starke Windböen ins Gesicht, vor allem aus Richtung Central Park. Der Himmel hatte sich langsam verdunkelt, als verfüge jemand über einen Magnetregler des Äthers. Decker klingelte an der Galerie. Der Rotschopf Jill blickte auf, erkannte ihn und drückte den Summer für die Sicherheitsschleuse. Kurz darauf standen er und Tyler in der Wärme und im Licht, umgeben von einer Menge Geglitzer all der Schmuckstücke, die er sich nicht leisten konnte.

»Erwartet Max Sie?«, fragte Jill.

»Nein, Ma'am, aber wir würden gerne mit ihm sprechen.«

»Natürlich. Gute Nachrichten, hoffe ich.« Als Decker nicht darauf antwortete, fuhr sie fort: »Er ist unten. Ich lasse ihn wissen, dass Sie da sind.«

»Danke.«

Sie eilte nach unten und kam eine Minute später wieder hochgesaust. »Er wird gleich da sein.«

»Wir warten gerne, falls er gerade einen Kunden bedient.«

»Nein, er ist … darf ich Ihnen einen Kaffee oder Tee oder eine heiße Schokolade bringen?«

McAdams zog seinen Mantel aus. »Für mich einen Tee, bitte. Kräutertee, falls Sie so etwas dahaben. Und könnten Sie den hier für mich aufhängen?«

Jill nahm Tylers Mantel entgegen und wandte sich an Decker. »Darf ich Ihren auch nehmen?«

Decker zog seinen Parka aus. »Danke.«

»Tee?«

»Das wäre sehr nett.«

Jill brachte die schweren Sachen weg und kehrte kurz darauf mit zwei Tassen und Untertassen zurück. »Ich hoffe, das ist richtig so. Es ist Pfefferminztee.« Das Telefon klingelte. »Entschuldigen Sie mich einen Augenblick.« Sie nahm das Mobilteil ab. »Okay. Sicher.« Sie legte auf. »Max sagt, Sie möchten jetzt bitte nach unten kommen.«

»Danke.« Decker nahm seinen Tee mit, und Tyler folgte ihm.

Die Deckenbeleuchtung war gedimmt worden, um das Lichtspiel der Tiffany-Lampen hervorzuheben, die angeschaltet zu funkeln und zu tanzen schienen. Max saß mit einem Mann Anfang zwanzig vor einem Schaukasten mit Jugendstil-Stücken. Beide erhoben sich, als die Detectives die Treppe herunterkamen. Der junge Mann war sehr schlaksig, trug einen dichten dunklen Vollbart und schlaffe Haare, die ihm bis auf die stark hängenden Schultern reichten. Sein Kopf war ebenfalls nach vorne geneigt. Er trug Jeans und einen Pulli. Max hatte wie gewohnt Anzug und Krawatte an. Verzweifelt versuchte er die Anspannung im Gesicht mit einem gezwungenen Lächeln zu vertuschen. Deckers Blick lag auf den beiden Männern, McAdams sah sich die Ausstellungsstücke an.

»Sie haben mir einen Anruf erspart, Detective«, sagte Max. »Bitte setzen Sie sich.«

»Wohin mit unseren Tassen?«, fragte Decker.

Max nahm sie den beiden ab und stellte sie auf den Boden. »Das hier ist mein Cousin ersten Grades«, fuhr Max fort. »Livingston Sobel.«

»Ehemals an der Brown-Universität«, sagte Decker zu Max.

»Genau. Liv, das hier sind Detective Decker und Detective McAdams.«

Die Männer gaben sich die Hand. »Danke, dass Sie so ohne große Anmeldung für uns Zeit haben«, sagte Decker.

»Eigentlich war es gar keine Anmeldung, aber es geht schon in Ordnung. Irgendwelche Neuigkeiten?«

»Noch nicht, befürchte ich.«

»Wenn dem so ist, dann hat Livingston mir eben eine sehr interessante Geschichte erzählt. Ich wollte Sie gerade anrufen, aber nun können Sie es ja gleich aus erster Hand hören.«

»Gerne.« Decker nahm einen Stuhl und setzte sich so vorsichtig, wie er konnte. Die Stühle waren Sammlerstücke.

McAdams aktivierte sein iPad. »Wie lautet Ihr Passwort, damit ich ins Internet komme?«

»Warum müssen Sie ins Internet?« Max klang unwirsch.

Angesichts des scharfen Untertons blickte McAdams auf. »Es muss nicht unbedingt sein. Aber bisher kam es bei jedem Gespräch dazu, dass ich Dinge nachgeschlagen habe. Das iPad ist viel schneller als mein iPhone.« Er holte sein Smartphone aus der Tasche. »Damit hab ich Empfang. Machen Sie sich keine Sorgen.«

»Ich habe mir nicht einen Funken Sorgen gemacht. Warum sind Sie hier?«

»Ich werde Sie gleich auf den neuesten Stand bringen, aber zuerst würde ich gerne Livingstons Geschichte hören.«

Max warf Livingston einen wütenden Blick zu. »Erzähl Ihnen, was du mir erzählt hast.« Als der Junge vor sich hin zu murmeln begann, sagte Max: »So verstehen sie dich garantiert nicht, Liv. Könntest du etwas deutlicher sprechen?«

Der Junge atmete hörbar durch. »Es gibt da ein Mädchen, das ich kenne.« Er strich sich über den Bart. »Ich hab sie so vor … vier Jahren getroffen … sie kam zum Schnuppern als Studentin an die Brown. Als ich noch da studiert hab. Es hat sofort Klick gemacht, ich meine jetzt, freundschaftsmäßig. Wir sind beide so Künstlertypen.«

McAdams und Decker tauschten einen Blick aus. »Name?«, fragte Tyler.

»Angelina Moreau«, sagte Max. »Aus einem seltsamen Zufall heraus studiert sie in Littleton. Und sie macht ihren Abschluss in Kunstgeschichte.«

»Angeline«, korrigierte Livingston ihn. Als Max ihn ansah, sagte er: »Nicht Angelina, sondern Angeline.«

»Erzählen Sie weiter, Livingston«, sagte Decker. »Sie trafen Angeline und …«

»Wir sind seit ungefähr vier Jahren befreundet.«

»Klär sie auf, was du unter befreundet verstehst, Liv.«

»Es ist nichts Ernstes.«

»Sogenannte Freundschaft mit Vorteilen«, sagte McAdams. »Dagegen ist ja nichts einzuwenden.«

Livingston sah ihn aus dankbaren Augen an. »Genau. Wir sind nicht füreinander bestimmt, aber sie ist nett … so was wie 'ne verwandte Seele.«

»Wohl eher eine unehrliche Seele«, merkte Max an.

»Zum millionsten Mal, Max, wir wissen nicht, ob sie was getan hat.«

»Können Sie die Geschichte für mich zu Ende erzählen, Livingston?«, mischte Decker sich ein.

»Sie hatte einen Freund, und das war mir immer recht. Ich kenne ihn auch von den Partys hier in der Gegend. Lance Terry. Ist mir egal, mit wem sie vögelt, aber ich weiß wirklich nicht, was sie an ihm findet – außer dass er Geld hat. Vielleicht reicht das ja schon. Jedenfalls treffen wir uns für ein paar Stunden, wenn sie in der Stadt ist, und dann quatschen wir so …«

»Meinst du damit Gelegenheitssex?«, sagte Max.

Decker hob die Hand. »Lassen Sie ihn bitte ausreden.«

»Was soll denn daran schlecht sein?«, stotterte Livingston. »Du klingst neidisch.«

»Grün vor Neid.«

»Ich liebe sie nicht, aber ich mag sie. Sie hat mir durch eine schwere Zeit geholfen. Wir konnten uns gut unterhalten.«

»Und das habt ihr dann ja auch getan.« Max konnte es sich nicht verkneifen.

Livingston sah ihn wütend an. »Ja, haben wir, und ja, wir haben über Kunst geredet, und ja, ich hab die Tiffany-Glasfenster ihr gegenüber erwähnt. Das war vor drei Jahren, und wenn sie was Illegales hätte tun wollen, dann hätte sie das schon längst tun können.«

»Was sie vermutlich auch hat«, zischte Max. »Der Clou an der ganzen Sache ist der, dass das Mädchen seit Aufdeckung des Diebstahls nicht mehr ans Handy geht. Sie müssen sie finden und befragen. Mein Schwiegervater flippt aus, wenn er das erfährt. Vielleicht kapiert sie, wenn Sie sie anrufen, dass es ernst ist, und hat den Anstand, ans Telefon zu gehen.«

»Wann haben Sie Max erzählt, dass Sie Angeline kennen, Livingston? Jetzt gerade erst?«

Der Junge nickte. »Wahrscheinlich ist nichts dran. Hätte ich gewusst, dass Max so sauer wird, hätte ich's für mich behalten.«

»Na toll!«

»Ken redet viel mehr als ich. Du weißt, dass das stimmt.«

»Ken redet nicht mit irgendwelchen Zufallsbekanntschaften, wenn er besoffen ist.«

»Ach, fick dich doch!« Livingston sprang auf, aber Decker erhob sich mit ihm.

»Wir sind noch nicht fertig. Bitte.«

Livingston ließ sich wieder auf seinen Platz fallen. »Ehrlich gesagt, ich kann mir einfach nicht vorstellen, dass sie auf einem Friedhof einbricht und Tiffany-Glasfenster klaut. Lance traue ich das allerdings sofort zu, so als Witz.«

»Dann haben wir jetzt zwei Leute, mit denen Sie sich mal unterhalten sollten. Gib Ihnen Angelines Nummer, Liv.«

»Die brauchen wir nicht«, sagte Decker, »wir haben sie bereits.«

»Sie ermitteln schon gegen Sie?«, fragte Stewart verblüfft.

»Wir ermitteln in ihrem Mordfall.«

Livingston wurde blass. »Angeline wurde *ermordet*?«

»Ja«, sagte Decker. »Wir glauben, dass sie letzten Sonntagnachmittag oder am frühen Abend getötet wurde. Das wäre genau zu dem Zeitpunkt, an dem Sie nach New York zurückgefahren sind. Ich vermute, unsere Anwesenheit am Mausoleum steckt hinter dem Mord.« Sowohl Livingston als auch Max standen unter Schock: weit aufgerissene Augen und offen stehende Münder. »Wir ermitteln zurzeit in zwei Mordfällen«, fuhr Decker fort, »ihren und den ihres Freundes John Jeffrey Latham, der möglicherweise Angelines fester Freund oder nur ein Freund oder ein geschäftlicher Partner war. Livingston, sagt Ihnen der Name etwas?«

Er antwortete nicht sofort. »Wa… was ist *passiert*?«

»Das ermitteln wir gerade«, sagte Decker. »Wo waren Sie über das Wochenende, junger Mann?«

»Ich?« Livingston zeigte mit dem Finger auf sich. »Ich war hier… in der Stadt.« Er atmete schwer. »Sie glauben doch nicht…«

»Wo in der Stadt? Ich brauche ein Bewegungsprofil für Samstag und Sonntag.«

»Da muss ich… nachdenken.«

Endlich meldete sich Max zu Wort. »Würden Sie mir sagen, was hier los ist?«

»Wenn ich wüsste, was hier los ist«, gab Decker zurück, »würde ich diese Fragen nicht stellen. Wir haben zwei Morde, die passiert sind, nachdem Sie am Mausoleum waren. Gehe ich davon aus, dass die Morde mit dem Diebstahl in Zusammenhang stehen? Ja. Gehe ich davon aus, dass Angeline und dieser Latham etwas geplant hatten? Ja. Ist dieser Diebstahl zwei Morde wert? Nein. Also habe ich eine Menge Löcher. Und deshalb stelle ich diese Fragen.« An Livingston: »Wo waren Sie? Nehmen Sie sich Zeit, denn Sie bekommen nur eine Gelegenheit, um das Richtige zu sagen.«

Der Junge blickte nach unten und wieder hoch. »Samstag?« Pause. »Ich war den ganzen Tag zu Hause. Abends war ich auf einer Party… ab neun.«

»Sie waren den ganzen Tag zu Hause?«

Er nickte.

»Wer hat Sie gesehen?«

»Meine Mom, mein Dad, die Haushälterin.«

»Hatten Sie Ihr Handy bei sich?«

»Ja, klar.«

»Kann ich es mal haben?«

Wortlos reichte er es Decker. Der las laut vor, während er durch die Listen vom Samstag scrollte: »Über zwanzig SMS und zehn Anrufe… keiner von Angelines… oder Lathams Nummer… was war noch mal seine Vorwahl? Sieben, null, sechs oder null, sieben, sechs?

»Null, sieben, sechs.«

Decker übergab das Handy an McAdams. »Notieren Sie die Nummern, wir gleichen sie später ab. Da es ein Handy ist, können wir die Funkzellen überprüfen, falls nötig.« McAdams tippte auf seinem iPad herum. »Sagt Ihnen der Name John Latham etwas?«, wiederholte Decker seine Frage an Livingston.

»Wer ist das?«, fragte Max.

»Ich weiß keine Einzelheiten über ihn, nur das Nötigste. Er wurde in der Umgebung von Boston ermordet, daher bin ich nicht zuständig. Aber wir tauschen Informationen aus. Livingston, wer ist John Latham?«

Der junge Mann fuhr sich immer wieder mit den Händen übers Gesicht. Dann rieb er sich die Augen. »Ich … sie …«

»Was?«, brüllte Max ihn an.

Decker drehte sich zu ihm um und ermahnte ihn: »Sie sind keine Hilfe.« Wieder zu Livingston: »Hören Sie zu, mein Sohn, sofern Sie sie nicht ermordet haben oder die Kunstwerke gestohlen haben, stecken Sie nicht in Schwierigkeiten – zumindest was die Polizei angeht. Also erzählen Sie mir einfach, was Sie über Angeline und Latham wissen, und dann sind Sie frei wie ein Vogel.«

»Lassen Sie mich nachdenken.« Durch die Bombardierung mit den Fragen drehte der Junge fast durch. »Also okay. Ich wusste, dass Angeline vor ungefähr anderthalb Jahren mit Lance Schluss gemacht hat.«

»Weiter.«

»Ich wusste, dass sie sich mit diesem älteren Typen traf. Ich kenne seinen Nachnamen nicht, aber sein Vorname war John.« Livingston rieb sich die Nase. »Sie erzählte mir, dass er genial sei, aus Oxford, und dass er in die USA gekommen sei, angeblich weil er ein renommiertes Stipendium an einer der Unis gekriegt hat. Ich hielt das für erstunken und erlogen.«

»Warum?«

»Es klingt schrecklich, aber ich sag's trotzdem. Angeline wuchs nicht gerade in einer besonders intellektuellen Familie auf. Man konnte ihr leicht Honig ums Maul schmieren. Sie würde es mit jedem Kerl treiben, von dem sie glaubt, dass er Beziehungen hat. Warum sonst sollte sie's mit jemandem wie mir aushalten? Ich war schrecklich zu ihr.« Ihm traten Tränen in die Augen. »Wahrscheinlich gefiel ihr das auch an dem Arschloch. Sie dachte, er hätte Beziehungen. Wenn ja, dann hat er sie bestimmt auch schrecklich behandelt. Und wahrscheinlich blieb sie auch deshalb bei Lance. Er war reich und hatte Beziehungen, war aber ein bisschen hohl im Kopf. Mal ehrlich, jeder mit Geld, der auf der richtigen Schule war, schafft was Besseres als Littleton, verdammt.« Er sah McAdams an. »Ich weiß, ich klinge wie ein Arschloch, aber so läuft das eben.«

»Sehen Sie nicht mich an. Ich bin hier um die Ecke aufgewachsen, Park und Achtundsechzigste.«

»Warum kenne ich Sie dann nicht?«

»Wahrscheinlich weil ich schon als Kind aufs Philipps verfrachtet wurde.«

»Phillips Andover?«

»Phillips Exeter.«

»Oh. Kennen Sie Joey Seldano?«

»War zwei Klassen unter mir. Guter Basketballer. Spielen Sie Basketball?«

»Ja, Joey und ich haben immer eins gegen eins gespielt.« Livingston musterte ihn. »Sind Sie Polizist?«

»Ein Polizist mit Harvard-Abschluss«, mischte Decker sich ein. »Was hat Ihnen Angeline sonst noch über Latham erzählt?«

»Nur was ich bereits gesagt hab. Dass er irgendwie ein Stipendiat war.«

»Der Teil stimmt«, sagte McAdams. »Er hat ein Stipendium gewonnen ... den Windsor Prize.«

Livingston zuckte desinteressiert die Schultern. »Sie hat mir auch gesagt, er hätte Beziehungen.«

»Inwiefern?«, fragte Decker.

»Sie hat's nicht weiter erläutert, und offen gestanden hat's mich auch nicht interessiert. Ich hatte andere Sachen im Kopf.«

»Sie muss Ihnen etwas gesagt haben, Livingston«, insistierte Decker. »Dass er reich war, dass er politisch war, dass er Freunde in guten Positionen hatte … denken Sie nach!«

»Ganz was Neues«, murmelte Max.

»Bitte nicht jetzt«, bat Decker ihn und wandte sich wieder an den jungen Mann. »Was hat Sie Ihnen über ihn erzählt?«

»Nur dass er nach Oxford ging und hochintelligent war. Dass er jede Menge richtig reiche Leute kannte. Als ich ihr sagte, sie soll mit Namen rausrücken, wollte sie nicht. Ich dachte, sie zieht sich die Story aus dem Hintern.«

Decker dachte einen Moment nach. »Wissen Sie, ob Angeline jemals in einer der New Yorker Kunstgalerien hier gejobbt hat?«

»Keine Ahnung.«

»Ich kann ein paar der Galerien anrufen«, bot McAdams an.

»Ja, das sollten wir abklären.«

»Wie wurde sie getötet?«, fragte Livingston.

»Das könnte ich Ihnen gar nicht sagen. Der Bericht der Gerichtsmedizin liegt mir noch nicht vor.«

»Woher wissen Sie dann, dass sie ermordet wurde? Vielleicht hat sie sich eine Überdosis verpasst oder sich womöglich zu Tode gesoffen. Sie hat ziemlich gebechert.«

»Davon habe ich gehört.«

»Woher wissen Sie dann, dass sie ermordet wurde?«

»Weil der Ort, an dem wir sie gefunden haben, eindeutig ein Tatort ist.«

»Gott, mir wird schlecht«, sagte Max.

Livingston schlug sich die Hand vor den Mund, dann sah er auf die Uhr. »Kann ich jetzt gehen? Mein Versuch, ein Samariter zu sein, ging mal wieder wie üblich nach hinten los.«

Decker nickte. Der Junge stand ohne Umschweife auf, schnappte sich seine Jacke und verschwand. Als er weg war, sagte Max: »Mein Benehmen ließ zu wünschen übrig, dafür entschuldige ich mich. Aber er geht mir wahnsinnig auf die Nerven. Er geht jedem auf die Nerven.«

»Glauben Sie, dass er möglicherweise an dem Diebstahl beteiligt war? Es würde einen Unterschied machen, wie wir unsere Ermittlungen führen.«

»Na ja, er kam zu mir, um mir davon zu erzählen. Wenn er mit von der Partie war, wüsste ich nicht, warum er das tun sollte.« Er seufzte. »Weshalb wollten Sie mich treffen?«

»Haben Sie eine Stunde Zeit für mich?«

»Zuerst brauche ich frischen Kaffee und was zu essen. Um die Ecke gibt es einen Sandwichladen.«

»Ich möchte mich nicht an einem öffentlichen Ort darüber unterhalten.«

»Dann lasse ich Jill etwas bestellen.« Max rieb sich den Nacken. »Gott, so ein Durcheinander! Und ich habe mir Sorgen wegen ein paar Tiffany-Glasfenstern gemacht. Wie alt war sie – dieses Mädchen?«

»Zweiundzwanzig.«

»Gott, das ist schrecklich. Wissen es ihre Eltern?«

»Ja.«

»Meine Kinder sind klein, stehen immer unter Aufsicht.« Er sah Decker an. »Wie lässt man sie jemals los?«

»Man betet viel und hofft das Beste.«

»Und Sie glauben, die Ermordung des Mädchens hängt zusammen mit den beiden Einbrüchen in der Gruft?«

»Ja, vor allem jetzt, da ich erfahren habe, dass sie über die Existenz der Tiffany-Glasfenster Bescheid wusste.«

»Was unternehmen Sie als Nächstes?«

»Deshalb sind wir hier, um mit Ihnen zu reden. Aber besorgen Sie sich erst was zu essen. Ich würde auch gerne einen Kaffee und eine Kleinigkeit zu mir nehmen. Ich bin sicher, McAdams wäre ebenfalls nicht abgeneigt.«

»Ein Blaubeermuffin, wenn es die gibt, und ein Kaffee wären toll«, sagte McAdams. »Milch, kein Zucker.«

»Und Sie, Detective?«

»Kaffee, schwarz. Vielleicht etwas Obst – Apfel, Orange, Banane.« Decker fischte einen Zwanziger aus seinem Portemonnaie, dann überlegte er es sich noch mal und nahm einen zweiten Zwanziger dazu. Manhattaner Preise. »Das geht aufs Revier.«

»Gerne. Wir unterhalten uns besser oben in meinem Büro.« Er schüttelte traurig den Kopf. »Ach was, lassen Sie uns gleich reden. Das Essen kann warten.«

»Max, ich habe es mir zur Regel gemacht, niemals mit einem leerem Bauch zu reden – seinem, Ihrem oder meinem.«

19

Die Arbeitsflächen im Büro waren übersät mit Papieren. Max hatte ein bisschen Platz für das Essen und den Kaffee freigeschaufelt. Untersetzer wurden nicht gebraucht: Das Mobiliar war abgenutzt und zerschrammt. Während er seinen Muffin aß, überflog Max die Namensliste. Er sah angestrengt aus. »Wenn die Detectives aus Rhode Island nichts gefunden haben, um Anklage gegen einen der Händler zu erheben, möchte ich doch nicht die Gerüchteküche anheizen.«

Decker hielt seine Enttäuschung im Zaum – fast. »Sie wissen, dass es nicht mehr darum geht, die gestohlenen Tiffany-Glasfenster zu finden oder den Raub der Petroshkovich-Ikonen aufzuklären. Wir suchen nach gefährlichen Leuten, die zwei Menschen abgeschlachtet haben. Wir werden jeden auf der Liste überprüfen. Ich frage Sie nur, wo wir anfangen sollen.«

Max nestelte an dem Knoten seiner Krawatte herum. »Überprüfen sie Jason Merritt auf der Dreiundsechzigsten. Ich glaube zwar nicht, dass er etwas Falsches getan hat. Die Merritt-Galerie ist seit fast hundert Jahren in Familienbesitz.«

Decker wartete ab.

»Sein Großvater allerdings«, fuhr Max fort, »handelte mit russischen Ikonen. Wie Armand Hammer war er einer der wenigen Galeristen, die Zugang zu Russland unter dem sowjetischen Regime hatten. Ich habe nie gehört, dass er etwas geplündert hat, aber vermutlich bezahlte er Spottpreise für religiöse Reliquien, denn Nachkriegsrussland lag in Trümmern. Die Leute brauchten Geld, und niemanden interessierte das religiöse Zeug. Da die Galerie immer noch mit russischen Ikonen handelt, ist sie ein guter Ausgangspunkt.« Max verstummte. »Der zweite Mord passierte in Boston?«

»Nahe Boston«, sagte McAdams, »in Summer Village, nicht weit weg von der Tufts.«

»Ich bin neugierig, wieso Sie glauben, dass jemand in New York verantwortlich für beide Morde ist, wo sie doch nördlich von hier passiert sind.«

»Die Detectives aus Marylebone fingen auch in New York an. Aber wenn Sie etwas über andere Städte wissen und es mir erzählen wollen, höre ich Ihnen hier und jetzt gerne zu.« Decker beobachtete, wie der Mann den Blick senkte. »Was geht Ihnen durch den Kopf?«

»Nichts. Das ist eine einfache Feststellung – dass es noch viele Galerien außer denen in New York City gibt.«

»Max«, setzte Decker an, »abgesehen von Psychotikern oder Psychopathen haben Menschen banale Gründe für Mord: um ein Geheimnis zu sichern, aus unerwiderter Liebe, Eifersucht, Machtgelüsten – und finanzielle. Wenn Sie einen Killer finden wollen, folgen Sie der Spur des Geldes. Die New Yorker Galerien handeln mit dem großen Geld. Deshalb bin ich hier.«

»Ich kann Ihnen keinen Mörder liefern. Das ist eine Tatsache.« Schweigen. »Detective, meine Familie hat diese Galerie ihr Leben lang aufgebaut. Ich möchte wirklich nicht in etwas verwickelt werden, das ihr schadet.«

»Es waren die Stücke Ihres Schwiegervaters, die das Ganze ins Rollen gebracht haben«, bemerkte McAdams achselzuckend. »Sie sind bereits darin verwickelt.«

»Das ist ein einziger Alptraum!« Max blickte zu Boden. »Ich beschuldige niemanden konkret, okay? Das hier ist nur so ein Gedanke. Chase Goddard kaufte vor zwei Jahren eine Galerie in Boston. Sie heißt jetzt nach ihm, Goddard Gallery. Chase hatte aber zuerst einen Laden in New York für Kunst und Antiquitäten, das war 2006 oder 2007. Ich muss wohl nicht erwähnen, dass der Zeitpunkt wegen der Rezession mies war und er ihn zwei Jahre später wieder schloss. Dann hörte ich von dieser Unternehmung in Boston.«

»Mit welcher Kunst handelt die Goddard Gallery?«

»Keine russischen Ikonen.« Stewart zuckte mit den Achseln. »Wenn sie seiner New Yorker Galerie ähnelt, stehen da hauptsächlich Antiquitäten, aber auch ein bisschen bildende Kunst. Ich war noch nie da, daher weiß ich nicht, worauf er sich spezialisiert hat.«

»Was hat er in der New Yorker Galerie verkauft?«

»Genre-Malerei des achtzehnten und neunzehnten Jahrhunderts, englische und kontinentaleuropäische Antiquitäten und kleinere Kunstobjekte aus dieser Zeit. Ein paar Dinge des zwanzigsten Jahrhunderts … nichts, worüber es sich zu schreiben lohnt. Im Wesentlichen gab's ein bisschen was von allem.«

McAdams zeigte Decker etwas auf seinem Smartphone. Er hatte die Internet-Startseite der Goddard Gallery aufgerufen. »Ein bisschen was von allem.«

»Darf ich mal sehen?«, fragte Max.

»Natürlich.«

Max surfte kurz durch die Website. »Ja, genau wie sein New Yorker Laden.«

»Wenn Goddard seinen Laden nach 2007 dichtgemacht hat«, überlegte Decker, »woher hatte er das Geld, um sich eine neue Galerie zu kaufen?«

Max kaute auf seiner Unterlippe herum. »Manche Leute

haben sich dasselbe gefragt. Chase hat nicht nur den Mietvertrag übernommen, sondern einen Teil des alten Inventars, das aber, der Seite nach zu urteilen, nicht besonders teuer ist. Nur halt viel davon.«

»Gut.« Decker trank einen Schluck Kaffee. »Was noch?«

»Warum glauben Sie, da sei noch mehr?«

»Ich verdiene mein Geld damit, Leute zu durchschauen. Sie sind schon so weit gegangen, jetzt bleiben Sie nicht stehen.«

»Chase kaufte bei den verschiedensten Quellen ein«, sagte Max. »Das ist nicht ungewöhnlich, wir tun das alle. Unser Inventar hängt von vielen unterschiedlichen Quellen ab. Aber Chase hatte den Ruf, Herkunftsnachweise zu umgehen.«

»Er kaufte heiße Ware?«

»Das habe ich nicht gesagt. Nur, dass er nicht so akribisch war, wie er es hätte sein sollen. Wir alle machen Fehler. Wir alle verbrennen uns mal die Finger. Chase schien mehr Fehler zu machen. Mehr will ich dazu nicht sagen. Ich habe Ihnen einen Ausgangspunkt gegeben – mehrere sogar. Auf Wiedersehen und viel Glück.«

»Danke für Ihre Zeit.«

Aber Max rührte sich nicht. Er kaute auf einem Daumennagel herum. »Die Glasfenster sind immer noch verschwunden, und jetzt gibt es zwei Morde. Muss ich mir Sorgen um meine Sicherheit machen?«

Decker hielt die Liste hoch. »Ich überprüfe lediglich Kunsthändler, die in der Petroshkovich-Akte auftauchten. Kein Grund, dass es auf Sie zurückfallen sollte.«

»Die Goddard Gallery steht nicht auf dieser Liste«, wies Max ihn zurecht.

»Lathams Ermordung fand weiter nördlich statt. Daher ist es logisch, wenn ich oder das Revier in Summer Village umliegende Galerien überprüfen.«

»Ich bin nervös.«

»Das verstehe ich. Sie haben Sicherheitsvorkehrungen in der Galerie. Es wäre vielleicht sinnvoll, sie zu verstärken, bis wir mehr wissen.«

»Dürfte ich Sie um einen Gefallen bitten? Würden Sie bitte nicht mehr hierherkommen? Ich rede gerne am Telefon mit Ihnen, aber könnten Sie sich von meiner Familie fernhalten, außer es ist wirklich wichtig?«

»Kein Problem. Danke für Ihre Unterstützung.« Decker erhob sich. »Vielleicht habe ich bei unserem nächsten Gespräch bereits gute Nachrichten.«

»Auch dafür reicht ein Telefonanruf.«

Sie gaben sich die Hand und beließen es dabei.

Decker und McAdams traten aus der Tür hinaus in einen Kälteschwall. Es war halb sechs, dunkel, eiskalt und deprimierend. Der Bengel rieb sich die Hände, die bereits in Handschuhen steckten. »Und jetzt?«

»Es ist zu spät für einen Besuch der Merritt Gallery, das machen wir morgen. Am besten gehen wir in die Wohnung meines Pflegesohns zurück und durchforsten noch mal die Petroshkovich-Akten.«

»Wie ich sehe, glauben Sie nicht an Taxis?«

»Es sind zehn Minuten zu Fuß.«

McAdams musste schneller gehen, um mit Deckers großen Schritten mithalten zu können. »Glauben Sie, er ist in Gefahr?«

»Max?« Decker schüttelte den Kopf. »Nicht wirklich. Aber wenn er zusätzliche Sicherheitsmaßnahmen treffen will, warum nicht? Wenn jemand in Gefahr ist, dann wir. Wir sind diejenigen, die Unruhe erzeugen.«

»Super!«

Decker grinste. »Niemand hat Sie gezwungen, dabei zu sein, McAdams.«

»Greenbury ist das neue Mayberry. Da passiert nie was.«

»Bis es passiert.«

»Danke, dass Sie meine Ängste beschwichtigen.«

Decker lachte jetzt richtig. »Ich mache Spaß, Harvard. Fast jeder Detective, den ich kenne, ist gesund und munter in Rente gegangen, mit einer guten Pension. Wenn jemand kaltgemacht wird, dann sind es meistens die armen Streifenpolizisten bei einer routinemäßigen Verkehrskontrolle.«

Aber McAdams war immer noch beunruhigt. »Nur fürs Protokoll, wie oft werden Detectives wegen ihrer aktuellen Ermittlungsarbeit kaltgemacht?«

»Selten.«

»Könnten Sie bitte präziser antworten?«

»Nein.«

»Wurden Sie schon mal angeschossen?«

»Ja.«

»Hoffentlich sagen Sie mir, dass es in Vietnam passiert ist.«

»Nein, es passierte, als ich hinter einem dummen Jungen her war, vor ungefähr fünfundzwanzig Jahren. Ich wurde in die Schulter geschossen.« Decker hob seinen Arm und ließ ihn rotieren. »Alles verheilt.«

»Das ist nicht sehr beruhigend.«

»Wenn Sie nervös sind, kann ich auch allein weitermachen, das wissen Sie doch. Sie müssen mir nichts beweisen, Harvard. Ob ich glaube, dass etwas passiert? Nein. Kann ich dafür garantieren? Nein. Aber wenn es an Ihnen nagt, sind Sie nicht in der Lage, sich voll und ganz zu konzentrieren. Sie haben meinen Segen, sich aus dem Fall zurückzuziehen, keine Kritik, und das meine ich ernst.«

»Sie machen sich keine Sorgen?«

»Ich bin drogensüchtig, Tyler. Adrenalin lässt mich zur

Bestform auflaufen. Ich war schon seit sechs Monaten nicht mehr so glücklich.«

Der Bengel schwieg einen Moment. Dann sagte er: »Ich bin dabei, so lange Sie mich dabeihaben wollen.«

»Okay, aber wenn Sie Ihre Meinung ändern: auch gut, kein Problem.«

»Ehrlich gesagt, Decker, ich fühl mich zum ersten Mal in meinem Leben nützlich. Ich hab neue Energie, und die Gefahr verstärkt das Gefühl noch. Ja, ich hab auch ein bisschen Angst. Aber was mich wirklich beunruhigt: Es gefällt mir, ein bisschen Angst zu haben.«

»Ein bisschen Angst ist gut. Das hält Sie auf Zack. Die üblen Sachen passieren, wenn Sie übermütig werden.«

»Und wenn man übermütig wird und Angst hat?«

»Sie beschreiben gerade den perfekten Ermittler für Mordfälle.«

Nina McAdams schwebte am Arm ihres Stiefenkels ins Lokal. Sie war dünn, blond und schön anzusehen in einem schwarzen Chiffonrock und einem Seidentop. Wirklich zu denken gab Decker, dass sie nur zehn Jahre älter war als er. Gerade hatte er sich daran gewöhnt, mit Leuten zusammenzuarbeiten, die seine Söhne sein könnten, da bekam er einen Partner, der jung genug war, um sein Enkel zu sein.

Nina inspizierte den engen Tisch, an dem bereits Deckers Kinder, Stiefkinder, Ehefrauen und Lebensgefährtinnen saßen sowie Yasmine und zwei ihrer Zimmergenossinnen, Jenny Lee und Katy Bera.

»Meine Güüüüte, das ist kein Abendessen, sondern eine Party.« Nina musterte Decker. »Sind die alle von Ihnen?«

»Bitte benimm dich«, sagte Tyler.

»Warum sollte sie«, meinte Jacob, »tut sonst auch keiner.«

»Wir sind froh darüber, auf alle Besitzansprüche erheben zu dürfen«, sagte Rina.

Nina saß zwischen Tyler und Decker. Nachdem sich alle miteinander bekannt gemacht hatten, tätschelte Nina Deckers Hand und sagte: »Sie haben ja die reinste UN-Vollversammlung.«

Tyler wurde knallrot. Decker grinste. Die alte Dame sagte nur die Wahrheit. Koby war aus Äthiopien, Yasmines Familie kam aus dem Iran, wohingegen ihre beiden Mitbewohnerinnen Jenny und Katy aus Taiwan und Indien stammten. Hannahs Verlobter, Raphy, war ein kolumbianischer Jude.

»Sollte die Regierung jemals Vielfältigkeit innerhalb der Familien anordnen, haben wir dem bereits entsprochen.«

»Nina, bestell dir einen Drink«, sagte McAdams, »oder ... vielleicht besser doch nicht.«

»Wieso trinken wir nicht alle etwas?« Sie schnappte sich die Weinkarte und ging die Auswahl durch. Dann rümpfte sie die Nase. »Ich glaube nicht, dass ich auch nur eins dieser Weingüter kenne.«

»Wahrscheinlich weil es koschere Weine sind«, erklärte Rina, »und viele davon sind sehr gut.«

»Wie wäre es mit diesem hier?« Sie zeigte auf die teuerste Marke. »Herzog To Kalon? Habe ich das richtig ausgesprochen?«

»Ja«. Rina erschrak: Eine Flasche kostete über zweihundert Dollar. »Natürlich, bestellen wir eine Flasche davon.«

»Eine? Wir nehmen vier. Und keine Sorge, junge Dame, ich bezahle.«

»Sagte ich Ihnen doch«, wandte Tyler sich an Decker.

»Wir haben Sie eingeladen, Mrs. McAdams«, widersprach Decker.

»Sagen Sie Nina zu mir, und keine Widerrede. Ich weiß, was

der arme Tyler verdient. Es ist haarsträubend! Und selbst mit Ihrer Rente von irgendwo sind das hier viele Leute. Es wäre mir ein Vergnügen. Lassen Sie uns einen netten Mittwochabend verbringen, mit Essen und Trinken und guter Laune.« Sie begann die Speisekarte zu studieren, und die anderen machten es ihr nach. Innerhalb kürzester Zeit unterhielten sich alle angeregt.

Decker redete über den Tisch hinweg mit Cindy und Koby. »Danke, dass ihr hier seid.«

»Wenn der Berg nicht zum Propheten ...«

»Ich werde kommen, versprochen. Ich möchte die Jungs unbedingt bald wiedersehen.«

»Sie vermissen ihren Opa«, sagte Koby, »und ich vermisse ihn auch.«

Decker lächelte. »Wer passt auf die Jungs auf?«

»Meine Partnerin Mary und Kobys Mitstudentin Alicia«, sagte Cindy. »Sie haben sich auf einer Party bei uns kennengelernt und sind jetzt zusammen.«

»Also decken Sie die Homo-Ecke auch ab«, mischte Nina sich ein.

Tyler vergrub das Gesicht in seinen Händen. Sammy beruhigte ihn: »Das ist noch gar nichts.« Er zeigte mit dem Finger auf Decker. »Sie sollten mal seine Mutter kennenlernen.«

»Kein Wort über Ida«, sagte Rina, »sie ist sehr nett.«

»Ich glaube, ich nehme die Rippchen.« Sie sah Jacobs Freundin Ilana an. »Wollen wir uns die teilen?«

»Gerne.«

Jacob schlug mit einem Löffel gegen sein Stielglas und erhob sich. Alle schauten zu ihm auf. »Beeil dich, Yonkie.«

»Nur ein paar Worte.«

»Ist auch besser so, denn ich habe Hunger.« Sammy wandte sich an Tyler: »Er macht gerne lange Ankündigungen.«

»Er ist eben sentimental«, sagte Hannah.

»Der Fairness halber muss gesagt werden, dass wir alle nicht gerade oft zusammen sind, oder?« Sie sah Yasmine an. »Du sitzt hier zusammen mit Gabes Geist.«

»Ich erzähle ihm alles, wenn er wieder da ist.«

»Wo ist er denn?«, fragte Hannah.

»Äh, in Japan … Osaka.«

»Wunderschön dort«, sagte Nina. »Vor allem verglichen mit Tokio.« Sie drehte sich zu Rina hin. »Waren Sie schon mal da?«

»Steht auf meiner Liste.«

»Die Kirschblütenzeit ist einfach herrlich.«

»Nina, er versucht, etwas zu sagen«, ermahnte Tyler sie.

»Ach, papperlapapp!« Sie verstummte.

»Unmöglich, die Aufmerksamkeit dieser Familie für länger als dreißig Sekunden zu haben«, sagte Jacob.

Ilana tätschelte seine Hand. »Beeil dich, Liebster.«

Jacob räusperte sich. »Zuerst einmal möchte ich unserer kleinen Schwester zu ihrer noch ganz frischen Verlobung mit Raphy gratulieren.« Alle begleiteten die Wünsche mit einem »Masltów« oder einem »Bravo«. »Ich freue mich wahnsinnig auf diesen Tag, da ich mir seit ihrem zweiten Geburtstag Notizen über sie mache und also jede Menge schmutzige Details angesammelt habe.«

»Kann man mich damit erpressen?«, fragte Hannah.

»Ich passe auf, dass es jugendfrei bleibt.«

»Ich habe Hun-ger«, bemerkte Sammy.

»Zweitens«, Jacob grinste, »weiß jeder hier, dass ich es eher langsam angehe. Noch eine Hochzeit mit den vielen ›als Nächster bist du dran‹-Sprüchen halte ich nicht aus. Deshalb …« Er holte tief Luft, dann ergriff er Ilanas Hand. Und er kniete vor ihr nieder. Die Frauen hielten die Luft an. Ilana schossen augenblicklich Tränen in die Augen. Rina drückte Deckers Hand. Jacob holte eine kleine Schachtel aus seiner Jackentasche: »Ich weiß, das hier hat lange auf sich warten lassen, aber würdest du mir die Ehre erweisen und meine Frau werden? Und wenn es ein Nein ist, sag bitte trotzdem Ja, damit du mich nicht vor der ganzen Familie blamierst.«

Ilana konnte nichts sagen, sie nickte bloß, und der ganze Tisch applaudierte. Ilana öffnete die Schachtel und keuchte. Sie war immer noch sprachlos, als Jacob ihr den Ring ansteckte.

»End-lich!« Sammy legte die Speisekarte weg. »Ich nehme ein Steak.«

Rachel knuffte ihn. »Er ist dein Bruder. Kannst du bitte etwas Gefühl zeigen?«

»Sie sind seit sieben Jahren zusammen.«

Rachel knuffte ihn noch mal, stärker.

»Wie toll ist das denn?«, rief Nina entzückt »Jetzt ist es wirklich eine Party! Wir brauchen Champagner!« Sie winkte den Kellner heran und bestellte vier Flaschen Champagner, zusammen mit den vier Flaschen Herzog To Kalon, wodurch die Getränkerechnung auf weit über zweitausend Dollar anstieg.

Alle umarmten und küssten sich und bewunderten den Ring. Die Mädchen waren in ihrem Element, während die Jungs übers Essen redeten.

»Lani«, sagte Rina, »du musst deine Eltern anrufen.«

»Sie wissen es schon«, sagte Jacob. »Sie haben mir beim Aussuchen des Rings geholfen. Sie kommen zum Essen noch vorbei. Ich bin davon ausgegangen, dass ihr nichts dagegen habt.«

»Wann hast du das alles vorbereitet?«, fragte Ilana.

»Ich bin eben ein listiges Kerlchen.«

»Gott, angesichts der vielen Leute solltet ihr eine Halle mieten!« Nina wandte sich an Ilana. »Liebes, möchtest du eine Brautparty?«

»Nina, ich bin sicher, ihre Freundinnen werden sich darum kümmern«, sagte Tyler.

»Natürlich, aber durch meine Freunde hätte sie eine ganz andere Geschenkeansammlung: lauter dicke Brieftaschen. Bitte verwehren Sie mir das nicht, Liebes. Wir suchen immer nach einer Gelegenheit, uns aufzutakeln und anzugeben.«

Tyler verdrehte die Augen. Er beugte sich zu Decker vor und reichte ihm einen Notizzettel. »New Yorker Kunstgalerien. Viele schließen um fünf, aber ein paar haben bis acht geöffnet. Ich hab einige angerufen, um nachzufragen, ob jemand Angeline Moreau eingestellt hatte.«

»Und, Glück gehabt?«

»Nein. Und ich hab nicht gesagt, dass ich Polizist bin. Ich behauptete, von der Quästur in Littleton zu sein, und würde versuchen, Angelines Einkünfte für das W2-Steuerformular unter einen Hut zu bringen.«

»Gute Arbeit.« Decker überflog die Namen der Galerien. »Ich hatte einen Rückruf von Jason Merritt. Die Verabredung ist um zehn. Am besten treffen wir uns um neun in Gabes Apartment und überlegen uns eine Strategie.«

»Könntet ihr *ein Mal* nicht über die Arbeit sprechen?«, beschwerte Rina sich. »Vor allem in Anbetracht dessen, was gerade passiert ist?«

»Ich hab damit angefangen«, sagte McAdams, »dafür entschuldige ich mich.«

»Wagen Sie es nicht, ihn ungeschoren davonkommen zu lassen«, sagte Rina.

»Gut, ich werde nicht mehr über die Arbeit reden«, gebot Decker, »aber dann dürft ihr auch nicht über diesen Hochzeitskram quasseln. Ich habe diesem endlos erscheinenden Thema nichts mehr hinzuzufügen. Und selbst wenn, würde niemand mir zuhören.«

»Zu mir hast du noch nie etwas darüber gesagt«, meinte Hannah.

»Nichts von dem, was ich gesagt habe, überlebte das Veto deiner Mutter.«

»Das ist unfair«, beschwerte Rina sich. »Na ja, vielleicht ein bisschen unfair.«

Decker lachte, beugte sich vor und küsste sie auf die Stirn.

»Ich hätte aber gerne deine Meinung dazu, Peter«, sagte Ilana.

»Das wäre eine Premiere, Liebes. Ehrlicherweise muss ich zugeben, dass Hochzeiten nicht in meinen Zuständigkeitsbereich fallen.«

»Wie soll ich dann nicht über Hochzeiten reden?«, sagte Rina. »Vor allem jetzt.«

»Zwei Hochzeiten in ...« Sammy musterte seinen Bruder. »Planst du den großen Tag in Monaten oder Jahren ein?«

Ilana bewunderte ihren Ring. »Kein Grund zur Eile.«

»Oh, sag Jacob das bloß nicht«, scherzte Rina.

»Ich würde wenigstens vorher gerne meine Assistenzzeit zu Ende bringen.«

»Wie lange wird das noch dauern?«, fragte Rina.

»Vielleicht zwei Jahre.«

»Zwei Jahre klingen gut.« Jacob erhob sich und winkte ein Paar heran, das auf den Tisch zukam, beide mit einem breiten Grinsen im Gesicht. »Dad, könntest du bitte einfach nur nett sein?«, fragte er. »Und falls nicht, bist du dann wenigstens nicht grantig?«

»Verlange nie etwas Unmögliches, mein Sohn, dann wirst du auch nie enttäuscht werden«, erwiderte Decker.

»Er ist nur grantig, weil er Hunger hat«, sagte Sammy.

»Wie der Vater, so der Sohn«, bemerkte Rachel.

»Dazu stehe ich.«

»Dieser Anlass hätte ein Catering gebraucht«, sagte Nina.

»Hör auf«, sagte Tyler.

Ilanas Eltern setzten sich, und wieder küssten und umarmten sich alle. Der Kellner kam endlich mit den Champagnerflaschen und einem Eiskübel zurück.

»Lassen Sie ihn sprudeln, junger Mann. Ich schätze, hier muss die ganze Runde ein bisschen besänftigt werden.«

Als jeder ein Glas in der Hand hielt, erhob Jacob seins und sagte: »Lecháim.«

»Lecháim«, wiederholten alle im Chor.

»Das bedeutet ›Auf das Leben‹«, erklärte McAdams Nina.

»Ich weiß, was es bedeutet, Tyler, ich komme ja nicht vom Mond.« Nina zückte ein Taschentuch und tupfte sich die Augenwinkel trocken. »Außerdem, wer in Amerika hat nicht *Anatevka* gesehen?«

20

Die Merritt-Galerie befand sich in Höhe der Fünfziger-Hausnummern zwischen Park Avenue und Lexington, eins der vielen kleineren Studios in einem Wolkenkratzer aus Chrom und Glas. Die Galerie war klein und spärlich eingerichtet mit ein paar Schaukästen religiöser Gegenstände sowie byzantinischer Kunst auf Leinwand, Pappe oder Holz. Es gab mehrere Madonnen mit Kind, und die Jesuskinder sahen ziemlich langgestreckt aus, mit erwachsenen Gesichtszügen, so als kümmerten den Künstler Fragen der Perspektive kein bisschen. Diese Babys ähnelten den plumpen Renaissance-Jesus-Figuren, die Decker von seinen Museumsbesuchen her gewohnt war, gar nicht.

Ein Mann, komplett in Schwarz gekleidet, blickte von seinem Schreibtisch auf. Er war Mitte dreißig, mit Glatze und einer schlanken Figur, aber Armen, die so muskulös waren, dass die Ärmel seines langärmeligen T-Shirts darüber spannten. »Kann ich Ihnen helfen?«

»Ich bin auf der Suche nach Jason Merritt.« Decker reichte dem Mann seine Karte. »Er erwartet uns.«

»Polizei?« Der Assistent runzelte die Stirn. »Ist etwas passiert?«

»Wir sammeln nur Informationen über Ikonen«, sagte Decker. »Es geht um einen dreißig Jahre alten Fall.«

Der Assistent drückte eine Taste auf seinem Telefon, die zu einer Gegensprechanlage gehörte. »Die Polizei aus Greenbury ist da… Natürlich, Mr. Merritt.« Er sah erst Decker und dann McAdams an. »Sein Büro ist hinten.« Der Assistent stand auf und ging los. »Sind Sie an den Petroshkovich-Ikonen dran? Wir alle haben uns gefragt, ob das jemals wieder aufgerollt wird.«

»Der Fall wurde nie geschlossen.«

»Na ja, ich für meinen Teil freue mich, dass jemand der Sache neues Leben einhaucht.«

»Und Sie sind?«

»Victor Gerrard.« Er klopfte an eine Tür.

»Es ist offen.«

Das Trio wurde in einem kleinen, aber ordentlichen Büro begrüßt. Der Kunsthändler war Mitte fünfzig, mit schütter werdendem Haar und dunklen Augen. Er war dünn und hatte manikürte Fingernägel. Sein grauer Nadelstreifenanzug saß tadellos, genau wie sein weißes Hemd, eine rote Krawatte und schwarze, polierte Schuhe aus Eidechsenleder an den Füßen. Er hörte Decker aufmerksam zu, als er erläuterte, warum sie hergekommen waren.

Anschließend sagte Merritt: »Ich bin immer noch ein bisschen verwirrt, Detective. Ich habe nichts mit Jugendstil oder Art déco zu tun. Sie sollten sich an Max Stewart wenden.«

»Dort war ich bereits. Jetzt bin ich daran interessiert, etwas über die Petroshkovich-Ikonen zu erfahren, die in Marylebone, Rhode Island gestohlen wurden.«

»Und worin liegt die Verbindung zwischen einem dreißig Jahre alten Fall mit gestohlenen russischen Ikonen und gestohlenen Tiffany-Gegenständen?«

»Da gibt es nicht viel, außer dass beide Einbrüche opportunistisch wirkten – das heißt, der Dieb brauchte jemanden, der die gestohlenen Gegenstände anbietet. Und er brauchte erstklassige Endabnehmer. Ich frage mich, ob Sie uns in eine Richtung zu Händlern weisen können, die ... weniger sorgfältig agieren, was die Herkunftsbezeichnungen betrifft.«

Merritt sah zu Gerrard. »Sie sollten wieder nach vorne in die Galerie gehen.«

»Natürlich.« Gerrard lächelte und nickte. »Viel Glück.«

Merritt widmete seine Aufmerksamkeit wieder den Detectives. »Warum genau kommen Sie zu mir?«

»Ihr Name fiel als ein Händler, der auf russische Ikonen spezialisiert ist.«

Merritt formte mit den Fingerspitzen ein Zelt und brachte sie an sein Kinn. »Ich verstehe immer noch nicht, warum Sie sich so sehr für die Petroshkovich-Ikonen interessieren, wo Sie doch wegen gestohlener Tiffanys ermitteln.« Der Mann sah sie kalt an. »Ist dieses ganze Gespräch in Wahrheit ein Trick?«

»Entschuldigung?«

»Wenn es hier um meinen Großvater geht, habe ich Ihnen nichts zu sagen.«

Deckers Stimme blieb ausdruckslos. »Ihr Großvater?«

Merritt musterte den verdutzten Blick seines Gegenübers, dann wurde er rot. »Vergessen Sie's.«

»O nein, nein, nein. Sie können so etwas nicht einfach in die Runde werfen und dann sagen ›Vergessen Sie's‹.«

Der Kunsthändler seufzte. »Es ist unwichtig.«

»Sir, ich habe nicht viel, um weiterzumachen. Alles ist wichtig.«

»Wenn Sie mit genügend Leuten reden«, seufzte Merritt, »hören Sie möglicherweise, dass mein Großvater russische Ikonen gestohlen haben soll. Dieses Geschwafel ist nicht nur komplett falsch, sondern schädlich.«

»Okay.« Pause. »Könnten Sie uns ein bisschen mehr darüber sagen?«

»Warum? Es ist alles erstunken und erlogen.«

»Ich könnte mir entweder Ihre Wahrheit anhören oder die Lügen Ihrer Feinde.«

Merritt dachte nach. »Gewisse verwerfliche Leute besaßen die Frechheit zu behaupten, mein Großvater hätte russische Kirchen geplündert.«

Decker zückte seinen Notizblock. »Wer ist Ihr Großvater?«

»August Merritt. Sein Vater – mein Urgroßvater – war Wilson Merritt und einer der wenigen Unternehmer, die mit dem revolutionären Russland Geschäfte machten. Was nicht leicht war. Es gab auf Seiten beider Länder eine vielschichtige Bürokratie.«

»Welche Art Geschäfte machte er?«, fragte McAdams.

»Er besaß Textilfabriken und brachte Bekleidung in Dritte-Welt-Länder. Die Sowjetunion zählte dazu, als sie stark geächtet wurde. Nach der Revolution und dem Ersten Weltkrieg befand sich das russische Volk in einem desolaten Zustand – wie die meisten osteuropäischen Länder. Essen war knapp, Öl war knapp, Nachschub war knapp. Wollstoffballen kommen einem vielleicht nicht besonders wichtig vor, aber sie retteten viele Menschen vor dem Tod durch Erfrieren. Mein Urgroßvater und mein Großvater erhielten für ihre humanitären Einsätze Besuchsprivilegien, zu einer Zeit, als die Sowjetunion für die meisten westlichen Länder tabu war.«

»Wie kam es denn zu den Gerüchten?«, fragte Decker.

»Aus Neid.« Der Kunsthändler seufzte unüberhörbar. »Wilson Merritt hatte sich immer schon für byzantinische Kunst interessiert. Tatsächlich gründete er die Merritt-Galerie nur, um seine riesige Sammlung auszustellen, und später begann mein Großvater mit dem Aufbau des Geschäfts. Wilsons Gegner behaupten, er hätte die Stücke erworben, indem er sich seiner Privilegien in der Sowjetunion bediente. Und der Teil ist wahr. Der Teil mit der Beutekunst ist eine Lüge. Die Kunstwelt kann sehr unmoralisch sein.«

»Die Finanzwelt auch«, sagte McAdams. »Wenn man die beiden zusammenbringt, besteht eine große Wahrscheinlichkeit, dass es zu Korruption kommt.«

»Gut formuliert.«

»Wie, glauben Sie, fingen die Gerüchte an?«, fragte Decker.

»Russland steckte in großen Schwierigkeiten. Das Land benötigte Öl. Tausende von religiösen Gegenständen wurden zum Heizen verbrannt. Was nicht im Ofen landete, wurde als überflüssige Relikte aus einer unerwünschten Vergangenheit weggeschmissen. Wilson und mein Großvater August machten es sich zu ihrer Mission, so viele dieser Arbeiten wie nur möglich vor der Zerstörung zu bewahren. Natürlich gehörten dazu auch Objekte aus Kirchen, die verfielen. August war kein Dieb, er war ein Held.«

Decker blickte von seinem Notizblock auf. »Hat jemand den Tratsch im Besonderen weitergegeben? Ein paar Namen würden uns helfen.«

»Ich habe keine Beweise. Also beschreite ich lieber den rechten Weg. Da ich selbst ein Opfer der Gerüchteküche geworden bin, verabscheue ich es, jemanden zu verletzen, selbst wenn diese Personen es verdient hätten.«

»Und wenn ich einen Namen nenne?«

»Davon kann ich Sie nicht abhalten, oder?«

»Chase Goddard. Was wissen Sie über ihn?«

»Kein Kommentar.«

»Wissen Sie, ob er jemals gestohlene Ware eingekauft hat?«

»Einmal hat er mit einem sehr teuren Paar silberner Kerzenleuchter aus dem siebzehnten Jahrhundert gehandelt. Sie waren aus einer katholischen Kirche in der Gegend von Chicago entwendet worden. Aber sobald die Sache aufflog, gab er dem Verkäufer sein Geld und der Kirche die Leuchter zurück.«

»War es ein ehrlicher Fehler?«

»Möglich. Er hätte aber genauso gut vermieden werden können, hätte er seine Hausaufgaben gemacht.«

»Wie wurde er erwischt?«

»Die ganze Geschichte kam ans Licht, als jemand die Leuchter auf einer alten Internetseite wiedererkannte.« Merritt sah ihn durchdringend an. »Und das wissen Sie nicht von mir.«

»Passierte das, als er in New York war?«, fragte McAdams.

»Ja«, antwortete Merritt. »Vor ungefähr sieben Jahren, bevor er unterging.«

»Seine New Yorker Galerie ging unter, aber auf der Internetseite seiner jetzigen Galerie in Boston befinden sich ziemlich viele Sachen.«

»Ist Ihnen also aufgefallen.«

»Lust zu spekulieren?«, fragte Decker.

»Das Hörensagen überlasse ich anderen.«

»Haben Sie jemals mit ihm Geschäfte gemacht?«

»Gütiger Gott, nein.«

»Hat er jemals bei Ihnen angefragt, um mit Ihnen Geschäfte zu machen?«

»Mehrmals … unbedeutende Ikonen. Ich war aus einer Vielzahl von Gründen nicht daran interessiert.«

»Was kennzeichnet eine unbedeutende Ikone?«

»Noch nicht alt genug, schlecht ausgeführte Bilder, schlechter Gesamtzustand.«

Er verstummte. Decker wartete darauf, dass er fortfuhr, bis Merritt schließlich sagte: »Ein einziges Mal gab es eine Ausnahme zu dem Müll, den er mir sonst anbot. Zu einem Zeitpunkt in New York, als sein Ruf noch nicht so beschädigt war. Aber er war immer jemand, den wir alle beobachtet haben.

Goddard behauptete, er sei gerade von einer Einkaufstour in Europa zurückgekehrt. Er zeigte mir eine wirklich unglaubliche Ikone. Ich werde nicht ins Detail gehen, aber sie war spektakulär. Die Ausführung, die Farbe und der Künstler.« Er seufzte. »Ich bekomme heute noch Gänsehaut, wenn ich an die verpasste Gelegenheit denke.«

»Warum haben Sie sie nicht gekauft?«

»Ich stand so kurz davor, sie zu kaufen.« Er presste Daumen und Zeigefinger einer Hand fast zusammen. »Dann erzählte er mir, sie stamme aus Deutschland. Er behauptete, die Herkunft überprüft zu haben, bis auf hundert Jahre zurück. Ich konsultierte das Register für gestohlene Kunst. Ich blätterte so viele Bücher über religiöse Kunst durch, wie ich nur finden konnte. Nirgendwo passte die Ikone hinein. Vielleicht war die Herkunft echt. Aber sie war teuer, und ich wollte das Risiko nicht eingehen.«

»Gut.« Decker überlegte kurz. »Wieso hatten Sie ein Problem mit einem Objekt, das aus Deutschland stammt? Hielten Sie es für wahrscheinlich, dass die Ikone von den Nazis erbeutet wurde?«

»Genau das habe ich gedacht.«

Decker verdaute die Information. »Ich bin kein Ass in Geschichte, aber ich meine mich zu erinnern, dass Hitlers Invasion in Russland ein Riesendesaster und der Wendepunkt des Zweiten Weltkriegs war. Sie bombardierten die Städte, aber die Deutschen marschierten nie in Moskau ein. Mein Dad erzählte mir immer, dass die russischen Winter Hitlers Armee stärker reduzierten als alle Bomben Europas zusammen.«

McAdams war bereits mit seinem iPhone zugange, auf der Suche nach gekürzten Geschichtsversionen. »Hitlers Deckname für den Überfall auf die Sowjetunion lautete Unternehmen Barbarossa. Eine enorme Invasion … zuerst erfolgreich. Irgendwann war es ein heilloser Fehlschlag.«

»Was die Kriegstaktik betrifft, ja«, sagte Merritt, »und es bedeutete auch den Wendepunkt des Krieges, aber das große Ganze erzählt nicht die ganze Geschichte. Sankt Petersburg – damals Leningrad – wurde zweieinhalb Jahre belagert. Die Deutschen besetzten die Stadt nicht, weil sie die Einwohner in Zeiten von Lebensmittelknappheit nicht durchfüttern wollten. Zusammen mit den Finnen schnitten die Deutschen alle Zufahrtsstraßen in und aus der Stadt ab, um die Bevölkerung auszuhungern, bevor sie das Land übernehmen würden. Aber die Stadt war nicht unzugänglich. Deutsche Soldaten gingen hinein und plünderten. Und ein paar Glückliche kamen heraus, meistens durch den Ladogasee. Auf diesem Weg brachte auch das Rote Kreuz seine spärlichen Lieferungen zur hungernden Bevölkerung.«

»Okay«, sagte Decker, »Sie erzählen mir also, dass Nazis die Feindeslinie überschritten, um russische Kunst zu erbeuten, während die Stadt belagert wurde?«

»Zum Beispiel hat jemand das originale Bernsteinzimmer demontiert, bevor der Katharinenpalast in Schutt und Asche gelegt wurde.«

»Würden Sie das Bernsteinzimmer für mich nachschlagen«, bat Decker McAdams.

»Schon dabei.«

»Sie wissen nicht über das Bernsteinzimmer Bescheid?«, fragte Merritt.

»Es sagt mir diffus etwas«, meinte Decker. »Wenn ich raten müsste, würde ich sagen, dass es in diesem Zimmer sehr viel Bernstein gab.«

»Das Originalzimmer war komplett damit ausgekleidet, dazwischen Spiegel aus Vierundzwanzig-Karat-Gold und Intarsien aus Halbedelsteinen und richtigen Edelsteinen«, sagte McAdams. »Eine Nachbildung befindet sich wieder im Katharinenpalast. Ich war da, und ich erinnere mich so genau daran, weil ich noch nie zuvor so etwas gesehen hatte. Es strahlt eine Intimität aus, obwohl alles furchtbar übertrieben wirkt. Wie genau es entstanden ist, fällt mir gerade nicht ein … warten Sie, mal sehen, was ich hier habe. Okay, ursprünglich in Preußen erbaut, aber Friedrich Wilhelm der Erste von Preußen schenkte es Peter dem Großen, um die preußisch-russische Allianz gegen Schweden zu besiegeln.«

Merritt schniefte. »Selbst die Nachbildung ist wunderbar und zeigt großes handwerkliches Können. Man kann sich das Original nur ausmalen. Es muss weltentrückend bemerkenswert gewesen sein.«

»Weltentrückend bemerkenswert ist, dass zwei wichtige Staaten einen Pakt gegen Schweden schließen mussten«, fiel McAdams dazu ein.

Dem Kunsthändler gelang es, ein Lächeln anzudeuten. »Jeder weiß, dass das Zimmer von den Nazis demontiert wurde. Siebenundzwanzig Kisten wurden nach Berlin geschafft, und dann verschwanden sie im Untergrund in Königsberg, angeblich zerstört in einem Feuer.«

»Sie zweifeln daran?«, fragte Decker.

»Ja. Weil es so romantisch klingt.«

McAdams fand immer mehr Informationen. »In diesem Artikel steht, dass sich die Originalkisten heute möglicherweise in dem Bunker in Auerswalde befinden, in der Nähe von Chemnitz.«

»Vielleicht tauchen die Kisten auf magische Weise wieder auf. Sie sollten nach Sankt Petersburg reisen, Detective.«

»Sie sind innerhalb von vierundzwanzig Stunden der Zweite, der mir das sagt.«

»Es ist eine faszinierende Stadt, vor allem, was ihren Prunk angeht.«

»Die ganze Stadt ist wie Park Avenue auf Steroiden.«

»Man sagte mir, dass die meisten der bedeutenden Kunstwerke aus der Eremitage im Keller der Isaakskathedrale gelagert wurden und dort bis Kriegsende blieben.«

»Das stimmt«, sagte Merritt, »die meisten Stücke blieben unversehrt, vor allem die beiden Meisterwerke von da Vinci, aber es kam zu Plünderungen. Allerdings bekam die Eremitage ihre Rache.« Er lächelte. »In dem Museum befinden sich einige abgelegene Räume, in denen die so genannten ›Verborgenen Schätze‹ untergebracht sind. Man muss nach diesen Räumen suchen, um sie zu entdecken. Es sind dort wunderbare impressionistische und postimpressionistische Werke ausgestellt. Und warum befinden sich diese Werke nicht in der spektakulären permanenten Ausstellung der Eremitage?«

Decker dachte nach. »Gestohlene Kunst?«

»Die Russen würden es als eher als strittige Kunst bezeichnen.«

»Hängt davon ab, wessen Ochse gerade erlegt wurde.«

»Da liegen Sie richtig. Es steht fest, dass die Gemälde aus Deutschland geplündert wurden. Fünfzig Jahre lang lagerten sie im Keller der Eremitage, bis das Museum sich entschloss, die Werke ganz dreist auszustellen. Wann immer die deutsche Regierung hohe Wellen wegen der Herkunft zu schlagen beginnt, tischen die Russen ihnen das Bernsteinzimmer auf. Da draußen laufen eine Menge Leute rum, deren Fulltimejob es ist, Beutekunst aufzufinden. Meistens liegt sie direkt vor ihren Augen versteckt. Denken Sie nur an die Gurlitt-Sammlung in München. Alle im näheren Umfeld wussten über Hildebrand Gurlitt seit Jahren Bescheid, sogar die deutsche Regierung.

Aber niemand verlor ein Wort darüber. Es ist wirklich nötig, dass die agierenden Länder endlich gestehen.«

»Das wird nicht passieren«, meinte McAdams.

»Da bin ich Ihrer Meinung«, sagte Merritt. »Das Vichy-Regime hat einige tausend Stücke erbeutet. Die meisten Gemälde fanden nie den Weg zurück zu ihren rechtmäßigen Eigentümern. Es gibt das Gerücht, dass im Keller des Louvre Kunst im Wert von einigen Milliarden Dollar schmachtet. Aus naheliegenden Gründen kann das Museum sie nicht ausstellen. Sie würden noch nicht mal zugeben, dass sie sie besitzen. Und Frankreich zählte zu den Alliierten. Man sollte meinen, dass sie es eilig hätten, das Richtige zu tun. Aber sobald es ums Geld geht, fliegt die Moral aus dem Fenster.«

»Politik und Kunst«, sagte McAdams, »wenn es um Sowjetkunst geht, ist das ein und dasselbe.«

Decker nickte. »Sagt Ihnen der Name John Jeffrey Latham irgendetwas, Mr. Merritt?«

Der Händler wirkte so, als würde er tatsächlich darüber nachdenken. »Nein, ich glaube nicht. Wer ist das?«

»Und was ist mit Angeline Moreau?«

»Keiner der Namen kommt mir bekannt vor. Wer sind die beiden?«

»Könnte einer ein Kunde von Ihnen sein?«

»Buchstabieren Sie es mir, bitte?« Als Decker loslegte, setzte Merritt sich an den Computer und tippte die Namen ein. »Nicht auf meiner aktuellen Liste. Was haben sie mit Ihrem Fall zu tun?«

»Angeblich war Latham ein Experte für sowjetische Kunst«, klärte McAdams ihn auf.

Es folgte ein langes Schweigen. »Sie haben die Vergangenheitsform verwendet«, stellte Merritt fest.

»Unser Fall hat sich von dem Tiffany-Diebstahl aus verästelt.« Decker lieferte ihm eine kurze und alarmierende Zusammenfassung. »Wir wissen, dass der Raub nicht wichtig genug ist, um zwei bestialische Morde zu rechtfertigen.«

»Das ist …« Merritt war kalkweiß im Gesicht. »Einfach nur schrecklich.«

»Deshalb benötigen wir jede denkbare Hilfe.«

»Ich kann Ihnen überhaupt nicht helfen. Noch glaube ich, dass ich da hineingezogen werden möchte.«

»Nur ein paar Fragen, und dann sind Sie uns los«, sagte Decker. »Geben Sie uns einen Anhaltspunkt. Für was lohnt es sich zu morden?«

»Mord zählt nicht zu meinem Spezialgebiet, Detective.«

»Aber Kunst. Welche Kunst ist es Ihrer Meinung nach wert, dafür zu morden?«

»Diese Frage ist obszön.«

»So wie ein Mord. Helfen Sie mir weiter.«

Merritt seufzte. »Da draußen gibt es zehntausende unbezahlbare Meisterwerke.«

»Ich schränke die Frage für Sie ein. Welche Art russischer Kunstwerke könnte zu einem Mord führen?«

»Du lieber Gott …« Er seufzte wieder. »Da wir über Nazi-Plünderungen geredet haben … ich vermute mal, wenn man die Kisten hätte, in denen sich das Original des Bernsteinzimmers befindet … nun ja, das wäre etwas, das vielen Russen besonders am Herzen liegt.«

21

Nach unzähligen Anrufen hatten weder Decker noch McAdams eine Verbindung Angeline Moreaus zu einer der New Yorker Galerien herstellen können. Dasselbe galt für John Jeffrey Latham. Decker war nicht enttäuscht, denn er hatte nichts erwartet, aber es war ein Verfahrensschritt, der erledigt werden musste. Er und Rina verbrachten den Schabbes mit den Kindern in Brooklyn und schliefen auf der Ausziehcouch, während McAdams es sich in dem luxuriösen Apartment seiner Großmutter auf der Park Avenue gutgehen ließ. Das Trio verließ den Big Apple am Sonntagabend um neun Uhr und erreichte Greenbury kurz vor Mitternacht. Decker und Harvard hatten sich am Steuer abgewechselt, während Rina auf dem Rücksitz schlief.

Die Colleges leuchteten wie Funkfeuer in der kleinen dunklen Stadt. Als Decker an den Campussen vorbeifuhr, hörte er vereinzelte betrunkene Rufe von hart feiernden Studenten auf dem Rückweg in ihre Schlafgemächer. Es schneite ein bisschen, genug, um die Scheibenwischer einzuschalten. Kaum hatte Decker vor McAdams' Haus gehalten, wachte Rina auf und atmete schnell und tief ein. »Wie lange war ich weg?«

»Ungefähr zwei Stunden«, sagte Decker.

McAdams öffnete die Beifahrertür und ließ so einen Schwall

kalte Luft ins Auto. »Bis morgen, alter Herr. Schlafen Sie gut, Mrs. Decker.«

»Sie auch, Tyler.« Rina stieg aus und setzte sich auf den Beifahrersitz. »Du hättest mich nicht schlafen lassen sollen. Jetzt ist mein Rhythmus total durcheinander.«

»Vielleicht brauchtest du den Schlaf, nachdem du dich rund um die Uhr um deine Enkelkinder gekümmert hast.«

»Stimmt wohl. Es gibt gute Gründe, warum man Kinder bekommt, solange man jung ist.«

»Du bist jung, vor allem im Vergleich zu mir.«

Sie beugte sich zu ihm hinüber und gab ihm einen Kuss. »Deine Mutter ist dreiundneunzig. Dir bleiben noch viele Jahre auf diesem Planeten ... wenn du deinen Motor nicht mit Mordfällen verschleißt.«

»Ich hab's gehört.« Decker parkte vor dem Haus und stellte den Motor ab. Draußen war es totenstill. »Morgen fahren wir nach Summer Village. Ich hoffe, die Detectives hatten mehr Glück mit Latham, weil ich nicht weiterkomme.«

»Kannst du sie nicht einfach anrufen?«

»Ich habe sie bereits angerufen. Am Telefon geben sie mir keine Auskunft, ich muss sie persönlich treffen. Ich habe eine Verabredung mit Chris Mulrooney. Danach möchte ich ein paar Bostoner Galerien unter die Lupe nehmen, da New York ein Reinfall war.«

»Haben sie montags geöffnet?«

»Manche schon. Die eine, dich mich interessiert, normalerweise nicht, aber ich habe einen Termin.«

»Du glaubst also wirklich, dass die Morde mit dem Kunstraub zusammenhängen?«

»Momentan ist das meine einzige Spur.«

Sie stiegen beide aus und gingen ins Haus. Decker schaltete das Flurlicht ein und hing seine und Rinas Jacke auf. Dann zog er seine Stiefel aus, legte Schal und Fäustlinge ab und machte das Licht im Wohnzimmer an. Im Haus war es warm und gemütlich. Greenbury fühlte sich allmählich wie zu Hause an. Rina hatte Wasser aufgesetzt. »Tee?«

»Sehr gerne.« Er ließ sich aufs Sofa fallen und warf seinen Kopf in den Nacken.

Rina setzte sich neben ihn und legte eine Hand auf sein Knie. »Erzähl mir, wie weit du in dem Fall bist.«

Decker berichtete, was er bis jetzt wusste. »Nachdem wir jetzt die Verbindung von Angeline zu den Glasbildern haben, kann ich wenigstens weitermachen. Wenn sie und Latham mit gestohlenem Material Hehlerei betrieben haben, brauchten sie einen Mittelsmann. Da Latham im Norden wohnte, suche ich in der Umgebung Bostons.«

»Geht das, ohne jemandem in Summer Village auf die Füße zu treten?«

»Deshalb möchte ich persönlich mit ihnen reden. Wir können unsere Notizen vergleichen, und da sie mehr zu tun haben als ich, haben sie vielleicht nichts gegen ein bisschen Unterstützung einzuwenden.«

Rina nickte, dann ging sie in die Küche, um den Tee zu holen. Schweigend genossen sie ihn eine Weile und sahen dabei dem Schnee durch das Panoramafenster im Wohnzimmer beim Fallen zu. Eine Außenlampe betonte noch die feinen weißen Flocken: der reinste Bildschirmschoner. »Nimmst du Tyler mit?«, fragte sie schließlich.

»Es ist immer gut, einen anderen Standpunkt zu hören.« Pause. »Bevor wir nach New York gefahren sind, war Tyler damit beschäftigt, nach wertvollen Dingen zu suchen, die man aus Bibliotheken rauben kann: so was wie alte Nachschlagewerke mit Originaldrucken oder alte Landkarten oder Sammlerstücke, die sich auf dem Schwarzmarkt verkaufen lassen.

Wenn die beiden auf Friedhöfen klauten, traue ich ihnen auch zu, aus Bibliotheken zu stehlen.«

»Klingt sehr plausibel.«

»Ein Problem ist, dass nichts davon einen Mord wert ist. Selbst wenn die Hehlerei auffliegt, bekommt man bloß einen Klaps auf die Finger. Bis jetzt habe ich nichts, das besagt, Angeline war mehr als eine zweitklassige Abzockerin. Über Latham habe ich gar nichts. Bald werde ich meine gesamten Spuren ausgeschöpft haben. Irgendetwas geht mir durch die Lappen.« Es wurde still im Zimmer. »In diesen Momenten fehlt mir Marge am meisten.«

»Du hast ein Handy.«

»Ich möchte sie nicht damit behelligen.«

»Ventura mag ja größer sein als Greenbury, aber es ist noch lange nicht das LAPD. Ich bin sicher, sie macht auch einen ›Mordermittlungs-Entzug‹ durch. Und ich weiß, dass sie bestimmt gerne von dir hört. An der Westküste ist es erst Abend, und du weißt, dass sie sonntags nicht arbeitet. Ruf sie an.«

Decker sah auf die Uhr, um die Zeit zu vergleichen. »Warum nicht? Zumindest wird es mir guttun, mal wieder mit jemandem zu reden, der nicht dauernd ›alter Herr‹ zu mir sagt.«

Auf dem halben Weg nach Boston sagte Decker: »Ich habe gestern Abend mit meiner alten Partnerin telefoniert.« Kurze Pause. »Nicht meine *alte* Partnerin, sondern meine *ehemalige*. Sie ist jünger als ich.«

»Ist das nicht jeder?«, giftete McAdams.

Decker zog die Augenbrauen hoch, hielt sich aber zurück. Er schien einen Nerv getroffen zu haben, so als ob der Bengel eifersüchtig wäre. Er fand es doch immer wieder überraschend, worüber die Leute sich aufregten.

Der Bengel zappelte herum. »Warum haben Sie sie angerufen? … Vergessen Sie's. Geht mich nichts an … Außer, Sie haben über den Fall geredet. Dann geht's mich sehr wohl was an. Waren Sie nicht derjenige, der mir gesagt hat, ich soll die Klappe halten?«

Decker ignorierte sein Getue. »Ihre Dienststelle ist nicht annähernd so groß wie das LAPD, aber sie liegt in einer Großstadt, und sie hat Zugriff auf sehr viel mehr Datenbanken als wir. Ich habe sie gebeten, jeden Fall der letzten fünf Jahre, der mit Kunstraub und einem möglichen Mord zu tun hat, unter die Lupe zu nehmen. Es wäre doch interessant herauszufinden, ob sie etwas Neues entdeckt.«

McAdams schwieg und nippte an einem Kaffee aus einer Thermoskanne.

»Ist da noch was drin?«, fragte Decker.

»Der Bodensatz.«

Schweigend fuhren sie weiter. Nach etwa fünf Minuten entdeckte Decker einen Dunkin' Donuts. »Am besten holen wir uns Nachschub.«

»Donuts und Kaffee. Typisch Polizist.«

»Möchten Sie etwas essen? Ich hole mir einen Bagel.« Als McAdams stumm blieb, sagte Decker: »Ich werte das als ein Nein.« Nach fünf Minuten war er wieder da, packte seinen Bagel aus und biss ab. »Sicher, dass Sie nichts wollen?«

»Mir geht's *gut*, okay?«

»Na klar.« Decker aß weiter.

McAdams holte tief Luft. Dann stieg er aus dem Auto aus und kam kurz danach mit seinem eigenen Bagel und einem Becher Kaffee zurück. »Hatte sie eine Erleuchtung, was den Fall betrifft?«

»Sie ist klug genug, ihre Ansichten für sich zu behalten, bevor sie nicht die Fakten kennt. Sie hat sich hauptsächlich meinen Frust angehört. Und sie ist mit uns einer Meinung, dass es um mehr geht als nur um ein paar Tiffany-Glasbilder.«

»Ganz schön erkenntnisreich, diese Dame. Wie heißt sie?«

»Marge Dunn. Sie und ihr Verlobter kommen uns im Sommer vielleicht besuchen.«

»Wie alt ist sie?«

»Marge ist ein bisschen älter als Rina… Anfang fünfzig. Wir haben das LAPD gleichzeitig verlassen. Das Revier vermisse ich nicht – sie schon. Wenn man so lange mit jemandem zusammenarbeitet, ist das wie eine Ehe.«

»War sie Ihr kleines Abenteuer nebenbei?«

Decker lächelte bedächtig. »Nein, war sie nicht. Ich habe keine Abenteuer. Ich bin ein treuer Typ. Aber danke für das Kompliment: dass ich ein Abenteuer nebenbei haben könnte… wenn ich es gewollt hätte.«

McAdams schüttelte den Kopf. »Sie bringt auch nichts aus der Fassung.«

»Ich habe Marge gebeten, Jason Merritt, Maxwell Stewart und Chase Goddard einzugeben, ob einer von ihnen schon mal in Schwierigkeiten gesteckt hat. Es wäre hilfreich, mehr über Goddards Hintergrund zu wissen, bevor wir ihn treffen.«

»Was hat sie Ihnen gesagt?«

»Ich habe sie gestern Abend angerufen.« Decker blickte auf die Uhr. »Jetzt ist es sieben Uhr früh an der Westküste. Ich hoffe, in ein paar Stunden von ihr zu hören. Bis dahin können wir mit dem Revier in Summer Village reden, der Mann heißt Chris Mulrooney. Sie haben die Durchsuchung von Lathams Wohnung abgeschlossen. Mulrooney war so großzügig, uns mitzuteilen, was sie gefunden haben… was nicht viel zu sein scheint. Wir treffen ihn um elf.«

»Und Lathams Computer?«, fragte McAdams.

»Fehlanzeige. Jetzt versuchen sie, seinen E-Mail-Server

über seinen Telefonanbieter zu entdecken, aber dafür braucht man einen richterlichen Beschluss. Sie hoffen, ihn heute oder morgen zu kriegen, zusammen mit seinem Telefonanschluss und den Login-Daten. Wenn er wie Angeline ein Wegwerfhandy benutzt hat, werden wir wahrscheinlich kaum etwas finden, aber wir haben nichts unversucht gelassen, oder?«

Der Bengel rieb sich die Augen. »Wissen wir definitiv, dass Angeline ein Wegwerfhandy benutzt hat?«

»Ja. Ben Roiters hat mir gestern Abend während des Essens eine SMS geschickt. Er hat den Telefonladen gefunden, wo sie ihre Wegwerfhandys gekauft hat. Tut mir leid, ich habe vergessen, es Ihnen zu sagen.«

McAdams Miene verdüsterte sich. »Kein Problem, Boss, was ich denke, ist doch sowieso egal.«

Decker zuckte mit den Achseln und aß seinen Bagel auf. Er wischte sich die Hände ab, steckte den Schlüssel in die Zündung und startete den Motor. »Diesen Sonntag findet im Krankenhaus ein Wiederbelebungskurs statt, vom Roten Kreuz. Ich könnte eine Auffrischung brauchen. Wollen Sie mitkommen?«

»Nein, will ich …« McAdams stoppte sich selbst. »Ja, klar, warum nicht. Man kann ja nicht wissen, ob sich mal ein Date an Kartoffelchips verschluckt.« Er starrte aus dem Fenster. »Als Nächstes fragen Sie mich, ob ich mit auf den Schießstand komme.«

Decker bog auf den Highway ein. »Ich gebe Ihnen gerne ein paar Tipps.«

»Ich besitze keine Waffe.«

»Dem kann abgeholfen werden. Ich fühle mich mit einer Beretta 92FS am wohlsten, neun Millimeter, die Standardwaffe beim LAPD. Wissen Sie irgendetwas über Waffen und Munition?«

»Mike hat mir ein bisschen was beigebracht über Durchschüsse, Hülsen und Kugeln aus unterschiedlichen Waffentypen. Kann mich nicht an viel erinnern, es hatte noch nicht mal entfernt mit irgendetwas zu tun, was ich hier mache.«

»Wenn es Sie interessiert, dauert es nicht lange, bis Sie was gelernt haben.«

»Okay, es interessiert mich.«

»Also sollten Sie mit mir auf den Schießstand gehen.«

Der Bengel seufzte. »Klar.«

»Gut. Ich besorge Ihnen eine Waffe, und dann beginnen wir, wann immer Sie möchten.«

McAdams biss die Kiefer zusammen. »Es ist schwer für mich herauszufinden … ob Sie Freund oder Feind sind.«

»Weder noch, Harvard. Ich bin ein Profi. Ich möchte einen Partner, der weiß, wie er mich wiederbelebt, falls *ich* mich an Kartoffelchips verschlucke. Was das Schießen betrifft, so gehe ich zwar nicht davon aus, dass es dazu kommen wird, aber sollten wir jemals in eine Situation geraten, in der wir mit dem Rücken zur Wand stehen, dann ziehe ich einen Partner vor, der schießen kann. Und ich entschuldige mich ausdrücklich dafür, Ihnen nichts von Bens SMS erzählt zu haben. Sie kam während des Essens mit der ganzen Familie, und Rina wollte nicht, dass ich arbeite. Und da ich senil bin, habe ich es vergessen.«

»Ich weiß, ich bin empfindlich und unerträglich.« Pause. »Sie betrachten mich also als Ihren Partner.«

»Mir wurde aufgetragen, mit Ihnen zu fahren, deshalb – ja – sind Sie zurzeit mein Partner. Und für einen Anfänger, der kaum eine formale Polizeiausbildung hat, sind Sie gar nicht so schlecht. Wenn Sie jetzt noch Ihre Komplexe ablegen, könnten Sie sogar sehr gut sein, denn Sie sind nicht nur schlau, sondern auch organisiert, und das ist sogar noch wichtiger, als schlau zu sein. Und da Sie mein gegenwärtiger Partner sind, wüsste ich es sehr zu schätzen, wenn Sie damit aufhören würden, mich ›alter Herr‹ zu nennen. Ich muss nicht ständig an mein Alter erinnert werden.«

McAdams versuchte, sich ein Lächeln abzuringen. »Das hat gar keine Bedeutung, aber wenn es Ihnen lieber ist, lass ich's stecken.«

Decker wartete einen Moment. »Vielleicht bin ich da empfindlich. Ich höre auf, Sie ›Harvard‹ zu nennen, falls es Sie stört.«

»Zuerst hat's mich gestört … als würden Sie sich über mich lustig machen.« Pause. »Haben Sie sich über mich lustig gemacht?«

»Na logisch.«

»Sie können mich ruhig Harvard nennen, obwohl es nicht unbedingt ein Ehrenabzeichen ist. Da gibt's jede Menge mittelmäßige Köpfe.« Er lächelte. »Zu denen gehör ich nicht.«

Decker grinste und deutete auf das iPhone des Bengels. »Während ich fahre, fangen Sie schon mal an, die Galerien in Boston auf unserer Liste anzurufen. Sie sollten mittlerweile geöffnet haben. Stellen Sie uns einen Terminplan zusammen, damit wir keine Zeit verschwenden. Wir können um zwölf Uhr dreißig anfangen, denn das Treffen mit Chase Goddard ist erst um fünfzehn Uhr.«

»Mach ich.« McAdams nahm sein Handy und überflog die Liste, die sie gemeinsam erstellt hatten. »Viele befinden sich auf der Newbury Street. Ich fange mit denen an und wähle so viele wie möglich aus, die wir zu Fuß erledigen können. Parken ist dort furchtbar. Wenn wir erst mal einen Parkplatz haben, werden wir den eisern besetzt halten. Ich weiß ja, dass Sie gerne zu Fuß gehen. Das machen Sie ja andauernd.«

»Wenn Sie mal so alt sind wie ich, ergreifen Sie jede Gelegenheit zur Bewegung.«

»Ich hoffe, ich bin dann so gerissen wie Sie, Decker, wenn ich so alt bin. Und das soll kein Kompliment sein, nur eine Tatsache.« Der Bengel begann zu telefonieren. Seine Stimme klang angenehm, aber professionell. Er war konzentriert und ganz geschäftsmäßig. Und genau so sollte es sein. Er machte seine Arbeit. Wenn er den Job gut erledigte, würden Vertrauen und irgendwann Freundschaft von selbst dazukommen. Tyler hatte noch einen langen Weg vor sich, um sich endgültig zu bewähren. Er näherte sich diesem Punkt, und jetzt arbeitete er schon, ohne sich zu beschweren. Bei jemandem aus der so genannten *Anspruchsgeneration* war das ein echter Fortschritt.

22

Mit behandschuhten Händen öffnete Detective Chris Mulrooney einen abgeschlossenen Schrank und entnahm ihm ein blaues Spiralheft. »Das hier haben wir heute Morgen gefunden, versteckt in einer vertäfelten Klappe in der Badewannenverkleidung, wo sich eigentlich der Motor für den Jacuzzi befinden sollte. Die Leitungen waren gekappt.« Er öffnete es auf einer beliebigen Seite. »Lateinische Buchstaben, griechische Buchstaben, kyrillische Buchstaben, Hebräisch, Arabisch, Chinesisch, Japanisch, Zeugs, das aussieht wie Keilschrift. Es ist ein Code.«

Decker zog sich einen Latexhandschuh über. »Darf ich?«

»Tun Sie sich keinen Zwang an.« Mulrooney war klein, gedrungen und kahlköpfig mit einem Dauergrinsen im Gesicht, als würde er das, was er tat, sowie das Leben im Allgemeinen lieben. Er trug einen Pulli über einem blauen Hemd, eine lange Hose und Schuhe mit Gummisohlen. »Haben Sie irgendwas Codiertes in der Wohnung des Mädchens gefunden?«

»Nein.« Decker spürte, dass McAdams ihm über die Schulter blickte und Worte vor sich hin flüsterte. »Ergibt das für Sie einen Sinn, Harvard?«

»Darf ich's genauer sehen?«

»Nur mit Handschuhen«, sagte Mulrooney. »Wir haben

es nach Fingerabdrücken abgesucht und nichts gefunden, aber wir wollen noch mal ran. Unser Opfer war vielleicht ein Sprachtalent. Ich weiß, dass er schlau war. Er hat irgendeinen angesehenen Preis gewonnen.«

»Den Windsor Prize«, sagte Decker.

»Stimmt. Ich wollte beim Büro des Gremiums nachfragen, bin aber nur an den Anrufbeantworter geraten. Ich weiß nicht, ob die mich bald zurückrufen, denn der Preis wird nur alle vier Jahre vergeben. Als ich mit den Kollegen in seiner Fakultät gesprochen habe, sagten sie mir, Latham hätte aufgrund des Preises eine zweijährige Dozentenstelle bekommen.«

»Was sagten seine Kollegen denn noch so?«

»Das Übliche. Sie waren alle schockiert über den Mord, er war ein ruhiger Zeitgenosse. Und er war jung: viel jünger als die Professoren.«

»Worum ging es in seiner Vorlesung?«

»Sein Forschungsgebiet war … einen Moment, damit ich nichts Falsches sage.« Mulrooney zückte sein Notizbuch. »Politische Kunst und Propaganda in der Sowjetunion in den Jahren zwischen den beiden Weltkriegen. Wenn ich nichts über Ihr Opfer und die gestohlenen Tiffany-Glasbilder wüsste, hätte ich ihn für einen dieser streberhaften akademischen Typen gehalten, der wegen seiner Forschung oder irgendwas ähnlich Doofem getötet worden war … außer, na ja, Sie haben die Leiche gesehen. Da war jemand hochgradig angepisst. Was für ein grausames Verbrechen. Nicht auf die feine Professorenart.«

»Sind wir denn sicher, dass dieses Codebuch Latham gehört?«, fragte Decker.

Mulrooney schwieg kurz. »Glauben Sie was anderes?«

»Es könnte gestohlen sein. Sowohl Lathams als auch Angelines Wohnung wurden durchsucht.«

»Wer immer das angefertigt hat, hatte jedenfalls eine Menge Sprachen zu seiner Verfügung.« McAdams blätterte die Seiten durch. »Wir brauchen einen Kryptologen, um das aufzuschlüsseln. Es gibt Dutzende in Harvard und am MIT. Die erledigen das für Sie aus Spaß an der Freude.«

»Ja, die Stadt ist voller Leute, die alles können«, sagte Mulrooney. »Bevor ich es jemandem außerhalb des Reviers zeige, wüsste ich gerne, mit wem ich es zu tun habe. Latham war ein wirklich scheußlicher Mord.«

»Latham kam für eine Vorlesung an die Tufts?«, fragte Decker.

»Eine Anstellung auf zwei Jahre, finanziert von der Kunstfakultät und der für Internationale Beziehungen. Was Sowjetkunst mit Tiffany-Glasfenstern zu tun hat, weiß ich nicht. Aber er war offensichtlich der Künstlertyp. Einer dieser Kunstmenschen redet mit einem anderen Kunstmenschen, und kurz darauf ist man Experte für irgendwas.«

»Wo hat er vor der Tufts studiert?«, fragte Decker. »Ich hörte, er war in Oxford.«

»Kann mich nicht erinnern, davon was gesehen zu haben. Warten Sie, ich schaue mal.« Mulrooney spähte in ein paar Aktenordner. »Äh, er hatte einen Magister Artium des Zentrums für russische, osteuropäische und eurasische Studien. Klingt nach was Politischem oder einem Onlineschwindel.«

»CREES«, sagte McAdams. »Ist ein seriöses Studienprogramm. Einen Moment.« Er spielte mit seinem iPhone herum. »Das betrifft Leute, die sich für Fremdsprachen aus diesen Regionen interessieren und für die Regierung oder den diplomatischen Dienst arbeiten wollen. Es gibt ein CREES in Harvard, eins an der Uni in Michigan, eins an der Kansas University, eins in Stanford, eins in Texas …«

»Was ist mit den Five Colleges Upstate?«, fragte Decker.

»Einen Moment.« Seine Finger flogen über den Touchscreen seines Handys. »Guter Einfall. Es gibt eins am Morse McKinley, sowohl für Bachelor- als auch für Masterstudenten.«

»Warum hat er dann das College nicht in seinem Lebenslauf erwähnt?«, wunderte sich Mulrooney.

»Ja, das ist seltsam«, meinte Tyler. »Vielleicht hat er keinen Abschluss gemacht.«

»Und trotzdem den Windsor Prize und eine Dozentenstelle bekommen«, gab Decker zu bedenken. »Heutzutage ist jeder College-Job ziemlich schwer zu kriegen, ganz zu schweigen von einem an einer großen Universität in einer Großstadt.«

»Irgendwas passt da nicht zusammen«, sagte Mulrooney. »Und ich sehe hier keinen Hinweis auf Oxford.«

»Könnte ja sein, dass er seinen Lebenslauf frisiert hat, und niemand hat sich die Mühe gemacht, ihn zu checken.« McAdams überlegte einen Augenblick. »Ich wette, der hatte Beziehungen. Genau so läuft das doch.«

»Was ist mit seiner Familie?«, fragte Decker. »Irgendwelche Beziehungen?«

»Nein. Die sind ziemlich bodenständig – bauen Trauben an, im Finger Lakes District.«

»Sie meinen Wein?«, fragte Tyler.

»Nein, ich meine Trauben – Concord-Tafeltrauben. Sie waren am Boden zerstört, als ich ihnen die Nachricht überbringen musste, aber sie hatten uns auch verdammt wenig mitzuteilen. Er stand nicht regelmäßig mit ihnen in Kontakt. Zog mit achtzehn aus, und außer einem sporadischen Anruf zu Weihnachten war er so ziemlich aus ihrem Leben verschwunden. Sie hatten keine Ahnung, wer für den Mord in Frage käme. Sie wussten noch nicht mal, dass er auf dem College war.«

»Sie hatten so wenig Kontakt?« Decker war skeptisch.

»Ich glaube, sie haben die Wahrheit gesagt, aber ich habe sie auch nicht besonders in die Mangel genommen. Sie hatten gerade ihren Sohn verloren.« Mulrooney breitete hilflos die Arme aus.

»Wenn er aus dem Finger Lakes District stammt, hatte er wahrscheinlich von den Five Colleges Upstate gehört. Es wäre normal, dass er sich Morse McKinley aussucht. Altersbedingt hätte sich seine Studienzeit nicht mit der von Angeline Moreau überschnitten … na ja, vielleicht aber bei einem Masterstudium.«

Tyler hatte sich wieder das Codebuch vorgeknöpft und sprach einige der Worte laut aus.

»Sie können Russisch lesen?«, fragte Mulrooney.

»Ich kann's lesen, obwohl ich nicht weiß, was ich da sage. Genauso geht's mir mit Griechisch.« Er sah die beiden an. »Wir waren gezwungen, die klassischen Sprachen in der Vorbereitung zu lernen.«

Decker deutete auf zwei Wörter. כּאאַכֿאאָת אמפֿתּוּד »Das ist Hebräisch.«

»Bedeutet es irgendwas?«, fragte Mulrooney.

»Ich kann kein Hebräisch, deshalb weiß ich es nicht. Aber sie kommen mir nicht wie echte Wörter vor. Es stehen nie zwei Aleph nebeneinander. Vielleicht ist es Jiddisch, geschrieben mit hebräischen Buchstaben.«

»Dürfen wir uns das Notizbuch kopieren?«, wollte Tyler wissen.

Mulrooney runzelte die Stirn. »Wie viele Seiten hat es?«

»Ungefähr zwanzig.«

»Geben Sie es Frosty. Sie sitzt den Flur hinunter, erste Tür links. Sagen Sie ihr, ich bitte sie ganz lieb darum.« Er wandte sich wieder an Decker. »Es gibt manchmal so Fälle, in denen man in keine Richtung ermitteln kann. Ist es ein Kunstraub, was Persönliches, was mit der Uni, was mit der Familie, die sich auseinandergelebt hat und es mir nicht sagt? Wir müssen noch diese vielen Schlüssel überprüfen, wir haben lauter Codierungen und ein Opfer, das international zugange war. Und wir haben ein richtig, richtig übles Verbrechen. Diese Bösen sind wirklich böse. Es wird eine Weile dauern, das Ganze aufzulösen.«

»Kann ich behilflich sein?«, fragte Decker.

»Ja, Ihr Mädchen scheint mir ein leichterer Fall zu sein als unser Junge. Wenn Sie etwas herausfinden, geben Sie es weiter. Wie sieht Ihr nächster Schritt aus?«

»Wir wollen ein paar Bostoner Galerien aufsuchen.« Decker fasste seine Gespräche mit Maxwell Stewart und Jason Merritt kurz zusammen. Das Treffen mit Chase Goddard verschwieg er absichtlich.

Wenn etwas dabei herauskommen sollte, würde er es später weitergeben. Es hatte keinen Zweck, von einer weiteren Sackgasse zu erzählen, die zweifellos im Nichts enden würde.

McAdams studierte die kopierten Notizen, während Decker damit beschäftigt war, sich durch den stockenden Verkehr in die Newbury Street vorzuarbeiten. »Jetzt weiß ich wieder, warum ich in eine Kleinstadt gezogen bin.«

Der Bengel antwortete nicht, so versunken war er in seine Aufgabe. Doch plötzlich setzte er sich aufrecht hin. »Es ist Lateinisch.«

»Entschuldigung?«

»Die Wörter … zumindest die griechischen Wörter … griechische Schrift, aber lateinische Bedeutung. Wörter, die nichts Bestimmtes aussagen … so was wie ipso facto oder e pluribus unum. Es ist ein Code im Code. Wenn wir jetzt jemanden hätten, der Chinesisch oder Arabisch kann, dann wette ich, dass diese anderen Wörter ebenfalls nichts in ihrer Sprache bedeuten, sondern sich auch in lateinische Wörter transkribieren ließen.«

»Wahnsinn, Kleiner, das ist beeindruckend.« Decker nickte. »Gut gemacht, Tyler. Sehr gut.«

Der Bengel versuchte, ein Lächeln zu unterdrücken. »Könnten Sie den Teil auf Hebräisch laut vorlesen, wenn ich ihn Ihnen zeige?«

»Ja, kann ich. Warten Sie, bis wir an einer Ampel stehen.«

Tyler geduldete sich und zeigte ihm dann die Seite.

Decker starrte auf die Buchstaben. Er wiederholte sie ein paarmal im Geiste. »Eine Sekunde … Kav-i-at em-f-tur … oder vielleicht ist das f ein p …« Er drehte den Kopf zu Tyler: »Es heißt caveat emptor.«

Diesmal grinste Tyler übers ganze Gesicht. »Ehrlich?«

»Ehrlich. Gute Arbeit.«

Tylers Grinsen wollte gar nicht mehr verschwinden. »Jetzt müssen wir nur noch den Code innerhalb des Codes finden. Sobald wir alle Wörter in lateinische Buchstaben übertragen haben, können wir daran arbeiten, sie ins Englische zu übersetzen. Also, nicht wirklich wir, sondern jemand, der sich mit Codierungen auskennt.«

»Sie kennen sich nicht mit Codierungen aus?«

»Nein, nicht mit solchen. Ich hab keine Ahnung von so was. Aber mir fällt da jemand ein. Was wäre eine Reise nach Boston ohne einen Zwischenstopp an der heiligen H. Sollen wir?«

»Zuerst müssen wir Mulrooney davon erzählen.«

McAdams zog ein säuerliches Gesicht. »Müssen wir das wirklich?«

»Ja, dieses Codebuch ist sein Baby, und ich finde es sehr nett von ihm, uns daran teilhaben zu lassen. Davon abgesehen war der Mord an Latham wirklich abscheulich. Ich bin davon überzeugt, dass der Mörder jeden Augenblick wieder zuschlagen könnte. Je mehr Leute wissen, was wir vorhaben, desto besser ist es für uns. Der Buhmann kann Latham und Moreau den Garaus machen, er kann sogar versuchen, uns zu erwischen, aber ein ganzes Polizeirevier kann auch er nicht vernichten.«

Zwei Stunden und sechs Galeriebesuche ohne neue Informationen später standen sie vor der Chase Goddard Antique and Curio Gallery. Die Sonne knallte auf sie herab, die Temperatur lag bei fast fünf Grad plus und brachte den Schnee und das Eis in den Traufen zum Schmelzen, auf den Bürgersteigen bildeten sich Pfützen. Die Galerie befand sich in einer Seitenstraße, abseits des Trubels der Newbury, in einem Jahrhundertwendehaus aus den 1900ern mit Stuckverzierungen, einem großen Panoramafenster und einer grün-weiß gestreiften Markise über der Eingangstür. Auf der linken Seite gab es eine Bäckerei mit ein paar Tischen für Kaffee und Snacks, auf der rechten Seite ein Bettwäschegeschäft, das sich auf Spitze und Stickereien spezialisiert hatte.

Da es erst halb drei war, hatten sie noch Zeit vor dem Gespräch und entschieden sich, lieber in der Bäckerei als im feuchten, müffelnden Auto zu warten. Die Bäckerei war gemütlich und warm, und es roch himmlisch. Nachdem sie bestellt hatten, setzten sie sich und warteten schweigend, bis ihre Cappuccinos und Snacks auf dem Tisch standen.

Decker probierte einen Schluck. »Mann, das tut gut.«

»Wohl wahr.« McAdams blätterte immer noch in dem Codebuch herum und versuchte, so viele Wörter wie möglich herauszubekommen. »Das hier wird etwas Zeit brauchen.«

»Sie sollten das vielleicht besser nicht tun.«

Der Bengel sah ihn an. »Ist doch niemand hier. Außerdem haben Sie mir gesagt, ich soll's mitnehmen.«

»Tja, am besten verstauen Sie es, falls uns jemand gefolgt ist.«

McAdams schloss das Codebuch. »Sehr witzig.«

»Vielleicht auch nicht.«

»Was?« Der Bengel senkte die Stimme. »Wie meinen Sie das?«

»Ein silberfarbener Hyundai-Lieferwagen, vielleicht zwei Jahre alt. Er ist mir aufgefallen, als wir das Revier in Summer Village verlassen haben. Kein Nummernschild vorne. Vor ungefähr fünf Minuten habe ich ein ganz ähnliches Auto gesehen, als wir zur Goddard Gallery abgebogen sind. Ich glaube, die Person hat mitbekommen, dass ich das Auto bemerkt habe, denn er oder sie ist abgehauen, und leider war ich zu weit weg, um das hintere Nummernschild erkennen zu können.«

McAdams war kleinlaut. »Ist es derselbe Wagen? Mal ehrlich, es muss hunderte silberfarbener Hyundai-Vans geben.«

»Hunderte würde ich nicht sagen.«

»Machen Sie das mit Absicht, oder gefällt's Ihnen einfach, mich schwitzen zu sehen?«

»Ich bin sicher, es war bloß Zufall. Aber zwei Menschen sind tot, daher dachte ich, ich erwähne es besser, für den Fall, dass wir den Lieferwagen noch mal sehen.«

»Klar.« McAdams nippte an seinem Cappuccino. »Ihre Augen. Die sind nie lange auf einen Punkt gerichtet, außer Sie wollen jemandem Angst einjagen. Bringen sie einem das auf der Polizeischule bei?«

»Mein Misstrauen ist meine ganz persönliche Veranlagung. Und es hat mir gute Dienste geleistet.«

»Ich weiß, ich hab Sie das schon mal gefragt, aber *sollte* ich mir Sorgen machen?«

»Ehrlich, Tyler, ich weiß es nicht. Sie haben gesagt, Sie wollen bis zum Ende dabeibleiben, aber wenn Sie aussteigen wollen, nehme ich Ihnen das wirklich nicht übel.«

»Nein, ich will nicht aussteigen. Jetzt wird's ja endlich interessant.« McAdams kaute auf seiner Unterlippe herum. »Was muss ich beachten, Decker? Was weckt Ihr Misstrauen?«

»Dinge, die sich wiederholen … wenn man dasselbe Auto sieht oder denselben Typen … Und Dinge, die nicht dazugehören. In einer Kleinstadt ist das viel einfacher als in den Großstädten. Dann gibt es noch ganz grundsätzliche Sachen: Ich schließe meine Türen ab und lasse die Rollläden herunter und drehe immer eine Extrarunde, bevor ich das Haus oder mein Auto verlasse. Wie ich schon sagte, Detectives werden selten abgeknallt. Aber selten heißt nicht nie.«

»Greenbury ist quasi Bumblefuck, Amerika. Wie kann da so was passieren?«

Decker grinste. »Klein, aber fein, Tyler, den Spruch kennen Sie doch bestimmt. Und manchmal kommen die weniger feinen Dinge aus den großen Städten in die sehr kleinen Städte.«

Chase Goddard wusste nicht wohin mit seinen Händen. Zuerst verschränkte er die Finger. Dann ließ er sie seitlich hängen. Schließlich steckte er sie in die aufgesetzten Taschen seines Tweedjacketts. Er war Mitte fünfzig, hatte ein langes Gesicht, kurze blonde Haare, blaue Augen, schmale Lippen und eine römische Nase. Unter seinem Jackett trug er einen pastellblauen V-Pullover und ein weißes Hemd mit offenem Kragen, dazu eine dunkle Hose und schwarze Stiefel. Seine Fingernägel waren kurz geschnitten, und an seiner linken Hand befand sich ein goldener Ehering. Goddard zappelte immer noch herum; vielleicht lag es am Platzmangel: Sie standen zu dritt dicht an dicht in seinem kleinen Büro mit einem Stuhl, einem Schreibtisch und einem Stapel unerledigtem Papierkram.

»John Latham?« Goddard dachte angemessen lange über den Namen nach. »Nein, kenne ich nicht.« Pause. »Ich kenne den Namen ganz gewiss nicht.«

»Was ist mit Angeline Moreau?«, fragte Decker.

Wieder antwortete er nicht sofort. »Nein, ich kenne sie nicht. Wer ist das?«

»Sie ist unser Mordopfer«, sagte Decker. »Lathams Falls ist in Summer Village angesiedelt. Wir glauben, dass die beiden gemeinsam in etwas Illegales verwickelt waren und deshalb ermordet wurden.«

Goddard zuckte zusammen. »Und Sie sind aus …?«

»Greenbury, New York.«

»Ah, in der Nähe der Five Colleges.«

»Ja. Stehen Sie irgendwie mit den Colleges in Verbindung, Mr. Goddard?«

»Nein, nein, aber natürlich habe ich von ihnen gehört. Sie sind recht angesehen.«

»Aber kein Harvard«, sagte McAdams.

»Es gibt auch andere Universitäten, Detective.«

»Für mich nicht.«

Der Kunsthändler dachte kurz nach. »Sie sind ein Purpurroter, vermute ich.«

»Abschluss vor vier Jahren.«

»Und Sie arbeiten als Polizist?«

McAdams zuckte nur mit den Schultern. »Da draußen tobt die richtige Welt, die Harvard zu ignorieren beschlossen hat.«

Goddard zog die Augenbrauen hoch. »Ich war vor ewigen Zeiten in Harvard, als es noch das Radcliffe College für Frauen gab. Ich habe mitgekriegt, wie sie sich zusammenschlossen.«

»Siebenundsiebzig«, sagte McAdams, »mein Vater hatte gerade mit der Law School begonnen. James McAdams.«

»James McAdams… James Mc – meinen Sie Jack McAdams?«

»Das ist mein Dad.«

»Au ja, das erinnert mich an früher. Er würde mich bestimmt nicht mehr erkennen. Ihr Vater war ein großer Mann, nicht nur an der Law School, sondern ganz allgemein.« Pause. »Was macht er?«

»Er war so was wie ein Anwalt. Jetzt verbringt er seine Zeit damit, das von meinem Großvater geerbte Vermögen zu verwalten. Scheint ein Vollzeitjob zu sein.«

»Oh… natürlich.« Goddard wurde leicht rot. »Ich weiß, das klingt schrecklich unhöflich, aber wenn er daran interessiert ist, zu kaufen oder zu verkaufen…«

»Ich richte es ihm aus.«

Goddard rang sich ein Lächeln ab und wandte sich an Decker. »Sonst noch etwas?«

»Ich habe ein paar weitere Fragen.«

Goddard seufzte. »Darf ich etwas loswerden?«

»Selbstverständlich.«

»Sie wissen, dass Summer Village eine hohe Mordrate hat. Morde in der Gegend sind nicht ungewöhnlich.«

»Der Mord an einem Gastdozenten ist für sie kein Routinefall. Und der Mord an einer Collegestudentin in Greenbury ist für uns kein Routinefall. Ebenso wenig sind es die Diebstähle.«

»Sagen Sie mir noch mal, worum es geht?«

Decker biss sich auf die Lippe. Der Kerl brauchte keine Gedächtnisauffrischung, aber er machte es trotzdem.

Goddard formte mit seinen Händen ein Zelt. »Sie haben sich also – ausgehend von einem kleinen Einbruch in einem

Dorfmausoleum – diesen … Kunstraubring ausgedacht … der Ihrer Ansicht nach für zwei Morde verantwortlich ist?«

»Mr. Goddard, wir haben uns überhaupt nichts ausgedacht. Wir versuchen nur, dem, was passiert ist, einen Sinn zu geben.«

»Ich weiß nicht, was ich Ihnen dazu sagen könnte. Ich handle nicht mit gestohlener Kunst.«

»Sie handeln mit Antiquitäten. Sie müssen Leuten begegnen, die Ihnen etwas verkaufen wollen.«

»So ist es, und das meiste davon ist wertlos.«

»Aber nicht alles.«

»Gelegentlich ist ein Prachtstück dabei. Und dann tue ich mein Bestes sicherzustellen, dass das Stück echt und die Besitzverhältnisse mustergültig sind. Aus diesem Grund stammen die meisten meiner Einkäufe von Privatpersonen oder aus Privatvermögen. Ich habe über Jahre hinweg hart daran gearbeitet, eine Liste von Menschen zu erstellen, die mir treu bleiben, weil ich jeden da draußen fair behandle und wettbewerbsfähig bleibe.«

»Fortes fortuna adiuvat«, sagte McAdams.

Goddard lächelte. »Nun ja, Glück kommt nicht ex nihilo.« Es folgte ein unangenehmes Schweigen, währenddessen Goddard mehrmals seine Hände in die Taschen steckte und wieder herauszog. »Mein Geschäft läuft moralisch einwandfrei. Ich habe mit Abschaum nichts zu schaffen, weil es nicht nur unehrlich ist, sondern auch eine schlechte Geschäftspraktik. In diesem Bereich überzeugen einzig und allein Wissen und Reputation.«

»Sie haben niemals aus Versehen etwas mit einer suboptimalen Herkunft gekauft?«

Goddard verzog angesäuert das Gesicht. »Bei einem Rundgang durch die Galerie würde Ihnen auffallen, dass es viele

Objekte gibt, von günstig bis sehr teuer. Ich arbeite hart, um deren Herkunft zu überprüfen, aber wenn ein Youngster mit einem Meissen-Stück hereinschneit und mir sagt, dass es vom Dachboden seiner Großmutter stammt, dann gehe ich der Herkunft vielleicht nicht so sorgfältig nach, wie wenn er mir einen … Thomas Moran oder Frederic Church gebracht hätte. Und wenn derselbe Youngster einen Tag später mit einem Daum und noch einen Tag später mit Silber von Hester Bateman vorbeikäme, wäre ich misstrauisch. Die Stücke passen nicht zusammen, und dieser stückchenweise Verkauf würde mich annehmen lassen, dass er stiehlt. Ich bin lange genug in diesem Geschäft. Da weiß man, was seriös ist und was nicht.«

»Sie hatten mal eine Galerie in New York, oder?«

Der Händler wurde ärgerlich. »Ich bin sicher, Sie wissen, dass dem so war. Und ich bin ebenso sicher, dass Sie wissen, dass ich nicht besonders erfolgreich war. Weil man mich mit einer Hasskampagne angegriffen hat, die von ein paar gewissenlosen Händlern ins Leben gerufen worden war. Ihre korrupte kleine Clique steht nicht allen offen, außer man honoriert diese Ehre gebührend. Ich habe mich geweigert, nach ihren Regeln zu spielen, und sie haben bösartige Gerüchte gestreut. Ich habe niemals ein Geschäft mala fide getätigt. Sonst noch Fragen?«

»Was können Sie mir über die Petroshkovich-Ikonen erzählen?«

»Gütiger Gott, das ist hundert Jahre her.«

»Ja. Haben Sie je mit Ikonen gehandelt?«

»Ich bin nicht sicher, ob mir gefällt, was Sie da andeuten.«

»Ich deute gar nichts an. Ich stelle lediglich eine Frage.«

»Dann frage ich Sie auch etwas. Was haben *Sie* mit dem Petroshkovich-Fall zu tun?«

»Es ist ein ungelöster Kunstraub. Und wie bei unserem

Diebstahl fand er in einer Kleinstadt statt. Die Gegenstände wurden aus einer Kirche gestohlen, nicht aus einem Museum: leicht zugänglich, und die Diebe wussten genau, wonach sie suchten.«

Goddard schwieg. Dann sagte er: »Ikonen sind sehr speziell. Sie sollten mit Jason Merritt in New York reden.«

»Haben wir. Er sagt, er weiß nichts über den Einbruch.«

»War mir klar, dass er das sagen würde.« Pause. »Hat … Jason Sie mir auf den Hals gehetzt?«

»Ihr Name fiel.«

Goddards Wangen wurden rot. »Wie der Großvater, so der Enkel.«

»Was können Sie mir über seinen Großvater erzählen?«

»Nichts. Das sind alles nur Gerüchte, und als Opfer böser Zungen sollte ich es besser wissen und dummem Geschwätz keinen Glauben schenken.«

»Jason meinte, dass sein Urgroßvater und sein Großvater in Russland während des Sowjetregimes in den Genuss besonderer Privilegien kamen. In den frühen Jahren ergatterten sie viel religiöse Kunst und Ikonen zu Schleuderpreisen, weil niemand sie wollte.«

Goddard blickte zur Decke und rang sichtlich um Worte. »Schleuderpreise … ist möglicherweise eine … hübsche Untertreibung.«

»Das bedeutet?«

»Sagen wir einfach, das Regime war instabil, und es kam zu vielen Plünderungen. Und das ist alles, was Sie aus mir herauskriegen.«

Decker wusste, wann man Druck machen oder weiterziehen sollte. »Ich weiß, dass Ihnen die Namen der Opfer nichts gesagt haben. Dürfte ich Ihnen Fotos zeigen? Vielleicht haben sie andere Namen verwendet.«

Ein Seufzer. »Warum nicht.«

»Das hier ist Angeline Moreau«, klärte Decker ihn auf. »Sie machte gerade ihren Abschluss am Kunstcollege in Littleton. Sie war oft in der Nähe von Boston und in New York City unterwegs.«

Goddard warf kaum einen Blick auf das Foto. »Ich habe sie noch nie in meinem Leben gesehen.«

»Okay.« Decker fragte sich, warum die Leute immer wieder Sätze wie diesen von sich gaben. Wie konnte man sich sicher sein, jemanden jemals gesehen oder nicht gesehen zu haben? »Was ist mit John Latham?«

Er brauchte noch weniger Zeit, um Decker abprallen zu lassen. »Ihn habe ich auch noch nie gesehen.«

Decker riss der Geduldsfaden. »Und Sie sind sich sicher«, fing er an, »dass Sie niemals Kontakt …«

»Ich kenne die beiden nicht, Sir, und ich hatte ganz bestimmt nie mit ihnen zu tun. Gibt es sonst noch etwas?«

»Ist es Ihnen recht, wenn wir uns in der Galerie umsehen?«, fragte McAdams.

»Aus welchem Grund?«

»Wie soll ich meinem Dad von Ihnen erzählen, wenn ich nicht weiß, was Sie hier haben?«

»Oh … ja, natürlich. Tut mir leid, wenn ich unfreundlich wirke. Dieser ganze Unsinn und die Gerüchte um New York haben alte Erinnerungen aufgescheucht. Es war eine schlimme Zeit für mich.«

»Fortis in arduis«, sagte McAdams.

»Genau so ist es, wohl wahr!« Goddard setzte sich an seinen Schreibtisch. »Sehen Sie sich um. Und ich werde Ihnen nicht im Weg stehen. Ich werde hier Papierkram erledigen, falls Sie Fragen haben. Falls nicht, viel Spaß.«

Die beiden Männer verließen das winzige Büro und nahmen das Inventar unter die Lupe. Goddard hatte die Sachen nicht besonders geordnet ausgestellt. Manches wirkte arrangiert, anderes schien dort zufällig seinen Platz gefunden zu haben. Es gab Möbel, Gemälde, Silber, Porzellan. An der Decke hingen antike Lampen mit alten Hängevorrichtungen, auf den Dielen lagen Teppiche. Weißes China-Porzellan, alte Bettwäsche, Vintage-Töpfe und Kamingeschirre. Regale voller Krimskrams standen in jedem freien Winkel. »Kennen Sie sich mit Antiquitäten aus?«, fragte Decker.

»Nur so viel, um zu behaupten, dass das hier alles ziemlich durchschnittliches Zeug ist: aus Europa, achtzehntes und neunzehntes Jahrhundert. Nicht der richtige Ort, um mit Tiffany zu hehlen.« McAdams nahm eine flache kobaltblaue Schale von Rosenthal in die Hand.

Decker deutete auf eine Wand. »Gerahmte antike Landkarten«, flüsterte er.

»Sind mir auch schon aufgefallen.« Der Bengel stellte die Schale ab. »Und alte Drucke von Pflanzen.«

Die Männer schnüffelten weiter herum. »Ich hab übrigens Sätze aus dem Notizbuch verwendet«, flüsterte McAdams Decker zu.

»Das dachte ich mir.«

»Hab sie so unauffällig wie möglich einfließen lassen.«

Sie inspizierten ein Regal mit Silber. »Verabschieden Sie sich schon mal von ihm. Wir treffen uns dann draußen. Er mag Sie lieber als mich.«

McAdams grinste. »Muss an meinem Charme liegen.«

Kurz darauf gingen sie zusammen auf der Newbury zu ihrem Mietwagen zurück. Es war dunkel, kalt und diesig, aber die Straße war hell erleuchtet, was die Finsternis etwas entschärfte.

»Möchten Sie noch Kaffee besorgen, bevor wir zurückfahren?«, fragte Decker.

»Gerne, halten wir am Dunkin' Donuts, ich hab meine Vorliebe für Cronuts entdeckt.«

Decker setzte sich auf den Fahrersitz, startete den Motor und ließ ihn warmlaufen. »Haben Sie Lust, mir zu sagen, was die lateinischen Sprüche bedeuten?«

»Klar. Fortes fortuna adiuvat heißt ›Den Tüchtigen hilft das Glück‹. Fortis in arduis bedeutet ›stark in schwierigen Zeiten‹, nach dem Motto: Was uns nicht umbringt, macht uns stärker. Er benutzte den Ausdruck mala fide, das heißt …«

»In böser Absicht.« Als McAdams ihn überrascht ansah, sagte Decker: »War nicht schwer zu raten. Jurastudium.«

»Stimmt ja.« McAdams rubbelte sich die Hände.

»Wen kennen Sie in Harvard, der Codes entschlüsselt?«

»Einen meiner Profs. Brillanter Typ. Codes sind sein Hobby.«

»Warten Sie kurz.« Decker rief Mulrooney mit eingeschaltetem Lautsprecher an und fragte den Summer-Village-Detective, ob es in Ordnung wäre, wenn sie das Notizbuch jemandem in Harvard zeigen würden.

»Wahrscheinlich würde ich an der Tufts auch jemanden finden«, entgegnete Mulrooney.

»Latham arbeitete an der Tufts«, gab Decker zu bedenken. »Ich würde lieber eine andere Uni nehmen.«

»Das klingt plausibel«, gab Mulrooney zu. »Wie heißt der Mann?«

»Dr. Mordechai Gold«, sagte Tyler. »Er lehrt an der Mathematischen Fakultät. Ich hatte einen Kurs bei ihm in Spieltheorie. Ich glaub kaum, dass er sich noch an mich erinnern wird, aber er ist genial, und ich weiß, dass das Knacken von Codes eins seiner Fachgebiete ist. Wahrscheinlich kann er uns nicht sofort weiterhelfen, aber wir könnten ihm wenigstens das Notizbuch dalassen.«

»Ja, von mir aus, rufen Sie ihn an. Sagen Sie mir, was er meint. Haltet mich auf dem Laufenden, Kollegen.«

»Sobald wir was wissen, geben wir es weiter«, versprach Decker und beendete das Gespräch.

McAdams hing bereits an seinem Smartphone. »Okay, ich hab die Durchwahl der Fakultät.« Er tippte die Nummer ein. »Möchten Sie mit ihm reden, oder soll ich?«

»Machen Sie das.«

»Okay.« McAdams drückte die grüne Taste. Nachdem er gebeten wurde zu warten, wurde er schließlich in Professor Golds Büro durchgestellt. »Da läuft der Anrufbeantworter.« Er wartete ab. »Hallo, Professor Gold, hier spricht Detective Tyler McAdams von der Greenbury-Polizei in Upstate New York. Ich war vor vier Jahren in Ihrem Kurs über Spieltheorie und erinnere mich an Ihre Expertise im Codeknacken. Mein Partner, Detective Peter Decker, und ich arbeiten an einem rätselhaften Fall und könnten Ihren Rat brauchen. Über einen Anruf von Ihnen würde ich mich sehr freuen.« Tyler hinterließ seine Handynummer sowie die von Decker, dann legte er auf.

»Perfekt«, sagte Decker. »Sie haben ihm keine Details verraten, aber seine Neugier angestachelt. Sie werden ein richtiger Profi, McAdams. Jetzt habe ich einen Partner statt einen Klotz am Bein.«

»Sie haben wirklich ein Händchen für nette Worte.«

»Hab ich's mir nicht gedacht? Offensichtlich zahlt sich Ihr Grips jetzt aus.« Decker fuhr los und grinste. »Jetzt müssen wir nur noch an den Muckis arbeiten.«

23

Aufgeputscht von Kaffee und Kalorien, fuhr Decker auf dem Highway Richtung Greenbury zurück und hielt Ausschau nach silberfarbenen Lieferwagen und Blitzeis. Er dachte, McAdams sei weggedöst, aber dann setzte sich der Bengel mit einem Ruck kerzengerade hin und fuhr sich mit den Händen übers Gesicht.

Tyler sah auf die Uhr. »Halb sieben. Fühlt sich an wie elf. Ich hasse den Winter: diese langen, dunklen, kalten Nächte. Kein Wunder, dass am College so viel gesoffen und gevögelt wird.«

»Schieben Sie's nicht auf den Winter«, sagte Decker. »An kalifornischen Unis wird genauso viel gesoffen und gevögelt.« Pause. »Was halten Sie von Goddard? Ist irgendwas in dem Laden einen Haufen Geld wert?«

»Nichts, für das es sich zu töten lohnt. Sein Laden hat ein bisschen von allem und jedem: eine perfekte Fassade, um mit gestohlenen Sachen zu hehlen.«

»Wie die gerahmten alten Landkarten und Drucke«, sagte Decker. »Und er hat ein paar antiquarische Bücher in dem Glaskasten. Mir stach *Der lange Abschied* von Raymond Chandler ins Auge. Das muss was wert sein.«

»Wenn es die Erstausgabe ist, ja. Da war auch noch *Unterwegs zu Swann* von Marcel Proust.«

»Angesichts seines New Yorker Rufs kann ich mir Goddard als Hehler vorstellen. Doch als Mörder …?«

»Nein. Er würde sich nie selbst die Hände schmutzig machen. Vielleicht hat er jemanden angeheuert.«

»Ist es wirklich denkbar, dass dieser Mann einen Auftragskiller anruft? Dass er solche Leute überhaupt kennt?«

»Ich weiß, es klingt platt: Ich gucke diese Sendungen über wahre Verbrechen, und es scheint ziemlich einfach zu sein, irgendeine zwielichtige Erscheinung dazu zu bringen, jemanden zu töten. Es kostet auch gar nicht so viel.«

»Aber bei Lathams Ermordung deutete nichts auf einen Amateur hin. Da wollte jemand etwas beweisen. ›Wenn du dich mit mir anlegst, passiert genau das.‹ Können Sie sich Goddard dabei vorstellen, einen Profikiller anzuheuern?«

»Vielleicht eher nicht.« McAdams zog seinen Mantel aus, denn im Auto war es warm geworden. »Was halten Sie denn von Goddard?«

»Instinktiv mag ich ihn nicht, doch das heißt nicht, dass er ein Mörder ist.«

»Ich hab ein paar Tiffany-Sachen aus der Kollektion mit den Weinreben gesehen, aber das sind keine wichtigen Arbeiten. Kehren wir also zu dem Gedanken zurück, dass Maxwell Stewart der böse Junge ist?«

»Ihn kann ich mir auch nicht vorstellen.« Pause. »Ich denke immer wieder an die Petroshkovich-Ikonen.«

»Warum? Das ist ewig her.«

»Weil Latham abgeschlachtet wurde und sein Spezialgebiet Sowjetkunst war. Außerdem hatte er dieses seltsame Codebuch in lauter gebildeten Sprachen, was international klingt – und mir gefallen russische Mafiosi als die bösen Jungs hinter allem.«

»Russische *Mafiosi*?« McAdams zog eine Grimasse. »Wie kommen Sie von gestohlenen Tiffanys auf russische Mafiosi?«

»Na ja.« Decker biss sich auf die Lippe. »Wegen des Codebuchs glaube ich, dass Latham schon lange in illegale Machenschaften verwickelt war. Er stellte das eigentliche Ziel dar.«

»Einverstanden.«

»Vermutlich hatte Latham illegale Kontakte für gestohlene Kunstwerke im Untergrund, hauptsächlich für sein Fachgebiet, die Sowjetkunst. Und da er schon mal schmutzige Kontakte hatte, hat er vielleicht noch nebenher auf eigene Rechnung mit weniger wichtigen Sachen gedealt, für schnelles Geld. Sachen wie gestohlene Bücher und antike Drucke. Sachen wie Tiffany-Glasbilder, von denen ihm Angeline Moreau erzählt hatte.«

»Also gut. Warum wurde er dann umgebracht? Und so brutal!«

»Sie hat gekämpft, sie wurde getötet, vermutlich erwürgt und vielleicht erstochen, aber nicht *verstümmelt*. Latham schon. Er war das Hauptziel. Er bekam die unkontrollierte Wut eines uns Unbekannten mit voller Wucht ab. Ich glaube, man hat sie wegen ihrer Verbindung zu Latham getötet. Jemand wurde nervös, da sie womöglich zu viel wusste. Weil Latham ihr vielleicht zu viel erzählt hat.«

»Sie wurde zuerst ermordet, Decker.«

»Ja, Sie haben recht. Man sollte meinen, dass Latham zuerst an der Reihe gewesen wäre.« Er überlegte kurz. »Angeline wurde am Sonntagabend ermordet … gleich nachdem wir uns mit Sobel und Stewart an der Gruft getroffen hatten, stimmt's?«

»Na ja, nicht sofort danach … aber bald danach.«

»Gesetzt den Fall, dass der Mörder uns bei den Ermittlungen des Einbruchs zusah … oder zumindest Wind davon bekam, dass wir den Einbruch untersuchen. Er kommt nach Greenbury, bringt Angeline um und arbeitet sich dann Richtung Küste nach oben vor.«

»Wenn Sie sagen, dass er sich *nach oben* vorarbeitet, gehen Sie also davon aus, dass er aus südlicher Richtung kommt?«

»Da ist was dran. Vielleicht sollten wir nach New York zurückfahren.«

»Klar. Was immer Sie meinen, Boss.«

Decker war still. »Wir wissen doch, dass beider Wohnungen durchwühlt wurden. Der Mörder hat was gesucht.«

McAdams hielt das Codebuch hoch.

»Genau«, sagte Decker. »Wir müssen es übersetzt kriegen. Wenn Gold nicht bald anruft, versuchen wir es bei jemand anderem.«

McAdams nickte. »Es gibt eine Sache, die mich verwirrt. Der Petroshkovich-Ikonenraub ist Jahrzehnte her. Warum sollte dieser Diebstahl plötzlich Mord zur Folge haben?«

»Okay, ich denke mal laut nach: Angenommen, Latham fand durch sein Studium der Sowjetkunst heraus, wer die Petroshkovich-Ikonen besitzt. Angenommen, es war jemand in Russland, der sehr reich ist – zum Beispiel ein Oligarch.«

»Okay.«

»Angenommen, Latham nahm Kontakt mit dieser Person auf und legte ihm eine weitere Gelegenheit dar, etwas Wertvolles zu kaufen, das nicht auf rechtmäßigem Weg erworben sein könnte. Angenommen, man einigte sich. Aber dann fand sein ›Kunde‹ heraus, dass Latham jemand anderes für die Durchführung der illegalen Arbeit angeheuert hat. Außerdem fand der Kunde heraus, dass Latham mit seiner angeworbenen Hilfskraft in einem romantischen Verhältnis stand. Sie wissen schon … Bettgeflüster. Vielleicht wurde der Kunde nervös und dachte, zu viele Leute könnten von seinem Gelegenheitskauf wissen.«

»Aber warum ist der ›Kunde‹ nicht einfach ausgestiegen?«

»Weil Latham wusste, dass der ›Kunde‹ die gestohlenen

Petroshkovich-Ikonen besaß. Also ließ der ›Kunde‹ beide ermorden.«

McAdams zuckte mit den Achseln. »Wegen ein paar vor dreißig Jahren geklauter Ikonen?«

»Okay.« Decker nickte. »Vielleicht haben Sie recht. Also kehren wir zum Motiv zurück, Tyler. Für was lohnt es sich zu töten? Und denken Sie russisch.«

»Die siebenundzwanzig Kisten, die vermutlich das originale Bernsteinzimmer enthalten.«

»Könnte sein.«

»Äh, das war jetzt eher ein Witz.« Als Decker nichts sagte, verzog Tyler das Gesicht. »Ich glaube, das Bernsteinzimmer wäre als Hehlerware ganz schön schwierig.«

»Vielleicht nicht für Jason Merritt mit seiner riesigen Kundenliste, der, dies nur nebenbei bemerkt, selber erwähnte, dass es sich für das Bernsteinzimmer zu töten lohnen würde.«

»Nachdem wir ihn dazu getrieben haben, irgendwas zu sagen. Es purzelte nicht gerade von seiner Zunge.«

»Nein«, Decker dachte länger nach, »nein, ich glaube nicht, dass es das Bernsteinzimmer ist, vielleicht nicht das komplette Bernsteinzimmer. Vielleicht geht es um ein paar Kisten, die plötzlich aufgetaucht sind. Ich habe gestern recherchiert. Irgendwelche Deutschen behaupten immer mal wieder, Teile des Originals zu besitzen.«

»Wie wollen die denn wissen, ob was echt oder unecht ist? Bernsteine sind Fossilien und unmöglich zu datieren.«

»Das wusste ich nicht«, gab Decker zu. »Ja, kann schon sein, dass es abenteuerlich klingt, aber wir wissen doch, dass Merritt Kontakte in dieser Region hat. Er und seine Familie sind dort seit Jahrzehnten aktiv. Wir suchen nach etwas für Russland Unbezahlbarem und Einzigartigem, das von Merritts Großvater geplündert wurde.«

»Also gefällt Ihnen Jason Merritt als böser Junge?«

»Vielleicht.«

»Mir nicht. Er ging mir zu offen mit seiner Familiengeschichte um.«

»Vielleicht wollte er, dass wir die Gerüchte eher von ihm als von jemandem wie Chase Goddard hören, der längst nicht so stark über Jason Merritt getratscht hat, wie ich es erwartet hätte.«

»Und Jason Merritt hat uns ebenfalls nicht viel über Chase Goddard erzählt.«

»Aber beide«, fuhr Decker fort, »legten uns nahe, dass der andere ein Betrüger sei.«

»Machen sie gemeinsame Sache?«

»Im Augenblick bin ich völlig unvoreingenommen.«

»Wir sollten wahrscheinlich einfach auf das Codebuch warten, bevor wir irgendwelche Schlüsse ziehen.«

»Ich bin nicht der Typ, der gerne abwartet. Wenn wir davon ausgehen, dass Latham ein Opportunist war und nebenher einen ambulanten Handel betrieb, brauchte er eine schnelle Quelle für wertvolle Gegenstände. Ich möchte, dass Sie morgen zurück in die Collegebibliotheken gehen und weiter durch die alten Atlanten und Bücher mit Drucken blättern und nach vermissten seltenen Werken fragen.«

»Und was machen Sie, während ich in meiner Lesekabine sitze und mir die Augen ruiniere?«

»Mir noch mal die Akten von Allan Sugar über den Petroshkovich-Raub vorknöpfen und die Liste der Kunstgalerien durchgehen«, sagte Decker. »Ich weiß, dass ich etwas übersehe.« Er dachte einen Moment nach. »Eigentlich sollten wir das Codebuch ins Revier bringen, aber die Sicherheitsvorkehrungen sind dort nicht besonders gut. Zu Hause habe ich einen Safe für die Waffen.«

»Ich hab auch einen Safe. Mit einem Kombinationsschloss. Der Geburtstag meines Vaters.«

»Wahrscheinlich ist es besser, wenn Sie's behalten«, meinte Decker. »Falls sich jemand umsehen will, kommt er erst zu mir, dann zu Ihnen.«

Er riss die Augen auf, und das Herz begann in seiner Brust zu rasen.

Eine Sache mochte Decker an Greenbury: die ruhigen Nächte. Man konnte alles Ungewöhnliche genau hören. Neben ihm schlief Rina tief und fest. Sachte ruckelte er an ihrer Schulter, und als er sie geweckt hatte, legte er den Zeigefinger über ihre Lippen. Sie bekam große Augen und schlug sich die Hand vor den Mund.

»Kriech unters Bett«, flüsterte Decker.

Rina hütete sich, Fragen zu stellen. Geräuschlos glitt sie aus dem Bett und schlüpfte unter das Gestell. Nachdem sie in Sicherheit war, schlich Decker zu dem begehbaren Schrank mit dem Safe für die Waffen. Innerhalb von Sekunden hatte er seine geladene Beretta für einen Einsatz vorbereitet. Er legte sich leise auf den Boden und zeigte Rina die Waffe. Sie nickte.

Dann warteten sie ab. Mittlerweile konnten sie beide die Geräusche hören, wie jemand im Wohnzimmer ihre Sachen durchsuchte.

Decker musste eine Entscheidung treffen: Sollte er dem Einbrecher entgegentreten, oder sollte er abwarten, bis es vorbei war? Doch mit Rinas Anwesenheit im Haus fiel die Entscheidung leicht. Wenn es mehr als ein Verbrecher war, brächte er sie in eine riskante Situation, indem er sie alleine ließe. Dafür gab es keinen Grund, außer es wäre absolut notwendig.

Handelte es sich um irgendwelche Dreckskerle, kämen sie

wahrscheinlich nicht ins Schlafzimmer. Sie würden sich die Elektrogeräte krallen und Rinas Handtasche und es dabei belassen.

Deckers Verstand raste, und seine Gedanken und die möglichen Szenarien überschlugen sich in seinem Kopf.

Wie waren die Idioten eingedrungen? Es gab keine Alarmanlage, aber Greenbury war sicher: Oft machten sich die Nachbarn noch nicht mal die Mühe, ihre Häuser abzuschließen. Was das anging, war er ein Pedant, denn seine Türen ließen sich allesamt verriegeln. Alle Fenster waren doppelt verglast, mit soliden Fensterschlössern.

Es mussten Profis sein.

Die Geräusche wurden lauter – und kamen näher.

Profis.

Decker erhob sich leise vom Boden. Mit ein paar geschickten Schlägen präparierte er die Betten, stopfte Kissen unter die Decken, damit es so aussah, als würden Menschen darunter schlafen. Dann kauerte er sich neben Rina zusammen, sodass er gerade noch über die Matratze blicken konnte, und fixierte die Tür.

Und wartete.

Und wartete.

Der Türknopf drehte sich langsam.

Die entscheidende Phase.

Er hatte das schon mal erlebt. Sein Herzrasen ebbte ab, als der Verstand sich auf einen einzigen Gedanken konzentrierte: überleben. Innerhalb von Sekunden wurde seine gesamte Lebenserfahrung katalogisiert, und er zog die richtige Karteikarte, um in dieser Welt zu bleiben.

Die Tür öffnete sich, ein dunkler Schatten kam ins Zimmer und hob einen gestreckten Arm, eine Waffe zielte auf das Bett. »Polizei! Keine Bewegung!«, rief Decker.

In Zeitlupe nahm Decker den Schuss aus seiner eigenen Waffe in genau dem Moment wahr, als der Schatten sich in seine Richtung drehte. Als die Kugel ihn traf, wankte die Gestalt. Aber schaffte es, aufrecht zu bleiben, mit der Waffe in der Hand, und haute ab. Auf der Flucht hielt sich die Gestalt die Schulter, von der Blut heruntertropfte.

Wäre Decker allein gewesen, hätte er den Einbrecher verfolgt. Aber er wagte es nicht, Rina zu verlassen, falls sich noch einer dieser Typen im Haus aufhielt. Plötzlich krabbelte sie unter dem Bett hervor. »Runter!«, brüllte Decker sie an.

»O mein Gott! Geht es dir *gut*?«

»Alles in Ordnung. Bleib unten, Rina.« Decker hörte ein Auto mit quietschenden Reifen wegfahren. Sein Herz schlug jetzt *allegro.* Er schaltete die Lichter an, griff nach dem Hörer des Festnetzanschlusses auf seinem Nachttisch – und stellte fest, dass die Leitung gekappt war. Blöderweise lud sein Handy gerade in einer Steckdose in der Küche. »Wo liegt dein Handy?«

»Im Schrank. Was ist hier los?«

Decker antwortete nicht. Er schnappte sich Rinas Handy und wählte den Notruf. Er begann gerade mit seinem Bericht für den Polizisten am Ende der Leitung, als er Rinas Stimme hörte: »Peter, was ist mit *Tyler*?«

»*Scheiße!*« Er beschwor seinen Gesprächspartner am Telefon: »Ich brauche sofort mehrere Streifenwagen in die … verdammt, wo *genau* wohnt er?« Decker ging beim Reden auf und ab. »Schicken Sie die Wagen sofort zu Detective Tyler McAdams' Haus, auf dem Hamilton Drive … nein, die Hausnummer habe ich nicht. Wenn ich sie wüsste, würde ich Sie Ihnen sagen!« Er hielt Rina fest, während er weiterredete. »Schicken Sie einfach *sofort* jemanden dorthin!«

Decker umklammerte mit der rechten Hand das Handy,

während er Rina mit der linken hinter sich herzog. Er rannte durchs Wohnzimmer, fand Rinas Autoschlüssel und raste mit ihr aus der Haustür.

»Ich kenne sein Haus«, sagte er zu ihr. »So geht's am schnellsten.« Sie sprangen in Rinas Volvo, der gnädigerweise sofort startete. Er legte den Sicherheitsgurt an, jagte den Motor hoch und rammte den Rückwärtsgang hinein. Mit quietschenden Reifen schlitterte er aus der Einfahrt und schleuderte über die Straße.

»Pass auf, in Gottes Namen!« Rina legte sich gerade noch den Gurt an. »Kein Grund, uns beide umzubringen.«

Decker hörte ihr nicht zu und raste die Straßen entlang. »Nimm den Kopf runter.« Er stieß ihren Kopf nach unten. »Runter, verdammt noch mal.«

»Er ist unten, er ist ja schon unten!«

Kein Mondlicht. Nur ein schwarzer Himmel, bis auf ein paar sporadisch verteilte Straßenlaternen.

Aber auch kein Verkehr.

Decker überfuhr alle Stoppschilder und roten Ampeln.

Rina saß zusammengekauert auf dem Vordersitz. »Gib mir mein Handy. Ich rufe ihn an. Wie ist seine Nummer?«

Er gab ihr das Handy. »Verdammt, ich kann nicht klar denken.«

Dann fiel sie ihm wieder ein. Nicht nur Rinas Hände zitterten, ihr ganzer Körper wurde geschüttelt. Vor Adrenalin, der Kälte und schierer Angst. Und trotzdem schaffte sie es, die richtigen Tasten zu drücken.

»Er geht nicht ran.«

Es war egal, denn sie erreichten gerade sein Haus. Kein Auto vor der Tür. Decker gab Rina eine Brechstange, dann entsicherte er seine Waffe. »Komm mit.«

Sie rannten zur Haustür. Er zog sie hinter sich her, und

dann hämmerte er gegen das Holz. »Tyler?!« Pause. »Scheiß drauf. Nimm du die Waffe und gib mir Deckung.«

»Verstanden.«

Er nahm drei Schritte Anlauf und rammte seine Schulter gegen die Holztür. Sie splitterte leicht, gab aber nicht nach und sprang auch nicht auf. Immerhin war das Loch groß genug, um seine Hand durchzuschieben und das Schloss zu öffnen.

Rina gab ihm die Waffe zurück, als er die Tür öffnete und das Licht einschaltete. »Tyler?« Das Wohnzimmer war durchwühlt worden. Er hörte nicht auf, den Namen des Bengels zu rufen. »Bist du da?«

Keine Antwort.

»Bleib hinter mir.« Um seine Worte zu verdeutlichen, schob er sie rüde hinter sich, bis sie im Schutz seines Rückens verschwand. »Ich muss die Zimmer checken.«

Wieder brüllte er Tylers Namen. In der darauffolgenden Stille hörte er, wie weiter weg ein Motor ansprang. »Rina, melde einen silberfarbenen Hyundai-Lieferwagen. Und nein, ich habe kein Nummernschild, aber falls er in der Gegend herumfährt, will ich, dass er angehalten wird.«

»Bin schon dabei.«

Decker arbeitete sich schnell durch Wohnzimmer, Küche und Badezimmer vor: alle leer. Er ging ins Gästezimmer, und als er im Schlafzimmer angekommen war, hörte er endlich in der Ferne die Sirenen. Er schaltete die Lichter an. »Tyler! Wo bist du?« Pause. »Antworte mir, Kumpel.«

Sie hörten beide das Stöhnen im selben Augenblick, aber es war Rina, die das Blut entdeckte, das unter der von Kugeln durchlöcherten Schranktür hervorsickerte.

Sie war abgesperrt.

Wieder rammte Decker seine Schulter hinein. Sie gab kein bisschen nach. Er nahm die Brechstange zu Hilfe, und nach drei Holzfällerschlägen gelang es ihm, das Sperrholz zum Bersten zu bringen. Er entriegelte die Tür und zog an der Strippe, mit der das Licht in dem begehbaren Schrank eingeschaltet wurde.

Der Bengel kauerte mit weit aufgerissenen Augen in einer Ecke. Sein Gesicht war blutbeschmiert. Decker beugte sich vor und begutachtete die Blutspritzer am Kopf. Als er sie berührte, zuckte Tyler zusammen.

Gott sei Dank, ein Streifschuss, dachte Decker. »Kannst du mich hören?«

Der Bengel antwortete nicht, entweder stand er unter Schock – oder Schlimmeres. Er umklammerte einen Arm. »Lass mal sehen, was passiert ist, Kumpel.«

Decker musste Tylers Hand mit Gewalt von dem Arm lösen, um das ganze Ausmaß zu erkennen. Er hatte einen Durchschuss: ein kleines Loch auf der Vorderseite, mit einem größeren Austrittsloch. Es schien eine Fleischwunde zu sein, aber völlig sicher war er sich nicht.

»Hörst du mich?« Er berührte das Gesicht des Bengels und sah ihm fest in die Augen. »Tyler, hörst du mich? Antworte bitte!«

»Bin total benebelt …«, keuchte er.

»Du kannst noch reden«, sagte Decker und meinte zu Rina: »Ich höre den Krankenwagen. Zeig ihnen, wie sie herkommen.«

»Bin schon unterwegs.«

»Kannst du deine Finger bewegen?«, fragte er Tyler.

Er zuckte. »Ja …«

»Was ist mit den Zehen? Kannst du mit den Zehen wackeln?«

Noch mal ein schmerzverzerrtes Gesicht. »Ja …« Wie ferngesteuert versuchte er aufzustehen, brach aber umgehend wieder zusammen, bevor er überhaupt ein Knie auf den Boden aufgestützt hatte. Aus einem Bein quoll Blut heraus. Er war aschfahl. Seine Stirn fühlte sich verschwitzt an.

»Tyler, du musst still sitzen bleiben. Dadurch wird die Blutung verlangsamt.« Decker riss Tylers Schlafanzughose auf, um die Wunde am Bein zu beobachten.

Er war auch im Oberschenkel getroffen worden. Wie es aussah, oberflächlich, der Knochen sah heil aus, aber Decker hatte keine Möglichkeit, den Schaden, den die Kugel angerichtet hatte, genauer einzuschätzen. Fünfzehn Zentimeter höher, und McAdams hätte sich um sehr viel mehr als einen zerschmetterten Knochen Gedanken machen müssen.

Decker zog eine Decke von einem der Regale im Schrank und deckte Tyler zu, um den Schock abzumildern. Er redete leise und beruhigend auf ihn ein. »Spürst du den Schmerz?«

»Fuck, ja ...«

»Das ist gut. Du wirst wieder gesund. Der Krankenwagen kommt gerade.«

McAdams hob die Decke an und inspizierte die Leistengegend.

»Deinem Schwanz geht's gut«, sagte Decker.

»Lügen Sie mich nicht an.«

»Würde ich nie, Harvard. Alles ist intakt.«

Dem jungen Mann liefen plötzlich Tränen übers Gesicht. »Ist ja sowieso nicht oft im Einsatz.«

Decker lachte fast schon hysterisch. »Deinen Humor hast du auch nicht verloren.«

»Mir ist wirklich schwindelig.«

»Halte nur durch.« Decker versuchte zu lächeln. »Du musst der einzige Mensch auf der Welt mit einem abschließbaren begehbaren Kleiderschrank sein.«

»Ich hab oft Bargeld ... der Safe.« Er atmete schwer. »Das

Notizbuch ist da drin.« Tränen trübten seinen Blick. »Ich glaub, ich falle in Ohnmacht.«

»Du wirst wieder, Tyler, das verspreche ich dir.«

Die Sanitäter kamen ins Schlafzimmer gerannt, gefolgt von mehreren Polizisten. Decker stand auf und zeigte in den Schrank. Die Notfallärzte hoben Tyler vorsichtig auf eine Bahre und begannen mit ihrer Arbeit: Sauerstoffmaske über Mund und Nase, Tropf an die Vene ... Druckverbände auf die Wunden, um die Blutungen zu stillen.

Tyler sah Decker flehentlich in die Augen. Obwohl der Junge mit der Maske über dem Mund nicht sprechen konnte, wusste Decker, was ihm durch den Kopf ging.

»Ich begleite dich.« Er wandte sich an Rina. »Lass dich von einem der Polizisten ins Krankenhaus fahren.«

»Ich habe doch das Auto hier.«

»Rina, du darfst jetzt nicht allein unterwegs sein!«

»Stimmt, natürlich. Wir treffen uns dort.«

Minuten später wurde der Junge in den Krankenwagen verfrachtet. Decker saß auf der Bank, während die Ärzte Tyler weiter versorgten. Decker nahm die feuchtkalte Hand des Jungen, und dann erst schloss Tyler endlich seine tränennassen Augen.

Die Gedanken überschlugen sich in Deckers Kopf.

Detectives werden selten abgeknallt. Aber selten heißt nicht nie.

Zum ersten Mal in seinem Leben fragte Decker sich, ob er der Situation noch gewachsen war.

Er hatte dem Jungen gesagt, er könne aus dem Fall aussteigen. Vielleicht sollte er auf seine eigene Warnung hören. Sang- und klanglos die Reißleine zu ziehen und ein langes Leben zu haben, war sehr viel besser, als mit einem lauten Knall abzutreten.

Sein Kopf explodierte fast, sein Herz raste, und er schwitzte, obwohl es kalt war und er sich in der Hektik weder Jacke noch Mantel übergezogen hatte. Er hielt weiter Tylers feuchtkalte Hand und hoffte, dass seine eigene Körperwärme den Jungen aufwärmen wurde. Mit der freien Hand wischte Decker sich Tränen aus den Augen.

Bumblefuck, Amerika.

Der Job hatte ihn gelangweilt, und er hatte sich nach der Spannung gesehnt, die er hinter sich gelassen hatte.

Jetzt kamen seine übereifrigen Wünsche zurück, um ihn kräftig in den Arsch zu beißen.

24

Nach ein paar Wiederholungen klang die Geschichte wie auswendig gelernt. Decker war körperlich und geistig am Ende. Er saß auf einem harten Plastikstuhl im Krankenhaus und wartete auf Neuigkeiten des Operateurs. Rina war bei ihm. Sie hatte sich neben ihm zu einer Kugel zusammengerollt und döste immer wieder kurz ein. Ein halbes Dutzend Polizisten hatte sie am Krankenhaus bereits erwartet, als der Krankenwagen eintraf. Mike teilte die Leute neu ein, den silberfarbenen Hyundai-Lieferwagen aufzuspüren, nachdem er ungefähr sechs Kilometer von Deckers Haus entfernt gesehen worden war. In Greenburys sonst so ruhigen Straßen wimmelte es von Streifenwagen. Leider blieb der silberfarbene Lieferwagen unauffindbar.

Mike Radar blieb im Krankenhaus. »Sie haben das Notizbuch dabei?«

»Es liegt im Safe des Jungen. Der Code ist der Geburtstag seines Vaters, den ich nicht kenne.« Decker hatte dem Captain das alles bereits erklärt, aber Radar war nervös. Jedes Mal, wenn sich das Schweigen in die Länge zog, stellte der Captain ihm eine neue Frage. Decker verglich seine Uhr mit der Wanduhr. Beide zeigten Viertel vor fünf an. Es war Dienstagmorgen. »Selbst wenn es aus dem Safe gestohlen worden wäre, hätte das keine Folgen. Das Original ist im Revier von Summer Village.«

»Vielleicht wollte der Dieb sehen, was drinsteht?«

»Ja, klar. Haben Sie Mulrooney erreicht?«

»Vor ungefähr zwanzig Minuten. Ich habe ihm berichtet, was passiert ist, und er hat sich bedankt. Glaube nicht, dass er wieder einschlafen konnte. Er hat das Original-Codebuch hinter Schloss und Riegel.« Radar ging immer noch auf und ab und ließ Adrenalin ab. »Nichts Neues über den Lieferwagen, verdammt. Wie kann so ein verdächtiges Auto einfach verschwinden?«

»Wir werden es finden«, sagte Decker.

»Das ist Wunschdenken.« Als Decker dazu nichts sagen wollte, fuhr Mike fort: »So was passiert hier in Greenbury, Herrgott.«

»Bumblefuck, Amerika«, sagte Decker.

»Wie bitte?«

»Das sagen die jungen Leute, wenn sie über ein Kaff reden, von dem noch nie jemand gehört hat. Sie nennen es Bumblefuck. McAdams meinte dasselbe: Hier passiert doch so etwas nicht. Ich sagte ihm, er sollte besser aus dem Fall aussteigen.« Er seufzte. »Eigentlich habe ich ihm gesagt, er könne aus dem Fall aussteigen, wenn er das wolle. Und er wollte nicht. Aber jetzt ist das auch egal. Wir stecken beide knietief drin.«

Rina atmete hörbar ein, wachte mit einem Ruck auf und streckte sich. »Was Neues?«

»Er ist immer noch im OP.«

»Wie spät?«

»Fast fünf.«

»Dann dauert es jetzt schon zwei Stunden.«

»Ja.«

»Das ist nicht besonders lange, wenn man bedenkt, dass er zweimal getroffen wurde. Eigentlich sogar dreimal, wenn man den Streifschuss an seiner Schläfe mitzählt.«

»Ich finde immer noch, Sie sollten seine Eltern anrufen«, sagte Radar.

»Er hat mir ausdrücklich gesagt, sie nicht anzurufen, als man ihn in den OP gefahren hat.«

»Was, wenn etwas passiert?«

»Mike, er ist sechsundzwanzig, er ist erwachsen, und er wird nicht sterben.«

»Das weiß man nie.«

Decker warf ihm einen verärgerten Blick zu. »Er wird nicht sterben. Er befahl mir, seine Eltern nicht anzurufen. Das Mindeste, was ich tun kann, ist, seine Wünsche zu respektieren.«

»Das wird dem Bürgermeister nicht gefallen.«

»Soll der Bürgermeister sie doch anrufen.«

Rina tätschelte sein Knie, um ihn zu beruhigen, aber es nützte nichts. Decker sprang auf, ging ein paar Schritte hin und her, und schlug dann sanft ein paarmal gegen die Wand. »Wenn ich schon in Ausübung meiner Pflicht abgeknallt werde, will ich wenigstens wissen, warum!«

»Ich bin sicher, ihr werdet sehr viel mehr wissen, wenn erst das Codebuch ausgewertet wurde.«

»Wer ist dieser Typ, den McAdams angerufen hat?«, fragte Radar.

»Mordechai Gold, ein Professor mit einem Lehrstuhl für Mathematik in Harvard.«

»Woher wissen wir, dass er vertrauenswürdig ist?«

»Wenn Sie oder Mulrooney eine bessere Idee haben, nur zu.«

»Ich finde immer noch, Sie sollten seine Eltern anrufen.«

»Mike, wir drehen uns im Kreis.«

Der Captain kratzte sich am Kopf. Dann setzte er sich. »Der silberfarbene Lieferwagen, Decker. Er ist Ihnen zum ersten Mal aufgefallen, als Sie in Summer Village abgefahren sind?«

Ständig dieselbe Frage, wieder und wieder. »Mir fiel auf, dass er uns verfolgte, nachdem wir das Revier Summer Village verlassen hatten. Nach der Auffahrt auf den Highway ließ er sich zurückfallen, dann habe ich ihn aus den Augen verloren. Das zweite Mal bemerkte ich ihn, während Tyler und ich schnell einen Kaffee getrunken haben, bei unseren Besuchen der Galerien auf der Newbury. Als ich hörte, wie ein Motor abgewürgt wurde, dachte ich, dass es vielleicht der Lieferwagen ist. Aber ich weiß es selbst nicht. Ich labere wahrscheinlich nur Scheiße.«

»Das bezweifle ich.« Radar ging wieder auf und ab. »Wenn Ihnen der Lieferwagen zuerst in Summer Village aufgefallen ist, dann muss das Hauptaugenmerk auf Lathams Ermordung liegen, nicht auf Angeline Moreaus Tod.«

»Ganz meine Meinung.«

»Daher ...« Radar schürzte die Lippen. »Ich denke, es ist an der Zeit, dass die Profis die Sache übernehmen.«

»Wie bitte?«

»Natürlich sind Sie auch ein Profi, Peter. Aber ich glaube, es liegt in unser aller Interesse, dass Summer Village und Boston die Ermittlung leiten. Sie sind größer, sie sind besser ausgestattet, sie haben mehr Leute zur Verfügung.«

»Mike, irgendein Hurensohn ist in mein Haus eingebrochen und hätte mich erschossen, wenn ich ihn nicht zuerst erwischt hätte. Jemand ist der Meinung, dass ich mehr weiß, als es der Fall ist. Sie werden nicht aufhören, bis ich sie dazu zwinge oder bis ich tot bin.«

Radar verzog das Gesicht. »Dann sollten Sie und Ihre Frau vielleicht Urlaub machen.«

»Mike, ich bin Polizist, Herrgott noch mal. Ich werde nicht davonlaufen. Sie würden mich nur aufspüren.« Er wandte sich an Rina. »Du allerdings ...«

»O nein! Tu das nicht!«

»Ich kann nicht Babysitter für den Jungen und für dich spielen und meine Arbeit machen.«

»Peter, seit wir hergezogen sind, bin ich jedes Mal mit dir zum Schießtraining gegangen. Ich bin eine exzellente Schützin. Und nur falls es dich interessieren sollte, ich brauche dich nicht als Babysitter.«

»Liebling, vielleicht solltest du deine Eltern besuchen. Dein Vater ist fünfundneunzig.«

»Komm mir jetzt nicht mit meinen Eltern!«

»Weißt du, wie warm es gestern in L. A. war? Sonnige zweiundzwanzig Grad.«

»Von mir aus, schön für L. A. Und es muss jemand auf Tyler aufpassen, weil du – wie du ja bereits sagtest – nicht sein Babysitter sein *und* deinen Job erledigen kannst.«

»Er hat keinen Job mehr zu erledigen«, sagte Radar. »Ich übergebe den Fall Boston. Sollen die sich mit Summer Village absprechen …«

»Nein, nein, nein«, widersprach Decker. »Das wird nicht passieren …«

»Sie sagten mal, Sie wollten mir Bescheid geben, wenn Ihnen der Fall zu viel wird.«

»Und ich habe nicht gesagt, dass mir der Fall zu viel wird. Ich bin seit fast dreißig Jahren Detective. Ich war im Krieg. Ich komme hier sehr gut klar. Lassen Sie mich das zu Ende bringen.«

»Nicht mit mir.«

»Das ist doch Blödsinn!«

»Schreien Sie mich nicht an.«

Rina räusperte sich. Die beiden Männer sahen sie an. »Äh, so ungern ich auch mit meinem Mann einer Meinung bin, glaube ich dennoch, dass er recht hat, Mike. Wenn Sie ihn jetzt abziehen, bringt ihn das nicht aus der Schusslinie. Wenn überhaupt, sieht es dann nur so aus, als wüsste er tatsächlich etwas und als versuchten Sie, ihn zu schützen.« Schweigen. »Meine ganz persönliche Meinung ist außerdem, dass Sie niemals einen so guten Detective finden werden wie Peter.«

»Danke«, sagte Decker, »vielen, vielen Dank.«

»Gern geschehen.«

Decker sah Radar an. »Und?«

»Was ist mit Tyler?«, fragte Radar.

»Wir können ihn nach New York zurückschicken.«

»Diese Typen sind Profis«, sagte Rina. »Tyler ist in einer anonymen Großstadt verwundbarer als in Greenbury. Hier kann man sich besser um ihn kümmern, weil alles Ungewöhnliche sofort auffällt.«

»Ich stelle einen Polizeibeamten für ihn ab«, sagte Mike.

»Einverstanden«, sagte Decker. »Aber ich will immer noch, dass Rina hier wegkommt.« Er sah seine Frau an. »Du musst nach L. A. fahren.«

»Peter, ich werde meine Eltern auf gar keinen Fall in dieses Chaos hineinziehen.«

»Ich stelle auch für sie einen Polizeibeamten ab«, schlug Radar vor.

»Tyler soll zu uns ziehen«, sagte Rina. »Dann brauchen Sie nur einen Beamten, und ich kann schießen, falls nötig.«

»Das darf nicht dein Ernst sein«, sagte Decker.

»Es ist tatsächlich keine schlechte Idee, Peter. Es wäre sehr viel einfacher, nur ein Haus zu bewachen. Und es wäre sehr viel einfacher, die Schichten einzuteilen, weil wir dann mehr Leute hätten.«

»Also ist es beschlossene Sache«, sagte Rina. »Tyler zieht ein, Mike stellt eine Wache vors Haus, und Peter bleibt an dem Fall dran.«

»Ich möchte nicht, dass Sie die Sache allein angehen.«

»Wenn ich mich mit einem früheren Kollegen aus L. A. zusammentun könnte, wäre ich ganz Ihrer Meinung. Aber es dauert lange, bis das Vertrauen und der Rhythmus zwischen zwei Leuten stimmen. Ich mache es lieber allein.«

»Nein, nein, nein«, widersprach Rina, »du machst das auf gar keinen Fall allein.«

»Wenn ich gestern Abend nicht so besorgt um Rina und Tyler gewesen wäre, hätte ich den Einbrecher gestellt. Jemand Neues lerne ich nicht an.«

»Wo wir gerade beim Thema sind, Marge hat zurückgerufen.«

»Wann?«

»Gestern Abend. Ich habe vergessen, es dir zu sagen.«

»Na toll.«

»Ich kann nicht an alles denken!«

»Entschuldige«, ruderte Decker zurück.

»Wer ist Marge?«, fragte Radar.

»Eine frühere Kollegin aus L. A.«

Radar verzog das Gesicht. »Betreiben Sie jetzt Outsourcing?«

Decker war verlegen. »Wir haben jahrelang zusammengearbeitet und halten den Kontakt.«

»Decker, wenn sie Sie *zurückgerufen* hat, müssen Sie sie um etwas gebeten haben.«

»Da hat er dich erwischt.«

»Auf wessen Seite stehst du eigentlich?«

»Ich bin da sehr flexibel.«

»Worum haben Sie sie gebeten?«, fragte Radar.

»Chase Goddard zu durchleuchten, ob er mal etwas angestellt hat, das verhaftungswürdig war. Ihr Polizeirevier hat eine viel größere Datenbank als wir.«

»Na ja, sofern es jetzt ja kein Geheimnis mehr ist, bat sie mich, dir zu sagen, dass sie nichts über ihn finden konnte. Sie wird es noch in der LAPD-Datenbank versuchen, ob die etwas haben.«

»Chase Goddard«, sagte Radar, »das ist doch der Galerist, bei dem Sie gestern Nachmittag waren, als Ihnen der silberfarbene Lieferwagen aufgefallen ist.«

»Jepp.«

»Mal sehen, ob ich über Boston mehr über ihn herausfinden kann«, sagte Radar.

»Danke.« Einen Moment lang sagte niemand etwas. Dann meldete sich Decker zu Wort: »Dann ist es also beschlossene Sache?«

»Du arbeitest nicht solo, Peter«, insistierte Rina. »Ich bin auf deiner Seite, aber du musst Vernunft annehmen.«

»Sehe ich genauso«, sagte Radar. »Sie stehen im Visier. Sie können das nicht allein durchziehen.«

»Ich werde niemanden aus dem Revier in die Sache hineinziehen, Mike. Nicht mit dieser Zielscheibe auf meinem Kopf.«

»In Gottes Namen, Decker, wir sind Polizisten! Wir wissen alle, was wir da unterschrieben haben. Ich bin der Captain der Greenbury-Polizei, und ich rufe jetzt Ben Roiters an. Sie werden nicht allein arbeiten.«

»Dann ziehen Sie mich lieber von dem Fall ab, als dass Sie Ben mit dazuholen.«

»Peter, warum rufst du nicht Scott an?«, fragte Rina.

»Bin ich vollkommen vertrottelt, oder wurde er nicht vor einem Jahr angeschossen?«

»Wer ist Scott?«

»Peter, jedes Mal, wenn du mit ihm redest, beklagt er sich, wie sehr er sich seit der Pensionierung langweilt.«

»Das heißt nicht, dass er wieder arbeiten will.«

»Wer ist Scott?«

»Ruf ihn an. Das schadet doch niemandem, oder?«

»Wer zum Teufel ist Scott?«, fragte Radar verärgert.

»Scott Oliver«, sagte Rina. »Er und Marge Dunn waren Partner.«

»Die Frau, die Sie fürs Outsourcing benutzt haben«, sagte Radar.«

»Alte Beziehungen rosten nicht, Captain«, erklärte Rina. »Marge arbeitet zurzeit als Detective, aber Scott ist pensioniert. Er hat keine Frau, keine Hobbys, und er dreht vor Langeweile fast durch. Wenn er nicht gerade Marge vollquasselt, wie öde das Leben ist, ruft er Peter an. Das Wichtigste ist aber, dass er ein ausgezeichneter Polizist ist.«

»Und alt«, sagte Decker.

»Genau so alt wie du.«

»Ist er gut?«, fragte Radar.

»Erstklassig«, gab Decker zu. »Sehr erfahren.«

»Und er bleibt unter Druck gelassen. Du hast immer zu mir gesagt, dass du nur jemanden wie ihn in einer brenzligen Situation neben dir haben willst.« Rina wandte sich an Radar. »Was denken Sie?«

»Möglich wär's. Ich muss allerdings ein Gespräch mit ihm führen.«

»Dann ruf ihn doch wenigstens an, Peter«, sagte Rina. »Wenn er nicht will, lehnt er eben ab.«

»Er wird nicht ablehnen. Er wird es für mich tun. Das weiß ich, weil ich dasselbe für ihn tun würde.«

»Er wird es aus Freude daran tun, sich endlich wieder lebendig zu fühlen … wie noch jemand, den ich kenne.«

In diesem Augenblick kam ein Arzt in einem grünen OP-Kittel auf die Gruppe zu. Decker, Rina und Radar unterbrachen ihre Diskussion und sahen den Mann, der sich als Doktor Alex Harrow vorstellte, beklommen an.

»Er ist aus dem OP raus. Und er hatte sehr, sehr viel Glück. Ein paar Millimeter, und die Kugel hätte die Oberschenkelschlagader getroffen.«

»Gott sei Dank«, sagte Rina. »Dann wird er wieder gesund.«

»So einigermaßen. Er hat einen langen Genesungsprozess vor sich. Die Kugel in seinem Bein hat einen Knochen getroffen. Er ist angeknackst – etwas größer als ein Haarriss, aber das Stück brach nicht ab. Der Orthopäde meint, es ist noch ausreichend Knochen vorhanden, um die durch die Kugel verursachte Kerbe wiederaufzubauen. Falls nicht, braucht er vielleicht eine Knochentransplantation. Jetzt ist es noch zu früh, um Genaueres zu sagen.«

»Ich nehme an, er ist nicht in der Verfassung zu laufen«, sagte Radar.

»Er hat sechs Wochen einen Gips am Bein. Er wird einen Rollstuhl brauchen. Sobald er wieder genug Kraft in den Armen hat, wird er wahrscheinlich mit Krücken zurechtkommen.«

»Können wir mit ihm reden?«

»In ein paar Stunden. Er ist noch im Aufwachraum.« Der Arzt sah sich um. »Gibt es eine Ehefrau oder Eltern?«

»Keine Ehefrau«, sagte Decker, »und er wollte nicht, dass ich seine Eltern anrufe.«

»Ja, wahrscheinlich wollte er sie nicht beunruhigen. Aber man sollte sie vielleicht jetzt informieren, wo er aus der Gefahrenzone ist.«

»Danke, und natürlich haben Sie recht.« Radar wartete, bis der Arzt außer Hörweite war, dann warf er Decker einen strengen Blick zu. »Rufen Sie sie an.«

»Mike, er will sie hier nicht haben.«

»Das ist keine Bitte, sondern ein Befehl.«

»Er sagte mir – und ich zitiere: ›Ich hasse meine verdammten Eltern. Rufen Sie sie bloß nicht an.‹«

»Er war im Fieberwahn. Sie müssen informiert werden, Decker.«

»Er ist ein erwachsener Mann.«

»Ende der Diskussion. Ich sagte, dies ist ein Befehl.«

»Von mir aus, ich rufe sie an.«

»Gut.« Radar holte tief Luft. »Ich fahre zurück ins Revier und bringe alle auf den neuesten Stand über das, was ich weiß – und sie werden mich auf den neuesten Stand bringen über alles, was ich nicht weiß. Wir stellen ein Spezialistenteam zusammen, denn es steht fest, dass dieser Fall nicht einfach zu lösen sein wird. Danach arbeite ich einen Schichtplan für die Überwachung Ihres Hauses aus. Ich möchte nicht, dass Ihre wunderbare Frau das Gefühl hat, in Gefahr zu sein.«

»Das ist sehr nett von Ihnen, Captain«, sagte Rina.

»Und ich werde verdammt noch mal nicht der erste Captain in dieser malerischen Stadt sein, der einen seiner Männer im Dienst verliert. Ich habe meinen Stolz. Und ich kümmere mich um Sie alle.«

»Ich spüre diese Liebe förmlich, Mike.«

»Riskieren Sie mir gegenüber besser nicht die große Klappe, Decker.«

»Wollte nur die Stimmung ein bisschen auflockern.«

»Ich muss mich jetzt wohl mal um dieses Notizbuch kümmern. Ich werde Summer Village kontaktieren.«

»Wenn ich noch an dem Fall dran bin, lassen Sie mich das erledigen.«

»Gut, dann rufen Sie dort an, während Sie auf Tylers Eltern warten. Sie gehen nirgendwohin, bevor Sie nicht mit ihnen geredet haben, verstanden?«

»Ja.«

»Wenn Sie schon mit Telefonieren beschäftigt sind, können Sie von mir aus Ihren Kumpel anrufen. Lassen Sie mich wissen, was er sagt. Ich muss ihn nicht nur bewilligen, sondern auch darüber nachdenken, wie ich mir das Geld aus dem Hintern ziehe, mit dem ich ihn anstelle oder als Berater beschäftige.«

»Verstehe.«

»Geben Sie mir Bescheid, sobald Tyler aufwacht. Ich möchte dabei sein, wenn er seine Geschichte erzählt.« Radar leckte sich die Lippen. »Er hat Ihnen nicht erzählt, was passiert ist?«

»Er hörte jemanden. Er sperrte sich in dem Schrank ein. Das ist alles, was ich weiß.«

»Ich möchte die komplette Story von ihm selbst serviert kriegen. Sie rufen mich sofort an. Und Sie rufen mich auch an, sobald die Eltern da sind. Ist mir egal, wie spät es dann ist. Ich will persönlich mit ihnen reden.«

»Das ist gut, denn ich bin sicher, sie wollen auch persönlich mit Ihnen reden«, sagte Decker. »Nach dem zu urteilen, was Tyler über sie sagt, glaube ich nicht, dass sie sich mit den Untergebenen begnügen.«

25

Nachdem Decker eine halbe Stunde damit zugebracht hatte, dem Jungen alles haarklein zu erklären, lautete dessen einziger Kommentar: »Ich werde also ersetzt.«

»Nein… nein, überhaupt nicht.« Decker rieb sich die Augen. »Du bist immer noch aktiv dabei. Aber aus naheliegenden Gründen fällst du für die Lauferei aus. Wenn du wieder völlig gesund werden willst, darfst du nicht herumlaufen.«

»Ich würde ja nicht rumlaufen. Ich bleib im Auto sitzen. Den Sicherheitsgurt kann ich mir noch selbst anlegen. Und überhaupt, seit wann duzen Sie mich eigentlich?«

»Seit gestern. Halte es, wie du willst. Und zum Thema Laufen: Meine Kinder würden sagen: ›Dieses Gespräch führe ich nicht.‹« Decker musste schonungslos offen sein. »McAdams, wenn jemand das Feuer auf unser Auto eröffnet, sitzt du fest, weil du immobil bist. Wir müssen dich beschützen…«

»Als echter Snob sieze ich Sie lieber weiter. Und ich will nicht beschützt werden.« Pause. »Na ja, doch, schon. Aber ich will nicht auf meinem Arsch hocken, während Sie den Ruhm einheimsen.«

»Der Ruhm gehört dir allein, Tyler.«

»*Ich* habe das Notizbuch entschlüsselt.«

»Ganz genau.«

»Mein Verstand arbeitet immer noch so…«

»Und ich habe vor, ihn zu nutzen. Summer Village bringt das Codebuch zu Mordechai Gold. Wenn er etwas herausgefunden hat, fahre ich hin …«

»Mit Ihrem neuen Partner.«

Decker ging behutsam vor. »Er ist nicht mein neuer Partner, Tyler. Du bist mein Partner. Aber Radar zieht mich von dem Fall ab, außer ich habe jemanden, der mir hilft.«

»Dann nehmen Sie doch jemanden aus Greenbury.«

»Die Beamten hier sind alle schon im Dauereinsatz. Sie suchen nach dem Lieferwagen, sie klappern das ganze Gebiet zu Fuß ab, sie telefonieren die Krankenhäuser durch, weil ich dem Kerl in meinem Haus eine verpasst habe. Das ist einer der Gründe, warum ich eine dritte Person dabeihaben will.«

»Ihren Bullenkumpel.«

»Tyler, er ist ein hervorragender Polizist, und wir arbeiten sehr gut zusammen.« Decker spürte sofort, dass dieser Satz ein Fehler gewesen war. Er korrigierte den Kurs. »Er langweilt sich. Ich tue ihm einen Gefallen.«

»Scheiß drauf, alter Herr. Ist mir schnurzegal.« Der Junge rutschte tiefer in sein Krankenhausbett. »Ich bin müde. Lassen Sie mich in Ruhe.«

»Ich habe deine Eltern angerufen.«

»Aha, dann haben Sie mich also nicht bloß ausrangiert, sondern sind auch noch ein Verräter. Verschwinden Sie von hier, verdammt noch mal.«

»Halt einfach die Klappe und hör zu. Ich musste deine Eltern anrufen. Wenn nicht, hätte Radar es getan. Also habe ich es übernommen. Du solltest Mitleid mit mir haben, statt so frech zu sein.«

»Sie und mein Vater sind doch ein Dreamteam.«

»Übrigens, du ziehst bei mir ein, damit die Polizisten nur ein Haus bewachen müssen.«

»Ich brauche keine Überwachung.«

»Sei kein Dummkopf. Natürlich brauchst du Schutz, genau wie Rina. Sie war dabei, als Mr. Schattenmann versucht hat, uns beide umzubringen. Mike lässt das Haus und euch rund um die Uhr bewachen. Ob es dir nun passt oder nicht, du steckst bis zum Hals mit drin.«

McAdams biss die Zähne zusammen. »Sie bringen mich tatsächlich zu sich nach Hause?«

»Rinas Idee, nicht meine.«

»Dachte ich mir.« Pause. »Wo wohnt der Neue?«

»Oliver? Falls Radar seine Zustimmung gibt, wohnt er ebenfalls bei uns. Wir haben drei Schlafzimmer. Er ist keine Bedrohung für dich, Tyler. Er ist ein alter Mann, genau wie ich.«

Der Junge schmollte immer noch. »Wenn Sie mit Gold reden, will ich dabei sein. Ihn anzurufen, war meine Idee.«

»Wir schalten dich per Skype dazu. Du wirst das Codebuch vor dir liegen haben, und du kannst nach Lust und Laune Fragen stellen.«

»Wie lange wird der Eindringling bleiben?«

»Bis wir den Fall gelöst haben. Nicht für immer.«

»Ich fass es nicht, dass Sie meine Eltern gegen meinen Willen angerufen haben.«

»An dem Punkt waren wir heute schon mal, Harvard.«

Er atmete tief durch. »Kommen sie hierher?«

»Natürlich kommen sie her. Sie machen sich große Sorgen.«

»Klar. Lassen Sie mich raten: Er hat angefangen, rumzubrüllen – sein Standardtonfall mir gegenüber. Zunächst hat er mich beschimpft und mich einen unfähigen Schwachkopf genannt, und danach, vermute ich, hat er seine Wut an Ihnen ausgelassen. Sie sind ebenfalls ein unfähiger Schwachkopf, und das alles ist Ihre Schuld.« Als Decker nichts dazu sagte, fuhr er fort: »Lieg ich richtig?«

»Er hat mich einen Idioten genannt, keinen Schwachkopf.«

Der Junge schaffte es zu lächeln. »Meine Mutter hörte Ihnen wahrscheinlich kurz zu, um Sie dann für die Einzelheiten an ihre Sekretärin durchzustellen.«

»Weißt du, was deine Eltern als Erstes gesagt haben?«, fragte Decker. »Sie wollten wissen, ob du okay bist.«

»Ja, ja.«

»Sie sorgen sich um dich, Tyler.« Decker stand auf. »Ich muss Radar anrufen. Er will herkommen, wenn du deine Aussage machst.«

»Ich hab Ihnen doch schon alles erzählt.«

»Ich hätte ihn eigentlich anrufen müssen, wenn du aufwachst. Habe ich aber nicht. Wenn möglich, tu bitte so, als wärst du gerade eben wach geworden und würdest uns deine Geschichte ganz frisch erzählen.«

»Sie wollten als Erster alles von mir hören.«

»Ja.«

»Und jetzt bitten Sie mich, für Sie zu lügen, damit ich Ihren Arsch rette.«

»Das wäre nett.«

»Was macht Mike gerade?«

»Er dirigiert die Forensiker. Du wurdest mit einer Kaliber .32 angeschossen, wahrscheinlich aus einem Revolver, da die Spurensicherung bis jetzt keine Hülsen gefunden hat. Zu blöd, dass das Arschloch seine Waffe nicht fallen ließ, als ich ihn erwischt habe.«

»Vielleicht hat er die Hülsen aufgehoben.«

»Ich glaube, ich habe ihn überrascht, als Rina und ich durch deine Haustür gerauscht sind. Er hätte keine Zeit gehabt, sie aufzuheben. Aber wir haben zwei Querschläger im Schrank gefunden.«

»Fingerabdrücke?«

»Weiß ich nicht.« Decker wartete kurz ab. »Wie geht es dir, Harvard?«

»Als wäre ich von einem Lastwagen überfahren worden.«

»Möchtest du, dass ich die Krankenschwester rufe, für mehr Schmerzmittel?«

»Nein.« Er schüttelte den Kopf. »Nein.«

»Sicher?«

»Ganz sicher. Es tut verdammt weh. Aber es tut zur Abwechslung gut, mal was Echtes zu spüren.«

Die Schießerei hatte den Bürgermeister ins Krankenhaus gelockt. Logan Brettly war Mitte fünfzig, untersetzt mit lockigen weißen Haaren. Er kam rechtzeitig in Tylers Zimmer, um Jack Adams' Zorn abzukriegen, der sich vorher über Decker, Mike Radar und natürlich seinen Sohn ergossen hatte. Tyler hatte stumm zugehört, während sein Vater ohne Pause haufenweise Beleidigungen austeilte. McAdams senior war ein stattlicher, gut aussehender Mann Mitte fünfzig: dunkles gelocktes Haar, ausladendes Kinn, strahlende blaue Augen und ein dreckiges Maul. Er ließ eine Schimpfkanone nach der anderen los, dass er nur von Idioten, Schwachköpfen und Kretins umzingelt sei. Dann kam es unausweichlich zur Androhung eines Prozesses.

»Dad, ich verklage niemanden.« Irgendwie war es Tyler gelungen, die Tirade zu unterbrechen. »Und selbst wenn ich es wollte – und ich will nicht –, dann hätte ich keine Anklage.«

»Ach, halt die Klappe. Hättest du dein Jurastudium begonnen, wärst du nicht in diese Sauerei verwickelt.« McAdams senior wandte seine Wut jetzt gegen den Bürgermeister. »Logan, du hast mir versichert, dass dieser Job ein Spaziergang sei, eine reine Formalität, damit der Junge ein paar Jahre was anderes machen kann, als sich einen runterholen. Was zum Teufel soll der ganze Scheiß?«

»Jack, jahrelang ist in dieser Stadt nichts Vergleichbares vorgekommen. Ich weiß, dass du sauer …«

»Natürlich bin ich das, ich bin total angepisst!« Er deutete auf das Bett. »Sieh ihn dir an!«

Die Krankenschwester kam ins Zimmer geeilt. »Sir, Sie verbreiten ganz schön Unruhe.«

»Raus hier!«, brüllte Jack sie an.

Die Schwester drehte sich mit aufgerissenen Augen um. Der Bürgermeister nickte, und sie rannte aus dem Zimmer. Einen Moment lang war es still, aber es hielt nicht lange an. McAdams der Große schoss die nächste Tirade ab. Decker reichte es. Ihm machte es nichts aus, den Hintern versohlt zu kriegen, aber die Wutausbrüche des Mannes taten Tyler nicht gut. »Ihr Junge liegt in einem Krankenhausbett, angeschossen von Gott weiß wem. Könnten Sie bitte einen Gang zurückschalten?«

Jack drehte sich zu Decker um. »Ich weiß verdammt noch mal ganz genau, was passiert ist. Und lassen Sie mich Ihnen eins sagen: Sie suchen sich am besten sofort einen guten Anwalt, alter Herr. Ich mache Sie dafür verantwortlich, meinen Sohn in die Schusslinie gebracht zu haben.«

»Ich übernehme die volle Verantwortung …«

»Beten Sie, dass Ihre Rente unantastbar ist, denn wenn ich mit Ihnen fertig bin, kriegen Sie gerade mal noch einen Job als Nachtwächter im Altenheim. Genau da gehören Sie nämlich hin.«

»Dad, es reicht!«, brachte Tyler hervor.

»Halt die Klappe!«

»Ich mein's ernst, Dad! Hör auf!«

»Verdammter Schwachkopf!«

»Wir sind alle Idioten und Schwachköpfe: Ich hab's kapiert!« Tyler stieß Luft aus. »Kannst du mal eine Sekunde lang aufhören, damit ich zu Atem komme?«

Niemand sagte etwas.

»Dad«, fuhr Tyler fort, »im August geh ich nach Boston und füge mich freiwillig in die Reihe der schlauen Juristen ein, die vor mir dort waren. Alles ist gut, okay?«

Zum ersten Mal gelang es McAdams senior, seine Stimme zu senken. »Das habe ich schon mal gehört.«

»Ich mein's ernst.«

McAdams wägte die Worte des Jungen ab. »Du wirst es endlich machen?«

»Ich hab nie das Gegenteil behauptet. Aber gleich nach dem Abschluss war ich einfach noch nicht so weit.«

»Du hast mich aus purer Boshaftigkeit hingehalten. Und jetzt sieh dich an!«

»Wenn ich eine Kristallkugel hätte, um in die Zukunft zu sehen, hätte ich's mir vielleicht überlegt. Hab ich aber nicht, also ist es so, wie es ist. Können wir das jetzt mal hinter uns lassen?«

»Es wäre alles längst geregelt, wenn …«

»Dad, so funktioniert das nicht.«

Jack McAdams blickte auf die Uhr. »Ich muss nach New York zurück. Morgen findet um acht Uhr beim Frühstück eine Besprechung statt.«

»Ich bin sicher, ich rede für alle, wenn ich sage, dass du gehen kannst.«

»Ich möchte nicht, dass du alleine bleibst, Tyler. Ich weiß, du hältst mich für ein Arschloch, aber ich mache mir wirklich Sorgen um deine Sicherheit.«

»Zumindest bis ich mit dem Studium angefangen habe.«

»Hör auf.«

»Geh einfach, Dad. Geh … einfach.«

»Ich werde bei ihm sein«, sagte Decker.

»Wie beruhigend!«

»Dad, er hat mir das Leben gerettet. Du könntest es mal mit einem Dankeschön versuchen.«

»Er hat dich überhaupt erst in Gefahr gebracht.«

»Er hat mich nicht in Gefahr gebracht, *ich* habe mich in Gefahr gebracht. Ich habe zu dem Job Ja gesagt, was bedeutet, dass ich schon längst hätte lernen müssen, wie man mit einer Waffe umgeht. Ich hab's versaut. Wenn du also jemanden anzeigen willst, dann nimm mich. Und du kennst mein Vermögen besser als jeder andere. Du könntest ein hübsches Sümmchen einsacken.«

»Hör auf, Tyler. Halt … halt einfach die Klappe!« Jack holte einmal tief Luft. »Wann kommt deine Mutter an?«

»Morgen. Ich hab ihr gesagt, dass es mir gut geht, und nach einer kleinen Überredungsrunde hat sie mir unbesehen geglaubt.« Pause. »Ich wollte euch beide nicht gleichzeitig hierhaben.«

»Das war clever.«

»Kannst du bitte gehen? Wir haben alles besprochen.«

»Wer ist wir?«

»Detective Decker und ich. Ich ziehe zu ihm …«

»Bist du jetzt total durchgeknallt?« McAdams senior ging hektisch auf und ab. »Du kommst zurück nach New York, sobald du entlassen wirst.«

»Nein. Ich bleibe hier, bis ich weiß, was los ist. Ich möchte nicht, dass sonst noch jemand verletzt wird, dich miteingeschlossen, ob du's glaubst oder nicht.«

»Sei kein Idiot!«

»Willst du, dass ich das Jurastudium beginne, oder nicht?«

»Tyler …«

»Lass mich diese Sache erledigen, Dad. Lass es mich auf meine Art …«

»Ich sehe ja, was passiert, wenn du es auf deine Art machst.«

»Hau … ab!«, brüllte Tyler ihn an. »Du bist unfassbar unmöglich! Kein Wunder, dass ich mich dir ständig widersetze, oder? Wenn du jetzt sofort die Klappe hältst, dann verspreche ich dir, dass ich den Schritt tun werde.«

»Du weißt, *wie* wichtig das ist.«

»Ich weiß es genau, aber letztendlich hab ich die Karten in der Hand. Also piss mich nicht an, dann sind wir beide bald glücklich. Würdest du jetzt so nett sein und gehen, damit ich mich ein bisschen ausruhen kann?«

McAdams senior blickte wieder auf die Uhr. »Ich bin in einer Stunde zurück.«

»Fahr einfach nach Hause.«

»Ich will nicht nach Hause. Ich will in einer Stunde wieder da sein. Spricht irgendwas dagegen?«

»Hätte es denn überhaupt einen Sinn, wenn ich dagegen wäre?«

»Nein, gar keinen.«

»Gut. Bis in einer Stunde.«

Jack wandte sich an den Bürgermeister. »Ich habe Hunger.«

»Ich lade dich ein, Jack.«

»Das will ich dir auch geraten haben, Logan, wenn du weißt, was gut ist für dich.«

Decker konnte Jacks Stimme sogar dann noch hören, als die beiden bereits den ganzen Flur entlanggegangen waren. Er versuchte ein Lächeln. Mike Radar gab sich erst gar nicht die Mühe, eins vorzutäuschen. »Ich glaube, ich mache mich mal nützlich. Alles ist mir lieber, als diese Beschimpfungen zu ertragen.«

»Ich entschuldige mich dafür«, sagte Tyler.

»Nein, ich schulde Ihnen eine Entschuldigung«, sagte Radar. »Sie wollten nicht, dass wir ihn anrufen, und wir haben's trotzdem getan. Mein Fehler.«

»Wie viel Geld genau hat er der Stadt geschenkt?«

»Genug, um den Bürgermeister dazu zu bringen, seine Klappe zu halten, während er Angestellte des öffentlichen Dienstes beschimpft.«

»Ich entschuldige mich noch mal für ihn«, sagte Tyler.

»Wie geht es dir, Tyler?«

Ein gezwungenes Lächeln. »Wenn er erst weg ist, wird es mir viel besser gehen.«

Radar wandte sich an Decker. »Dann bleiben Sie hier?«

»Ja. Ich muss ein bisschen nachdenken und könnte dazu Tylers Verstand gebrauchen. Am besten treffen wir uns gegen sechs auf dem Revier. Ich bringe Rina mit. Ich möchte sie im Moment abends nicht allein lassen, selbst mit einem Polizisten vor unserer Haustür.«

»Klingt gut.«

»Wer steht vor dem Haus?«

»Bis sechs Uhr Wickel, dann habe ich O'Brien von sechs bis zwölf eingeteilt. Er bleibt da, selbst wenn niemand zu Hause ist. Kramer übernimmt dann die Nachtschicht.«

»Danke. Irgendwann werde ich Schlaf brauchen.«

»Kein Problem. Wir haben auch eine Wache vor dem Krankenzimmer. Sie können also gehen, wann immer es nötig ist.« Zu Tyler sagte Radar: »Werde gesund, Junge. Das ist dein einziger Job.«

Nachdem er gegangen war, atmete Decker tief durch. »Du solltest jetzt wahrscheinlich schlafen.«

»Ich bin zu sauer, um zu schlafen. Gerade hatte ich das Gefühl, endlich mal was Positives zu tun, und dann …« Er breitete den gesunden Arm aus. »Es ist, als ob … wozu sich überhaupt anstrengen?«

Decker wollte ihn mit den üblichen Worten aufmuntern, überlegte es sich aber anders. Er wechselte das Thema.

»Warum ist er so scharf darauf, dass du mit dem Jurastudium beginnst?«

»Um in die Fußstapfen des alten Herrn zu treten.«

»Da steckt doch noch mehr dahinter.«

»Ja.« Schweigen. »Ich bin's Ihnen vermutlich schuldig, und sollte daher sagen, was los ist.«

»Du schuldest mir gar nichts.«

»Das stimmt nicht. Ich möchte Sie was fragen, Decker. In dieser Nacht … wie lange hat es gedauert, bis Ihnen klar wurde, dass ich gefährdet bin?«

»Gar nicht«, sagte Decker verlegen. »Rina war es in dem Moment klar, als ich den Notruf abgesetzt hatte.«

»Na ja«, sagte McAdams lachend, »wenigstens sind Sie ehrlich.«

»Ich habe mir für dich fast die Schulter gebrochen, wenn das was zählt.«

»Vielleicht ein winziges bisschen. Erinnern Sie mich daran, Ihrer Frau ein Dutzend Rosen zu schicken.« Der Junge versuchte, sich anders hinzulegen, aber sein Bein war im Streckverband.

»Brauchst du Hilfe?«, fragte Decker.

»Nein, geht schon.« Tyler schien nachzudenken. »Mit einer Sache hat mein Vater recht. Ich hab meine Zeit verdaddelt, nur um ihn zu ärgern.« Er zog eine Grimasse. »Wir beide kriegen keinen Zugriff auf das ganze Erbe, bevor ich nicht Harvard Law beendet habe. Genauso wenig, wie die Harvard Law Zugriff kriegt. Mein Großvater hat der Uni einen Batzen Geld hinterlassen, mit der Auflage, dass sie mich annehmen und dass ich einen Abschluss mache. Ich muss ja wohl nicht erwähnen, dass ich genauso gut drei Jahre lang geifernd auf meinem Arsch hocken könnte und trotzdem erfolgreich abschließen würde. Um das zu verhindern, hat Großpapa die Klausel eingebaut, dass ich an drei Gerichten als Anwalt zugelassen werden muss – in den Staaten New York, Kalifornien und Massachusetts. Also muss ich tatsächlich ein bisschen was lernen. Einen Haufen Geld bekommen wir, wenn ich mich einschreibe, den nächsten, wenn ich meinen Abschluss mache, und den letzten, wenn ich alle Zulassungen geschafft habe. Und bis ich das mache, haben mein Dad und ich ein großzügiges, aber festgesetztes Einkommen. Mir ist es egal. Ihm nicht.«

Decker hob die Augenbrauen. »Wow.«

»Ja, wow.«

»Hast du Zeitdruck, um das alles zu erreichen?«

»Ich hab bis dreißig Zeit, mit dem Studium anzufangen. Dann bleiben mir noch zehn Jahre, bis ich alle drei Zulassungen geschafft haben muss. Das alles ist kein Problem. Bei Prüfungen schneide ich immer super ab. Ich mach mir keine Sorgen, ob ich es schaffe oder so. Ich zögere es einfach nur hinaus.«

»Warum?«

»Keine Ahnung. Natürlich werde ich alles erfüllen. Ich hab keine selbstzerstörerischen Züge. Ich weiß nicht, worauf ich warte, außer dass ich schadenfroh war – aber sogar dieses Gefühl hat sich abgenutzt.«

»Ich gehe davon aus, dass du anfängst, sobald du dazu bereit bist.«

»Wissen Sie, wenn ich sterbe, bekommt Dad seinen Anteil und den der Uni und meinen Anteil, deshalb muss ich es ihm wohl hoch anrechnen, dass er mich nicht abgemurkst hat.«

Tyler …«

»Wir sollten überprüfen, ob er einen silberfarbenen Hyundai angemietet hat.« Der Junge schüttelte den Kopf. »Im August fang ich an.« Er schien mit seinen Gedanken ganz woanders zu sein. »Das Revier wird froh sein, mich loszuwerden. Ich weiß, dass ich eine echte Nervensäge war.«

Decker leugnete es nicht, bestätigte es aber auch nicht. »Tyler, wenn das Erbe deines Vaters von dir abhängt, warum erlaubst du ihm dann, so mit dir umzuspringen?«

Er zuckte mit den Achseln. »Es gehört sich einfach nicht, es jedes Mal anzubringen, wenn ich mit ihm streite – was das Einzige ist, was wir miteinander tun. Es wäre unfair.«

»Alle Achtung. Du bist besser als ich.«

»Vermutlich hoffe ich nur ganz tief drin auf irgendeine Art von Beziehung zu ihm, nachdem ich die Ware geliefert habe.« Er sah zur Decke. »Natürlich kann er mich jederzeit abknallen lassen. Darauf bin ich vorbereitet. Aber ich will ihm keine Munition dafür liefern. Themawechsel.«

»Wie fühlst du dich?«, fragte Decker.

»Ich hab ein paar Schläuche in meinem Arm, einen in meinem Schwanz, mir ist schlecht, und ich kann mich nicht bewegen. Mir tut fast alles weh, und an den Stellen, an denen ich keine Schmerzen hab, bin ich wundgelegen. Sonst geht's mir prima.« Er rang sich ein Lächeln ab. »Ich glaube, Sie waren das, der gesagt hat, kein Gemecker mehr? Irgendwas davon, dass niemand mein Genöle hören will?«

Decker wechselte noch mal das Thema. »Ich hätte da eine Aufgabe für dich.«

»Danke für Ihr Mitgefühl.« Der Junge sah ihn an. »Was denn?«

»Kannst du dein iPad benutzen?«

»Logisch. Erstens bin ich Rechtshänder und wurde links angeschossen. Zweitens sind meine Hände unverletzt. Was brauchen Sie?«

»Sobald du hier rauskommst, möchte ich immer noch, dass du in den Bibliotheken nach entwendeten Sachen suchst.«

»Warum? In dem Fall geht's eindeutig um mehr als ein gestohlenes Buch oder ein paar geklaute Landkarten.«

»Wenn Moreau und Latham mit kleinen Gaunereien beschäftigt waren, dann müssen sie die Ware irgendwo vertickt haben. Wir beide haben die Bücher und die Karten in Goddards Galerie gesehen. Nicht ungewöhnlich, dass er so was verkauft, aber falls wir ihn dabei ertappen, dass er gestohlene Ware anbietet, hätten wir zumindest eine Verbindung.«

»Ich würde meinen, dass er jetzt alles loswerden will, was ihn mit den beiden in Verbindung bringt.«

»Wenn es darum geht, wertvolle Sachen wegzuschmeißen, verhalten sich die Leute unlogisch. Deshalb finden wir immer wieder blutbeschmierte Kleidung, blutbeschmierte Schuhe und Mordwaffen. Gar nicht zu reden von Fotos, SMS und Telefonnummern in Handys. Die meisten verwischen ihre Spuren nicht gut genug. Und selbst dann machen sie Fehler. Wir müssen so viele Ermittlungsansätze wie möglich abdecken. Bist du dabei oder nicht?«

»Ich bin dabei.« Pause. »Aber nur, weil Sie immer noch das Personalpronomen ›wir‹ benutzen.«

»Natürlich heißt es ›wir‹.«

Der Junge grinste erfreut. »Ich bin bereit.«

»Ich möchte auch, dass Rina bei dir sitzt. Ich habe einen bewaffneten Polizisten für euch beide abgestellt. Und sie kann helfen. Sie kann gut schießen.« Pause. »Ihr müsstet gemeinsam auf die Toilette gehen.«

»Sie hat mich schon mit einem Katheter gesehen. Mir ist nichts mehr peinlich. Ich mach alles, was Sie wollen, und zwar sehr gerne. Sie können mich dabei auch richtig ausnutzen.«

Decker tätschelte den Arm des Jungen, dann ließ er sich in seinen Stuhl fallen. »Wir könnten beide ein bisschen Ruhe gebrauchen.«

»Gehen Sie nach Hause.«

»Keine Chance.«

»Ich kriege bestimmt eine Liege ins Zimmer, wenn Sie das wollen.«

»Mach dir keine Mühe.« Decker zog sich die Schuhe aus und legte seine Füße auf das Ende von Tylers Bett. »Ich döse mal kurz auf dem Stuhl.«

»Sobald ich wieder gehen kann, will ich schießen lernen.«

»Du musst nicht so lange warten. Ich nehme dich im Rollstuhl mit auf den Schießstand. Wir könnten alle eine kleine Auffrischung brauchen.«

»Beinhaltet dieses ›wir‹ auch Ihren Kumpel?«

»Ich bin sicher, dass er seit seiner Pensionierung nicht mehr auf dem Schießstand war. Also, ja, es beinhaltet wahrscheinlich auch Oliver.«

»Oliver ist der Nachname, oder?«

»Er heißt Scott Oliver.« Decker schloss die Augen. Innerhalb von Sekunden begann er wegzudösen, bis Tylers Stimme ihn wieder aufweckte.

»Wie ist er so, dieser Oliver?«

»Er hat einen bissigen Humor, und er kleidet sich wie ein Dandy.« Decker gähnte. »Er liebt schöne Klamotten. Das ist seine Schwachstelle. Er ist ständig auf der Suche nach Sonderverkäufen und Outlets.«

»Der GQ-Bulle.«

»Der GQ-Bulle mit dem IQ eines Polizisten. Ihr beide habt viel gemeinsam.«

»Was denn? Ich mach mir nichts aus Klamotten.«

»Nein, nicht der Zwirn.« Decker streckte sich. »Ihr steht unter Strom.« Er schloss seine müden Augen. »Ihr möchtet beide wieder das Gefühl haben, nützlich zu sein.«

26

Die Rente hatte es nicht gut mit Scott Oliver gemeint. Um die Taillenmitte herum war er schwabbelig geworden, und er lief mit hängenden Schultern und einem verhärmten Gesicht. Seine einst dunklen Haare waren fast weiß. Allmählich dämmerte es Rina, dass er sie wohl jahrelang getönt hatte. Selbst seine Kleidung verriet eine pessimistische Einstellung – rein funktionell, ohne jegliches Flair, das mal sein Markenzeichen gewesen war. Das Einzige, was noch so aufglimmte wie bei dem Detective von einst, war das Glitzern in seinen braunen Augen, als er Rina eine Geschenkpackung mit drei koscheren Weinen überreichte.

»Könnte schwierig sein, so etwas hier in der Provinz zu bekommen.«

»Sehr lieb von dir, Scott.« Rina gab ihm ein Küsschen auf die Wange. »Keine Probleme, uns zu finden?«

»Ich sieche vielleicht langsam dahin, aber das Navi kann ich noch bedienen.« Er stellte seinen Koffer ab und entledigte sich seines Huts, des Schals, der Handschuhe und der Jacke. »Wo ist Deck? Arbeitet er etwa am Sonntag? Als ob ich das überhaupt fragen müsste.«

»Er holt die Tage nach, die er sich im Krankenhaus um Tyler gekümmert hat.«

»Das leuchtet mir ein. Deck hat das Richtige getan, weißt

du. Ein Ortswechsel, aber sich weigern, alles komplett hinzuschmeißen.«

»Der Umzug hat seine Vorteile, aber auch ein paar negative Seiten … angefangen mit der Temperatur da draußen.« Sie zeigte auf seine Jacke und die Winterausrüstung. »Darf ich das alles aufhängen?«

»Ich bin kein Gast, ich bin eine angestellte Hilfskraft.«

»Natürlich bist du unser Gast.«

»Rina, ich möchte kein Gast sein. Sieh mich einfach als den alten Oliver. Na ja, nicht den *alten* Oliver.«

»Den Oliver, der früher unter dem Namen Detective Oliver bekannt war«, sagte Rina.

Er lachte. »Zeig mir, wo ich schlafe, und dann packe ich meine Sachen aus.«

»Den Flur entlang, erste Tür rechts. Wie wär's mit einem Tee oder Kaffee?«

»Normalerweise würde ich Kaffee vorziehen, aber da ich durchgefroren bin, klingt Tee super.«

»Möchtest du, dass ich die Heizung höher regle?«

»Nein, das wird gleich besser. Welche Tür? Ich muss wirklich was tun, Rina, sonst drehe ich durch.«

»Erste Tür rechts. Tyler hat das Zimmer dir gegenüber.«

»Genau, wie geht's dem Jungen?«

»Mürrisch, war aber zu erwarten. Und dein Arm?«

»Steif … besonders bei Kälte.« Er rieb sich den Arm, dann griff er nach seinem Koffer. »Ich mache es mir mal gemütlich.« Pause. »Der Loo meinte, du hättest die Idee gehabt, mich anzurufen.«

»Der Fall hat sich von mysteriös zu gefährlich entwickelt. Er braucht jemanden mit Erfahrung.«

»Danke, dass du an mich gedacht hast, Rina. Darüber bin ich sehr glücklich.«

»Gern geschehen. Auf dem Bett liegen saubere Handtücher. Du hast ein eigenes kleines Bad. Die Dusche musst du dir mit Tyler teilen.«

»Mir macht das nichts aus, aber ich kann nicht für das Blaublut sprechen.« Er ging in sein Zimmer und zog die Tür hinter sich zu.

Rina setzte den Wasserkessel auf. Kurz darauf hörte sie Tylers Rollstuhl im Flur. Er kam in die Küche und zog ein finsteres Gesicht. »Der Feind ist gelandet.«

»Tee?«

»Gerne.« Er manövrierte sich an den Küchentisch. »Wie geht's ihm?«

»Er sieht müde aus.«

»Also hab ich's ab jetzt mit zwei alten Käuzen zu tun.«

»Du meinst, mit zwei erfahrenen Detectives der Mordkommission?«

McAdams lächelte. »Wenigstens nicht mit Dad.« Er seufzte. »Ich schätze, Decker hat Ihnen alles erzählt?«

»Das ganze Revier weiß Bescheid. Das Mundwerk deines Vaters hat ein sagenhaftes Ausmaß erreicht.«

»O Mann.« Er verdrehte die Augen. »Dann hab ich zwischen angeschossen werden und seiner einnehmenden Persönlichkeit genug Pluspunkte für Anteilnahme gesammelt?«

»Offensichtlich nicht, denn Peter schickt dich wieder arbeiten.« Als Tyler merklich munterer wurde, sagte sie: »Er möchte, dass wir morgen damit anfangen, die Nachschlagewerke in den Bibliotheken durchzuforsten.«

»Ja, klar. Fleißarbeit.«

»Das trifft auf neunzig Prozent der Polizeiarbeit zu.« Sie zerzauste seine Frisur. »Weißt du, der Verwaltungsdirektor des College hat mich angerufen. Er ist nicht glücklich über unsere bewaffnete Begleitung. Ich erinnerte ihn daran, dass eine seiner Studentinnen ermordet wurde und der Fall immer noch nicht gelöst ist.«

»Und was hat er darauf gesagt?«

»Nicht viel … ein bisschen Getöse, gefolgt von dummem Gerede. Aber er hat es nicht abgelehnt, daher haben du und ich eine Verabredung mit ein paar muffigen alten Wälzern.«

»Das beste Angebot seit langem.«

Die Haustür ging auf, und Rina öffnete eine Schublade und holte einen Revolver heraus. Tyler riss die Augen auf. Sie legte einen Finger vor die Lippen.

»Hallo?«

Peters Stimme. Rina verstaute den Revolver wieder in der Schublade und rief: »In der Küche!«

Decker kam kurz darauf herein und küsste seine Frau. »Hallo, Prachtweib.« Zu Tyler: »Wie fühlst du dich, Harvard?«

»Niemand will mein Gemecker hören, daher ganz gut.«

Decker lächelte. »Ist Scott hier?«

»Er kam vor fünf Minuten an«, sagte Rina, »und bezieht gerade sein Zimmer.«

Decker legte Mantel und Schal ab. »Ich hänge das nur schnell auf und sag Hallo.« Davor wandte er sich noch mal an Tyler: »Im Ernst, Tyler, geht es dir besser?«

»Bereit für die Bibliotheken, alter Herr.« Pause. »Ich find's tatsächlich gut, was zu tun zu haben, auch wenn es niedere Arbeit ist.«

»Es ist keine niedere Arbeit, sondern mühsame. Lerne die richtigen Adjektive.«

»Haben Sie was von Professor Gold wegen des Codebuchs gehört?«

»Mulrooney hat ihm eine Kopie vorbeigebracht, aber ich weiß nicht, ob er schon reingeschaut hat. Ich will ihn morgen treffen. Vielleicht spornt es ihn ja an, wenn ich persönlich aufkreuze. Ich brauche einen warmen Körper im Auto neben mir, bevor Mike und meine Frau mich wieder arbeiten lassen. Scott wird den Platz einnehmen müssen.«

»Na klar.« McAdams sah richtig angepisst aus. »Er kann wenigstens schießen.«

Rina tätschelte dem Jungen die Schulter. »Gibt es Neuigkeiten in dem Fall, Peter?«

»Tja ... wir haben nahezu jedes Krankenhaus im Umkreis von hundertfünfzig Kilometern angerufen und stehen mit leeren Händen da. Vielleicht habe ich ihn nur mit einem Streifschuss erwischt.«

»Ich habe dieses unverwechselbare dumpfe Geräusch gehört, Peter. Du hast definitiv einen Knochen getroffen.«

»Lange hält man mit einer solchen Schusswunde nicht durch. Er muss irgendwo verarztet worden sein. Vielleicht kennt er einen Arzt, der weiß, wie man Kugeln herausoperiert, und der nicht zu viele Fragen stellt.«

»Jemanden, von dem er schon wusste, dass er zu ihm gehen kann, falls er angeschossen werden sollte?«, fragte Rina.

»Jawohl.« Decker wandte sich an McAdams. »Deshalb glaube ich, dass mehrere Leute in die Sache involviert sind.«

»Und du fragst dich noch, warum ich nicht will, dass du alleine durch die Gegend fährst«, stellte Rina fest.

»Mir passiert nichts.« Decker wusste, dass er eigentlich in Rinas Gegenwart nicht darüber reden sollte. Nach allem, was vor vier Tagen vorgefallen war, hatte sie immer noch Angst. Andererseits sagte sie oft kluge Dinge. Zumindest wäre es unfair, sie im Unklaren zu lassen, zumal sie womöglich selbst in Gefahr steckte. Sie sollte wissen, was er wusste, was zum gegenwärtigen Zeitpunkt äußerst dürftig war.

»Interessierst du dich fürs Abendessen?«, fragte Rina.

Gnädigerweise hatte sie das Thema gewechselt. »Immer«, erwiderte Decker.

»Dann zieh dich um. Ich muss alles nur kurz aufwärmen.«

»Brauchst du Hilfe?«

»Du kannst den Tisch decken.«

»Das übernehme ich«, sagte McAdams.

»Du hast den Kuchen gebacken, er kann den Tisch decken.«

Decker grinste. »Du hast einen *Kuchen* gebacken?«

»Apfel mit Zimtstreusel«, entgegnete McAdams. »Verdammt gut, vor allem wenn man bedenkt, dass ich's im Sitzen geschafft hab.«

»Eine wahre Meisterleistung. Hast du Scott schon kennengelernt?«

»Noch nicht. Vermutlich sind wir gezwungen, während des Abendessens miteinander zu reden.«

»Das wird nicht schwer sein. Er ist ein netter Mensch, Tyler.«

»Er vielleicht schon … ich aber nicht.«

Nach einem guten Essen und viel Wein sah Oliver zehn Jahre jünger aus.

In vino veritas.

Decker räumte das Geschirr ab, während Rina Kaffee und Tylers Kuchen auf den Tisch stellte. »Ich bin satt, daher überlasse ich euch Gentlemen euren Geschäften.«

»Diesmal nicht.« Decker klopfte auf den Stuhl neben sich. »Du musst wissen, was los ist.«

»Er hat recht«, sagte McAdams. »Jemand hat versucht, Sie umzubringen. Außerdem wäre ich beleidigt, wenn Sie meinen Kuchen nicht probieren.«

»Und ich dachte, ich könnte ihn allein mit einer großen Tasse Kaffee genießen.« Sie wandte sich an Oliver. »Eins hat das Leben in so einem kalten Klima für sich: Es ist die reinste

Freude, es sich mit einem Nachtisch und einem guten Buch vor dem Kamin gemütlich zu machen.«

»Du weißt, wie sehr ich es hasse, dich da mit hineinzuziehen, Rina, aber das hier ist eine Ausnahme.« Decker strich seinen Bart glatt. »Und ich kann immer einen frischen Blick auf die Sache gebrauchen.«

»Ich kann auch fünfzehn Zentimeter wachsen und so tun, als sei ich Marge.« Rina schenkte allen Kaffee ein, dann setzte sie sich. »Marge wurde zur Barista ernannt, und ich bin sicher, nicht ganz freiwillig.«

»Ich habe auch Kaffee gekocht.« Decker war beleidigt.

»Keinen Cappuccino.«

»Nein, das nicht. Aber ich habe beim LAPD viele, viele Kannen mit zweifelhaftem Kaffee aufgesetzt. Und da wir gerade von Marge sprechen, ich habe ihren Bericht über Chase Goddard erhalten. Wartet kurz, ich hole ihn.«

»Wer schiebt heute Abend Wache?«, fragte McAdams.

»Sam Brook.«

»Sam?« Er schüttelte den Kopf. »Ach du liebes bisschen.«

»Was ist mit Sam Brook?«, fragte Rina.

»Nichts, wenn man es mag, von einem Zwölfjährigen bewacht zu werden, der vierzig Kilo wiegt.«

»Er ist ein guter Schütze«, sagte Decker.

»Na ja, dann hat er mir eins voraus.«

Nachdem Decker rausgegangen war, wandte Oliver sich an McAdams. »Wie geht es Ihnen?«

»Es nervt.«

»Ja, das stimmt. Deck arbeitet gerne mit Ihnen.«

»Das ist ja wohl eine Lüge.«

»Nein, ist es nicht. Zuerst nicht, aber mittlerweile gefällt es ihm. Erzählen Sie mir, was passiert ist.«

»Decker hat Ihnen nichts über den Fall erzählt?«

»Natürlich, aber ich würde gerne hören, was Sie dazu sagen.« Oliver zückte einen Notizblock. »Wann immer Sie so weit sind.«

»Ich muss erst mein iPad holen … was ich eigentlich ständig bei mir haben sollte.« Er rollte aus dem Esszimmer den Flur entlang.

Decker kam zurück. »Wohin ist der Junge verschwunden?«

»Er holt sein iPad. Dann gibt er mir eine Zusammenfassung der Ermittlungen.«

»Warum?«

»Weil es ihm guttun wird, weil es gut für Rina ist, das Wesentliche zu hören, und weil es gut für uns ist, seine Meinung zu hören.«

»Die grauen Zellen funktionieren noch, Scott.« Decker grinste. »Sie passen jetzt zu deiner Haarfarbe.«

»Entschuldigen Sie, Mr. Rentnerclub, ich dachte, mein Haar au naturel zu belassen, ist ein Zeichen meines Selbstvertrauens.« Beide schwiegen. »Kriegt man hier Grecian Formula, du weißt schon, mein Tönungsmittel?«

»Ja«, sagte Rina. »Greenbury besteht entweder aus Collegestudenten oder Rentnern, dazwischen gibt's nicht viel.«

McAdams kehrte zurück und begann, eine vollständige Zusammenfassung bis zu dem Punkt abzuliefern, an dem er angeschossen wurde.

Oliver tippte mit dem Stift auf seinen Block. »Sie haben nichts gesehen?«

»Als ich das Geräusch hörte, hab ich mich sofort im Schrank eingesperrt.«

»Warum?«

»Weil Decker mir mit dem silberfarbenen Lieferwagen, der uns verfolgt, Angst eingejagt hatte, und das war auch gut so.«

Er senkte den Blick. »Er hat versucht, das Schloss aufzuschießen, aber der Schrank ist aus doppelwandigem Holz und hat ein Medeco-Schloss.«

»Was gibt's da drin so Wertvolles?«, fragte Oliver McAdams.

»Ich hab einen Safe mit viel Bargeld.« Niemand sagte etwas. »Fünfzig Riesen.«

»Wahnsinn!«, rief Oliver. »Das ist 'ne Menge Zeug. Vielleicht wollte jemand Sie bloß ausrauben, Sohnemann.«

»War auch mein erster Gedanke … bis Decker auftauchte. Außerdem wusste niemand von dem Geld.«

»Was ist falsch an einem Bankkonto?«, fragte Decker.

»Die Leute hier reden viel … sogar Bankangestellte. Ich hatte gehofft, dass niemand was mitkriegt.«

»Das stimmt«, sagte Rina, »die Leute reden wirklich viel.«

Oliver drehte sich zu McAdams um. »Woran erinnerst du dich sonst noch?«

»Nicht viel, nachdem ich getroffen wurde. Tut mir leid.«

Rina verteilte den Kuchen und leckte sich die Finger ab, nachdem sie jedem ein Stück serviert hatte. »Und hat jemand eine Theorie, was da abläuft?«

»Die ganze Sache klingt total verrückt«, sagte Oliver. »Profis wollen als Allerletztes die Aufmerksamkeit der Bullen auf sich ziehen. Und die sicherste Methode, ihre Aufmerksamkeit zu erregen, ist, auf Bullen zu schießen.«

»Für Amerika gilt das«, sagte Decker. »Nur Idioten versuchen, Polizisten umzulegen. In anderen Ländern aber nicht. Schaut nach Mexiko oder Lateinamerika. Gangs und Kartelle töten ständig Polizisten.«

»Du glaubst, hier ist eine mexikanische Gang am Werk?«

»Er glaubt, wir haben's mit der russischen Mafia zu tun«, sagte McAdams. »Bratva ist ihr lokaler Name.«

»Wegen ein paar gestohlener russischer Ikonen?«

»Die Petroshkovich-Ikonen … der Fall ist übrigens dreißig Jahre alt, nur zu Ihrer Information.«

»Ich kam auf die russische Mafia, da Latham das Hauptziel war und Lathams Spezialität die Sowjetkunst. Ich habe … wie viele … dreihundert Mordfälle bearbeitet? Dieser hier riecht nach Ausland. Diesen Typen sind Polizisten egal, weil sie sich nicht den amerikanischen Gesetzen verpflichtet fühlen. Und wenn man das Codebuch miteinbezieht.«

»Ja, das klingt schon irgendwie nach Spion gegen Spion«, sagte Oliver.

»Es könnte eine falsche Fährte sein – das Codebuch«, sagte McAdams.

»Jemand machte sich solche Mühe, um eine sehr komplexe und intelligente falsche Fährte zu legen?«, fragte Decker. »Das kann ich mir nicht vorstellen.« Er öffnete den Umschlag und zog ein Fax heraus. »Marges Bericht über Chase Goddard.« Er überflog die Seite. »Nicht viel. Ein paar Strafen wegen Trunkenheit am Steuer in Miami.«

»Er hatte eine Galerie in Miami?«, fragte McAdams.

»Äh … vor zehn Jahren … ungefähr zwei Jahre vor seinem Umzug nach New York. Er ist ja ganz schön rumgekommen.«

»Also haben wir es vielleicht mit einem Drogenkartell zu tun«, überlegte McAdams.

»Wie kommst du darauf?« Decker reichte das Fax an Oliver weiter.

»Ist Florida nicht das Einfallstor für Drogen?«, fragte McAdams. »Vielleicht hat das Codebuch gar nichts mit Kunst zu tun. Vielleicht geht's da um die Verschiffung von Drogen von Florida aus.«

»Dann hängen wir John Latham jetzt einen Zettel mit ›Drogendealer‹ um den Hals?«

»Es war eine Ihrer ersten Theorien«, erinnerte McAdams Decker.

Oliver hob die Hand. »Ich fasse mal eben zusammen. Chase Goddard hatte Kunstgalerien in Miami, New York und Boston.«

»Das stärkt meine Theorie nicht gerade, aber vielleicht bringt er die Drogen in Umlauf«, sagte McAdams.

»Oder aber er folgt einfach nur dem Geld«, sagte Rina. »Die meisten Galerien befinden sich in Großstädten oder Ferienorten, denn wer sonst kann sich Kunst und Antiquitäten leisten.«

»Wo Geld ist, sind Drogen«, sagte McAdams. »Und wie Oliver bereits sagte … « Er drehte sich zu ihm um. »Nenne ich Sie Oliver oder Scott?«

»Oliver passt.«

»Wie er bereits sagte, welche Typen schießen auf Polizisten, außer sie sind in einer Verfolgungsjagd oder einer wilden Ballerei oder haben null Respekt vor dem Gesetz. Drogendealer haben null Respekt vor dem Gesetz.«

»Kannst du dir Chase Goddard als Drogendealer vorstellen, Deck?«, fragte Oliver.

»Nicht wirklich. Er ist ein bisschen zu alt, und die wenigsten Dealer haben in Harvard studiert. Außerdem war er total kriecherisch, als Tyler seinen Vater erwähnt hat. Er scheint Geschäfte machen zu wollen. Ich kann mir vorstellen, dass er mit gestohlener Kunst handelt und zu viele Martinis trinkt, nicht aber, dass er im Hinterzimmer Tote kastriert und Heroin mit Chinin streckt.«

»Heroin wird mit Chinin gestreckt?«, fragte McAdams.

»Chinin, Puderzucker, Koffein, Milchpulver, Gips, Babynahrung«, zählte Oliver auf. »Soweit die pudrigen Substanzen. Bei Schwarzem Teer, also dem Heroin aus Mexiko, mischen die Dealer braunen Zucker und Kaffee rein … das Ganze wird erhitzt und zu einem klebrigen Batzen verarbeitet und dann geraucht.«

»Ich kann mir Chase Goddard nicht als Drogendealer vorstellen«, wiederholte Decker.

»Was ist mit John Latham als Dealer?«, fragte Oliver.

»Keine Hinweise.«

»Aber auch keine Hinweise darauf, dass er ein Kunstdieb war«, sagte McAdams.

»Es gibt eine Verbindung zwischen ihm und Angeline Moreau, die höchstwahrscheinlich die Tiffany-Glasbilder gefälscht hat«, sagte Decker. »Und du weißt, dass sie sie nicht allein gestohlen oder auf eigene Faust auf dem Schwarzmarkt angeboten hat.«

»Es klingt so«, mischte Rina sich ein, »als könntet ihr in tausend Richtungen ermitteln. Ihr wisst eigentlich nur, dass jemand euch beide tot sehen will.«

»Wenn es etwas mit Lathams Tod zu tun hat«, überlegte Oliver, »warum haben die Todesschützen dann nicht auf die Bostoner Polizisten gezielt?«

»Summer Village«, korrigierte Decker ihn.

»Egal«, sagte Rina, »denn sie haben das Codebuch gefunden. Wenn das der Schlüssel zu allem ist, sollten sie genau wie ihr Zielscheiben sein.«

»Erstens sind sie das größere Revier, deshalb müssten sie zu viele umbringen. Zweitens sind Harvard und ich vielleicht näher am Ziel, als wir wissen. Das Problem ist, dass der Todesschütze wahrscheinlich glaubt, wir wüssten mehr.«

»Wen habt ihr zurzeit auf dem Schirm?«, fragte Oliver. »Nur Chase Goddard?«

Decker zuckte mit den Achseln. »Es wäre nett, ihn mit dem Fall in Verbindung bringen zu können, aber wir haben nichts gegen ihn in der Hand.«

»Was ist mit…«, Oliver blätterte seine Notizen durch, »…Justin Merritt?«

»Jason Merritt«, korrigierte ihn McAdams. »Der Fachmann für russische Kunst. Seine Galerie ist in New York, und wir haben auch gegen ihn null Komma nichts in der Hand.«

»Genau wie bei John Latham«, sagte Oliver.

»Nein, John Lathams Spezialgebiet war immerhin die Ära der Sowjetkunst«, klärte McAdams ihn auf. »Das ist ein völlig anderes Gebiet als russische Kunst. Und Sowjetkunst eignet sich nicht für Sammlungen.«

»Warum nicht?«

»Weil das meiste davon Propaganda ist. Ich behaupte nicht, dass sie wertlos ist, manche Poster sind sehr teuer. Aber weil sie so stilisiert sind, gelten sie eher als wichtige Zeugnisse der Geschichte und Kultur und weniger als Kunst. Genau dafür hat John Latham ja den Windsor Prize gewonnen: Proletkult und sowjetischer Realismus in der sozialistischen Kunst. Eine politische Analyse.«

»Wie hast du das alles herausgefunden?«, fragte Decker.

»Ich hatte viel Zeit zur freien Verfügung, alter Herr.«

»Was ist mit der russischen Kunst?«, fragte Oliver. »Man hört nichts über große russische Künstler wie zum Beispiel über französische Impressionisten.«

»Weil die Zaren sich viel mehr für europäische Kultur interessierten, statt ihr eigenes kulturelles Erbe zu fördern«, sagte McAdams. »Die Eremitage ist knallvoll mit großer westlicher Kunst. Die meisten der einheimischen russischen Künstler wurden in die Lagerräume verbannt. Als dann die Bolschewiken am Ruder waren, haben sie alles verunglimpft, was nach westlicher Gesellschaft roch.«

»Aber Sie sagten doch, dass die Eremitage vollgestopft ist mit großer westeuropäischer Kunst«, bemerkte Oliver.

»Zu diesen Hängungen kam es erst später, als Chruschtschow großen Wert darauf legte, all die unglaublichen Gebäude wiederaufzubauen, die die Nazis zerstört hatten. Wahrscheinlich war das auch Propaganda. Er wollte dem Westen zeigen, dass Russland kein rückständiges Land mehr war.« McAdams überlegte kurz. »Ich hab mit meinem Dad darüber gesprochen, in einem der seltenen Momente, in dem er mich nicht anschrie. Wir kamen auf die Eremitage … eigentlich hab ich das Thema angeschnitten, weil ich wusste, dass mein Großvater in der Sowjetunion war, als sie für Leute aus dem Westen abgeriegelt war. Dad erzählte mir, dass mein Großvater die Eremitage damals besucht hatte … in den späten Vierzigern oder vielleicht den Fünfzigern. Es war das reinste Chaos … Stapel über Stapel von dieser unschätzbar wertvollen Kunst. Die Sowjets stellten sie ursprünglich aus, um den obszönen Reichtum der Aristokratie auf Kosten des Proletariats vorzuzeigen.«

»Sie sagen also, dass es keine wertvolle russische Kunst gibt?«, fragte Oliver.

»Nein, nein«, widersprach Decker, »das alte Zeug ist ziemlich wertvoll, weil viel davon während der Revolution zerstört wurde. Meistens religiöse Dinge wie Ikonen.«

»Also gibt es dann überhaupt irgendwelche russischen Kunstgegenstände, für die es sich zu töten lohnt?«, fragte Oliver.

Decker und McAdams sagten es gleichzeitig: »Das Bernsteinzimmer.« Sie hielten Oliver einen Kurzvortrag über Russland im Zweiten Weltkrieg. »Angeblich wurden siebenundzwanzig Kisten des zerlegten Zimmers zu einem Schloss in Königsberg verfrachtet«, fuhr Decker fort, »wo sie zusammen mit dem Gebäude vollständig verbrannt sein sollen. Seitdem ist die Spur kalt … oder kühl, sollte ich besser sagen. Denn

Teile des Bernsteins aus dem Originalzimmer tauchen immer wieder mal auf. Der Bernstein und die Juwelen sind nicht nur ein kleines Vermögen wert, das Zimmer ist von nationaler Bedeutung.«

»Dann sollten wir vielleicht überhaupt nicht nach russischen Ikonen Ausschau halten«, sagte Oliver. »Sondern nach Nazi-Raubkunst. Womöglich waren die jungen Leute an so etwas dran – ein geheimes Lager voller Beutekunst. Wenn ein wohlhabender und prominenter Kunstsammler ein umstrittenes Bild besitzt, wäre dieses Bild es vielleicht wert, dafür zu töten.«

»Du glaubst also, dass John Latham einen reichen Sammler erpresst und dieser Typ dann einen oder mehrere Auftragsmörder angeheuert hat, um ihn umzulegen?« Da Oliver mit den Schultern zuckte, fuhr Decker fort: »Klingt jedenfalls logischer, als dass der Sammler bezahlt. Aber ganz sicher wäre er nicht so blöd, einen Versuch zu starten, die Polizei abzuknallen, *außer* du bist ein Ausländer und magst keine Amerikaner, und es gibt dir einen Kick, als Teil der Vergeltung Leichen zu schänden.«

»Ihm gefällt immer noch die russische Mafia«, sagte McAdams.

»Ich sage nur, dass es nach Ausland riecht.«

»Vielleicht ist es eine ganze Sammlung von Beutekunst«, meinte Oliver.

»Das Gurlitt-Zeug ist ein kleines Vermögen wert. Und er lebte lange unbehelligt. Aber es fühlt sich nicht wie ein deutsches Verbrechen an.«

»Tja, also ich mag weiterhin die Idee mit den Drogen«, sagte McAdams.

»Wenn du die Drogen magst, dann fahr zurück ins College und rede noch mal mit Angeline Moreaus Freunden. Finde heraus, ob es Hinweise gibt, dass sie mit Drogen gedealt hat.«

»Äh, ich bin gerade nicht sonderlich mobil. Außerdem hatten wir das bereits abgehakt.«

»Und genau deshalb verfolge ich die Kunst-Fährte«, sagte Decker. »Wenn da nichts bei rauskommt, versuchen wir es noch mal mit Drogen.«

»Vielleicht geht's um beides … also um Drogen in Kunstverschiffungen nach Florida«, schlug McAdams vor.

»Eins nach dem anderen, Harvard. Du und Rina geht in die Bibliotheken der fünf Colleges. Eure Aufgabe ist es, sicherzustellen, dass alle wertvollen Bücher dort unversehrt sind. Fangt mit der Rayfield in Littleton an. Da Moreaus Fachgebiet Stoffe waren, seht zu, ob es antike Bücher mit Drucken über Stoffe gibt, aus denen sie Seiten stibitzt hat.«

»Ich persönlich bin mit Deck und seiner Kunst-Fährte einer Meinung.«

»Ich wusste, dass Sie nur Ärger machen würden.«

»Ich sage nicht, dass Sie falschliegen, mein Junge. Ich meine nur, dass man sich vom wahrscheinlichsten zum unwahrscheinlichsten Szenario vorarbeiten muss.«

»Morgen haben Oliver, Chris Mulrooney und ich das Treffen mit Professor Gold. Wir werden hören, was er zu sagen hat, falls überhaupt.«

»Ich dachte, Sie würden mich per Skype dazuschalten.«

»Wir schalten dich dazu, wenn wir etwas erfahren haben. In der Zwischenzeit grüße ich ihn von dir.«

»Er wird sich nicht an mich erinnern.«

»Da wäre ich mir nicht so sicher, Tyler.« Decker tätschelte seine gesunde Schulter. »Meinen Beobachtungen nach machst du dir überall, wo du hinkommst, einen Namen.«

27

Rina zeigte dem Wachmann in der Bibliothek sowohl ihre Bewilligung als auch die Genehmigung zum Tragen einer verdeckten Waffe. Der Provost, der sie in den dritten Stock begleiten wollte – wo die Rayfield-Bibliothek ihre Nachschlagewerke aufbewahrte – schnaubte missbilligend. »Muss das jeder spitzkriegen?«

»Wäre es ihnen lieber, wenn ich den Metalldetektor mit der Waffe aktiviere?«

Der Mann bekam pinkfarbene Bäckchen. Er war Mitte vierzig und trug die Brille vorne auf seiner steil abfallenden Nase. »Sie haben doch einen bewaffneten Polizisten dabei«, flüsterte er ihr zu. »Was brauchen Sie denn noch alles?«

»Das weiß ich nicht, Sir«, sagte Rina freundlich, aber nicht mit gedämpfter Stimme. »Wie viel Schutz braucht man, nachdem jemand versucht hat, einen umzubringen?«

McAdams zog den Kopf ein und unterdrückte ein Lachen.

Greg Schultz, der bewaffnete Begleiter, räusperte sich. Er war ein bereits in Rente gegangener Mechaniker Mitte sechzig, der öfter mal bei der Greenbury-Polizei und der Feuerwehr aushalf, wenn zusätzliche Kräfte benötigt wurden. Er hatte die Statur eines Traktors. »Wir verursachen einen Stau.« Er löste die Bremse an Tylers Rollstuhl. »Kann ich jetzt mit ihm durchfahren?«

Sofort eskortierte der Provost die beiden durch den Metalldetektor, während der Wachmann Rinas Handtasche außen vorbeitrug. Zu viert quetschten sie sich in den Fahrstuhl. Im dritten Stock stand ein langer Tisch mit Büchern alter Stofffotografien und mehreren Paaren weißer Handschuhe. Durch ein Fenster zum Kolleghof, wo die Studenten durch den Schnee wuselten wie Ameisen durch verstreutes Salz, fiel natürliches Licht in den Raum. Durch das Fenster zog es aber auch. Rina hatte sich in mehreren Schichten eingepackt. Sie zog ihren Mantel aus, behielt aber ihren Pullover über einem anderen Pullover an.

Die für Nachschlagewerke zuständige Bibliothekarin war eine junge Frau Mitte dreißig. Sie trug ihre blonden glatten Haare als kurz geschnittenen Bob und hatte tiefgrüne Augen. Ihr Name war Lisa Pomeranz, und sie kannte Tyler McAdams bereits wegen seiner vorherigen Forschungsbesuche. Sie versuchte, den Schock in ihren Augen angesichts seiner Behinderungen zu vertuschen. »Ich habe über den Vorfall in der Zeitung gelesen. Es tut mir so leid.«

McAdams versuchte, sie mit einem Spruch zu beruhigen. »Weder Regen noch Graupel, weder Schnee… vor allem Schnee.«

»Ich dachte, das war ein Spruch der Postzusteller, nicht der Polizei«, sagte Schultz.

»Wie es Euch gefällt…«

»Noch mehr Sprichwörter in petto, Tyler, oder können wir uns jetzt an die Arbeit machen?«

»Alles wird wieder gut, Ms. Pomeranz«, er schenkte der jungen Dame ein Lächeln, »die Kugel hat alle wichtigen Teile verpasst, daher sollte ich mich sehr glücklich schätzen.«

»Eigentlich darf ich das nicht, aber ich könnte Ihnen heißes Wasser bringen. Es ist ganz schön kühl hier oben.«

»Ich würde nur ungern etwas verschütten«, lehnte Rina dankend ab. »Nicht einmal Wasser. Wir kommen zurecht.«

»Sprechen Sie bitte nur für sich selbst«, nörgelte Tyler.

»Ich spreche für uns beide.« Rina zog die weißen Handschuhe an und setzte sich. »Danke.«

»Wenn ich Ihnen noch irgendwie behilflich sein kann, zögern Sie nicht, mich zu fragen«, sagte Lisa.

Nachdem sie weggegangen war, sagte McAdams: »O Mann, die hat sich ja um hundertachtzig Grad gedreht, seit ich das letzte Mal hier war.«

Schultz suchte sich einen Platz, von dem aus er Blick auf den Fahrstuhl und das Treppenhaus hatte. »Ich sitze einfach da und versuche, nicht einzuschlafen.«

»Bestimmt sind wir hier sicher.« Rina holte zwei Lupen aus ihrer Aktentasche und legte sie auf den Tisch. Dann nahm sie sich vorsichtig das erste Fachbuch mit dem Titel *Stoffe aus dem fernen Osten* vor. Es war Anfang des zwanzigsten Jahrhunderts veröffentlicht worden. Auf der Innenseite des Buchdeckels befand sich ein Ausleihzettel mit allen Namen, die das Buch als Nachschlagewerk benutzt hatten. »Tyler, sieh dir das an«, flüsterte sie und schob das Buch zu ihm hin. Sie deutete auf Angeline Moreaus Namen. Sie hatte das Buch sechs Mal benutzt.

»Das Thema war ihre Abschlussarbeit«, sagte er.

»Um meine Tochter zu zitieren: Ich meine ja nur.«

McAdams widmete sich dem Buch *Stoffe aus dem Nahen Osten auf der Seidenstraße im fünfzehnten Jahrhundert*. Er las den Ausleihzettel durch. »Sieht so aus, als wäre Angeline Moreau ein fleißiges Bienchen gewesen.« Er wandte sich an Rina. »Sollen wir?«

»Auf los geht's los.«

Sie schlugen gleichzeitig ihr jeweiliges Buch auf der Titelseite auf. Im Raum wurde es still, bis auf ein sanftes Wischgeräusch beim Umblättern der Seiten. Jeder für sich untersuchte sorgfältig mit der Lupe die Bindung der Drucke und Fotos, um sicherzugehen, dass keine Rasierklinge dort Schaden angerichtet hatte.

Es würde ein langer und langweiliger Tag werden.

Gegen zehn Uhr morgens war Decker auf dem Weg ins Summer Village Police Department, um Chris Mulrooney abzuholen. Während der Fahrt auf dem Highway hielten er und Oliver permanent Ausschau nach möglichen Verfolgern. Mit einem weiteren Paar geübter Augen konnte Decker sich ein bisschen entspannen. Mit Scott zusammen zu sein, fühlte sich heimelig an, und der Gesprächsstoff der beiden deckte die ganze Bandbreite ab, von der guten alten Zeit bis hin zu den mysteriösen Ereignissen der letzten Tage. Mit einem Becher Kaffee in der Hand und Bagels in der anderen tauschten sie Ideen aus. Keiner hatte seit gestern Abend großartig Neues beizutragen.

»Der Junge scheint ganz in Ordnung zu sein und an seiner Aufgabe unter der Feuerprobe zu wachsen«, sagte Oliver.

»Ich glaube, er wäre ein sehr guter Detective. Aber er ist so schlau und geht nach Harvard.«

»Zu schade. Da erlebt er bestimmt nicht solche Adrenalinschübe wie bei uns.«

»Normalerweise ist der Job hier total banal.«

»Momentan ziehe ich banal eindeutig meinem Rentnerdasein vor.«

»Schick Bewerbungen raus. Du hättest die freie Wahl bei Kleinstädten.«

»Gute Idee, jedenfalls besser, als mich selbst zu bemitleiden.« Er überlegte. »Ich denke da an Florida. Kälte mag ich nicht.«

»Soll ich mit meinem Bruder reden?«

»Wo ist Randy?«

»Miami PD. Und ich bin sicher, er könnte sich auch in kleineren Städten erkundigen. Außer du willst wieder was Großes.«

»Nein, nicht groß … aber größer als Greenbury. Marge war richtig clever. Perfekter als Ventura PD geht's nicht. Mann, es ist so schön da.«

»Warum bewirbst du dich dann nicht in Ventura?«

Er schüttelte den Kopf. »Es wäre einfach nicht dasselbe. Wir sind jetzt beide an verschiedenen Orten. Ich hätte auch nichts gegen einen Ortswechsel. Ich bin bereit, mich zu entwurzeln.«

»Was ist mit deinen Kindern?«

»Die sind überall verteilt und beschäftigt. Wenn sie mich sehen wollen, richte ich ihnen ein Gästezimmer in meiner Wohnung an der Küste ein, und ich brauche einen Pool. Gibt bestimmt genug davon in Florida.«

»Trotzdem kriegst du dort unten vielleicht doch ein Problem«, sagte Decker.

»Was denn?«

»Ein allein stehender Mann unter all diesen Witwen.«

Oliver lachte. »Stellt euch hinten an, Ladys, es reicht für alle.«

»Wir sind da.« Decker fuhr auf den Parkplatz des Reviers und rief Chris Mulrooney an, der fünf Minuten später mit einem Aktenkoffer in der Hand herausgelaufen kam. Er trug einen Parka, dicke Jeans über klobigen Stiefeln, Wollhandschuhe, eine Strickmütze und einen schwarzen Schal. Decker übernahm das Vorstellen, nachdem Mulrooney sich auf die Rückbank gesetzt hatte. In dem warmen Auto zog er als Erstes seinen Mantel aus.

Mulrooney tätschelte seinen Lederkoffer. »Da drin ist eine

Kopie des Codebuchs. So können wir dem Professor besser folgen.«

Decker zog ein paar Seiten Papier aus seiner Tasche. »Der Junge hat es sich die letzten drei Tage lang vorgeknöpft und die Sätze gezählt, um damit eine Liste aufzustellen, wie häufig sie vorkommen. Er ist sich natürlich nicht sicher, ob die Sätze mit Buchstaben korrespondieren, aber er fand, es war ein guter Einstieg.«

Mulrooney scannte mit scharfem Blick die entzifferten Wörter. »Geht es ihm besser?«

»Er sitzt im Rollstuhl, aber ich habe ihn in die Bibliotheken geschickt.«

»Arbeit wird ihm guttun.« Mulrooney verstaute die Seiten in seinem Aktenkoffer. »Wir haben Lathams Unterlagen durchforstet und versucht, Dinge zu finden, die sich mit dem Schlüsselring öffnen ließen, den wir entdeckt haben. Bis jetzt noch keine Lagerräume hier in der Gegend. Und die Schlüssel für Schließfächer stammen auch nicht von hier. Bei seiner hiesigen Bank waren zweihundertsechsundfünfzig Dollar und achtundvierzig Cent als Sicherheit für Schecks hinterlegt. Er hatte zwei Kreditkarten mit kleinen Saldi. Er hatte einen Gemeinschaftsvertrag für Kabelfernsehen und WLAN. Kein Festnetz. Nebenkosten und Miete wurden jeden Monat bezahlt. Scheint nicht groß für sich einkaufen gegangen zu sein, außer ab und zu mal für Restaurants oder Bars. Wir haben alle überprüft. Diejenigen, die sich an ihn erinnern, meinten, er war ein ganz normaler Typ. Wir haben auch ein Foto von Angeline Moreau herumgezeigt. Ein paar der Barkeeper sagten, sie käme ihnen bekannt vor, waren sich aber nicht sicher. Sie konnten sie auf keinen Fall zu einem bestimmten Zeitpunkt mit ihm zusammenbringen.«

»Das ist wirklich blöd.«

»Sie erinnern sich allerdings daran, dass Latham oft Ladys angequatscht hat, eher auf die angenehme Tour. Er hat wie jeder Durchschnittstyp im Fernsehen mit den anderen Einheimischen die Spiele der Celts und der Patriots angeschaut. Sein Auto gehörte ihm. Mir kommt er verdächtig vor, weil er rein gar nichts Verdächtiges an sich hat. Wurde so brutal ermordet und hat gleichzeitig versucht, seine äußere Erscheinung und sein Auftreten blitzsauber zu halten.«

»Hatten seine Kollegen dem noch was hinzuzufügen?«

»Nein. Er war der typische Gastdozent. Das Büro teilte er sich mit vier anderen Dozenten, die sich aber selten begegnet sind, weil sie unterschiedliche Stundenpläne haben. Eine der Frauen, mit denen ich geredet habe, sagte, sie würde nie dort arbeiten, weil der Raum so klein sei. Sie arbeitet zu Hause und nutzt das Gemeinschaftsbüro nur für ihre Studentensprechstunde. Niemand kann sich daran erinnern, dass er besonders viel auf dem Campus war. Aber alle, mit denen ich mich unterhalten haben, sagten auch, dass er auf seinem Gebiet äußerst kompetent war, da geht's um …«

Mulrooney blättert seine Notizen durch.

»Hier kommt's. Der offizielle Titel lautet: Kunstgeschichte und Propaganda in der Sowjetunion. Es war ein übergreifendes Seminar für Masterstudenten in Kunst, Geschichte und Kunstgeschichte, und er hatte vierzig Studenten, was sehr viel ist. Wir haben fast alle befragt und nichts herausgefunden. Wenn uns das Codebuch nichts verrät, stochern wir weiterhin im Dunkeln herum. Und das macht uns nervös, nach den Vorfällen bei euch da unten.«

»Deck meint, wir haben es mit Kriminellen aus dem Ausland zu tun«, sagte Oliver.

»Ja, selbst Dummköpfe knallen nicht einfach Polizisten ab. Und wenn sie's doch versuchen, dann nur, um Zeugenaussagen zu verhindern. Hier kennt jemand ganz eindeutig die Regeln nicht.« Mulrooney zögerte. »Welches Ausland? Denken Sie an Russland wegen Lathams Fachgebiet?«

»Genau«, sagte Decker. »Lathams Ermordung war chirurgisch. Vielleicht ist es noch nicht mal die russische Mafia, vielleicht sind es russische Spione.«

»Das wäre ganz übel«, sagte Oliver.

»Es hieße allerdings, dass uns die Sache über den Kopf wächst. Aber mehr als ein ungutes Gefühl habe ich nicht zu bieten.«

»Das macht mich sehr, sehr nervös«, sagte Mulrooney.

»Ja, mich auch«, sagte Decker, »und ich halte mich da nicht zurück, bevor ich nicht herausgefunden habe, warum mich jemand tot sehen will. Vielleicht steckt die Antwort in dem Codebuch.«

Eine Weile sagte niemand etwas. »Vielleicht sollten wir das Buch nach Quantico bringen«, meinte Mulrooney schließlich. »Ich weiß, wir haben ihnen nichts zu berichten, aber die Codes kriegen wir selbst nicht geknackt, und ich ziehe nur höchst ungern einen Mathematikprofessor aus Harvard in eine unter Umständen sehr gefährliche Sache hinein.«

»Das verstehe ich, Chris, und mir ging gestern Abend das Gleiche durch den Kopf. Darum habe ich Gold angerufen und ihm am Telefon eine kurze Zusammenfassung gegeben. Ich sagte ihm, was mir und McAdams zugestoßen ist. Und ich sagte ihm, dass er sich möglicherweise in Schwierigkeiten bringt, indem er da hineingezogen wird. Wissen Sie, was er antwortete? Er bestand darauf, dass wir zu ihm kommen, und meinte, für ihn sei das alles gar kein Problem.«

»Aber ist es das für uns auch nicht?«

»Überhaupt nicht, bis Gold mir erzählte, wo er alles über Codes gelernt hat.«

»Er war bei der CIA?«

»Pensionierter CIA-Agent. Ich glaube nicht, dass er viele Außeneinsätze hatte, aber er hat sich zehn Jahre lang in Virginia mit nichts anderem als Codes beschäftigt. Er entwickelte damals einige der Programme, die heute noch von der CIA für elektronisches Hacking benutzt werden. Und er sagt, er kann schießen, geht regelmäßig auf den Schießstand, wann immer er Zeit hat. Aber es ist Ihr Buch und Ihr Ding, Chris.«

Mulrooney zuckte mit den Achseln. »Ich glaube, er ist nicht stärker gefährdet als wir … falls das ein Trost ist.« Pause. »Wenn er weiß, wo er da hineingerät, können wir ebenso gut mit ihm reden.«

»Das denke ich auch«, sagte Decker. »Gold, Oliver und ich haben eins gemeinsam, außer der Tatsache, dass wir über sechzig sind. Wir suchen Action. Problematisch daran ist nur, dass wir an den falschen Stellen zu suchen scheinen.«

28

Nachdem sie mehrere Stapel von antiken Stoff- und Kunstnachschlagewerken ohne Ergebnis durchforstet hatten, schlug Rina vor, eine Pause einzulegen. Sie hatte zwei Stunden ununterbrochen gearbeitet, und ihre Augen brauchten eine Pause. Sie verließ gemeinsam mit McAdams und Schultz die Bibliothek und entdeckte ein Café, das The Hop hieß und versuchte, wie eine Teenie-Bar aus den Fünfzigern auszusehen: mit dem typischen amerikanischen roten Kunstleder gepolsterte Barhocker an einem Tresen mit einer getürkten Linoleumoberfläche, die noch geschmackloser war als der Rest des Interieurs. Rina besorgte Kaffee für drei, und dann saßen sie auf einer Veranda unter einer Wärmelampe. Sie holte einen Lunchtüte aus ihrer Tasche, die sie für Tyler und sich vorbereitet hatte, aber es gab natürlich genug für alle, falls Greg Schultz sich nichts mitgebracht hatte.

Während der ersten fünf Minuten aß die Truppe schweigend vor sich hin. Tyler holte sein iPad hervor und war geistesabwesend. Rina machte Smalltalk mit Greg und fragte ihn nach verschiedenen Autos: immer ein gutes Thema für Männer, aber besonders geeignet für jemanden, der die vergangenen dreißig Jahre an Autos herumgeschraubt hatte.

Irgendwann sagte McAdams auch wieder etwas. »Ich hab Vintage-Drucke nachgeschlagen, und nicht alle Bücher mit diesen Drucken sind gleich wertvoll – gut, das ist noch keine überraschende Entdeckung.«

»Erzähl weiter«, sagte Rina.

»Auch keine Überraschung ist, dass es so aussieht, als wären die Bücher umso wertvoller, je älter sie sind. Die in dem Buch von Basil Besler veröffentlichten Drucke aus dem Jahr 1623 verkaufen sich zwischen achtzehnhundert und fünftausend Dollar, wohingegen die Drucke in Dr. John Robert Thorntons Buch, veröffentlicht zwischen 1799 und 1805, um die tausend einbringen.« Er suchte weiter in Safari. »Aber Thorntons Buch *Der Tempel der Flora*, das bloß zehn Jahre später erschien … diese Bilder kosten sehr viel weniger.«

»Hängt wahrscheinlich von der Seltenheit des Buches ab.«

»Ja, natürlich. Ich will damit nur sagen, dass die Preise erheblich schwanken, und ohne zu wissen, was einen gewissen Wert hat, tappen wir im Dunkeln. Damit es sich für einen Dieb lohnt, müsste er aus einem wertvollen Buch stehlen, die sehr selten und fast unmöglich aufzutreiben sind.« Er sah Rina an. »Übrigens, danke für das Sandwich.«

»Ja, vielen Dank, Mrs. Decker«, sagte Schultz. »Viel besser als das, was ich mir eingepackt habe.«

»Gern geschehen.«

Schultz stand auf. »Ich mache einen kurzen Boxenstopp. Halten Sie Ihre Augen offen.«

»Kein Problem.« Rina tätschelte ihre Handtasche. »Wir kommen klar.« Nachdem Schultz weg war, sagte sie: »Die Drucke, die du in der Galerie von Chase Goddard gesehen hast, wie viel verlangt er für sie?«

»Kann ich Ihnen sofort sagen.« McAdams tippte auf seinem iPad herum. »Sie kosten zwischen einhundert und dreihundert pro Stück. Ich sollte sein Inventar wirklich unter Favoriten markieren.«

»Was ist mit seinen alten Büchern?«

»Er hat nicht viele davon, nur *Unterwegs zu Swann* von Proust und Chandlers *Der lange Abschied*, aber ohne den Schutzumschlag. Das sind die wertvollsten Stücke. Der Rest kostet zweistellig.«

»Da lohnt sich stehlen nicht«, stellte Rina fest.

»Niemand glaubt, dass Goddard tatsächlich etwas stiehlt. Wir haben uns nur gefragt, ob Goddard heiße Ware einkauft. Und wenn er Diebesgut einkauft, ist es aus seiner Sicht nur logisch, Sachen zu kaufen, die keine große Aufmerksamkeit erregen … wie billige Drucke.«

»Stimmt.« Rina starrte hinaus in die karge Landschaft. Nichts erschien verdächtig. Aber würde ihr etwas Verdächtiges überhaupt auffallen? »Wenn Goddard unbedeutende heiße Ware einkauft, lohnt es sich erst recht nicht, dafür jemanden umzubringen.«

»Außer er versucht, seinen Ruf unbefleckt zu halten, mal abgesehen davon, dass der ehemals schon befleckt worden war.«

»Selbst wenn er Moreau und Latham ein paar Scheine für gestohlene Kunstwerke gegeben hat, kann man mit ein paar hundert Dollar extra trotzdem keine Designerhandtaschen anhäufen.«

»Stimmt.« McAdams lehnte sich zurück und nahm einen Schluck Kaffee. Heute Morgen hatte er die Armschlinge abgelegt und fühlte sich angesichts der Bewegungsfreiheit viel besser. Es tat noch weh, aber er konnte den Arm bewegen, und sein Gleichgewicht war wieder stabiler. In ein paar Tagen würde er vermutlich schon an Krücken gehen. »Nichts für ungut, aber ich glaube, dass Ihr Mann auf einer falschen Fährte ist. Ich glaube, wir verschwenden hier unsere Zeit.«

»Ich verteidige Peter nicht, aber er liegt öfter richtig als falsch. Wenn er denkt, man muss die Bibliothek überprüfen, werde ich mich deswegen nicht mit ihm streiten.«

»Mir ist klar, dass er Angeline Moreau mit mehr als nur den Tiffany-Glasbildern in Verbindung bringen will, aber ich sehe sie immer noch nicht als jemanden mit Einfluss und Kontakten in der ruchlosen Welt der Beutekunst. Vielleicht hat der Mord an ihr überhaupt nichts mit den gestohlenen Glasbildern zu tun. Ihr Exfreund war ziemlich durch den Wind, nachdem sie ihn abserviert hatte. Er folgte ihr nach Boston und stand sogar vor John Lathams Wohnung. Ich weiß, er hat Alibis für beide Morde, aber Freunde lügen gerne füreinander.«

»Hat ihm nur eine Person ein Alibi gegeben?«

»Nein, mehrere Leute haben ihn gesehen. Und er war im Unterricht, wie er es angegeben hatte. Aber niemand kann jede Minute seines Tages nachweisen. Und Menschen irren sich in der Uhrzeit.«

»Peters Gefühl nach ist eine Organisation aus dem Ausland involviert.«

»Die russische Mafia.« McAdams verdrehte die Augen. »Selbst wenn ich da mit ihm einer Meinung wäre, was hätte das mit Chase Goddard und ein paar gestohlenen Drucken zu tun?«

Rina wurde still. Dann sagte sie: »Tyler, kannst du auf deinem iPad recherchieren, ob es irgendwelche seltenen *russischen* Bücher gibt, die schon in Auktionen aufgetaucht sind?«

»Kein schlechter Gedanke.« Er nickte. »Dauert eine Minute.«

Schultz war zurückgekehrt, wodurch Rina sich sofort besser fühlte. »Alles ruhig«, sagte sie.

»Genau das wollte ich hören.«

»Es gibt ein Werk von D. A. Rovinski«, las er vor, »fünf

Bände, erschienen 1881 in Sankt Petersburg. *Russkie Narodnye Kartinki*, besser bekannt als *Russische Volksbilder*. Sie wurden 2013 in einer Auktion für elf Millionen Rubel verkauft. Das wären … wow, das ist eine Überraschung … 315 500 Dollar.« Er tippte weiter. »O Gott, die Drucke sind fantastisch. Wollen sie mal sehen?«

»Liebend gerne.« Er blätterte für sie auf dem iPad die Bilder durch. »Sie sind wunderschön.«

»Ja, das stimmt«, sagte McAdams. »Ich vermute, dass dies ein sehr, sehr seltenes Buch ist, und dass es nicht in der Rayfield herumsteht und verstaubt.«

»Außer die Bibliothek weiß nicht, was sie da besitzt.«

»Deshalb stellt man eine Bibliothekarin für Nachschlagewerke ein. Sie sollte ihr Inventar kennen.«

»Einen Versuch ist es wert«, meinte Rina. »Was geht noch für großes Geld weg?«

»Bücher von Puschkin … der *Eugen Onegin* … okay, das klingt interessant: ein Buch eingedenk der dreihundert Jahre Herrschaft der Romanows, veröffentlicht zum Jubiläum im Jahr 1913. Es ging weg für … grob geschätzte 115 000 Dollar. Wenigstens liegen diese Bücher in einer Größenordnung, für die es sich zu töten lohnt.« Pause. »Chase Goddard kann ich mir da als Händler nicht vorstellen. Vielleicht Jason Merritt.«

»Steht was darüber, wem diese Bücher gehörten und wer sie ersteigert hat?«

»Nö.« Sein Blick klebte auf dem iPad. »Das glaub ich jetzt nicht! Verdammte Scheiße!« Er blickte auf. »Entschuldigung.«

»Was denn?«

»Nikolai Petroshkovich … eine signierte Ausgabe seiner *Geschichte der Ikonographie* mit Originaldrucken seiner Entwürfe und Arbeiten. Eines von zwanzig Exemplaren der Originalausgabe. Zweihundert Seiten, vierzig Druckplatten, veröffentlicht 1926 … 4 Millionen Rubel vor drei Jahren, das waren … einen Moment … 115 000 Dollar.«

»Petroshkovich?«

Er verzog das Gesicht. »Ja.«

»Also liegt Peter doch nicht so weit daneben.«

Er atmete tief durch. »Vielleicht nicht.«

»Wie weit ist es von hier nach Marylebone?«

»Ungefähr eine Stunde.«

»Wo wäre dort die nächste große Referenzbibliothek?«

»In Rhode Island, ich würde sagen, Brown, aber wir sind genauso nah an Marylebone wie an Providence. Und dazwischen gibt es noch jede Menge andere Colleges.«

»Na gut«, sagte Rina. »Wann hat Petroshkovich gelebt?«

»Das sage ich Ihnen gleich … 1889 bis 1949.«

»Er ist mit sechzig verstorben?«

»Neunundfünfzig … warten Sie … die Marylebone-Ikonografie fertigte er 1938 an, aber er hat auch sonst noch sehr viele Arbeiten in und um New England erstellt. Seine Ikonen in der St.-Stephen's-Kirche in Marylebone gelten als die Krönung seines Werks.«

»Er war also ziemlich berühmt, als er starb?«

»Er war sehr bekannt. Wenn schon sein Buch sich vor vier Jahren für hundertfünfzehn Riesen verkauft hat, dann kann man sich nur vorstellen, wie viel die Ikonen heutzutage wert sein müssen.«

»Wert, dafür zu sterben?«

»Mehr als für Tiffany.«

»Du sagtest, er arbeitete in und um New England. *Wo* hat er denn gewohnt?«

»Moment … krass!« McAdams schnappte nach Luft. »Klasse, Rina. Sein Atelier war in Bellingham, gut fünfzehn Kilometer von den fünf Colleges entfernt.«

»Wenn du also bekannt bist, schon etwas älter und krank – und du möchtest Exemplare deines Buches als Nachweis deines Schaffens irgendwo hinterlegen …«

»Auf jeden Fall lohnt es sich nachzuhaken.« McAdams stellte seinen Becher ab und wandte sich an Schultz. »Würde es Ihnen was ausmachen, mich zu den Toiletten zu schieben? Wenn ich mal drin bin, komm ich alleine klar.«

»Ich treffe euch dann in der Bibliothek«, schlug Rina vor.

»Wie wär's, wenn wir alle zusammen gehen?«, sagte Schultz.

»Ich kann ja nicht mit euch hineingehen.« Rina lachte. »Selbst wenn ich könnte, würde ich mich weigern. Ich hasse Urinale.«

»Deck meint, Sie sind eine gute Schützin.« Schultz lächelte. »Dann stehen Sie doch für uns Wache.«

Wieder tätschelte Rina ihre Handtasche. »Die sollen nur kommen, Cowboy.«

Boston war ein College auf der Suche nach einer Stadt. Was nicht der Vergangenheit angehörte, gehörte zur heutigen akademischen Welt. Flächenmäßig groß, aber auch der Platzhirsch unter seinen Artgenossen, breitete sich der Campus von Harvard über eine endlose weiße Landschaft aus. Ziegelsteingebäude aus Urzeiten kämpften gegen moderne Architektur, durchsetzt mit weiten Flächen weißer Felder. Mordechai Golds Büro befand sich im Wissenschaftsgebäude und war ein moderner babylonischer Tempelturm aus Glas und Stahl abseits der Cambridge Street, gegenüber vom Harvard Yard.

Die Seminare liefen gerade, aber es gab einige leere Räume mit offen stehenden Türen – genug, um zu sehen, dass Funktionalität vor Formschönheit ging: die Räume vollgestopft mit Büromöbeln, Whiteboards vollgekritzelt mit Formeln, die niemandem außerhalb des Fachgebiets etwas sagten. Gold hatte sein Eckbüro im fünften Stock. Die Tür war angelehnt, aber Decker klopfte trotzdem an. Sie wurden hereingebeten.

Es war wie ein Schritt in eine andere Welt: Walnussholzpaneele an den Wänden, Parkettboden, persische Teppiche, Bücherregale aus Holz und ein Blick auf die Plaza. Geheizt wurde es mit einem elektrischen Kamin und einer modernen Heizung. Ein riesiger L-förmiger Schreibtisch aus Ebenholz beherbergte den Mathematikprofessor, der in einem üppig mit Leder gepolsterten Stuhl saß. Er erhob sich: ein großer Mann, was auch für den Leibesumfang galt, kahl bis auf einen Ring aus widerspenstigen grauen Locken. Buschige graue Augenbrauen über großen braunen Augen. Er hatte ein volles Gesicht, eine stattliche Nase und ein ausladendes Kinn. Decker sah deutlich, dass Gold in jüngeren Jahren physisch genau der Schablone eines Spions aus Virginia entsprochen hatte.

Man stellte sich vor und schüttelte Hände. Dann nahmen alle auf bequemen Stühlen Platz. Gold lächelte. »Ich weiß, dass Sie mir bereits telefonisch eine kurze Zusammenfassung gegeben haben, Detective Decker, aber ich wüsste es zu schätzen, wenn Sie mir noch mal von Angesicht zu Angesicht berichten würden, was genau passiert ist.«

»Wie viel Zeit haben Sie?«, fragte Mulrooney.

Gold blickte auf seine Rolex Oyster. »Etwas mehr als eine Stunde. Wird es länger dauern? Wenn ja, kann ich es durchaus einrichten.«

»Es ist kompliziert.«

»Grandios«, freute sich Gold, »je komplizierter, desto besser.«

»Ich beginne mit meinen eigenen Ermittlungen«, sagte Decker, »anschließend kann Detective Mulrooney Ihnen erzählen, woran er arbeitet.«

»Großartig.« Gold überlegte kurz. »Wie geht es Tyler McAdams? Ich war entsetzt, als Sie mir von der Schießerei erzählt haben.«

»Es geht ihm gut, und er sollte wieder vollkommen gesund werden«, sagte Decker. »Erinnern Sie sich an ihn?«

»Eins achtzig groß, schlanke Figur, aber nicht schwächlich, langes Gesicht, braune Haare, haselnussbraune Augen. Er trug Jeans und Pullover und war immer gut vorbereitet. Und jetzt würde ich gerne eine lückenlose Geschichte hören.«

»Natürlich.« Decker zückte sein Notizbuch, und die anderen beiden Detectives taten es ihm gleich.

»Meine Handschrift ist scheußlich.« Gold tippte sich an den Kopf. »Ich werde Sie vielleicht bitten, manches zu wiederholen, um es in mein Langzeitgedächtnis einzuspeichern.«

»Kein Problem«, sagte Decker.

Der Vortrag dauerte zwanzig Minuten. Gold unterbrach drei Mal und bat um Präzisierungen. Nachdem der Vortrag zu Ende war, nahm Mulrooney seine Kopie des Codebuchs in die Hand und sagte: »Hatten Sie schon die Gelegenheit, einen Blick hineinzuwerfen?«

»Ich verschaffe mir lieber zuerst ein Gesamtbild, bevor ich ein neues Projekt beginne.« Gold legte die Kopie auf den Tisch, die Mulrooney ihm gebracht hatte, und setzte seine Brille auf. »Daher lautet die Antwort Nein.«

»Tyler hat einen Teil davon bereits geknackt«, sagte Decker. »Die kyrillischen Buchstaben bilden eigentlich lateinische Wörter, ebenso die hebräischen Buchstaben.«

»Ah ja. Sehr gut. Bitte sagen Sie ihm, dass ich beeindruckt bin.« Golds Augen studierten die Seiten. »Der arme Junge. Er muss schlecht vorbereitet gewesen sein auf Polizeiarbeit dieser Art.«

»Er hat nicht gerade erwartet, angeschossen zu werden,

aber wer tut das schon? Was die Arbeit betrifft, lernt er extrem schnell.«

»Ja, ich erinnere mich daran, dass er für einen Studenten, der Mathematik nicht als Hauptfach hatte, ziemlich erfolgreich war. Ruhiger Junge, aber er wusste immer die richtige Antwort.«

Decker beobachtete, wie Golds Blick sich in die Seiten bohrte. »Haben Sie ein fotografisches Gedächtnis?«

»Ja, aber ich gehöre auch zu der komischen Sorte Mensch mit einem extrem außergewöhnlichen autobiografischen Gedächtnis.«

»Darüber habe ich gelesen.« Decker lächelte. »Äh, ich weiß nicht mehr, wo, aber es war in einem Artikel über Leute, die sich an tägliche Details ihres ganzen Lebens erinnern.«

»Korrekt.«

»Ist das ein Segen oder ein Fluch?«, fragte Oliver.

»Ich erinnere mich an Gutes wie an Schlechtes. Glücklicherweise ist bei mir das emotionale Beiwerk längst verschwunden. Ich kann Ihnen für die letzten sechzig Jahre für alle Geschehnisse Tag und Datum nennen – aber nur in Bezug auf mich selbst. Wenn etwas Historisches stattfand und ich es nicht mitbekam, habe ich keine direkte Erinnerung daran. Ich erinnere mich an Tyler McAdams nicht nur deshalb so gut, weil ich mich an ihn als jungen Mann erinnere, sondern auch, weil ich seinen Vater kannte, Jack McAdams. Ich habe mit ihm zusammen Jura studiert.«

»Sie sind Rechtsanwalt.«

»Ich habe alles gemacht außer Medizin. Armer Junge. Mit so einem Vater aufzuwachsen, kann nicht leicht gewesen sein.«

»Er kennt die Sünden seines Vaters genau«, sagte Decker. »Er ist ihm gewachsen.«

»Gut. Ich bewundere Menschen mit Rückgrat.« Gold verstummte. »Die fernöstlichen Schriften und Symbole – Chinesisch, Japanisch, Koreanisch … das hier ist Amharisch … wer immer das geschrieben hat, ist wirklich überall unterwegs … egal, die Symbole und ihr Klang deuten wieder auf lateinische Sätze hin.«

»Was ist mit dem lateinischen Alphabet?«, fragte Decker. »Es scheinen unsinnige Wörter zu sein, aber irgendetwas müssen sie bedeuten.«

»Sie sind eigentlich eine Transkription russischer Wörter … und griechischer. Wenn ich vom Russischen ins Englische übersetze, haben die Worte keinerlei Bedeutung. Aber … wenn ich vom Russischen ins Deutsche übersetze, übersetzen sie sich offenbar zurück in lateinische Sätze.«

Die drei Männer nickten feierlich. Mulrooney wandte sich an Decker. »Hattet ihr schon mal so einen Fall?«

»Niemals«, sagte Oliver. »Hatte kaum was mit dem FBI zu tun.« Er sah Decker an. »Und du?«

»Ich habe mit den Spionen mal bei einem multinationalen Kinderpornoring zusammengearbeitet, damals in Foothill. Ich erinnere mich gut daran, weil die, ob ihr's glaubt oder nicht, tatsächlich alle Sonnenbrillen trugen. Mein Beitrag war minimal.«

»Für mich ist es das erste Mal.«

»Fällt Ihnen noch etwas auf, Professor?«

»Ein paar Dinge hier und da.« Gold blickte auf und klappte das Codebuch zu. »Das Ökonomischste für mich wäre, alles, was ich beherrsche, ins Lateinische zu übersetzen, und dann kann ich versuchen, den Latein-Code zu knacken. Mal sehen, ob es Sinn ergibt auf Englisch oder Deutsch oder Russisch oder in welcher Sprache der Code ursprünglich geschrieben wurde. Ich sage Ihnen aber bereits eins: Das hier stammt entweder von einem Polyglotten oder mehr als einer Person. Es sind viele idiomatische Sätze. Und auch wenn ich die meisten Redewendungen kenne, würde es eine Weile dauern, sie zu codieren.«

Er stand auf und lächelte. »Ich werde mein Bestes tun, meine Herren.«

»Danke für Ihre Hilfe, Professor Gold«, sagte Mulrooney.

»Ihnen ist klar, dass das hier etwas sein könnte, womit Sie vielleicht lieber nichts zu tun haben möchten. Dass es die Polizeiarbeit übersteigt.«

»Tyler und ich waren bereits Zielscheiben«, sagte Decker. »Bevor ich die Kontrolle abgebe, will ich eine klarere Vorstellung davon haben, was eigentlich los ist.«

»Es geht um die Sicherheit«, sagte Mulrooney.

»Ganz genau«, sagte Decker. »Wir müssen wissen, wer die Bösen sind. Und sobald die Spione erst mal mit von der Partie sind, weihen sie uns in gar nichts mehr ein.«

»Verstehe. Aber bitte seien Sie vorsichtig.« Man tauschte Visitenkarten aus und schüttelte wieder Hände. »Diese Sache wäre höchst amüsant, wenn ich nicht wüsste, dass echte Menschen deshalb ermordet wurden.« Gold schüttelte den Kopf. »Ich tue alles, was ich kann. Grüßen Sie bitte Tyler von mir. Ich hoffe, er wird schnell wieder gesund.«

»Das werde ich.« Decker schlenderte ans Fenster und warf einen letzten Blick nach draußen. Der Campus war bestimmt zehnmal größer als der von allen fünf Colleges zusammen. »Muss toll sein, hier zu arbeiten.«

»Ja, das ist es«, sagte Gold. »Obwohl, wenn ich ganz offen bin, ungeachtet der ganzen Insignien dieses Büros und des Prestiges von Harvard, könnte ich auch in einem Kämmerchen arbeiten und wäre trotzdem glücklich. Leute wie ich … wir leben in unserem Kopf.«

29

Während Schultz Wache hielt, schob Rina McAdams' Rollstuhl bis zu dem Infotresen für Nachschlagewerke im dritten Stock der Rayfield-Bibliothek. Er befand sich in einem abgetrennten Teil des Stockwerks, in dem wertvolle Bücher und solche von historischer Bedeutung aufbewahrt wurden, gesichert wie ein Käfig. Man tat hier einen Schritt zurück in eine andere Zeit mit altmodischem rotem Teppich sowie Tischen und Stühlen aus Walnussholz. Die diensthabende Bibliothekarin hieß Susan Devry. Sie war Mitte sechzig mit einem Schopf aus kurzen grauen Locken, die ein rundes mokkafarbenes Gesicht umrahmten. Sie war sehr zierlich und trug einen übergroßen Pulli über einem wehenden Midirock und schwarze Stiefel. Sie betrachtete Rinas Anfrage nach dem Petroshkovich-Buch und runzelte die Stirn. »Ich schaue mal, ob es schon zurück ist für die Ausleihe.«

»Zurück woher?« McAdams musste sich recken, um mit ihr reden zu können.

»Pretoria College in Marylebone.« Sie betrachtete das Paar vor sich. »Ich brauche Ihnen beiden ja nicht von dem Kunstraub der Petroshkovich-Ikonen zu erzählen.«

Rina nickte. »Wir wissen darüber Bescheid.«

»Wie tragisch«, sagte Susan. »Es interessierten sich viele für Petroshkovich – jede Menge Seminar- und Abschlussarbeiten – vor allem nach dem Diebstahl der Ikonen. Aber Nikolais strahlende Zeit scheint vorbei zu sein. Und da die Kunstgegenstände nie wieder aufgetaucht sind, verloren die Studenten das Interesse.«

»Nicht jeder verlor das Interesse an ihm, wenn sein Buch immer noch ausgeliehen wird«, stellte Rina fest.

»Ja, aber normalerweise sind es eher Möchtegernpolizisten und nicht die Leute, die wirklich für eine Forschungsarbeit recherchieren.« Susan lächelte verlegen. »Ich sage ja nicht, dass es was Schlechtes ist … sich für den Raub zu interessieren. Ich schätze irgendwie alles, was Begeisterung weckt.«

»Ich bin überrascht, dass die Bibliothek so ein kostbares Buch ausleiht«, sagte McAdams. »Es hat einen sechsstelligen Wert.«

»Es ist nicht wirklich an die Pretoria ausgeliehen.« Wieder lächelte Susan verlegen. »Eigentlich gehört es den beiden Bibliotheken zusammen.«

»Wie funktioniert das?«, fragte Rina.

»Wir schicken es einfach hin, wenn danach gefragt wird.«

»Wie kam es dazu, dass es beiden Bibliotheken gehört?«

Susan schien Bedenken zu haben. Rina wartete einfach ab. Schließlich sagte die Bibliothekarin: »Vor langer Zeit besaß jede der Bibliotheken ein Exemplar. Es gibt nur noch ungefähr zehn Stück. Es ist eine sehr lange Geschichte.«

McAdams lächelte. »Wir haben Zeit.«

Rina sagte: »Ich würde sie sehr gerne hören.«

Susan sah auf die Uhr. »In aller Kürze: Pretoria hatte finanzielle Schwierigkeiten. Und Littleton, da es das neueste College hier ist, hatte noch keine großen Dotationen. Das Buch wurde der Rayfield von der Huntington-Bibliothek überreicht, weil es ein Kunstbuch war und als Willkommensgeschenk sozusagen. Aber der Rayfield fehlten immer noch Einlagen. Das war Jahre, bevor die Ikonen gestohlen wurden.« Sie verdrehte die Augen. »Man einigte sich darauf, dass eins der Bücher verkauft werden sollte und sich Pretoria und wir den Erlös teilen. Heutzutage kämen sie mit so was nicht durch!«

»Wer hat das Buch erworben?«

»Der Käufer blieb anonym. Aber Gerüchten nach ging es ins Ausland.«

»Russland?«, fragte McAdams.

»Wer weiß, aber logisch wäre es.« In Susans Blick lag viel Wut. »Ich schaue mal, ob das übrig gebliebene Exemplar da ist.«

»Seltsam und immer seltsamer.« McAdams' iPhone vibrierte, und er las die SMS. »Das ist der Loo.«

Rina grinste. »Seit wann nennst du Peter den Loo?«

»Oliver nennt ihn so. Mir gefällt's irgendwie. Egal, sie sind gerade mit Professor Gold fertig, und er und Oliver machen sich jetzt auf den Rückweg. Und Gold lässt mich grüßen.« McAdams verstaute sein Handy wieder. »Garantiert weiß der überhaupt nicht, wer ich bin.«

Rina sah ihm in die Augen. »Wohin ist die Arroganz verschwunden, Tyler? Sie fehlt mir.«

Er lächelte. »Angeschossen zu werden, ist eine Erfahrung, die einen demütig werden lässt. Aber keine Bange, sobald ich wieder auf den Beinen bin, werde ich so unausstehlich sein wie eh und je.«

»Ich bin sicher, Professor Gold erinnert sich an dich.«

»Keine Ahnung, Rina, man konnte mich ziemlich leicht vergessen … ich war'n ruhiger Typ, ob du's glaubst oder nicht. Ich war nur im PC wegen des Erbes meines Großvaters. Nicht wegen meines Charmes.«

»PC wie in Personal Computer?«

McAdams lachte schallend los. »Nein, PC wie in Porcellian Club … das ist ein so genannter ›final club‹.«

»Ich … weiß nicht, was das ist, Tyler.«

»Eine exklusive Bruderschaft. Wir haben nicht viel Griechisches in Harvard, stattdessen aber Clubs. Man nennt sie auch Speiseclubs, weil dort Essen serviert wird. Der Porcellian Club war bei denen, die uns hassen, was fast jeder tut, besser bekannt als der Schweineclub. Nicht wegen seiner ausschließlich männlichen Mitglieder – wobei der Name sicher passt –, sondern weil es eine Clubtradition ist, ein ganzes Schwein zu rösten.«

»Wahrscheinlich gibt's nicht viele orthodoxe Juden?«

»Jedenfalls keinen einzigen, der es zugeben würde.« McAdams stand langsam auf und stützte sich vor seinem Rollstuhl auf ein Bein und einen Gehstock.

Rina hütete sich, ihm zu helfen. »Ein bisschen eingerostet?«

»Mein Hintern ist erfroren. Es tut gut, mal wieder aufrecht zu stehen, auch wenn ich noch ein bisschen wackelig bin.« McAdams griff nach seinem iPad und tippte verschiedene Begriffe bei Safari ein. Eine Minute später sagte er leise zu sich selbst: »Ach, das führt alles zu nichts.«

»Was denn?«

»Wenn ich versuche, ein Buch zu lokalisieren, das vor Jahren verkauft worden ist.«

»Wir könnten es in den Archiven von Pretoria probieren.«

»Wäre vielleicht eine Reise wert.« McAdams blickte auf die Uhr. »Das dauert ganz schön lange mit dem Petroshkovich, oder?«

»Ja, und dieser Teil der Bibliothek ist klein.«

»Irgendwas stimmt nicht.« McAdams spielte weiter auf seinem iPad herum. Fünf Minuten später kehrte Susan mit einer Holzkiste und weißen Handschuhen zurück. »Ich weiß nicht, wie so etwas passieren konnte, aber es lag am falschen Ort.« Sie reichte jedem ein paar weiße Handschuhe und ein Tuch, auf das sie das Buch beim Umblättern legen sollten. »Ich darf es Ihnen nur für zwei Stunden ausleihen. Und Sie dürfen es nur an einem der Tische dort drüben einsehen. Und Sie dürfen es innerhalb der Bibliothek nirgendwo anders hin mitnehmen.«

»Das verstehen wir.« Rina zog die Handschuhe über.

»Ich bin noch nicht fertig.« Susan bremste sich. »Sie müssen dafür unterschreiben.«

»Haben wir doch schon«, sagte McAdams.

»Das war der normale Laufzettel. Für ein so seltenes Buch haben wir einen speziellen Laufzettel. Ihren Namen, Ihre Nummer des Personalausweises … vermutlich reicht Ihre Führerscheinnummer oder die Dienstnummer auf Ihrer Polizeimarke … und Ihre Ankunftszeit, sowie das Buch, das Sie sich ansehen – Titel und Autor, bitte.«

McAdams lächelte. »Was immer Sie wünschen, Ma'am.«

Sowohl McAdams als auch Rina füllten den Zettel aus. Dann suchte Susan in einer großen abschließbaren Box mit Karteikarten nach etwas. »Mal sehen … Petroshkovich … aha, das ist es. Sie beide müssen auch noch auf den zum Buch gehörigen Karteikarten unterschreiben. Eine für jeden – oder jede – von Ihnen. So können wir immer wieder nachvollziehen, wer seltene Bücher mit Kunstdrucken ausleiht … und genau deshalb wäre ich, wie ich schon sagte, geschockt, wenn Sie beide herausfinden, dass etwas fehlt. Wir arbeiten sehr sorgfältig.«

Rina und McAdams sahen sich an. Sie hatten zur selben Zeit den gleichen Gedanken. »Du bist derjenige mit der Polizeimarke. Schieß los«, sagte Rina.

»Also«, begann McAdams, »das heißt, dass Sie die Namen jeder einzelnen Person haben, die sich jemals das Petroshkovich-Buch auch nur angesehen hat?«

»Nicht *jeder einzelnen.*« Susan kramte in den Karteikarten herum. »Diese hier reichen im Moment … drei Jahre zurück. Der Rest wurde archiviert.«

»Darf ich die mal sehen – die Karteikarten?«

Susan dachte kurz nach. »Ich weiß nicht, ob ich Sie Ihnen so einfach zeigen darf.«

»Ma'am, wir ermitteln in einem Mordfall.« Alle schwiegen. »Bitte verlangen Sie nicht von mir, dass ich mir einen richterlichen Beschluss besorgen muss. Das dauert lange.«

Susan sagte nichts, stattdessen legte sie den Stapel Karteikarten ab und schob sie quer über den Tresen. »Sie haben dreißig Sekunden.«

»Danke.« McAdams ging sie, so schnell er konnte, durch. Ein Name ließ ihn innehalten – er zeigte ihn Rina –, und dann machte er weiter, bis er sich alle angesehen hatte. Er schob die Karten zurück zur Bibliothekarin und schaute auf die Buchbox. Es war eine Sonderanfertigung: gut dreißig mal sechzig Zentimeter. »Würden Sie die Petroshkovich-Box bitte öffnen?«

»Ich?«

»Ja, ich wäre Ihnen wirklich sehr verbunden.«

»Was geht hier vor?«

»Bitte. Es ist wichtig.«

»Also gut.« Langsam hob sie den Deckel aus Holz an. Das Buch lag in einer Stoffhülle.

»Würden Sie es für mich herausnehmen?«

»Erst, wenn Sie mir sagen, was hier vor sich geht.«

»Es geht um zwei Menschen, die ermordet wurden, und um jemanden, der es in Ordnung findet, auf Polizisten zu schießen. Bitte tun Sie es einfach.«

Susan zuckte zusammen. »Ja, natürlich.« Sie nahm das Buch aus der Hülle. Der Buchdeckel war alt und hatte Stockflecken. »Und jetzt?«

»Könnten Sie die Seiten durchblättern?«

»Detective, man blättert nicht mal eben so durch die Drucke. Man schlägt die Seiten langsam um.«

McAdams hielt seine Zunge im Zaum. »Würden Sie das für mich tun?«

»Es tut mir leid, wenn ich schroff klang. Wenn Sie mir nur einfach sagen würden …« Als er nicht darauf reagierte, begann Susan, die Seiten umzublättern. Als sie zu dem vierten Druck kam, hielt sie inne. »Das hier ist eine Fälschung.«

»Sind Sie sicher?«, fragte Rina.

»Natürlich bin ich mir sicher! Wenn man es mit den anderen vergleicht … das Papier ist original, aber die Qualität fehlt.« Sie sah das Duo an. »Natürlich, Sie haben das erwartet.«

»Ja«, sagte Rina.

»Das muss in Pretoria passiert sein.« Sie blätterte zu dem nächsten Druck um, der ein Original war. Aber die nächsten beiden nicht. »Du lieber Himmel! Ich muss das melden. Es tut mir furchtbar leid, ich kann es Ihnen im Moment nicht ausleihen.«

»Das verstehen wir. Und angesichts der Ereignisse haben wir jetzt dringend andere Dinge zu erledigen.« McAdams probierte ein Lächeln. »Müssen wir uns austragen?«

Susan stand immer noch unter Schock. »Äh … ja, natürlich. Entschuldigen Sie. Das haut mich wirklich um. Wie konnte das passieren? Und woher wussten Sie es?«

Keiner antwortete darauf. Sie trugen sich beide aus, und Rina half McAdams vorsichtig in den Rollstuhl, während Susan ihnen zusah. »Sie müssen mich schrecklich finden … völlig aufgelöst wegen eines Buches, wo Sie so viel durchgemacht haben. Es tut mir wirklich leid.«

»Da muss es nicht«, sagte McAdams. »Es gibt da draußen zwei tote Menschen. Ich hatte Glück. Danke für Ihre Zeit.«

»Gern geschehen.«

Rina schob ihn zu Schultz. »Das hat aber nicht sehr lange gedauert«, sagte der.

»Es ist was dazwischengekommen«, sagte McAdams. »Wir müssen unsere Prioritäten verlagern.«

»Du warst sehr nachsichtig mit Mrs. Devry, Detective«, sagte Rina.

»Wow. Ich dachte, ich würde es nie erleben, dass das Wort nachsichtig und ich in einem Satz verwendet werden.«

Rina lachte. »Wohin geht's denn?«, fragte Schultz.

»In die heiligen Schlafhallen. Elm Hall, um genau zu sein.«

Selbst in all den Jahren, in denen er Streife gefahren war, hatte Decker nicht so viel Zeit im Auto verbracht. Wieder auf Achse, diesmal nach New York City mit McAdams neben ihm, während Oliver, Rina und Schultz eingezwängt auf der Rückbank saßen. Es war fünf Uhr nachmittags, der Verkehr war grauenhaft, und außer Rina waren alle müde und mürrisch. Dabei hatte sie am meisten Grund, schlecht gelaunt zu sein, denn sie saß auf dem Mittelplatz, aber wie immer schien sie es gar nicht zu bemerken und bemühte sich tapfer um eine nette Unterhaltung, was mit Grunzen quittiert wurde.

Nach einer halben Stunde im Stau war Rina klar, dass das Auto explodieren würde, wenn die Männer nicht bald etwas zu essen bekämen. Sie griff nach der Tasche unter Olivers Füßen, holte Sandwiches heraus und reichte sie herum. Begleitet von muffeligen Dankeschöns, fingen alle an zu essen, was nicht weiter schwierig war. Durch die aufgestauten Autos rollten sie mit ungefähr zehn Stundenkilometern. Minuten später servierte Rina Kaffee in Bechern mit Deckel, dazu Kekse und Servietten.

»Vielen Dank, Mrs. Decker«, sagte Schultz. »Ihre Kekse machen fast den Stau wieder wett.«

»Bitte sagen Sie Rina zu mir.«

»Danke, Rina.«

»Kommt irgendwas an gegen einen leckeren Chocolate-Chips-Keks?«, fragte McAdams. »Meine Nanny hat die immer gebacken. Zuerst hab ich nur zugesehen, und dann mitgemacht. Daher kann ich Backkünste beurteilen.«

»Ihre *Nanny*?«, fragte Oliver ungläubig.

»Ja, natürlich hatte ich eine Nanny. Wer reich ist, erzieht seine Kinder nicht selbst.« McAdams trank einen Schluck Kaffee. »Nicht dass meine Mutter einen richtigen Job gehabt hätte. Ihre Tage waren verplant mit gesellschaftlichen Verpflichtungen.« Pause. »Sie macht viel Wohltätigkeitsarbeit. Ihre Großzügigkeit reichte nicht bis zu mir. Was meine Jobs angeht, hab ich ein paar Praktika runtergerissen, immer nur durch Beziehungen. Ich bin einfach vor allen anderen angetanzt. Aber in den letzten paar Wochen, Mann, hab ich mehr gearbeitet als in meinem ganzen bisherigen Leben.«

»Warum haben Sie sich die Polizei herausgepickt?«, wollte Oliver wissen.

»Um meinen Vater zu ärgern.«

»Und?«

»Wie kommen Sie darauf, dass es ein ›und‹ gibt?«

Decker grinste. »Du hast ein mieses Pokerface, Harvard. Wenn du dich dazu entschließt, bei der Polizei zu bleiben, solltest du unbedingt daran arbeiten.«

»*Ich* würde gerne raten«, sagte Oliver. »Sie wollten diese Erfahrung machen, um ein Drehbuch zu schreiben.«

McAdams lachte. »Bin ich so leicht zu durchschauen, oder hat Decker Ihnen den Tipp gegeben? Nebenbei bemerkt war's zuerst ein Roman. Später wurde ein Drehbuch daraus. Wie der Loo sagte, ich passe gut nach Hollywood.«

»Und zu der Aussage stehe ich«, sagte Decker.

»Ich dachte immer, ich bin selbst ein bisschen wie Hollywood«, sagte Oliver. »Dann habe ich echte Hollywood-Haie kennengelernt. Denen ziehe ich Kriminelle an jedem Tag der Woche vor.«

»Worum geht es, McAdams?«, fragte Decker. »In deinem Drehbuch?«

»Was denken Sie?«

»Kunstraub«, sagte Decker. »Nach Lage der Dinge wäre es ganz gut, du wirst in deinem Debüt nicht umgebracht.«

»Nachdem ich angeschossen wurde, hab ich alles gelöscht. Es war eh Müll. Meine Hauptfigur war ein Widerling und ein Mix aus allem, was ich je im Fernsehen oder Kino gesehen habe.«

»So einen Stoff zu entwickeln, braucht Zeit«, sagte Rina.

McAdams lächelte. »Danke, aber die Wahrheit lautet, dass ich keine Fantasie habe.«

Decker bremste stark. »Ich hasse Staus. Bei diesem Stop-and-Go sitzen wir richtig auf dem Präsentierteller.«

»Ich halte die ganze Zeit die Augen offen«, sagte Schultz.

»Dito«, sagte Oliver. »Ich habe ziemlich viel Nasenbohren gesehen, viele Frauen, die sich schminken, und alle schreiben SMS. Nichts Verdächtiges, aber ich bin auf der Hut. Wie lange noch?«

»Vielleicht eine Stunde, was normalerweise fünfzehn Minuten dauert.«

»Hauptsache, wir kommen heil an«, sagte Rina.

»Amen, Schwester«, sagte McAdams.

»Wie geht es Ihnen, Tyler?«

»Ohne diese schrecklichen Schmerzen kann ich wohl bald auf Krücken umsteigen.«

»Bloß nicht forcieren«, sagte Oliver, »dann wird man schneller gesund.«

»Ich bin einfach nur froh, aus dem Krankenhaus raus zu sein und wieder zu arbeiten.« Er dachte kurz nach. »Und Sie glauben wirklich nicht, dass er abgehauen ist?«

»Warum sollte er?«, fragte Oliver. »Wir haben ihn nicht angerufen. Er hat keine Ahnung, dass wir auf dem Weg zu ihm sind.«

»Aber er muss doch wissen, dass er in Schwierigkeiten steckt, oder?«

»Vielleicht«, sagte Decker, »aber die meisten Menschen tauchen selbst dann nicht unter, wenn sie den Verdacht haben, es könnte etwas schiefgehen. Leute mit Geld nehmen sich einen Anwalt oder mehrere.«

»Deshalb ruft man sie nicht an«, sagte Oliver. »Ohne Warnung sind wir im Vorteil.«

»Das ist jetzt sowieso irrelevant«, meckerte Decker. »Bei diesem Tempo dauert es noch bis Mitternacht.«

Rina gähnte. »Wir sind spätestens um sieben da.«

»Mach ein Nickerchen, Rina«, sagte Decker. »Du hast es dir verdient.«

»Ich schließe mal kurz die Augen. Es war ein langer Tag.«

Während der nächsten fünf Minuten sagte niemand etwas.

»Vielleicht sollte ich eine Frau zu meiner Heldin machen«, meldete sich schließlich McAdams wieder zu Wort.

»Gute Idee«, fand Decker, »nimm meine Frau als Vorbild.«

Rina lächelte. »Das hast du wirklich nett gesagt. Danke.«

McAdams lachte. »Findet mich ruhig bekloppt, aber eine orthodoxe jüdische Frau, die Chocolate-Chips-Kekse backt und Sandwiches schmiert, die kann ich mir nicht als harte Verbrechensbekämpferin vorstellen.«

»Wie bitte?«, meldete Rina sich von der Rückbank aus. »Trotz der Kekse habe ich zu diesem Fall genauso viel wie du beigetragen, Tyler.«

»Da haben Sie recht«, gab Tyler zu. »War nicht böse gemeint, Rina. Sie wissen ja, wie ich bin.«

»Das weiß ich. Ich bin nicht böse.«

»Ich sagte ja schon, ich hab leider überhaupt keine Fantasie.«

30

Das Wohnhaus aus Vorkriegszeiten, gebaut aus Ziegeln und Stein, befand sich an der Upper East Side zwischen Fifth Avenue und Madison: zwei zehnstöckige Türme, verbunden durch ein sechsstöckiges Gebäude in der Mitte. Die Straße, gesäumt von kleinen, kahlen Bäumen war voller Schneematsch, und auf Bürgersteig und Treppen war Salz gestreut worden. Von den Vordächern und Traufen kamen Eisstücke und eisige Wassertropfen herunter. Die doppelt verglasten Türen waren nicht abgesperrt, also gingen sie zu dritt ins Gebäude, wo es wärmer war, aber die Türen immer noch Kälte durchsickern ließen. Ein uniformierter Mann saß hinter einem Tisch, etwas abseits auf der linken Seite. Ein Schild besagte, dass alle Besucher angekündigt werden mussten.

Der Doorman wollte gerade zum Telefon greifen, als McAdams aus dem Rollstuhl heraus eine Hand über den Tisch streckte und auf den Apparat legte. »Wir sind alle drei Polizisten. Am besten vermeiden wir jegliches Aufsehen.«

»Aber …«

»Wenn jemand sauer wird, übernehme ich die Verantwortung. Siebter Stock, 3A, stimmt's?«

»Ja, aber …«

»Sollten Sie nicht zu zweit sein hier unten?«, fragte McAdams. »Wo ist der andere Mann im Dienst?«

»Karl bringt den Müll raus.«

»Ich schätze, dass es in einem Wohnhaus dieser Größe keinen Extraangestellten für den Fahrstuhl gibt.«

»Nein …«

»Also steht er auf Automatik. Sehr gut.«

»Ich denke, ich sollte Sie nach oben bringen.«

»Nur keine Umstände.« McAdams rollte zur Fahrstuhltür und drückte auf den Knopf.

»Ich rufe jetzt sofort oben an.«

Die Fahrstuhltüren gingen auf. »Das würde ich an Ihrer Stelle lassen. Es könnte Sie in Schwierigkeiten bringen.« McAdams rollte mit Decker und Oliver im Schlepptau in den altmodischen Käfig und wählte den siebten Stock. Die Türen schlossen sich. »Armer Kerl. Den ganzen Scheiß hier macht er für rund vierzigtausend im Jahr.«

»Das ist alles?«, fragte Oliver. »Ich dachte, die Gewerkschaft hat das geregelt.«

»Hat sie, aber die Obergrenze ist niedrig. Sie sind vom Trinkgeld an Weihnachten abhängig. Dad und Mom waren immer großzügig. So viel kann ich über sie sagen.«

»Wie leben die mit vierzigtausend im Jahr?«

»Na ja, zunächst mal leben sie nicht in Manhattan.«

»Das hier ist dein Baby«, sagte Decker zu McAdams. »Du übernimmst das Reden über das Petroshkovich-Buch. Stelle kurze Fragen. Verrate nicht voreilig irgendwas.«

»Verstanden.«

»Wir mischen uns vielleicht ein, wenn uns was einfällt«, sagte Oliver. »Und wir werfen gern Fragen dazwischen, nur um sie aus dem Gleichgewicht zu bringen.«

»Klar.«

»Ich fange an, dann nicke ich, wenn du übernehmen sollst«, erläuterte Decker.

»Verstanden.«

»Hast du dein iPad?«

»Ja.«

Decker zückte sein Notizbuch. »Dann sind wir bereit.«

Der Fahrstuhl blieb rumpelnd stehen, und das Trio stieg aus. Die Wohnungstür stand bereits offen, und Lance Terry wartete im Flur. Der Junge trug Sweatshirt, Jeans und Slipper. Sein Blick ging zu McAdams' Rollstuhl, dann wieder hoch zu Decker und Oliver. In seinen Augen lag die Angst vor der Ungewissheit. »Was ist passiert?«

»Können wir uns drinnen unterhalten?«, fragte Decker. »Bringt nichts, die Nachbarn neugierig zu machen.«

»Ja, klar.«

Die Tür schwang weit auf. Terry führte sie den Flur entlang in ein klassisch möbliertes Wohnzimmer: Hartholzparkett, Kranzprofile, teuer aussehende Teppiche, ein Kristallleuchter und ein prasselndes Feuer. Auf dem Couchtisch vor einem mit weißem Jacquard-Seidenstoff bezogenen Sofa standen zwei fast leere Cognacschwenker und ein Aschenbecher mit Zigarettenstummeln. Die drei Kissen waren zerknautscht. Terry plusterte sie auf. »Setzen Sie sich, wo Sie wollen.«

»Das hier ist Detective Oliver«, sagte Decker. »Detective McAdams und mich kennen Sie ja bereits.« Er sah sich um. »Sind Sie allein?«

»Meine Eltern sind ausgegangen.«

»Danach hat er nicht gefragt«, sagte Oliver. »Seine Frage lautete, ob Sie allein sind.«

Die Gruppe hörte, wie eine Tür aufging, und drehte sich zu der Quelle des Geräuschs um. »Ist schon in Ordnung, Tee.« Die Stimme gehörte zu einem Mann, der gemächlich den Flur entlangschlenderte, bis die langen Haare ins Blickfeld kamen. Er war nachlässig gekleidet, aber in teuren Stoffen. Als er ins

Wohnzimmer kam, sagte Decker: »Hallo, Livingston. Was führt dich hierher?«

Sobel antwortete nicht, stattdessen setzte er sich auf das Sofa und schenkte Cognac in einen der benutzten Schwenker ein. Sein Blick ging zu McAdams. »Was ist Ihnen denn zugestoßen?«

»Ich wurde angeschossen: im Bein, im Arm und ein Streifschuss am Kopf. Ich würde es nicht weiterempfehlen, auch nicht für den Wahrheitsgehalt in einem Drehbuch. Der Typ meinte es todernst.«

Sobel verstummte wieder. Terry ließ sich neben ihm in die Kissen sinken. Seine Stimme war nunmehr ein Flüstern. »Verdammte Scheiße, was geht hier vor?«

»Warum haben Sie sich freistellen lassen?«, fragte Decker.

Er brauchte eine Weile, um seine Stimme zu finden. »Ich brauchte eine Pause.«

»In Ihrem Abschlussjahr am College?«, fragte Oliver.

»Es war nicht nur Angelines Tod, sondern auch … die Art, wie sie gestorben ist. Alles wurde plötzlich total komisch, wie die Leute sich gegenseitig beäugt haben, und wie sie *mich* angestarrt haben! Ich musste da raus.«

»Was können Sie mir über ihre Ermordung erzählen?«, fragte Oliver.

»Nichts!« Es wurde still im Zimmer. Schließlich fuhr Terry fort: »Ihr wisst doch, dass ich nichts getan haben kann. Ihr habt mein Bewegungsprofil gecheckt. Ich hab voll und ganz die Wahrheit gesagt. Ich weiß *nichts*!«

»Detective Decker hat mich informiert, aber ich bin neu dabei«, sagte Oliver. »Sie sagten, die Leute verhielten sich nach dem Mord komisch. Vielleicht haben Ihre Freunde ja eigene Theorien zu Angeline?«

»Sie sagen es. Plötzlich sollte sie alles Mögliche gewesen

sein, von der Prostituierten über eine Drogendealerin bis zur Spionin für die CIA. Und jeder kam zu mir und wollte darauf eine Antwort, als würde ich was verheimlichen. Garantiert werten ein paar Idioten meine Abwesenheit jetzt als Schuldeingeständnis für was auch immer. Aber ich schwöre, ich weiß nicht mehr als jeder andere. Die Pause ist vorübergehend. Ich fahre zum Frühjahrssemester zurück.«

Decker sah erst Terry an, dann Sobel. »Und wann wurden Sie beide so dicke Freunde?«

»Ich hab ihn angerufen, als ich nach Hause kam«, sagte Terry. »Wir kannten Angeline beide. Ich … ich wollte nur mit ihm reden.«

»Du hast mir nicht getraut«, sagte Sobel. »Du wolltest mich abchecken.«

»Und du mich«, entgegnete Terry.

»Verständlich.« Sobel sah zu Decker. »Offensichtlich tappen wir beide im Dunkeln.« Er schluckte schwer. »Wir haben gehört, dass dieser Latham zerhackt wurde.«

»Wer hat Ihnen das gesagt?«, fragte Decker.

»So was spricht sich rum«, meinte Terry.

»Ich kenne Leute in Summer Village«, gab Sobel zu.

»Er wurde nicht zerhackt«, sagte Decker, »aber er war auch kein schöner Anblick.«

»O Gott!« Terry schlug sich mit der Hand gegen die Stirn. »Warum sind Sie hier? Ich war mit Angeline seit über einem Jahr … nein, länger … nicht mehr zusammen.«

Decker nickte McAdams zu, der loslegte. »Ich war heute Morgen in der Rayfield-Bibliothek – bei den Nachschlagewerken.«

Terry zuckte mit den Achseln. »Schön für Sie.«

»Ich hab nach einem ganz bestimmten Buch gesucht, der *Geschichte der Ikonographie*.« Als Terry nicht reagierte, sagte McAdams: »Wollen Sie uns was darüber erzählen, Lance?«

»Was denn?« Pause. »Keine Ahnung, wovon Sie da reden.«

»Sie erinnern sich nicht an ein Buch, das Sie erst vor zwei Monaten ausgeliehen haben?«

Pause. »Ist das irgendwie 'ne Falle?«

»Versuchen wir es noch einmal. Die *Geschichte der Ikonographie* von Nikolai Petroshkovich.« Der Junge sah ihn verwirrt an. »Klingelt da nichts?«

»Kein bisschen.«

»Man muss namentlich auf einer Karteikarte unterschreiben, um dieses Buch auszuleihen, weil es sehr wertvoll ist. Sechsstellig.«

»Interessant, aber das hat nichts mit mir zu tun.«

McAdams befeuchtete seine Lippen. »Ihr Name stand auf einer der Karteikarten.«

»Sie müssen was Falsches auf der Karte gelesen haben.«

»Nein, hab ich nicht. Zudem gehört die ID-Nummer der Schule zu Ihnen. Noch ein Versuch.«

»Wie hieß das Buch doch gleich?«

»Die *Geschichte der Ikonographie* von Nikolai Petroshkovich. Erschienen 1926. Ein altes Kunstbuch mit Originaldrucken.«

»Ich hab keine Ahnung, wovon Sie da reden. Ich hab nie ein Buch über Ikonografie ausgeliehen. Ich bin mir noch nicht mal sicher, was eine Ikone ist. Wenn Sie den Verdacht haben, es hat was mit Angelines Ermordung zu tun, dann hat sie vielleicht meinen Namen …« Er verstummte.

»Was ist?«, fragte Decker.

»Dieses kleine Miststück!« Terrys Gesicht lief dunkelrot an. »Dieses hinterhältige kleine Miststück!« Er setzte sich so hin, dass er auf Augenhöhe mit McAdams war. »Angeline fragte mich, ob ich ein Nachschlagewerk für sie ausleihen könnte – für ihre Abschlussarbeit. Sie meinte, sie würde es ja selbst machen, aber sie hätte schon zu viele Nachschlagewerke ausgeliehen, und die würden ihr keine mehr geben. Sie erwischte mich in einem schwachen Moment… absichtlich… verfickte Nutte!«

»Weiter«, sagte McAdams. »Sie bat Sie, ein Buch für sie auszuleihen, und…«

»Ich erinnere mich nicht an den Titel, und ich erinnere mich nicht an den Autor. Ich weiß nur noch, dass das Buch in einer Holzkiste kam und wir Handschuhe tragen mussten, um es anzusehen. Wir durften es nicht mal aus dem Teil der Bibliothek entfernen. Sie hat es sich ungefähr eine Stunde lang angesehen, dann packte sie es wieder in diese Kiste und gab's mir zurück, das war's.«

»Sie waren also dabei, als sie sich die Seiten angesehen hat?«, wollte McAdams wissen.

»Ich war dabei, aber ich saß nicht neben ihr, sondern an einem Tisch auf der anderen Seite des Raums.«

»Warum?«, fragte Oliver.

»Sie wollte mich nicht neben sich haben! Zuerst saß ich neben ihr. Aber dann meinte sie, es würde sie nervös machen, dass ich ihr immer über die Schulter glotze. Dabei hab ich ihr nicht über die Schulter geglotzt, ich hab mich gar nicht für sie interessiert, ich hatte meinen Computer dabei und hab ein Videospiel gespielt. Also hat das Miststück behauptet, ich würde zu viel Lärm machen, was lächerlich war, denn ich hatte den Ton auf stumm gestellt. Als ich's ihr sagte, meinte sie rotzfrech, das Tippen wäre zu laut. Also bin ich an einen anderen Tisch umgezogen. Ich wäre ja ganz abgehauen, aber ich musste ja das verdammte Buch zurückgeben. Dieser Teil der Bibliothek ist eine Art Käfig, und man kommt nicht raus, außer es sperrt jemand auf.«

»Das stimmt«, sagte McAdams. »Und Sie fanden ihr Verhalten nicht merkwürdig?«

»Sie verhielt sich immer merkwürdig … in der einen Minute scharf und in der nächsten unnahbar. Keine Ahnung, warum ich ihr nicht gesagt habe, sie soll sich verziehen. Vermutlich hab ich auf eine nächste Runde spekuliert. Aber offensichtlich hat sie ja nur mit mir gevögelt, um an das Buch ranzukommen. Ich schwöre, ich weiß nicht, wer sie umgebracht hat, aber garantiert war's jemand, den sie angepisst hat!«

»Nach meiner Erfahrung würde ich sagen, er ist immer noch angepisst«, sagte McAdams.

Terry wurde kreidebleich. »Entschuldigung.«

»Ist ja nicht Ihr Fehler.«

»Werden Sie wieder gesund?«, fragte Sobel Tyler.

»Ja, das wird wieder.«

»Lance«, mischte Decker sich ein, »können Sie mit uns den Tag durchgehen, an dem sie Sie gebeten hat, das Buch auszuleihen?«

»Äh, ich schätze mal, dass der Teil mit dem Sex Sie nicht interessiert.«

»Ich möchte Ihr Bewegungsprofil. Wenn Sie beide Sex hatten, will ich wissen, wann und wo.«

»Das ist eine Weile her.«

»Lassen Sie sich Zeit«, meinte Decker.

»Ich würde sagen, wir trafen uns gegen elf. Daran erinnere ich mich, denn ich hab mein Seminar geschwänzt. Es dauerte ungefähr eine Stunde. Danach faselte sie was von ihrer Abschlussarbeit, und dass sie in die Bibliothek musste.«

»Und Sie sagten?«

»Ich sagte, na schön, bis später oder so. Dann muss sie mich gefragt haben, ob ich was vorhätte, denn ich erinnere mich daran, sie gefragt zu haben, was sie wollte.«

Decker machte sich Notizen. »Gut, fahren Sie fort.«

»Sie sagte ›Ich brauche einen Gefallen‹ – genau diese Worte:

›Ich brauche einen Gefallen.‹ Ich fragte, welchen, und sie sagte, dass sie ein bestimmtes Nachschlagewerk wollte für ihre Abschlussarbeit. Aber sie hätte schon zu viele Bücher ausgeliehen. Ob ich das Buch für sie ausleihen könnte. Und da sie mir gerade einen Gefallen getan hatte – oder wir uns, würde ich sagen –, jedenfalls hatte ich beste Laune, also war ich dabei. Klang ja auch realistisch, dass sie an ihrer Arbeit saß. Sie arbeitete viel, und sie arbeitete oft in der Rayfield.«

»Gut«, meinte Decker, »und was genau haben Sie dann getan?«

»Wir gingen in die Bibliothek, und ich hab das Buch in der Holzkiste ausgeliehen.«

»Einen Moment noch«, unterbrach ihn Decker, »wo waren Sie, als sie Sie um den Gefallen gebeten hat?«

»In meinem Zimmer im Wohnheim.«

»Also kam sie zu Ihnen ins Heim.«

»Ja. Ich war überrascht, als sie auftauchte. Kein Anruf, keine SMS oder E-Mail. Sie stand einfach da.« Er schüttelte den Kopf. »Hätte es echt besser wissen müssen.«

»Sie kam also zu Ihnen ins Wohnheim, Sie beide hatten Sex, und dann gingen Sie gemeinsam in die Rayfield.«

»Das war's ungefähr.«

»Und Sie hatten Ihren Computer dabei.«

»Immer. Ich hab immer mein Handy, mein Tablet und meinen Laptop dabei. Die Leute klauen.«

»Und Angeline? Was hatte sie dabei?«

»Keine Ahnung.« Er zuckte mit den Achseln. »Ich hab nicht darauf geachtet.«

»Wenn sie das Buch für ihre Abschlussarbeit ansehen wollte, muss sie doch ihren Laptop dabeigehabt haben, oder?«

»Wahrscheinlich.«

»Sonst noch was?«

»Ich kann's Ihnen nicht sagen. Ich weiß nicht mal mehr, ob sie ihren Laptop dabeihatte.«

Decker pausierte. »Sie war doch Künstlerin, oder?«

»Ja, und zwar eine ziemlich gute.«

»Hatte sie Material dabei?«

»So was wie eine Schachtel mit Stiften?«

»Oder ein Portfolio.«

»Klar, ihr Portfolio hatte sie überall dabei. Das Ding ließ sie nie aus den Augen. Wie ich schon mal sagte, sie war eine gute Künstlerin, aber nicht so, als ob ihr Zeug was wert gewesen wäre.«

»Kann ich noch mal auf die Bibliothek zurückkommen?«, fragte McAdams. »Sie sagten, dass Sie auf Ihrem Laptop gespielt haben und Angeline weit weg von Ihnen saß, während sie sich das Buch ansah.«

»Genau.«

»Wo war die Bibliothekarin?«

»Da bin ich überfragt. Ich weiß, dass ich klingeln musste, als ich das Buch zurückgeben wollte, also vermute ich, sie war nicht die ganze Zeit an ihrem Platz.«

Die Männer tauschten Blicke aus. »Haben Sie einen Stift und ein Blatt Papier?«, fragte McAdams.

»Hier«, sagte Oliver, riss ein Blatt von seinem Block und reichte ihm einen Stift.

McAdams malte einen Plan auf. »Ich war heute Morgen in der Bibliothek. Wenn ich mich recht erinnere, stehen in diesem Teil sechs Tische.« Er zeichnete schnell ein Schema auf und reichte es Terry. »Wo haben Sie gesessen?«

Terry sah sich den Plan an. »*Sie* saß genau neben dem Fenster hier. Und ich wahrscheinlich hier, genau gegenüber.«

»Sie saßen also näher am Info-Tresen, und Angelines Tisch war am weitesten weg vom Tresen.«

»Wenn Sie das sagen.«

»Ich sage gar nichts, ich stelle eine Frage. Schauen Sie auf den Plan und sagen Sie mir, ob ich recht habe.«

Terry betrachtete wieder die Skizze. »Ja, schon, würde hinkommen.«

»Konnten Sie sehen, was sie gemacht hat?«, fragte Decker.

»Ich nehme an, sie hat das Buch studiert.«

»Dann stelle ich die Frage anders«, meinte Decker. »Saß sie in Ihrem direkten Blickfeld?«

»Weil es auf dem Plan hier nämlich nicht so aussieht«, stellte McAdams fest.

»Ich vermute mal, ich hätte sehen können, was sie macht, wenn ich darauf geachtet hätte. Hab ich aber nicht. Warum stellen Sie mir diese ganzen Fragen?«

»In Angelines Abschlussarbeit ging es um Stoffe, nicht um Ikonen. Warum wollte sie sich ein Buch über Ikonografie ausleihen? Haben Sie sie danach gefragt?«

»Nein, hab ich nicht. Was geht mich das an?« Terry sah zu McAdams. »Sie sagten, das Buch war wertvoll. Hat sie's geklaut? Wurde sie deshalb umgebracht?«

McAdams sah zu Decker, der sagte: »Das Buch ist immer noch im Besitz der Bibliothek. Aber einige der Originaldrucke wurden gestohlen und durch Fälschungen ersetzt.«

»Genau wie die Tiffany-Glasbilder«, meldete sich Sobel.

Decker nickte.

»Sie ist das Bindeglied, stimmt's?«

»Das letzte Wort ist noch nicht gesprochen.« Decker überflog seine Notizen, und dann musterte er Terry. Der Raub der Kunstdrucke schien ihn, seinem Gesichtsausdruck nach zu urteilen, nicht zu schockieren. »Danke, dass Sie Zeit für uns hatten, Lance. Ich habe zu einem späteren Zeitpunkt vielleicht noch weitere Fragen an Sie.«

»Wenn ja, rufen Sie lieber an.«

»Manche Gespräche führt man besser persönlich.«

»Sie mussten sich aber nicht so anschleichen. Ich hätte Ihnen von dem Buch erzählt, aber ich hatte es vergessen. Sie hatten keinen Grund, den Doorman zu terrorisieren.«

»Wir haben niemanden terrorisiert«, widersprach McAdams. »Nur ganz nebenbei, das hier ist die Upper East Side. Der Mann hatte es schon mit schlimmeren Leuten als uns zu tun.«

»Ich hab eine Frage.« Sobel deutete auf McAdams. »Ich sehe, was Ihnen zugestoßen ist. Bin ich in Gefahr?«

Terry hob den Blick, senkte ihn aber gleich wieder. Decker zog die Augenbrauen hoch. »Möchten Sie mir etwas sagen?«

»Ich? Nein … ich meine … ja, schon. Sind wir in Sicherheit?« Terry wurde lauter. »Das ist echt super. Noch eine Hinterlassenschaft von diesem Miststück.«

»Sind Sie sicher, dass Sie mir nicht etwas zu sagen haben?«

»Nein, nichts«, entgegnete Terry.

»Sie haben meine Frage nicht beantwortet«, sagte Sobel.

»Ich wünschte, ich hätte darauf eine Antwort«, sagte Decker. »Ich trage eine Waffe. Genauso wie Detective Oliver. Meine Frau trägt eine Waffe und wird rund um die Uhr von einem bewaffneten Leibwächter begleitet.«

Terry begann auf und ab zu gehen. »Sie wissen, dass mein Scheißname auf dieser Karteikarte steht. Jeder kann sie einsehen und mich aufspüren.«

»Sie ist nicht öffentlich zugänglich«, widersprach McAdams. »Ich musste die Bibliothekarin dazu überreden, sie mir zu zeigen.«

»Warum tröstet mich das jetzt nicht?«

»Ich lasse die Karte entfernen, Lance«, sagte Decker.

»Ich will, dass sie zerstört wird!«

»Ich lasse sie entfernen und als Beweismittel in einem Beweismittelraum einsperren«, sagte Decker. »Ich kann sie noch nicht zerstören, weil sie möglicherweise ein Beweismittel ist.«

»So eine Scheiße!«, rief Sobel. »Ich wiederhole: Was soll ich jetzt machen?«

»Was sollen *wir* machen?«, korrigierte Terry ihn. »Die Stadt verlassen?«

»In Kleinstädten findet man die Leute leichter«, sagte Decker.

»Das kann ich bezeugen«, sagte McAdams.

»Also sitzen wir hier rum und warten darauf, abgeknallt zu werden?«, sagte Sobel.

»Es schadet nichts, ein paar Vorsichtsmaßnahmen zu treffen«, meinte Decker.

»Sie meinen, einen Bodyguard anzuheuern?«, fragte Terry. »Sie sind hier einfach reingeplatzt, und wenn dieses Arschloch fast einen Bullen abgeknallt hätte, was habe ich dann für eine Chance?«

»Ich stecke viel tiefer in diesem Fall als Sie, Lance. Ich glaube wirklich nicht, dass der böse Bube einen von Ihnen auf seinem Radarschirm hat.«

»Aber Sie wissen es nicht.«

»Das stimmt, ich weiß es nicht. Wenn Sie mein Sohn wären, würde ich mich um bewaffneten Schutz bemühen. Wahrscheinlich ist es nicht notwendig, aber es schadet nichts, vorsichtig zu sein. Vielleicht sogar übervorsichtig.« Decker dachte kurz nach. »Übervorsichtig ist gut. Normalerweise sind es die Draufgänger, die umgenietet werden.«

31

In dieser Nacht schlugen sie ihr Lager in Nina McAdams' Wohnung auf der Park Avenue im neunten Stock auf. Sie befand sich in einem majestätischen Gebäude aus Stein und Marmor, ausgestattet mit livrierten Portiers, die entgeistert schauten als sie Tyler im Rollstuhl durch die große Eingangstür fahren sahen.

»Was in aller Welt ist Ihnen widerfahren, Mr. M?«, fragte der kleinere der beiden.

»Nina hat Ihnen nichts erzählt?« Keine Antwort. »Nur ein kleiner Unfall, Jonah, aber es geht mir gut. Ist meine Großmutter oben?«

»Sie ist zum Abendessen ausgegangen.«

»Um neun Uhr abends?«

»Ja, Sir.«

»Mit wem?«

»Jemand Neuem, Mr. M. Ich habe ihn nie zuvor gesehen«, antwortete Jonah. »Aber es ist noch jemand oben. Sind Sie sicher, dass ich nichts für Sie tun kann?«

»Nein, ich komme zurecht, danke der Nachfrage.« McAdams rollte zum Fahrstuhl. Der Größere der beiden kam angerast, um den Knopf zu drücken, und alle warteten. Decker war ganz und gar dazu in der Lage, einen Fahrstuhl ohne Hilfe zu bedienen, aber die Hautevolee Manhattans lebte ein infantilisiertes Leben. Es bimmelte, und alle quetschten sich in die getäfelte Kabine.

»Wie geht es Ihnen heute Abend, Dicky?«, fragte McAdams.

»Bestens, Mr. McAdams. Geht es Ihnen auch wirklich gut?«

»Es ist nicht perfekt, aber es wird wieder. Im Gegenteil, ich hatte Glück.«

»Wenn Sie das sagen, Mr. McAdams.«

Der Fahrstuhl öffnete sich auf einen Flur mit Marmorboden und nur einer Tür: Nina McAdams' Wohnung nahm die ganze Etage ein. Decker klopfte, bevor Tyler seine Schlüssel parat hatte, und als Rina fragte, wer da sei, sagte er: »Dein müder Ehemann und seine Freunde.«

Sie öffnete die Tür, und die drei Männer betraten ein riesiges Foyer mit Marmor. McAdams drängelte sich vor und rollte in ein stattliches Wohnzimmer mit zahlreichen kunstvollen Möbeln, einem riesigen Kamin, einem Flügel, einer geschnitzten Treppe zu einer zweiten Ebene und großen Flügeltüren auf eine Dachterrasse hinaus, mit einem Blick über die Dächer zum Central Park. Der Raum war mit Stuck und Intarsien-Parkett verziert, das teilweise durch sehr teuer aussehende Orientteppiche verdeckt war.

»Ich habe Tee getrunken und gelesen und in einer Kaschmirdecke geschwelgt.« Rina lächelte. »Wie aristokratisch ist das? Deine Großmutter ist zauberhaft, Tyler. Ich finde es so liebenswürdig von ihr, uns alle unterzubringen.«

»Wir tun ihr einen Gefallen.« McAdams sah sich um. »Wo sind Bonnie und Kate?«

»Bonnie ging vor einer Stunde nach Hause. Kate ist hinten und macht die Wäsche. Sie wollte mich zuerst nicht allein lassen. Ich weiß nicht, ob sie mir so ganz über den Weg traut.«

»Das klingt nach Kate.«

Decker sah sich um. »Wo ist Greg Schultz?«

»Er und Nina sind einen Happen essen gegangen.«

»Er hat dich *allein gelassen*?«

»Nein, ich habe ja Kate.«

»Sie ist über sechzig und humpelt«, sagte McAdams.

»Du bist keine große Unterstützung für mich«, beschwerte sich Rina.

»Ich bringe ihn um«, murmelte Decker.

»Peter, mir geht es gut, und ich bin bewaffnet. Außerdem ist dieses Gebäude hier besser gesichert als Fort Knox. Ich habe darauf bestanden, dass sie ausgehen.«

»Er hätte nicht auf dich hören dürfen. Was ist mit ihm los?«

»Vergiss nicht, er macht den Job freiwillig. Sein Gehirn musste mal abschalten. Auf lange Sicht wird er dadurch nur wieder aufmerksamer sein.«

»Sie hat recht«, sagte Oliver.

»Wer hat dich gefragt?« Decker stand immer noch.

McAdams sah Rina an. »Fühlen Sie sich hier wohl?«

»Machst du Witze?« Sie wuschelte ihm durch die Haare. »Kommt, Jungs, ich zeige euch, wo Nina uns einquartiert hat.« Sie wandte sich an McAdams. »Brauchst du Hilfe, um in dein Zimmer zu kommen, Tyler?«

»Nö, ich hab einen eigenen Fahrstuhl.«

Rina lachte. »Den hat Nina mir nicht gezeigt.«

»Und ich wette, sie hat Ihnen auch nicht den Geheimgang gezeigt, der in ein verborgenes Zimmer führt. Mein Großvater hat sich dort mit seinen Geliebten vergnügt, wenn seine ersten beiden Ehefrauen außer Haus waren – so hinterließ er keine Spuren. Das alles hatte ein Ende, als Nina daherkam. Sie hat den Raum zunageln lassen. Nach seinem Tod ließ sie ihn wieder öffnen. Gott weiß, wofür sie ihn nutzt.«

»Vielleicht vermietet sie ihn an mich, wenn ich mich gut benehme«, sagte Oliver.

»Vielleicht vermietet Sie ihn Ihnen, wenn Sie sich nicht gut benehmen.«

Oliver lachte. »Wo treffen wir uns später zum Reden?«

»Im Frühstücksraum. Dort können wir uns ausbreiten.«

Decker sah sich um. »Wo ist das?«

»Ich zeig's dir«, sagte Rina. »Ich glaube, ich habe die Lage im Kopf.«

McAdams öffnete eine Tür und rollte in einen Fahrstuhl. »Dann treffen wir uns in zwanzig Minuten.«

Es wurden eher dreißig Minuten, bis alle wieder versammelt waren. Mittlerweile waren auch Greg und Nina zurück, und in dem überdimensionierten Apartment war ordentlich was los. Kate hatte kleine Sandwiches gemacht, und es standen schon geöffnete Flaschen Mineralwasser und Portwein mit kleinen Kristallgläsern bereit. Nina war nach oben gegangen, um es sich bequem zu machen – was immer das bedeutete –, und Greg Schultz, voller Energie nach seinem einstündigen Ausflug in die Stadt, zeigte der Gruppe eine Umgebungskarte mit allen Gassen und Verstecken. Er hatte so gute Arbeit geleistet, dass Decker ihn nicht zurechtwies.

»Ich habe auch die Portiers angehalten, auf alles, was ihnen seltsam vorkommt, zu achten. Sie kennen die Umgebung besser, als ich es je erlernen könnte. Jedenfalls hoffe ich, Sie sind nicht wütend auf mich, weil ich Rina allein gelassen habe. Sie und die Dame des Hauses haben sich gegen mich verbündet.«

»Das glaube ich sofort«, sagte Decker. »Sie haben jetzt frei, Greg. Ich übernehme.«

»Danke. Bis morgen früh.«

Die Männer luden ihre Batterien mit den Sandwiches auf, während Rina am Mineralwasser nippte und frisches Obst naschte.

Nina kam in Pulli und flachen Schuhen herunter. Sie war

sorgfältig geschminkt, und ihr blondes Haar saß perfekt. »Möchte jemand Kaffee oder Tee?«

Tyler grinste. »Schenkst du selbst ein?«

»Nein, ich biete ihn an. Kate wird das Einschenken übernehmen.«

»Einen kurzen Augenblick hast du mir schon Angst eingejagt, Nina.«

Sie knuffte ihn großmütterlich. »Frecher Junge.«

»Ich nehme gerne einen Kaffee, wenn es Ihnen keine Umstände macht, Ma'am.«

»Nina, bitte, Mr. Oliver«, sagte sie, »und Sie sind viel zu alt, um mich mit Ma'am anzureden.«

»Ich bin alt, Nina, aber im Umgang mit einer so schönen und charmanten Frau begehe ich meine Fehler lieber respektvoll.«

Nina starrte ihn an. »Sie sind sehr gewandt. Verheiratet?«

»Nina …«, mahnte McAdams.

»Sei still.« Sie lächelte Oliver an. »Nicht dass der Stand der Ehe jemals jemanden aufgehalten hätte.«

»Ich bin nicht verheiratet«, sagte Oliver grinsend. »Und ich habe viele Kriegsgeschichten aus meiner Zeit beim LAPD in petto, falls es Sie interessiert.«

Decker verdrehte die Augen, und Nina bekam es sofort mit. »Dann sind die Geschichten nicht wahr?«

»Doch, sie sind wahr«, gab Decker zu, »er ist aus dem Polizeidienst ausgeschieden, weil er angeschossen wurde.«

»Nun ja, davon müssen Sie mir erzählen«, sagte Nina. Der Kaffeeautomat piepte. »Kate, der Kaffee ist fertig.«

»Ich komme.«

»Ich denke, wir übernehmen dann ab jetzt, Nina.«

»Du schmeißt mich raus?«

Tyler erhob sich, gestützt auf einen Stock. Er beugte sich

vor und küsste sie auf die Stirn. »Ja, genau. Aber danke für alles. Du bist eine erstklassige Frau.«

Nina war sprachlos. Eine Träne rollte ihr aus dem Augenwinkel. »Das war sehr freundlich – so untypisch für dich.«

»Nur, weil ich geschwächt bin, Nina. Sehr sogar.«

Sie wischte sich über die Wange. »Gute Nacht allerseits.« Ein kurzes Lächeln, dann war sie verschwunden. Nachdem Kate den Kaffee eingeschenkt hatte, verschwand sie ebenfalls. Die anschließende Stille fühlte sich komisch an. Rina fragte, wie es mit Lance Terry gelaufen war. Decker fasste das Gespräch für sie zusammen.

»Interessant, dass Livingston rein zufällig gerade auch da war«, meinte sie anschließend.

»Zuerst wirkte es verdächtig«, sagte Decker, »aber ich glaubte Terry, als er sagte, er hätte Livingston hergebeten.« Pause. »Ich glaube aber auch noch, dass er uns etwas verheimlicht.«

»Absolut«, bestätigte Oliver. »Ich frage mich, warum er die Uni *tatsächlich* verlassen hat. Er scheint mir nicht der Typ zu sein, der zusammenklappt, selbst wenn seine Freundin ermordet wurde. Hinzu kommt, dass es sein Abschlussjahr am College ist.«

»Vielleicht hat ihn jemand bedroht«, sagte McAdams.

»Ja«, stimmte Oliver zu, »ich denke, jemand hat ihm einen ordentlichen Schrecken eingejagt.«

»Wir wissen, dass Terry sie nicht getötet hat. Sein Alibi ist überprüft. Genau wie das von Sobel. Aber haben sie etwas mit dem Mord zu tun?«

»Kann ich mir nicht vorstellen«, sagte Oliver.

»Warum nicht?«, fragte McAdams.

»Mein Bauchgefühl, basierend auf Erfahrung. Sind Sie anderer Meinung?«

»Nicht unbedingt. Ich versuche nur, Ihre Rückschlüsse logisch nachzuverfolgen.«

»Das ist ein Fehler«, sagte Oliver.

»Ich glaube Sobel, wenn er behauptet, er hat Angeline lange nicht gesehen. Momentan ist er aus dem Rennen. Terry steht auf einem anderen Blatt. Ich glaube, jemand hat ihm genug Angst eingeflößt, dass er die Uni verlässt und nach Hause in die sicheren vier Wände eilt.«

»Zumindest haben die *ihn* nicht angeschossen«, sagte McAdams.

»Das ist wahr. Wenn es dazu gekommen wäre, hätte er die Polizei gerufen.« Decker trank einen Schluck Kaffee. »Wir haben eine frische Verbindung zwischen Lance und Angeline: das Petroshkovich-Buch. Aber wusste er, dass sie die Drucke mit der Rasierklinge heraustrennt?«

»Er wirkte echt überrascht«, sagte Oliver. »Aber selbst wenn Terry nicht wusste, was sie vorhatte, hat vielleicht jemand gesehen, wie die beiden zusammen die Bibliothek betraten. Und vielleicht hat dieser Jemand gedacht, die beiden würden eine Dummheit begehen.«

»Du glaubst also, dass die Morde mit dem Petroshkovich-Buch zu tun haben?«, fragte Rina.

»Nein«, erwiderte Decker, »bei den Morden geht es um etwas ganz Großes, und ich finde nicht, dass das Petroshkovich-Buch etwas ganz Großes ist. Doch es zeigt eindeutig mit dem Finger auf weitere Fälschungen, in die Angeline verwickelt ist.«

»Wie hat sie die Bilder reproduziert, ohne das Buch je auszuleihen?«, wunderte sich Oliver. »Sie müsste die Originale doch gesehen haben, oder?«

»Selbstverständlich«, sagte Decker. »Das Buch gehört zur Hälfte dem Pretoria College in Marylebone. Wenn wir die dortige Bibliothek überprüfen, meinst du, wir finden John Lathams Name auf der Ausleihliste?«

»Er entfernte dort die Originaldrucke, gab sie ihr, und sie fügte ihre Fälschungen ein, als Terry das Buch für sie ausgeliehen hat.«

»Gleich morgen früh rufe ich die Pretoria an«, sagte McAdams.

»Denken wir uns also mal«, sagte Decker, »Angeline und Latham sind jetzt im Besitz von originalen Petroshkovich-Drucken. Wie sieht ihr nächster Schritt aus?«

»Einen Händler finden«, schlug Oliver vor. »Was ist mit diesem Goddard, mit dem ihr in Boston gesprochen habt? Die Schießereien passierten gleich, nachdem ihr nach Summer Village gefahren seid.«

»Was meinst du?«, fragte Decker McAdams.

»Goddard als Hehler gefällt mir nicht«, sagte McAdams. »Die Drucke sind zu wertvoll, um sie als hübsche Arbeiten auf Papier zu verscherbeln. Da braucht man einen Spezialisten für russische Kunst.«

»Jason Merritt?«, fragte Decker.

»Eher Kleinzeug für ihn«, sagte McAdams. »Ich hab ihn angerufen und nach ein paar Stücken auf seiner Website gefragt, als zukünftiger Einkäufer eines erfundenen Museums. Wie überall in der Kunst, ist Ikone nicht gleich Ikone. Manche sehr alten Ikonen kosten tausende, aber seine Ikonen liegen eher bei hunderttausend Dollar, weil sie sehr alt und sehr gut erhalten sind.«

»Wissen Sie, ob er mit alten Büchern handelt?«, wollte Oliver wissen.

»Nein«, sagte McAdams, »es sind keine auf seiner Website.«

»Und wenn ihm so etwas begegnen würde?«

»Das Petroshkovich-Buch wäre intakt um die hunderttausend wert, ein einzelner Druck viel weniger. Ich kann mir nicht vorstellen, dass er so etwas verkauft. Er müsste gleich wissen, dass die Drucke gestohlen sind.«

»Auch nicht ein einziges Mal?«, fragte Rina.

McAdams dachte kurz nach. »Er bildet sich was darauf ein, ein angesehener Kunsthändler zu sein. Aus welchem Grund würde er einen Druck oder vielleicht auch zwei oder drei ankaufen? Er würde alles für ein paar Dollar aufs Spiel setzen.«

»Ich möchte trotzdem noch mal mit ihm reden«, sagte Decker.

»Selbst wenn Merritt keine einzelnen Drucke verkauft«, überlegte Rina, »macht vielleicht jemand in seiner Galerie nebenbei Geschäfte.«

McAdams zog die Augenbrauen hoch. »Ziemlich guter Gedanke.«

»Mitunter habe ich ein paar davon«, sagte Rina.

»Was ist mit dem Typen, der dort arbeitet? Victor Geronimo oder so ähnlich?«

»Victor Gerrard.« Decker wandte sich an Rina. »Möchtest du uns morgen begleiten, Liebling? Du kannst dir Gerrard vornehmen, während wir mit Merritt reden.«

»Klar, ich habe nichts geplant.« Rina schüttelte den Kopf. »Außer es mir an diesem grandiosen Ort gutgehen zu lassen.«

»Schultz lassen wir am besten in der Wohnung, um Mrs. McAdams zu bewachen. Oder will Oliver den Job übernehmen?«

»Es ist verlockend, aber da du mich hergebeten hast, um euch zu unterstützen, sollte ich das auch tun.«

»Was genau möchtest du, das ich tue?«, fragte Rina.

»Sei einfach ein gutes Ablenkungsmanöver.«

»Nichts gegen Rinas Schönheit«, mischte McAdams sich

ein, »doch in diesem Fall glaube ich, dass ich das bessere Ablenkungsmanöver bin.«

»Daran habe ich schon gedacht, und deshalb begleitest du uns.« Decker zuckte mit den Achseln. »Bei diesen Kunsthändlern weiß man nie, also nutze ich gleich alle Möglichkeiten.«

32

Mulrooney war am Telefon. »Wir haben Lathams Lagerraum gefunden.«

Decker wechselte das Handy ans andere Ohr. »Das ist wunderbar!« Es war acht Uhr morgens – dass es ein Dienstag war, sagte ihm nur seine Uhr. Die Tage kamen ihm endlos vor, und er brauchte Dinge von außen, um geerdet zu bleiben. Er beendete gerade ein Frühstück mit Orangensaft, Tee, Croissants und Marmelade, als der Anruf ihn erreichte. Der Tisch war mit feinem Porzellan gedeckt. In der einen Hand balancierte er eine zierliche Teetasse, in der anderen das Handy, und versuchte, nichts zu verschütten. »Was ist drin?«

»Jetzt die schlechte Nachricht: Das Lager ist geräumt worden, bis auf einen einzelnen Schlüssel.«

»Einen Schlüssel?«

»Ja, einen Schlüssel.«

Decker seufzte. »Ich kenne die Antwort bereits, trotzdem: Habt ihr eine Idee, wofür der ist?«

»Ich wünschte, dem wäre so. Keine Kennzeichnung, außer dass er zu einem Schlage-Schloss gehört. Aber er wurde nicht aus Versehen hinterlassen. Er war in einer Ecke versteckt und an die Wand geklebt worden. Wenn Latham mit gestohlener Kunst gehandelt hat, dann glaube ich, dass er seine heiße Ware kurz vor seiner Ermordung woanders hingebracht hat.«

»Wahrscheinlich wusste er, dass die Polizei die Fälschungen entdeckt hat. Vielleicht hat Angeline uns an der Gruft herumschnüffeln sehen. Oder vielleicht kam der Tipp von einer anderen Person. Ich wette, der Schlüssel gehört zu einem anderen Lagerraum, womit wir wieder am Nullpunkt angelangt sind.«

»Außer dass wir diesen Schlüssel haben«, sagte Mulrooney. »Warum versteckt man das Ding in einem leeren Lager? Warum nicht in einem Schließfach?«

»Wenn er geschnappt worden wäre, hätten wir nach einem Schließfach gesucht. Aber wenn wir das Lager entdeckt hätten, hätten wir es leer vorgefunden und nichts in der Hand gehabt. Ihr Jungs habt gute Arbeit geleistet, den Schlüssel zu entdecken.«

»Noch besser wäre es, wir hätten ein Lager mit Kunst entdeckt«, sagte Mulrooney.

»Wenn er noch eins gemietet hat, dann werden wir es finden«, sagte Decker.

»Wir knöpfen uns die Unterlagen noch mal vor. Bis jetzt haben wir nichts, aber wir bleiben dran.«

»Wissen Sie was? Vielleicht kommt ab da Angeline Moreau ins Spiel. Vielleicht hat *sie* sich um die Anmietung der Lagerräume gekümmert.«

»Haben Sie in Greenbury irgendwelche Rechnungen dazu gefunden?«

»Nein, aber vielleicht hat sie bar bezahlt und einen falschen Namen benutzt. Ohne Zweifel waren die beiden sehr vorsichtig.«

»Dann müsste sie eine Kopie des Schlüssels besitzen«, sagte Mulrooney. »Haben Sie ihre Schlüssel?«

»Ein paar. Sie wurden als Beweismittel aufgenommen. Können Sie mir eine Kopie des gefundenen Schlüssels aus dem leeren Lagerraum schicken? Ich überprüfe, ob er zu einem von unseren passt.«

»Ich schicke ihn per Kurier nach Greenbury.«

»Ich bin gerade nicht in Greenbury, sondern in New York.« Decker brachte ihn auf den neuesten Stand.

»Glauben Sie, dass Lance Terry in die Morde verwickelt ist?«, fragte Mulrooney.

»Nein, aber irgendwas hat ihn aus Greenbury vergrault.«

»Ein Schütze?«

»Wenn ja, dann wäre er zur Polizei gegangen. Vielleicht ein Drohanruf oder jemand, der ihm nachstellt. Wir sind alle einer Meinung, dass er uns etwas verschweigt. Wir halten es für möglich, dass er in die Diebstähle verwickelt ist.«

»Könnte sein, wenn er sich davongemacht hat. Ich lasse ein Dutzend Kopien des Schlüssels anfertigen, und wir suchen schon mal nach dem Lager – wenn es überhaupt eins gibt. Wann sind Sie wieder zurück in Greenbury, damit ich Ihnen den Schlüssel schicken kann, um ihn mit Angelines zu vergleichen?«

»Ich rufe meinen Captain an und informiere ihn. Er wird sich darum kümmern.«

»Gut. Was haben Sie als Nächstes vor?«

»Da es so aussieht, dass Angeline Kunstdrucke aus dem Petroshkovich-Buch gestohlen hat, werde ich Jason Merritt einen Besuch abstatten – dem auf russische Kunst spezialisierten Händler. Es scheint ein bisschen leichtgewichtig für ihn zu sein, aber ich muss es überprüfen. Gibt's Neuigkeiten von Professor Gold?«

»Nada. Ich frage ihn. Halten Sie mich auf dem Laufenden.«

»Mach ich. Bis bald.« Decker beendete das Gespräch, dann rief er Mike Radar an und erklärte ihm die Situation.

»Sie wollen also, dass ich nachschaue, ob Angeline einen

identischen Schlüssel an ihrem Ring hat«, fasste Radar zusammen. »Und wenn ja, soll ich nach einem Lagerraum hier in der Gegend suchen.«

»Genau.«

»Ich schicke Ben und Kevin auf die Jagd. Falls es einen Treffer gibt, melden sie sich bei Ihnen.«

»Könnten Sie dann Chris Mulrooney in Summer Village anrufen und alles in die Wege leiten?«

»Ja, natürlich. Wann denken Sie, dass Sie wieder hier sein werden?«

»Heute Abend, hoffentlich.«

»Gut. Ich gehe in die Rayfield-Bibliothek und beschlagnahme Terrys Karte. Wenn ich schon mal da bin, schnüffele ich ein bisschen herum, rede mit Terrys Kumpeln, vielleicht erfahre ich, ob der Junge tatsächlich bedroht wurde. Später tauschen wir unsere Notizen aus. Passen Sie auf sich auf. Nicht den Helden spielen.«

»Hab's gehört.« Decker drückte den roten Knopf. Oliver kam in den Frühstücksraum. Er war wieder ganz der Alte – elegant im gestärkten weißen Hemd, mit roter Krawatte, schwarzem Anzug und blank polierten Schuhen. Er setzte sich und griff nach einer Scheibe Toast. »An das hier könnte ich mich gewöhnen.«

»Lass es lieber. Das macht es letzten Endes nur noch schwerer.«

»Ich sage immer: Genieße den Moment. Oh, bevor ich's vergesse…« Oliver zog einen Zettel aus der Jacketttasche. »Der Dank gilt Detective Marge Dunn: Unser Mr. Merritt ist nicht Mr. Saubermann.«

Decker überflog das Vorstrafenregister. Man hatte Merritt zweimal mit Alkohol am Steuer erwischt. Die beiden Vorfälle lagen sechs Jahre auseinander, der letzte war acht Jahre her.

Diese Vorstrafen waren bei weitem nicht so interessant wie die Anklage wegen Betruges vor zehn Jahren.

»Zwei Jahre auf Bewährung«, sagte Oliver. »Ich glaube, er hat irgendwas als echt ausgegeben, was es nicht war.«

»Aber damit die Anklage bestehenbleibt, muss er vorher gewusst haben, dass es nicht echt war.«

»Er bestritt nichts und gab nichts zu, seine Klageerwiderung war ein nolo contendere, was wiederum die Frage aufwirft: Wenn das Stück eine Fälschung war, warum hat er nicht einfach das Geld zurückgegeben?«

»Vielleicht hatte er das Geld dafür nicht.«

McAdams humpelte am Stock in den Raum, um nicht das Gleichgewicht zu verlieren. »Sind Sie sicher, dass Sie schon laufen sollten?«, fragte Oliver besorgt.

»Mich nerven die mitleidigen Blicke der Leute, wo ich doch gesund und munter bin.« Er setzte sich. »Der Schalter für die Nachschlagewerke am Pretoria öffnet erst um neun. Ich hab eine Nachricht hinterlassen.«

Decker überlegte kurz. »Ruf Allan Sugar an. Frag ihn, ob er gern zum Pretoria fahren und persönlich die Ausleihzettel überprüfen möchte.«

McAdams goss sich eine Tasse Kaffee ein. »Er ist ein bisschen alt für so viel Lauferei.«

»Es war sein Fall. Wir sind nur höflich.«

McAdams rief ihn von seinem Handy aus an. Kurz darauf beendete er das Gespräch. »Er will's machen. Kaum zu glauben.«

»Ich weiß, wie alte Polizisten ticken, weil ich selbst einer bin«, sagte Decker.

»Polizeiarbeit macht süchtig«, sagte Oliver. »Das lässt einen nic los.«

McAdams nippte an seinem Kaffee. »Gibt's was Neues?«

Decker klärte ihn auf. Dann sagte Tyler: »Interessant, aber auch nicht schockierend. Merritt ist Kunsthändler.«

»Sind die noch eine Stufe unehrlicher als alle anderen?«, wollte Oliver wissen.

»Wahrscheinlich nicht, aber sie haben es mit reichen Kunden zu tun. Die Versuchung zu schummeln ist größer, weil es um größere Summen geht.« McAdams butterte seinen Toast. »Ich würde ja gerne glauben, dass ich ehrlich bin, aber ich wurde nie auf die Probe gestellt. Geld ist nicht mein Ding. Logisch, ich hab ja viel davon.«

»Und was ist dann Ihre Achillesferse?«, fragte Oliver. »Macht? Frauen? Drogen?«

»Keine Ahnung. Vielleicht Macht. Und Ihre?«

»Frauen.«

»Und Sie, alter Herr, sind Sie korrumpierbar?«

»Darüber müsste ich erst nachdenken, Harvard.«

»Was ist mit Ihrer Familie? Würden Sie sie beschützen, wenn sie etwas Illegales angestellt hätten?«

»Das hinge vermutlich davon ab, was sie angestellt hätten.«

»Würden Sie sie der Polizei übergeben, wenn sie jemanden umgebracht hätten?«

»Wenn es eine vorsätzliche Tat war, ja. Selbst wenn nicht, glaube ich dennoch, dass ich es tun würde. Zur Polizei zu gehen ist normalerweise die beste Lösung, solange du in Begleitung eines super Verteidigers hingehst.«

»Auf Nummer sicher gehen.«

»Nur das Recht zu meinem Vorteil nutzen. Was ist mit dir, Oliver? Würdest du deinen Sohn wegen Mordes anzeigen?«

»Wahrscheinlich, aber beschwören möchte ich es nicht. Eins habe ich in meinem langen Leben als Bulle gelernt: Das Recht ist nicht schwarz und weiß.«

»Wohl wahr«, sagte Decker. »Ich erinnere mich an etwas, als Cindy ungefähr sechzehn war. Sie tauchte mit ihren Freunden um drei Uhr nachts in einem durchgehend geöffneten Drugstore auf. So spät durfte sie eigentlich nicht unterwegs sein. Weder meine Exfrau noch ich hätten je davon erfahren, wenn der Laden nicht leider überfallen worden wäre. Die Polizisten nahmen von allen Anwesenden eine Aussage auf.«

»Die Ärmste«, sagte McAdams.

»Ja, ihre Tarnung war aufgeflogen. Wir waren beide stinksauer. Egal, der Fall wurde an einen Polizisten im Raubdezernat übergeben, der meine Exfrau anrief und fragte, ob Cindy eine Aussage vor Gericht machen würde. Meine Tochter lebte bei ihrer Mom. Als Janet ihm nicht gleich antwortete, sagte der Detective – der nicht wusste, dass er mit der Exfrau eines Polizisten sprach –, wenn es seine Tochter wäre, würde er es sie nicht machen lassen. Also sagte Janet Nein, und das war's. Sie rief mich später am selben Tag an, was sehr ungewöhnlich war. Sie rief mich nie an, außer wegen Geldes. Sie musste zutiefst verunsichert gewesen sein. Sie fragte mich sogar, ob sie das Richtige getan hätte.«

»Was haben Sie ihr gesagt?«, fragte McAdams.

»Ich sagte, ich sei mit ihrer Entscheidung einverstanden. Erstens war die Sache abgeschlossen, warum sollte ich ihr ein schlechtes Gefühl geben, selbst wenn sie meine Exfrau war. Zweitens hätte ich wahrscheinlich genauso gehandelt. Ich weiß, wie diese Prozesse laufen und was sie psychisch anrichten können.«

»Dann hätte man ja nie einen Fall vor Gericht, wenn jeder sich weigerte auszusagen«, sagte McAdams.

»Da hast du absolut recht. Wäre Cindy erwachsen gewesen, hätte sie für sich selbst entscheiden können. Aber sie war noch minderjährig, und deshalb lag es nicht in ihrer Macht.

Alles, was ich zu meiner Verteidigung vorbringen kann, ist, dass bei allem, was die persönliche Sicherheit betrifft, die Familie vorgeht.«

Es war schwierig zu sagen, welches Gefühl gerade überwog: Empörung, Ärger, Beschämung, Arroganz, Sinnlosigkeit. Jason Merritt durchlebte sie alle. Heute trug er einen schwarzen Anzug, ein blaues Hemd ohne Krawatte, dazu Stiefel aus Straußenleder. Russische Kunst lief offensichtlich gut.

»Ihre Anschuldigungen sind monströs«, schnaubte Merritt wütend.

Decker wackelte mit dem Fuß und ließ die Worte im Raum stehen. Rina rollte McAdams durch den Galerieraum und sah sich die Kunst an. Oliver hielt sich im Hintergrund. Es brachte nichts, den Kerl zu bedrängen. »Sie haben zu keinem Zeitpunkt Ihrer beruflichen Laufbahn mit Büchern oder Drucken gehandelt?«, fragte Decker.

»Diese Frage habe ich bereits beantwortet.«

»Auch nicht mit so etwas Wertvollem wie dem Petroshkovich-Buch?«

»Meine Güte, wie oft wollen Sie noch denselben Grund beackern?«

Oliver mischte sich ein. »Selbst wenn Ihnen jemand ein gutes Geschäft mit dem Petroshkovich anbietet, würden Sie es nicht kaufen?«

»Ich handele nicht mit seltenen Büchern!«

»Ich kam nicht umhin, es zu bemerken«, sagte Oliver, »aber da liegt ein Stapel Bücher auf dem Tisch im Eingang.«

»Das sind keine *seltenen* Bücher!«, giftete Merritt. »Es sind aktuelle Kunstbücher zu Themen, die ich repräsentiere. Ich gebe sie an meine Klienten weiter, als *Nachschlage*werke.«

Decker kritzelte in seinem Notizbuch herum, aber eher, um

geschäftig zu wirken. »Und Ihnen hat niemand das Petroshkovich-Buch oder einzelne Drucke daraus angeboten.«

»Das ist korrekt.«

»Aber Sie wissen, dass Petroshkovich ein Exemplar seines Buches der Rayfield-Bibliothek hinterlassen hat, die es gemeinsam mit dem Pretoria College in Rhode Island besitzt.«

»Noch mehr Wiederholungen, Detective?«

»Das ist eine Angewohnheit, Mr. Merritt.« Decker zeigte auf McAdams. »Die Sache hier kann ernste Folgen haben.«

Merritt senkte die Stimme. »Es tut mir leid, was ihm zugestoßen ist. Aber hierherzukommen und mich anzuklagen …«

»Wir klagen niemanden an«, unterbrach ihn Oliver. »Wir sammeln nur Informationen.«

»Diese Anklagen, von denen Sie da reden, liegen Jahrzehnte zurück!«

»Stimmt«, sagte Decker, »aber wegen der neuesten Vorkommnisse ermitteln wir überall, seien Sie nachsichtig mit uns. Das Petroshkovich-Buch haben Sie sich also das letzte Mal vor zwei Jahren in der Bibliothek angesehen.«

»Mindestens vor zwei Jahren.« Merritt sprach immer noch leiser als vorher.

»Am Littleton oder am Pretoria?«

»Ich war bei beiden Colleges, aber in jüngster Zeit bei keinem. Hören Sie, ich weiß nicht, wie oft ich es noch sagen muss: Trotz dieser Anklage handele ich nicht mit gestohlener Kunst. Ich habe mich damals auf ein nolo contendere eingelassen, auf Anraten meines Anwalts, weil ich mich in einer aussichtslosen Lage befand angesichts dieses fürchterlich aggressiven Kerls. Ich hätte mehr kämpfen müssen. Aber damals wollte ich einfach nur, dass dieses schreckliche Kapitel in meinem Leben ein Ende findet.«

»Warum haben Sie nicht einfach das Geld zurückgegeben?«

»Das hatte ich doch getan! Und er hat mich trotzdem verklagt! Nachdem er auf arglistige Täuschung geklagt hatte, kam es zu einer Strafanzeige, und es nahm seinen Lauf.«

»Und Sie wollen mir nicht sagen, wer es war?«

»Liebend gerne würde ich Ihnen seinen Namen nennen. Aber aus Prinzip werde ich genau das nicht tun.«

»Wir können die Akten überprüfen.«

»Können Sie nicht. Alles wurde bei der Einigung versiegelt. Er war ein schrecklicher Mensch. Er verhielt sich so, nur um mich zu ärgern. Und, wenn ich das hinzufügen darf, er ließ sich eine Ewigkeit Zeit, mir den Gegenstand zurückzugeben.«

»Haben Sie ihm das Geld gleich gezahlt?«

»Es wurden noch Kosten gegengerechnet, wie Lieferung und Versicherung. Ich hätte ja alles übernommen, aber er machte mich wahnsinnig vor Wut.« Merritt schüttelte den Kopf. »Es reicht wohl, wenn ich sage, dass es mir eine teure Lehre war. Jetzt mache ich mit niemandem mehr Geschäfte, der keine Referenzen hat.«

»Er war Laufkundschaft?«

»Mit russischem Pass und einem dicken Portemonnaie.« Er winkte ab. »Ich möchte nicht weiter darüber sprechen, außer um zu sagen, dass ich das Stück von drei unabhängigen Händlern habe beglaubigen lassen. Aber es steht nicht zum Verkauf. Es hängt in meinem Wohnzimmer als eine Erinnerung an Sorglosigkeit.«

Rina rollte McAdams zu Decker. »Hübsche Sachen«, sagte sie. »Wie mir auffiel, haben Sie ein Buch über Ikonen geschrieben. Kann ich es kaufen?«

»Ich schenke es Ihnen«, sagte Merritt. Er sah zu Tyler. »Tut mir leid, was passiert ist. Das ist schrecklich.«

McAdams zuckte mit den Achseln. »Ich finde, ich hatte Glück.«

»Wäre sonst noch was?«, fragte Merritt.

»Ja, tatsächlich.« Weil Merritt aufstöhnte, sagte Decker: »Ich glaube Ihnen, wenn Sie sagen, niemand hätte Ihnen die Drucke zum Kauf angeboten.«

»Soll ich mich jetzt dafür bedanken?«

»Verdient hätten wir's«, meinte Oliver. Als der Händler ihm einen bösen Blick zuwarf, sagte er: »Wenn ich Witze reiße, heißt das, dass Sie wohl vom Haken sind.«

Merritt sah Decker an. »Schießen Sie los.«

»Wäre es möglich, dass einer Ihrer Angestellten nebenbei zwielichtige Geschäfte betreibt?« Als Merritt fassungslos wirkte, fuhr er fort: »Wer Ihrer Angestellten hat Zugang zu der Liste Ihrer Kunden?«

»Ich gebe diese Liste niemandem auf bloße Anfrage.«

»Aber sie ist auf Ihrem Computer. Wie schwer zugänglich ist sie dort?«

Der Mann schürzte die Lippen und dachte über die Frage nach. »Es ist nur ein Dokument, und ich bin nicht immer an meinem Schreibtisch.«

»Danke, dass Sie ehrlich sind«, sagte Decker. »Kam es in der Galerie während der letzten drei Monate zu auffälligen Diebstählen?«

»Nein.«

»Hat einer Ihrer Angestellten in letzter Zeit plötzlich Urlaub genommen?«, fragte Oliver.

Decker sah sich um. »Wo wir gerade davon reden, wo ist Victor?« Es folgte ein langes Schweigen. »Victor Gerrard. Er war hier, bei unserem ersten Besuch. Wo steckt er?«

Noch ein langes Schweigen. »Es ist kein Urlaub. Victors Vater ist krank. Er bat um eine Auszeit.«

»Okay.« Decker strich seinen Bart glatt. »Äh … wie lange arbeitet er schon für Sie?«

»Ungefähr ein Jahr. Und ich hatte absolut gar keine Probleme mit ihm.«

»Wo lebt Gerrard?«, fragte Oliver.

»Unter der Woche, wenn er in der Stadt ist, hat er sich ein Zimmer genommen. Am Wochenende ist er in Philadelphia. Sein Handy hat die Vorwahl von Philadelphia.«

»Was ist mit seinem Vater? Wo lebt er?«

»Ich glaube, er hat mir gesagt, dass sein Dad in Chicago wohnt, vielleicht war es aber auch Cleveland.«

»Wie lange ist Gerrard schon weg?«, fragte Decker.

»Ungefähr zwei Wochen.«

»Also gleich nach unserem Besuch«, sagte McAdams. »Hat er Sie angerufen?«

»Nein … und ich habe ihn auch nicht angerufen. Ich dachte, er hat sicher alle Hände voll zu tun. Außerdem ist es im Winter in der Galerie immer etwas ruhiger.«

»Kann ich seine Nummer haben?«, fragte Decker.

»Ich rufe ihn an«, sagte Merritt. »Ohne seine Erlaubnis gebe ich keine Telefonnummer her.«

»Dann rufen Sie ihn bitte jetzt an, Sir.«

»Von mir aus.« Merritt gab die Nummer ein. Einen Augenblick später sprang die Mailbox an, und er hinterließ eine Nachricht. »Ich lasse es Sie wissen, wenn er zurückruft.«

»Nein, nein, nein«, entgegnete Decker. »Wir müssen seinen Aufenthaltsort herausfinden, und zwar *jetzt*. Für diesen Job hier hat er doch sicher ein Bewerbungsschreiben ausgefüllt, oder?«

»Natürlich.«

»Bitte suchen Sie es heraus. Vielleicht hat er Ihnen die Nummer seines Vaters gegeben, wo man ihn erreichen kann.«

»Es würde ein paar Minuten dauern.«

»Mr. Merritt, das hier ist eine Mordermittlung. Wir brauchen diese Information. Bitte besorgen Sie mir sein Bewerbungsschreiben.«

»Na gut«, sagte Merritt, »ich bin gleich wieder da.«

Nachdem er verschwunden war, sagte Oliver: »Meinst du, er sagt die Wahrheit?«

»Glaube schon.«

»Ich auch.«

»Sollte nicht jemand dabei sein, wenn er dort anruft?«, fragte McAdams.

»Er war kooperativ. Wir sollten ihn nicht belagern«, entgegnete Oliver.

»Was wir wirklich brauchen, ist diese Kundenliste«, sagte Decker. »Vielleicht finden wir unter den Namen einen Hehler. Aber ohne richterlichen Beschluss kriegen wir sie nicht.«

»Wir könnten auf Gefahr im Verzug plädieren, um sie zu bekommen.«

»Ja, das wäre einen Versuch wert.«

Als fünf Minuten vorbei waren, sagte Rina: »Vielleicht gehe ich mir das Buch holen.«

»Was hältst du von ihm, Rina?«, wollte Decker wissen. »Glaubst du, er lügt?«

»Ich bin keine Expertin, aber ich glaube nicht, dass er lügt. Er ist einfach nur gereizt.«

»Da stimme ich dir zu«, sagte Oliver.

»Der Eismann kehrt zurück«, flüsterte McAdams.

»Eher ein Schneemann«, sagte Oliver. »Er ist weiß im Gesicht.«

»Das Bewerbungsschreiben in meinem Computer wurde gelöscht. Aber ich bewahre die Papierform separat auf. Darauf behauptet Gerrard, dass sein Vater vor fünf Jahren gestorben ist.« Merritt wischte sich mit einem Taschentuch über die Stirn. »Gütiger Gott! Was geht hier vor?«

»Wir brauchen Ihre Kundenliste«, sagte Oliver.

»Ich kann sie Ihnen nicht geben, Detective. Sie ist vertraulich.«

»Wir besorgen uns einen richterlichen Beschluss.«

»Tun Sie das.«

»Und während wir damit beschäftigt sind, haben Sie denjenigen, der in der Zwischenzeit ermordet wird, auf dem Gewissen.«

»So etwas zu sagen, ist *grauenvoll.*«

»Ärgern Sie sich nicht über ihn«, meinte McAdams. »Er möchte einfach vermeiden, dass Sie so enden wie ich. Ich atme wenigstens noch. Der Nächste hat vielleicht weniger Glück.«

Merritt vergrub das Gesicht zwischen seinen Händen. Decker sah ihn an. »Wir brauchen die Liste.«

»Warum glauben Sie, dass Gerrard illegale Geschäfte mit einem meiner Kunden gemacht hat?«

»Muss ich Ihnen diese Frage wirklich beantworten?«

Merritt nickte. »Warten Sie hier. Ich drucke sie Ihnen aus.«

»Danke. Sie tun das Richtige.«

Nachdem er weg war, sagte Oliver: »Wen rufen wir wegen Gerrard an? Die hiesige Polizei? Die in Philadelphia?«

»Ich würde erst Philadelphia nehmen. Cindy arbeitet dort.«

»Ja, stimmt. Wie geht's ihr?«

»Gut. Sie sollte bald zum Detective befördert werden.«

»Alle Achtung! Und die Jungs?«

»Sind so weit, um Profibasketballer zu werden.«

Kurz darauf kehrte Merritt mit ein paar Seiten Papier in der Hand zurück. »Sie reicht fünf Jahre zurück, aber ich habe sie schon ewig nicht mehr auf den neuesten Stand gebracht. Einige der Leute sind möglicherweise verstorben.« Er überreichte sie Decker. »Und sollte jemand fragen, die Namen haben Sie nicht von mir bekommen.«

»Verstanden.« Decker überflog die Namen, wobei Oliver ihm über die Schulter blickte. »Aber es ist Ihre vollständige Liste.«

»Es ist die einzige, die ich habe, ja.«

»Könnten Sie sie für mich durchsehen? Um sicherzustellen, dass kein wichtiger Name gelöscht wurde.«

»Es sind über dreihundert!« Als Decker nichts sagte, schnappte Merritt sich die Seiten und fuhr mit dem Zeigefinger an den Namen entlang. Er brauchte ein paar Minuten, was bedeutete, dass er tatsächlich aufpasste. »Ich bin mir nicht absolut sicher, aber sie sieht vollständig aus.«

Rina stand auf den Zehenspitzen und flüsterte Decker etwas ins Ohr. Er drehte sich zu ihr hin. »Kannst du das tun?«

»Ich nicht. Tyler vielleicht.«

»Was tun?«

»Nachsehen, ob die Liste kürzlich aktualisiert wurde«, sagte Decker.

»Ich sagte Ihnen doch, dass ich sie eine ganze Weile nicht bearbeitet habe«, erwiderte Merritt.

»Und Sie sagten mir auch, dass es nicht schwer ist, Zugang zu Ihrem Computer zu bekommen. Wir fragen uns nur, ob die Liste kurz vor Gerrards Abschied aktualisiert wurde.«

»Wie würde ich das denn merken?«

»Indem man frühere Versionen des Dokuments überprüft«, sagte McAdams. Als der Händler nichts sagte, fuhr er fort: »Ich könnte das machen. Wenn Sie ein automatisches Backup eingerichtet haben, ist es nicht weiter schwer.«

»Sie fassen meinen Computer nicht an.«

»Sie können mich dabei beobachten.«

»Es ist eine Mordermittlung«, erinnerte ihn Decker.

Merritt biss die Zähne zusammen. »Dann geht es wohl in Ordnung, wenn ich dabei bin.«

»Wir kommen alle mit.« Decker lächelte. »Wenn das für Sie okay ist.«

»Ach, Herrgott noch mal.« Der Händler marschierte los, und die Truppe folgte ihm in sein Büro. Es war recht groß, aber nicht dazu da, fünf Personen aufzunehmen, geschweige denn einen Rollstuhl. McAdams ließ ihn vor der Bürotür stehen. Er hüpfte auf einem Bein zum Schreibtischstuhl, setzte sich, und es dauerte nicht lange, bis er fand, wonach er suchte. »Die Liste wurde vor drei Wochen aktualisiert.«

»Das ist unmöglich!«, rief der Händler.

»Tyler«, sagte Decker, »kannst du eine alte Version der Liste rausholen?«

»Jepp.« Kurz darauf: »Bitte sehr. Darf ich den Ausdruck starten?«

»Ja, ja.« Merritt zog die Seiten aus dem Drucker und reichte sie Decker, der die beiden Listen nebeneinanderlegte und anfing, die Namen durchzugehen. Schnell hatte er die erste Abweichung entdeckt. Es folgten noch zwei weitere, wodurch drei Kunden auf der aktualisierten Form des Dokuments fehlten. Er zeigte Merritt die Namen.

»Alex *Beckwith*?«, sagte Merritt erstaunt. »Warum in aller Welt würde ihn jemand löschen?«

»Wer ist das?«

»Der Vorsitzende des Kulturvereins zur Förderung amerikanisch-europäischer Angelegenheiten.«

»Was ist das?«

»Genau das, wonach es klingt. Beckwith fungiert als Mittelsmann, wenn ein Museum etwas von einem anderen Museum ausleihen will. Zum Beispiel würde er die Verbindung zwischen den Museen herstellen, wenn das Met eine Renoir-Ausstellung plant und ein Gemälde aus dem Louvre möchte. Er ist eine sehr berühmte Persönlichkeit.«

»Kauft er gestohlene Kunst?«

»Diese Frage werde ich nicht mit einer Antwort würdigen«, sagte Merritt. »Er nimmt eine entscheidende Position ein. Seit die Chabad 2010 wegen der Schneerson-Sammlung die Russische Staatsbibliothek herausgefordert hat, sind europäische Länder eher abgeneigt, den USA etwas ohne einen makellosen Herkunftsnachweis auszuleihen.«

»Das will ich auch hoffen«, sagte Rina.

Merritt sah sie ungläubig an. »Kunst steht über der Politik, meine Liebe.«

»Nicht, wenn es um Raub geht.«

Merritt sträubte sich. »Ich fürchte, da sind wir geteilter Meinung.«

»Ich denke, meine Meinung kommt daher, dass ich die Tochter eines Holocaust-Überlebenden bin.«

McAdams hatte bereits sein iPad in der Hand. »Zwölftausend religiöse Gegenstände und fünfzigtausend Bücher, zusammengetragen von der chassidischen Bewegung, liegen in der Russischen Staatsbibliothek in Moskau. 1991 hat ein *Moskauer* Gericht die Bibliothek verurteilt, die Gegenstände und Bücher an die Chabad zurückzugeben, aber dann brach die Sowjetunion zusammen, und das Urteil wurde von den Russen aufgehoben. Ein amerikanisches Gericht schlug sich auf die Seite der Chabad, aber die Russen weigern sich, das Urteil anzuerkennen, mit der Behauptung, Amerika habe keine Gerichtsgewalt in Russland.«

»Das bedeutet, geliehene Kunst – vor allem russische Kunst – würde möglicherweise in Amerika beschlagnahmt«, erklärte Merritt. »Es hatte wirklich gravierende Auswirkungen für die Leihgaben zwischen Museen.«

»So ein Pech auch«, sagte Rina.

Decker konnte ein Lächeln kaum zurückhalten. »Mr. Merritt, was können Sie mir über die beiden anderen gelöschten Namen auf Ihrer Liste sagen? Sie klingen russisch.«

»Es sind Russen, und ehrlicherweise kann ich mich nicht an sie erinnern. Offensichtlich haben sie schon vor geraumer Zeit etwas bei mir gekauft, aber mir fallen keine Gesichter zu den Namen ein.«

»Lassen Sie mich das mal klarstellen«, mischte Oliver sich ein, »die beiden kauften also russische Kunst bei Ihnen in den USA und brachten sie zurück nach Russland?«

»Ich habe bessere Ware als die meisten russischen Händler. Wie ich bereits sagte, die Crème de la Crème wurde von meinem Großvater erworben, als niemand dort sie haben wollte.«

»Wenn diese beiden Männer Kunden sind, müssen Sie ja Rechnungen dazu haben«, sagte Decker.

»Sollte ich, ja.« Er setzte sich an den Schreibtisch. Nach einer Minute seufzte er. »Die Dokumente sind gelöscht.« Er sah Tyler an. »Vielleicht in älteren Versionen?«

»Sie können Gedanken lesen«, sagte McAdams. Er hämmerte auf die Tastatur ein. »Ich finde keine Kopien. Möglicherweise hat er sie bloß in den Papierkorb geworfen.« Er tippte weiter. »Nichts im Wiederaufbereitungsordner.« Er blickte auf. »Man könnte einen Fachmann auf die Festplatte ansetzen und nachforschen, was gelöscht wurde, aber für mich ist hier Schluss.«

»Sind wir fertig?«, fragte Merritt.

»Im Moment, ja.« Decker nickte. »Danke.«

»Bekomme ich immer noch mein Gratisexemplar, oder haben Sie Ihre Meinung geändert?«, fragte Rina.

»Natürlich.« Merritt lächelte. »Ich bewundere Ihre Charakterstärke.«

»Sagen Sie das meinem Mann.«

Die Truppe verließ die Galerie auf der Suche nach einem

geöffneten Restaurant, um zu Mittag zu essen. »Wenigstens haben wir die Liste auf drei Namen eingedampft«, meinte McAdams.

»Gute Arbeit, Harvard.«

»Ich hab die Arbeit erledigt, aber ich war nicht der kreative Teil in dieser Gleichung.«

»Ähem«, sagte Rina.

Decker lachte. »Vielen, vielen Dank, meine geniale Ehefrau.«

»Keine Ursache.«

»Und wo stehen wir jetzt?«, fragte McAdams.

»Wir haben Namen«, sagte Decker. »Wir machen es auf die altmodische Art: mit Beinarbeit. Oder in deinem Fall, McAdams, nennen wir es Rollarbeit.«

33

»Es wurde niemand als vermisst gemeldet«, berichtete Cindy. »Wie lange hat sich Victor Gerrard nicht gemeldet?«

»Zehn bis vierzehn Tage.« Am anderen Ende der Leitung blieb es still, und Decker wusste, dass Cindy das dachte, was jeder Polizist denken würde.

»Und du meldest es erst jetzt?«

»Ich habe es erst jetzt erfahren.« Er wechselte das Handy ans andere Ohr. »Hör zu, Liebes, ich brauche nur jemanden, der für uns zu einer Wohnung geht, um sicherzustellen, dass er dort nicht vergammelt.«

»Ich glaube, einen vergammelnden Leichnam hätte längst jemand gemeldet. Das stinkt nämlich ganz schön.«

»Bitte, bitte.«

»Und du bist sicher, dass dies die richtige Adresse ist?«

»Nein, bin ich nicht.«

»Und du willst keine Vermisstenmeldung abgeben? Das Ganze ein bisschen offizieller machen?«

»Noch brauche ich die Bürokratie nicht. Möglicherweise treiben wir ihn ja auch in New York auf.«

»Warum lässt du mich nicht erst mal wissen, was in New York los ist, bevor ich irgendetwas unternehme?«

»Wir sind hier vermutlich noch eine Weile beschäftigt. Ich will nur wissen, ob ihr da einen Toten habt.«

»Ich werde Folgendes tun, aber nur, weil ich dich liebe«, sagte Cindy. »Ich werde in der Wohnung nachsehen, ob ich einen Toten habe. Wenn ich keinen Leichnam finde, sehe ich mich um, ob irgendwas komisch aussieht. Wenn etwas komisch aussieht, fange ich mit dem Papierkram an. Aber ich ziehe erst in einer Stunde los, weil es eh schon eine Weile her ist und ich gerne meine Schicht beenden möchte. Sonst wäre es schlechter Stil, mit dem man seinen Partner richtig sauer machen kann.«

»Danke, Cynthia, du bist eine Bombe. Wie geht es den Kindern?«

»Super. Die neue Schule gefällt ihnen. Besuch sie doch am Großeltern-Tag in ein paar Wochen.«

»Ich werde da sein.«

»Nenn mich einen lächerlichen Optimisten, aber ich entscheide mich noch mal dafür, dir zu glauben.«

»Das war ein Schlag unter die Gürtellinie. Ich werde da sein, versprochen. Ich liebe dich, meine Große.«

»Ich dich auch.« Sie legte auf. Decker kehrte an den Tisch zurück, an den die Gruppe zum Mittagessen gesetzt worden war. Sie befanden sich in einem überfüllten koscheren vegetarischen Restaurant mit langen Holztischen und harten Stühlen, wodurch der Rollstuhl zur bequemsten Sitzgelegenheit im ganzen Laden wurde. Auf dem Tisch stand ein halbes Dutzend gemischte Appetizer, die vermutlich besser aussahen, als sie schmeckten, und ein Krug mit verdünntem Ökotee.

»Sie geht in einer Stunde in die Wohnung, Gott segne sie.« Decker setzte sich.

»Glauben wir, dass Gerrard noch am Leben ist?«, fragte McAdams.

»Ich habe keine Ahnung.« Decker wählte eine Pseudo-Frühlingsrolle mit Hähnchenfüllung aus. Gar nicht so schlecht, aber alles, was frittiert, gezuckert oder schön salzig war, schmeckte sowieso immer wenigstens passabel. Sein Handy klingelte. Auf dem Display erschien Radars Handynummer. Er nahm das Gespräch an. »Warte einen Moment, Mike, ich suche einen Ort, an dem ich dich verstehen kann.«

Er stand auf und ging hinaus in die Kälte. Der Himmel war grau, und es flirrten ein paar Schneeflocken durch die Luft, aber es war nicht mehr so kalt wie weiter nördlich. Er trug Handschuhe und einen Schal um den Hals, hatte dafür seinen Hut abgenommen und im Lokal gelassen. Eisige Flocken landeten auf seinem Kopf, als wären sie durch die Luft übertragene Schuppen. »Was gibt's?«

»Ich bekam gerade einen Anruf von einem pensionierten Detective namens Allan Sugar. Ich habe keine Ahnung, wer das ist, aber da er nach Ihnen gefragt hat, nehme ich mal an, Sie wissen etwas darüber.«

Upps. »Sugar ist einer der ursprünglichen Ermittler im Petroshkovich-Ikonenraub. Wir glauben, dass Angeline Moreau Drucke aus dem Petroshkovich-Buch geklaut und sie durch Fälschungen ersetzt hat. Dafür brauchte sie Kopien der Originale, und es hätte verdächtig gewirkt, wenn sie das Buch in ihrer Bibliothek ausgeliehen hätte. Also bat ich Sugar, ob er zum Pretoria College fahren und nachsehen könnte, wer dort noch das Buch ausgeliehen hatte, da zwei Bibliotheken sich den Band teilen.«

»Sie denken, John Latham hat die Drucke herausgetrennt und sie Angeline zum Kopieren gegeben?«

»Ganz genau. Ich wusste, Sie hatten wenig Leute zur Verfügung, und ich dachte mir, Sugar hätte nichts dagegen. Ich hätte Sie gleich einweihen sollen, aber ich habe nicht daran gedacht. Tut mir leid.«

»Ja, ja, es ist nur nicht angenehm, wie ein Blödmann dazustehen. Finden Sie heraus, was er herausgefunden hat, und dann rufen Sie mich zurück.«

»Bin schon dabei.«

»Inzwischen war ich auch in Littleton und habe mit ein paar von Lance Terrys Freunden gesprochen und sie gefragt, was dem Jungen denn so viel Angst eingejagt hat, dass er mitten im Semester abhaut.«

»Und?«

»Anonyme Anrufe. Mehrere. Und dann fing Terry an zu glauben, er würde verfolgt. Seine Kumpel sagten mir, er wurde ein bisschen paranoid. In Anbetracht der Vorkommnisse würde ich seine Paranoia eher als scharfsinnig bezeichnen.«

»Ich werde mich noch mal mit Terry unterhalten. Vielleicht ist ihm ein silberfarbener Hyundai-Lieferwagen aufgefallen. Gibt's da etwas Neues?«

»Wir haben ungefähr fünfzig in der Gegend überprüft. Alle Zulassungen begründet und geklärt. Erfreulich hingegen ist, dass Moreau tatsächlich eine Kopie des Schlüssels hatte, der in Lathams leerem Lager gefunden wurde.«

»Ja!« Decker machte die Siegerfaust und erntete dafür ein paar Blicke von vorbeigehenden Passanten. »Unser erstes konkretes Bindeglied zwischen Latham und Moreau.«

»Es wird wärmer. Und das bedeutet, dass Sie auf sich aufpassen müssen. Ich hätte Sie gerne hier in Greenbury, wo böse Dinge eher auffallen. Wann kommen Sie nach Hause?«

»Ich habe hier unten noch zu tun.« Er informierte Radar über das Gespräch mit Merritt. »Nach dem Mittagessen fangen wir damit an, Victor Gerrard zu jagen.«

»In New York oder Philly?«

»Wir suchen in New York. Ich habe meine Fühler nach Philadelphia ausgestreckt. Und es sieht so aus, als sollte ich noch mal mit Terry reden. Also würde ich sagen, dass wir vermutlich morgen wieder zurück sind.«

»Heute Abend wäre besser. Ich lasse Ben und Kevin weiter nach dem Lagerraum suchen. Sie rufen Allan Sugar an und finden heraus, ob Latham das Buch ausgeliehen hat. Dann melden Sie sich bei mir.«

»Ich rufe Sie gleich zurück.«

Zehn Minuten später saß Decker wieder mit einem breiten Grinsen nach dem Gespräch mit Allan Sugar am Tisch. Die Appetizer waren verschwunden, und bislang gab es noch keine Vorspeisen. Er starb fast vor Hunger, hatte aber zu gute Laune, um wie sonst immer ausgehungert herumzumeckern.

»Die Vorspeisen sollten gleich kommen«, sagte Rina. »Die Bedienung ist langsam.«

»Damit kann ich leben, aber ich bin ein bisschen angefressen, dass du mir keine Frühlingsrolle aufgehoben hast.«

»Ich dachte, du isst keine frittierten Sachen mehr?«

»Ich bin niemals konsequent. Das solltest du mittlerweile wissen. Aber es gibt eine gute Nachricht.« Decker brachte alle auf den neuesten Stand. »Wir haben also zwei definitive Verbindungen zwischen Latham und Moreau – der gleiche Schlüssel an ihren Schlüsselringen, und beide haben das Petroshkovich-Buch ausgeliehen – oder zumindest hat Terry es für Angeline ausgeliehen.«

»Oder vielleicht hat er es auch gar nicht *nur* für sie ausgeliehen«, warf Oliver dazwischen.

»Wie meinen Sie das?«, wollte McAdams wissen.

»Fragen Sie den Boss«, sagte Oliver.

Decker schlug sich gegen die Stirn. »Er meint, es könnte sein, dass Lance Terry über die Diebstähle Bescheid wusste und daher jetzt Angst hat.«

McAdams hob die Augenbrauen. »Interessant.«

»Sagtest du nicht, er sei in seinem Abschlussjahr in Theaterwissenschaft?«, fragte Rina. »Also in Schauspielerei?«

»Ja«, gab Decker zu, »das habe ich gesagt. Am besten statten wir ihm gleich nach dem Mittagessen einen Besuch ab.«

»Was ist mit Gerrard?«

»Er ist schon seit zwei Wochen weg, da kann er auch noch ein paar Stunden länger warten.«

»Soll ich Lance anrufen?«, fragte McAdams.

»Nein, wir platzen wieder einfach so herein. Ich will nicht, dass er die Biege macht. Und wir sollten Terrys Schlüsselbund überprüfen. Vielleicht besitzt auch er eine Kopie von Lathams Schlüssel.«

»Würde er sich selbst mit dem Raub belasten?«

»Wenn er uns seine Schlüssel nicht zeigt, sagt das etwas aus«, meinte Oliver. »Es gibt einen Grund, warum er in Panik geraten ist, und sehr wahrscheinlich hat es mit mehr zu tun als ein paar anonymen Anrufen.«

»Seine Alibis bestehen für beide Morde«, sagte McAdams.

»Er hätte immer noch jemanden anheuern können. Reich genug ist er.«

»Was denkst du, Scott?«, fragte Rina.

»Vielleicht hatten zuerst nur Terry und Angeline dieses kleine Kunstraubding am Laufen. Und dann kommt Latham dazu und übernimmt nicht nur die Organisation, sondern stiehlt auch das Mädchen. Also schneidet Terry ihm den Schwanz ab. ›Du nimmst mir was weg, dann nehme ich dir was ab.‹ Lathams Ermordung war ja was Persönliches.«

»Ich weiß nicht«, sagte Decker, »irgendwie fühlt sich das Ganze größer an als nur eine Dreiecksgeschichte und ein paar gestohlene Kunstgegenstände. Ich muss immer wieder an das Codebuch denken.«

»Vielleicht fing es klein an, und dann machte Latham alles

komplizierter. Und das ist der Augenblick, in dem der richtig böse Bube beschließt aufzutauchen.«

»Es ist doch verrückt«, sagte McAdams, »wir haben ein Codebuch, einen unauffindbaren Lagerraum, drei gelöschte Namen von Merritts Kundenliste, und wir vermissen immer noch Victor Gerrard.« Der Junge sah sich um. »Ich bin am Verhungern.«

»Ja«, gab Decker zu, »es ist wirklich lächerlich.« Er stand auf.

»Sei freundlich«, sagte Rina.

Aber Peter war schon davongestiefelt. Fünf Minuten später kamen die Vorspeisen: verschiedene Tofu-Varianten, die wie Fleisch wirken sollten, das Ganze versunken in Tomatensauce und mit Käse überbacken.

McAdams griff nach seiner Gabel. »Sieht grässlich aus. Aber die könnten mir jetzt Hundefutter in einem Trog servieren, und ich würde trotzdem nicht meckern.« Er spießte etwas Schleimiges auf und probierte es. »Nicht schlecht.« Dann hörte er auf zu kauen und wandte sich an Decker. »Während Sie draußen mit Radar geredet haben, hab ich Dr. Alex Beckwith nachgeschlagen. Während der letzten zehn Jahre hat der Mann versucht, europäische Museen dazu zu überreden, eine da-Vinci-Wanderausstellung zu kuratieren, die irgendwann nach irgendwo in Amerika kommen sollte, wahrscheinlich ins Met.«

»Das klingt ehrgeizig«, sagte Rina, »und unrealistisch.«

»Vor allem jetzt«, sagte McAdams. »Inmitten von Nazi-Beutekunst und diesem Chabad-Dings, über das Merritt geredet hat, leiht den USA niemand etwas aus. Alle haben Angst, dass die Gegenstände konfisziert werden. Beckwiths Pläne sind eindeutig ausgebremst worden.« McAdams lächelte. »Schätze, die *Mona Lisa* wird nirgendwohin reisen.«

»Er hat versucht, die *Mona Lisa* über den großen Teich zu bringen?«

»Das war sarkastisch gemeint. Jedes Gemälde von da Vinci ist unbezahlbar, da es so wenige von ihm gibt.«

»Also würde es sich lohnen, dafür zu töten«, sagte Oliver.

»Ja, vermutlich. Aber selbst wenn man mutig und schlau genug und ausreichend vernetzt ist, um einen da Vinci zu stehlen, dann kann man ihn trotzdem nirgendwo verkaufen.« McAdams überflog seine Notizen. »Ich könnte mir denken, dass Beckwith eine etwas kleinere Sache vorhatte – Zeichnungen zum Beispiel: auch sehr selten, aber nicht so unbezahlbar. Egal, alles pure Theorie.«

»Was ist mit den anderen beiden Russen?«, fragte Decker. »Etwas über sie herausgefunden?«

»Lars Dotter Hemellvich ist eigentlich Finne. Er lebt in Norwegen und Kroatien und hat sich als Kunsthändler auf byzantinische, italienische und russische Kunst und Mosaiken spezialisiert. Martin Kosovsky ist ein russischer Industrieller aus Odessa.«

»Was für ein Industrieller?«, fragte Oliver.

»Öl und Erdgas. Mehr konnte ich nicht herausfinden. Für einen Oligarchen hält er sich sehr bedeckt.«

»Er ist ein Oligarch?«

»Er ist steinreich, und er ist Russe, und er ist nicht Putin. Lautet so nicht die Definition eines Oligarchen?« McAdams aß ein bisschen von dem getürkten Hühnchen, und es schmeckte wie Hühnchen. »Ich grabe ein bisschen tiefer, sobald ich mehr Zeit hab. Erst mal ist Lance Terry dran?«

»Ja«, sagte Decker. »Ich hoffe trotz der verschwindend geringen Chancen, dass er uns zu Victor Gerrard führen kann.«

Rina legte ihre Serviette beiseite. »Nicht meine beste Restaurantauswahl, fürchte ich.«

»Es war gut«, sagte Oliver.

»Wenn man schlechtes Essen und eine langsame Bedienung mag, war es super.« Decker wartete auf einen Seitenhieb von Rina, stattdessen lachte sie. Decker gab ihr einen Wangenkuss. »Du bist wirklich eine gute Verliererin. Ich frotzele die ganze Zeit auf deine Kosten herum.«

»Das stimmt, aber ich liebe dich trotzdem. Vor allem weil ich immer meinen Willen durchsetze und dieses Gefrotzel dein Versuch ist, ein Gleichgewicht der Kräfte herzustellen.« Sie erwiderte den Kuss und betrachtete McAdams. »Armer Tyler. Du hast kaum etwas gegessen.«

»Nicht das befriedigendste aller Mittagessen, aber unter Umständen haben Sie mir einen Gefallen getan.« Der Junge zuckte mit den Achseln. »Victor Gerrard ist vielleicht tot und am Verwesen. Angesichts meiner Reaktionen bei der Begegnung mit Leichen wäre es besser, wenn ich nicht mit vollem Bauch auf die Jagd gehe.«

34

Mit vor seiner Footballspielerbrust verschränkten Armen war Lance Terry knallrot angelaufen und schwitzte. »Sie haben kein Recht, hierherzukommen und mich zu schikanieren. Wenn mein Vater da wäre …«

»Wenn Ihr Vater da wäre, würde ich ihm sagen, dass Sie in Gefahr sind und Sie am besten mit der Polizei reden.« Decker sah sich im Flur um. »Sie glauben doch schon, dass Sie verfolgt werden. Wer weiß? Vielleicht beobachtet uns jemand genau in diesem Moment.«

Der Junge wurde kreidebleich, von Knallrot zu Weiß. »Ist Ihnen jemand gefolgt?«

»Wenn ja, dass sieht er jetzt, wie wir miteinander reden. Würden Sie uns also hineinlassen? Das wäre ein guter erster Schritt.«

»Ja … klar.« Terry riss die Tür weit auf und ließ die Gruppe in die Wohnung. Sein Blick blieb an Rina hängen, und er schien sich zu fragen, wer diese neue Person wohl sei. Es war ruhig im Apartment, außer dem weit entfernten Poltern von Wäsche, die gerade in einem Trockner herumgeworfen wurde. Auf dem Sofa lag ein halbgepackter Koffer, ein geschlossener stand auf dem Boden.

Deckers Blick wanderte von dem Koffer zu Terry. »Sind Sie allein?«

»Ja.«

»Wo ist Ihre Haushälterin?«, fragte McAdams.

»Ich hab ihr den Nachmittag freigegeben.«

»Sie wollten nicht, dass sie sieht, wie Sie packen, und Ihnen Fragen stellt«, sagte Oliver.

Terry erwiderte nichts darauf. Er trug ein eng anliegendes langärmeliges Hemd und Jeans, dazu Wanderschuhe. Sein sandfarbenes Haar fiel ihm über die schweißnasse Stirn.

»Wo ist Ihr neuer Freund? Livingston Sobel?«

»Woher soll ich das wissen?« Pause. »Er ist gestern Abend gegangen. Ich vermute mal, nach Hause.« Sein Blick flackerte hin und her. »Glauben Sie wirklich, dass ich in Gefahr bin, oder ist das nur ein Vorwand?«

»Es kommt nicht darauf an, was ich glaube«, sagte Decker, »denn offensichtlich glauben Sie, dass Sie in Gefahr sind. Sie packen viel zu viele Sachen ein, um nur zur Uni zurückzukehren.«

»Ich geh nicht wieder an die Uni«, sagte Terry. »Zumindest nicht in diesem Semester. Ist zu viel passiert.«

»Wovor haben Sie Angst, Lance?« Als Terry schwieg, fuhr Decker fort: »Warum setzen wir uns nicht alle hin, und Sie sagen uns die Wahrheit.«

»Ich hab Ihnen die Wahrheit gesagt!«, insistierte Terry. »Ich hatte nichts mit Angelines Tod zu tun … oder dem von diesem Heini.«

»Sein Name war John Latham.«

»Ich hab sie nicht umgebracht, und ich hab ihn nicht umgebracht!«

»Ich glaube Ihnen«, sagte Decker, »aber Sie wissen ganz sicher mehr, als Sie uns bisher gesagt haben. Es gab anonyme Anrufe. Sie glauben, Sie werden verfolgt. Wir sind hier, weil wir uns Sorgen um Ihr Wohlergehen machen.«

Terry schien in sich zusammenzufallen. Er setzte sich neben den offenen Koffer. »Dass Sie hier aufkreuzen, ist nicht gut für meine Gesundheit.«

»Ganz im Gegenteil«, sagte Oliver. »Unsere Anwesenheit hier sagt den bösen Buben, dass wir Sie vor ihnen gekriegt haben. Also hätten sie nicht mehr viel davon, Ihnen etwas anzutun, außer dass sie uns dazu anspornen würden, unsere Bemühungen zu verdoppeln. Momentan sind Sie am ehesten raus aus der Sache, je mehr Leuten Sie davon erzählen.«

»Wie lautet Ihr Passwort für das Wi-Fi?«, fragte McAdams.

»Mein Passwort?«

»Das Passwort für die Wohnung. Ich würde gerne ins Internet gehen.«

»Terrypark. Mit großem T.«

»Danke.«

Decker schlug seinen Notizblock auf. »Erzählen Sie mir von den anonymen Anrufen.«

Er flüsterte hinter vorgehaltener Hand. »Ein Anruf mit verborgener Nummer kam auf meinem Handy an. Als ich ranging, hörte ich nur schweres Atmen – damit ich wusste, dass jemand am anderen Ende war. Und dann legte dieser Jemand auf. Ich aktivierte in meinem Handy die Funktion, dass niemand mehr durchkommt, ohne dass eine Nummer angezeigt wird. Aber diese Anrufe kamen immer noch durch mit verborgener Nummer. Ich bin ausgeflippt.«

»Wie lange passierte das?«, fragte Oliver.

»Es begann ein paar Tage nach Angelines Ermordung. Und dann, nachdem auf euch Jungs geschossen wurde, hab ich …«

»Man hat auf Detective Decker geschossen«, unterbrach ihn McAdams, »mich hat man angeschossen.«

»Ich weiß, ich weiß. Ich wurde nervös. Ich musste von da verschwinden.«

»Und dann dachten Sie, man verfolgt Sie«, sagte Decker.

»Könnte auch an meiner Fantasie liegen.«

»Wahrscheinlich nicht«, meinte Oliver. »Erzählen Sie uns davon.«

»Ich hab Dinge gesehen, flüchtige Schatten, aber wenn ich mich umgedreht hab, war da nichts.«

»Sie hatten also das Gefühl, eine Person folgt Ihnen?«

»Eine Person, ja, kein Hund.«

»Eine Person, ja, kein Auto, Lance?«

»Oh, ich verstehe, was Sie meinen. Auf dem Campus ist es schwierig, jemanden mit dem Auto zu verfolgen, weil man über Wege und Felder und Orte geht, die sich nicht mit Straßen schneiden. Also, nein, ein Auto, das mir folgt, ist mir nie aufgefallen.« Er runzelte die Stirn. »Was denn für ein Auto?«

»Ein silberfarbener Hyundai-Lieferwagen«, sagte Decker. »Vielleicht zwei Jahre alt.«

Terry schauderte es, während er den Kopf schüttelte.

»Detective Oliver hat recht«, sagte Decker eindringlich, »je mehr Leute von Ihren Geheimnissen wissen, desto besser für Sie. Also fangen Sie ganz von vorne an.«

»Ich hab Ihnen alles gesagt.«

»Nein, haben Sie nicht, Lance. Entweder erzählen Sie es uns, oder aber es endet damit, dass Sie es jemandem erzählen, der Ihnen eine Waffe an den Kopf hält.«

Er schlug beide Hände vors Gesicht. »Es … Gott … es ist so lange her.« Niemand sprach ein Wort. »Nur eine bescheuerte Mutprobe.« Er hob den Blick. »Schikanen. Um in die Bruderschaft zu kommen.«

Alle warteten.

»Ich musste was vom Friedhof klauen. Nicht dem bei der Uni, sondern dem großen in Bainbridge, ungefähr fünfzehn Kilometer weit weg.«

»Wann war das?«, fragte Oliver.

»Als ich in Littleton anfing, vor ungefähr dreieinhalb Jahren. Deshalb fällt's mir ja auch so schwer zu glauben, dass dieses ganze Chaos irgendwas mit mir zu tun hat!«

»Was haben Sie gestohlen?«

»Eine Statue aus Stein, nicht mal einen Meter hoch. Irgendeine blöde Göttin in einer römischen Toga. Sie war in einem schlechten Zustand. Ein Arm war abgebrochen. Ich entdeckte sie verborgen in ein paar Efeubüschen, total verdreckt. Also schnappte ich sie mir, weil sie nicht so aussah, als würde irgendjemand sie vermissen. Heilige Scheiße.« Er holte tief Luft. »Nicht mein bester Auftritt, aber ich war betrunken und wollte den anderen unbedingt gefallen. Egal, jedenfalls stand sie ein oder zwei Monate in meinem Schlafraum herum. Und dann lernte ich Angeline kennen. Ein paar Monate später – nachdem wir zusammen waren – fragte sie mich danach. Ich erzählte ihr, was ich getan hatte. Sie fand's cool.«

Schweigen.

»Mehr als cool. Sie war fasziniert. Sie erzählte mir, sie hätte was Ähnliches in einem Antiquitätenladen in Boston gesehen. Sie fragte mich, ob sie versuchen könnte, die Statue zu verkaufen, und wir würden uns den Erlös teilen. Die stand bloß in meinem Zimmer rum, also sagte ich Ja.«

»Wissen Sie, an wen sie die Statue verkauft hat?«

»Keine Ahnung, aber sie erzählte mir, sie hätte zweihundert Dollar dafür gekriegt – hundert für jeden von uns, die ich auf den Kopf haute, um sie zum Essen einzuladen. Ich bin so ein Idiot.«

»Fahren Sie fort.«

»Mehr war nicht. Sie verkaufte die Statue, wir teilten das Geld, und ich sah sie nie wieder.«

»Lance, die Statue war nur der Anfang. Wir wissen, dass

Sie andere Dinge gestohlen haben, denn *wir* wissen, welcher Galeriebesitzer die heiße Ware gekauft hat.« Eine kleine Notlüge? Decker zog es vor, es als eine auf Tatsachen beruhende Vermutung hinzustellen. »Kommen Sie, raus damit.«

Der Junge klappte jetzt regelrecht zusammen, er zog die Schultern ein und krümmte sich im Sitzen, als hätte er schlimme Bauchschmerzen. »Ich glaub's einfach nicht, wie mir das alles plötzlich um die Ohren fliegt. Es war nur'n blöder College-Scherz, was man so macht, wenn man betrunken ist und eine Frau ins Bett ...« Er sah zu Rina. »Mädchen können komische Sachen mit deinem Verstand machen.«

»Dessen bin ich mir bewusst«, sagte Rina.

»Erzählen Sie uns den Rest«, sagte Decker.

»Ein paar Monate später fragte sie mich, ob ich mehr solche Sachen anschleppen könnte.«

»Wie die Statue.«

Terry nickte. »Ich sagte ihr, ich würde mich mal umsehen.« Ein Seufzer. »Also klaute ich noch eine Statue vom Friedhof in Bainbridge. Eine kleinere, aus Marmor. Und dann noch ein paar Urnen. Sie verkaufte sie, und wir teilten uns den Erlös. Weil sie aus Marmor waren, bekam sie mehr Geld dafür.«

Decker wandte sich an McAdams. »Überprüf mal, ob die Gegenstände auf der Inventarliste stehen.«

»Bin schon dabei.«

»Wenn Sie noch mehr gestohlen haben, Lance, finden wir es heraus«, warnte Decker ihn. »Jetzt ist der richtige Moment, um uns alles zu erzählen.«

Er senkte den Kopf. »Ich sagte ihr, ich würde keine Statuen mehr mitgehen lassen. Zu schwer und zu riskant. Also fragte Angeline, ob es nicht andere wertvolle Sachen auf dem Friedhof gäbe, kleiner und leichter ... damit ich kein so großes Risiko einginge, wenn ich sie mit mir herumschleppte.«

»Und Sie sagten?«

»Gott…« Er schüttelte den Kopf. »Ich sagte ihr, es gäbe da einen Andachtsraum, voller Metallurnen mit der Asche der Beigesetzten. Einige der Urnen sahen nach echtem Silber aus.«

»Sie haben sterbliche Überreste gestohlen?«, fragte Rina.

»Nein! Nur die Urnen!«

»Und was haben Sie mit der Asche gemacht? Auf den Boden gekippt?«

»Natürlich nicht!« Alle warteten darauf, dass Terry weiterredete. »Sie fragte, ob ich in den Raum käme. Ich sagte, die Tür wäre nicht abgeschlossen, aber ich würde keine sterblichen Überreste klauen. Schlechtes Karma und so. Stattdessen sagte sie, ich sollte mit dem Handy Fotos von den Silberurnen machen. Detaillierte Fotos: Nahaufnahmen. Es sei für ein Projekt, aber ich wusste, dass sie log.«

»Sie haben es trotzdem getan«, sagte Oliver.

»Ich schickte ihr die Fotos und fand, was sie damit macht, ist allein ihre Sache.«

»Und was hat sie damit gemacht?«

»Sie kopierte die Urnen. Aber sie verwendete ein billiges Metall dafür, das sie silbern anmalte. Sie gravierte sie sogar mit derselben Beschriftung, mit einem Dremel.« Ein großer Seufzer. »Sie brauchte dafür ungefähr sechs Monate. Als sie fertig war, beschwatzte sie mich, noch ein Mal dorthin zu gehen.«

Eine lange Pause. »Dann hab ich die echten gegen die gefälschten Urnen ausgetauscht.«

»Dieses Austauschen kommt mir sehr bekannt vor.« McAdams zeigte ihm ein Foto auf seinem iPad. »Äh… schauen Sie sich diese Marmorurne an. Erkennen Sie sie wieder?«

»Vielleicht war's eine von meinen, aber ich könnte es nicht beschwören.« Pause. »Wahnsinn, der will tausend Dollar dafür.«

»Was haben Sie mit den echten Silberurnen gemacht?«, fragte Oliver.

»Angeline hat es geschafft, bei einigen die Gravierung rauszupolieren. Bei anderen, bei denen die Inschrift zu tief war, sagte sie, die wären nicht gut für den Einzelhandel. Also hat sie sie eingeschmolzen. Und den Metallpreis kassiert. Aber ich will, dass Sie etwas wissen: Die Asche hab ich immer in die billigen Urnen umgefüllt. Onkel Gomer oder Tante Dottie hab ich nicht geklaut. Sie standen genau da, wo sie hingehörten … nur nicht so schick verpackt … aber ihnen war das sowieso egal.«

Seine Schutzbehauptungen trafen auf ein anklagendes Schweigen.

Lance wurde rot. »Ich werde sie von meinem eigenen Geld entschädigen, wenn Sie mir versprechen, dass ich nicht ins Gefängnis muss.«

»Kleiner, momentan ist das deine geringste Sorge«, klärte Oliver ihn auf.

»Welche Gegenstände haben Sie noch gestohlen?«, fragte Decker.

»Danach nichts mehr.« Terry zuckte zusammen. »Ich schwör's! Ich hab mich geweigert, noch mal zum Friedhof zu gehen. Der letzte Auftrag war mir echt nicht geheuer. Sie hat immer wieder versucht, meine Meinung zu ändern. Aber als ihr klar wurde, dass Friedhöfe vorbei sind, hat sie mich zu anderen Sachen gedrängt.«

»Wie zum Beispiel?«

»Antike Landkarten mit einem Rasiermesser aus alten Atlanten herauszutrennen.«

»Wann war das?«

»Ungefähr vor anderthalb Jahren. Und falls es Sie interessiert, ich hab mich geweigert. Sie haben ja selbst gesehen, wie sorgfältig die an den Schaltern sind. Ich wusste, ich würde erwischt werden. Dann schlug Angeline vor, wir könnten in die Stadtbibliotheken entlang des Hudsons gehen. Kleinstädte haben oft jede Menge antike Bücher, und niemand interessiert sich dafür. Aber ich lehnte ab. Wenn sie es machen wollte, war sie auf sich allein gestellt. Sie ließ es bleiben, aber ich wusste, dass ihr die Ideen nicht ausgegangen waren, vor allem, als sie plötzlich mit einer Movado-Uhr am Handgelenk aufkreuzte. Sie ließ mich fallen, weil ich ihr nicht mehr nützte. Irgendwann, als sie lauter teures Zeug an sich hatte, wurde mir klar, dass sie sich einen neuen Partner besorgt hatte.«

»Wie trat John Latham in Erscheinung?«

»Ich weiß nicht, wie sie ihn kennengelernt hat. Vielleicht hat ihr Kontakt in Boston sie zusammengebracht.«

»Und Sie wissen nicht, wer ihr Kontakt in Boston war?«

»Nein.« Pause. »Ich dachte, Sie sagten, Sie kennen den Kontakt.«

»Ich möchte hören, was Sie dazu sagen.«

»Ich hab dazu nichts zu sagen! Ich kannte ihren Kontakt nicht, aber ich weiß verdammt noch mal genau, dass sie was am Laufen hatte: Die Klunker wurden größer, ihre Skiausrüstung war vom Feinsten, und ihre Sonnenbrillen und Handtaschen waren voller Designerlogos. Wie sonst hätte sie sich solchen Scheiß leisten können, wenn nicht mit was Illegalem?«

»Und Sie haben keine Ahnung, wie sie John Latham kennengelernt hat?«

»Nein, keinen Schimmer. Warum glauben Sie mir nicht?«

»Fragen Sie mich das im Ernst?« Als Terry rot wurde, sagte Decker: »Wann haben Sie das mit Latham herausgefunden?«

»Das hab ich euch Typen schon gesagt.«

»Dann sagst du es uns Typen eben noch mal.« McAdams hob sein iPad hoch. »Nur für meine Notizen.«

»Vor einem Jahr bin ich ihr nach Boston gefolgt. Ich sah Latham. Ich habe umgedreht und bin nach Hause gefahren. Ich war stinksauer. Ich geb's zu, ich dachte ernsthaft darüber nach, ihm das Licht auszupusten. Aber nach der langen Fahrt war ich müde. Und ich vermute mal, die Fahrt hat mich wieder runtergebracht. Ich hab ihn nicht umgebracht, und ich hab sie nicht umgebracht.« Er sackte auf seinem Stuhl zusammen und sah Decker mit flehendem Blick an. »Ich hab Angst. Nehmen Sie's mir nicht übel, aber ich will nicht wie er enden.« Er deutete auf Tyler.

»Kein Problem«, sagte Tyler, »ich bin darüber auch nicht gerade glücklich.«

»Mann, was mache ich denn jetzt?«

»Mit dem Klauen aufzuhören, wäre schon mal ein guter Anfang«, sagte Oliver.

»Ich war ein verdammter Vollidiot. Ich zahl alles in bar zurück, was ich gestohlen hab. Ich werde Entschuldigungsbriefe schreiben. Ich werde gemeinnützige Arbeiten übernehmen. Aber mich weiter zu bedrängen, hilft niemandem, weil ich keine Ahnung hab, wer die beiden getötet hat.« Er bekam feuchte Augen. »Ich wiederhole mich: Was mache ich jetzt?«

»Noch ein paar Fragen, Lance«, sagte Decker. »Kennen Sie einen Mann namens Alex Beckwith?«

Terry schüttelte den Kopf. »Wer ist das?«

»Und einen Martin Kosovsky?«, fragte Oliver. Als er keine Antwort bekam, fuhr er fort: »Lars Dotter Hemellvich?«

»Nie von denen gehört. Die Namen klingen russisch.«

»Was ist mit Victor Gerrard?«, fragte Decker.

Terry dachte lange und intensiv nach. »Ist er so was um die dreißig?«

»Er ist so was, und er ist so was von vermisst.«

»O Gott…«

»Was wissen Sie über ihn?«

»Der Name kommt mir vage bekannt vor.«

McAdams suchte im Netz nach Bildern und drehte das Tablet zu Terry. »Klingelt es bei einem der Gesichter?«

Lance studierte die Fotos. »Ich glaube, den hier hab ich möglicherweise auf einer College-Party getroffen. Er könnte ein Freund von Angeline gewesen sein. Ansonsten…« Er zuckte mit den Achseln.

»Zeig ihm ein Bild von Jason Merritt«, sagte Decker zu McAdams.

»Klar.« McAdams tippte die Suchbegriffe ein. »Bitte schön.«

Terry schüttelte überzeugt den Kopf. »Kenne ich nicht.«

»Schauen Sie ihn sich noch mal an«, sagte Decker.

»Muss ich nicht. Ich kenne ihn nicht.«

Decker deutete auf die Koffer. »Wohin wollen Sie verreisen?«

»Ich hab eine Tante in der Nähe von Los Angeles. Also eigentlich lebt sie in einer kleinen Stadt, ungefähr hundertzehn Kilometer nördlich. Sie hat eine umgebaute Garage, die vermietet sie an Surfer, weil sie gleich am Meer wohnt. Die steht zurzeit leer, und sie sagte, ich kann sie benutzen. Ich dachte, ich verbringe dort ein bisschen Zeit, bis das alles hier vorbei ist.«

»Ich brauche Namen, Adresse und Telefonnummer Ihrer Tante«, sagte Decker.

»Kein Problem.« Pause. »Also darf ich sie besuchen?«

»Dürfen Sie, aber verlassen Sie Ventura nicht, ohne mir mitzuteilen, wohin Sie gehen.«

Der Junge sah ihn mit offenem Mund an. »Woher wissen…?«

»Das Ende von Malibu ist ungefähr fünfundsechzig Kilometer weg von L. A., rund fünfundneunzig Kilometer sind es bis nach Oxnard, hundertzehn plus ein paar Zerquetschte bis nach Ventura. Knappe hundertfünfzig sind es bis nach Santa Barbara. Ich weiß das alles, weil ich dreißig Jahre meines Lebens beim LAPD verbracht habe.«

»Oh … dann waren Sie so was wie in L. A.?«

»Ja, Lance, das LAPD ist tatsächlich in L. A.«, sagte Decker. »Sie wissen, was das bedeutet? Es bedeutet, dass Sie mich besser nicht verarschen, weil ich dort drüben jede Menge Freunde in hohen Positionen habe.«

35

Oliver ging das Auto holen, während McAdams, Rina und Decker in der Kälte froren. McAdams stand auf seinen Stock gestützt, und Rina und Decker versuchten herauszufinden, wie man den Rollstuhl zusammenklappt.

»Der Kontakt in Boston ist Goddard«, sagte McAdams.

»Möglich«, erwiderte Decker.

»Aber wir haben keinen Beweis.«

»Wenn Lance Angelines Bostoner Kontakt nie getroffen hat, haben wir kein Verbindungsglied.«

»Zurück nach Boston?«

»Vielleicht. Eins nach dem anderen. Wie kriegt man diesen Stuhl klein?«

»Neben der Fußstütze sollte es eine Verriegelung geben.«

»Aha. Stimmt.« Decker und Rina gelang es schließlich, den Stuhl zu einem flachen Rechteck aus Metall und Rädern zusammenzuklappen. »Selbst wenn es ein Verbindungsglied zwischen Goddard und Angeline gab, lohnt es sich nicht, wegen einer Marmorstatue jemanden zu töten.«

»Vielleicht stellte sich ja heraus, dass die Statue unbezahlbar ist, wie diese Statue von Degas, die jahrelang draußen vor der französischen Botschaft stand.«

Decker lächelte. »Das glaube ich nicht.«

Rina erwiderte sein Lächeln. »Na ja, ich auch nicht.«

»Was machen wir jetzt?«, wollte McAdams wissen. »Victor Gerrards Wohnung?«

»Ja, und das erinnert mich daran …« Decker holte sein Handy hervor und gab Cindys Nummer ein. Als sich ihre Mailbox meldete, hinterließ er ihr eine Nachricht. Er wandte sich an seine Frau. »Wie geht es dir?«

Rina sah auf die Uhr. »Rachel ist zu Hause. Ich würde wahnsinnig gerne unsere Enkelin besuchen.«

»Nicht ohne Schultz.«

»Er kann mitkommen.«

»Wie wäre es, wenn wir euch bei Nina absetzen? Dann kannst du mit Greg ein Taxi nach Brooklyn nehmen. Wir treffen uns später dort.«

»Das klingt nach einem guten Plan.«

»Sei vorsichtig.«

»Natürlich.«

Endlich kam Oliver im Schneckentempo angeschlichen und hielt am Bürgersteig. Der Verkehr war wie immer grauenhaft. Es dauerte ein paar Minuten, alle einzuladen, anzuschnallen und sich wieder, unter lautem Gehupe, in den Verkehr einzufädeln.

»Wir setzen Rina bei Nina ab, und dann ziehen wir los zu Gerrards New Yorker Adresse.«

»Ich hab ein paar Bilder von Gerrard hochgeladen«, sagte McAdams. »Wir können sie den Nachbarn zeigen.«

Oliver trat auf die Bremse, und das Auto rutschte. »Ich hasse diese Stadt.«

»Sie war für Kutschen gedacht, nicht für Autos«, sagte McAdams. »Wenn man zu Fuß unterwegs ist, gibt es nichts Schöneres … bei schönem Wetter … ohne Stock.«

»Du kommst doch gut zurecht mit dem Stock, Tyler«, sagte Rina.

»Ja, stimmt. Den Rollstuhl kann man zurückbringen. Ich laufe echt lieber.«

»Draußen ist es rutschig«, erinnerte ihn Oliver.

»Ich schaffe das. Ich hasse es, mich wie ein Krüppel zu fühlen.« Er seufzte. »Diese ganze Geschichte war wirklich eine erniedrigende Erfahrung.«

»Du hast das prima bewältigt«, lobte Decker ihn.

»Ich werde ihn vermissen … den Job. Ich hatte endlich das Gefühl, mal etwas beizutragen.«

»Du gehst weg aus Greenbury?«, fragte Rina.

»Er wird Jura studieren.«

»Gute Entscheidung«, sagte Rina.

»Das sagt Jack McAdams auch.«

»Weißt du, Jura ist eins dieser Fächer, die einem alles ermöglichen«, sagte Rina. »Mit dem, woran du gerade arbeitest, kannst du dich auf gestohlene Kunst spezialisieren.«

»Wann fangen Sie an?«, fragte Oliver.

»Im August.« McAdams starrte aus dem Fenster.

»Das ist noch lange hin«, meinte Rina. »Wer weiß, was noch alles passiert?«

»Das ist das Gute an der Zukunft«, sagte Decker. »Sie steht uns immer offen.«

Cindy war am Telefon. »Ich habe den Verwalter dazu gebracht, die Wohnung aufzusperren. Abgesehen von den Möbeln, die zu dem Apartment gehören, ist es leer, Dad. Nichts in den Schränken oder Schubladen. Nirgends persönliche Dinge. Selbst der Müll wurde geleert, was ungewöhnlich ist. Irgendwas liegt sonst immer verstreut herum. Wo er auch hingegangen ist, offensichtlich wollte er nicht verfolgt werden.«

Oliver rumpelte über ein Schlagloch, und das Auto machte

einen Satz. »Hoffentlich hatte niemand gerade Kaffee in der Hand.«

Decker sprach ins Handy. »Wurde Gerrards Miete weiter bezahlt?«

»Bis zum Monatsende.«

»Also hatte er es eilig. Er ist auf der Flucht.«

»Wer ist auf der Flucht?«, fragte Oliver.

»Bleib dran, Cindy. Ich stelle das Gespräch laut, damit McAdams und Oliver mithören können.« Decker drückte eine Taste, und Cindys Stimme, die durch den Lautsprecher blechern klang, drang durch den Innenraum.

»Hey, Scott.«

»Hey, Cindy, wie läuft's bei dir?«

»Ziemlich gut. Und bei dir?«

»Nicht schlecht für einen alten Knacker. Hast du eine vergammelnde Leiche entdeckt?«

»Keine einzige. Aber ich habe mich mit ein paar Nachbarn unterhalten. Niemand erinnert sich daran, ihn mit einem Koffer wegfahren gesehen zu haben, aber einer seiner direkten Nachbarn, eine Frau, erinnert sich an großen Lärm mitten in der Nacht.«

»Wann war das?«

»Vor zehn bis vierzehn Tagen. Sie hat nichts von einem Streit oder wütenden Stimmen mitbekommen. Nur viele schwere Schritte. Könnte sein, dass er seine Sachen eingepackt hat.«

»Oder selbst eingepackt wurde.«

»Du bist echt redegewandt, Daddy.«

»Ich denke in Bildern.«

»Was läuft in New York?«

»Wir sind auf dem Weg zu Gerrards Zweitwohnung. Ich vermute, im Gespräch mit seinen Mitbewohnern werden wir erfahren, dass er eines Tages einfach nicht mehr aufgekreuzt ist.«

»Informiert mich, was ihr herausfindet. Übrigens lege ich keine offizielle Vermisstenmeldung an. Er scheint ja aus freien Stücken abgehauen zu sein. Haltet mich einfach auf dem Laufenden. Bis nächste Woche.«

»Was ist nächste Woche?«

»Großeltern-Tag.« Pause. »Haben wir nicht erst vor drei Stunden darüber geredet?«

Decker schaltete den Lautsprechermodus ab. »Ich hab's notiert. Keine Sorge.«

»Na klar. Ich werde Rina anrufen. Sie ist gut darin, ihre Verabredungen einzuhalten – und ihre Versprechen.«

»Noch ein Schlag unter die Gürtellinie.«

»Ich liebe dich. Bis nächste Woche.«

»Ich liebe dich auch ...« Aber sie hatte schon aufgelegt. Sein Handy klingelte wieder, diesmal war Radar dran.

»Volltreffer für die guten Jungs. Wir haben den Lagerraum gefunden. Die Anmietung lief unter einem Pseudonym, keinem sehr guten allerdings. »Jeffrey Morrow, buchstabiert M-o-r-r-o-w. Ihr Nachname anglisiert, mit seinem zweiten Vornamen. Braucht man kein Genie zu sein, um das herauszufinden. Der Raum ist von oben bis unten vollgestopft: Statuen aus Stein, Marmorurnen, Silberurnen, Töpferei, antike Bücher, die aus Bibliotheken entwendet wurden ... die Datumsstempel sind noch drin.«

»Genial.«

»Was ist genial?«, fragte McAdams.

»Sie haben den Raum gefunden.«

»Den Lagerraum?« McAdams klang ganz aufgeregt.

»Sind Sie noch dran, Decker?«, fragte Radar.

»Warten Sie kurz, Mike, ich stelle Sie laut.«

»Hi, Captain«, sagte McAdams.

»Wie geht es Ihnen, Tyler?«

»Ich komme klar. Sie haben den Lagerraum entdeckt?«

»Ja, haben wir, und er ist voll mit Dingen, die wahrscheinlich auf Friedhöfen und in Kirchen gestohlen wurden. Wir haben auch ein halbes Dutzend kleinere Gemälde sichergestellt und zwei Aktenschränke, die Kunstdrucke und antike Landkarten enthalten. Außerdem ... waren da noch zwei Tiffany-Glasbilder zusammen mit Kisten voller Buntglas. Einen Fall haben wir gelöst – und einen Haufen weitere anzulegen.«

»Ken Sobel wird begeistert ein.«

»Gute Arbeit bei Ihrem ersten Ermittlungserfolg, McAdams. Sie überbringen Sobel die gute Nachricht.«

»Okay, danke.«

»Was habt ihr jetzt vor, Pete?«

»Wir sehen uns gleich die Wohnung an, die Victor Gerrard untergemietet hat. Ich erwarte nicht, dort etwas zu finden.« Er unterbrach den Lautsprechermodus und fasste sein Gespräch mit Cindy zusammen. »Sieht aus, als wäre er abgetaucht.«

»Vielleicht trifft er sich mit Lance Terry im Haus von dessen Tante an der Westküste. Sagte Terry nicht, Victor käme ihm bekannt vor?«

»Ja«, meinte Decker, »ich habe eine Freundin bei der Polizei von Ventura. Ich veranlasse, dass sie dort mal vorbeifährt und ein Auge auf ihn oder die beiden hat.«

»Gut.«

»Wir sollten vermutlich jemanden damit beauftragen, die gestohlenen Gegenstände zu katalogisieren.«

»Ich habe Littleton bereits informiert. Sie schicken uns ein paar Professoren rüber.«

»Ich weiß, dass Sie noch nicht alles durchgesehen haben,

Mike, aber haben Sie etwas entdeckt, das richtig wertvoll aussieht?«

»Nichts, um dafür zu töten. Zumindest nicht für mich.«

»Was ist mit den Gemälden? Haben die einen da Vinci oder so was ausgetauscht?«

»Kaum, außer da Vinci hat englische Landschaftsbilder gemalt.«

»Sind die Bilder signiert?«

»Wenn Sie kurz warten, sage ich es Ihnen sofort.«

»Gerne, ich bleib dran.«

»Ihr erster Erfolg«, sagte Oliver zu McAdams. »Gratulation.«

Decker sah Tyler an. »Es ist okay, wenn man lächelt, Harvard. Du hast gute Arbeit geleistet. Ruf Ken Sobel an und überbringe ihm die gute Nachricht… obwohl die bessere Nachricht wäre, wenn wir herausgefunden hätten, wer auf dich geschossen hat.«

»Wissen Sie, alter Herr, Sie gäben wirklich einen furchtbaren Therapeuten ab.« McAdams kramte sein Handy hervor. »Und ich sollte es wissen, ich war bei tausenden.«

»Liegt im Lagerraum etwas, wofür es sich zu töten lohnt?«, fragte Oliver.

»Ein paar Landschaftsgemälde. Er prüft gerade die Signaturen.«

Radar kam zurück ans Handy. »Also, ich habe die Namen aufgeschrieben, so gut, wie ich sie entziffern konnte. Eines ist unsigniert. Das erste stammt von einem Kerl namens H. Herz oder Herg oder etwas in der Art, ziemlich verblasst. Ich suche nach einer Lupe.«

»Können Sie es für mich buchstabieren?«

Radar gab sein Bestes. »Dann gibt's eines von einem Jasper Pressley. Eines von einem K. Kennedy, ein T. Cole, ein A. Durant oder vielleicht Durand. Zwei von einem Gifford und das letzte ist von H. Matusse.«

»Matisse?«

»Nein, nicht Matisse. Ich weiß, wer das ist, und das hier ist definitiv kein Matisse. Sondern ein H. Matusse.« Er buchstabierte den Namen. »Wie ich bereits sagte, es sind lauter hübsche Landschaften, die nach New England aussehen.«

»Warten Sie, ich gebe die Liste Harvard, und er sucht die Künstler.«

McAdams verstaute sein Handy. »Ken Sobel ist nicht da. Ich hab ihn gebeten, Sie anzurufen.«

»Könntest du diese Namen nachschlagen?«, bat ihn Decker. »Ob die als wertvoll gelten? Ich stelle mein Handy wieder laut.«

McAdams starrte auf die Namen. »Captain, sind das Landschaftsbilder?«

»Ja, kennen Sie die Künstler?«

»Natürlich kenne ich Thomas Cole und Asher Durand. Die beiden sind berühmte Maler des Hudson River Valley.«

»Na klar, sieht tatsächlich aus wie das Valley«, meinte Radar. »Was sind die Gemälde wert?«

»Wie groß sind sie?«

»Klein, vielleicht zwanzig mal fünfundzwanzig Zentimeter … ein paar ein bisschen größer.«

»Okay, dann sind es keine Hauptwerke. Trotzdem sind sie noch tausende Dollar wert. Eher vier- als fünfstellig, wobei Thomas Cole ziemlich teuer sein kann. Aber das betrifft hauptsächlich die großen Leinwände. Ich hab auch schon von Gifford gehört. Warten Sie …« Er tippte. »Okay, er heißt Sanford Robinson Gifford. Auch was wert. Der H. Herz ist wahrscheinlich Hermann Herzog.«

»Wo finden Sie das alles?«, fragte Oliver.

»Auf askART, einer Internetseite für Kunst, die unter anderem auch Auktionsverläufe bereitstellt. Und wo wir schon beim Thema sind, es gibt keine Auktionen zu K. Kennedy oder H. Matusse oder Jasper Pressley.« Er blickte auf. »Echt schade, dass es kein Matisse ist. Dafür würde es sich zu töten lohnen.«

»Wenn man dieses Zeug mag«, sagte Radar. »Danke, Tyler, das hilft uns weiter. Es tut uns sehr leid, Sie im August zu verlieren.«

»Nicht so sehr, wie es mir leidtut, Sie zu verlassen. Dieses Detective-Dasein ist gar nicht so schlecht – mal abgesehen von Schusswunden.«

Oliver sah ein Auto ausparken und machte einen abrupten Schlenker, um die Lücke zu kriegen. Der Wagen rumpelte und bumpelte. Er parkte unter einem wütenden Hupkonzert ein.

»Wie ein waschechter New Yorker«, sagte McAdams.

»Wir sind bei Gerrards Wohnung. Ich halte Sie auf dem Laufenden«, sagte Decker in sein Handy.

»Danke.« Radar machte eine kurze Pause. »Gute Arbeit, alle zusammen. Und passt auf euch auf.«

Oliver stellte den Motor ab. »Sollen wir?«

Aber McAdams spielte mit seinem Handy herum. »Der Thomas Cole und der Asher Durand wurden aus dem Auxiliary Ladies' Club in Joslyn, Rhode Island gestohlen.«

»Laut dem Register für entwendete Kunst?«

»Jupp. Ich seh mir mal schnell den Club an. Dauert nur eine Minute.«

»Hast du noch Kaffee in der Box, Deck?«

»Ja, schwarz?«

»Ist gut.«

»Bitte sehr«, sagte McAdams. »Der Club wurde 1878 für die Betreuung und Unterstützung eines dortigen Waisenhauses gegründet. Heute kümmert er sich um Wohltätigkeitsaufgaben und -veranstaltungen und organisiert einmal im Monat einen Ladies' Luncheon.« Er verstaute sein Handy. »Wisst ihr, diesen Clubs wurden viele Gemälde aus dem frühen zwanzigsten Jahrhundert vermacht. Die Künstler waren Zeitgenossen und damals noch nicht das große Geld wert. Es war so, als würde ich heute auf eine kleine Kunstmesse gehen und mir ein Gemälde für fünfhundert Dollar aussuchen.«

»Mit den Sicherheitsvorkehrungen ist es in diesen alten Gebäuden auch nicht weit her«, sagte Oliver. »Gab es nicht einen ähnlichen Vorfall in dem schottischen Tempel in L. A.?«

»Ich glaube, es war der Wilshire Ebell«, meinte Decker. »Sie hatten ein paar alte Gemälde, und der Schriftführer hat eins davon geklaut.«

»Moment«, sagte McAdams, »E-b-e-l-l?«

»Jupp.«

»Wie recht Sie wieder haben, Boss. Es war ein Bild von William Wendt, und der Schriftführer verkaufte es an eine Galerie in Laguna Beach.«

»Dasselbe Muster«, sagte Decker, »man tauscht Wertvolles an unvermuteten Orten aus.«

McAdams spielte immer noch mit seinem Handy herum. »William Wendt ist ein Impressionist aus Kalifornien. Einige seiner großen Leinwände sind viel Geld wert.« Er blickte auf. »Meistens wissen diese Clubs nicht wirklich, was sie da haben. Obwohl man doch meinen sollte, dass sie mit einem Cole oder Durand sorgsam umgehen würden.«

»Angeline hätte zu lange gebraucht, um ein Gemälde zu kopieren. Höchstwahrscheinlich hat sie sie einfach durch ein billiges Landschaftsbild ersetzt. Das viele Grün … vermutlich fällt es niemandem auf, zumindest für eine gewisse Zeit.«

»Gutes Argument«, sagte McAdams. »Wisst ihr, es sind

zehntausende Landschaftsbilder einer Epoche in passenden Rahmen im Umlauf. Die meisten sind nicht viel wert.«

»Auf einem Friedhof einzubrechen, ist ja eine Sache«, sagte Oliver, »aber es hat schon etwas Unverschämtes, ein an der Wand hängendes Gemälde auszutauschen.«

»Finde ich auch«, sagte Decker. »Sie wurden immer dreister. Und deshalb getötet.«

36

Um zehn Uhr morgens waren sie unterwegs nach Greenbury und ließen das New Yorker Verkehrschaos am Mittwochmorgen hinter sich. Es war schön gewesen, die Familie zu treffen, aber die Hin- und Herfahrerei wurde mühsam, vor allem mit einem voll besetzten Auto. Decker saß am Steuer, neben ihm Greg Schultz, der mit eiskaltem Blick aus dem Fenster starrte. Auf der Rückbank saß Rina zwischen Oliver und McAdams. Sie quengelte nicht, und somit hatte sie die beste Laune der Truppe.

»Victor Gerrard ist also weg?«, fragte sie.

»Sieht danach aus«, antwortete Decker.

»Ist er ein Opfer oder einer der Bösen?« Ihre Frage stieß lediglich auf Achselzucken und unverständliches Gebrummel. »Dass er so schnell abgehauen ist, könnte beides bedeuten.«

»Stimmt.« Decker versuchte, höflich zu sein, da außer ihm niemand antwortete.

Rina blieb dran. »Was denkst du?«

McAdams holte tief Luft. »Ich bin zu müde, um nachzudenken.«

Schultz starrte weiterhin aus dem Fenster. »Ihre Großmutter ist sehr nett. Sie möchte mich als Leibwächter anheuern.«

»Sie machen Witze.« Tyler verdrehte die Augen. »Ihre Wohnung ist doch schon die reinste Festung.«

»Genau das habe ich ihr auch gesagt. Sie erwiderte, ihre Wohnung könne sie ja nicht auf der Madison Avenue begleiten.« Sein Blick schweifte über den Highway – nach vorne und zurück und zur Seite. »Ich habe abgelehnt, aber ich habe mich für ihren Vertrauensbeweis bedankt. Ich erzähle Ihnen das nur, falls sie Ihnen irgendwas sagt.«

»Danke für die Vorwarnung.«

»Können wir jetzt zurückkommen auf Victor Gerrard?« Das Koffein zeigte bei Oliver Wirkung. »Die drei Namen wurden von Jason Merritts Kundenliste ungefähr zwei Wochen vor den Morden gelöscht.«

»Ja«, sagte Decker, »und es sieht so aus, als hätte Gerrard die Galerie gleich nach unserem dortigen Besuch verlassen.«

»Es könnte also sein«, meinte Oliver, »dass Gerrard die Namen gelöscht und die Morde ausgeführt hat und dann in eurer Nähe blieb, um euch beide zu erschießen, bevor er auf und davon gerannt ist.«

»Ich finde, er eignet sich genauso gut wie jeder andere als Kandidat, da er nicht hier ist, um uns ein Alibi anzubieten«, sagte Decker.

»Tagsüber Kurator, nachts Auftragskiller«, sagte McAdams, »das klingt bloß verrückter, als es ist. Kunstleute sind ein verdorbener Haufen.«

»Ich zweifle an Merritts Unschuld«, sagte Oliver. »Der Typ ist ein erfahrener Kunsthändler, und dann lässt er seinen Computer ungeschützt, damit jeder sich hineinhacken kann.«

»Es war ja nicht mal so, als hätte Gerrard sich irgendwo einhacken müssen«, sagte McAdams. »Der ging einfach in Merritts Büro und manipulierte die Dateien.«

»Genau das meine ich«, sagte Oliver. »Ich glaube, Merritt hängt mit drin.«

»Er hat mit uns zusammengearbeitet«, entgegnete Decker.

»Also glaubst du nicht, dass er mit drinhängt?«

»Ich halte mich da noch zurück. Er könnte auch einer dieser abgedrehten Intellektuellen sein. Ich wette, Gerrard hat sich in der Galerie um den täglichen Kleinkram gekümmert.«

»Victor Gerrard«, sagte Rina laut, »das klingt für mich nach einem ausländischen Namen. Vielleicht deutsch.«

McAdams kramte wieder sein iPhone hervor und startete die Suchmaschine. »Gerrard ist englisch, kommt aber ursprünglich aus dem Altdeutschen, der Name Gerhard bedeutet so viel wie ›Speer, mutig‹. Und ich kann euch ohne Nachschlagen sagen, dass Victor aus dem Lateinischen kommt und ›der Siegreiche‹ heißt.«

Rina dachte kurz nach. »Wie schreibt man Victor? Mit einem ›c‹ oder einem ›k‹?«

»Gute Frage«, sagte Decker.

»Wenn er sich mit einem ›k‹ schreibt, könnte es russisch sein.«

»Oder deutsch«, sagte McAdams.

»Oder deutsch wie in *Ost*deutschland«, sagte Rina. »In diesem Fall würde Viktor mit ›k‹ auch Russisch sprechen. Und vielleicht hat Merritt ihn deswegen eingestellt. Er konnte Russisch.«

»Weißt du was, Rina, vielleicht hätte Deck besser dich angeheuert als mich«, meinte Oliver.

»Oh, vielen Dank, Scott.«

»Sie war schon immer das Genie in der Familie«, sagte Decker. »Möchtest du Merritt anrufen, Tyler?«

»Bin dabei.« McAdams wartete, und als das Gespräch zustandekam, sagte er. »Mr. Merritt, hier ist Detective McAdams aus Greenbury … ich weiß. Es tut mir sehr leid, Sie zu stören, aber Ihr Galerie-Angestellter, Victor Gerrard, ist immer noch verschwunden, und wir ermitteln immer noch in zwei Mordfällen… Ich würde Ihnen nur gerne kurz ein paar Fragen zu Victor Gerrard stellen. Spricht er zufällig Russisch?… Tut er. Ist er Russe?… okay, okay… also wurde er in Ostberlin geboren? Also spricht er auch Deutsch? Okay. Sein Vorname Victor – schreibt der sich mit ›k‹?… Nein, das wär's erst mal, dan…« Tyler starrte sein Handy an. »Er hat einfach aufgelegt.«

»Unhöflicher Wicht«, sagte Rina, »auch wenn er mir ein Buch geschenkt hat.«

»Wo wir gerade über Bücher reden«, sagte Decker, »was ist mit dem Codebuch? Hast du die Handynummer von Mordechai Gold?«

»Positiv.«

»Ruf ihn an.«

»Jawohl.« Einen Moment später hinterließ McAdams dort eine Nachricht. »Ich könnte es bei seiner Büronummer versuchen.«

»Ich möchte keine Nachricht auf einem öffentlichen Anrufbeantworter hinterlassen.« Decker klopfte aufs Lenkrad.

»Jetzt würde ich zu gerne wissen, was Sie denken, Loo.«

»Versuche nur, alles in meinem Kopf zusammenzufassen.«

»Schieß los«, sagte Oliver.

»Zuerst einmal das, was wir wissen. Lance Tyler klaute eine Statue von einem Friedhof. Angeline Moreau verkaufte sie und beschloss, dass dies ein gutes Geschäftsmodell mit einem soliden Gewinn war, da man kein Startkapital brauchte. Sie zogen das gemeinsam eine Weile durch, aber irgendwann wurde Terry nervös und hörte mit dem Klauen auf – behauptet er zumindest. Für den Augenblick glauben wir ihm das. Angeline war nicht bereit, ihr kriminelles Leben aufzugeben. Also sah sie sich nach einem neuen Partner um – John Latham.«

»Wir wissen, dass Latham und Angeline ein Paar waren,

aber wir wissen nicht, wie sie sich kennengelernt haben. Vielleicht auf einer Party, vielleicht trafen sie sich durch einen gemeinsamen Hehler, oder vielleicht sah sie seinen Namen mit Tagesstempel in jedem Buch, das sie mit der Rasierklinge bearbeitete, und zog daraus den Schluss, dass er auch seltsame Dinge damit tat. Wie auch immer sie sich kennengelernt haben, sie fingen an, gemeinsam zu stehlen, und verstauten ihr Diebesgut in einem Lagerraum, den beide angemietet hatten: Beide besaßen einen Schlüssel.«

Er machte eine Pause.

»So viel zu Latham und Angeline. Jetzt denken wir mal über Gerrard nach. Wir wissen nicht, ob er damit etwas zu tun hat. Was wir wissen, ist, dass Viktor mit ›k‹ verschwunden ist, und wir wissen, dass drei Namen von Merritts Liste gelöscht wurden – ein Amerikaner, der Wanderausstellungen zwischen Top-Museen organisiert, ein reicher Russe und ein finnischer Kunsthändler. Möglicherweise hat Gerrard die Namen gelöscht, aber wir wissen nicht, warum.«

»Also wissen wir eigentlich ganz schön viel«, sagte Rina.

»Immer Cheerleader«, lachte Decker. »Die traurige Wahrheit ist, dass wir nicht wissen, wer Angeline und Latham getötet hat. Wir wissen nicht, wer versucht hat, Harvard und mich umzulegen. Wir wissen nicht, ob Gerrard Opfer oder Täter ist. Und wir wissen nichts über Lathams Codebuch oder ob es überhaupt wichtig ist für die Morde.«

»Wenn Gerrard ermordet wurde«, sagte McAdams, »hätten wir seine Leiche mittlerweile wahrscheinlich gefunden. Denn wer immer Latham und Angeline getötet hat, hinterließ die Leichen auf dem Präsentierteller.«

»Da hast du recht, Harvard«, sagte Decker. »Der Mörder wollte mit seiner Arbeit angeben. Er versuchte, irgendwen damit zu beeindrucken.«

»Wodurch Gerrard eher zum Täter als zum Opfer wird«, meinte Oliver.

»Wenn ich euch allen so zuhöre«, mischte Rina sich ein, »habe ich eine Frage.«

»Raus damit.«

»Wozu der ganze Aufwand mit einem hochkomplizierten Codebuch in einem Haufen Fremdsprachen, um etwas zu verbergen, wenn es doch danach aussieht, dass Latham und Angeline gar keine besonders wertvollen Gegenstände gestohlen haben?«

»Ich glaube«, sagte Decker, »dass Latham bei seinen kleinen Gaunereien auf etwas sehr Großes gestoßen ist, bei dem er das Gefühl hatte, es lohne sich, es in einem Code zu verstecken.«

»Oder«, sagte Rina, »Latham und Angeline hatten gar nichts Wertvolles, um es in einem Code zu verstecken, sondern das Buch gehört jemand anderem. Vielleicht haben Latham und Angeline es gestohlen, und dann knackte Latham den Code und begriff, dass er auf etwas Großes gestoßen war. Und versuchte sein Glück mit Erpressung. Da beide Wohnungen durchwühlt wurden, wollte vielleicht derjenige, der sie umgebracht hat, irgendwann das Codebuch wieder zurückhaben. Und vielleicht war dieser Jemand Viktor Gerrard. Wir wissen, er sprach ein paar Sprachen. Womöglich konnte er noch andere.«

Im Auto wurde es still. Dann sagte McAdams bewundernd: »Mein lieber Schwan!«

Rina strahlte. »Wenn man fast drei Jahrzehnte mit einem Kerl zusammenlebt, färbt eben etwas ab.«

»Gerrard hatte auch Zugang zu Merritts Kontakten«, sagte Oliver. »Er gefällt mir als Bösewicht.«

Decker sammelte seine Gedanken. »Das Codebuch wurde hinter einem Stück Verkleidung der Badewannenschürze gefunden, wo sich der Jacuzzi-Motor befinden sollte. Mulrooney meinte, die Rohre waren durchtrennt, und es befand sich hinter den Rohren und gut versteckt. Der oder die Täter haben Lathams Wohnung zerlegt. Alle logischen Verstecke für das Codebuch waren überprüft worden: Der Kühlschrank stand offen, der Spülkasten der Toilette war abgenommen, ein paar lose Bodendielen waren herausgerissen worden, die Wände waren auf der Suche nach Verstecken durchstochen worden …«

»Ach, deshalb waren in die Wohnzimmerwände diese runden Löcher hineingekloppt?«, fragte McAdams.

»Ja. Man hat nach Hohlräumen oder nach einem in die Wand eingelassenen Safe gesucht.«

»Aha!«, rief Oliver. »Ich fragte mich ja schon, warum so ein Killer nicht den Bereich um den Jacuzzi-Motor absucht, dem Versteck erster Wahl von Drogendealern und Dieben.«

»Sie haben den Jacuzzi ausgelassen, weil sie *Fremde* sind«, sagte Decker. »Sie wissen alles über Wandsafes und Dielenbretter und Toilettenkästen, aber anders als wir verwöhnten Amerikaner – wie viele russische Schlägertypen sind mit Jacuzzis vertraut?«

»Viktor Gerrard lebt schon seit Jahren in Amerika«, gab McAdams zu bedenken.

»Er lebte in New York. Wie viele Normalos in Manhattan haben einen Jacuzzi?«

»Ich dachte, er lebte in Philadelphia.«

»Selbst wenn er ein Wochenend-Apartment im Herzen von Philly gemietet hatte, war es wahrscheinlich keins mit Luxusausstattung. Ich sage ja nur, dass ich, egal, wohin ich mich drehe und wende, den Braunen Bären auf uns hinabstarren sehe.«

Im Auto wurde es wieder sehr still.

Decker fuhr fort. »Gerrard sprach Russisch, Lathams Gebiet war Sowjetkunst, und der letzte uns bekannte Diebstahl

Angelines waren Drucke aus dem Petroshkovich-Buch.« Er schüttelte den Kopf. »Dieser Fall funktioniert nach anderen Spielregeln. Ich glaube, es ist an der Zeit, dass wir Quantico informieren. Normalerweise kann ich die Beteiligung mehrerer Behörden nicht ausstehen, weil die Kommunikation nie funktioniert, aber …« Er breitete die Arme aus, dann umklammerte er wieder das Lenkrad. »Vielleicht hast du recht, Harvard. Vielleicht bin ich tatsächlich ein alter Herr oder zumindest zu alt für den Job.«

»Das denken Sie nicht wirklich, und ich auch nicht«, widersprach McAdams. »Wenn Sie glauben, wir benötigen Hilfe, dann benötigen wir Hilfe.«

»Wenn der Fall Quantico erst mal in den Schoß gefallen ist, müssen wir uns davon verabschieden. Und im Hinblick darauf, dass jemand keine Skrupel hatte, auf uns zu schießen, ist das möglicherweise besser.«

»Das sehe ich genauso«, sagte Oliver. »Das Rentnerdasein ist langweilig, aber tot ist man für eine sehr lange Zeit. Ihr habt es so weit vorangetrieben, wie es ging, Deck. Radar wäre sicher froh darüber, die Sache loszuwerden.«

»Niemand hätte es besser machen können mit dem, was du zur Verfügung hattest«, sagte Rina.

Ein Haufen Cheerleader. Aber es half nur wenig, um Deckers Gefühl, versagt zu haben, zu lindern. »Ich wüsste trotzdem noch gerne, was in dem Codebuch steht.«

»Wenn es sich dafür zu töten lohnt, Peter, ist es vielleicht klüger, nichts davon zu wissen.«

»Und was sage ich den Eltern von Angeline Moreau? Was immer passiert ist, den Tod hatte sie nicht verdient. Und was immer passiert ist, ihre Eltern verdienen es, die Wahrheit zu erfahren.«

Deckers Handy brummte. Der Anruf kam von Radar und

sprang direkt in die Freisprechanlage. »Hi, Captain, wir brauchen noch zwei Stunden.«

»Dann sind Sie gegen eins in Greenbury?«

»Das klingt realistisch. Sobald wir Sie treffen, bringen wir Sie auf den neuesten Stand, was los ist.«

»Und das wäre?«

»Von Jasons Merritts Kundenliste wurden ein paar Namen gelöscht. Viktor Gerrard spricht fließend Russisch und Deutsch. Wir glauben, dass er vielleicht hinter Jason Merritts Rücken mit Kunst gehandelt hat. Der ganze Fall fühlt sich so an, als wäre eine ausländische Organisation mit von der Partie.« Decker machte eine Pause. »Ich sage es wirklich nicht gerne, aber ich glaube, wir sind mit dem Fall so weit vorangekommen, wie wir es allein schaffen konnten.«

»Interessant, dass Sie das sagen, denn ich bekam gerade einen Anruf von unseren Freunden aus Virginia.«

Decker war verblüfft. »Sie haben sie angerufen?«

»Natürlich nicht. Ich hätte es Sie wissen lassen, bevor ich so einen Schritt unternehme.«

»Tut mir leid. Wer hat sie denn dann informiert?«

»Ich weiß es nicht, aber ich verdächtige Ihren Kontakt in Harvard, McAdams.«

»Mordechai Gold?«

»Sagten Sie nicht, er sei ein ehemaliger Agent?«

»Ich soll das gesagt haben?«

»Das hat er mir bei unserem ersten Gespräch gesagt, Tyler«, sagte Decker. »Was unternehmen wir als Nächstes, Mike?«

»Das ist die CIA. Was glauben Sie denn, was als Nächstes passiert?«

»Ein Treffen.«

»Um drei auf dem Revier.«

»Wird Gold mit dabei sein?«

»Da er alles über das Codebuch weiß und sie informiert hat, vermute ich mal, ja. Kein Grund, sich besiegt zu fühlen, Decker. Man hätte Ihnen den Fall sowieso aus den Fingern gerissen.«

»Ich nehme an, das soll ein Trost sein. Vielleicht bekommen wir ein paar Antworten.«

»Von der CIA?«

»Dann vielleicht eher nicht.«

»Tragen Sie einen Anzug und eine Krawatte und eine Sonnenbrille, und versuchen Sie, möglichst offiziell auszusehen«, sagte Radar. »Auf diese Weise werden wir gut mit ihnen harmonieren.«

37

»Planänderung«, informierte Radar Decker am Telefon. »Sie wollen sich bei Ihnen zu Hause treffen.«

»Bei mir zu Hause?«

»Ja. Sie behaupten, es wären zu viele, um sich im Revier zu treffen, und sie würden zu viel Aufmerksamkeit auf sich ziehen. Was alles stimmt.«

»Wie viele sind es denn?«

»Beim letzten Durchzählen waren wir zu acht: Dr. Gold, irgend so ein Russe, ein amerikanisches hohes Tier, zwei Agenten, der Bürgermeister und der Gouverneur des Staates New York und Chris Mulrooney, der schon hier ist. Ich weiß nicht, worauf ihr da gestoßen seid, aber es muss ein großes Ding sein.«

»Ein Treffen in meinem Haus … meine Privatsphäre bela gern. Das ist die pure Einschüchterung.«

»Genau. Ich habe mein Haus angeboten, aber sie scheinen scharf darauf zu sein, es Ihnen ungemütlich zu machen.«

»Ist schon gut, Mike. Ich komme damit klar. Bis gleich.«

»Pete, Sie und der Junge und Oliver haben gute Arbeit geleistet. Was immer passiert, ich möchte, dass Sie das wissen.«

»Danke.« Decker beendete das Gespräch. Dann sagte er zu Rina: »Das Telefon eignet sich nicht dafür, Liebling, aber ich verspreche dir, dass ich ihm von deinen Einfällen erzählen werde.«

»Oh, tu das nicht«, sagte Rina.

»Ehre, wem Ehre gebührt.«

»Danke. Ich fühle mich wohl im Hintergrund«, sagte Rina. »Abgesehen davon hat es viele Vorteile, die lästige Fliege an der Wand zu sein.«

Rina war an Männer gewöhnt. Sie war die Jüngste nach zwei Brüdern. Ihre beiden ersten Kinder waren Söhne. Normalerweise sprach sie ihre Sprache und benutzte selten weibliche List, um an ihr Ziel zu gelangen. Aber in dieser Situation war ihr sofort klar, dass sie alles tun würde, um Peter zu beruhigen, denn er kochte vor Wut. Männer im Anzug mit stählernem Blick waren in sein Zuhause eingedrungen, und auch wenn sie wusste, dass er nichts Unverantwortliches tun würde, würde er dennoch nicht sang- und klanglos abtreten.

Zusammen mit Mike, Scott, Tyler, Greg und Peter stapelten sich dreizehn Männer in einem Wohnzimmer, das für sechs bis acht Erwachsene geeignet war. Esszimmerstühle mussten herübergetragen werden. Sie war in der Küche, um Kaffee und Tee zu kochen und eine Platte mit sämtlichen Backwaren aus der Gefriertruhe vorzubereiten. Während alles vor sich hin köchelte und buk, nutzte sie die Gelegenheit, den Feind zu taxieren.

Die beiden CIA-Agenten waren leicht auszumachen: gut aussehend, groß und weiß mit breiten Schultern und sehr kurzen Haaren. Einer blond, einer braun. Nur daran konnte sie sie unterscheiden. Sie hätten auch in Filmen mitmachen können, in denen sie spielen, was sie im wirklichen Leben tun.

Den Bürgermeister, Logan Brettly, kannte sie. Er war Mitte fünfzig, hatte lockiges weißes Haar und eine untersetzte Figur mit dem Gesicht einer Bulldogge. In der Vergangenheit waren ihre Begegnungen mit Brettly immer positiv verlaufen. Er war ein freundlicher Mann, der sich um seinen Wahlkreis kümmerte. In dieser Situation wirkte er allerdings ausgesprochen verkrampft.

Sie vermutete, dass der Professor mit den spärlichen, zerzausten grauen Haaren Mordechai Gold war. Seine Kleidung war College-like: ein Cordjackett mit aufgesetzten Taschen über einem Pulli über einem Hemd, dazu eine lange Hose und Stiefel. Er hatte wache Augen, die alles genau registrierten.

Bei den anderen vier Männern tippte sie darauf, dass der Blonde Anfang fünfzig mit der Dauerbräune der Amerikaner Alex Beckwith war, das hohe Tier. Der Anzug neben ihm gehörte dem Gouverneur des Staates New York. Da er ein Neuling war, konnte Rina sich an seinen Namen nicht erinnern.

Der am exotischsten auftretende und eingekleidete von allen war ein Mann Anfang fünfzig mit der Statur eines professionellen Wrestlers. Er trug ein teures Jackett mit einer echten Knopfleiste am Ärmel, an seinem Handgelenk thronte eine goldene Rolex, an der Krawatte eine mit Edelsteinen verzierte Nadel und am Ringfinger ein großer Diamant. Sie dachte sich, das müsse der Russe sein, und höchstwahrscheinlich war er einer der Namen, die Gerrard von Jason Merritts Liste gelöscht hatte. Blieb noch ein Mann übrig, der wie ein Polizist aussah: einfacher Anzug und Schuhe mit Gummisohlen. Ein irisches Gesicht, mit einem Blick, der Unbehagen verriet, und Händen, die er ständig faltete und wieder öffnete.

Während sie in der Küche war, hatte man sich vorgestellt. Sie stellte das Tablett auf dem Couchtisch ab. Sie bedankten sich bei ihr und dachten, sie würde sich verziehen.

Sie irrten sich.

Rina ließ sich auf der Armlehne des Sofas neben Peter nieder. »Ich bin Mrs. Decker. Je nachdem, wie dieses Gespräch verläuft, dürfen Sie mich vielleicht am Ende Rina nennen.«

McAdams hielt sich mit beiden Händen den Mund zu, um nicht loszuprusten. Der Bürgermeister verzog missmutig das Gesicht.

»Mordy Gold.« Der Professor erhob sich. »Bitte nehmen Sie doch meinen Platz.«

»Ich sitze gut hier, trotzdem danke.«

»Danke, dass Sie uns gestattet haben, in Ihr Haus einzufallen. Ich bin tatsächlich derjenige, der sich an die offiziellen Stellen gewandt hat. Ich hatte den Eindruck, sie müssten informiert werden.«

»Und schon sind wir hier alle beisammen.«

Der Mann, der wie ein Polizist aussah, streckte seine Hand aus. »Chris Mulrooney.«

»Er ist der Detective von der Polizei in Summer Village«, sagte Peter, »und arbeitet an dem Latham-Fall.«

»Schön, Sie kennenzulernen, Detective«, sagte Rina.

»Chris, bitte. Sicher, dass Sie keinen Stuhl wollen?«

»Danke, alles bestens.«

Nun war der große, sonnengebräunte Mann an der Reihe, höflich zu sein. »Alex Beckwith. Ich bestehe darauf, dass Sie meinen Platz annehmen.«

»Diese Galanterie ist ganz wunderbar«, sagte Rina, »aber ich fühle mich hier neben meinem Mann sehr wohl.« Sie tätschelte Peters Schulter. »Tatsächlich fühle ich mich hier auf der Armlehne größer.«

Im Zimmer wurde es still. Ihre Anwesenheit war eindeutig unerwünscht. Rina stand auf und seufzte. »Wie ich sehe, wird sich niemand etwas nehmen, außer ich bediene Sie.« Sie sprach zuerst den Wrestler an, der sich nicht vorgestellt hatte. »Was darf's für Sie sein, Sir?«

Eine lange Pause. Dann sagte er: »Tee. Zwei Stück Zucker und eine Scheibe Zitrone.«

»Aber sicher. Ich habe Ihren Namen nicht mitbekommen.«

»Ich habe ihn Ihnen nicht genannt.«

Peters Augen verdunkelten sich, aber Rina wehrte sich mit einem Lächeln. Der Mann hatte einen starken Akzent. »Und Sie sind ...«

Der Mann erwiderte das Lächeln mit einem harten, machiavellistischen Ausdruck in den Augen. »Martin Kosovsky.«

»Für Sie also zwei Stück Zucker und eine Scheibe Zitrone, Mr. Kosovsky?«

»Sagte ich.«

Sie reichte ihm den Tee. »Bitte sehr.« Es dauerte weitere fünf Minuten, bis der Rest der Gruppe bedient war. Beckwith und der Bürgermeister nahmen ebenfalls Tee. Radar und Greg nahmen Kaffee. Der Rest der Truppe, die beiden Spione inbegriffen, wollte nichts. Rina kehrte auf ihre Armlehne zurück. Es war ihr Haus, und als Eigentümerin hatte sie das Recht zu sagen, was immer sie wollte. Aber mit sanfter Stimme und einem Lächeln.

»Da Sie die Hunde aufgescheucht haben, Dr. Gold, können Sie ja vielleicht erklären, was hier vor sich geht. Ich vermute, es hat mit dem Codebuch zu tun, da dies Ihr einziges Mitwirken an dem Fall war.«

Decker lachte, er konnte einfach nicht anders. »Warum solltest du auch ein Blatt vor den Mund nehmen.«

»Ich habe mal gehört, dass man in Amerika in seinem eigenen Haus sagen darf, was einem durch den Kopf geht.«

»Ich denke, das gilt immer noch.«

Rina wandte sich an Gold. »Professor?«

»Natürlich, Sie haben völlig recht, Mrs. Decker. Es hat mit dem Codebuch zu tun. Nachdem ich die Verschlüsselung im Wesentlichen geknackt hatte, wurde mir schon nach den ersten paar Seiten klar, dass es sich bei dem Inhalt um sehr sensible Verhandlungen zwischen unserer Regierung und anderen Ländern handelte. Ich rief Agent Marcus und Agent Grimm an und erklärte ihnen, was ich vor mir hatte, und ich erfuhr zu diesem Zeitpunkt, dass das Buch gestohlen worden war.«

Beckwith unterbrach ihn. »Diese Verhandlungen laufen schon seit geraumer Zeit. Es ist sehr erfreulich, dass das Buch gefunden und an die zuständigen Behörden zurückgegeben wurde. Und aus diesem Grund sind wir eigentlich hier – um uns bei Ihnen allen für die harte Arbeit zu bedanken.«

Rina sah ihm direkt in die Augen. »Wenn Sie sich einzig und allein bei der Polizei von Greenbury bedanken wollten, hätten Sie eine Flasche Wein vorbeischicken können.«

»Natürlich steckt noch mehr dahinter.« Beckwith seufzte. »Wie ich es bereits Captain Radar erläutert habe, würden weitere Ermittlungen zu den ungeklärten Fällen Moreau und Latham sehr lange und sehr schwierige Regierungsverhandlungen kompromittieren. Wir bitten daher Greenbury und Summer Village, die Konsequenzen zu bedenken.«

»Die Konsequenzen aus der Aufklärung zweier brutaler Morde?«, fragte Oliver.

»Aus der Zerrüttung sehr delikater Sachverhalte, die seit Jahren laufen.«

»Wie können wir etwas bedenken, wenn wir nicht wissen, worauf Sie sich beziehen?«

»Es geht um Regierungsangelegenheiten, und das ist alles, was Sie wissen müssen«, sagte Agent Braunhaar.

Ob er Grimm oder Marcus war, wusste Rina nicht, und es war ihr auch egal. »Das Problem ist doch, Sir«, setzte sie an, »dass wir bereits sehr viel wissen. Und wenn es Lücken gibt, füllen die Menschen sie gerne mit fehlerhaftem Material. Es ist also in Ihrem Interesse, Missverständnisse aus dem Weg zu räumen.«

»Sie hat vollkommen recht«, sagte Decker. »Warum so tun, als würden diese beiden Morde sich in Luft auflösen? So funktioniert das nicht. Wenn Sie Unterstützung wollen, brauchen wir Antworten …«

»Decker …«, unterbrach ihn Radar.

»Zwei Menschen wurden abgeschlachtet. Meine Frau und ich wurden in unserem eigenen Schlafzimmer beschossen. McAdams wurde verletzt, er läuft auf Krücken, Herrgott noch mal. Wir verdienen es zu erfahren, was hier gespielt wird.«

McAdams hob begeistert den Daumen in Deckers Richtung.

Als Kosovsky das Wort ergriff, trug er ein herablassendes Lächeln zur Schau. »Was Ihnen zugestoßen ist, ist schrecklich.«

»Nicht so schrecklich wie für Angeline Moreau oder John Latham«, erwiderte Decker.

Bürgermeister Brettly suchte Blickkontakt mit Radar, der aber so tat, als würde er es nicht bemerken.

»Man kann so viele Leute nicht ohne irgendeine Erklärung von zwei brutalen Mordfällen abziehen«, mischte Mulrooney sich ein. »Ich muss schließlich auch bedenken, was ich meinen eigenen Leuten sage.«

»Schrecklich«, wiederholte Kosovsky. »Diese brutalen Morde.«

War da ein kleines Lächeln in seinem Gesicht? Vielleicht bildete Rina es sich nur ein. Obwohl sie nicht glaubte, dass Kosovsky der Berufskiller war, wirkte er doch wie der perfekte Kandidat, ein solches Massaker in Auftrag zu geben. In seinen Augen lag etwas Kaltes und Böses. Sie sagte: »Es *sind* schreckliche Morde.«

»Ja, natürlich«, sagte Kosovsky, »aber ich kann Ihnen versichern, dass keine öffentliche Behörde daran beteiligt war.«

»Es wärmt mir das Herz«, sagte Decker, »dass die USA und Russland nicht hinter dem Versuch stecken, meine Frau und mich umzubringen, aber das geht an der Frage vorbei, was hier eigentlich vor sich geht.«

Kosovsky nippte an seinem Tee. »Skrupellose Agenten schaffen große Probleme, Mr. Decker. Fragen Sie mal Ihre Freunde von Ihrer CIA.«

»Wer ist der skrupellose Agent?«

»Namen tun nichts zur Sache. Aber um den Bösewicht hat man sich gekümmert und Ihrer Regierung so einen langwierigen Prozess und viele Steuergelder erspart. Für Sie ist das also erledigt. Es gibt niemanden mehr aufzuspüren, weil wir das bereits getan haben.«

»Wie erkläre ich das den Eltern von Angeline?«

»Sie erzählen Ihnen, dass die Sache erledigt ist«, sagte Kosovsky. »Ein bedauerliches junges Mädchen, aber wer mit dem Feuer spielt, kommt darin um. Erzählen Sie ihnen alles über ihre Tochter, dann werden sie von ihrem Mitwirken in dieser unangenehmen Angelegenheit erfahren. Vielleicht ist es besser, ihnen zu sagen, was sie hören wollen, statt der Wahrheit.«

Niemand sagte etwas dazu.

»Versichern Sie den Eltern des Mädchens, dass der Mörder bestraft wurde.«

»Ohne Obligo«, sagte Decker.

»Wie bitte?«

»Ein alter Spruch aus Militärzeiten. Und wenn ich den Eltern von Angeline Moreau sage, dass man sich um den Bösewicht gekümmert hat, was sage ich Detective McAdams, der von drei Schüssen getroffen wurde?«

Kosovsky wandte sich an McAdams. »Meine aufrichtige Entschuldigung, Mr. McAdams. Falls Sie jemals in Moskau sein sollten, würde ich mich geehrt fühlen, Ihr Gastgeber zu sein … Ihnen meine Stadt zu zeigen.«

»Danke.« McAdams hob die Augenbrauen.

»Ich denke, wir sind hier fertig«, sagte Agent Blondschopf.

»Keineswegs«, widersprach Decker. Es wurde sehr still im Wohnzimmer. »Gestatten Sie, dass ich Sie auf einen rein spekulativen Spaziergang mitnehme, und Sie sagen mir dann, wie spekulativ er tatsächlich ist.«

Schweigen.

»Fahren Sie fort«, sagte Kosovsky.

»Wir wissen, dass das Codebuch in John Lathams Wohnung gefunden wurde, in einem ungewöhnlichen Versteck, genial entdeckt von meinem Kollegen Detective Mulrooney. Wir wissen auch, dass jemand verzweifelt danach gesucht hat – in Lathams Wohnung und in Angelines Wohnung, denn beide Räumlichkeiten wurden durchwühlt. Ich bin davon überzeugt, dass der vermisste Viktor Gerrard unsere Schlüsselfigur ist. Er wurde in Ostdeutschland geboren und spricht gut Russisch und Deutsch. Er arbeitete als Kunsthändler in einer Galerie, die auf russische Kunst spezialisiert ist. Ich habe den Verdacht, Viktor war ein Langfinger par excellence.«

»Ich verstehe Langfinger nicht«, sagte Kosovsky.

»Er war ein Dieb.«

»Ah … fahren Sie fort.«

»Vielleicht war Gerrard der skrupellose Agent, von dem Sie sprachen. Oder aber er war vielleicht nur ein Bösewicht. Punkt. Wer auch immer er tatsächlich war, dieser Gerrard hatte Kontakte nach Russland, Sie miteingeschlossen, Mr. Kosovsky. Möglicherweise versuchte er, Ihnen etwas abzukaufen. Wahrscheinlicher ist, dass er versucht hat, Ihnen etwas zu *verkaufen*. Weil er wohl, genau wie Latham, nebenher Geschäfte mit gestohlener Ware machte. Ich glaube, er stieß zufällig im Haus eines Kunden in Russland auf das Codebuch, und er wusste, dass er etwas Großes in den Händen hielt. Also beschloss er, es mit nach Amerika zu nehmen. Wie schlage ich mich bis jetzt?«

»Ich halte mich mit meiner Meinung zurück«, sagte der Russe.

»Immer eine gute Sache, offen für alles zu bleiben«, sagte Oliver.

Decker unterdrückte ein Grinsen. »Das Problem war, dass Gerrard den Code nicht knacken konnte. Also heuerte er Unterstützung an. Auftritt John Latham, der schlau genug war, den Code ausreichend zu knacken und zu begreifen, womit er es zu tun hatte. Aber anstatt Gerrard aufzuklären, begann er mit seiner eigenen kleinen Erpressung. Bei Ihnen, Mr. Kosovsky.« Decker wandte sich an Beckwith. »Und womöglich auch bei Ihnen.«

»Bei mir?« Beckwiths Wangen waren pink angelaufen. »Was habe ich damit zu tun?«

»Offensichtlich irgendetwas, sonst wären Sie ja nicht hier«, entgegnete Rina.

Lächelnd begann Decker zu sprechen. »Ich habe keine Ahnung, was in dem Codebuch steht, außer dass es sich um bedeutungslose Wörter in einer Fremdsprache handelt, die transkribiert in klischeehafte lateinische Sätze münden. Aber … ich vermute, es geht dabei um Verhandlungen über Kunstgegenstände zwischen den USA und Russland. Während der letzten sechs Jahre hat Mr. Beckwith versucht, eine maßgebliche Wanderausstellung mit Kunst von Leonardo da Vinci zu kuratieren. Weil da Vincis so dünn gesät sind und so selten und so wertvoll, reisen sie nie. Was springt für Sie dabei heraus, Mr. Beckwith, falls Ihnen dieser Coup gelingen würde? Sie bekommen nicht nur ein anerkennendes Schulterklopfen, sondern wahrscheinlich Prozente am Erlös der Eintrittskarten, der sich, wenn Sie den Deal an Land ziehen, auf ein Vermögen belaufen könnte. Es gab von Anfang an einen Schwachpunkt. Niemand leiht zurzeit den USA wertvolle Kunst aus, vor allem Russland nicht, weil die russische Regierung in einen unschönen Prozess mit der Chabad verwickelt ist, in dem sich die amerikanischen Richter bereits auf die Seite der jüdischen Organisation geschlagen haben. Sie sitzen also fest, Mr. Beckwith, außer Sie haben etwas Bedeutendes in Ihrem Besitz, das Sie Russland im Gegenzug für die Ausleihe eines da Vinci geben können. Wie schlage ich mich bis jetzt, Mr. Beckwith?«

Schweigen. Dann sagte Beckwith: »Nur fürs Protokoll, wir nennen die Gemälde Leonardos.«

»Da lag ich wohl mal falsch.«

»Und was hat das alles mit mir zu tun, frage ich mich?«, sagte Kosovsky.

»Sie, Mr. Kosovsky, verhandelten mit der Eremitage, um zwei ihrer da Vin… – Verzeihung – ihrer Leonardos zu bekommen. Wie heißen die beiden, Tyler?«

McAdams hatte es sich notiert. »*Madonna Litta* und *Madonna Benois*.«

»Danke«, sagte Decker. »Aber Sie wussten, Mr. Kosovsky, dass die Eremitage nie und nimmer solche Meisterwerke herausrücken würde, außer wenn die Regierung etwas wirklich Einzigartiges als Gegenleistung erhielte.«

»Und das wäre?«

»Dazu komme ich noch«, sagte Decker. »Der Punkt ist, dass Sie Verhandlungsmacht besaßen, Latham Ihnen aber in die Quere kam. Also beauftragte jemand Viktor Gerrard mit der Lösung des Problems. Ich kann es nicht beschwören, aber ich vermute, dass jemand in diesem Raum wusste, dass Latham und Gerrard unter einer Decke steckten. Ich nehme an, dass Gerrard genug Angst vor Ihnen, Mr. Kosovsky, hatte, um jedes Ihrer Probleme zu lösen. Angeline war ein Nebenprodukt, weil sie John Latham zu nahe gekommen war und niemand genau wusste, wie viel Latham ihr erzählt hatte.«

»Ihre Spekulationen sind sehr interessant, das muss ich zugeben«, meldete sich Kosovsky zu Wort. »Leider ...«, er breitete die Arme aus, »sind es nur Spekulationen.«

»Sie haben recht«, entgegnete Decker, »aber hätte ich genügend Zeit, könnte ich sie ganz sicher unterfüttern. Nicht dass es für Sie von Bedeutung ist, Mr. Kosovsky, aber vielleicht für diejenigen unter uns, die in Amerika leben.«

Jetzt machte auch der Gouverneur den Mund auf. »Detective Decker, der Verursacher dieser grauenhaften Morde befindet sich nicht im Lande. Und wie Mr. Kosovsky bereits sagte, hat man sich um ihn gekümmert. Es liegt in niemandes Interesse, hier weiterzugraben.«

»Sie meinen, es liegt nicht im Interesse des Staates New York, hier weiterzugraben, weil das erste Museum mit einer Leonardo-Ausstellung das Met sein würde, oder?«

»Decker, was soll das?«, fragte Radar. »Es ist vorbei. Sie werden von niemandem Unterstützung bekommen. Also machen Sie einen Haken dran, außer Sie wollen abtrünnig werden.«

»Er wird nicht abtrünnig werden«, sagte Rina.

»Ah, die kleine Lady scheint die Situation im Griff zu haben«, sagte Kosovsky.

Decker fing an zu kochen, aber Rina hielt ihn mit der Hand zurück. »Ich kann nicht kontrollieren, was mein Mann möglicherweise tun wird. Welche Frau kann das schon? Aber wenn Sie mir einen Gefallen tun, Mr. Kosovsky, dann würde ich möglicherweise darauf wetten, dass Detective Decker zweimal darüber nachdenkt, ob er sich an die Presse wendet.«

»Das lässt er hübsch bleiben, wenn er vernünftig ist«, knurrte Agent Blond.

»Ich bin nicht vernünftig, Sir, sondern nur pragmatisch. Und ich bitte nicht um Geld oder sonst etwas Illegales, Gott behüte.«

»O-kay …«, sagte Kosovsky. »Hören wir mal, was die kleine Lady will.«

»Es ist immer vernünftig, die kleine Lady ausreden zu lassen«, sagte Rina. »Ich glaube sehr wohl, dass mein Mann recht hat. Dass Sie, Mr. Beckwith, mit etwas feilschen können, das Russland unbedingt haben möchte.«

»Und was sollte das sein?«

»Vielleicht etwas wie … das originale Bernsteinzimmer. Detective Decker und Detective McAdams haben das von Anfang an vermutet.«

Kosovsky bemühte sich, es zu verbergen, aber er war fassungslos. Als niemand auf Rinas Worte reagierte, sagte sie: »Nun ja, vielleicht nicht alle siebenundzwanzig Kisten. Vielleicht nur ein paar davon, die auf wundersame Weise in Amerika ›gefunden‹ wurden, in einer unbekannten Lagerhalle.« Rina malte mit den Fingern Gänsefüßchen in die Luft. »Und als eine Geste des guten Willens hat die amerikanische Regierung vielleicht zugestimmt, eine oder zwei Kisten nach Russland zurückzubringen, als Gegenleistung für die Bereitschaft der Eremitage, einen da Vin… einen Leonardo auszuleihen.«

Es herrschte absolute Stille im Wohnzimmer.

»Aber das ist pure Spekulation«, fügte sie noch hinzu.

Beckwith sagte als Erster etwas. »Mrs. Decker, man kann den Wert eines Leonardos wohl kaum mit einer Kiste voller Bernstein aus dem echten Bernsteinzimmer vergleichen.«

»Natürlich gibt es keinen Vergleich in Seltenheit und Wert. Jeder Leonardo ist unbezahlbar, und selbst Bernstein aus dem echten Bernsteinzimmer spielt nicht annähernd in dieser Liga. Aber zufälligerweise weiß ich, dass Ihr furchtloser Führer, Mr. Kosovsky, einst der stellvertretende Bürgermeister von Sankt Petersburg war, und Teile eines historischen Schatzes wieder nach Hause zu bringen, würde ihn zweifellos noch beliebter bei seinem Volk machen. Die PR wäre enorm.«

»Sie haben uns bisher nicht gesagt, was Sie wollen«, sagte Kosovsky.

»Dazu komme ich gleich«, sagte Rina. »Die Polizei in Marylebone hat in einem Fall mit verschwundenen Ikonen des berühmten Künstlers Nikolai Petroshkovich ermittelt. Sie wurden aus der dortigen Kirche gestohlen. Es wäre schön, wenn man sie wiederfinden könnte, bevor die armen Detectives das Zeitliche segnen. Sie sind sehr betagt, und es wäre großartig, ihnen diesen Abschluss zu gewähren.«

Kosovsky zeigte keine Regung.

»Vielleicht wissen Sie, worüber ich rede?«, fragte Rina.

»Vielleicht.«

»Und vielleicht können Sie behilflich sein?«

»Vielleicht … mit einer.«

»Oder zweien.«

Kosovskys Augen wurden zu Sehschlitzen. »Höchstens.«

»Das wäre wunderbar.«

Kosovsky blickte auf seine Rolex. »Mein Flugzeug …«

»Ich bin nicht fertig«, unterbrach ihn Rina. »Einen Augenblick noch, bitte.«

»Was?«

Der Ärger war nicht zu überhören. Rina redete schnell. »Die Russische Staatsbibliothek hat immer noch eine riesige Menge Bücher und Papiere der Schneerson-Sammlung in ihrem Besitz. Und obwohl mir bewusst ist, dass Ihr furchtloser Führer dem Jüdischen Museum bereits um die fünfhundert

Bücher und Artikel geschenkt hat, sind immer noch viele Stücke strittig. Vielleicht könnten Sie es arrangieren, dass ein weiterer Stapel aus der Sammlung als Schenkung im Jüdischen Museum oder im Museum der Toleranz ankommen. Denken Sie nur an die wundervolle PR, die dadurch entsteht, Mr. Kosovsky.«

Wieder war es ganz still im Zimmer. Rina wartete einfach ab.

»Ich kann mein Bestes tun, aber das ist auch alles«, sagte Kosovsky. »Ich bin nicht der furchtlose Führer, wie Sie ihn nennen.«

»Ich bin sicher, Ihr Bestes ist besser als jedes andere, Mr. Kosovsky.«

»Sie sind eine kluge Frau, Mrs. Decker. Das bewundere ich.«

»Danke, Mr. Kosovsky.« Rina wandte sich an die CIA-Agenten. »Jetzt sind Sie fertig.«

Der Russe erhob sich. »Ich weite die Einladung an Detective McAdams auf Sie aus, Madame Decker, und auf Ihren Mann. Wenn Sie jemals in Moskau sein sollten, bitte erlauben Sie mir, Ihr Gastgeber zu sein. Ich denke, Sie würden von mir eine Menge über Russland lernen.«

»Das ist sicher wahr.« Sie hob eine Augenbraue nur ein ganz kleines bisschen. »Vielen Dank für die Einladung.«

Der Russe blickte wieder auf seine goldene Rolex. »Wie ich sagte, ich muss zu meinem Flugzeug. Guten Tag.«

Als er zur Tür stürmte, folgte Beckwith ihm wortlos, und da die beiden aufgebrochen waren, erhob sich auch der Gouverneur. Er bedankte sich bei Rina, dann eilte er den beiden hinterher. Die CIA-Agenten und Bürgermeister Brettly folgten ihm mit zügigen Schritten.

Sobald alle gegangen waren, sagte Mordechai Gold: »Suchen Sie Ihr Haus nach Wanzen ab, und zwar nicht nach den Insekten.«

»So schnell?«

»Ihr Haus, Ihre Autos, Ihre Telefone, Laptops, Tablets, Öfen, Geschirrspüler, Kühlschränke … und Ihren Jacuzzi.« Gold grinste. »Ich habe mein Haus und mein Büro regelmäßig alle paar Monate abgesucht, nachdem ich die CIA verlassen hatte. Die letzten zehn Jahre herrschte Ruhe, obwohl ich sicher bin, dass sich das nach diesem Nachmittag ändern wird.«

»Wie nahe dran waren wir mit unseren Spekulationen, Professor?«, wollte Decker wissen.

»Kosovskys Bereitschaft, mit Ihnen zu verhandeln, sollte Ihnen sagen, wie nahe dran Sie waren.« Gold lächelte. »Bitte scheuen Sie sich nicht, mich anzurufen, wenn Sie wegen etwas besorgt sind. Ich kenne diese Typen, und sie können ein bisschen angsteinflößend sein.« Er sah Rina an. »Da gilt zumindest für die meisten Menschen.«

»Lass sie nie sehen, dass du schwitzt«, sagte Rina.

Gold lächelte. »Ich muss jetzt zurück an die Uni. Kommen Sie doch vorbei, wenn Sie in der Gegend sind. Ich führe Sie herum.«

»Das ist ein Angebot, auf das ich zurückkommen werde«, sagte Rina. »Denn Russland sehe ich nicht in meiner Zukunft.«

»Nein, diese Reise habe ich von meiner Wunschliste gestrichen«, sagte Decker.

»Bin froh, dass ich es schon gesehen hab«, meinte McAdams.

»Ich könnte es mir sowieso nicht leisten«, fügte Mulrooney hinzu.

»Wir beide nicht«, sagte Radar, »außerdem werde ich nicht viel Urlaub sehen in der nächsten Zeit. Brettly ist stinksauer.«

»Tut mir leid«, sagte Decker.

»Scheiß auf ihn. Sie, Oliver, McAdams und Mulrooney haben sich gut geschlagen.« Pause. »Ich muss aber sagen, nicht so gut wie Mrs. Decker.«

»Ich werde rot«, sagte Rina.

Decker schüttelte den Kopf. »Ich muss Angelines Eltern anrufen.« Zu Mulrooney: »Kümmern Sie sich um die Eltern von Latham?«

»Natürlich. Die Neuigkeit macht keinen von beiden wieder lebendig, aber wenigstens können wir sagen, dass der Typ … dass man sich um ihn gekümmert hat. Vielleicht ist es besser so … allen bleibt ein emotionaler Prozess erspart, in dem viel Schlechtes ans Licht kommen kann.«

»Es war ein Vergnügen, mit Ihnen zu arbeiten, Chris.«

»Gleichfalls, Pete.« Er lächelte Rina an. »War nett, Sie kennenzulernen, Mrs. Decker.«

»Sie haben sich das Recht verdient, mich Rina zu nennen.«

»Danke!« Mulrooney winkte allen zu und ging.

Zu den verbliebenden Ortsansässigen sagte Rina: »Warum fühlt es sich an wie Mitternacht, wo es doch erst fünf Uhr nachmittags ist?«

»Wussten Sie das mit dem Bernsteinzimmer, oder war das ein Zufallstreffer?«, fragte Radar.

»Ich weiß tatsächlich, dass der furchtlose Führer mal der stellvertretende Bürgermeister von Sankt Petersburg war. Da ich mir nichts anderes vorstellen konnte, hielt ich mich an das, was Peter und Tyler die ganze Zeit über gesagt haben.« Rina hob den Teekessel hoch. »Möchte noch jemand Tee?«

»Bist du sicher, dass Kosovsky keine Drogen hineingeschmuggelt hat?«, fragte Decker.

Rina lachte. Aber dann inspizierte sie das Innere doch genau. »Ich sehe kein Puder oder so was.« Sie fühlte an der Außenwand. »Er ist schon ziemlich kalt. Vielleicht setze ich lieber einen frischen Kessel auf – nachdem ich ihn mit Wasser und Seife … sehr, sehr heißem Wasser ausgewaschen habe.«

»Schmeiß ihn weg, Rina«, sagte Decker.

»Er ist aus reinem Kupfer.«

»Ich schenke dir einen neuen Kessel aus reinem Kupfer. Für deinen Beitrag zu diesem Chaos sollte er sowieso vergoldet sein … und mit Diamanten besetzt.«

»Eine Kupferkanne tut's«, sagte Rina. »Keine Diamanten, außer du möchtest einen Ausflug in Maxwell Stewarts Galerie machen.«

»Das wird dich was kosten, Deck«, sagte Oliver.

»Viel«, sagte McAdams.

»Meint ihr, Maxwell Stewart gibt mir Rabatt?«, fragte Decker.

»Nach allem, was passiert ist, würde er wohl fast alles tun, um uns loszuwerden«, sagte Rina. »Aber nur, wenn ihr dazu tendiert, die Schwachen auszunützen, was Gott verhüte.«

38

Der Schnee des Winters schmolz zu einem sehr nassen Frühling mit überfluteten Straßen und Highways. Aber für Decker war das okay. Er und Rina beschlossen, eine Weile an Ort und Stelle zu bleiben. Als der Juni ins Land zog, wurde Greenbury angenehm bukolisch: kühle Wälder und warme Tage mit sauberer Luft, milde Nächte mit glitzernden Sternen und umherzischenden Glühwürmchen. Nahezu an jedem Wochenende fanden in den unzähligen Parks in der Umgebung der Stadt Gratiskonzerte und Jahrmärkte statt. Das Feuerwerk am vierten Juli war besonders spektakulär. Das Theater bereitete sich auf eine neue Spielzeit vor, mit einem Ensemble aus den dagebliebenen College-Studenten und sogar ein paar New Yorker Bühnenschauspielern, die Lust auf einen Ortswechsel hatten.

Als das Wetter immer milder wurde, wagten Decker und Rina sich wieder hinaus, besuchten ihre Kinder und Enkel mit dem Auto und genossen die Fahrt zu zweit im Auto genauso wie früher die Reisen mit ihrer großen Familie. Sie folgten Professor Mordechais Einladung. Den Tag an der Harvard University beendeten sie mit Drinks in Summer Village in Chris Mulrooneys Lieblingsbar.

Chase Goddard führte sein Antiquitätengeschäft in Boston weiter, und mit den Touristenströmen, die New England genossen, vermutete Decker, dass er gut zurechtkam. Jason Merritts Galerie machte rege Geschäfte, vor allem durch die Rückgabe zweier Petroshkovich-Ikonen. Es war ein großer Tag für Marylebone und ein großer Tag für Allan Sugar und seinen Partner Douglas Arrenz. Es gab ein paar Gerüchte, dass mehr von den Schneerson-Dokumenten nach Amerika kommen sollten, aber bis jetzt war noch nichts konkret aufgetaucht. Und es gab keine neuen Hinweise oder Artikel über irgendwelche ausgeliehenen Leonardos, genauso wenig wie über das Bernsteinzimmer.

Aber diese Art von sensiblen Verhandlungen brauchten ihre Zeit.

An den hochsommerlichen Tagen folgte Decker Golds Rat und suchte das Haus nach versteckten Wanzen ab. Er fand drei – eine in seinem Auto, eine im Geschirrspüler und eine im Schlafzimmer. Zuerst war Decker wütend wegen dieses Eindringens in seine Privatsphäre. Als ein kühlerer Kopf siegte, konnte er darüber lachen. Vielleicht würden ja die Empfänger am anderen Ende etwas von ihnen lernen.

Er dachte immer noch an den Fall, vor allem, wenn er entspannt und alleine war. Er wusste, dass sich für Angelines und Lathams Eltern alles unwiderruflich verändert hatte. Aber dreißig Jahre Polizeiarbeit hatten ihn gelehrt, sich abzuschotten, um geistig gesund zu bleiben.

Die Hundstage gingen schnell vorbei, und McAdams begann, seine Zelte abzubrechen. Mitte August machte er sich bereit. Seine Verletzungen waren verheilt, und er fühlte sich besser als je zuvor, da er mehr Zeit in Greenburys Fitnessstudio verbracht hatte. Er pflegte immer noch seine hochnäsige Upper-East-Side-Attitüde, aber machte selbst Witze darüber. Er beschloss, in der Woche vor dem Beginn seines Jurastudiums seine Eltern ein paar Tage in den Hamptons – in unterschiedlichen Häusern – zu besuchen.

An McAdams' letztem Tag in Greenbury kam er bei den Deckers vorbei, um sich zu verabschieden. Es war Samstagnachmittag, und der Loo und seine Frau hatten es sich auf der Terrasse hinter dem Haus in Liegestühlen gemütlich gemacht. Decker trug Shorts und ein T-Shirt, Rina ein Poloshirt und einen Jeansrock. Ihre Haare hatte sie hochgebunden und mit einem Kopftuch bedeckt. Auf dem Tisch standen Limonade und Bier, Kartoffelchips und Cracker und natürlich Rinas selbstgebackene Kekse. McAdams zog einen Stuhl heran, öffnete ein kaltes Bier und knabberte an einem der Kekse herum.

Decker nahm einen kräftigen Schluck aus seiner Bierflasche. »Bist du sicher, dass du nicht bis morgen warten willst? Wir würden dich sehr gerne hinfahren … nur am Schabbes geht es eben nicht.«

»Nein, ich glaube, ich nehme lieber den Zug«, sagte McAdams. »Außer Sie wollen die Hamptons besichtigen. Aber dann im Doppelpack mit meiner verrückten Familie.«

»Ich mag Nina«, sagte Rina.

»Sie ist den Sommer über in Italien, in Florenz.«

»Na ja, dann passe ich.« Rina griff nach einem Kartoffelchip. »Freust du dich auf die Uni, Tyler?«

»Die Uni ist mir egal.«

»So schlimm wird es nicht werden.«

»Garantiert besser, als angeschossen zu werden.«

»Du wirst das mit links schaffen, Harvard«, sagte Decker.

»Ich mach mir keine Sorgen … ich bin eher abgenervt. Aber es gibt Schlimmeres. Also werde ich mich nicht beschweren … außer mir ist danach … was oft vorkommt.« Er wandte sich an Decker. »Wie glücklich Sie sein werden, mein Gemecker nicht mehr hören zu müssen.«

»Sehr glücklich.«

»Du wirst ihn vermissen«, sagte Rina.

»Nein, werde ich nicht«, widersprach Decker, »aber vielleicht dein iPad.«

»Ich schicke Ihnen eins.«

»Es geht nicht ums iPad, sondern den Verstand dahinter«, sagte Rina.

»Ich gebe zu, dass du Potential hast«, sagte Decker. »Aber es wäre wahrscheinlich sowieso alles reine Verschwendung. In den letzten vier Monaten ist hier nicht mehr passiert als Ruhestörungen mit Betrunkenen während der Examensphase.«

»Und die Überdosis im Kennedy's Pub«, sagte Rina, »das war ganz schön aufregend.«

»So sehr nun auch wieder nicht«, meinte McAdams, »der Bursche ist ja durchgekommen.«

Rina lachte. »Du bist schrecklich!«

McAdams lächelte. Er stellte seine leere Bierflasche auf dem Tisch ab. »Ich hab heute Morgen mit Radar gesprochen. Er sagte, ich könne jederzeit zurückkommen. Ungewöhnlich nett von ihm. Vielleicht hofft er auf eine Spende.«

»Vielleicht hat er das Angebot auch einfach nur ernst gemeint«, entgegnete Rina.

»Rein theoretisch hab ich im Sommer Zeit.«

»Sogar Polizisten machen mal Urlaub, und du kennst die Spielregeln hier ja schon«, sagte Decker. »Keine schlechte Idee.«

»Finden Sie?«

»So ist es einfacher, als eine Aushilfskraft einzuarbeiten. Aber du müsstest deine Schießkünste aufpolieren. Ich arbeite nicht mit jemandem, der keine Waffe benutzen kann.«

»Das ließe sich einrichten«, sagte McAdams.

»Was meinst du damit, dass du rein theoretisch im Sommer Zeit hast?«

»Im Sommer reißen sich die zukünftigen Anwälte um Praktika in Anwaltskanzleien. Als Querdenker, der ich nun mal bin, hab ich mir gedacht, dass ich, während sich die meisten meiner Kommilitonen in Topkanzleien zu Sklaven machen, mit langen Arbeitstagen und super Essenszuschüssen, lieber hier in Greenbury bin und Katzen von Bäumen rette, über die Blödheit der Menschen meckere und an meinem Drehbuch arbeite.«

»Du bist wie Herpes«, sagte Decker, »ich werde dich nicht los.«

»Dagegen gibt's eine Impfung«, entgegnete McAdams, »aber man muss alt sein, um sie zu kriegen.«

Decker warf mit Kartoffelchips nach ihm. »Dann sehen wir uns im nächsten Sommer?«

»Definitiv ja.«

»Zu deinem Drehbuch, Tyler«, sagte Rina, »wie wäre es, wenn du aus deiner Hauptfigur eine Frau machst?«

»Könnte sein. Ich hab ja ein tolles Vorbild. Aber ich glaub nicht, dass ich es so gut schreiben könnte, wie es in Wirklichkeit war.«

Rina grinste. »Also nimm einen Mann. Da hast du viel Auswahl hier.«

»Stimmt.«

»Was höre ich da?« Decker legte eine Hand um seine Ohrmuschel. »Ruft da Hollywood deinen Namen?«

Tyler lachte. »Keine Ahnung. Sie wissen ja, was man so sagt: Schreib über das, was du kennst. Und ich kenne ein paar ziemlich mutige Leute.« Er stand auf und schnappte sich eine Handvoll Kekse. »Für die Zugfahrt.«

»Greif zu«, sagte Rina.

»Ich begleite dich zur Tür«, sagte Decker.

»Bleiben Sie, wo Sie sind, alter Herr«, sagte McAdams. »Ich finde alleine raus.« Er umarmte die beiden. »Danke.«

»Dafür, dass du angeschossen wurdest? Keine Ursache.«

»Nein, darauf hätte ich gerne verzichtet. Wenigstens bin ich wieder auf beiden Beinen unterwegs. Mehr als das, alter Herr, denn dank Ihnen hab ich gelernt, wie man mit beiden Beinen im Leben steht.« Ein ehrliches Lächeln breitete sich in den Ecken seiner haselnussbraunen Augen aus. »Wir und der Rest von Greenburys Besten sehen uns im nächsten Sommer, und das ist ein Versprechen.«

Nachdem er gegangen war, lehnte Decker sich wieder in seinem Liegestuhl zurück und nahm noch einen kräftigen Schluck aus seiner Bierflasche. »Ich glaube, ich werde ihn vermissen … vielleicht.«

»Du wirst ihn vermissen. Gib's zu.«

Er dachte sehr lange darüber nach. Dann drehte er sich lächelnd zu Rina um. »Vielleicht.«